한국문학연구의 현단계

한국문학연구의 현단계

한국문학연구의 현단계

김용성·김영 외 지음

▌머리말

　인하대학교에서 문학을 공부하는 학인들이 학내에서 논문을 발표하고 토론하거나 개인적으로 저서를 발간하는 일은 있어왔지만, 논문을 기획하여 다함께 묶어내어 우리들의 연구성과를 점검하는 일은 어떤 계기가 있지 않으면 어렵다고 하겠다.

　29년 동안 인하대라는 학문공동체에서 훌륭한 한국문학연구자로서의 귀감을 보여주신 윤명구 선생님께서 정년을 맞이한 것을 기회로 고전문학과 현대문학을 공부하는 학인들이 그 동안 각자의 연구를 함께 점검해보고 앞으로의 연구방향을 모색해보는 것은 의미 있다고 생각한다. 우리 인하대의 한국문학연구는 고전문학과 현대문학이라는 전공의 경계나 국어교육과와 국어국문학과라는 제도의 구분을 넘어서 진행되어왔고, 자타가 인정하듯이 다른 학교나 학회와도 비교적 원활한 교류를 하면서 비교적 활발하게 진행해왔다고 할 수 있다. 이번 기회에 현단계 인하대 문학연구자들의 논문들을 학계에 보고하여 질정을 받음으로써 앞으로의 보다 진전된 연구의 기반을 마련하고자 한다.

　《한국문학연구의 현단계》라 이름을 붙인 이 단행본에 수록된 현대문학 분야 논문으로는 이석훈의 생애를 다룬 김용성 선생과 이인직의 글씨를 소개한 최원식 선생의 글을 비롯하여, 김성한 손창섭 김은국 신경숙의 소설을 분석한 논문과 정지용의 동시와 심연수의 시조를 다룬 논문, 그리고 유년기 성장소설과 청년 개념의 분화과정을 추적한 논문 등 새로운 자료와 시각을 보여주는 글들이 실려 있다.

고전문학 분야의 글로는 최근 학계의 관심분야로 떠오르고 있는 우언문학관련 논문이 두 편, 조선후기 문인지식인인 정약용과 위백규의 전원시와 박지원의 문학론을 다룬 논문, 서사민요와 서사무가를 비교하고 온달설화를 검토한 구비문학 논문, 그리고 춘향전과 구운몽을 재검토한 논문, 그리고 문학교육론에 관한 논문이 실려 있다.

이 책은 체계적인 기획서는 아니지만 현단계 우리 인하대의 한국문학 연구자들의 연구동향을 보여주는 것으로, 이를 계기로 보다 조직적이고 진전된 연구를 다짐하는 바이다.

2005년 3월 2일

필자들을 대신하여 김 영 삼가 씀

▌제1부 현대문학 ▌

제1부
현대문학

이석훈의 生涯에 관한 소론

김 용 성*

1.

이석훈李石薰의 생애에 관해서는 일반인은 물론, 문학연구가들에게조차 구체적으로 알려진 바가 없다. 그가 관심을 불러일으키지 못했던 이유는, 여러 직업을 거치면서 다양한 장르에서 활동했다는 것, 서울에 오래 거주했음에도 불구하고 고향이 평북 정주라는 분단 상황 하에서의 지리적인 한계가 있었다는 것, 일찍부터 '친일 문학자'로 취급을 받아 기피 인물이 되었다는 것 등을 꼽을 수 있을 것이다.

이 글에서 밝히는 그의 생애는 유족이 보유하고 있는 자료와 증언, 이석훈의 여러 글들 가운데 생애와 관련된 부분들을 수집하고 정리하여 구성한 것이다. 따라서 추후에 얼마든지 보완될 수 있는 미확정적인 생애라 할 수 있다.

44세에 행방불명이라는 파국으로 삶이 사라져버린 그의 짧은 생애는 일제강점기와 해방, 그리고 6·25전쟁으로 이어지는 민족사적 비극과도 궤를 같이 한다. 더욱이 오늘날 '과거사 규명'에 대한 논란이 구구한 시점

---

* 인하대학교 국어국문학과 교수

에서 그의 문학 전기적 궤적은 그 규명 작업이 어떻게 이루어져야 하는 지 시사하는 바가 없지 않다.

이석훈은 1907년 1월 27일 평안북도 정주군定州郡 정주읍 성외리城外里에서 부친 이준기李埈基 씨와 모친 방준원方埈媛 씨 사이에서 장남으로 태어났다. 본관은 단양丹陽이며 본명은 석훈錫熏으로, 위로 누님 석연錫姸 씨와 서제庶弟인 석영錫瑩 씨가 있었다.

그의 부친은 한때 정주읍장을 지냈으며 읍장직을 그만둔 뒤로는 소유하고 있던 과수원을 은행에 저당하고 그 대출자금으로 정주 앞바다 애도艾島에서 백하白蝦 가공공장을 경영했다. 비교적 소년시절을 유복하게 보냈던 그는 1920년 14세 때 정주공립보통학교를 졸업하고 4월에 평양으로 가서 관립평양고등보통학교에 입학했다.

이석훈은 평양고보 시절 운동에 상당한 재질을 보여 축구와 테니스를 즐겼을 뿐만 아니라 영어에도 남다른 실력을 갖추고 있었던 것으로 보이며 문학에 눈을 뜬 것도 그 무렵이었다. 평양고보에 입학하면서 그는 평양 창전리倉田里에서 하숙을 했는데, 그때 평양고보를 2년 수료하고 1년 간 쉬었다가 3학년 편입시험을 보러온 양주동梁柱東과 3학년에 재학하고 있던 극야極野 현인규玄仁圭(훗날『조광』지 편집자)와 같은 방에 기거하게 되면서 그 선배들이 나누는 문학적 담소와 공명共鳴을 매우 부러워했다.[1]

그는 1925년 평양고보를 졸업한 뒤, 일본으로 가서 도쿄東京 와세다早稻田대학고등학원 문과에 입학하여 러시아문학을 전공했다.[2] 이후 고등학원을 졸업하고 와세다대학 노문과에서 수학한 것으로 알려져 있으나 대학에서의 과정 여부는 분명치 않다. 그러나 그는 그가 전공한 분야를 십분 살려 후에 자기 작품들에 반영하기도 하고 러시아 소설을 빈역하기도 했다.

고등학원 재학 무렵에 그는 신경쇠약을 앓아 방학이 되면 고향으로 돌아와 그 치유에 힘을 기울이고는 했다.

---

1) 이석훈, 「문학풍토기-평양편」,『조광』, 1940년 8월호.
2) 이석훈, 「보패는 지금 어데?」(외 1편),『제1선』, 1933년 2월호.

부친께서 학업을 마치지 못하고 1928년 귀향하게 된 것은 조부의 백하 가
공공장에 화재가 남으로써 갑자기 파산을 당하였기 때문이었다. 부친이 어머
니와 결혼을 한 것도 그때였다. 어머니는 아버지와 같은 정주읍 성내리 출신
으로 부친과는 어려서부터 서로 잘 알고 지내던 사이였다고 한다. 어머니는
평양 서문여고西門高女를 나와 결혼 직전까지 평북 용천군 용암포읍의 용암포
보통학교 교원으로 계셨다.3)

증언에서 보는 바와 같이, 1928년 그가 나이 22세에 양가의 반대에
도 불구하고 용암포보통학교 교원이던 김득신金得信과 결혼했다. 결혼을
하자마자 그는 고향을 떠나 잠시 강원도 김화金化에서 모 신문 지국을 운
영했던 것으로 보이며 그 무렵 부친이 타계하는 불행을 겪었다. 이어 서
울로 이주했으나 이듬해인 1929년 춘천으로 가 이후 3년간 경성일보와
오사카大阪매일신보의 춘천특파원으로 지냈다.4) 그는 당시 신문 보도 욕
구에 넘쳐 있었으나 도청소재지이면서도 인구 1만5천명에 불과한, 대사
건 하나 없이 한적하기만 한 춘천에서의 특파원 시절을 권태롭고 무미건
조하게 여겼다.

그러나 그는 권태롭고 무미건조한 나날을 허송한 것이 아니라 오히려
문학에의 길로 들어서기 위한 기틀을 다지는 데 심혈을 기울였다. 1929
년 10월 조선일보에 단편소설 「아버지를 찾아서」를 발표하여 문단에 데
뷔하고, 이어 1930년에는 본명으로 동아일보 신춘문예에 희곡 「궐녀厥
女는 왜 자살했는가」를 투고하여 당선함으로써 그의 문학적 재능을 과시
했다.

3년 동안의 춘천 특파원 생활을 마감하고 다시 서울로 가 12월 개벽
사開闢社에서 발행하던 종합월간지 『제1선』의 기자로 근무하기 시작했
다. 하지만 이 잡지가 1933년 3월에 통권 10호를 끝으로 종간하게 되자
그 해 초여름께 개벽사를 그만두고 경성방송국 제2방송과로 옮겨 아나운
서로서 방송인의 길로 들어섰다.

---

3) 2004년 현재, 3남 이승우의 증언.
4) 이석훈, 「레미제라블의 소년」, 『조광』, 1938년 3월호.

그가 본격적인 작가 활동을 펼친 것은 그 무렵부터다. 그는 일제치하에서 강제적으로 간도로 이주하게 되는 이주민의 참혹한 정황을 다룬 단편소설 「이주민열차」(1933)를 비롯하여 사회개조사상을 표방한 장편소설 『황혼의 노래』 등 그의 문학 세계를 대표할 만한 작품들을 속속 발표했다.

「이주민열차」는 1백여 명이 사망하고 5백 명의 중경상자를 낸 1930년 7월의 폭우로 인한 산사태로 아내와 화전 경작지와 집을 잃고 '궤통 같은 화물차가 기다랗게 연결된 맨 꽁무니에' 달린 두 대의 낡은 객차 가운데 하나 안에 젖먹이를 안고 어디론가 알 수 없는 곳으로 강제로 이주해가는 화전민 김 서방과 '모두 영양 불량으로 북어같이 말라빠지고 여윈 인간의 시래기뿐인' 동행인들의 암담하고 불안한 심경과 열차를 타게 된 경위를 사실적으로 묘사하고 있다.

일제는 화전을 일구다가 수해를 입은 이재민 중 가장 비참한 1백호 3백여 명을 골라 늑대와 곰의 떼가 들끓고 오뉴월의 뜨거운 여름에도 밤만 되면 찬바람이 내리부는 고산지대, 미지의 나라로 짐짝처럼 실려 보내는 것이다.

양적으로 그다지 긴 소설은 아니지만 장편소설의 형식을 취하고 있는 『황혼의 노래』(1933)는 의식개혁을 통해서 보다 나은 삶을 추구하고자 하는 계몽소설이다. 신경쇠약을 앓고 있는 23세의 문학청년이자 동경 W대 로문과露文科에 다니던 유학생을 계몽 주체로 하는 이 소설은 총 29장으로 구성되어 있으며 13장까지는 구습에 젖은 채 경제적으로 일인이 경영하는 은행에 착취당하는 정주 지방 농민의 현실을 다루고 14장부터는 S섬 어민의 삶과 야학 운동을 내용으로 삼고 있다. 그러므로 전반은 농민계몽이고 후반은 어민계몽인 셈이다. 이광수의 『흙』이나 심훈의 『상록수』처럼 주로 농민만을 계몽의 대상으로 삼지 않는다는 점에서 특징적이라 할 수 있으나 길지 않은 소설에서 계몽 대상을 농민과 어민을 잡았다는 것은 구심점을 흩트리는 약점을 지니고 있기도 하다.

초기 두 작품을 놓고 볼 때, 우리는 이석훈이 매우 건실한 관점을 가

지고 문학에 접근했음을 알 수 있다. 한편, 연극인으로서의 활동에도 '야
심만만한 열정'을 지니고 있었던 그는 그해 4월에 유치진柳致眞과 조용만
趙容萬의 소개로 '극예술연구회'에 가입했다.5)

2.

이석훈이 왕성하게 작품을 발표한 것은 27세인 1933년부터 34세가
되는 1940년까지의 8년간이다. 그는 그 기간 동안 소설, 희곡, 수필뿐
만 아니라 문예시평 등 다양한 장르에 걸쳐 발표활동을 했다. 그는 1936
년에 평양방송국의 방송주임으로, 다시 2년 뒤인 1938년에는 신설된 함
흥방송국의 방송과장으로 전근을 하면서 다년간 방송인으로서의 생활을
보냈다. 1939년에는 함흥방송국을 사직하고 조선일보사 출판부로 옮겨
『조광』, 『여성』지 등에서 다시 기자 생활을 하게 되자 서울로 이사했다.
이렇듯 그가 왕성한 작품 활동 못지 않게 직장과 지역을 옮겨가면서까지
직업인으로써 충실했던 것은 부친의 파산 이후 겪어야 했던 생활난 때문
이었던 것으로 보인다.

그는 결혼 이후 어머니를 모셔야 하는 처지였으며 1929년 23세에
장남 호우虎羽를 얻은 이후 1932년에 차남 대우大羽, 1935년에 3남 승
우勝羽, 1940년에 4남 민우民羽의 4남을 둔 가장이었다. 그의 모친이 타
계한 것은 함흥방송국으로 전근을 가던 무렵이었다.

'석훈은 키가 크고, 늠름하고, 평민 타이프로 미국의 평민 타이프를
대표하던 배우 게리 쿠퍼와 같은 인상을 주는 쾌남아'6)였으며 '평안도
출신이면서도 대구문둥이, 인정파이면서도 기골당氣骨黨'7)이었다.

1930년대 그가 기자와 아나운서라는 직업상 교우했던 문단인들은 꽤

---

5) 이석훈, 「일기초」, 『신인문학』, 1936년 8월호.
6) 한흑구, 『인생산문』, 일지사, 1974., 167쪽.
7) 김문집, 「문단인물지」, 『사해공론』, 1938년 8월호.

많았다 그 가운데서도 그가 가까이 지냈던 지인들로는 경성방송국 시절의 김유정과 그의 친구인 안회남, 평양방송국 시절의 이효석과 한흑구, 함흥방송국 시절의 연극단체 '문예좌'의 같은 멤버였던 한설야와 김송 등을 들 수 있을 것이다.

김유정은 사직동 누님집에서 살았는데 이석훈과는 앞뒷집이었던 관계로 1933년부터 김유정이 1937년 요절하기까지 절친하게 지낸 사이였다.

> (전략) 내가 27세 되는 봄 잠시 다 찌그러져 가는 개벽사開闢社에 적을 가졌을 때, 어떤 날 A가 한 무명청년의 「산골나그네」란 단편을 가져다 보여주었다. 나는 즉석에서 통독하고 나서 "참 좋다! 이런 실력 있는 작가가 파묻혀 있었다니 말이 되오?" 하고 못내 감탄하며 A와 같이 그를 끌어내기를 언약하였던 것이다.
>
> 그리하여 그 작품은 당시 C 형과 같이 편집하던 『제1선第一線』지에 발표했으나 기대했던 아무런 반향도 문단에는 일어나지 않음에 우리는 실망치 않을 수 없었다. 나는 똑똑한 평가評家가 우리 문단에 없음을 탄하였다.[8]

위 글에 등장하는 A는 안회남으로 그는 김유정과는 휘문고보 동창이었다. 이석훈은 '천의무봉天衣無縫의 천재적 작가로서 당대 일류의 단편작가였으면서도 그러나 생활은 극도로 비참했던' 김유정에게 무한한 애정을 기울였던 온정적인 사람이기도 했다.

이효석과는 이효석이 1931년 단편집 『노령근해』를 내면서 작가적 지위를 굳히던 시기에 알게 되었다. 그 후 이효석이 평양의 숭실전문 문과 교수로 갔을 때 마침 이석훈도 평양 외곽 오야리梧野里에 살면서 평양방송국에 근무하고 있었으므로 그에게 방송 출연을 부탁하는 등 시내 만수대 아래에 있던 그의 집을 드나들며 가까이 지냈다. 이석훈은 그에게서 "자꾸 작품을 쓰시지요. 많이 쓰는 가운데 성공하는 작품을 낳을 수

---

8) 이석훈, 「잊히지 않는 문인들—심훈, 효석, 유정, 세월, 신애의 편모」, 『삼천리』, 1949년 12월호.

있지 않아요?"라는 격려의 말을 귀담아 듣기도 했다9). 한흑구와는 한흑구가 만들던 동인지 『단층』의 원고나 좌담회 관계로 자주 어울렸다.

장편소설 『황혼』으로 유명한 한설야는 이석훈보다 여섯 살이나 연배였으나 연극운동을 하면서 매우 가깝게 지낸 사이였던 듯 "이석훈, 백철은 설사 원수가 된다 하더라도 영원히 잊을 수 없는 아름다운 사람들이다. 석훈과는 사귄 지 그닥 오래지 않으나 때따라 슬퍼지리만큼 그 비단결 같은 심성이 그리워진다."10)라고 그의 인간성을 피력했다. 함흥에서 서점을 경영하고 있던 김송과는 미모의 여인과 결혼하도록 이석훈이 주선한 바 있던 함흥 시절은 물론 해방 후 김송이 월남하여 『백민』지의 편집 겸 발행인을 맡고 있었을 때까지 시종일관 서로 왕래하며 가까이 지냈다.

그 외에도 경성방송국 시절에 같은 직장에 있었기 때문에 알게 된 심훈과 이하윤도 빼놓을 수 없는 사람들이다. 심훈은 한설야처럼 그보다 6년이나 연배였으므로 그는 심훈을 깍듯이 선배로 대접했고 "본래 쾌활하고 호협한 성격의 소유자인 심형은 만날 적마다 나를 그 커다란 감정의 물결로 싸주고 또 격려와 편달을 아끼지 않았다."11)며 고마워했다. 경성방송국 시절 이하윤은 다음과 같은 재미난 일화를 전하고 있다.

이석훈 씨는 평안도 사투리에다 목청이 우렁차서 가끔 투서도 받았는데 "항아리 속에서 아나운서를 하느냐"는 따위. 한번은 연희전문 출신의 정문택 씨와 이석훈 씨가 서울 운동장 축구 경기 중계를 나갔는데, 정 씨가 '롱킥' 해놓고 나서는 한참 동안 잠잠하다가 이번에는 '혼전'—생각하고 보면 점잖고 유장한 중계이기도 했다.12)

이석훈이 등단 초기 이후 발표한 소설의 내용은 다양한 편이었다. 앞

---

9) 위의 글.
10) 한설야, 「문학풍토기-함흥편」, 『인문평론』, 1940년 5월호.
11) 이석훈, 앞의 글.
12) 이하윤, 「나의 방송시절」, 『이하윤선집-평론·수필』, 도서출판 한샘, 1982., 205쪽.

서의 의식 개혁 운동과 이주민의 설움을 다룬 것 외에도 「로짠의 사死」
(1932), 「질투」(1937) 등 섬 공간과 인간 삶의 구체화, 「여자의 불행」
(1938), 「라일락 시절」(1939) 등 남녀의 애정심리에 관한 관심, 「유랑」
(1940), 「소작인 덕보」(1930) 등에서 보여준 해학적 세계와 같은 것들은
그의 다양하고도 풍부한 체험의 소산이라고 할 수 있을 것이다.

그는 소설가면서도 신극운동에 적극적으로 가담했고 실제 연기도 했
던 배우이자 「추醜」(1934), 「만추晩秋」(1939)와 같이 당대 지식인을 비판
한 작품을 남긴 희곡작가이기도 했다. 또한 그는 전문 수필가가 아니면서
도 비교적 많은 수필작품을 남겼다. 이렇듯 다양한 장르에 걸쳐 문학 활
동을 전개했다는 점은 여느 소설가에서는 찾아보기 힘든 독특한 일면이
아닐 수 없다.

3.

그러나 이석훈은 자신의 문학 활동에 만족하지 않았던 듯하다. 가장
으로서의 남다른 책임감을 지니고 있었던 생활인 이석훈이었으나 함흥에
서 서울로 돌아와 채 1년 안 되어 조선일보사마저 사직하고 직장 생활을
완전히 끝냈다. 문학만으로 독립해보겠다는 집념과 열정 때문이었다.

애당초 내가 방송국을 그만두기는 5, 6년 동안 별반 자아의 향상도 없는
일에 권태를 느낀 것과 평소 문학에 전력專力해 보리란 말하자면 문학에의 열
의로써 만용을 발휘한 것이다. (중략) 정작 그만두려고 보니 재산이 없는 처
지에 많은 권속을 거느리고 생도生途가 막연하므로 내게 그중 가까운 길임직
한 신문사로 우향우를 한 것이었다.
그러한 내가 이번에 또다시 예의 문학에의 열의로써 신문사를 나왔다. 영
이제부터는 남에게 매이지 않고 독립해 살아보자는 생각이다.13)

---

13) 이석훈, 「작가와 직업」, 『조광』, 1940년 7월호.

그 무렵, 이석훈은 한 좌담회14)에서 '가까운 장래에 순문학과 대중문학의 중간을 가는 예술성이 풍부한 신대중문학 혹은 신순수소설을 완성할 것을 선언'하고 있다. 그리고 평안도의 산수와 인문, 평안도인의 장점과 단처를 그려보려는 생각도 있다고 하면서 매일신보에 연재하고 있던 '봄밤'이란 뜻의 「춘소春宵」를 예로 들기도 했다. 중편소설 분량의 「춘소」만으로는 신대중문학이나 신순수소설의 개념을 파악하기 어려우나 의욕적으로 소설 창작에 임하려는 그의 각오를 읽을 수 있다.

그러나 그와 같은 이석훈의 문학적 결의는 불행하게도 일제의 '내선일체' 정책에 따라 변질되었다. 1939년 10월에 결성된 '조선문인협회'에서 12월에 내선일체를 목표로 전국적으로 실시한 사상운동 강연회(제4반 함경선 방면)에 참가하는 것을 시작으로 이른바 '국민문학'에 편승함으로써 일제의 한반도 책략에 동조하는 결과를 빚었다. 그는 이석훈 대신 '목양牧洋'이라는 필명을 사용하면서 1941년 「靜かな嵐」(고요한 폭풍)을 비롯하여 1942년에 「隣りの女」(이웃 여자), 「東への旅」(동으로의 여행), 「先生たち」(선생들)와 같은 일련의 일문소설들을 발표했다. 그는 한걸음 더 나아가 그의 이러한 작품들을 '국민문학'화에 기여한 작품들이라고 자평하기에 이르렀다. 특히 주인공 소설가 박태민이 지식인으로서의 우유부단함을 청산하고 '일본으로의 귀의가 역사적 필연'이라는 사상적 혁신을 내용으로 삼은 「靜かな嵐」을 두고 가장 심혈을 기울여 쓴 작품이라고 평가했다.15) 그는 이 작품으로 1943년 봄에 '국민총력조선연맹'에서 주는 '연맹상'을 수상했다.16)

그러나 그는 1943년 가을 「蓬島物語」(요모기섬 이야기)를 발표한 뒤부터 전세 변화에 대하여, 그리고 '조선문인협회'의 상임간사로서의 단체활동과 그 동안의 작품 활동에 대하여 심한 갈등과 회의를 느꼈던 것 같다. 그가 1944년 초, 홀연 만주 장춘長春으로 가서 염상섭이 편집국장으

---

14) 「관서關西 출신 문인 제씨가 '향토문화'를 말하는 좌담회」, 『삼천리』, 1940년 5월호. 이 좌담회에는 김억, 노자영, 백철, 이광수, 이석훈, 주요한, 함대훈 등이 참석했음.
15) 이석훈, 「靜かな嵐」, 『국민문학』, 1942년 11월호.
16) 杉本長夫, 「聯盟賞の 牧洋君」, 『국민문학』, 1943년 5월호.

로 있던 만선일보滿鮮日報의 객원으로서 근무한 것이 그의 심적 변화를 단적으로 말해주는 좋은 증거다. 이러한 과정을 보여주는 작품이 「靜か な嵐」의 주인공과 동일인물인 박태민을 주인공으로 하는 단편 「善靈」(선령)이다. 이 작품은 1944년 『국민문학』 5월호에 발표된 것으로 그가 장춘으로 가는 어간이거나 간 뒤에 쓴 것으로 보인다. 박태민은 존경하는 선배로부터 활동하는 단체에서 탈퇴하라는 권고를 받을 뿐만 아니라 현玄 시인으로부터 그가 연재하는 소설에 대해 힐난 받자 많은 사람들이 보는 가운데 현 시인에게 폭행을 가한다. 그 폭행은 박태민의 초조와 불안의 심리를 노정한 것으로 볼 수 있다. 그 무렵 박태민은 문학대회에 출석할 것을 권고 받으나 마다하고 만주로 간다. 생활이 절박한 가족에 대해 강한 애착을 느끼며 다시 한번 분발하여 생활과 싸울 결심을 하는 것이다.

이석훈은 1945년 8·15광복을 장춘에서 맞았다. 그해 9월, 서울 종로구 필운동 2번지 자기 집으로 돌아와 칩거하면서 자신의 이름을 감추고 러시아 작품과 일어작품들을 번역하여 생활을 꾸려갔다. 그가 해방 이후 '이석훈'이라는 이름으로 처음 발표한 글은 1947년 벽두의 '국민문학'에 대한 반성적 수상문인 「고백」이다.

8·15 이후에 본명을 내걸고, 글을 쓰기는 이것이 처음이올시다. 새해부터는 나도 묵은 탈을 털어버리고, 문학활동을 하여보리란 것이온대, 정작 본명을 내놓고 글을 쓰자니 적이 마음이 떨리는 듯하옵니다. (중략)

과거 일제시대에 소위 '국민문학'의 제일선에서 '활약'한 때도 있었습니다. 지금 보면 낯이 화끈화끈해지는 아첨의 글도 더러 쓰기도 했습니다. (중략) 도대체 나란 사람은 자유주의적이요, 세계주의적이면서, 결국은 한 조그마한 '에고이스트'이기 때문에, 내 작은 재능을 내 생활에만 집중했었고(그 이상 더 내게는 힘이 없었으나) 또 문학이란 시대와 환경을 벗어날 수 없는 것이라고, '정당화'는 데로 타협한 것이었습니다. (중략)

나는 소위 '국민문학'의 제일선으로부터 만주에로 도피하는 데서 용감해지기를 도모했습니다. 오래도록, 양심을 속이는 자기기만을 스스로 지탱할 수 없었던 것입니다. 만주에서 나는 일본제국주의의 정체를, 보다 더 명료하게

파악했고 일본의 기만정책을 더욱 뼈저리게 인식했습니다.(중략) 그리하여 나
는 비록 한때나마 그들 앞에서 굴하고, 그들에게 아첨의 글을 끄적거린 나의
연약하고도, 경망한 소행이 무한히 후회되었습니다. 그것이 비록 나의 '가난'
의 소위所爲라고 하더라도 얼마나 수치로운 일이겠습니까? 나는 때로 자기경
멸로써 내 자신을 채찍질하며, 절망과 오뇌懊惱에 빠져서, 만주의 차가운 거
리거리를 정처 없이 헤맨 적도 있었나이다.17)

'한림韓林(영변寧邊 정화교精華校에 계시던) 선생 좌하座下'로 시작하는 편
지 형식의 고백체인 이 글에서 이석훈은 스스로를 '정신적 범죄자'로 인식
하며 참회와 함께 관용을 구하고 있다. 이 글은 불과 네 쪽 정도에 불과하
여 친일 행위에 대하여 세세히 언급하고 있지는 않지만, 이광수가 「나의
고백」(1948.12)을 발표하기보다 근 2년 앞서 발표된 것으로 그 누구의
반성문보다도 자신의 심경을 변명 없이 솔직하게 드러내고 있다. "지난날
내가 절망과, 고뇌와 비애 속에 방황할 때 나를 재생에로 격려해준 여러
선배와 문우들, 혹은 그러한 때에 더 한층 나를 중상하고, 훼방하여, 내
맘을 무한히 아프게 한 사람들까지도, 나는 새날 아침에 한번 선의로써
대하고, 8·15 그 전의 나에게 영원의 결별을 지으려하나이다." 이로써
그는 과거 '국민문학' 시절을 청산하려고 했던 것이다.

그는 이후 1947년에 『순국혁명가열전』을 써 간행했고, B. 고르바또
프의 『항복 없는 백성』과 톨스토이의 『부활』을 번역 간행했으며 소설집
『황혼의 노래』를 재판 간행했다. 또 1948년에는 『문학감상독본』을 집필
간행했고 코난 도일의 『바스커빌의 괴견』과 『심야의 음모』를 번역 간행
했다. 이 일련의 저술 번역 활동은 '갱생의 길'을 도모하고 생활고를 해결
해보려는 몸부림의 결과였는지도 모른다. 그 중 『문학감상독본』은 문학
청년들에게 인기가 있어 재판을 찍었다. 이때 그는 김송의 주선으로 종
로구 옥인동 157번지 2호의 집을 마련할 수 있었다.

이석훈이 「고백」을 발표한 이후 발표한 소설은 「문화촌」(1948)과 「고
향 찾는 사람들」 두 편이다.

---

17) 이석훈, 「고백」, 『백민』, 1947년 1월호.

1930년대 말부터 8·15해방까지를 시대적 배경으로 하는 「문화촌」은 미국 유학을 갔다가 미국 여자와 결혼하고 귀국한 김준호가 아내 헬렌과 함께 서울 인근 적적한 T촌에 돌로 양옥을 짓고 3천 평의 돌밭을 일궈 옥수수와 콩밭을 만들고 비탈에 양치기를 하며 마을 농민들과 자녀들을 가르치고 간단한 시료지만 급한 환자를 돌보면서 '문화촌'을 만들어 가는 과정을 친구인 화자 '나'의 시점에서 다루고 있는, 그의 의식 개혁 소설 유형에 속하는 작품이다.

1930년대 초 일제하 삶의 터전을 버리고 강제로 이주를 당하는 화전민과 농민들의 현실 상황을 다루었던 「이주민열차」와 해방이 되어 만주 이주민이었던 사람들이 고향으로 돌아가기 위해 38선을 넘으려는 상황을 다룬 단편 「고향 찾는 사람들」(1950년)은 발표연대가 17년이라는 시간적인 거리를 두고 있지만, 떠나기와 돌아오기의 순환구조의 관점에서 보면 하나의 작품으로 취급할 수 있다. 구체적인 상황을 제시하고 긴밀하고도 통일성 있는 구조를 가지고 있다는 측면에서 이석훈 소설을 대표할 만한 주요작품들이다.

작가는 후자에서 '절망자의 비통한 부르짖음'과 같은 기적소리를 들으며 열차로 떠나갔던 이들의 돌아오기의 험난한 여정을 남북분단의 경계로 굳어진 38선을 중심으로 선명하게 부각시킨다. 만주로부터 돌아오는 수십 명 남녀노소 일행은 한밤중을 틈타 난행의 무거운 몸들을 이끌고 38선이 지척인 산허리에 이르렀으나 경비를 서고 있던 소련군의 제지를 받는다. 일행은 날이 밝으면 해주 수용소로 이송될 처지였다. 단지 '인텔리'로서의 책임감 때문에 일행의 길잡이 노릇을 하게 된 명수는 능란치는 못하나 러시아말을 조금 할 줄 알아 거짓으로 코뮤니스트를 자처하면서 교섭에 나서보지만 실패한다. 일행 중 경기도 양평이 고향인 김운성 노인은 병자의 몸으로서 딸만은 고향에서 출가시키고 싶은 일념으로 그곳까지 온 것이다. 30년 전 살길을 찾아 만주로 갔으나 큰아들은 독립군 군관학교를 나와 중대장으로 일본군과 싸우다가 전사했고 작은아들은 몸을 피해 소련 연해주로 가서 소련군의 사관이 되었으나 소련군이 만주로 들어올 때 일본군과 전투하다가 역시 전사했다는 것이다. 이렇게 김 노인은 두 아들을 '대한민족 해방투쟁의 장한 투사로서 조국에 바친 것'이었으나 그런 보람도 없이 해주로 이송되는 길 위에서 숨을 거두고 만다. 이석훈은 이 소설에서 떠날 때의 절망에서 돌아올 때의 절망으로 이어지는 이주민의 고통을 김운성 노인을 통해 극대화시킨다.

하지만 이석훈은 문학에만 전념하지 못하고 다시금 직업인으로 돌아갔다. 1948년 해안경비대가 창설되자, 그는 해군 중위로 입대를 했던 것이다. 당시 경기고등학교를 졸업하고 서울대학교 의대에 입학했던 장남 호우의 학비를 대자면 안정된 수입처가 있어야 했기 때문이었다. 1949년 국방부 정훈국을 거쳐 해군본부 소령으로 진급하여 초대 정훈감 서리로 근무하다가 1950년 초 무슨 이유에선지 갑자기 전역하고 말았다. 그리고 6·25전쟁이 발발했으나 그는 정훈감 서리 당시 살고 있던 용산구 이태원동 집에서 피난을 가지 못하고 지냈다.

부친은 은신하고 있었는데, 마침 통의동에 살고 있던 고모가 편찮다는 말을 듣고 그곳에 다녀오다가 7월9일 적선동에서 연행되어 당시 중구 소공동에 있던 정치보위부에 수감되었다. 이후 7월 하순께 서대문형무소로 이감된 사실이 확인되었으나 그 후의 행적은 묘연하다.[18]

혹자는 그가 납북되었다고 하고 혹자는 그가 피살되었다고도 하지만 그 아무것도 확인된 바가 없다. 가정의 불행은 이중으로 겹쳐 일어나 의대 본과 3학년에 재학 중이던 장남 호우도 전쟁의 와중에서 실종되고 말았다. 이렇듯 44세를 일기로 마감한 그의 생은 한 개인의 불행이면서도 민족의 역사적 비극과도 궤를 같이 하고 있는 것이다.

---

18) 2004년 현재, 3남 이승우의 증언.

4.

이상으로 소략하나마 이석훈 생애에 관하여 고찰한 결과, 다음의 몇 가지 점을 부각시키고 싶다.

첫째, 그 동안 1930년대의 작가·작품연구가 주요 작가들을 중심으로 하여 언급되고 평가됨으로써 이석훈 소설이 소설사에서 사라지고만 결과를 초래하지 않았나 하는 것이다. 물론, 필자는 그의 모든 작품이 우수하다고 주장하는 것은 아니지만 적어도 앞에서 생애를 다루며 언급한 작품들은 재평가를 받아 마땅하다고 생각한다.

둘째, 일찍이 이석훈은 임종국의 『친일문학론』(1966)에서 '친일 작가'로 규정된 바 있다. 그러나 그는 채만식의 「민족의 죄인」(1948.10)이나 이광수의 『나의 고백』보다 2년 가까이 앞서서 「고백」을 발표했다. 「고백」은 비록 짧은 글이지만 친일에 대한 변명이 아니라 그의 참회와 용서가 진솔하게 배어있는 있는 글이다. 그런 만큼 그의 친일행위도 역사적인 맥락에서 이해되어야 할 것이다. 더 나아가, 그의 일문소설까지도 번역하여 연구함으로써 친일에 대한 평가가 객관적으로 이루어지기를 기대한다.

셋째, 이석훈은 이미 44세에 이데올로기의 희생자로 생을 마감했다. 실상 그는 좌우 이데올로기에 관한 한 그 어떤 것에도 가담하지 않았다. 그가 해군정훈감 서리로 근무한 바 있으나 그것은 그 어떤 사상에 의해서가 아니라 생활을 위해서였던 것으로 보인다. 6·25전쟁이 발발하기 전에 전역을 한 것이 그것을 말해준다. 그가 해군으로 입대한 것은 그의 젊은 시절의 체험이 섬과 바다와 관련되어 있기 때문으로 추측해볼 수도 있다.

필자는 이와 같은 점들이 고려되면서 그의 생애와 문학에 대한 진정한 평가가 이루어지기를 바란다.

새로 찾은 菊初 글씨 한 점

崔 元 植[*]

1. 경위

『영원한 스승 吉瑛義』(2000)를 낼 즈음의 일이다. 이희환(李義煥)군의 도움으로 길영희선생기념사업회에 원고를 넘기고 오래 묵은 빚을 갚은 듯 홀가분해 하던 어느 날, 김석주(金錫周) 대선배께서 전화를 주셨다. 은사 심재갑(沈載甲)선생을 인연으로 이 사업회의 여러 일에 관여했지만, 김선배께서 원고를 일독하시고 따로 만나자는 데는 약간 겁도 났다. 모임에서는 여러 차례 뵈었어도 이렇게 호젓하게 자리한 적은 없었기 때문이다. 혹시 잘못 썼다고 꾸지람을 하시려는 것인가? 그런데 그날 아주 즐거웠다. 청진동 감미식당에서 순두부찌개를 먹고 그 근처 찻집에서 맛있는 커피도 마셨다. 얘기 끝에 김선배께서 '이게 아마 최교수에게 더 필요할 것 같아' 하시며 내게 글씨 한 점을 내밀었다. 가운데를 접은 작은 첩(帖)인데 '韓國人 李人稙'이라고 서명이 뚜렷하다. 처음 보는 자료인지라 염치없지만 나는 이 선물을 감사히 받았다.

그 뒤 이 첩을 학계에 공개해야지 해야지 하면서도 좀체 겨를을 낼

* 인하대학교 문과대학 동양어문학부 한국어문학전공 교수

수 없었다. 공개하려면 원문을 독해하고 번역까지 해야 될 터인데, 내 한문실력으로는 맘을 한번 먹어야 할 일이기 때문이었다. 마침 윤명구(尹明求)선배의 정년기념논문집을 사대 국어과에서 준비하는지라, 여기에 공개하는 것이 여러 모로 의의가 있을 듯 싶어 창비 원고를 끝낸 망중한(忙中閑)을 틈타 작업에 착수하였다. 복사본을 만들어 대강 짚은 다음, 사대 국어과의 김영(金泳)교수에게 보였다. 김교수가 단국대 동양학연구소의 허호구(許鎬九)연구원과 의논한 결과를 나에게 알렸다. 자료에 나오는 일본의 고유명사들을 정확히 하기 위해 문과대 일본과의 왕숙영(王淑英)교수에게 자문하였다. 왕교수는 그뿐 아니라 독해에서도 새로운 도움을 주었다. 마지막으로 성대 한문과의 임형택(林熒澤)선배와 짚었다. 끝내 풀리지 않는 단어도 없지 않았지만, 대강의 뜻은 이젠 짐작할 수 있게 되었다.

2. 주석

여러 분의 도움을 바탕으로, 그러나 최종적으로는 내 책임 아래 다음과 같이 원문을 공개하는 바이다. 원문은 죽 붙여썼지만 여기서는 독자의 편의를 위해 의미단위로 떼고 행갈이도 하였다.

背山流作高樓 已極畫中之景色 況有沸枷畫圖 載得天下勝景 有時披閱
左山右水 一花一竹 蘭秀菊芳 淡粧梅花 無邊月色 於焉有天下形勝無備具 吾
觀夫先生之樂於 斯爲盛
余嘗以遊信州國 下伊那郡 飯田町 太田氏之家 以爲仲長統之樂志論 於太田氏
可當矣

韓國人 李人稙

첫줄의 제3구 중 '沸枷'는 끝내 해석하지 못한 부분이다. 화집(畫集)을 놓아둔 받침대로 짐작되는데, 눈 밝은 분의 교시를 기다린다.

셋째줄의 '신슈우국(信州國)'은 오늘의 나가노현(長野縣)이다. 혼슈우 (本州) 중앙 동부에 있는 내륙지방으로 '일본의 지붕'으로 불릴 만큼 경치가 좋은 곳이다. 시모이나군(下伊那郡)과 이이다마찌(飯田町)는 내가 소장한 옛 일본지도에서 확인하였다.1) 시모이나군은 나가노현의 남부에 위치한 군으로 아이찌현(愛知縣)과 접경한다. 이이다마찌는 시모이나군의 지방자치단체의 하나인데, 쬬오(町)는 시(市)보다는 작고 촌(村)보다는 큰 것으로 우리로 치면 읍(邑)에 해당한다. 오오따씨(太田氏)는 정확히 누구를 가리키는지 알 수 없지만 이 가문이 카마꾸라(鎌倉)시대 이래의 명문의 하나라는 점을 감안하면 될 것이다. 이로써 이 첩이 나가노현에 은거한 오오따씨의 아름다운 저택에 바쳐진 것임을 짐작하겠다.

끝으로 중장통(仲長統)의 「낙지론(樂志論)」. 이 글은 『고문진보(古文眞寶)』에 실려 널리 알려진 것이다. 편찬자와 성립시기가 불명확한 이 앤쏠로지는 중국의 명시와 명문을 가려뽑은 다소 대중적인 선집으로 한·중·일에 두루 유통하였다. "거(居)함에 기름진 밭과 넓은 저택, 산을 등지고 내에 임(臨)하여, 구지(溝池)2) 빙 둘러있고 대와 나무 두루 퍼지고, 타작마당과 채마밭은 앞에 두고 과수는 뒤에다 심는다(使居良田廣宅 背山臨流 溝池環匝 竹木周布 場圃築前 果園樹後)"3)로 시작되는 「낙지론」은 바로 국초의 이 첩에 깊이 관여한다. 이 글은 입신양명의 길을 거절하고 전원에 은거하며 도가적 자유를 구가하는 삶을 예찬한 것인데, 이 선집의 편찬자는 이 글의 주지를 다음과 같이 밝힌다. "후한시대의 중장통은 자가 공리로 어려서부터 공부하기를 즐겼다. 성품이 매인 데 없이 자유로워 말에 거리낌이 없고, 작은 예절을 자랑하지 않았다. 주군에서 부를 때마다 문득 병을 칭하고 나아가지 않으니, 항상 생각하되 무릇 제왕과 노니는 자는 입신양명의 욕망에 따르는 것일 뿐이라고(後漢仲長統 字公理 少好學 性倜儻敢言 不矜小節 每州郡命召 輒稱疾不就 常以爲凡游帝王者 欲以立身揚名耳)."4)

---

1) 藤田元春, 『新日本圖帖』, (東京: 刀江書院, 1935), 제16도 中部地方南部.
2) 적이 침범하지 못하도록 성 밑에 파놓은 못.
3) 『古文眞寶』 (서울: 世昌書舘, 1966), 後集 17면. 번역은 필자.
4) 상동. 번역은 필자.

일본의 주구로서 입신양명을 추구하던 국초의 내면에 이런 선망도 간직되고 있었다는 점이 흥미롭다. 그런데 이처럼 입신양명을 더럽게 여긴 중장통은 과연 그 생각을 끝까지 지켰던가? 그렇지가 못했다.

중장통(서기180~220): 동한(東漢) 산양현(山陽縣) 고평(高平)사람이다. 자는 공리, 어려서부터 공부하기를 좋아하였고 글을 잘했다. 성품은 매인 데 없이 자유롭고 직언을 꺼리지 않아 당시 사람들이 광생(狂生)이라고 일렀다. 헌제(獻帝) 건안(建安) 11년 상서령(尙書令) 순욱(荀彧)이 천거하여 상서랑(尙書郎)이 되어 승상 조조(曹操)의 군사(軍事)에 참여하였다.5)

중장통이 모사(謀士)로 유명한 순욱의 천거로 조조진영에 투신한 점이 흥미롭다. 이 글은 그가 조조의 군막에 참여한 건안 11년(서기 206년) 이전 '광생'시절에 지어진 것이다. 그럼 국초의 이 첩은 언제 나왔을까? '한국인 이인직'이 단서가 될 것이다. 국초가 스스로를 '한국인'이라고 자처했다면 이는 조선왕조가 대한제국으로 국호를 바꿔 사용한 시기일 터이다. 그때는 1897년부터 1910년까지다. 그런데 그가 일본유학을 떠난 것이 1900년이니 이 첩이 나온 것은 아마도 1900년에서 1910년 사이가 될 가능성이 높다. 더 좁힌다면? 1904년 2월 귀국한 이후 매국활동에 분주했다는 점을 상기할 때, 나가노현 유람은 1900년에서 1903년 사이가 아닐까? 어쩌면 미야꼬(都)신문 견습생 시절일지도 모르겠다.6)

국초는 양면적이다. 매국활동을 통해 입신양명하고자 하는 일에 매진하면서도 한편으로는 이 모든 번잡으로부터 벗어나 소요유(逍遙游)하고픈 유혹에 끊임없이 시달리는 그의 착잡한 내면을 이 첩에서도 다시 확인하게 된다. 그러나 국초에게 그것은 어디까지나 하나의 포즈에 불과했다.

---

5) 『中國歷代人名大辭典』 上(上海: 上海古籍出版社, 1999), 583면.
6) 최원식, 『한국계몽주의문학사론』(소명출판, 2002), 150면 참고.

3. 번역

질정(叱正)을 기다리며 원문을 다음과 같이 번역한다.

산을 등지고 내를 임하여 큰 다락을 지으니 이미 그림 속 경치를 극하였네.
더구나 천하의 좋은 경치를 실은 그림첩이 있어 때로 펼쳐보니
왼쪽에 산, 오른쪽에 물, 한 송이 꽃과 한 그루 대,
난의 빼어남과 국화의 향기로움, 조촐히 단장한 매화와 가이없는 달빛,
어언 천하의 뛰어난 풍경을 두루 갖추었구나.
내 보매 선생의 즐거움이 이에 성대하도다.
내가 일찍이 신슈우국 시모이나군 이이다마찌 오오따씨 집에 놀새
중장통의 「낙지론」이 오오따씨와 가히 합당하다고 할 만하구나.

(2004. 8. 2.)

「순교자」에 나타난 신의 침묵과 인간의 갈등

신 춘 자*

I. 들어가는 말

한국 기독교소설 가운데 질적인 수준이나 그 외의 여러 가지 조건을 포함하여 문제작이라 할 수 있는 작품으로 김은국의 「순교자」를 들 수 있다. 이 작품이 한국 기독교소설의 문제작으로 거론될 수 있는 까닭은 먼저 「순교자」에 대한 문단의 반응에서 비롯된다.

김은국의 「순교자」는 1964년 미국에서 영어로 출간되었는데, 출간되자마자 선풍을 일으켜 전 세계의 문인들에게도 대단한 관심을 불러일으켰다. 「타임」지와 「뉴욕 타임즈」에 실린 당시의 서평을 보면 「타임」은 이 작품을 까뮈의 작품과 비교하였고, 「뉴욕 타임즈」는 도스토예프스키와 까뮈 등과 비교하면서 그 위대한 도덕과 심리적 전통으로 오래도록 남을 작품이라고 찬사를 보냈다. 세계적인 작가 펄벅은 "언젠가는 노벨상을 획득할 작가"라고 까지 격찬을 아끼지 않았다. 기독교 소설을 포함하여 한국 작품으로서 세계 문단에서 이와 같은 반응을 불러일으킨 작품이

* 성결대학교 명예교수

아직 없었다는 것을 생각하면 김은국의 「순교자」[1]가 얼마나 문제작인지를 알 수 있게 된다.

김은국(Recherd E. Kim)은 1932년 함흥에서 태어났으나 어린 시절의 대부분은 황해도 황주에서 보냈다. 8·15후 평양 제2중학 때 월남하여 목포고교를 졸업하고 서울상대에 입학하여 재학 중 6·25사변이 발발, 그는 전쟁 중에 미군 통역 장교로 입대하여 1955년까지 군 복무를 마쳤다. 1954년에 미국으로 건너가 공부하던 중 석사 학위 논문으로 쓴 영문 소설 「The mathred」로 돌연 1급 작가로 등장했다. 그는 이어 5·16 혁명에서 취재한 것을 바탕으로 두 번째 소설 「The innocent」를 발표하고, 1970년에는 자전적 소설 「The lost names」를 발표했다. 김은국은 이 세 편의 영문소설을 통해 미국문단에서 확고한 기반을 갖게 된다. 이 세 편의 소설은 모두 한국을 무대로 한국인이 등장하고 있지만 그의 작가 의식은 분단과 전쟁이라는 특수한 상황의 문제가 아니라 인간의 확대와 구원, 세계의 진상과 허위, 행동과 관찰이란 인류의 문제로 확대되고 있어 한국적 개별성을 서구의 보편성으로 발전시키는데 성공하고 있다.

그 동안 「순교자」에 대한 연구는 단편적으로 이루어져 왔다. 이철범은 「순교자」가 순교정신을 신학의 입장에서가 아니라 문학적인 면에서 다루었다고 평했다. 그는 「순교자」를 종교 정신이나 종교의 입장에서 조명한 것이 아니라 실존주의자들이 말하는 양심, 즉 성실성으로써 따져 보았다는 것이다. 이철범은 김은국이 역설과 패러독스라는 문학적 장치로 작품에 긴장을 만드는 수법을 사용함으로써 문학적인 기법 면에서 성공하고 있다고 했다. 그리고 주제면에서는 다른 사람들처럼 신을 믿지

---

1) 김은국, 『순교자』(서울 : 을유문화사, 1990). "이 작품은 최초에 미국에서 「The marthred」라는 이름으로 1964년에 영문으로 발표되었다. 이 작품은 장왕록 교수의 번역으로 삼중당에서 출판되고 다시 도정일 교수의 번역으로 시사영어사에서 발표되었다. 하지만 본고에서 텍스트로 삼은 것은 이 두 책이 아니라 작가가 직접 번역하여 쓴 「순교자」임을 밝혀둔다. 작가가 머리말에서 밝히고 있듯이 이 텍스트는 작가의 뜻이 가장 정확히 전달된 「순교자」의 우리기 때문이다.

않는 신목사가 스스로의 양심을 굽히지 않는 성실성을 보이는 것과 작중 인물인 "나"가 역사와 현실 앞에서 갖게 되는 정신적 회의가 대조된다고 보았다. 그 회의는 역사와 현실을 안고 동시에 부정하는 정신이며, 어떤 시련 속에서도 중단되지 않고 이어가는 목숨이 인간에게 과연 무엇이 참된 가치이며 신념이라고 묻는 원초적 질문이다. 이철범은 「순교자」에서 이 두 가지 태도가 마주칠 듯, 마주치지 않을 듯 평행선을 그리고 있다는 것이다.2)

권영진은 「한국문학에 나타난 기독교의 양상」에서 남의 것이 아닌 한국문학의 일부로서 기독교 문학이 가진 가능성을 타진해 보려고 하였다. 그는 이범선의 「피해자」와 대조를 이루는 작품으로 김은국의 「순교자」를 들었다. 이범선의 「피해자」가 인간화의 의미를 수동적이고 부정적인 의미에서 강조했다면 김은국의 「순교자」는 능동적이고 긍적적인 의미에서 인간화 의미의 진실을 슬기롭게 올바른 행동으로 도출하는 기독교의 사랑, 이웃에 대한 내일의 희망을 줄 뿐만 아니라 그의 허무와 절망의 삶을 나눠지고 극복해 가는 십자가적인 의무, 그 기묘한 형태의 사랑을 통해 신학이 아닌 인간학을 기초로 한 작품을 이루었다는 것이다.3)

위와 같이 「순교자」는 제제에서의 뉴앙스와는 달리 단순한 신앙소설이 아니라 작가가 기독교 사상을 새로운 시각에서 다뤄낸 작품이다. 따라서 연구의 접근 방법도 단순히 그 안에서 기독교 사상을 추출해 내려고 하는 것이 아니라 좀 더 다각적인 면에서 시도돼야 할 것이다. 그리하여 「순교자」라는 문제작에서 찾아낼 수 있는 기독교적인 의미는 무엇이며, 또한 기독교문학의 발전이란 측면에서 「순교자」를 통해서 배울 수 있는 점이 무엇인가를 살피고자 한다. 텍스트는 주1)에서 밝혔듯이 작가

---

2) 이철범, 「순교자론」, 『문학춘추』 제1권 3호(서울 : 문학춘추, 1964), PP.218-24.
  서광선, 「고통과 희망과 사랑」, 『한국문학』 통권 제32호(서울 : 한국문학, 1976), PP. 308-12.
3) 권여진, 「한국문학에 나타난 기독교의 양상」, 『한국 기독교와 예술』(서울 : 풍만, 1987), PP.95-7.
  황헌식, 「기독교의 영향과 문학적 수용」, 『기독교사상』 제20권 8호(서울 : 대한기독교서회, 1976), PP.20-31.

가 직접 번역하여 출간한 「순교자」로 한다.

Ⅱ. 신의 죽음이 선언되다

이 소설에서 핵심이 되는 질문은 순교자에 대한 참되고 객관적인 진실을 찾는 이대위(나:소설의 화자이면서 관찰자)와 주변 인물들을 통해 끊임없이 제기되며 신목사의 무신론적인 고백에서 절정에 달한다.

"목사님?"
"왜 그러십니까?"
나는 잠깐 망설였지만 그러나 물어 보지 않으면 안 된다고 생각했다.
"당신들의 신-그는 자기 사람들이 당하는 고통을 알고 있을까요?"
그(신목사)는 한 마디 대꾸도 없이 돌아서더니, 컴컴하고 외딴집 안으로 사라졌다.[4]
성중에서는 죽어가는 자들이 신음하며 다친 자가 부르짖으나 하느님은 그들의 기도를 듣지 아니하시느니라 - 욥기 24장 12절[5]
나는 장대령에게 같이 가자고 말한 다음 신 목사에게로 걸어갔다. 그의 검은 눈동자가 깊숙이 내 눈을 들여다 보았다. 나는 말하지 않을 수 없었다. 말하지 않고는 그냥 넘어갈 수가 없었다.
"목사님, 목사님의 신은 저들의 고통을 진정 알고 있을까요?"[6]

이 소설에서 인간들이 제기하는 질문은 과연 신은 인간들의 이런 고통을 알고 있느냐는 것이다. 한국 동란이라는 극한 상황에서 인간들이 제기하는 이러한 질문은 당연한 것일 수 있다. 그 고통이 당시의 우리 민족은 누구에게도 생소하고 혹독한 것이었으며, 그 어떤 말로도 표현이 불가능한 것이었다. 뿐만 아니라 그런 질문은 정말 공의로운 신이 있다

---

4) 김은국, 「순교자」, p.32.
5) Ibid., p.137.
6) Ibid., p.166.

면 이런 상황에서 인간들에게 책임 있는 답변을 해야 하지 않느냐는 정당한 물음인 것이다.

이 물음이 신목사라는 인간을 통해 제기될 때 그 질문은 정당한 질문이라는 사실을 넘어서 하나의 선언으로까지 자리 하지 않을 수 없다. 그는 변절자가 아니라 죽음 앞에서도 신에 대한 믿음을 포기하지 않았던 순교자였기 때문이다. 다른 사람이라면 모르지만 신 목사에게는 그런 질문을 할 권리와 의무가 있을 수 있다. 신은 극한 상황 속에서도 믿음을 잃지 않았던 순교자가 오히려 변절자로 몰리는 상황에서도 침묵하고 있으므로 "신이 정말 인간들의 고통을 알고 있을까?"하는 질문은 인간의 실존상황에서 자연스럽게 나오는 질문이고, 인간이 마땅히 신으로부터 대답을 들어야 하는 질문인 것이다.

하지만 결국 이 소설에서 신은 처음부터 끝까지 침묵으로 답한다. 침묵은 신이 인간들의 간절한 물음에 내린 계시였다. 그 계시는 인간들이 처한 현실과 그로부터 받는 고통에 대해 아무런 위안도 될 수 없고 희망도 될 수 없는 죽은 계시이다. 따라서 그 계시는 아무런 의미가 없으며, 마침내는 참된 순교자였던 신 목사를 통해 '신은 없다'는 충격적인 고백으로 나타나게 된다.

> "평생토록 난 신을 찾아 헤매었소." 그는 소곤거리듯이 말했다.
> "그러나 내가 찾아낸 것은 괴로움과…죽음, 냉혹한 죽음에서 벗어나지 못하는 인간 뿐이었소."
> "그리고 죽음의 다음은?"
> "아무 것도 없소! 아무것도!"[7]

신목사의 이런 고백은 그와 함께 죽음의 골짜기에서 살아난 아들 같은 젊은 목사 한 목사의 임종 순간에 다시 한 번 확인된다. 한 목사는 자기 신앙의 근거로 여겼던 신목사로부터 무신론적인 고백을 듣고 미치게

---

7) Ibid., p.208.

되고, 죽는 순간에 '신은 없다.'는 말을 하고 죽게 된다. 이 소설에서 신은 철저하게 죽은 것으로 나타난다.

> 그리고 다음 순간 우리는, "하느님… 없어… 하느님… 없어……"하는 그의 가늘고 떨리는 목소리를 들었다. 그의 몸이 연달아 몇 번 경련을 일으키다가 멎었다. 그의 육신은 아무것도 씌우지 않은 전등 불빛 아래에서 그 자리에 있었던 사람들의 말없는 시선에 둘러싸인 채 누워 있었다.[8]

신 목사와 한 목사의 입에서 나온 이 고백을 그냥 '신은 죽었다'는 단순한 사실명제 정도로 생각할 수 없는 것은 그들이 목사이기 때문이다. 그들은 신의 존재를 확실하게 믿어야 하는 사람들이고, 실제로 신의 존재를 확신하는 사람들이다. 그들은 '신이 없다'고 믿는 세상에 '신은 있다'고 말하는 신의 전령들이다. 더구나 그들은 죽음을 앞에 두고도 신에 대한 믿음을 버리지 않은 순교자들이다.

그런 그들이 '신은 없다'. 곧 신의 죽음을 선언한 것은 소설에 나오는 그 어떤 등장인물들의 선언보다도 믿을 만한 것이 되며, 선언을 넘어서 하나의 진리로까지 격상된다. 현대라는 공간에서 신은 죽었다는 것이다. 부조리와 모순, 인간의 고통을 해결하지 못할 뿐 아니라 인간의 실존적인 질문에 답하지 않는 신은 죽은 신이다. 설령 그 침묵의 신이 살아있다고 하더라도 인간 편에서 그 신은 이미 죽은 것이다. 그 신은 인간과는 무관하게 천상에만 거하는 신인 까닭이다.

유대인 신학자 루벤스타인(R. L. Roubenstein)은 제2차 세계대전 당시 나치의 지배 하에 희생당하는 유대인들의 고통을 보면서 "아우슈비츠 이후 어떻게 유대인이 전능하고 자비한 하나님을 믿을 수 있겠는가?"고 물으면서 "우리는 신의 죽음의 시대 속에 살고 있다."고 말하였다.

「순교자」가 발표된 1964년 당시 전 세계 신학계에서 유행하던 신학은 세속화 신학이었다. 제2차 세계대전 이후 행동하는 신학자로서 나치

---

8) Ibid., p.156.

독일에 의해 죽음을 당한 본회퍼의 사상에 영감을 얻어 신학의 새로운 조류로 떠올랐던 이 신학의 주제는 인간들이 살고 있는 이 세상에 대한 관심이었다. 세속화 신학을 하는 젊은 신학자들은 전통적인 기독교는 세계대전을 사전에 막지도 못했으며, 전후 시대의 여러 가지 문제점을 해결하지 못했다고 평가했다. 뿐만 아니라 전통적으로 이해되는 하나님은 현대인에게 부적절하다고 주장했다. 전통 기독교는 현대라는 세계에서 일어나는 여러 가지 문제들의 대안이 될 수 없었다. 그러므로 세속화 신학자들은 신학적 관심을 초자연적이고 초월적인 것으로부터 이 세상에서 일어나는 사건으로 바뀌었다. 그들의 관심은 하늘이 아니라 이 세상이었고, 하나님의 초월성이 아니라 이 세상에 계신 하나님의 내재성이었다. 그들은 역사의 진행 과정에서 종교적인 지배와 형이상학적 세계관으로부터 해방되는 것을 원했다. 한 마디로 말하면 세속화 신학은 현대 과학 기술 문명을 배경으로 해서 전통적인 기독교의 진리를 급진적으로 재해석하려는 기독교계의 혁명적인 신학이었다.

이렇게 급진적이고 혁명적인 세속화 신학 중에서도 가장 급진적인 신학이 신 죽음의 신학이었다. 신의 죽음에 대한 논의가 신 죽음의 신학자들에 의해 처음 제기된 것은 아니었다. 이미 포이엘 바하나 니체 같은 사람이 주장한 사상이었다. 그러나 기독교계는 본 회퍼의 사상에 영감을 얻어 본격적으로 신의 죽음을 신학의 본격적인 주제로 삼아 논하기 시작한 것이었다.

신 죽음의 신학은 신 상실의 경험을 신의 죽음이라는 은유로 표현했다. 신 죽음의 신학이 가진 핵심적 주장은 두 가지로 요약된다. 첫째 기독교 전통에서 말하는 초월자와 창조주로서의 하나님은 죽었으며, 이것은 역사적인 사실이다. 둘째 하나님의 죽음은 또한 전통 기독교의 죽음을 의미한다. 따라서 예수의 윤리적인 교훈에 근거하여 새로운 윤리 종교로서 기독교를 재조직해야 한다. 이런 주장은 경험적 사실의 배후에 있는 초경험적인 실재를 인정하지 않는 반면, 인간의 이성과 경험에 신뢰성을 두는 실증주의적 태도로부터 나온 것이다.9)

「순교자」는 이런 신학적 관심과 조류를 바탕으로 하고 있다. 신 죽음의 신학에서 영감을 얻은 작가의 신학적 관심이 가 닿은 곳은 제2차 세계 대전 이후 가장 비극적인 전쟁이었던 한국동란이 일어난 한반도였다. 그리고 서울 외에 한반도의 또 다른 중심이었던 평양이었다. 작가가 작품의 배경으로 평양을 택한 것은 의미가 깊다. 평양은 동양의 예루살렘이라고 불리는 곳이었다. 많은 기독교인들이 있었으며, 한국의 기독교 신앙을 대표하는 도시였다. 바로 그곳에서 작가는 신의 침묵을 말하며 더 나아가서 신의 죽음을 선포한다. 신의 죽음은 신을 믿지 않는 사람들에 의해 선포되는 것이 아니라 신에 대한 충성으로 순교의 잔을 마시려 했던 사람에 의해 선포됨으로써 그 충격의 도를 더하고 있다.

「순교자」는 질문한다. 신은 왜 이 부조리한 민족상잔의 전쟁을 막지 못했는가? 신이 있다면 왜 이런 상황이 발생해야 하는가? 「순교자」가 던지는 이러한 근본적인 질문은 당시 서구 신학이 정통 신학에 던진 그 질문의 한국적 적용인 셈이다.

Ⅲ. 신이 없는 시대를 살아가는 새로운 인간형

「순교자」는 '왜 신은 침묵하는가?' 라는 질문만을 던지지 않는다. 신의 죽음을 선언하는 것으로 그치지 않는다. 「순교자」는 그 물음과 신의 죽음이라는 상황에서 '이제 인간은 어떻게 할 것인가?'에 대한 해답을 제시한다. 그 해답은 세속화 신학이나 신 죽음의 신학이 제시했던 대로 신이 비어있는 자리를 인간으로 채우는 것이다. 종교적으로 성인이 되어 더 이상 종교가 필요 없게 된 인간, 신이 없는 것처럼 행동하면서 스스로 책임을 지는 인간, 이제 신이 없어도 스스로 자기의 문제를 해결할 수 있는 세계에 대한 무한(無限) 긍정적인 믿음이 '왜 신은 침묵하는가?'라는

---

9) 목창균, 「현대 신학 논쟁」 (서울 : 도서출판 두란노, 1995), pp.306-8.

질문과 '그러면 신이 죽은 시대에 인간은 어떻게 할 것인가?' 에 대한 답
으로 제시되고 있다.

> "지옥이 따로 없는 것 같았소. 나는 인간이 희망을 잃을 때 어떻게 동물이
> 되는가를, 약속을 잃었을 때 어떻게 야만스럽게 되는가를 보았소. 그렇소, 영
> 원한 희망이라는 그 환상을 말이오. 인간은 희망 없이는, 정의에 대한 약속
> 없이는 그 괴로움을 이겨 내지 못합니다. 만약 그 희망과 약속을 이 세상에서
> 찾을 수 없다면, 하긴 그게 사실이지만, 그렇다면 다른데서-그렇소, 하늘나라
> 하느님의 왕국에서라도 찾지 않으면 안 됩니다. 그래서 난 다시 평양으로 돌
> 아왔던 겁니다."
> "그렇다면 목사님, 당신의 희망, 당신의 약속은?"
> "될수록 많은 사람들이 절망의 노예가 되지 않고, 많은 사람들이 뭔가 목적
> 의식을 가지고서 이 세상의 고통을 이겨내고, 많은 사람들이 평화와 믿음과
> 축복의 환상 속에서 눈을 감게 됐으면 하는 거요."[10]

　신 목사는 기독교에서 말하는 영광스런 순교자가 아니라 스스로 유다
가 될 것을 결심한다. 그가 만약 진실을 말하게 될 경우에 전쟁이라는 극
한 상황 속에서 희망을 잃고 방황을 하고 있는 인간들이 겪게 될 혼란과
절망을 아는 그는 자신이 예수 그리스도를 파는 유다가 되고 다른 목사
들은 순교자라는 사실을 말하는 것을 통해 진실을 묻어둠으로써 인간들
에게 희망을 주려고 한다. 신 목사 자신의 절망, 곧 신이 없다는 사실은
자신의 십자가로 생각하고 짊어진 채 인간들에게 희망과 구원을 선포하
겠다는 것이다.

　왜 그가 그런 행동을 하려 하는가? 그의 희생은 무슨 의미를 지니고
있는가? 그것은 그가 가진 인간을 향한 무한한 사랑에서 비롯된다. 신이
죽었음을 확인한 뒤에 생긴 자신 안에 있는 절대적인 절망을 다른 인간
들을 향한 사랑의 의지로 바꾸겠다는 것이다.

---

10) 김은국, 「순교자」, p.221.

　　"나는 그들의 곁에 있어야 합니다. 아무도 그래 줄 사람이 없다면 나만이라
도 남아 하느님이 그들을 돌보고 나도 그들을 돌보고 있다고 믿게 해야 합니
다. 안녕히 가시오."
　　〈중략〉
　　신목사가 다시 소근 거렸다. "인간을 사랑하시오, 대위. 그들을 사랑해 주
시오! 용기를 갖고 십자가를 지시오. 절망과 싸우고 인간을 사랑하고 이 유한
한 인간을 동정해 줄 용기 말입니다."11)

　　위의 예문은 신 목사가 중공군의 개입으로 아군이 평양에서 철수할
것을 알면서도 평양에 남을 것을 말하는 부분이다. 신 목사는 작중 화자
인 '나' 이 대위가 같이 평양을 빠져나가자는 간곡한 제의를 해도 자신은
평양에 남겠다고 한다. 그러면서 희망을 잃은 인간들에게 희망을 설교하
겠다고 말한다.
　　신 목사는 신이 죽어버린 시대에 신이 하지 못하는 일을 자신이 떠맡
으려고 한다. 그리하여 인간인 신 목사는 신은 아니지만 거의 신의 영역
에까지 그의 삶을 확대한다. 신 목사는 신이 침묵하고 있는 고난의 현장
에서 스스로 십자가를 지며 인간들에게 희망을 제시하는데 바로 여기에
이 소설이 말하는 순교자의 역설적 의미가 있는 것이라 하겠다.
　　이 소설은 교리와 도그마를 위하는 광신자로서 독선적인 신앙을 가지
고 죽어가는 조건적 순교가 아닌 보다 넓은 의미의 인간적인 종교적 순
교를 말한다. 이 순교는 인간의 역사와 고통을 무시하는 신과 그런 신을
향한 신앙을 거부하는 신앙 때문에 죽는 순교의 차원이다. 인간을 사랑
하지 않고 눈에 보이는 역사를 외면하는 종교에 대항하여 인간을 사랑하
고, 인간의 역사를 위하여 사는 삶을 보다 깊은 차원에서 순교적 삶이라
고 말하고 있는 것이다.12) 여기서 "순교자"의 의미는 전통적인 기독교의
개념으로는 설명할 수 없는 의미이며, 인간성에 대한 낙관적인 기대와
인간 중심의 사상에서 나온 "순교자"의 개념이다. 이 소설에 따르면 신이

---

11) 김은국, 「순교자」, p.230.
12) 서광선, "고통과 희망과 사랑", 〈한국문학〉 1976. 6월호., p.311.

죽은 시대를 살아가는 인간들이 탐구해야 하고 추구해야 하는 순교자의 의미가 바로 이것이라고 할 수 있다.

이 소설에서 신 목사를 통해서 말하는 순교자란 인간의 양심과 성실성으로 고난의 상황을 극복해 가는 인간상이다. 그 인간은 이웃을 향한 사랑을 가지고 있는 인간이다. 그 인간이 보여주는 다른 인간들로부터 오해를 받을지라도 다른 인간을 향한 사랑을 가지고 그들에게 희망을 줄 뿐만 아니라 그들의 허무와 절망을 나누어 짊어지려는 삶이 십자가의 삶이며 참된 순교이다. 신이 죽은 시대에 신이 베풀지 못하는 사랑을 베푸는 그 인간이야 말로 참된 순교자의 자격을 가지고 있는 것이다. 작가는 이처럼 신 목사의 신앙을 인간의 의지와 성실, 그리고 다른 인간을 향한 사랑으로 바꾸고 있으며 그것은 이 작품이 신학이 아니라 인간학에 기초를 둔 작품임을 증거하고 있다.

> 신목사의 이런 인간 사랑에 대한 실천적이고 헌신적인 순교의 삶은 작품 말미에 이르러서 부활에 대한 은근한 암시를 함으로써 더욱 확고해 진다. 순교자 신 목사는 이제 신이 된다.
> 한데 이상한 것은 내가 지금까지 얘길 해 본 사람 중에 신 목사를 보았다는 사람이 열 두엇 된다는 사실이오. 평양에서 온 사람 가운데는 신목사가 살아있다고 말하는 사람도 서넛 있어요. 그 사람들 얘긴 별로 놀라운 게 아닙니다. 어쩌면 그들 이야기가 사실인지도 모르니 말요. 하지만 장대령이 한 얘기가 있지 않소? 또 내가 제일 어리둥절한 건, 평양 출신 아닌 사람들 중에도 신 목사를 보았다고 주장하는 사람이 꽤 많다는 점이오. 내가 말하는 것과 똑같은 사람을 만주 국경의 한 소읍에서 보았다는 사람이 있는가 하면 서해안에서 보았다는 사람도 있고 동해안 어느 어촌에서 보았다는 사람도 있소. 그 사람들 말은 믿기 어려워요. 하지만 그들은 자기네가 본 사람들이야말로 내가 묘사한 그 사람과 구구절절 들어맞는다고 주장하고 있으니 당신은 이걸 어떻게 생각하오?13)

이 예문은 '나'가 부산 천막촌으로 고 목사를 만나러 갔을 때 들은 신

---

13) Ibid., p.250.

목사에 대한 이야기다. 신 목사는 공산군에 의해 평양이 다시 함락되었을 때 죽었어야 했다. 하지만 신 목사는 평양뿐 아니라 곳곳에 나타난다. 이는 예수가 부활한 뒤에 곳곳에 나타나 그의 제자들에게 구원과 부활을 선포했던 것과 같은 모습이다. 신 목사는 순교자로서 죽은 것이 아니라 인간들에게 희망과 구원, 부활을 선포하는 신으로 나타나고 있었던 것이다. 그의 행방은 묘연하다. 하지만 목격자들에 의하면 그는 여전히 전쟁이라는 극한 상황 속에서 인간들에게 희망을 말하는 존재다. 신이 죽은 시대에 그 부재의 자리를 메꿔 갈 새로운 존재의 출현이 신 목사를 통해 암시되고 있는 것이다.

작품 마지막 부분에 평양에 있던 교회는 폐허가 되고 신처럼 곳곳에서 나타나는 신 목사가 대비되고 있는 것은 그 한 증거일 것이다. 교회는 기독교 신앙의 상징이다. 기독교 신학에 따르면 교회는 그리스도의 몸이요, 기독교 신앙의 중심이 된다. 그런데 소설의 의미가 드러나는 작품 마지막 부분에 교회는 완전히 무너져 버린다. 하지만 신 목사는 죽지 않고 곳곳에서 나타난다. 이는 전통적인 기독교 신앙과 신은 죽고, 그를 대신할 새로운 존재의 출현을 암시하려는 작가의 의도를 보여주는 것이다.

> "교회 얘기가 났으니 말인데,"하고 장 대령은 얘길 계속했다. "기억하고 있나? 우리 평양 파견대가 있던 건물 건너편 교회 말야. 노상 종이 땡그렁 거리던 교회지. 그게 이젠 깨끗이 날아가고 없다네. 우리가 있던 그 건물도 마찬가지고. 우리 폭격기들이 아주 깨끗이 해치웠다네. 평양 일원에 대해서 말야. 자네들이 철수하고 중공군이 밀려들어오던 바로 그 날이지. 우리가 있던 건물 일대는 완전히 쑥대밭이 됐네."[14]

이렇게 신의 죽음이 선언된 시대에 새로운 존재의 출현을 기다릴 뿐 아니라 이미 그 존재의 출현을 확인한 이 소설은 인간이 살아가기에는 너무나도 극한 상황의 전쟁 속에서 신의 죽음이라는 절망을 확인하는 암울한 분위기로 시작되고 진행되었지만 희망을 말하는 분위기로 끝을 맺

---

14) Ibid., p.242.

는다.

> 나는 걷기 시작했다. 줄지어 늘어선 천막들, 온갖 고뇌의 시련이 소리 없이 사람들의, 내 사람들의 가슴을 쥐어뜯고 있는 그 천막들을 지나 나는 넓은 바다가 와서 출렁이고 있는 해안 모래밭 쪽으로 걸어갔다. 거기엔 다른 한 무리의 피난민들이 밤하늘의 반짝이는 별빛을 지붕 삼고 모여 앉아 그들이 돌아가야 할 고향의 노래를 조용히 합창하고 있었다. 그 노랫소리를 듣자 나는 그때까지 한 번도 느껴 보지 못했던, 이상하리만큼 홀가분한 마음으로 그들 사이에 끼었다.15)

소설의 마지막 부분이다. 이 소설의 주인공이요 사건의 관찰자로서 진리와 진실이 무엇인지를 찾던 '나' 이 대위는 피난 촌을 나오면서 이상하게 평화를 느낀다. 교회 예배당에서 나는 찬송가를 부르는 소리에서는 고뇌와 슬픔을 느끼던 내가 피난민들이 부르는 조용한 노래 소리에 홀가분한 마음을 느끼는 것은 그의 마음속에 희망이 생겼기 때문이다. 그 희망은 무책임한 신이 준 것이 아니다. 그 희망은 신의 죽음을 확인하는 절망 가운데서 역설적으로 피어나는 희망이다. 그 희망은 신 목사와 같이 자신의 십자가를 지고 인간을 사랑하는 신 대신에 이 부조리하고 고통이 넘치는 세계를 책임질 만한 인간형을 발견했기에 넘치는 희망이다. 또 이 세계는 결국 그런 순교자들에 의해서 언젠가는 이 극한 한계 상황을 극복하게 되리라는 믿음에서 오는 희망이다.

IV. 「순교자」의 기독교적 의의

「순교자」는 신 부재의 시대, 더 나아가서는 신 죽음의 시대에 인간이 해야 할 일이 무엇인지를 진지하게 다루고 있다. 이 작품에서 다루고 있

---

15) Ibid., p.254.

는 것은 「순교자」에 대한 색다른 해석이며, 신이 부재하고 있는, 더 나아가서 신이 없는 새로운 세계를 이끌어 갈 새로운 인간형에 대한 성찰이다. 그 새로운 인간형은 신이 없는 빈자리를 대신 할만한 의지와 인간을 향한 사랑을 가진 인간이다. 위에서 밝힌 바와 같이 이 소실은 신이 침묵하는 시대에 오직 희망을 가지고 사랑을 실천하는 인간만이 대안임을 말한다.

성경을 보면 인간의 역사는 죄와 불순종의 역사다. 인간의 역사는 신과 더불어 살아야 할 인간이 끊임없이 신을 떠나는 역사다. 인간의 고통과 고난은 인간이 참 신을 떠나 자신을 포함한 우상들을 숭배한 결과다. 그 우상들은 인간이 그토록 추구하는 돈, 명예, 쾌락, 권력 같은 것들이지만 실은 인간을 억압하는 것들이다. 지배계층에게는 권력이 그들의 보이는 신이며, 부자들에게는 돈이 그들의 보이는 신이 된다. 그들은 그것들을 추구함으로써 인간의 참다움을 잃어간다. 그들이 추구하던 물질이 신이 되고 그들은 그 신을 숭배함으로써 다른 사람들에게 억압과 좌절을 선물하며, 그들 스스로는 악이 되어간다. 성경은 이런 우상숭배를 죄로 규정한다. 인간 존재의 비극이 여기에 있다.

그래서 하나님은 언제나 인간에게 다시 돌아올 것을 권면하고 때로는 강한 어조로 명령한다. 그 길만이 살 길이기 때문이다. 십계명 중 3계명이 이것을 표현하고 있으며, 예수는 자신의 가르침에서 우상을 버리고 참 신이신 하나님께로 돌아올 것을 말하고 있다. 따라서 참된 신앙을 가지려면 우상과의 싸움은 반드시 필요한 요소이다.

「순교자」에서 배울 수 있는 것이 바로 이 우상과의 싸움이며 우상파괴 정신이다. 신 목사는 우상파괴 정신을 실천하는 인간형으로 「순교자」에서 부각되고 있다. 예수는 그의 전 생애를 유대교라는 우상을 파괴하는데 보냈던 인물이었다. 예수는 하나님을 믿는다고 하면서도 실은 하나님을 믿지 않을 뿐 아니라 많은 사람들을 율법의 굴레 가운데 있게 했던 유대교의 교권 체제에 도전했던 인물이었다. 예수는 돈벌이의 수단으로 전락한 예루살렘 성전의 기물을 뒤엎었으며, 유대교의 위선적인 가르침을 진리로 공박했다. 예수의 모든 가르침은 자신 안에 있는 우상을 버리고 참 신이신 하나님께로 돌아오라는 메시지를 담고 있다.

마찬가지로 신 목사가 보여주는 행동은 우상과의 싸움, 우상파괴의 정신과 맥락을 같이 한다. 그는 자신의 삶을 던져 기성 교회의 신학과 거대한 교회 건물 뒤에 가려져 있던 기독교 신앙의 우상을 파괴한다. 그리고 사랑만이 참된 신앙임을 실천적으로 보여준다. 신 목사는 죽음을 앞둔 상황에서 드러나는 하나님을 잘 믿는다고 생각했던 목사들의 배교를 보면서 그들의 번지르르한 신앙이 신을 향한 믿음이 참된 것이 아니라 위선이었음을 깨닫는다. 그리고 자신은 순교자로서의 정신을 지킨다. 극적으로 살아나서도 신 목사는 자신의 삶을 드려 다시 한 번 순교한다. 그러면서 참된 신앙은 무엇인지를 웅변한다. 신 목사의 신앙과 삶은 우상과의 싸움이라는 측면에서 이해할 때 기독교적 의미를 부여할 수 있는 삶이 되는 것이다.

기독교 신앙의 실현은 신이 부재 한다는 절망감을 견디며 그 부재를 떠드는 세력을 끊임없이 부정하는 과정이다. 기독교 사상의 핵심에는 우상과의 싸움을 통해 하나님을 사랑하여 참다운 사람다움을 회복하는 것이 포함되어 있다. 구원은 영적인 신분의 변화나 천국이라는 완전한 세계에 들어가는 티켓을 확보하는 것만을 의미하는 것이 아니라 우상숭배로 차고 넘치는 이 죄악 된 세상에서 우상과의 싸움을 통해 참된 사람다움을 회복하고 하나님의 뜻대로 살아가는 구체적인 믿음의 실천을 포함한다. 이 믿음의 실천은 신 부재의 시대에는 순교자의 각오로서 하지 않으면 감당할 수 없는 것이다. 왜냐하면 우상숭배로 넘치는 세상은 이미 신의 죽음을 선언하고 있으며, 신의 부재 상황을 만들어내고 있기 때문이다.

「순교자」가 말하고 있는 신의 죽음이라는 상황을 우상 파괴라는 의미로 바꿀 때 신의 죽음은 의미가 있다. 신 목사라는 인간형에서 인간과 세계에 대한 전폭적인 믿음만을 발견하면 인간 중심의 신학으로 흐르게 되어 기독교의 정체성이 흐려진다. 그러나 신 목사라는 인간형에서 이웃에 대한 사랑을 실천하는 인간형, 십자가를 지고 신의 뜻을 실천하는 인간형을 읽을 때 「순교자」에서 제시하는 인간형은 신앙이 없는 사람들에 의해서 신의 죽음이 선언되고 신의 부재가 선언되는 이 시대에 기독교인으로서 어떻게 살아갈 것인지에 대한 모범을 얻을 수 있을 것이다.

V. 나가는 말

이상으로 김은국의 「순교자」를 간략히 살펴보았다. 지면 제한과 둔필로 인해 충분히 표현할 수 없음이 유감이다. 결론에서 한 가지만 제안하려 한다.

기독교 소설을 쓰고자 하는 이들은 무엇을 해야 할 것인가? 먼저 「순교자」가 보여 주는 긍정적인 측면인 우상파괴의 정신을 가지고 참된 신앙의 회복, 인간다움의 회복을 말해야 할 것이다. 기독교 소설을 쓰고자 하는 작가는 '신의 죽음'이라는 부정적 코드를 현대인의 삶과 신앙을 파괴하는 우상 파괴 정신으로 해독하고 그것을 현대인의 삶을 옥죄는 우상을 파괴하는 힘으로 자유롭게 쓸 수 있어야 할 것이다.

하지만 그것이 무신론으로 가서는 안 될 것이다. 현대성에 대한 고민, 신의 부재 상황을 현대인들에게 설명하려는 노력이 오히려 무신론으로 기울게 될 때 그 소설은 기독교 소설로서의 정체성을 가지지 못하기 때문이다.

좋은 기독교 소설은 신에 대한 절대적인 사랑이 절제되어 형상화 될 때, 신에 대한 헌신과 사랑이 현대성을 가지면서 표현될 때 나타나게 된다. 그 일이 얼마나 어려운 일인지를 「순교자」는 증명하고 있다. 그러면서 한 편으로 「순교자」는 그런 좋은 기독교 소설이 이제 한국 문단에도 나올 때가 되었음을 알리는 신호탄이 되고 있다. 「순교자」는 한국 기독교 소설사라는 큰 흐름으로 볼 때 그 갈림길에 서 있다.

◾ 참고문헌

김은국, 『순교자』, 을유문화사, 1990.
이철범, 「순교자론」, 『문학춘추 제1권 3호』, 문학춘추, 1964.
서광선, 「고통과 희망과 사랑」, 『한국문학 통권32호』, 한국문학, 1976.

金聲翰 소설에서 인간됨의 具現樣相

김 영 택*

I. 머리말

　김성한은 1950년 「서울신문」 신춘문예 현상모집에 단편 〈무명로〉가 당선되면서 문단에 등단하여 전후시대의 첨병으로서 활동한 1950년대 신세대 작가 중의 한 사람이다. 그는 1950년대 후반까지 20여 편의 단편을 발표하고, 1956년과 1957년에는 동인문학상과 자유문학상을 연이어 수상하면서, 1950년대의 주목받는 작가 중의 한 사람으로 자리잡는다. 대부분의 신세대 작가들이 1960년대를 전후로 하여 절필하거나 작품세계의 변모를 시도했던 것처럼 김성한도 1958년 〈학살〉과 1961년 〈광화문〉을 발표한 뒤 한동안 침묵으로 일관한다. 그후 1960년대 후반부터 일련의 장편 역사 소설들을 내놓기 시작하여 1980년대 후반까지 계속 발표하였다.

　그가 주로 활동하던 1950년대의 한국사회는 역사적 파행이 극을 달하던 시기였다. 한편으로는 일제치하에서 손상된 민족의 정기를 회복하고, 6·25로 입게된 폐허의식의 상처를 다스려야 한다는 시대사적 책무

---

* 목원대학교 교수·문학평론가

를 떠맡고 있으면서도, 다른 한편으로는 자유당 정권의 독재와 만연된 부조리, 절대적 빈곤, 그리고 미국을 위주로 한 외세의 물밀듯한 유입으로 인해 그러한 작업들이 당위적 요구대로 이루어지지 못하고 오히려 극도의 왜곡된 양상으로 치달아 한 개인에게 있어서나 사회 전체에 있어서 역사의 흐름이란 것이 그 파행적 성격을 면하지 못하고 있던 시대였다[1].

아마도 이러한 요인들이 김성한으로 하여금 당대 사회에 대한 강한 비판의식과 인간의 인간됨을 주제화하는데 일관된 관심을 갖도록 한 시대적 양상이었으리라 생각된다.

실제로 그는 초기 작품에서부터 인간의 인간됨의 조건에 대한 탐구와 더불어 그것을 저해하는 위압적인 상황의 폭력에 대한 고발, 그리고 인간됨을 포기하고 시대적 흐름에 재빠르게 편승하여 자신의 이익과 영달만을 게걸스럽게 추구하는 인간이하의 군상들에 대한 싸늘한 냉소를 주된 주제로 표현해 왔다.

김성한의 사회에 대한 깊은 관심은 다음의 글에서도 확인된다.

> 여기에서 가장 根本問題는 作家로서의 使命感이라고 믿는다. 文學이라는 것이 大衆에게 즐거움을 주는 娛樂에 그치지 않고 惡을 除去하고 美를 鼓吹하는 한 개 힘(power)으로서 보다 나은 創造에 參與하는 至嚴한 使命을 가지고 있을진대 文學人은 이 길을 邁進할 의무가 있다고 생각한다.[2]

인용문에 드러난 바와 같이, 그는 문학은 하나의 힘으로써 인간 세계의 진보에 이바지해야 하며, 이러한 과업을 완수하는 것이 작가의 책무라고 주장하고 있다. 이러한 그의 견해는 문학의 사회 비판적이고 교훈적인 기능을 강조하는 것에 다름 아니다.

그의 이 같은 문학방법에 대해 긍정·부정의 견해가 제시되어왔다.

① 해방후 세대의 작가들의 세태비판 의식이 강했다는 것은 그들이 당 시

---

1) 權五龍, 「시대와 도덕적 인간형」, 『바비도』(책세상, 1990), P.342.
2) 김성한, 「서생의 독백」, 서울신문, 1956. 8. 24.

대를 보다 값진 방향으로 이끄는 창조적 시도로서 귀중한 의의를 갖는 것이라 생각할 수 있다. (중략) 이런 측면에서 볼 때, 비판정신은 삶의 바람직한 상태를 지향하는 창조적 시도의 한 구체화된 노력이라고 지적할 수 있다. 해방과 6·25를 젊은 나이에 체험했던 작가들이 공통적으로 비판정신을 작품에 드러냈다는 것은 그 당시의 사회적 현실이 그만큼 가치 결핍이 심했다는 것을 알려주는 것이기도 했다. 金聲翰의 경우에도 예외일 수는 없었고, 어떤 의미에서는 이 시기의 역사적 추세의 한 특징을 가장 잘 대표한다고 하겠다3).

② 6·25 전란은 작가들에게 있어서는 자의적인 선택의 결과도 아니었고, 회피할 수 있는 장난도 아니었다. 그러나 이러한 6·25를 질병처럼 앓으면서 고발하고 증언하는 것으로 그들은 손쉽게 작가적 위치를 확보할 수 있었다. 그러나 6·25의 상처가 어느 정도 치유되면서부터 이 같은 고발과 증언만으로 자신의 작가적 위치를 고수하기는 힘들어 졌으며 내면적 성찰과 번쩍이는 감수성 없이는 작품을 쓰기가 어렵게 된다4).

①은 문학의 사회 비판적 기능을 강조한 신동욱의 글이며, ②는 문학이 고발, 증언 등의 사회 비판적 기능만으로는 미흡하기 때문에 새로운 방법을 모색해야 한다는 이용남의 글이다. 언표 면에 드러난 차이에도 불구하고 1950년대 문학이 당대의 모순과 부조리를 비판·폭로하는데 중점을 두었다는 점과 그것이 그 시대에서는 나름대로의 의미를 지니고 있다는 점에서는 공통점을 지닌다.

김성한은 그의 작품에서 부정적인 인물의 희화적 행위를 통해 작가의 의도를 드러내기도 하고 긍정적인 인물의 제시를 통해 사회적 모순과 비리를 비판하기도 한다. 그의 이러한 문학방법은 궁극적으로 역사적 과오의 청산과 사회적 상처의 다스림이라는 시대적 사명을 수행하고자 하는 작가의식의 소산이다.

이제 작가의 주제적 담론인 '인간의 인간됨'이 개별 작품에 어떻게 구체화되어 나타나는지를 검토하고 이를 바탕으로 작품 속에서 제시된 인

---

3) 신동욱, 「〈요하〉에 나타난 고구려인의 기개」, 『한국소설의 문제작』, (일념 1985), P.291
4) 이용남, 「김정한론」, 『한국현대작가론』(민지사, 1988), p.519.

간됨의 조건과 그 의미를 살펴보기로 한다.

Ⅱ. 부정적 인물의 비판을 통한 인간됨의 모델제시

김성한 소설의 작중인물에 관한 성격분석 연구가 드문 가운데서도 李浦植의 인사이더(insider)와 아웃사이더(outsider)論5)은 일단 주목을 끈다. 그에 따르면, 인사이더는 현실에 타협하고 현실의 썩은 생활 습속에 젖어 있으면서 만족하는 자들이며, 아웃사이더는 본질적으로 현실 밖에 위치하고 현실과 자기 존재를 응시하며 실존의 고뇌를 감수하는 자들이다. 그는 인사이더 유형의 예로 〈金可成論〉의 김가성 교수, 〈無明路〉의 이재신, 〈自由人〉의 이광래, 〈달팽이〉의 원달호, 〈媒體〉의 한천옥 등을 들고 있는데, 이는 곧 김성한이 부정적 인물의 비판을 통해 '인간됨'을 제시하려는 모델들이기도 한다.

김성한 소설에 등장하는 부정적 인물들은 작품에 드러난 과거 경력에 따라 크게 似而非 知識人, 親日的 行爲者, 金錢 萬能主義者, 詐欺꾼, 國際的 賣春婦 등의 다섯 부류로 나누어 볼 수 있다.6)

먼저 사이비지식인 유형으로는 〈김가성론〉의 김가성과 〈자유인〉의 이광래, 〈창세기의 박경석을 들 수 있다. 김가성은 일본의 모 제국대학을 나온 수재로서 현재 서울 S대학 교수이다. 이러한 겉모습과는 다르게 그는 일본인의 저작물을 그대로 베껴 출판하고서도 자기의 저서인양 학계의 권위자로 행세하는 파렴치한 지식인이다. 이광래는 모 대학에서 사학을 전공하고 대학교수까지 지낸 바 있으나 현재는 온갖 부정한 방법으로 축재와 출세를 꾀하는 비인간적인 지방학교 교원이다. 교원을 지냈던 박경석은 6·25의 사선을 넘으면서 가치가 전도되어 먹고 마시고 즐기고

---

5) 李浦植,『한국소설의 위상』(이우출판사, 1982.), pp.210-219 참조.
6) 金容誠은 김성한의 풍자소설을 검토하는 중에 풍자대상 인물을 넷으로 나눈바 있음, 김용성,「풍자소설의 방법고」, 성기열 박사 환갑기념논총, pp.339-423. 참조.

망각하는 것을 삶의 목표로 삼는다. 따라서 그는 수단 방법을 가리지 않고 돈을 벌고 향락을 추구한다. 이들의 공통점은 지식인으로서의 면모는 사라지고 오로지 자신의 이익과 명성을 위해서 수단과 방법을 가리지 않는 속악한 인물들이라는 것이다.

이들은 자신의 속악함을 위선과 허세로 감추려 한다. 위선과 허세 뒤에 감춰진 속악함이 폭로되면서 작품이 전개된다. 명성 있는 S대학교수 김가성의 실상에 대한 폭로는 '김가성의 건방진 태도를 보여주는 것'에서 시작되어, '일본 책을 베껴 명성과 부를 얻는 것', '여러 가지 감투를 쓰고 무역회사 중역을 겸하게 되는 것' 등 사회적인 문제로 이어진다. 교활한 교수부장 이광래의 속악함에 대한 폭로는 '자신의 해박함을 자랑하기 위해 문화강좌를 개최하는 개인적인 허영심'의 문제에서 시작된다. 이어서 '뇌물을 받고 학생을 부정입학 시키는 일', '양심적인 교사를 모함하여 내쫓는 행동', '뇌물을 써서 세관 과장직을 사려는 시도', '불우이웃 돕기 성금을 갈취하는 행동'으로 진행되면서 폭로의 내용은 사회에 미치는 해악의 정도가 심한 문제로 점차 확대된다. 박경석의 위선과 허세 또한 다르지 않다, 기생출신의 혜란을 부인으로 맞아들인 피로연에서 서울 장안의 모모한 인사들은 다 끌어들여 초 호화판 잔치를 벌이지만 혜란은 자신의 운전수와 함께 돈과 자가용을 가지고 일본으로 줄행랑을 놓아버림으로써 그 속악함이 폭로된다.

이처럼 인물들의 속악함은 그들이 가진 위선적인 외관과 실상의 차이가 드러나면서 폭로되는데, 이러한 속악함의 폭로를 통해 작가는 역으로 '사람됨'의 준거 틀을 제시해 주고 있는 것이다. 특히 지식인들의 속악함은 자신들이 하는 행위가 타인들이나 사회 전체에 끼치는 해악이 큼을 알고서도 행한다는 데서 그 심각성이 두드러 진다 하겠다. 작가가 지식인의 속악함을 폭로함에 있어 다른 유형의 인물들보다 강한 지적대응력을 동원하고 있음이 이를 잘 대변해 준다.

다음으로 친일적 행위자들을 들 수 있는데, 〈암야행〉의 오광식을 비롯하여 〈달팽이〉의 원달호, 〈폭소〉의 한필선이 그들이다. 이들은 과거에

씻을 수 없는 친일 행각을 저질렀음에도 불구하고 현재에는 어엿하게 사회지도층 인사로 출세해 있다는 데 문제의 심각성이 드러난다. 〈암야행〉의 오광식은 현재 국회의원이자 회사사장에다 학교재단이사장을 겸하고 있는 고위층 인사이다. 그러나 그는 일제시대 악질 형사였던 자로, 자신이 현재 경영하고 있는 학교의 교원인 한빈이 학생이던 때 사상이 불온하다고 하여 관부연락선 상에서 붙잡아 몰매를 때리고 석 달이나 유치장에 가두었던 전력이 있다. 그런 그가 양심의 가책을 받아 자제하기는커녕 축재와 출세를 위해 갖은 모략을 꾸밈을 물론 교회에까지도 영향을 미쳐 '썩지 않는 면류관을 위해서' 현세적인 것, 찰나적인 것을 극복해야 한다고 설교하는 위선을 보여준다. 더구나 그 교회 목사에 의해서 '정치가이면서 동시에 믿음이 꿋꿋한 하나님의 종'으로 그가 선전되고 있는 모습은 일제 잔재 청산이 얼마나 어려운가를 웅변적으로 말해주고 있다.

〈달팽이〉의 원달호도 친일의 전력을 항일의 경력으로 위장하고 출세하여 장관까지 지냈던 기회주의적 인물이다. 동경 M대학에 재학 중이던 그는 유학생 비밀단체 독서회에 가담하여 활동해오다가 발각될 것이 두려워 일경에 밀고하고 자신만 무사하게 된다. 이로 인해 동료들은 모진 고문을 받고 옥살이를 하게 되는데 그는 양심의 가책도 받지 않고 오히려 이러한 전력을 숨기고 해방 후에는 차관과 대학학장을 거쳐 장관지위까지 오른바 있는 인물이다. 이러한 그가 현재는 무직의 상태에서 과거의 경력을 과신하고 성적이 불량한 아들을 대학에 부정입학 시키려다 수모를 당하는데서 그 속악함이 드러난다.

〈폭소〉의 한필선 또한 일제의 악질 형사였다. 작중 인물인 송명은 학생시절 "조선인 교육의 목적은 놈들을 무골충으로 만드는데 있다"는 신조를 지니고 있는 일본인 교무주임 스즈끼의 양미간을 술병으로 내리친 결과로 살인미수죄의 혐의를 받아 취조를 받으면서 한형사로 통하던 한필선과 악연을 맺는다. 한형사는 취조과정에서 송명에게 물고문을 다섯 번 했고, '비행기는 세 번' 태웠으며, 불령 선인을 단종 한다고 전기고문을 연달아 자행했다. 마침내 고문에 못 이겨 한필선이 요구하는 사실을 모두 인정하여 송명은 3년 동안 옥살이를 했다. 한마디로 한필선은 동족에 대한 악질 고문전문가였던 것이다. 해방 후 송명이 우편배달부로 30년을 근속하는 동안 한필선은 '각하'로 출세하여 30년 근속표창장 수여식 자리에 축사를 하는 인물로 나타나는데서 역사의 아이러니를 느끼게 한다. 특히 이 작품의 결말에서 송명이 여관방으로 한필선을 찾아가 34년 전의 과거를 상기시키며 "당신이 현재 디디고 선 그 각하 대에는 내 고기, 내 뼈, 내 피가 엉켜있다는 것을 잊었죠? 난 그걸 찾아야 겠오."라고 하면서 50만원을 주겠다는 한필선의 제의를 거절하고 식도로 찔러 죽이는 장면은 앞의 작품과는 달리 친일 행위자에 대한 작가의 가시적인 응징이라 하겠다.

개인의 이익에 눈이 멀어 역사의식을 몰각하고 동족을 괴롭히던 인물들이 해방된 조국에 재빠르게 적응해 가는 현실은 분명 역사의 아이러니임에 분명하다. 이런 속악한 인물들에 대한 고발, 폭로는 일제 잔재 청산이 얼마나 절실하고도 시급한 과제인가를 역설적으로 강조해 주는 것이기도 하다. 진실된 삶의 추구가 실상 민족정기의 시급한 구축에서 비롯된다고 볼 때, 친일 행위자에 대한 비판과 응징은 '인간됨'을 고양시키기 위한 작가의 진지한 노력의 일환으로 이해된다.

다음으로 금전만능주의자로는 〈전회〉의 차균을 들 수 있다. 그는 돈이면 안 되는 일이 없다는 '매판도당'의 무역회사 사장으로 형님 집에 기숙하는 가정교사인, 나중에는 자기 회사 비서로 채용한 S대 학생 남천숙을 자기의 여자로 만들기 위해 온갖 수단 방법을 가리지 않는다. 그러나 생각한대로 되지 않자 마지막 수단으로 전무와 공모하여 남천숙을 이전무의 기생첩이 살고 있는 집으로 유인한 뒤 술을 먹이고 강제로 겁탈하려고 한다. 하지만 남천숙이 완강한 저항 끝에 물그릇으로 그의 양미간을 치는 바람에 뜻을 이루지 못한다. 결국 소설이 끝날 때까지 그의 애욕이 달성되지는 않지만 그렇다고 여색을 탐하는 그의 태도가 바뀌는 것도 아니다. 뜻하지 않았던 6·25 전쟁으로 온 국민이 폐허 속에서 굶주림의 고통을 당하고 있던 때에 이들 금전맹신주의자들이 벌이는 회화적 작태는 비판의 대상이 된다. 여색을 탐하는 무분별한 행위는 물론이려니와 그들이 벌어들이는 금전이란 것도 '간교한 꼬리를 이리저리 휘둘러서 닥치는 대로 갈기고 훔쳐서 더욱 살쪄가는 것'에 지나지 않는다. 이런 자들에게 돈이 들어가면 갈수록 더 억세어지고 사회의 교란도 더 키질 것은 자명한 일이다. 〈전회〉와 유사한 구조를 지닌 작품으로 〈귀환〉이 있는데, 남편 김경석이 전투중 부상을 입고 병원에 후송되어 죽게 된다는 점, 황혜란이 회사의 비서로 취직한 점, 차균처럼 여자를 탐하는 회사 전무가 있는 점에서 그렇다.

작가는 이러한 작품을 통하여 전선에서 죽어 가는 젊은이와 후방에서 금전과 여색을 탐하는 또 다른 계층을 대비시켜 보여줌으로써 어떻게 사는 것이 바람직한 삶이며 인간적인 삶인가를 제시한 것으로 이해된다.

한편 사기꾼 유형으로는 〈무명로〉의 이재신과 〈박쥐〉의 박쥐를 들 수 있다. 물론 앞에 든 인물 유형들도 사기꾼적인 성격이 두드러지고 있지만, 그들은 어떤 구체적인 목표를 위해서 사기행각을 벌이는데 비해 이재신과 박쥐는 단순히 목전의 삶이 절박하여 사기를 행하는 점에서 차이가 드러난다.

이재신은 과거 간도 연길에서 일본군 밀정을 했다는 소문이 있으나 전력이 확실치는 않다. 그는 아내 춘자가 옆방에 세든 기자의 처와 함께 동업으로 '내재봉소' 간판을 대문에 내걸자 호통을 치는 허풍쟁이의 면모를 보인다. 또한 밀주상사를 하려다가 파출소 순경에게 적발되는 곤경에 처하기도 하고, 이를 무마하기 위해 돈을 구하려고 행상하는 소년에게까지 사기행각도 벌인다. 적발된 밀주사업을 무마하거나 찾아갔다가 "모두가 흐린 세상일지라도 몇 사람의 옳은 인간은 있어야만 하지 않습니까? 헐 나위 없이 미미한 존재입니다만 생각만은 이 점에 있어 간절합니다."라는 박순경의 진지한 설교만 듣고 와서도 일이 잘 처리된 것처럼 밀주를 많이 주조하라고 허풍을 떠는 장면 등에서 이재신의 어리석음은 극을 달한다. 무분별하고 허위의식에 가득찬 채 살아가는 이재신과 어려운 삶 속에서도 자신의 양심과 순수를 지키려는 박순경은 이 작품의 중심적인 대립구조를 이룬다. 체면을 중히 여기는 이재신이 생활 때문에 밀주를 만들게 되고 그러다가 적발되어 훈계를 듣는 과정 속에서도 체면을 버리지 못하는 인간의 이중인격, 위선, 허세, 속물근성을 드러내어 희화화시킴으로써 인간악에 대한 풍자라는 작가의 의도를 확인하게 된다.7)

〈박쥐〉의 작중인물 박쥐 역시 이재신처럼 남을 속이고 금전적인 사기행각을 도맡아 하는 전형적인 사기꾼이다. 그는 광복동거리 상점에 나타나 '양키'와 거래가 있다며 돈을 빌리고자 하지만 과거에 돈을 갚지 않은 전력 때문에 신용을 잃고 주인에게 등을 밀려 문밖으로 내던져지는 신세이다. 그러면서도 "친구의 의리두 모르는 놈들, 의리를 모르는 것두 사람이야, 짐승이지. 망할 놈들 어디 두구 부자"하며 내심으로 앙심을 품는 자이다. 또한 그는 십 년만에 만난 중학동창에게도 자기의 '큰아들은 헌병 대장이구 작은놈은 경찰서장'이라면서 사기행각을 벌일 수작을 하다가 과거 똑같은 수법으로 속였던 '복상'에게 들켜 발길질을 당하는 수모를 겪는다. 그러면서도 그는 언젠가는 김군에게 사기를 행할 것을 다짐한다. 이처럼 박쥐는 돈을 빌어 쓴 복상에게 발길로 걷어차이는 봉변을 당하고서도 그 어떤 가책이나 반성을 하지 않음은 물론 또 다른 사기행각을 계획하고 있는데서 문제의 심각성을 더해준다.

이상에서 살펴본 바와 같이 이재신과 박쥐는 충동과 현상에 움직이면서 항상 사기행각을 벌일 대상을 물색하는데 혈안이 되어 있는 즉물적 인간이다.8) 이들의 삶의 목적은 사기라는 악을 행함에 집중되어 있으나 선량한 의식을 가진 인간에게 '정직의 열매'는 '가난'이라는 역설을 이식함으로써 악을 오염시키는 역할을 담당하고 있다. 이러한 인물들을 통하여 작가는 6·25 이후 사회적 혼란과 그 부정적 양상을 부각시킨 것으로 이해된다.

부정적 인물의 마지막 유형은 국제적 매춘부로 〈매체〉의 한천옥을 들수 있다. 한천옥은 부유한 가정에서 태어난 미모의 여자 대학생의 신분

---

7) 엄해영, 『한국전후세대소설연구』, (국학연구원, 1994), pp.190-191.
8) 김용성, 앞의 책, p.409.

이다. 그럼에도 그녀는 '고리타분하다', '데데하다'는 이유로 자신을 사랑하는 한국 애인을 버리고 이국의 남성을 열망한다. 허영심에 빠진 그녀는 스스로를 국제적 매체로 자임하여 외국인에게 자신의 몸을 제공하기에 이른다. 문제는 한천옥이 자신의 이 같은 파행적인 삶을 매체라는 이름으로 합리화시키는데 있다.

> 정조는 봉건적이요 국경은 비민주적이었다. 국경을 무너뜨리고 자유자재로 노는 자기의 모습은 글자 그대로 세계 국가적이요 위대한 바가 있었다. 그는 스스로 국제적 매체(媒體)라고 생각하였다. 따라서 자기의 존재 이유도 뚜렷하였다. 다만 한가지 유감된 것은 토이기 사람을 아직 만나지 못한 일이었다. 백색인종과 황색인종의 중간에 위치한 토이기 사람은 알맞게 조화되고 시적일 것이었다. 고대하는 시일이 길어 가면 갈수록 그들은 더욱 미화되었다.

한천옥의 이 같은 가치전도의 논리전개를 통해 작가는 역으로 전통가치의 몰락과 외래 문화의 무분별한 유입으로 인해 삶의 진정성을 상실하고 물질적 욕망과 육체적 쾌락에 빠져들던 전후의 우리 풍토를 신랄하게 비판하고 있다. 특히 작가가 한천옥의 입을 빌려 그녀를 '국제적 매체'라고 명명하고 있는 것은 한천옥과 같은 특정의 몇몇만을 문제삼고 있는 것이 아니라, 전후 우리사회의 집단적 모순을 지칭하는 것에 다름이 아니다.

이상에서 살펴본 김성한 소설에 나타난 부정적 인물들은 1940년대 말과 1950년대를 관류하는 시대적 배경과 관련지어 볼 때, 소멸되어야 할 악적인 요소들이었다. 그럼에도 불구하고 이러한 인물들은 삶의 가치를 전도시키면서 도덕적, 윤리적으로 타락한 사회를 조장하는 병원체적인 작용을 했다.[9] 작가는 이러한 반작용에 대해서 참고 견딜 수가 없었던 것이다. 이러한 자들은 마땅히 응징되어야 하고 오염된 풍토는 개선되어야 했다.

---

9) 김용성, 앞의 책, p.407.

이러한 작가의식의 일단이 그의 작품에 부정적 인물을 등장시켜 그들이 벌이는 해프닝, 곧 인간의 위선과 비리, 비속성 등을 비판, 폭로하게 된 것이다. 이는 역으로 그들과는 다른 건강한 사람들이 사회의 주역이 되어 삶의 진정한 가치를 회복해 주기를 촉구하는 작가의 바람, 곧 부정적 인물의 비판을 통한 인간됨의 모델을 제시한 것으로 이해된다.

Ⅲ. 긍정적 인물을 통한 인간됨의 모델제시

김성한 소설에서 긍정적으로 그려지는 인물은 이유식의 소론10)에 따른다면 '아웃사이더'형에 속한다. 곧 아웃사이더는 현실 비타협 인으로서 현재의 길을 모색하는 긍정적 인간상이다. 그는 이러한 인물의 예로 메카니즘화된 교권제도에 반항하다 죽어 가는 〈바비도〉의 바비도, 인생의 연극성에 염증을 느낀 나머지 현재의 고뇌 속에 헤매는 〈암야행〉의 한빈, 〈방황〉의 초세간적 인물 홍만식을 들고 있다. 이러한 아웃사이더들은 반항의 신화를 창조하며 현실 비타협 인으로 어디까지나 현실과 거리를 유지하는 현실 관찰자의 일면을 보이고 등장했다는 사실을 알 수 있다.

여기서는 앞의 부정적 인물들이 벌이는 속악성을 폭로하거나 목격하는 입장에 있는 〈암야행〉의 한빈, 〈전회〉의 남천숙, 〈창세기〉의 현준 등과 현대 사회의 위기의식을 신화의 세계에 투사시켜 인간의 지성을 강조한 〈오분간〉의 프로메테우스, 신념에 따라 죽음도 불사하는 〈바비도〉의 바비도 등을 검토해봄으로써 작품에 드러난 인간됨의 의미를 살펴보기로 한다.

먼저 부정적인 인물들이 벌이는 악을 폭로, 목격하는 인물로 〈암야행〉의 한빈, 〈전회〉의 남천숙, 〈창세기〉의 현준 등을 들 수 있다. 이들은 학

---

10) 이유식, 앞의 책, pp.210-219 참조.

식과 교양을 두루 갖추고 있으며, 특히 현실에 대해 지속적인 비판의식을 견지하고 있다. 그러나 이들이 보여주는 비판의 양상은 사뭇 다르다.

〈암야행〉에서 한빈은 친일적 행위자인 오광식의 악을 폭로하는 역할을 한다. 그는 해방후 일본에서 귀국하여 나라의 급선무는 교육이라 생각하고 일생을 이에 바치겠노라고 맹세하였다. 그러나 현재는 7년여 교직생활 끝에 지난날의 이상이나 희망은 많이 퇴색되어 있다. 자신이 하는 일에 후회나 불평이 있는 것은 아니지만 매사에 의욕을 보이지 못하고 있는 처지이다. 이러한 그에게 학교 재단이사장이며 회사사장이자 국회의원인 오광식이 나타나 학교와 재단을 위해 연극을 해달라는 부탁을 하게된다. 한빈은 오광식을 보는 순간 그가 자신을 관부연락선에서 사상이 불순하다고 붙잡아다 몰매를 때리고 석 달이나 유치장에 처박아두던 일제 악질 오형사 임을 알아차린다. 그러나 이때 한빈이 내뱉은 말은 기껏 '정의의 칼이 무섭지 않소'하는 정도로 나약함을 보인다.

그후 한빈은 친구 김치원의 권유에 못 이겨 교회에 가게 되는데 그곳에서 설교자로 등장하는 오광식을 다시 보게 된다. 오광식은 웅변이나 다름없는 설교를 하면서 자신이 열 네 살에 처음으로 교를 믿게 되었고, 일제 시대에 교를 위해서 눈물겨운 투쟁을 하였으며, 일경의 고문을 받은 나머지 의식을 잃었다가 사흘만에 소생하였다는 거짓말로 신자들을 기만한다. 그러나 한빈은 눈앞에서 벌어지고 있는 사기행각을 뻔히 보면서도 "지옥에 가는 것두 이만저만해서는 어림두 없다는 걸 깨달았다. 오늘밤 모인 사람들 중에서 지옥 갈 자격이 있는 건 오광식 한 놈뿐일 거야"라고 소극적인 비판을 하는데 그친다.

이처럼 한빈은 친일행위자인 오광식을 비판하고 있지만, 그가 지녔던 지난날의 이상과 희망이 사라지고 삶의 진정성마저 방기됨으로써 비판대상에 대한 강도가 약하게 나타나는 것이다. 일제 잔재 청산이라는 큰 주제를 감당하기에는 한빈은 너무 허약한 인물이다. 결국 작가는 해방후 새로운 의욕을 갖고 출발한 우리 민족이 시대적 과제를 해결하지 못하고 좌절과 절망의 늪으로 빠져드는 상황을 작중인물 한빈의 의식의 전이과정을 통해 표현한 것으로 이해된다.

〈전회〉에서 남천숙은 탐욕스런 금전만능주의자인 차균을 폭로하는 역할을 한다. 그녀는 〈암야행〉의 한빈과는 달리 차균의 음흉스런 접근과 협박에 가래침을 뱉고 욕설을 퍼붓는 등 적극적인 반항을 한다. 그녀는 선과 악의 선택에서 선을 택하는 것은 사실이지만 '케케묵은 패배주의의 선은 거지의 도덕률'이라 보고 악과 대항하는데 있어 수단방법을 가리지 않을 것을 선언한다. 그리하여 양심과 자존심을 버리고 생활전선에 적극 나선다, 화로에 던져버렸던 금반지와 케이스도 찾아다가 팔아서 쌀가마니를 사오기도 하고, 차균이 음흉한 흉계 하에 외투, 양복, 구두, 시계 등을 사주는 호의를 베풀 때도 친구 민자의 결혼선물로 줄 요량으로 두 벌씩 사게 하는 용기를 발휘하기도 한다.

그러나 민자가 깨끗하지 못하다고 자신이 준 외투를 입지 않자 이에 배신감을 느끼기도 한다. 가까운 친구로부터 깨끗하지 못한 존재, 가까이 할 수 없는 존재로 업신여김을 당한 데서 허탈감과 함께 분노를 느끼는 것이다. 게다가 음흉한 마각을 점차 드러내는 차균의 음모를 견디지 못하고 그녀는 죽음을 생각하기에 이른다. 이때 전사한 애인 김상철의 유품이 전달되고, 유품 속에 든 편지를 읽고 난 천숙은 생의 의미를 되찾고, 그 동안의 불편했던 취직 생활을 청산하기 위해 차균 앞으로 퇴직계를 쓴다.

〈퇴직계〉
소위 회사라는 귀 도당의 파렴치적, 모리적, 망국적, 반민족적 파괴적 행위에 도전함에 앞서 이에 퇴직을 제출함.

년 월 일   남천숙
— 모리도당 두목 차균 귀하[11]

이렇게 작성한 퇴직계를 남천숙은 '불붙는 증오심에 얼굴을 상기하고'

---

11) 〈전회〉, 김성한 중·단편집(책세상, 1988.), p.217.

다시 찢어 버린다. 악과의 대결에서 회피하려던 생각을 버리고 악에 접근하여 이에 적극 도전, 항거하겠다는 의지를 표명하는 것에 다름 아니다. 남천숙의 이 같은 행위는 전후의 어려운 상황에서도 좌절하기 않고 삶의 진정성을 모색하려는 당대인의 의지를 함축적으로 보여주고 있다.

〈창세기〉의 현준은 죽마고우였던 경석이 6·25를 겪고 난 후 가치가 전도되어 오로지 축재와 쾌락의 노예가 된 모습을 목격하고 이를 개심시키려는 의지를 보여준다. 현준은 경석이 "상대방의 트집을 잡아서 넘겨치고, 이권을 빼았고, 이득만 있음직 하면 요구하는 대로 술이건 돈이건 계집이건 거리낌없이 바치고" 치부를 하여 비인간적으로 살아가는 것에 대해 못마땅하게 여기고 이를 고칠 것을 촉구한다.

> "소문 다 들었어. 사실 여부를 보러 왔을 뿐이야."
> 가슴을 쿡 찌르는 것만 같았다. 그는 또 말이 없었다. 이번에도 이쪽에서 입을 떼는 수밖에 없었다. 유난히 빛나는 그의 두 눈 아래 나는 확실히 한 수 지고 있었다.
> "그래 이제부터 어떡컬 작정인가? 무얼 허면 나하구....."
> "우선 제살 지내야겠네."
> "제사라니?"
> "박경석이가 죽었다니 말이야."
> 박경석이는 내 이름이다. 가슴이 뜨끔하였다.12)

기생출신의 혜란과 초호화판 결혼식을 하고 거창한 피로연을 베푸는 자리에서 경석의 제사를 지내겠다는 현준의 말은 6·25이후 경석이 살아온 속악한 삶에 반성을 촉구하는 것에 다름 아니다.

그러나 삶을 '허망한 공중에 너펄거리다가 무심한 어린아이의 손바닥에 치어서 순식간에 없어지는 하루살이'로 인식하는 경석의 의식이 쉽게 변화하기는 어려운 일이다. 더구나 출세와 쾌락의 늪에 빠진 경석으로서는 현준의 삶이 이해가 되지 않는 것이다. 두 인물간의 가치관의 괴리는

---

12) 〈창세기〉, 김성한 중·단편집(책세상, 1988), p.97.

기생출신의 경석처가 운전사와 함께 돈과 자가용을 가지고 일본으로 달아나 버린 일과 현준이 뇌빈혈로 급사한 사건을 통해서 동질감을 회복한다.

> 나는 지금 그의 관을 어루만지고 있다. 조객도 없는 이층의 이 다다미방에서는 관속에 든 그와 옆에 앉아 있는 나의 그림자만의 우두커니 벽에 걸려 있을 뿐이다.13)

경석을 새로운 삶의 세계로 이끌려던 현준의 노력은 결국 자신의 죽음을 통해 결실을 맺게 된 것이다. 이처럼 현준은 전쟁을 치루면서 가치관의 혼란에 빠진 경석에게 휴머니즘에 입각한 진실된 가치관을 심어줌으로써 인간됨의 또 다른 모습을 보여주었다.

다음으로 인간의 존엄성과 정의의 구현을 적극적으로 실천하는 행동적 인간형에는 〈오분간〉의 프로메테우스와 〈바비도〉의 바비도가 있다. 김성한은 이들 작품에서 전후 사회의 비리와 그에 대항하는 정신을 프로메테우스의 분노로, 신의 섭리와 그 허구성에 대한 비판을 바비도의 순교로 나타냄으로써, 신화의 세계와 역사적 공간을 우의적으로 재현하여 현실의 모순과 부조리에 대한 비판을 시도하고 있다.14)

먼저 〈오분간〉은 전후의 폐허화된 현실의 부조리를 프로메테우스의 신화를 차용하여 알레고리 기법으로 그려내고 있다. 서두에서 인간에게 불을 전해준 죄로 신의 저주를 받아 코카서스 바위에 묶여 있던 프로메테우스는 스스로 쇠사슬을 끊어 버린다.

> 프로메테우스가 코카서스의 바위등에서 녹슨 쇠사슬을 끊은 것은 천사가 도착하기 1분전이었다. 2000년을 두고 비바람을 맞는 동한 그는 모진 고난 속에서 자유를 창조하였다. 쇠사슬을 끊은 것은 결코 자유가 그리워서 한 일이 아니었다. 당초에 그렇게도 지긋지긋이 밉살스럽던 쇠사슬도 2000년의 고

---

13) 〈창세기〉, 같은 책, p.105.
14) 권영민, 『한국현대문학사』(민음사, 1993), p.152.

난을 같이한 지금에 와서는 도리어 정다움을 느끼게 하였다. 그저 호기심에서 한번 툭 채어본 것이 끊는 결과를 가져왔을 뿐이다. 그 자신으로서는 쇠사슬은 결코 자유와 속박의 경계선이 아니었다. 장구한 세월을 두고 쇠사슬과 겨눈 끝에 쇠사슬을 짓밟는 논리를 배운 것이다.[15]

프로메테우스가 낡은 쇠사슬을 끊고 자유를 얻기까지의 과정이 서술되어 있다. 쇠사슬로 상징된 속박에서 그가 벗어나게 된 것은 장구한 세월을 두고 '쇠사슬과 겨눈 끝에 쇠사슬을 짓밟는 논리'를 터득한 때문이다. 자유는 그냥 주어지는 것이 아니라, 스스로 쟁취해 가는 것임을 작가는 프로메테우스의 인식태도를 통해서 제시하고 있다.

더구나 이러한 자유는 깨어있는 지성에 의해 향유되기 때문에 천사가 와서 제우스신이 부른다고 말해도 이를 따르지 않고 중립지대에서 만나자고 제안한다. 그가 중립지대를 택한 이유는 '속여서 데려다 놓구선, 껀을 잡아서 또 쇠사슬에 맬라구'하는 신의 의도를 미리 간파했기 때문이다. 프로메테우스의 자유의 향유는 이제 더 이상 신의 권위가 이 땅에 미치지 못함을 의미하기도 한다.

먹다가 곁눈을 팔았다. 신은 깜짝 놀랐다. 프로메테우스란 놈이 쇠사슬을 끊었다. 이것은 일대사가 아닐 수 없었다. 여태까지는 제 아무리 수작을 부린다 하여도 내 사슬에 얽매여 있었거늘, 거기는 넘을 수 없는 제약이 있었다. 그러나 사슬에서 풀려 나왔다는 것은 무한한 자유를 의미한다. 내 목장을 송두리째 약탈할 최대의 위기다.(중략) 땅 둘레에는 온통 프로메테우스 왕국으로 전화하고, 이번에는 자기가 이 고장에 유형을 당하는 신세가 될 판이다.[16]

신의 판점에서 프로메테우스의 쇠시슬이 끊어진 것을 기술하고 있는 것이지만, 자유란 이처럼 힘을 바탕으로 자신의 영역과 운명을 책임지는 능력인 것이다. 이제 인간은 더 이상 신탁을 필요로 하지도 않으며 신탁

---

15) 〈오분간〉, 김성한 중·단편집(책세상, 1988.), p.124.
16) 〈오분간〉, 같은 책, p.127.

에 의해서 자신의 운명을 맡기려 하지도 않는다.

중립지대 구름 위에서 열린 신과 프로메테우스 간의 회담에서 신이 세계의 질서를 회복하자고 제안하지만 프로메테우스는 "그게 역사죠, 역사는 당신과 나의 투쟁의 기록이니까"라고 응수하고 신의 요구를 거부함으로써 5분만에 결렬되고 만다. 프로메테우스의 '역사'론은 곧바로 인간의 의지를 강조하는 사르트르의 무신론적인 세계관으로 연결되며 이는 더 이상 신의 질서가 통용되지 않음을 입증하는 것이기도 하다. 이러한 현상을 첨예하게 보여주는 예가 전후의 한국사회이다. 전쟁으로 신의 질서가 철저하게 파괴된 현실에서 신은 더 이상 인간을 주관할 수 없게 되었고, 인간을 지배하는 것은 허무, 그 자체였다. 이때 허무에 대한 철저한 인식 없이 현실을 극복한다는 것은 불가능한 일이다. 작가가 신과 프로메테우스 간의 5분간 회담 사이에 세부적인 사건을 공간적으로 배치한 것도 허무에 대한 철저한 인식을 통해 새로운 역사가 전개되어 나감을 보여주기 위함이다.

이처럼 작가는 전후 한국사회에 만연된 허무의식을 주제화 하여 이를 철저히 인식하게 하고 이를 통해 새로운 역사를 창조하고자 하는 의도에서 프로메테우스 신화를 알레고리화 한 것으로 이해된다. 이렇게 볼 때, 프로메테우스적 인간형은 단순히 반항을 위한 항거자라기 보다는 정체성과 획일성을 거부하고 인간의 자유와 정의를 구현하기 위해 부단히 노력하는 인물을 의미한다 하겠다.

한편 〈바비도〉는 사제단의 비리에 저항하면서 자신의 종교적 신념을 지키다가 이단으로 몰려 분형(焚刑)을 받은 재봉직공의 이야기를 소설 속에 차용하여 당대 현실의 부조리를 우회적으로 폭로한 작품이다. 신의 섭리와 그 허구성에 대한 비판, 그리고 당대 현실에 대한 반성이 바비도의 순교를 통해 강조되고 있는 것이다.

이 작품은 주인공 바비도의 의식과 행동에 초점을 맞춰 볼 때, 모두 세 단계로 구분해 볼 수 있다. 각 단계는 바비도의 독백적 서술로 이루어진 갈등과 바비도의 종교재판 과정, 그리고 스미스피일드에서 사형집행

과정으로 구성되어 있다. 이러한 구조는 바비도의 운명과 관련하여 점층적으로 짜여 있어 작품 전개상 극적 긴장감을 주고 있다.

첫 단계는, 영역 복음서 비밀 독회에서 돌아온 바비도가 자신의 방에서 내적 갈등을 겪는 부분이다. 그는 방안에서 혼자 일을 하다가 문득 교구마다 돌아다니며 이단을 숙청하고 있는 순회 재판소를 생각하고 성서의 진리를 거역하는 갖가지 형태에 분노를 느낀다.

> 가난한자, 괴로워하는 자를 구하는 것이 그리스도의 본의일진대, 선천적으로 결정된 운명의 밧줄에 묶여서 라틴말을 배우지 못한 그들이, 쉬운 자기 말로 복음의 혜택을 받는 것이 어째서 사형을 받아야만 하는 극악무도한 것이란 말이냐? 성찬의 빵과 포도주는 그리스도의 분신이니 신성하다지마는 아무리 보아도 빵이요 먹어도 빵이다. 포도주 역시 다를 것이 없다. 말짱한 정신으로는 거짓이 아니고야 어찌 인정할 도리가 있을 것이냐? 무슨 까닭에 벽을 문이라고 내미는 것이냐? 절대적으로 보면, 같은 수평선상에 서 있는 사람이 제멋대로 꾸며낸 것을 다른 사람에게 강요할 근거가 어디 있단 말이냐?
> 바비도는 울화가 치밀었다.[17]

한낱 재봉직공에 불과한 바비도의 내면에 일기 시작한 이 같은 회의와 갈등은 성서의 진리를 끝까지 지키지 못하고 죽음의 공포 앞에서 변절해 버리는 지도자와 신도들 그리고 위선적인 교회에 대한 저항의식으로 확산된다. '큼직한 빗자루가 있으면 영국에 사는 놈을 모조리 쓸어다가 테임즈 강에 처박고 침을 뱉아 주고 싶었다'는 바비도의 생각은 이를 잘 대변해 주고 있다.

그 다음 단계는 바비도가 순회 재판소에서 종교 재판을 받는 장면이다. 여기에서는 사교와 바비도 사이에 심문과정을 중심으로 하기 때문에 대화 형식으로 진행된다. 사교의 질문 요지는 영역 복음서를 읽었느냐는 것과 읽었다면 그것이 옳은 것인가? 옳지 않다면 회개하고 있는가 하는 점이다. 이에 바비도는 영역 복음서는 읽었으며, 그런 행위가 옳다고 보

---

17) 〈바비도〉, 김성한 중·단편집(책세상, 1988.), p.233.

기 때문에 회개를 할 필요가 없다고 대답한다. 또한 사교의 애걸하는 어조의 회유에도 "산다는 것과 존재한다는 것은 다른 문제죠. 당신같이 썩은 사람은 살아 있지도 않고 살 가망도 없습니다. 산 송장이죠. 구데기가 이물이물하는" 이라는 말로 비판을 가하고, '나는 나대로 인간을 폐업하렵니다. 이 인간사를 뛰어넘는 길'을 가겠다고 자신의 신념을 극명하게 피력한다. 영역 복음서를 읽은 종교지도자, 신도들 모두가 자신들의 죄(?)를 눈물로써 회개했고, 바비도 또한 거짓으로라도 잘못을 시인하면 살 수 있는데도 그는 이를 거부하고 죽음을 택하는 것이다. 여기에 바비도의 인간됨의 실체가 있는 것이다.

마지막 단계는 스미스피일드 광장에서 바비도의 사형을 집행하는 과정이다. 여기에는 두 가지의 장면이 드러나 있는데, 하나는 바비도에 대한 당시 군중들의 경쟁적인 모멸 장면이고, 다른 하나는 바비도의 신념을 꺾기 위한 헨리 태자의 회유 장면이다. 두 장면 모두 가치 전도된 세계를 보여줌으로써 당대 현실의 모순과 비리를 비판, 폭로하려는 작가의 의도적 장치로 이해된다.

그것은 전자, 곧 군중들의 경쟁적인 모멸 장면이 실상 자신의 목숨을 부지하기 위해 양심을 판 背敎者들이 역으로 양심을 지키기 위해 순교하려는 바비도를 모멸하는 뒤틀린 상황을 드러낸 것에 지나지 않으며, 후자, 곧 헨리 태자가 바비도를 동정하는 듯한 회유는 역으로 죄있는 자, 악한자가 죄없는 자, 선한 자를 개심 시키려는 당대 지배이데올로기의 허구성을 고스란히 드러내고 있기 때문이다.

작가의 이러한 의도는 태자가 바비도에게 마지막으로 전하는 말에서 확인할 수 있다.

"할 수 없구나. 잘 가거라. 나는 오늘날까지 양심이라는 것은 비겁한 놈들의 겉치장이요. 정의는 권력의 버섯인 줄로만 알았더니 그것들이 진짜로 존재한다는 것을 내 눈으로 보았다. 네가 무섭구나 네가……"18)

---

18) 〈바비도〉, 같은 책, p. 242.

    결말에 해당하는 이 대목에서 이야기의 갈등은 최고조에 달하며, 바비도의 의로운 집념은 정신적 승리를 획득하게 된다. 작가는 죽음을 맞이하면서 숭고한 정신적 승리를 실천적으로 보여주는 인물을 통하여 역으로 이 땅에 만연된 가치 전도된 군상, 지배이데올로기의 왜곡 현상을 교정하려고 한 것으로 이해된다.

Ⅳ. 맺음말

    지금까지 김성한의 주제적 담론인 인간은 어떻게 살아야 하는가, 곧 '인간됨'의 양상이 개별 작품에 어떻게 구체화되어 나타나는가를 살펴보았다. 전후세대의 작가들 중 본고에서 특별히 김성한을 주목하게 된 것은, 시대와 역사를 보는 그의 시각이 다른 작가들에 비해 훨씬 비판적이고 풍자적이며, 그의 소설의 작중인물 또한 비판적 대상이거나 지성의 옹호자로서의 역할을 충실히 수행하고 있어 '인간됨'의 면모를 충분히 살필 수 있으리라는 기대 때문이었다.

    그의 소설은 크게 두 부류의 인물을 통해 인간됨을 제시하고 있다. 하나는 부정적 인물의 비판을 통해서이고, 다른 하나는 긍정적 인물을 통해서이다.

    그의 소설에 나타난 부정적 인물들은 사이비 지식인, 친일적 행위자, 금전만능주의자, 사기꾼, 국제적 매춘부 등으로 이들은 1940년대 말과 1950년대를 관류하는 시대적 배경과 관련지어 볼 때, 소멸되어야 할 악적인 요소들이었다. 그럼에도 불구하고 이러한 인물들이 삶의 가치를 전도시키면서 도덕적·윤리적으로 타락한 사회를 조장하는 병원체적 역할을 해왔다. 이러한 반작용에 대해서 작가는 참고 견딜 수가 없었으며, 그 응징의 하나로 자신의 작품에 부정적 인물을 등장시켜 그들이 벌이는 갖가지 속악성을 비판·폭로하게 된 것이다. 이는 역으로 그 같은 속악한 무리는 제거되고 건강한 마음을 가진 사람들이 사회의 주역이 되어 삶의 진정성을 회복해 가기를 원했던 것이다.

이처럼 작가는 부정적 인물들이 벌이는 행위의 역방향에서 자신이 의도한 인간됨을 구현하고자 한 것이다. 그러나 표면적으로 드러난 인물들의 속악성을 폭로·풍자하는데 집착한 나머지 당시 현실을 집약적으로 드러낼 수 있는 전형적인 인물 구현에는 실패하였다.

한편 그의 소설에 나타난 긍정적 인물에는 앞의 부정적 인물들이 벌이는 속악성을 폭로하거나 목격하는데 그친 소극적 인물과, 인간의 존엄성과 정의의 구현을 적극적으로 실천하는 행동적 인물이 있다.

먼저 부정적 인물들이 벌이는 속악성을 폭로·목격하는 인물들은 학식과 교양을 두루 갖추고 있으며 특히 현실에 대한 지속적인 비판의식을 견지하고 있다. 그러나 이들은 삶에 대한 치열성과 이를 실천할 행동력이 뒷받침되지 못한 관계로 인간됨의 구체적 면모를 보여주는 데는 미흡했다.

반면에 전후의 폐허화된 현실의 부조리를 프로메테우스 신화를 차용하여 이를 우유화 한 〈오분간〉과 사제단의 비리에 저항하면서 자신의 종교적 신념을 지키다가 이단으로 몰려 분형을 받은 재봉직공의 이야기를 소설 속에 차용한 〈바비도〉는 인간됨의 구현에 비교적 성공한 작품이다. 작가의 관념적 비판의식이 신화와 역사의 차용을 통해 보다 역동성을 띤 때문이다.

〈오분간〉에서 프로메테우스는 인간의 편에 서서 신에 대항한다. 그러나 그것은 무조건적인 반항이 아니라. 정체성과 획일성으로 대변되는 신의 질서를 파괴하고 인간의 자유와 정의가 존중되는 새로운 질서를 세우기 위함이다. 이를 추진하는데는 많은 희생과 혼란이 따르기 마련이다. 그러나 인간은 이를 극복하고 나아가야 한다는 것이 작가가 구현하고자 하는 인간됨의 이상적인 형상이다.

〈바비도〉에서 바비도는 평범한 재봉직공으로 자신의 일에 충실을 기하는 사람이다. 영역 복음서를 읽었다는 죄목으로 그는 종교 재판대에 오른다. 사제와 태자는 회개한다는 말만하면 목숨을 살려주겠다고 회유한다. 많은 종교지도자와 동료 신도들도 목숨을 부지하기 위해 거짓 회개(?)를 한다. 그러나 자신이 한 일이 정당하고 양심에 꺼릴 것이 없다고 믿는 바비도는 이를 거절한다. 여기서 인간은 어떻게 살아야 하는가는 존재론적 문제에 부딪친다. 이처럼 가치 전도된 세계에서 양심에 따라 자신의 신념을 실천적으로 보여주고자 한 것이 작가가 의도한 또 하나의 인간됨의 모습인 것이다.

이렇게 볼 때, 김성한은 전후의 혼돈된 가치체계를 바로 잡고, 삶의 진정성을 회복하기 위한 방편의 하나로 그의 작품에 '인간됨'의 모델, 곧 윤리감각과 도덕성을 갖춘 이상적인 인간형을 창조해 낸 것으로 이해된다. 작가가 당시 사회혼란의 핵심이었던 이념문제보다는 사회의 부정부패와 도덕성 문제를 강조한 것도 이 때문이다. 필자의 이 같은 주장이 논리적 타당성을 확보하기 위해서는 전후세대 작가·작품들의 검토는 물론 이후의 작가·작품들과의 대비적 고찰이 필요하다. 이에 대한 작업은 앞으로의 과제로 삼는다.

▣ 참고문헌

고 은, 「김성한의 정물화」, 『1950년대』, 민음사, 1973.

권영민, 「역사적 상상력의 문제- 김성한의 바비도」, 『한국현대소설작품론』, 문장, 1981.

_____, 『한국현대문학사 1945 - 1990』, 민음사, 1993.

권오룡, 「시대와 도덕적 인간형」, 『바비도』, 책세상, 1988.

김상선, 「김성한론」, 『현대작가론』, 형설출판사, 1979.

김성한, 「'오분간'의 세계」, 문학사상, 12월호, 1973.

김영택, 『우리문학의 비평적 이해』, 이회문화사, 1996.

김영택, 『한국현대작가작품론』, 목원대 출판부, 2000.

김영화, 「김성한론」, 현대문학, 11월호, 1980.

김용성, 「풍자소설의 방법고」, 수여 성기열 박사 화갑기념 논총, 1989.

김우종, 「동인상 수상 작품론」, 사상계, 2월호, 1960.

김윤식, 『한국 현대 명작사전』, 일지사, 1979.

김 현, 「신념과 체념의 인간상」, 『사회와 윤리』, 일지사, 1974.

박유희, 「관념적 비판의식과 다양한 기법의 채택」, 『1950년대 소설가들』, 나남, 1974.

백승철, 「김성한 작품해설」, 한국현대문학전집12, 삼중당, 1970.

신경득, 『한국 전후소설 연구』, 일지사, 1983.

신동욱, 『삶의 투시로서의 문학』, 문학과 지성사, 1988.

엄해영, 『한국 전후세대 소설 연구』, 국학자료원, 1994.

유기룡, 『한국현대소설 작품연구』, 삼영사, 1989.

윤명구, 『한국근대문학연구』, 인하대 출판부, 2000.

이상운, 「김성한 단편소설 연구」, 연세대 석사학위논문, 1986.

이유식, 「평면적인물 - 김성한론」, 현대문학, 6월호, 1964.

전영태, 「김성한 문학과 몰의식의 세계」, 『한국 현대소설사 연구』, 민음사, 1984.

정한숙, 『현대 한국문학사』, 고려대 출판부, 1982.

조건상, 『한국 현대 골계 소설연구』, 문학예술사, 1985.

현길언, 『한국소설의 분석적 이해』, 문학과 비평사, 1990.

홍기삼, 「역사의식과 문학」, 현대문학, 3월호, 1970.

懷月의 文學論과 文學史

신 승 희*

Ⅰ. 序 論

懷月 朴英熙는 「이천오백만의 기대」(春秋 1943. 2)를 끝으로 공식적인 문필활동을 중단한다. 그러나 이후에도 그는 조선문인협회가 개조된 조선문인보국회의 총무국장으로 선임(1943. 4. 17)되고, 이어 동회의 평론부 회장1)으로 피선(1945. 8. 1)되는 등 해방을 불과 보름 남겨둔 순간까지 문단활동을 계속했다. 이로 인해 회월은 당시 조선에 머물고 있던 일본인 작가로부터도 "완전히 피로해 버린 늙은 원숭이"2)라는 야유를 들었을 뿐만 아니라 해방 후 六堂, 春園, 巴人 등과 함께 반민특위의 심판대에 섰던 것이다.3) 이처럼 남다른 親日의 이력을 가진 회월은 해방이후 어떻게 처신했는가? 이러한 관심은 한 인간에 대한 연민에서 출발했을 수도 있고, 한국현대문학사에 대한 관심에서 출발했을 수도 있다.

---

* 가천길대학교 문예창작과 교수
1) 이어령(1983), 『한국작가전기연구 (상)』, p.155.
2) 임종국(1982), 『일제침략과 친일파』, 청사, p.104.
3) 김영진(1949), 『반민자대공판기 1집』, 한풍출판사.
　　고원섭(1949), 『反民者罪狀記』, 백엽출판사.

이 문제를 제대로 살피기 위해 먼저 해방 직후의 문단상황을 일별하는 것이 순서일 듯하다. 해방 이후 신속한 움직임으로 문단의 기선을 잡은 쪽은 좌익이었으니, 그들은 매우 기민하게 바뀐 시대에 대응했다.

1945년 8월 18일 한청빌딩에 조선문화건설중앙협의회라는 간판이 붙고, 그 아래 조선문학건설본부, 조선미술건설본부 등이 포함되었는데 이와는 별도로 9월 17일에 결성된 것이 조선프로예술동맹이었다. 그러니까 좌익 계열은 임화 중심의 조선문학건설본부와 조선프로예술동맹으로 갈라진 셈이었다.[4]

조선문학건설본부의 주요 멤버는 임화, 이태준, 이원조, 김기림, 김남천, 안회남 등이었고 조선프로예술동맹은 윤기정, 권환, 한효[5] 등으로 구성되었는데 해방 직후 좌익문단이 이처럼 분열된 원인을 설명하는 상이한 견해가 있다.

첫째는 1935년 5월 카프의 해산을 둘러싸고 그것을 현실적 상황으로 받아들인 임화, 김남천 등과 이에 동조하지 않았던 이기영, 송영, 한설야, 윤기정 등이 해방 이후 하나의 좌익문단으로 통일될 수 없었다는 관점[6]이다. 그리고 둘째는 좌익문단의 양분이 해묵은 감정상의 문제라기보다는 오히려 해방이후 직면한 문학건설에 대한 인식상의 차이에서 연유하였다는 보다 현실적인 문제에 초점을 맞춘 관점이 그것이다.

두 단체(조선문학건설본부, 조선프롤레타리아문학동맹 : 인용자)는 어떻게 대립했는가? 임화가 주도한 '文建'은 부르조아 민주주의 혁명론에 입각한 진보적 민족문학의 건설을 당면 목표로 하였는데 이 때문에 이태준, 정지용, 김기림, 이원조, 박태원, 안회남 등 옛 카프계와 깊은 관련을 가지지 않은 인사들이 핵심적인 역할을 수행하였다. 이에 반해 카프의 정통적 상속자로 자처한 동맹측은 계급문학건설을 구호로 내걸면서 옛 카프계 즉 이기영, 한설야, 윤기정, 한효, 송영, 권환 등이 조직을 주도했다.[7]

---

4) 김윤식 외(1989), 『해방공간의 문학운동과 문학의 현실인식』, 한울, p.15.
5) 위의 책, p.332.
6) 위의 책, p.330.

  아무튼 이 두 단체가 김태준의 중재로 통합된 것이 조선문학동맹 (1945.12.13)이었는데 이름부터도 절충의 흔적이 보인다. 1946년 2월 8, 9일 양일 간의 이른바 '전국조선문학자대회'를 치르면서 그 명칭이 '조선문학가동맹'으로 약간 변경되었다. 이 문학가동맹은 외견상 조선문학건설본부와 조선프로예술동맹의 대등한 결합체인 듯 보이지만, 기실 남로당으로부터 후원을 받고 있는 임화와 김남천 등이 주도권을 장악함으로써 조선문학건설본부가 주체가 되었던 것이다. 그러므로 이기영, 한설야 등은 이 단체로부터 일찌감치 등을 돌려 越北하였으니 이들이 제1차 越北文人으로서 해방 후 북한문단의 기초를 다진 인물들이다.

  이와같은 좌익문단의 움직임과 거의 동시에 우익측은 1945년 9월 18일 박종화, 김진섭, 이헌구, 김광섭, 유치진, 김영랑, 오종식, 이하윤 등 30여명이 모여 중앙문화협회를 결성했다.[8] 동협회의 향후 움직임은 다음과 같다.

  중앙문화협회가 좀더 규모를 넓혀 전조선문필가협회를 결성한 것은 1946년 3월 13일이었다. 이 단체는 문학, 미술, 음악, 연극, 영화, 무용 뿐만 아니라 학술, 언론, 출판 등을 포함한 점이 특징적이다. 말하자면 지식인 단체라 할 수 있다. 이 단체가 만들어진 배경에는 여러 가지 이유가 있겠지만 그 직접적인 계기는……문학가동맹 측이 주최한 전국문학자대회이다.[9]

  이로써 조국해방으로부터 채 1년이 지나기도 전에 좌·우익 문단은 각기 자신들의 근거지를 든든히 마련한 셈이 된다. 조직 정비를 어느 정도 마무리한 다음 좌익 문인들은 해방조국의 문학이 "민주주의적인 민족문학의 건설"[10]로 매진되어야 할 것을 주장하고 나섰으며 이어 문학의 정치화를 본격적으로 추진하였는 바, 당시의 상황을 감안 할 때 이는 충

---

7) 조선문학가동맹 엮음, 최원식 해제(1988), 『건설기의 조선문학』, 온누리, p.5.
8) 김윤식 외, 앞의 책, p.16.
9) 위의 책, p.18.
10) 조선문학가동맹 엮음, 앞의 책, p.45.

분히 예상할 수 있는 수순이었다.

> 금일과 같은 혼란기에 있어 문학자가 정당한 정치적 노선을 문학적인 독특한 기술로서 대중에게 이해시키고 계몽시키는 계몽적 역할은 실로 지대한 것이다.……8·15 이후 문학자들의 활동이 정치적 현실에 준 好影響은 실로 거대한 것이니 이즈음 우리의 정치무대에 유능한 문학자들이 참가 활동하고 있음은 우연한 일도 또는 부자연한 일도 아닌 당연한 일이라 할 것이다. 우리 문학자는 오늘의 정당한 정치노선인 민주주의 민족전선에 문학적인 입장에서 참가 또는 지지해야 할 것이며 이 정치노선에서 계몽운동을 전개시켜야 할 것이다. 따라서 이 노선을 인민대중에게 이해시키고 설득시키는 것은 오늘 문학자에게 요청되는 현실적인 거대한 과업의 하나라고 나는 생각한다.11)

정치무대에 유능한 문학자들이란 아마도 임화와 김남천 그리고 이태준 등을 두고 한 말인 것 같다. 위 인용문 가운데 주의해서 읽어야 할 부분은 정치노선에 '문학적 입장'으로 참여한다는 것이다. 이는 문학의 독자성을 의미하는 것이라기보다는 정치노선을 인민에게 계몽함에 있어 문학을 이용한다는 다시 말하면 '문학의 도구화'를 재차 천명하고 나선 것으로 보아야 한다. 이와 같은 좌익문단의 뚜렷한 정치성향은 문학가동맹이 주최한 전국문학자대회에 여운형이 참석하여 축사를 한 사실에서도 충분히 짐작할 수 있다. 그리고 이러한 현상은 우익문단 쪽도 마찬가지였으니 1946년 3월 13일 개최된 진국문필가협회의 결성대회에 김구를 초청했다.12) 아무튼 해방 직후 좌·우익문단은 공히 정치성이라는 무거운 짐을 안고 출발한 것이 사실인데, 그렇다면 당시 문단이 정치에 대해 그토록 민감하게 반응했던 진정한 이유는 무엇인가?

> 문학단체가 정치현실과 지나치게 밀접히 관련되었다는 점 이런 현상은 해방공간의 가장 큰 특징이라 할 수 있는 바 좌익이든 우익이든 민족문학건설이라는 거창한 슬로건을 내걸지 않을 수 없었던 사실로써 증명되고 있다. 역사

---

11) 위의 책, p.137.
12) 김윤식 외, 앞의 책, p.18.

너머에서의 목소리와 역사 안에서의 목소리가 마주쳐 들끓고 있는 공간이 해
방공간의 특징인 만큼 민족문학건설의 방향성 찾기가 무엇보다도 우선하며 그
것의 상위개념이 정치였던 것이다. 그러니까 문학의 지표인 민족문학건설의
방향타를 쥐고 있는 것은 새나라 건설이라는 정치적인 과제에 직결된 것이 아
니면 안 되었다.13)

해방 직후의 가장 시급한 문학적 과제는 민족문학을 어떻게 건설해야
할 것인가? 에 대해 고민하는 이른바 '方向性 찾기' 였으리라는 것은 쉽
게 짐작할 수 있다. 그리고 민족문학건설은 민족국가건설이라는 정치적
과제에 하나의 이념적 토대를 제공하는 것이라 볼 때, 문학과 정치는 예
사롭지 않은 관계를 맺게 되는 것이다. 그러므로 해방직후의 한국문학에
는 정치로부터 자유로울 수 없는 시대적 요인이 잠재해 있었음에 틀림없
다.

이런 전체적 상황 속에서 회월의 갈등이 시작된 것으로 짐작된다. 해
방 직후 한국의 문인들은 극소수의 경우를 제외하고 정도의 차이는 있으
나 친일행위에 대한 부채로부터 자유로울 수 없는 것이 사실이었다. 그
리고 친일행위를 문제삼을 때 그것은 정도나 빈도의 차원을 넘어 有無의
잣대로 날카롭게 판가름되어야 할 양심의 문제일 것이다.

해방공간에서 지식인의 첫 과제가 이른바 양심선언이었고 그것을 섬세한
모랄 감각의 수준에서 다룰 수 있는 능력을 가진 자들은 일단 문인들이었다고
대범하게 말해질 수 있다.14)

그러나 당시의 정치적 열풍은 이른바 '양심선언'을 망각케 했고 모두
가 '깨끗한 손'이 되어 민족국가건설, 민족문학건설에 뛰어들었던 것이
다. 이러한 상황임에도 불구하고 회월은 문단의 좌·우 어느 쪽에도 참
여하지 않았다. 처음부터 "문인의 좌우합작 조직"15)의 성격을 띠었던 문

---

13) 위의 책, p.21.
14) 위의 책, p.11.
15) 조선문학가동맹 엮음, 앞의 책, p.7.

학가동맹에는 이병기, 양주동, 이희승 등을 위시하여 "해방직후 사회적
상황으로 보아 문필활동이 부자연스러운 친일문학인으로 지목된 일부 문
인과 보수적인 민족계열의 문인을 제외"16)한 다수의 작가들이 동참한
사실을 염두에 둘 때, 비록 성부수립 이후의 일이지만 반민특위에 걸려
들 정도로 심각했던 친일컴플렉스가 회월의 문단활동을 끝내 막았던 요
인이 아니었나 짐작된다. 그러므로 당시 회월에게 오직 가능했던 것은
"다른 문필행위 불능에 대한 대상행위"17)로도 볼 수 있는 文學論 및 文
學史 정리와 같은 개별작업이었을 것으로 생각된다. 그렇다면 해방 이후
부터 한국동란의 와중에서 납북될 때(1950년 9월)까지 회월의 사회활동
은 어떠했는가?

> 해방 이후 회월은 서울을 떠나 춘천으로 갔다……그는 춘천서 가난한 마
> 을의 산가에 거처하며 춘천중학교 국어교사로 근무했고 또 오랫동안 잊고 있
> 었던 시의 세계를 되찾았다……춘천서 서울로 돌아온 것은 49년 여름이
> 다.18)

회월이 춘천중학교 교사로 부임한 때가 1945년 12월이고 꼭 1년 뒤
인 46년 12월 교사직을 사임했다는 기록19)이 있는데 이것이 사실이라
면 중학교 교사를 그만두고 1949년 여름 상경할 때까지 연고도 없고 직
장도 없는 곳에서 2년 반 가까이 생활한 것으로 되는데 여기에는 다소
무리가 있는 듯도 하다. 그러나 1973년 8월호『문학사상』에 게재된 회
월의 미발표유작시「山家」연작에는 일일이 詩作 시기와 장소가 명기되어
있음으로써 1949년 여름까지의 춘천 거주를 사실로 뒷받침한다. 회월이
1949년 여름 서울로 돌아온 것도 자의에 의해서라기보다는 반민특위로
부터의 소환 때문이었던 것으로 여겨진다. 아무튼 춘천 시절의 시에는

---

16) 김윤식 외, 앞의 책, 333면.
17) 김윤식(1978), 「회월문학사에 대하여」, 〈관악어문연구〉 제3집, p.134.
18) 자료조사연구실(1973), 「새자료로 본 회월의 생애」,『문학사상 9』, p.412.
19) 이어령(1982),『한국작가전기연구 (상)』, p.153.

그 무렵 회월의 외로움과 자신을 스스로 유폐시키고자한 심정이 절절히
배어있는데 그 중의 일부를 보면 다음과 같다.

> 산밑에 홀로 사니
> 까치가 벗이로다.
> 온종일 우짖으니
> 네 뜻이 무엇인고
> 검은 너를 사귈이 없으니
> 아마도 하소연인가.
> (山家1 1949. 6. 13)

> 산가에 산 이후로
> 세상이 싫어지니
> 다른 사람 눈치 보고
> 꾸며 삶이 또한 싫다.
> 나는 나 된대로
> 내 뜻이나 높이고저
> (山家4 1949. 6. 14)

이 칩거기간 동안에 회월은 文學論과 文學史를 정리한 것으로 여겨진
다. 3년 반에 걸친 춘천시절을 마감하고 회월은 다시 서울로 돌아온다.

> 춘천에서 서울로 돌아온 것은 49년 여름이다. 서울에서 정백과 함께 보도
> 연맹의 선도위원으로 관계하는 한편 서울사대, 국학대 등에 국문학사 강의를
> 맡고 있다가 이듬해 6.25사변을 맞았다. 사변 중 피난을 못하고 천연동 69번
> 지에 은거해 있다가 8월초 북괴치하의 서울을 떠나려다 체포되었다.[20]

해방 이후 공적인 문단활동이 사실상 불가능한 상황에서 정리된 文學
論『文學의 理論과 實際』와 2편의 文學史를 집필 의도에 유의하면서 내

---

20) 자료조사연구실(1973), 「새자료로 본 회월의 생애」, 『문학사상』, p.413.

용을 검토해 보기로 하겠다.

Ⅱ. 本 論

1. 文學論 정리

회월은 1947년에 『文學의 理論과 實際』를 간행했지만 文學에 대한 이론적 연구는 이보다 훨씬 전에 시작되었다. 1920년대 말 팔봉 김기진에 의해 제기되었던 '文學大衆化論'에 회월은 대체적으로 동조하였다. 그 이유는 '이론을 위한 이론'으로부터 말미암는 폐해를 경계하려했던 것인데, 작가는 우선 대중이 이해할 수 있는 수준의 작품을 그들에게 제공해야 한다는 것이고 그 목적은 바람직하지 않은 문학 즉 부르조아문학의 악영향으로부터 대중을 보호해야 한다는 이른바 '保護論'이다. 이는 팔봉이 제시한 '隔離論'에 상당히 근접된 것으로 볼 수 있다.

그러나 회월은 문학대중화를 위해 문학이론을 전적으로 부정했던 것은 물론 아니었다. 그의 이론 탐구는 1929년 중반부터 1930년 말까지 집중되었는데 그 구체적인 예로는 「예술이란 무엇인가?」, 「예술학의 과학적 가치」, 「예술사회학의 출발점」 그리고 「예술의 형식과 내용의 합목적성」등을 꼽을 수 있다. 여기에서 유의할 것은 이 무렵 회월의 예술학 또는 문예학적 관점이 여전히 사회주의 예술론에 입각한 것이었기 때문에 유물변증법을 위시한 사회주의 예술철학체계에 대한 폭넓은 이해가 필수적으로 대두되었을 것이라는 점이다.

이 과정에서 회월의 이론적 한계가 노출되었고 결국은 기계론적 유물론자라는 비난이 일부 좌익이론가들에 의해 제기되면서 회월은 이 방면에서 손을 떼었던 것이다. 이 예술학 또는 문예학에 대한 고찰이 뒤늦게 「문학의 이론과 실제」(文章 1940. 2 - 5)로 정리되었으니 이 논문을 집필하게 된 일차적인 목적에 대해 회월은 다음과 같이 밝히고 있다.

　　필사는 유물론문학의 전기와 후기의 두 계단을 걸어왔고 현금 다시 새로운
문학의 신계단에 임해서 그 가장 옳다고 생각하는 문학론을 이에 연구하고자
하는 바이다. 문학은 그 가장 진실된 의미에서 구출되며 그 가장 인간적인 점
에서 재검토하며 그 가장 자연한 성장에서 발전시키기 위해서 위선 준비적인
연구로서 이 논문을 초하는 것이다.21)

　　회월이 내세운 표면적 논리는 '문학을 진실된 의미에서 구출'하고 '인
간적인 점에서 재검토'하여 '가장 자연스러운 성장'을 조장하기 위한 것이
라 하였지만 그 저변에는 자신이 한 때 몸담았던 계급문학에 대한 不信
이 짙게 깔려 있음을 느낄 수 있다. 그러나 이 무렵 회월은 문학을 '일본
정신의 具現'을 위한 수단으로 인식하는 신체제문학론을 적극 옹호하던
때이니 문학과 인간을 내세운 그의 논리 자체가 얼마나 모순된 것인지를
짐작할 수 있다. 아무튼 1920년대 말부터 30년대 초에 걸쳐 논의하던
문예학 연구를 뒤늦게 정리하면서 회월이 제시한 관점이 유물론적 문학
에 대한 거부였다는 점은 흥미롭다.

　　인간을 한 조각의 물질이라는 사상에서 이 때까지의 인간이 귀중하게 보존
하고 온 인간의 가장 아름다운 것을 내여 버리게 되었다. 새로운 세기를 논하
는 문학자의 눈에는 보이는 것이 물질 뿐이다. 물질 이상의 인간은 보지도 아
니하고 보려고도 아니하였다……그러나 이 길은 새로웁기는 하나 갈수록 협
착하여 결국에는 인생도 없고 생활도 없고 진리도 없고 一片의 건조한 물질이
었음을 발견하자 이 새로운 세기의 精銳들은 문득 혼란하여 졌다. '고전으로
도라가자' '문학적 정서를 갖자' '잃어버린 인간을 찾자'하고 떠들었다. 내가 일
즉이 '얻은 것은 이데올로기요 상실한 것은 예술'이라고 한 것도 이것을 의미
함이었다.22)

　　그러므로 이 「문학의 이론과 실제」를 "전형기 주조모색 비평의 한계
를 문예학에 대한 연구로 지향하고자 한 것"23)으로 평가하기보다는 오

---

21) 박영희(1940), 「문학의 이론과 실제 (1)」『文章』, p.175.
22) 위의 논문(2), 『文章』, pp.146-147.

히려 유물론적 문학론에 대한 거부논리의 체계와 이를 통한 자신의 제2차 전향에 대한 뒤늦은 해명 내지는 정당화 작업으로 보는 것이 더 옳을 듯하다. 회월이 내세운 유물론적 문학론에 대한 거부논리로는 우선 문학의 한계성 옹호가 유력하다.

> 문학상 용어를 빌어서 말하면 '예술을 위한 예술'이 옳으냐 그렇지 않으면 '인생을 위한 예술'이 옳으냐 하야 그 어느 하나로 결정하지 못하는 것이 이미 그 두 가지의 이론 밑에서 사실로 예술과 문학이 발달되어 있는 까닭이다. 이 두 가지 존재가 문학에 대한 연구를 적지 않게 곤란하게 한다. 이 두 가지 존재에서 그 어느 것이고 그 문학적 한계를 넘어 정치주의의 길로 들어가서 문학과는 다른 것으로 전화되어 버리매 비로소 현대문학의 재검토를 하지 않으면 안되게 되었든 것이다.24)

회월이 '예술을 위한 예술'과 '인생을 위한 예술'을 다같이 부정한 뒤 도달한 곳이 일본정신을 구현하는 '신체제문학론'이었음은 주지의 사실인 바, 그가 이 논문을 통해서 "사회과학적 예술론의 가닥과 유미주의 예술관을 통합"25)하여 이른바 '중용적예술론' 수립을 목표로 했다는 평가는 지나치게 호의적인 시각에서 말미암은 것임을 짐작할 수 있다. 「文章」誌에 연재되던 「문학의 이론과 실제」는 3회로 未完되었는데 해방 후 회월은 이 문제에 다시 착수하였다. 1947년 간행된 『문학의 이론과 실제』에 대해 片石村의 『시론』이 한국현대문학사상에서 유일한 시론이듯 "박영희의 「문학의 이론과 실제」는 단 한 권의 문학론"26)이라는 극찬을 받은 바 있으나 「文章」지의 그것과 비교해 볼 때 표제는 물론 목적에 있어서도 거의 동일하다.

> 인생을 위한 문학의 급진적 발달은 현대에 와서는 지나친 공리주의와 아울

---

23) 이의춘(1987), 「박영희문학론연구」〈서울대석사논문〉, p.63.
24) 박영희(1940), 「문학의 이론과 실제 (1)」, 『文章』, pp.172-3.
25) 김윤식(1968), 「회월박영희연구」, 〈학술원논문집〉 제7집, p.172.
26) 김윤식(1982), 『한국근대문예비평사연구』, 일지사, p.496.

러 그 문학적 한계선을 넘어 정치주의의 길로 들어가매 그 결과 진실한 문학
과는 별다른 것으로 전화되어 버리매 이에 비로소 현대문학의 재검토를 하지
않으면 안되는데까지 이르렀다……문학이 문학적인 한계를 버서나서 공리주의
의 구렁터리에서 허더거리어 아름답고 고아한 문학적 작품의 품성을 잃어버릴
뿐만 아니라 그것이 문학의 정도와 같이 이해되며 정의를 갖게 되려는데 대하
야 문학을 이에서 구출하고 그러므로 본래의 정도를 거러가서 위대한 작품의
정신을 부흥코자 함에서 나는 이 稿를 초하는 것이다.27)

즉, 회월은 "문학적 창작에 관하야 필요한 연구를 겸하고 또 건전한
문학의 발전을 위하야 옳지 않은 이론을 비판하고 문학의 실제적 정로를
발견"28)할 목적으로 이 논문을 구상했던 것이다. 회월은 여기에서 플레
하노프, 기요, 맑스, 테느 등의 문예이론을 거론하였을 뿐 아니라 발작,
톨스토이, 입센 등의 작가도 연구의 대상으로 삼는 성실성을 보였으나
자칫 일정한 체계와 한계를 벗어난 듯한 방만한 태도는 "독자에게 친절하
고 자신에게는 짜임새 있고 정연한 이론과 체계있는 설명이 만족스럽게
이루어진 책이라고 단언하기 어렵다"29)는 평가를 받고 만다. 아무튼 이
러한 방대한 작업은 그 당시 박영희에게 있어서는 "한계를 넘는 벅찬
일"30)이었는지도 모른다. 그러나 이 논문의 본래 의도가 문학의 한계성
에 대한 자각과 이데올로기의 지나친 강조에서 말미암는 계급문학의 파
탄을 드러냄에 있었던 만큼 "맑스주의 예술론을 비판한 체계적 순수 예술
론"31)이라는 소기의 목적은 무난히 달성한 것으로 평가할 수도 있을 것
이다.

1940년 「文章」지에 연재 도중 중단된 것이나 해방 이후 이를 보완해
서 간행한 『문학의 이론과 실제』는 크게 보아 그 의도가 침체된 문학을
부흥시키고자 한 데 있었다. 이 때 회월이 문학침체의 주요인으로 내세

---

27) 박영희(1947), 『문학의 이론과 실제』, 日月社, p.19.
28) 위의 책, 序文 참조.
29) 신동욱(1988), 『한국현대비평사』, 시인사, p.24.
30) 김윤식, 『박영희연구』, p.165.
31) 같은 곳.

운 것은 무엇보다도 이데올로기의 과도한 유입과 이에 따른 문학성 상실이었다. 이는 1930년대 중반 프로문학에 대한 회월의 거부논리와도 부합됨을 알 수 있는데 이러한 논리의 불변성은 해방 이후 지나치게 정치화하는 문단 풍토에 대한 회월의 비판적 시각에서 연유한 것임도 또한 쉽게 짐작할 수 있을 것이다.

2. 文學史 정리

회월은 해방 이후 2편의 문학사를 탈고했다. 「현대한국문학사」(思想界 1958. 4월부터 연재)와 「초창기의 문단측면사」(現代文學 1959. 8월부터 연재)가 그것인데 정확한 집필시기는 알 수 없다.

> 이 문학사 원고가 된 것은 나의 변변치 못한 『신문학사조사(상)』가 나온 직후, 그러니까 나의 同著 하권이 나오기 전 대개 1948년 중간에서 그 全篇이 끝났던 것으로 알고 있다.[32]

위는 회월의 「현대한국문학사」가 사상계에 연재될 때 서문 형식으로 붙인 白鐵의 글이다. 백철의 말로 미루어 보면 회월의 문학사가 탈고된 시기는 대략 1948년 중반 쯤인 것으로 짐작된다. 그러나 「초창기의 문단측면사」에 대해서는 그나마 언급이 없음으로 지금으로서는 정확한 집필 시기를 알 수 없다. 백철의 글에서 보면 사상계에 연재된 부분은 출판사를 경영하던 김진구씨가 보관했던 것인데 6.25사변으로 출판에 실패하자 그 후 백철에게 원고가 넘어온 사실을 짐작할 수 있다. 그리고 이 원고는 백철이 일시 도미하면서 다시 누군가의 손으로 넘어갔고(전광용씨일 가능성이 크다) 그가 미국에 체류하고 있는 도중 사상계에서 연재된다는 소식을 들었던 것이다. 회월의 문학사가 빛을 보게된 경위는 이처럼 곡절이 많은데 사상계의 連載分도 문학사의 전체는 아니었다.

---

32) 『사상계』(1958. 4), p.290.

　1977년 12월 24일 저의 연구실에서 낯선 사람의 전화를 받았지요. 회월 선생의 서랑 노의형씨 였습니다. 시내 어느 다방에서 노씨는 저에게 커다란 가방을 내미는 것이었습니다. 회월 선생의 육필 원고였습니다. 가방채로 들고 와 자료를 상세히 검토해 본 결과 거의 발표된 것들이었고 오직 「조선현대문학사」의 후반부만이 아직 미발표였습니다.[33]

　김윤식은 사상계에 연재되지 않은 부분을 『박영희연구』(1990)의 부록으로 실었다. 이 부록 분을 보면 표제가 「현대조선문학사」로 되어있는데 사상계에 발표될 때 「현대한국문학사」라고 한 것은 아마도 그 시절 '조선'이란 어휘에 대한 거부반응 때문이었던 것으로 추측된다.(표제뿐만 아니라 내용에서도 '조선'은 모두 '한국'으로 바뀌었다) 이로써 회월의 「현대한국문학사」는 비로소 그 전모를 파악할 수 있게 되었다.

　「현대한국문학사」의 내용을 검토하기에 앞서 회고록적 성격이 강한 「초창기의 문단측면사」부터 보기로 하자. 여기에서 회월은 春園의 초기 작과 신시조와 六堂의 관계 등을 언급하면서 소년시절 자신에 대한 춘원, 육당의 영향을 거론했다. 그리고 3.1운동 이후의 신문학운동에 대해서는 「白潮」를 중심으로 논의를 전개시켰다. 앞에서 살펴 본 『문학의 이론과 실제』가 과거의 프로문학에 대한 비판과 자신의 제2차전향에 대한 해명의 성격을 띠었듯이 이 「문단측면사」의 主論調도 그와 대동소이하다.

　그때(1926년 말 : 인용자) 쯤은 문학의 형식문제를 논해야할 적당한 시기였기는 하였다. 쏟아져 나오는 의식소설에 거진 식상한 시대라고도 할 수 있었다. 그러한 천편일률적인 작품에는 권태가 생기기 시작했었다. 그러나 팔봉은 그러한 타당성에서 형식문제라든지 혹은 침체된 문학의 타개책을 논한 것이 아니라 계급의식을 말살하려는 듯한 애매한 논조에 대하여 나는 불쾌하였고 또 맹우들의 분노를 일으키게 되었던 것이다.[34]

---

33) 김윤식, 『박영희연구』, 머리말 참조.
34) 박영희(1960), 「초창기의 문단측면사 (6)」, 『현대문학』, P.85.

이는 팔봉과의 내용·형식논쟁에 대한 회고인데 논쟁 당시 회월은 팔봉의 이원론적 태도를 비판하고 일원론적 내용우위론을 강력히 주장했었다. 이 논쟁은 당시의 사회적 분위기에 편승한 회월이 승리한 것처럼 결말이 났었으나 그는 자신의 이러한 태도가 공식주의35)였음을 뒤늦게 고백하고 있다. 또한 회월은 프로문학시절 이론이 창작을 압도했던 현상에 대해서도 비판하였는 바, 이는 회월이 계급주의 문학관으로부터 등을 돌리게 되는 주요한 원인의 하나였던 것이다.

> 문학을 연구하는 시대가 아니었고 우리들의 생활에 필요한 문학을 만들어야 할 시대였으므로 말하자면 그 지도이론이 필요하였기 때문에 평론이 우세하였던 것이다. 이때까지는 문학적 작품 속에 포함되었던 모든 사상문제가 표면으로 나타나서 정치적으로 단일사살을 만들어 놓고 그 사상을 선포하는 문학 즉 의식적인 문학을 창조하게 되었던 까닭에 이론이 우세하였고 또 지도적 처지에 있게되었던 것이다.36)

이와 같이 이론이 창작을 압도하게 되고 지도적 위치에 군림함으로써 "거대한 작품이 나오지 못하고 말았다"37)는 논리인데 이무렵 이른바 '거대한 작품'이 나오지 못한 현상은 비단 좌익문단 뿐만 아니라 우익문단에서도 동일한 상황이었다. 그러므로 창작빈곤에 대한 책임을 전적으로 이론 우세현상에 전가시키는 것은 옳지 못한 관점이다. 아무튼 회월은 이데올로기의 강조에 따른 문학의 非文學化를 경계하였고 마침내 그것으로부터의 전면적 등돌림 즉 '轉向'을 모색하기에 이른 것이다.

> 팔봉의 형식론이나 대중소설론 이후로 무산계급의식의 문학운동은 자기 비판을 나리기 시작한 것이었다. 당시에는 외계의 상압도 있있지마는 이미 푸로레타리아 문학 자체의 새로운 문학적인 요구가 싹트기 시작하였던 것이다. 말하자면 의식의 성장은 문학적으로 결여되어 가는 자기모순을 내포하고 있었던

---

35) 위의 글, P.91.
36) 위의 글, P.81.
37) 위의 글 (5), 『현대문학』, P.276.

것이다......우리는 백열화된 논전의 토치카 속에서 의식문제의 균형을 잃어버
리고 쭈그리고 엎대어 현상을 유지하느라고 다만 침울하였을 뿐이었다.38)

카프의 주도권을 소장파에게 빼앗기고 침울하던 회월이 그 상황을 벗
어나고자 모색한 것이 바로 제2차 방향전환이었던 셈이다. 회월은 이 「초
창기의 문단측면사」를 통해 계급문학에 대한 비판을 구체화하였는데 이
론이 창작을 압도하고, 의식이 문학을 앞지르는 이른바 '문학의 비문학
화' 현상에 초점을 맞추어 자신의 문학적 과정을 합리화하려 했던 것이
다.

「현대한국문학사」는 1920년대의 한국신문학운동이 맹목적으로 외국
문예사조에 추종했던 원인을 회월 나름대로 규명하는 등 「문단측면사」의
회고적 성격을 불식하려는 의욕을 보이고는 있으나 주 논조는 역시 프로
문학에 대한 비판논리로 모아진다. 다만 그것은 「문단측면사」에서 보인
'비문학화'의 관점이 아니라 프로문학과 민족문학 또는 민족운동과의 불
화에 그 초점을 맞추고 있다는 점이 다르다. 회월은 한국의 현대문학과
민족운동과의 관계에 대해 다음과 같은 주장을 펴고 있다.

한국의 현대문학은 한국민족의 정치적 각성과 한 가지로 일어났고 민족해
방운동과 병행하여 성장하였으며 민족적 고뇌 속에서 사색하여 왔던 것은 피
치 못할 사실이었다.39)

한국에 있어서 현대문학의 정치적 각성은 조국의 식민지상태를 청산
하는 민족해방운동을 지향했어야 마땅하다는 견해다. 그러나 계급문학은
이 민족해방운동이라는 대원칙으로부터 이탈했으니 그 경위에 대해 회월
은 다음과 같이 주장한다.

그때(1920년대 중반 : 인용자) 한국의 민족문학이나 계급문학의 이념은

---

38) 위의 글(6), 『현대문학』, P.93.
39) 박영희(1958), 「현대한국문학사 (2)」, 『사상계』, P.161.

한가지로 일본제국주의에 대한 항쟁이었다. 그때 한국의 맑스주의자의 진정한 임무라는 것은 공식적 계급투쟁으로 민족을 분열하려는 것이라기보다는 정치적으로 민족전체를 한 개의 강력한 힘이 되기 위하여 투쟁하는데 의의가 있었다. 그리하여 일본제국주의에 항쟁함이 마땅하였다. 그러나 공식적 기계적 맑스주의자들은 한국 재래의 민족운동과 합세할 것인가 분열할 것인가에 관하여 실로 지리멸렬한 이론투쟁이 있었다.40)

맑스주의를 신봉하는 세력은 민족주의를 배타시하기에 이르렀고 마침내 운동노선에 분열이 생겼다. 그 결과 좌·우익의 통합적 운동체41)였던 신간회는 해체의 운명을 맞았던 것이다. 이러한 인식적 바탕 위에서 회월은 계급문학이 "그 발전에 따라 계급성으로 집중하게 됨에 따라 드디어 민족의식에서 분화작용을 일으키게"42)된 것으로 결론지었다. 「현대한국문학사」에서 회월은 민족주의의 관점에 서서 계급문학의 비민족적 계급성을 비판했는데, 이 관점은 해방 이후 좌·우익 문단이 공히 정치화에 몰두함에 그 현상을 비난하려는 의도로 볼 수 있다. 그러나 당시 회월의 입장으로서는 우익 측의 정치화를 공개적으로 비판할 수 없는 상황43)이었고 자신의 전력에 비추어 좌익문단의 정치화에 비판의 초점을 맞추었던 것으로 판단된다.

III. 結 論

해방 후 좌우익문단은 신속하게 그들의 활동 토대를 확보한 다음 문학을 정치와 긴밀히 연관시켰는데 그들의 목표는 다같이 민족문학의 건설이었고 그 상위에 민족국가의 건설이라는 정치적 이념이 자리잡았다.

---

40) 위의 글, P.72.
41) 스칼라피노, 이정식 외(1983), 『신간회연구』, 동녘, P.190.
42) 박영희(1959), 「현대한국문학사 (7)」, 『사상계』, P.132.
43) 김팔봉(1965), 「한국문단측면사」, 『사상계』, P.132.

이러한 상황을 맞아 회월은 좌우익문단에 다같이 회의를 품었다. 그러나 당시의 정황으로 보아 그가 우익측의 논리를 공개적으로 비판할 수는 없었을 것으로 판단된다. 그러므로 카프시절의 문학의 정치화에 대해 비판함으로써 해방 후 좌익문단의 정치화를 간접 비판할 것으로 볼 수 있다.

그는 『문학의 이론과 실제』에서 자신이 프로문학으로부터 탈퇴한 사실에 대해 뒤늦은 해명을 전개했으며, 「초창기의 문단측면사」에서는 문학문제보다는 인식문제를 중시하는 문학의 비문학화라는 관점에서, 그리고 「현대한국문학사」에서는 프로문학이 민족해방운동과 괴리되는 현상에 주목하는 등 각기 그 관점은 달리하였으나 결과적으로는 과거의 프로문학에 대한 비판을 통한 해방 후 좌익문단의 비판이라는 점에서 큰 차이가 없음을 확인할 수 있다.

▣ 참고문헌

〈텍스트〉

朴英熙, 「文學의 理論과 實際」, 日月社, 1947.
朴英熙, 「現代韓國文學史」, 思想界, 1959.
朴英熙, 「초창기문단측면사」, 現代文學, 1960.

〈단행본〉

고원섭, 『反民者罪狀記』, 백엽출판사, 1949.
김영진, 『반민자대공판기 1집』, 한풍출판사, 1949.
김윤식, 『韓國近代文藝批評史研究』, 一志社, 1982.
김윤식, 『해방공간의 문학운동과 문학의 현실인식』, 한울, 1989.
스칼라피노·이정식 외, 『新幹會研究』, 동녘, 1983.
신동욱, 『韓國現代批評史』. 시인사, 1988.
이어령, 『한국작가전기연구 (상)』, 동일출판사, 1983.
임종국, 『日帝侵略과 親日派』, 青史, 1982.
조선문학가동맹·최원식 해제, 『建設期의 朝鮮文學』, 온누리, 1988.

〈논문〉

김윤식, 「懷月文學史에 대하여」, 관악어문연구 제3집, 1978.
이의춘, 「朴英熙文學論研究」, 서울대석사학위논문, 1987.

유년기 성장소설의 두 양상
-박완서 「엄마의 말뚝 1」, 오정희 「유년의 뜰」의 경우-

김 명 인*

1. 서 론

이 글은 박완서의 「엄마의 말뚝 1」(1980)과 오정희의 「유년의 뜰」 (1980) 등 두 여성작가의 두 작품1)을 '성장'이라는 주제를 통해 구명하고자 하는 하나의 주제론적 접근thematological approach이 될 것이다. 주제론thematics, 혹은 문학적 주제론literary thematics은 '시대를 통한 지속을 강조하면서 문학 작품의 예기치 않은 차원을 노출하고 고형의 신화나 이미지들이 어떻게 현대성을 발휘하는지의 현상을 연구하는 방법' 이며 '이미지, 모티브, 테마, 그리고 상징이 중요한 비평적 술어로서의 열쇠 역할을 차지'하는 방법2)이다. 이러한 의미에서 주제론은 아마도 역사적(통시적)으로 또 사회적(공시적)으로 서로 다른 배경을 지니고 서로 다른 작가들에 의해 만들어진 문학작품들이 어떻게 공통적으로 인간의

---

* 인하대학교 강사

1) 이 작품들의 출전 텍스트로는『그 가을의 사흘 동안』(박완서 작품선집, 나남, 1985)과 『한국 대표 중단편 소설 50』 4권(오정희 외, 중앙일보사, 1995)를 사용했다.
2) 이재선,『한국문학주제론』, 서강대출판부, 1989, 7-8면.

보편적 특성을 구현하는가를 발견하는 데에 가장 효과적인 접근방법이 될 것이다. 이러한 접근방법은 예컨대 역사주의적 접근방법 등이 간과하기 쉬운 인간행동의 원형적 동질성의 문제 등을 잘 드러내 줌으로써 문학적 인간이해를 심화시켜 준다. 반면에 이러한 접근법은 작품이 하나의 덩어리로서 보여주는 인간적·사회적·역사적 진실과 이것이 작품으로 드러나는 형식적인 양상의 특성에 접근하는 데는 일정한 한계가 있는 것으로 보인다. 즉 하나의 작품을 그 속에 들어있는 몇 개의 모티브나 테마를 통해서만 이해할 경우 작품이 내용과 형식을 아우르는 하나의 전체로서 가지는 '분해될 수 없는 의미'를 불가피하게 파편화시키기 쉽기 때문이다. 아마도 훌륭한 비평은 작품이 지닌 이러한 '개별적' 총체성과 '보편적' 원형성을 한데 아울러서 이해하는 것이 될 것이다. 어쨌든 논자는 박완서와 오정희의 전기한 작품들에 대한 주제론적 접근을 통해 이 두 여성작가의 인간이해를 관통하는 동질성과 차별성의 양상을 살펴보는 것에 주력하되 가능하다면 이를 다시 전체적 맥락에서 해석할 수 있도록 노력할 것이다.

「엄마의 말뚝 1」은 박완서의 1980년 작품으로 제목이 암시하듯이 기본적으로 어머니를 주인공으로 하는 자전적 성격이 강한 작품이다. 10대가 채 안된 어린 소녀를 나레이터로하는 이 작품은 1930년대 후반 무렵 개성 근처의 박적골에서 대가족의 구성원으로 살던 '나'가 아버지의 갑작스런 병사 이후 대처로 나가 살기를 원하는 어머니와 맏아들인 오빠와 함께 서울로 와서 자라게 되고, 서울 변두리에 자리를 잡고 아들과 딸을 가르치며 어떻게든 문안으로 이사하려 애를 쓰던 어머니는 어린 나이에 사업에 뛰어든 오빠 덕분에 그 꿈을 이루어 서울에 '말뚝'을 박게 되는 이야기를 담고 있다.

이 이야기의 주인공은 어머니로서 전근대에서 근대로 가는, 농촌사회에서 도시사회로 가는 우리 근대사의 길목에서 매개역할을 해온 세대를 대표하고 있다. 그 세대는 이 작품의 표현을 빌리면 영원히 '문밖의식'을 지닌 세대이다. 이 소설은 전근대적 공동체사회의 문밖으로는 나왔으나 근대적 이익사회의 문안으로는 아직 들어서지 못한, 아니 끝내 들어서지 못한 영원한 문밖세대의 초상을 어머니라는 하나의 전형적 인물을 통해 잘 그려내고 있는 작품이라고 할 수 있다.

「유년의 뜰」은 제목이 주는 따뜻하고 밝은 이미지와는 달리 전쟁이 드리운 어두운 황폐함으로 가득한 작품이다. 전쟁과 함께 어떤 피치 못할 연유로 아버지가 사라지고 피난지에서 고단한 삶을 이어가야 하게 된 한 가족의 이야기를 한 어린 소녀가 나이에 걸맞지 않는 음울한 어조로 풀어나가고 있는데 그 세계는 중심이 사라진, 그리고 그 빈 자리에 각기 자신의 욕망과 허기를 달래기 위한 등장인물들의 불안한 방황만이 어지러운 그런 세계이다.

어머니는 살기 위해 읍내 밥집에 드난살이를 하다가 끝내 바람이 나고, 큰오빠는 아버지가 없는 가정에서 대리가장 노릇을 자임하는 동안 사춘기의 욕망과 부자연한 긴장 사이에서 작은 폭군이 되어가고, 국민학교 상급반인 언니는 덩달아 읍내를 쏘다니고, 화자인 소녀는 그런 가족들 사이에서 탐식증과 비만과 도벽과 어렴풋한 성적 상상력으로 이루어진 불투명한 공간 속을 부유하는 것이 이 소설이 담고 있는 삶의 모습이다.

1980년, 같은 해에 쓰여진 이 두 작품이 공통적으로 갖고 있는 주제는 '성장'이다. 그것도 척박한 환경 속에서 이루어지는 유년기 소녀의 성장이다. 필자는 이 두 작품을 이러한 주제와의 관련 속에서 거칠게나마 검토해보고자 한다.

2. 본론

2.1. 성장소설의 문제

성장소설은 독일어로 Bildungsroman, 혹은 Erziehungsroman이

라고 하며 영어로는 initiation novel(입사식소설)novels of formation
(형성소설), 또는 novels of education(교육소설)이라고 하는 근대 소설
의 한 종(種)이다. 사전적 정의를 따르자면 이 소설은 주인공이 유년기로
부터 여러 가지 경험을 거쳐—그리고 흔히 하나의 정신적 위기를 거쳐—
성숙하고 이 세상에서의 자기의 동일성과 역할에 대한 하나의 인식에 이
르는 동안에 보이는, 그의 정신과 성격의 발달을 그 내용으로 하고 있
다.3) 이러한 정의에 기초한다면 사실 근대소설에서 성장소설이 차지하
는 폭과 비중은 대단히 넓은 것이라고 할 수 있다. 이른바 '문제적 개인'
들의 운명을 다루는 근대장편소설들의 대부분은 주인공의 성장과 그 과
정에서의 세계와의 불화, 혹은 세계에의 포섭이라는 '성장적' 제재들을
다루고 있기 때문이다. 인물의 성장이 없이는 세계와의 불화는 있을 수
없고, 그럼에도 불구하고 이 세계를 수락하지 않을 수 없다는 세계에 대
한 환멸을 동반한 승인이야말로 또한 성장의 결과물일 수밖에 없는 것이
다.

　　루카치는 그의 초기 저작『소설의 이론』에서 괴테의 장편『빌헬름마
이스터의 수업시대』(1796)4)를 예로 들어 이러한 성장소설의 아이러니
에 대해 언급하고 있다. 루카치에 의해『빌헬름 마이스터…』는 미학적
관점에서나 역사철학적 관점에서 추상적 이상주의와 환멸의 낭만주의라
는 두 유형의 가운데에 위치지어 지며 "체험된 이상을 길잡이로 해서 삶
을 영위하는 문제적 개인이 구체적 사회적 현실과 화해하는 것을 테마로
삼고 있다"고 평가된다.5) 여기서 본질적으로 세계와 불화할 수밖에 없는
문제적 개인이 구체적 사회적 현실과 화해하기 위해서는 그의 세계탐색
이 환멸로 이어지는 것이 아니라 새로운 조화로운 세계의 발견으로 이어

---

3) 이명섭 편,『세계문학비평용어사전』, 을유문화사, 1985, 429면.
4) 괴테의 이 작품을 성장소설의 모범으로 본 것은 루카치 이전부터의 전통이었다고 할 수 있
　　다. 이미 헤겔이 그의『미학』에서 언급한 이래, 딜타이, 크뢰너, 분트 등 문예학자들이 다
　　투어 이를 토대로 성장소설 이론을 발전시켰다. 이보영 외『성장소설이란 무엇인가』(청예
　　원, 1999), 53~62면 참조.
5) G.루카치, 반성완 역,『소설의 이론』, 심설당, 1985, 175면.

져야 한다. 이것은 근대세계라는 조건 속에서는 원천적으로 불가능한 것이지만 괴테는 18세기 말 독일의 귀족적 부르주아사회(상대적으로 후진적이었던 당시 독일에서의 비동시적인 것의 동시성의 결과물)에서 그 가능성을 발견했던 것이다.

아무튼 루카치의 입장에서 보면 '성장소설'은 이렇게 지극히 18~9세기의 독일적 현상으로 그 폭이 좁혀지는 것 같지만, 귀족주의적 전통이 완강하게 잔존하고 있는 유럽사회에서는 일정하게 보편개념으로 자리잡힐 수 있는 여지가 적지 않다고 할 수 있다. 하지만 우리의 역사적 맥락 속에서 이런 식의 성장소설의 개념은 받아들여질 가능성이 희박한 것이다. 어쩌면 식민지 체험을 근간으로 하는 우리의 근대는 우리 문학에게 루카치의 용어를 빈다면 추상적 이상주의와 환멸의 낭만주의라는 양극단만을 강요해 왔다고 할 수 있다. 즉 우리에게 있어서 『빌헬름 마이스터...』식의 기성의 사회적 체제에 대한 승인이나 화해는 우스개로 전락할 것이기 때문이다. 어떤 식으로건 성장은 있겠지만 그것이 승인받거나 화해할 세계를 찾지 못할 때, 그 성장도 성장이라고 할 수 있을지 의문이 아닐 수 없다.

본고는 한국에서의 이러한 성장소설의 불구성이라는 인식을 전제로 쓰여지는 것이기 때문에 한갓 시론에 불과할 수밖에 없다.

2.2. 박완서 - 『엄마의 말뚝 1』

「엄마의 말뚝 1」은 엄밀한 의미에서의 성장소설은 아니라고 할 수 있다. 성장소설은 주인공의 성장을 그려나가는 것이어야 하는데 일단 표면적으로 이 소설의 주인공은 화자인 소녀가 아니라 그 어머니이기 때문이다. 이 소녀는 단지 자신의 눈에 비친 어머니의 삶을 서술하고 있을 뿐 자신이 소설의 중심인물로서 성장의 제 계기들을 주동적으로 경험해나가는 것은 아니다. 하지만 이 작품을 읽다 보면 한 유년기 소녀가 어머니를 매개로 새로운 세상을 경험하는 과정이 그가 관찰하는 '엄마'의 삶의 간

난함에 못지 않게 흥미롭게 담겨져 있어 성장소설적인 요소를 짙게 지니고 있다.

이 소설의 화자인 '나'는 이제 여덟 살이 된 소녀인데 어머니의 손에 이끌려 개성 인근 박석골에서 개성으로, 다시 개성에서 서울 변두리로 옮겨와 살면서 점차 더 큰 세계인 '대처'에서의 삶을 배우며 성장해 나간다. 그것은 비록 스스로 선택한 길이 아니라 '엄마'에게 이끌린 길이기는 하지만 그것대로 이 소녀에게는 하나의 탐색이자 적응이며 궁극적으로 교육의 과정이다. 그런데 이 소녀의 성장과 교육은 두 방향으로 열려져 있다. 하나는 대처인 서울에서 엄마의 표현을 빌면 '상종 못할 상것'으로 성장하는 것이고 또 하나는 긍지와 기품이 있는 '신여성'으로 성장하는 것이다.

이 소설의 주인공인 소녀의 엄마는 한편으로는 대처와 신학문, 신여성의 길, 즉 근대로 향한 길이 자기 자식들이 나아가야 할 길이라는 확신을 가지고 있었지만, 다른 한편으로는 그 근대로 향한 길이라는 것이 전근대적이지만 귀족적 기품과 교양을 포기하는 길이라는 의혹 역시 끝내 포기하지 않고 있던 인물이다. 남편을 잃고 어떻게든 자식들은 근대적인 삶을 살게 하고 싶었던 이 여성은 온갖 고생을 해 가면서 결국 자식들을 서울 서대문밖에까지 진출시켰다. 하지만, 이 소녀가 엄마 오빠와 함께 사는 문밖 동네의 기본적 환경은 같은 서울이면서도 여전히 '상종 못할 상것들'의 세상이었으며 이 가족은 그런 환경 속에 있으면서도 부단히 '기품 있는' 근대인 되기를 지향하고 있었다. 이 소녀는 이 두 개의 길 사이에서 부대끼며 성장한다.

전자의 길, 즉 '상종 못할 상것'의 길은 동네에 지천으로 열려져 있었고 이 길이야말로 이 유년기 소녀의 모든 흥미와 관심의 대상이었다. 그것은 엄마에게 무슨 수단을 써서라도 일전짜리를 얻어내어 국화빵이나 알사탕 박하사탕 카라멜 등을 사먹는 일이기도 했고, 그를 위해 어떤 거짓말도 꾸며댈 수 있는 교활함으로 무장하는 일이기도 했으며, 엄마의 일거리인 바느질 일을 흉내내는 일이기도 했고, 이웃 땜장이집 여자아이와 금지된 성적 유희를 하는 일이기도 했다. 그러나 이 일들은 모두 엄마나 오빠로부터의 상응하는 징벌과 함께 금지된다. 대신 이 어린 소녀에게는 연필과 공책, 석필이 주어졌고 문안에 있는 학교로의 진학이 강제되었으며 턱없는 자존심이 주입되었다. 그리고 이 소녀는 불안한 듯하면서도 후자의 길로 걸어갔다. 그 길은 최소한 쁘띠 부르주아의 세계로 이어져 있었고 어쨌든 그 소녀는 엄마의 소원대로 신여성이 되었다.

이 작품의 성장소설로서의 약점은 이러한 갈등이 너무 손쉽게 해결된다는 점이다. 이 말은 무언가 어린 영혼을 뒤흔들만한 좀더 결정적인 경험이 존재하고 그 때문에 갈등이 좀더 증폭되지 못했다는 의미가 아니라 이 작품 속의 경험들이 유년의 삶에 주는 충격을 좀더 깊이 천착해 들어가지 못함으로써 그 갈등의 내면적 전개양상을 충분히 보여주지 못했다는 뜻이다. 이 소녀의 작은 일탈은 곧 엄마와 오빠의 강한 훈육에 가로막혀 무산되고 적어도 이 작품만으로는 이 소녀는 유년의 터널을 모범적으로 빠져나와 기성의 질서 속으로 순탄하게 편입되는 것이다. 이러한 충분한 내면화의 부족은 세태소설적 성격이 강한 박완서 소설의 잘 알려진 약점이라고 할 수 있다. 다음의 인용문을 보자.

"너 속바지 벗을래? 나도 벗을께." 그 아이는 내 대답도 기다리지 않고 때 묻은 무릎이 나오게 해진 속바지를 벗고 아랫도리를 벌리고 무릎을 세우고 앉았다. 아까 서로의 얼굴을 사생했듯이 서로의 성기를 사생하자는 기발한 제안을 나는 거절하지 못했다. <u>엄마한테 들키면 당장 매맞을 나쁜 짓을 하고 있다는 자각</u>이 심심하다는 축 늘어진 의식을 팽팽하게 잡아당기면서 그 쓰잘데없는 장난에 줄타기 같은 고도의 긴장감을 주었다. 우린 땅바닥에 서로의 성기를 사생했다. 사생이 끝나자마자 나는 얼른 그것을 발로 부벼 지우고 속바지를 치켰다. 그 아이도 속바지를 치켰다. 그러나 그 아이의 장난은 그것으로 끝나지 않고 우리집 담벼락과 대문에도 같은 그림을 여러 개 그리기 시작했다. 그 아이는 실물을 보지 않아도 잘 그렸다. 나는 어린 마음에 어떤 모독감을 느끼고, 그 아이를 밀치면서 그것을 지워버리려고 했지만, 시커멓게 찌든 회벽과 널판지문에 그려 놓은 석필 그림은 흙바닥과 달라서 좀처럼 지워지지 않았다.6) (밑줄—인용자)

가난한 어린 시절의 이런 유희의 기억은 누구에게든 있을테지만 이것을 자전적 소설 속에서 회상해 내는 일은 약간의 용기를 필요로 할 것이다. 하지만 이왕 이야기를 꺼냈다면 단순한 용기 이상의 진지함이 더 요구된다고 할 수 있다. 이 인용에서는 밑줄 그은 부분이 말해주듯 여자아이에게 들씌워진 인습적인 성적 억압이 먼저 울타리처럼 가로막고 있음을 알 수 있고 그것을 방패처럼 내세운 작가의 '방어운전' 때문에 정작 이런 아슬아슬한 경험을 통해 그 또래의 어린 소녀가 부딪치고 느껴 내면화될 수 있는 어떤 것들에 대한 관심은 지레 포기되고 있다.

예컨대 어린 소녀의 마음 속에서 일어났을 법한, 그 땜쟁이집 딸은 왜 그런 유희를 제의했고 어째서 그렇게 능숙한지, 이런 경험 앞에서 자신이 느낀 알 수 없는 충격과 긴장의 의미가 무엇인지에 대한 여러 상념들은 전혀 고려되고 있지 않은 것이다. 그럼으로써 이 흥미로운 에피소드는 소녀의 성격이나 의식에 영향을 주는 한 내면적 계기로 편입되지 못하고, 단지 엄마나 오빠의 기대나 억압을 내면화하는 계기로서 외화되고 있을 뿐이다.

이러한 한계는 무엇보다 작가가 이 소설에서 소녀를 주인공도 아니고 관찰자도 아닌 어정쩡한 위치에 둔 데서 비롯되는 것이지만, 한편으로는 성장기 소녀의 내면을 그 자체로 파고들지 않으려고 하는 작가의 자기통제의 탓이기도 한 것이다. 유소년들을 관찰자, 혹은 화자로 내세우는 소설들이 항용 자신의 이 '어린 분신'에게 어느 수준까지의 내면과 언어를 허락할 것인가 하는 난제에 부딪치게 마련인데 여기서 작가는 비교적 낮은 허용치를 부여한 것으로 보인다.

결과적으로 이 소설은 식민지시대에 봉건적 유습이 지배적이었던 농촌에서부터 근대적 문물들이 지배적 양상을 띠는 수도로의 여정이라는 성장소설로서 아주 적당한 환경을 제공하고 있음에도 불구하고 정작 그 성장의 경험을 하는 주체에게 그 성장의 여지를 제한적으로만 부여함으로써 성장이 곧 내면적 세계탐색이 되는 본격적 성장소설에까지는 이르

---

6) 박완서, 앞의 책, 161면.

지 못하고 말았다.

2.3. 오정희 - 『유년의 뜰』

　오정희의 이 작품은『엄마의 말뚝 1』과는 달리 지배적인 인습적 억압
의 울타리를 뛰어넘어 한 소녀의 성장과정에서 일어나는 여러 내면적 계
기들을 훨씬 자유롭고 대담하게 다루어 나가고 있다. 물론 이 작품들은
본격적인 성장소설이라는 점에서도 「엄마의 말뚝 1」보다 유리하다. 「유
년의 뜰」의 주인공이자 화자인 어린 소녀는 「엄마의 말뚝 1」의 소녀와
동갑나기임에도 불구하고 그리고 어느 면에서는 외면적인 사회화는 훨씬
덜 되었음에도 불구하고, 아니 바로 그처럼 기성의 가치체계에 의해 덜
교육되었기 때문에 훨씬 더 많은 내면의 자유를 구가하고 더 조숙하다.
그리고 그만큼 그 소녀의 세상을 보는 눈은 신선하고 당돌하며, 기성의
인습이나 가치와의 충돌은 더 문제적이다.
　「유년의 뜰」의 세계는 아버지가 없는 세계이다. 그것은 이중적으로
그렇다. 이 작품의 가장 강력한 배경인 전쟁은 지배적인 가치체계를 파
괴한다. 아니 사람들에게 그 가치를 지킬 여유를 박탈한다. 그런 면에서
이 세계엔 '아버지＝가치＝억압'이 부재한다. 그리고 또한 실제로 이 소
녀의 아버지는 징집인지 징용인지 때문에 가족의 곁을 내내 떠나 있다.
그 자리는 생계를 위해 밥집엘 나가야 하는 어머니, 아버지 역할에 잔뜩
긴장한 오빠, 기생출신으로 어른의 권위와는 거리가 먼 할머니 등이 대
신할 수 없는 자리이다.
　이 중심 없는 세계를 살아가는 한 어린 여자아이의 성장의 기록이 이
작품이다. 이 소녀의 삶은 늘 부풀어 있다. 마치 밀도가 희박한 대기에서
풍선이 더 부풀듯이 이 소녀는 자기의 내부에 걸맞는 적절한 외적 압력
을 갖추지 못해 내부로부터 세계를 향해 비정상적으로 팽창해 있는 것이
다. 그리고 그 팽창을 일으키는 질료는, 유년의 나이에 걸맞게 대부분 본
능적인 것들이다. 식욕과 성적 호기심이 그것이다. 이는 먹을 게 늘 부족

한 피난생활에 의해, 그리고 피난지의 수상쩍은 성적 이완에 의해 더욱
더 증폭된다. 이 소녀의 비정상적인 탐식과 그와 관련된 도벽, 그리고 비
만은 식욕에 의한 부풀음을 나타낸다.

　그리고 성적 호기심이 있다. 실제로 이 작품은 먹는 것과 관련되어
있지 않은 나머지는 성적인 것에 대한 끝없는 관심으로 충만해 있다. 저
녁이 되면 화장을 하고 읍내 밥집으로 출근하는 어머니(이 어머니는 결국
읍내 정육점 사내와 스캔들을 일으킨다)와 그 뒤를 따라 나가 공연히 또래의
여자애들을 향해 하모니카를 불어대는 오빠(그는 나중에 서분이라는 주인집
딸과 관계한다), 또 그 뒤를 따라 나가 사춘기의 열기를 달래는 고작 6학
년밖에 안된 언니, 아직도 곱고 흰 속살을 지닌 할머니 등은 이 소녀에게
성적 욕망의 편재(遍在)를 가르쳐준다.

　그러나 이들은 아직 이 소녀의 바깥에 있다. 이들이 발산하는 끈끈한
욕망의 냄새는 차라리 하나의 일상으로서 구체화되어 있기 때문에 이 어
린 여자아이에게는 어떤 신비감도 주지 못하고 따라서 영혼을 건드리지
못한다. 이 소녀에게 있어서 아직 성은 구체적인 것이 아니기 때문이다.
대신 그 자리에 부네라고 하는 신비한 존재가 다가선다. 얼굴도 보지 못
한 주인집 딸인 부네는 하루종일 방에 갇혀 지내다가 어느날 죽어 영혼
결혼식을 치르고 지상을 떠난다. 물론 부네라는 존재도 성과 관련이 되
어있다.

　사람들은 그녀, 부네의 아비, 그 늙고 말없는 외눈박이 목수가 어떻게 그의
바람난 딸을 벌건 대낮에 읍내 차부에서부터 끌고 와 어떻게 단숨에 머리칼을
불밤송이처럼 잘라 댓바람에 골방에 처넣고, 마치 그럴 때를 위해 준비해놓은
듯 쇠물알통 같은 사물쇠를 칠기덕 물렸는지에 대해 오랫동안 이야기했다. 또
그녀가 들창을 열고 야반도주를 하려 하자 발가벗기고 들창에 아예 굵은 대못
을 쳐버렸다고, 그 통에 안집 여자는 어찌나 혼이 나갔던지 목수가 벗겨 던진
딸의 옷이 창 앞 석류나무에 사흘씩이나 걸려있었는데도 모르더라는 얘기도
했다. 더욱이 얘깃거리가 된 것은 읍에서부터 개처럼 끌려오는 과정이 부네
편에서도, 아비 쪽에서도 있을 법한, 아이고 아버지 용서해주오, 한마디 말도

분노의 씨근거림도 없이 시종 묵극으로 일관되었다는 것이었다. 늘 말이 없고 침울한 외눈박이 목수는 많은 딸 중 특히 부네를 각별히 아꼈고, 목수일을 제쳐둔 채 보름이고 한 달이고 객지로 떠도는 것은, 살림을 차렸다는 소문만으로 돌아오지 않는 부네를 찾기 위해서였다는 소문이었다.[7]

이 부네의 사건에는 이루어질 수 없는 사연이 숨어있고 아버지와 딸 간의 근친애적 관련이 숨어있음으로 해서 크게 보아 이 소녀의 성적 상상력의 그물망을 벗어나지 못한다. 하지만 이 에피소드에는 이 소녀를 둘러싼 일상적인 성적 욕망의 적나라함과는 다른, 아니 그것을 뛰어넘는 어떤 절실한 진정성이 담겨있다. 외눈박이 목수 아버지의 딸에 대한 사랑과 그로부터 벗어나 자신의 사랑을 찾아가려는 그 딸의 열망, 그리고 비극적 좌절과 죽음, 영혼결혼식이라도 치러야 할 정도로 한이 되어버린 치명적 사랑의 이야기는 이 어린 소녀에게 일상화된 욕망의 저편에는 무언가 다른, 사랑이란 이름의 어떤 신비로운 경지가 있음을 느끼게 해주는 것이었다.

그것을 찾아가는 것이야말로 이 훼손된 삶, 가치없는 삶, 중심없는 삶을 넘어서는 진정한 교양적 성장의 길일 것이다. 이 소녀가 부네를 생각할 때마다 느끼는 '이상한 두려움과 가슴 한 귀퉁이가 무너져 내리는 듯한 슬픔', '이유모를 감동', '이유를 알 수 없는 서러움'은 분명 지상의 것은 아니다. 그것은 이 소녀를 이곳, 이 시간이 아닌 어디론가로 이끌어가는 낭만적 동경의 다른 이름이다. 그리고 부네가 죽던 날, 이 소녀는 이렇게 자기 자신과 대면한다.

나는 방으로 들어와 옷을 벗고 거울 앞에 섰다. 몸의 근육을 조금도 긴장시키지 않고 축 늘어뜨리고 불룩 튀어나온 배와 작고 주름진 가랑이를 물끄러미 보며 나는 까닭없이 흐느꼈다.[8]

---

7) 오정희, 앞의 책, 161-162면.
8) 오정희, 앞의 책, 186면.

거울 앞의 이 포오즈는 천박한 성적 욕망에 들뜬 것이 아니다. 그런 욕망은 몸을 긴장시킨다. 대신 이 소녀는 긴장을 풀고, 있는 그대로의 자기 몸을 본다. 거기엔 식탐을 포함한 온갖 세속적 욕망에 벌써 깊이 침윤된 작은 몸이 있다. 이 소녀의 흐느낌은 바로 그것이다. 이 몸으로 나는 그곳에 갈 수 있을까? 그 이름모를 감동과 서러움과 슬픔과 두려움이 무거운 자기 자신을 들어올려 겨우 보여줄 수 있었던 그 다른 세계로 과연 이대로도 갈 수 있을까? 하는.

이러한 자기대면은 이 소녀가 곧 이 허기진 욕망으로 가득차 오히려 희박한 대기의 세계로부터 떠날 준비가 되어있음을 암시한다. 그리고 학교에 입학한 해 여름 어느 날, 아버지가 돌아온 날, 이 소녀는 마침내 고치를 벗고 나비가 된다. 그 장면이 교장실에서 훔쳐먹은 단 케이크를 하염없이 토해내는 것으로 묘사되는 것은 상징적이다. 그것은 곧 이 소녀가 비정상적으로 부풀었던 자신의 존재의 안과 밖의 균형을 회복하는 행위인 것이다. 전쟁이 끝나 아버지가 돌아와 이 세계는 중심을 찾았고 한 어린 여자아이는 제 길로 들어섰다. 그것이 바로 성장이다.

3. 결 론

이상으로 '성장'이라는 테마를 중심으로 박완서의 「엄마의 말뚝 1」과 오정희의 「유년의 뜰」을 검토해 보았다. 둘 다 똑같이 초등학교에 입학할 나이의 어린 소녀의 성장을 다룬 소설이면서도 그 양상은 전혀 다름을 알 수 있었다. 전자에서의 소녀의 성장은 비록 변동의 과정에 있기는 하지만 강력한 기성의 가치체계 내에서 이루어지고 있는 반면, 후자에서의 소녀의 성장은 강력한 기성의 가치체계가 부재한 곳에서 이루어지며, 전자의 성장이 기성의 가치체계, 즉 '교육받은 신여성'이 되는 길로 이어지고 있는 데 반해, 후자의 성장은 낮은 차원의 본능적 세계로부터는 벗어나지만 그다지 안정적이라고 할 수 없는 불안한 세계로 이어지고 있다. 전자의 세계는 투명하지만 후자의 세계는 불투명하다. 이러한 차이는 어디에서 오는 것일까? 거기엔 여러 가지 조건이 개재되어 있을 것이다.

먼저 들 수 있는 것은 전자가 일제 말경의 이야기이고 후자가 6·25 전쟁 증의 이야기라는 시간적 배경의 차이일 것이다. 일제 말 무렵이 조화로운 세계일 수는 없겠지만 강력한 기성의 질서가 자리잡은 시기라는 점에서는 전쟁의 와중보다는 상대적으로 훨씬 안정적인 세계일 것이다. 그만큼『엄마의 말뚝 1』에서는 성장 주체인 어린 소녀에게 기성의 것들에 대한 의문이나 불안이 적을 수밖에 없다. 반면『유년의 뜰』에서 소녀를 둘러싼 세계는 전부 혼돈에 싸여 있다. 그런 불안의 조건 속에서라면 소녀가 어려서 그 갈등과 혼돈들을 이성적으로 인식하지는 않더라도 아니 그렇기 때문에 더욱 존재론적으로 깊이 인식하게 될 것이다.

이 점에서 보면『유년의 뜰』의 세계야말로 앞에서 말한 성장소설의 한국적 양상에 근접하고 있는 것으로 보인다. 작가 오정희의 세계 자체에 대한 불안정하고 회의적인 시선이 6.25라는 극한적인 불안정한 시대 공간과 부딪치면서 그 충돌의 하중이 이 어린 소녀의 내면에 드리워져 역사적 사회적 불안과 결핍에 오래도록 시달려온 한국 소설 주인공들의 불구적 성장을 상징하게끔 한 것이다. 이에 비하면『엄마의 말뚝 1』의 세계는 전근대와 근대라는 나름대로 커다란 갈등의 선을 따라 움직이면서도 기본적으로 대단히 목가적이고 동화적인 세계에 머물러 있다. 그렇기 때문에 화자인 소녀의 '성장'은 상대적으로 안정적으로 이루어지게 되는 것이다. 그것은 어떻게 보면 통속적 회고담에 가까운 것으로 한국사회에서 어른이 된다는 것은 도대체 무엇인가 라는 물음과는 잘 이어지지 못하고 있는 것이다.

▣ 참고문헌

이명섭 편, 『세계문학비평용어사전』, 을유문화사, 1985.
이보영 외, 『성장소설이란 무엇인가』, 청예원, 1999.
이재선, 『한국문학주제론』, 서강대출판부, 1989.
G.루카치, 반성완 역, 『소설의 이론』, 심설당, 1985.

심연수와 그의 시조

황 규 수*

I. 머리말 - 문제 제기

연변 현지에서만이 아니라 국내에서도 이제 심연수(1918~1945)는, '윤동주와 쌍벽'을 이루는 '제2의 윤동주'라고 일컬어지고 있는 것이 일반적이다.[1] 두 시인의 생애의 비극성과 작품의 우수성에서 드러나는 유사성은, 이와 같은 대비적 평가를 가능하게 한 것이다.[2] 그러나 윤동주의 경우와 비교해 보면 심연수의 생애 및 작품에 대한 연구는, 아직 그 양적인 면에서부터 크게 부족한 편이다. 다른 시인들과 비교해서 검토한 것을 포함하여 윤동주의 작품론은 박사학위 논문만도 이제 수십 편에 달해 있는데 반해, 국내에서 이루어진 심연수의 작품에 대한 논의[3]는 일일이

---

1) 김룡운(2000), 「문단에 솟아난 또 하나의 혜성 - 심련수론」, 심연수, 『20세기 중국조선족문학사료전집』제1집(심련수 문학편), 연길: 연변인민출판사, p.621.
   이명재(2004), 「민족시인 심연수 문학론」, 심연수, 『20세기 중국조선족문학사료전집』제1집(심연수 문학편), 서울: 중국조선민족 문화예술출판사, p.534.
2) 황규수(2003), 「윤동주 시와 심연수 시의 비교 고찰」, 〈한국학연구〉 12, 인하대 한국학연구소.
3) 지금까지 국내에서 진행되어 온 심연수의 작품에 대한 주된 논의를 필자별·시기별로 간

열거할 수 있을 정도로 그리 많지 않은 편이다. 물론 윤동주의 시가 그의 사후 3년 만에 일반에게 공개4)된 것에 비해, 같은 해에 사망한 심연수의 작품이 그가 죽고 난 지 50여 년의 세월이 흐른 뒤에야 알려지게 된 데에 그 근본 원인이 있다. 이린 사실을 고려해 볼 때 그의 작품에 대한 연구는 현재 많은 해결 과제를 남겨 놓고 있지만, 그래도 시를 중심 대상으로 지금까지 꾸준히 진행되어 온 것으로 이해될 수 있다.

이러한 현단계에서 본고에서는 특히 심연수의 시조가 일제 강점 말기인 1940년대에 수십 편이 창작된 점에 주목하여 그 시적 특질에 대해 구체적으로 파악하고자 한다. 더욱이 그가 읽었던 『鷺山時調集』에서 그의 친필 유고 시조 4편이 최근 새로 발굴5)됨은, 그의 시에서 이은상 시

략히 정리해 보면 다음과 같다.

김해응(2003), 「심연수 시문학 연구」, 한국정신문화연구원 한국학대학원 박사학위 논문.
박미현(2001), 「고향 강릉과 심연수」, 『소년아 봄은 오려니』, 강원도민일보사.
엄창섭(2003), 『민족시인 심연수의 문학과 삶』, 홍익출판사.
이재호(2001. 봄), 「민족시인 심연수 대표시 해설」, 〈교단문학〉 29.
임향란(2003), 「심연수 시 연구」, 안동대 석사학위 논문.
임헌영(2001), 「심연수의 생애와 문학」, 『소년아 봄은 오려니』, 강원도민일보사.
최재락(2000~2002), 「심련수 문학론 I · 시편」 · 「심련수 연구 시론1」 · 「심련수 문학론 III · 기행시초 및 산문」, 〈임영문화〉 24~26, 강릉문화원.
허형만(2004), 「심연수 시 연구」, 〈한국문학이론과 비평〉 22.
황규수(2003), 「한국문학과 만주체험 II-심연수의 시세계」, 〈인하어문연구〉 6.
4) 윤동주의 시는 정음사본 유고 시집 『하늘과 바람과 별과 시』 초판본(1948)에 30편이 처음 소개되었다. 이후 그의 시는 증보판(1955)을 거쳐 삼판(1976)에 이르는 동안 여러 편이 추가되어 110편으로 증가되었다. 물론 여기에 그의 자필 시고에는 제목이 없지만 흔히 「서시」라고 일컬어지는 것도 한 편의 시로 포함시킨다면, 그의 시는 111편이 된다. 또한 근자에는 『사진판 윤동주 자필 시고전집』(증보판; 민음사, 2002)이 간행되어 시인 자신이 삭제한 원고까지도 공개된 바 있다. 따라서 이들도 각기 하나의 완성된 시 작품으로 인정할 수 있는가에 대해서는 아직 논란의 여지가 남이 있지만, 이들도 포함된다면 그 수는 더욱 많아질 수 있다.
5) 김룡운(2003. 8. 30), 「청송 심련수와 그의 시조문학」, 인터넷 '문화산맥', 중국연변조선족문화발전추진회, http://koreancc.com. 심연수의 유복자인 심상룡은 30여 년 전에 그의 막역지우인 윤길복에게 책 한 권을 선물한 적이 있는데, 그 책은 다름 아닌 그의 아버지가 생전에 읽었던 『노산시조집』(3판; 한성도서주식회사, 1937)으로, 거기에는 「봄소식」 · 「책집」 · 「憧憬의 金剛」 · 「할 일」 등 심연수의 친필 유고 시조 4편이 수록되어 있음을 김룡운은 밝힌 바 있다.

조의 영향 관계를 살펴볼 수 있게 하는 중요한 단서를 제공해 준다. 또한 2004년에 『20세기 중국조선족문학사료전집』제1집(심연수 문학편)이 재출간6)되면서, 이것이 처음 간행되었던 연변 출판본에는 수록되지 않았던 십여 편의 시가 여기에 추가되어 있는 것을 볼 수 있는데, 이중 대부분은 시조 형식을 취하고 있다.7) 따라서 이들 시조를 대상으로 그의 시가 지니는 성격을 보다 상세하게 규명해 보고자 하는 데에 본고의 일차적인 존재 이유가 있다 하겠다. 그럼으로써 그의 시가 한국문학사에서 지니게 되는 시사적 의미에 대해 파악하는 것을 그 주된 목적으로 삼고자 하는 것이다.

Ⅱ. 실제 시조의 검토

최근 재출간된 『사료전집』제1집의 제2부는 '時調'로 구성되어 있다. 심연수 시인이 쓴 총 86편의 시조가, '여행 시조'(67편) 및 '일반 시조'(13편)와 그 이외의 나머지 시조(6편)로 구분되어 수록되어 있는 것이다. 그래서 여기에다 새로 발굴된 4편의 시조를 더하면 지금까지 그가 창작한 시조는 모두 90편에 이르게 됨을 알 수 있다.

그런데 여기서 『사료전집』제1집의 제2부에 실려 있는 시가 전부 시조로 분류되기에 적합한 것이냐 하는 데에는 논란의 여지가 있다. 그 단적인 예로 '여행 시조' 및 '일반 시조' 이외의 나머지 시조 중, 「大地의 젊

---

6) 심연수(2004), 『20세기 중국조선족문학사료전집』제1집(심연수 문학편), 서울: 중국조선민족 문화예술출판사. 지금 이후부터는 이 책을 언급할 때, 기술의 번거로움을 피하기 위하여 간략하게 『사료전집』제1집이라 일컫고자 한다.

7) 재출간된 심연수의 『사료전집』제1집에는, 이것이 처음 간행되었던 연변 출판본에는 수록되지 않았던 11편의 시가 추가되어 있는 것을 볼 수 있다. 그런데 이중 「무제(1)」과 「初望富嶽」 등 2편의 시를 제외한 나머지 9편의 시는 시조로 분류되고 있다. 한편 이번 재출간본에도 빠진 작품으로 시 「理想의 나라」가 있다. 그러나 시 「냇가」와 「孤獨(3)」은 쓴 날짜가 일치하며, 내용도 거의 유사하다. 그래서 이처럼 이들 작품을 다른 시와 같이 따로 실어 놓은 것이 과연 타당한지에 대해서는 이론이 제기될 수 있다.

은이들」을 일어로 번역해 놓은 듯한 「龍高」도, 다른 시조들과 마찬가지로 한 편의 시조로 취급되고 있는 점은 의아심을 자아내게 한다. 또한 시조의 4음보율을 거의 느낄 수 없는 「밤길」 등의 시도 여기에 실려 있어 혼란스러움을 더해 준다. 이에 반해 언변 출판본에는 「봄의 뜻」이라는 제목으로 오기되었던 「님의 뜻」이, 재출간된 『사료전집』제1집에서는 본래의 시조 형식대로 적혀 있음이 눈에 띔에도 불구하고, 일반 시조로 구분되지 않고 그냥 다른 시들과 마찬가지로 제1부 '시' 부분에 포함되어 있는 이유는 알 수 없다.

① 읽고서 알엇쇠다 님마음 알엇쇠다
　보고서 알엇쇠다 그님마음 알수있어
　字마다 살엇고 句마다 뛰더이다.

- 「님의뜻」 전문8)

② 읽고서 알았쇠다
　님마음 알았쇠다
　보고서 알았쇠다
　님마음 알았쇠다
　글자마다 살았고
　구절마다 뛰더이다.

- 「봄의 뜻」 전문9)

③ 읽고서 알엇쇠다 님 마음 알엇쇠다
　보고서 알엇쇠다 그 님 마음 알 수 있어
　字마다 살엇고 句마다 뛰더이다.

- 「님의 뜻」 전문10)

---

8) 심연수 육필 원고.
9) 심연수(2000), 『20세기 중국조선족문학사료전집』제1집(심련수 문학편), 연길: 연변인민출판사, p.58.
10) 『사료전집』제1집, p.61.

　시 ①은 심연수의 육필 원고를 그대로 옮겨 적어 놓은 것인데, 여기에는 이 작품이 처음 쓰였을 때의 모습이 잘 나타나 있다. 4음보의 시조 형식을 취하고 있음이 그대로 눈에 띄는 것이다. 그러면 이와 같이 시 ①이, 시 ②처럼 쓰이게 된 데에는 어떤 특별한 이유가 있었겠는가? 다른 육필 원고들 중에서도 이와 같은 시는 아직 발견되고 있지 않으며, 연변 출판본『사료전집』제1집의 어디에도 그 이유가 밝혀져 있지 않다는 점에서, 이는 정리자의 주관의지가 개입11)되어 발생된 결과로 보는 것이 타당하다고 생각된다. 이러한 측면에서 "일체 교정을 하지 않아 원본에 가깝도록 최선을 다하였다."12)고 작품집 재출간 동기가 기술되어 있는『사료전집』제1집에서, 시 ③과 같이 육필 원고에 근접해 있는 작품을 볼 수 있게 됨은 어쩌면 당연하다. 이는 띄어쓰기에서만 차이를 보일 뿐, 표기 체계에 있어서는 원본에 기초해 있음을 보여 주고 있는 것이다. 물론 이 시가 처음 쓰인 지면은, 심연수 시인이 1940년 3월 28일에 사서 읽었던『노산시조집』의 마지막 면(p.200)이었음이 밝혀진 바 있다. 여기에는 "鷺山先生을 慕敬하며 끝首를 끝내며"라는 시의 부제뿐만 아니라 시를 쓴 날짜 및 장소까지 적혀 있었던 것이다.

　　읽고서 알엇쇠다 님마음 알앗쇠다
　　보고서 알앗쇠다 그 님마음 알수 있어
　　字마다 소리치며 句마자 외워둘라우
　　(一九四〇年 三月二十九日 滿苦舍에서 靑松 沈鍊洙)
　　　　　　　　　　　　　　　　－「님의뜻」전문13)

　이 시를 ①시와 비교해 볼 때 특히 달라진 부분은 종장의 서술 구절이다. 처음 쓸 당시에는 "字마다 소리치며 句마자 외워둘라우"라고 하였

---

11) 권철(2004. 2), 「심련수 유작의 정리와 출판을 두고」, 인터넷 '문화산맥', 중국연변조선족문화발전추진회, http://koreancc.com.
12) 이상규(2004), 「발간사 – 재탄생하는 심연수 선생의 문학」, 『사료전집』제1집, p.27.
13) 김룡운(2003. 8. 30), 「청송 심련수와 그의 시조문학」, 앞의 사이트, pp.1~4.

으나, 나중에 이를 원고지에 옮겨 적으면서 "字마다 살엇고 句마다 뛰더이다."라고 고치게 된 것이다. 이처럼 ①시는 시인이 생전에 수정한 작품이므로, 이 시가 원전으로 확정된 데에는 다시 이의가 제기될 수 없다.

그럼에도 불구하고 「님의뜻」이라는 제목으로 처음 쓴 시의 발견으로 심연수의 생애와 작품에 이은상이 미친 영향은 실로 적은 것이 아니었음이 구체적으로 입증될 수 있게 되었다. 심연수는 자신이 『노산시조집』을 산 날 일기에서 다음과 같이 기술한 바 있다.

〈鷺山時調集〉을 사다. 그는 最幸福者다. 대대의 마음을 잃지 않고 남긴 사람이다. 나는 그대를 崇敬한다. 文人 가운데도 그런 사람을 나는 한 冊의 時調를 다 보다. 日後 두고두고 몇 번이라도 다시 읽고 보련다.14)

인용문을 통해 그 영향 관계를 어느 정도 짐작해 볼 수 있다. 그런데 처음 쓴 시 「님의뜻」에서는 특히 그 부제에서 그 님이 다름 아닌 이은상 시인으로, 그를 사모하고 존경하게 되었음이 잘 나타나 있는 것이다. 더욱이 이와 같이 시인이 그를 숭경하게 된 데에는 그의 시조집을 읽고 그 마음을 알 수 있게 되어서라는 점이, 이 시의 초장과 중장에는 꾸밈 없이 표현되어 있다. 그러므로 심연수의 시에서 시조가 큰 비중을 차지하게 된 중요한 요인 중의 하나로 이를 지적할 수 있다. 이렇게 볼 때 심연수 시에서 시조의 특성은, 이은상의 영향 관계와 함께, 재출간된 『사료전집』제1집 제1부 '시' 부분에 수록된 작품들에서도 폭넓게 찾을 수 있다. 그런데 이는 그 제2부 '시조'에 실려 있는 작품들에서 보다 확연히 드러난다.

그래서 여기에 수록된 시조를 중심으로 그 주된 성격을 지적해 본다면, 기행시로서의 그것을 먼저 꼽을 수 있다. 특히 여기서 '여행 시조'로 분류된 67편의 시는, 그가 동흥중학교 졸업을 앞두고 1940년 5월 5일부터 22일까지 수학여행을 하면서 지은 것이다. 18일 동안 그가 여행하

---

14) 『사료전집』제1집, p.277.

면서 보고 듣고 느낀 바를, 매일 평균 3~4편씩 시조의 양식으로 표현해 놓은 것이 바로 이 작품들인 것이다. 그러므로 쓰인 날짜순으로 이들 시조를 읽어보면, 당시 여정이 어떠했는지를 자연스럽게 알 수 있게 된다. 용정을 출발하여 그가 다시 그곳에 도착할 때까지 거친 주요 장소는, 두만강→원산→금강산→서울→개성→평양→신의주→대련→봉천→신경→할빈→목단강의 순서로 정리된다.[15)]

그런데 재출간된 『사료전집』제1집 제2부 '시조' 부분에 실려 있는 작품들 가운데는 이와 같이 '여행 시조'로 분류되지 않고 '일반 시조' 속에 포함되어 있지만, 이러한 성격을 지니는 작품들이 모두 9편 더 있다. 수학여행을 다녀온 같은 해인 1940년 8월 그는 다시 조국을 방문할 기회가 생겼다. 방학을 이용해서 그는 호적등본을 떼기 위하여 고향 강릉을 다녀갔는데,[16)] 이 일련의 시조들은 이때의 시적 소산인 것이다. 이런 점에서 이들 작품을 '여행 시조'와 따로 구분할 타당한 이유는 아직 찾을 수 없다. 그래서 이 시들도 여기에 포함시킨다면, 그의 재출간된 『사료전집』제1집 '시조' 부분에 수록된 작품들 중 이른바 '여행 시조'가 아닌 것은, '일반 시조'에서 남는 4편과 이들 이외의 나머지 시조 6편 등 10편만이 남게 된다.

그러면 이처럼 심연수의 재출간된 『사료전집』제1집 '시조' 부분에 수록된 86편의 시조들 중에서 10편만을 제외한 나머지 작품이 모두 '여행 시조'로서의 특성을 보이게 된 데에는 어떠한 이유가 있었겠는가? 가장 중요한 이유 중 하나로, 이은상 시조의 보다 구체적인 영향을 꼽지 않을 수 없다. 『노산시조집』의 시조들은 일곱 개의 소제목 아래에 나뉘어 실려 있는데, '松都 노래'와 '金剛行'이라는 제목 속에 놓여 있는 작품들은 '여행 시조'로서 공통된 특성을 지닌다. 특히 「滿月臺」나 「善竹橋」, 그리고 「長安寺」, 「毘盧峰」,[17)] 「玉流洞」, 「飛鳳瀑」 등의 시조는 제목까지도

---

15) 여행 경로는 그의 기행문 「일만리 려정을 답파하고서」에 보다 자세히 잘 나타나 있다. 『사료전집』제1집, pp.493~499.

16) 김해응(2003), 앞의 논문, p.16.

17) 심연수의 재출간된 『사료전집』제1집, p.194에도 시조 「毘盧峰」의 '毘'자가 '昆'자로 기재

똑같다. 더욱이 앞에서 언급한 바와 같이 최근 새로 발굴된 심연수의 친필 유고 시조 4편[18] 가운데 하나인 「憧憬의 金剛」이, 그가 읽었던 『노산시조집』의 일곱 번째 소제목 '금강행' 뒷면에서 발견되었다는 점은, 그 영향이 무엇보다 컸음을 입증해 주는 중요한 증거가 된다.

> 金剛이 좋다해도 가지못하니 이름뿐
> 애꾸진 마음만이 金剛을 徘徊한다
> 어즈버 이몸이 못가는곳 金剛인가 하노라
> (一九四○年三月二十八日 鍊洙 作)
> 　　　　　　　　 - 「憧憬의 金剛」 전문[19]

이 시에서처럼 심연수가 '금강행'의 시조들을 읽고 그에 대한 동경의 마음이 들게 되었음을 읊은 점만도, 그에게 이은상 시조가 미친 영향이 적지 않았음을 짐작해 볼 수 있다. 그러므로 이후 수학여행차 그곳에 간 그의 시조들에서 이은상의 그것과 아주 유사한 특성들이 눈에 띰은, 이와 같은 맥락에서 이해될 수 있는 것이다. 결국 심연수의 '기행 시조'는 이은상의 그것과 대비해서 고찰될 때 그 성격이 확연히 드러난다.

> ① 물이 구슬같고 바위빛 비단같애
> 　 물이 흘으는 것 구슬로 뵈여진다
> 　 첫 번은 이 몸이지만 설어선 않 뵈인다.
>
> 　 玉流洞 맑은 물에 두 손을 잠그고서
> 　 마음껏 량껏 마서 물 배래도 채윗노라
> 　 이후에 노는 사람들도 이렇게 마시소서.
> 　　　　　　　　 - 「玉流洞 - 1940년 5월 8일」 전문[20]

되어 있다. 그런데 원본 확인 결과 이는 오기인 것으로 판명됐다.
18) 주11) 참조.
19) 김룡운(2003. 8. 30), 「청송 심련수와 그의 시조문학」, 앞의 사이트, p.3.
20) 『사료전집』제1집, p.192.

② 玉石을 씻어나려 玉流가 되옵든가
　　玉流로 닦아내어 玉石이 되옴인가
　　두玉이 씻고닦이니 어느건줄 몰라라

　　金剛 溪床石이 다토아 히올적에
　　白石潭 저바위야 참으로 히옵도다
　　히고서 아니검으니 그를좋아 하노라

　　玉流면 玉流이오 玉石이면 玉石이지
　　구태어 이洞안에 香내는 어대선고
　　앞선이 한곧을가리치며 天華臺라 하더라
　　　　　　　－「玉流洞 – 1930년 7월 24일」 전문21)

　　창작 시기에 있어서는 시 ①이 1940년 5월 8일이고, 시 ②가 1930
년 7월 24일이어서 약 10년간의 차이가 난다. 또한 그 계절에 있어서도
봄과 여름으로 다르다. 그런데 두 편 모두 금강산의 옥류동을 여행하며
대체로 거기서 보고 느낀 바를 시조 양식으로 표현한 것이라는 점에서는
일치한다. 시 ②는 시 ①과 마찬가지로 두 시인이 자주 취하던 2연 형식
이 아니라 3연으로 쓰여졌지만, 두 작품의 앞부분에는 주로 그 모습이
제시되어 있다면 뒷부분에는 그에 대한 느낌이 나타나 있다. 이른바 先
景後情의 표현 방식을 보여 주고 있는 것이다. 물론 여기서도 그 구체적
인 표현 방식에 있어서는 차이를 보여 각기 독창성을 드러낸다. 먼저 시
①에서는 그 景을 직접 비유하여 선명하게 제시하고 있는데 반하여, 시
②에서는 그에 대한 사색을 다소 추상적으로 나타내고 있다. 이어서 각
시조의 뒷부분에는 그에 따른 情을 덧붙여 보여 주고 있다. 시 ①에서는
"玉流洞 맑은 물에 두 손을 잠그고서/마음껏 량껏 마서 물 배래도 채웠노
라"라고 하여, 그 맑은 물로 배를 채웠음을 알 수 있게 한다. 옥류동 물의
맑음이 시적 화자의 허기짐을 달램과 연결됨이 다소 어색하게 느껴지기

─────────────

21) 이은상(1932), 『노산시조집』, 한성도서주식회사, pp.174~175.

도 하지만, 당시 현실적 삶의 궁핍함이 어느 정도에 이르렀었는가를 짐작해 볼 수 있게 해주는 것이다. 이에 비해 시 ②에서는 "히고서 아니검으니 그를좋아 하노라"라는 구절처럼, 그 풍경을 보고 그를 좋아하게 됨이 색채의 대비를 통해 표현되고 있는 것이 특징이다. 물론 이 시조에서도 시대 상황과의 관련성을 생각해 보지 않을 수 없다. 여기서는 조선 초의 관료 이직이 당시의 현실 상황을 풍자하여 지금까지도 인구에 회자되고 있는, 한 고시조의 "겉 희고 속 검은 이는 너뿐인가 하노라"라는 구절과 의미상 상관성을 보이고 있기 때문이다.

이와 같이 두 시인의 '여행 시조'들 가운데서 현재의 시점에서 그들이 본 것에다가 느낀 바를 덧붙여서 나타낸 위의 작품들에서는, 당시의 시대 상황이 반영되어 있는 점을 공통된 특성으로 지적할 수 있다. 그런데 그들의 이러한 시조들 중에서도 그 경치의 빼어남이 더욱 강조되어 있는 작품들에 있어서는, 현실 상황에 대한 인식이 상대적으로 약화되어 있는 듯한 느낌을 떨쳐 버릴 수 없다.

> ① 盤石 위 앉어 쉬며 그 소리 듣자오니
> 　 仙女의 淸雅한 노래 이 아닌가 하노라
> 　 저무는 날이길래 돌아보며 가외다.
>
> 　 宝玉은 어두워도 貴한 줄 안다더니
> 　 勝景도 그와 같애 오를수록 아름답다
> 　 火龍潭 船潭 旋潭 眞珠潭 이 아래 여러 潭
>
> 　 玉으로 깎은 峰에 萬瀑洞 물소리야
> 　 너 아니 仙樂이냐 神仙도 춤추엇지
> 　 日後에 놀이 있거든 날 불러 주소이다.
> 　　　　　　　　　 -「萬瀑洞 - 1940년 5월 8일」 부분22)
>
> ② 岩壑에 나린폭포 仙樂을 아뢰올제

---

22) 『사료전집』제1집, pp.196~197.

遊人은 소매들고 沙場에 나리놋다
松栢도 風流를알아 그냥섯지 못하더라

물나린 푸른壁에 위태히선 저老松아
어드메 땅이없어 구태거기 심겻느뇨
우리도 深山絶景을 찾아왓소 하더라

夜瀑景 더좋으이 오르는지 나리는지
우렁찬 물소리도 우에선지 아래선지
다만지 天都·龍宮이 이로이어 젓더라
　　　　　　　- 「朴淵 - 1931년 10월 28일」 부분23)

　　앞의 시조들에서와는 달리 위의 작품들에는, '勝景', 또는 '絶景'이라
하여 그 경치의 훌륭함이 더욱 강조되어 있다. 특히 두 시에서 모두 폭포
소리가 '仙樂'에 비유되고 있음은, 이들 시조가 '神仙思想'에 기초해 있다
는 점을 암시한다. 현실 세계로부터 벗어나 금강산에서 仙境에 들게 되
었음을 고백하고, 그곳에서 느끼게 되는 아름다움을 시조 양식으로 표현
한 것이다. 더욱이 "勝景도 그와 같애 오를수록 아름답다"(「萬瀑洞」 부분)
나 "어늬새 그리든仙境을 저도몰래 들엇더라"(「朴淵」 부분)라는 구절에는
이러한 특성이 잘 나타나 있다. 그러므로 이 두 편의 시조는 궁극적으로
이와 같이 俗世를 떠난 깨끗한 곳에서 풍류를 즐기며 살고자 하는 시인
들의 바람이 담겨 있는 작품으로 이해된다. "日後에 놀이 있거든 날 불러
주소이다."(「萬瀑洞」 부분)나 "松栢도 風流를알아 그냥섯지 못하더라"(「朴淵」
부분)라는 구절에서 단적으로 그러한 것이다. 이와 같은 맥락에서 이들
시조에서는 세속적인 삶에 구속되지 않고 이상적인 삶을 추구하며 살아
가고자 하는 시인들의 삶의 자세를 엿볼 수 있다. 물론 그렇다고 해서 여
기서 시인들이 이상적인 삶만을 추구하여 현실적인 삶의 세계를 등한시
하고 있지는 않다. "願하긴 내 죽거든 물 바위 되려 오겟오."(「萬瀑洞」 부

---

23) 이은상(1932), 앞의 책, pp.115~119.

분)나 "아마도 塵客을끄는가하여 돌아갈까 하노라"(「朴淵」 부분)라는 구절
에서처럼, 그들이 현재 있어야 할 곳은 다름 아닌 현실 세계라는 공통된
인식을 분명히 보이고 있는 것이다. 따라서 이들 시조가 현실 도피적이
지 않고 이상 추구적이라고 그 성격을 규명할 수 있는 이유는 바로 여기
에 있다.

한편 두 시인의 '여행 시조'들 중에는 현재 그들이 본 자연 풍경과 함
께 거기서 느낀 바를 시조로 나타낸 것 이외에, 그들이 여행하며 접하게
된 여러 대상들을 시적 소재로 하여 그와 관련된 다양한 내용을 시조 형
식으로 표현해 놓은 작품들도 적지 않다. 그런데 이들 중에는 다시 현재
만이 아니라 과거의 시점에서도 그 대상이 지니는 의미를 시조로 나타냄
으로써, 그 시적 발상에 있어 공통된 특성을 보이는 일련의 작품들이 있
어 주목된다. 특히 이들 가운데서도 그 대상이 역사적 사건이나 인물 등
과 관련된 시조들은, 일제 강점이라고 하는 당시의 시대적 상황하에서
쓰여진 작품들이어서 더욱 관심을 끈다. 심연수의 「麻衣太子陵」과 이은
상의 「太子墓」, 그리고 두 시인의 같은 제목의 시조 「滿月臺」와 「善竹橋」
등이 이에 해당되는 대표작들인 것이다.

① 충신의 남긴 뜻이 돌에 스며 붉엇으니
　千秋에 질소냐 그 痕迹 그의 피가
　생돌이 깍기인들 그 곧이야 풀릴소냐.

　사람아 충신이야 못된다 치드래도
　그이와 같은 뜻이야 못 가질 것 무엇이냐
　마음에 느낀 바 있거든 실행해 보소이다.
　　　　　　　　－「善竹橋 - 1940년 5월 12일」 전문24)

② 忠臣의 남긴뜻이 돌에스며 붉엇으니
　下馬拜 하온이들 몇萬인지 모르리만

---

24) 『사료전집』제1집, p.206.

돌아가 行하신이는 몇분이나 되는고

忠臣의 타는넋이 紅葉에 배어들어
龍岫 松岳에 두루심겨 千萬樹를
遊客이 헛보고지나니 그를설어 하노라
- 「善竹橋 - 1931년 10월 27일」 전문25)

쓰여진 시기에 있어서는 약 9년간의 차이가 나지만, 이 두 편의 시에서도 공통된 특성은 몇 가지 측면에서 드러난다. 먼저 제목에서만이 아니라 시적 발상에 있어서도 이들 시는, 일치됨을 보인다. 두 시인은 모두 선죽교를 지나며, 절개를 지키다가 자신의 목숨까지 잃게 된 정몽주의 생애에 대해 생각하지 않을 수 없었던 것이다. 특히 이는 "충신의 남긴 뜻이 돌에 스며 붉엇으니"라는 각 시의 첫 구절에 잘 나타나 있다. 그러므로 두 시에는 모두 그의 충성된 뜻을 본받고자 하는 시인들의 마음이 기본 바탕을 이루게 됨을 알 수 있다. 그러나 충성된 뜻을 지키며 살아간다는 것이 어찌 쉬운 일이랴? 일제 강점기와 같은 난세에 있어서는 더욱 그러한 것이다. 그래서 이에 대한 시인들의 반응은 각기 달라짐을 보게 된다. 시 ①에서 심연수 시인은, 정몽주와 같이 충성된 뜻을 지니며 이에 대해 느낀 바를 실행해 볼 것을 권하고 있다. 이에 반해 시 ②에서 이은상 시인은 회의적인 반응을 보인다. 그곳을 지나는 사람들이 충신의 뜻을 행하기는커녕, 그것을 알지도 못하는 데에 서글픔을 금치 못하는 것이다.

이처럼 심연수의 '여행 시조'의 독특한 성격은, 이은상의 그것과 대비해서 고찰될 때 더욱 잘 파악될 수 있다. 대상에 대한 표현 방식 및 시적 발상 등에서 그 특성이 보다 구체적으로 드러나는 것이다. 그러나 심연수 시조만이 지니는 독자적인 성격은 오히려 그 자체에서 밝혀질 수도 있다. 그의 시조들에서는 다른 작품들에서는 볼 수 없었던, 몇 가지 특색이 눈에 띄기 때문이다.

---

25) 이은상(1932), 앞의 책, p.108.

① 만나는 사람마다 따겁은 情이 흐르고
　건느는 말삼씨도 情다웁기 짝이 없다
　이 한밤 길어저 주소 마음껏 있어 보게.
　　　　　　－「溫井里의 하로밤 － 1940년 5월 7일」부분26)

② 서울서 밤을 자니 서울 밤 보곺어서
　거리에 나서니까 말소리 서울 말씨
　옷도 조선옷이요 말도 다 조선말이더라.

　거리엔 흰옷이 조선옷 흰빛이요
　얼골은 조선 얼골 모습도 조선 모습
　눈을 귀를 다 뜨고 듣고 보고 하엿쇠다.
　　　　　　－「서울의 밤 － 1940년 5월 11일」전문27)

　위의 두 편의 시조에는 모두, 그가 조선 땅에 머무르면서 이곳 사람들에게서 느끼는 민족적 동질성이 잘 나타나 있다. 시 ①에는 시인이 금강산의 온정리에서 하룻밤을 지내면서 그 사람들에게서 따뜻한 정을 느끼게 된 점이 꾸밈없이 표현되어 있다. 그런가 하면 시 ②에는 그가 서울에 있으면서도 마찬가지였음이 드러나 있다. 물론 시 ②에서는 그것이 '흰옷'만이 아니라 '조선말, 조선얼굴, 조선모습' 등에 의해, 다양하면서도 전면적으로 다루어지고 있는 것이 특징이다. "눈과 귀를 다 뜨고 보고 듣고 하였쇠라."라는 구절에서처럼 그는 조국 방문에서 실로 다양한 체험을 하게 되었는데, 이 시에는 이로부터 얻게 된 민족적 동질성에 대한 인식이 잘 나타나 있는 것이다.

　그런데 그의 시조들 중에서도 당시 우리 민족이 겪을 수밖에 없었던 역사적 불행이 표현되어 있는 작품들에서는, 시인의 민족적 동질성에 대한 인식이 더욱 깊이 배어 있음을 느낄 수 있다. 특히 그의 재출간된 『사료전집』제1집 '여행 시조' 부분에 새로 수록된 작품들28) 중 「慶會樓」에

---

26) 『사료전집』제1집, p.190.
27) 『사료전집』제1집, p.203.

서는 이러한 특성이 더욱 확연히 드러난다.

> 國賓이 놀던 곧도 이곧이 그엿지만
> 國賓 없는 오날엔 主人도 안놀겟지
> 흙발에 더러워진 石階는 누구의 所行인고.
>
> - 「慶會樓 - 1940년 5월 11일」 부분29)

이 시조에서도 현재는 과거와 대비된다. 일제 강점으로 인해 국권을 상실하게 된 당시의 시대 상황이, 과거와 달리 현재 경회루에는 국빈이 없음에 빗대어져 있는 것이다. 특히 이 시조의 종장에서 시인은 "흙발에 더러워진 石階는 누구의 所行인고."라고 함으로써, 침략자들에 대해 준엄하게 꾸짖고 있다. 시조 「南大門」의 "서울의 찾아와서는 한숨짓고 가는 길손."30)이라는 구절에서처럼, 과거와 달라진 남대문의 현재 모습에 탄식하던 그와는 다른, 시인의 태도가 눈에 띄는 것이다.

더욱이 이와 같이 과거와 달라진 현실 상황 속에서도 그는, 이에 단지 서글퍼하거나 분노하지만은 않는다는 데에서, 또 다른 시적 특성을 보여준다.

> 薩水는 옛 안 잊고 忠誠을 다햇건만
> 옛 장수 다 없으니 그 忠誠 아까워라
> 文德公 싸운 자리 옌가젠가 살펴밧오.
>
> 淸川江 부대부대 몸조심 하엿다가
> 새 將수 나거들랑 모으신 그 솜씨를
> 마음껏 다하여서 도와나 주소옵소.
>
> - 「淸川江 - 1940년 5월 14일」 전문31)

---

28) 주 13) 참조.
29) 『사료전집』제1집, p.204.
30) 1940년 5월 11일, 『사료전집』제1집, p.202.
31) 『사료전집』제1집, p.211.

이 시조에서도 과거와 달라진 시대 상황에 대한 안타까움을 먼저 나타내고 있다. 고구려의 명장 을지문덕이 수나라와의 싸움에서 대승을 거두었던 청천강에서, 지금은 그와 같은 지략을 쓸 장수가 없음에 대한 아쉬움을 표현하고 있는 것이다. 그러나 시인의 생각이 여기서 멈추지 않는다는 데에, 이 시의 독창성이 있다. 그는 '옛 장수'에 비견될 만한 '새 將수'의 탄생에 대한 기대와 함께, 그에 대한 도움을 요청하고 있는 것이다. 이처럼 시인의 정신이 과거 또는 현재에만 머물러 있지 않고 미래에까지 미침으로써, 그의 시는 현실 도피적이거나 회의적이지 않다. 나름대로의 역사 의식을 지니게 되는 것이다. 결국 시인의 역사 의식이 담겨 있는 시조 「淸川江」에서도, 민족적 동질성에 대한 인식이 시의 바탕을 이루고 있음을 알 수 있게 된다.

이와 같이 심연수의 재출간된 『사료전집』제1집 '여행 시조' 부분에 수록된 전체 67편의 작품 중 앞쪽의 48편이 주로 국내에서의 그것이라면, 나머지 19편은 대체로 국외에서 쓰여진 것이다. 그래서 같은 '여행 시조'라 하더라도 전자와 달리 후자에서는 이역 체험이 그 바탕을 이루고 있는 점을 주된 특성으로 꼽을 수 있다. 그곳에서의 고적 또는 풍물 등이 시의 주요 대상이 되고 있는 것이다.

漁村이 옛 그날요 이제는 大大連된
渤海의 一寒村이 大門戶 되엿고나
出帆의 汽笛은 어디 갈 배이런고

放射形 街路에는 新綠의 아카시아
片?色32) 큰집 窓엔 카텐이 펄럭이고
潮風이 설렁이는 거리엔 疾走하는 자동차.
- 「大連港市 - 1940년 5월 15일」 전문33)

---

32) 필자가 육필 원고와 대조해 본 결과, 여기 쓰인 글자는 '牛乳色'인 것으로 확인됐다.
33) 『사료전집』제1집, p.212.

이 시조에는 과거와 달리 대분호가 된 대련항의 모습이 잘 묘사되어 있다. 옛날에는 발해의 한 가난했던 어촌이었던 그곳이, 이제는 달라졌다는 것이다. 이처럼 이 시조에서도 현재가 과거와 대비되고 있는 점은, 국내에서 쓰여진 '여행 시조'와 마찬가지다. 그렇지만 이 시조에는 그 달라진 모양이 부각되어 있는 것이 특징이다. 더욱이 여기서는 '카텐'이나 '자동차' 등과 같이, 당시에는 현대적인 사물이 새롭게 등장해 있는 것을 볼 수 있다. 또한 시적 화자가 이들 사물을 대하는 태도에 있어서도, 그것들을 그대로 제시하고 있을 뿐이다. 그에 대한 느낌은 배제되어 있는 것이다. 이렇게 볼 때 심연수의 국내 '여행 시조'에서는 대체로 민족적 동질성을 느낄 수 있는데 반하여, 국외의 그것에서는 주로 이국적 낯설음을 맛보게 된다면, 그 주된 요인 중의 하나는 바로 여기서 찾을 수 있다. 그의 시가 우리 민족의 전통적인 시가 중 하나인 시조 양식을 취하고 있으면서도 모더니즘적이라 한다면, 그 주된 이유도 여기에 있는 것이다.

Ⅲ. 맺음말 - 남은 과제

지금까지 필자는 본고에서 심연수의 시조를 중심으로 그의 시적 특성을 보다 상세하게 규명해 봄으로써, 그의 시가 한국문학사에서 지니게 되는 시사적 의미에 대해 파악하는 것을 그 주된 목적으로 삼고자 했다.

그래서 먼저 이 자리에서는 최근 재출간된 『20세기 중국조선족문학사료전집』제1집(심연수 문학편) 제2부 '시조' 부분에 수록된 86편의 시조와, 심연수 시인이 생전에 읽었던 『노산시조집』에서 새로 발굴된 4편의 시조를 그 논의의 주된 대상으로 했다. 물론 이들 중에는 한 편의 시조로 분류되기에 적합하지 않거나 원전 확정을 필요로 하는가 하면, 심지어 여기에 빠져 있는 것들도 있었다. 그러므로 이들에 대해서는 논의를 전개해 나가면서 필요한 경우 보충 설명하기로 하였다. 왜냐하면 여기서 이는 주된 논의의 대상이 아니기 때문이었다.

이에 따라 논의를 전개할 때 우선 『사료전집』제1집에 실린 시조들을 통해서는 그것이 기본적으로 기행시로서의 특성을 지니고 있음을 알 수 있게 된다. 여기서 '여행 시조'로 분류된 67편의 시는, 그가 수학여행을 하면서 지은 것이며, 나머지 작품 중 9편도 그가 다시 조국을 방문했을 때 쓴 것이기 때문이다. 또한 『노산시조집』에서 새로 발굴된 그의 시조들에서는 이은상의 그에 대한 영향 관계를 파악할 수 있다. 그의 발굴된 시조 가운데 「님의뜻」은, 이은상 시인을 사모하고 존경하는 그의 마음을 직접 나타낸 작품으로 판명되었기 때문이다. 뿐만 아니라 이외의 일련의 시조들에서는 이은상의 그것과 작품 제목 및 대상에 대한 표현 방식과 시적 발상 등에서 일치되기 때문이다. 그래서 이들 시조 중 현재의 시점에서 그들이 본 대상에다가 느낀 바를 덧붙여서 나타낸 작품들에서는, 당시의 시대 상황이 반영되어 있는 점을 공통된 특성으로 지적할 수 있다. 특히 여기서도 그 대상이 역사적 사건이나 인물 등과 직접 관련된 시조들은, 일제 강점이라는 그때의 현실 상황을 더욱 구체적으로 반영해서 나타낸 것으로 파악될 수 있다.

물론 그렇다고 해서 이들 사이에서는 공통된 특성만이 드러나는 것은 아니다. 무엇보다 심연수의 국내 '여행 시조'에서, 민족적 동질성에 대한 인식이 시의 바탕을 이루고 있는 점은 독자적인 성격으로 꼽을 수 있다. 이에 비해 그의 국외에서 쓰여진 '여행 시조'에서는, 모더니즘적인 시의 특성이 나타남을 볼 수 있게 된다. 그의 시조는 양면적이면서도 다양한 특질을 보이는 것이다.

이렇게 볼 때 일제가 패망을 앞두고 침략 정책을 더욱 강화하던 1940년대의 시점에서도 민족적 동질성에 대한 인식을 바탕으로 한 그의 시조가 국외에서나마 한글로 쓰여졌다는 점은, 한국현대시사에서 실로 값진 것이 아닐 수 없다. 나라를 빼앗겨 민족혼과 함께 언어마저 상실할 수밖에 없었던 위기의 상황에서도 그가 이룬 시적 성과는 높이 평가될 수 있는 것이다. 물론 그의 시에 대한 연구가 온전히 이루어지기 위해서는, 그의 작품에 대한 발굴과 정리 작업부터 제대로 이루어져야 할 것이디. 또한 시뿐만 아니라 다른 문학 작품에 대해서도 총체적인 조망이 있어야 하겠다. 그래서 이러한 과제가 해결된다면 그의 작품에 대한 논의는 더욱 진전이 있을 것이다.

◨ 참고문헌

① 자료

심연수 육필 원고.
심연수, 『20세기 중국조선족문학사료전집』제1집(심련수 문학편), 연길: 연변인민출판사, 2000.
심연수, 『20세기 중국조선족문학사료전집』제1집(심연수 문학편), 서울: 중국조선민족 문화예술
　　　　출판사, 2004.
이은상, 『노산시조집』, 한성도서주식회사, 1932.

② 논저

권 철, 「심련수 유작의 정리와 출판을 두고」, 인터넷 '문화산맥', 중국연변조선족문화발전추진
　　　　회, 2004. 2, http://koreancc.com.
김룡운, 「문단에 솟아난 또 하나의 혜성 – 심련수론」, 심연수, 『20세기 중국조선족문학사료전
　　　　집』제1집(심련수 문학편), 연길: 연변인민출판사, 2000.
＿＿＿, 「청송 심련수와 그의 시조문학」, 인터넷 '문화산맥', 중국연변조선족문화발전추진회,
　　　　2003. 8. 30, http://koreancc.com.
김해응, 「심연수 시문학 연구」, 한국정신문화연구원 한국학대학원 박사학위 논문, 2003.
박미현, 「고향 강릉과 심연수」, 『소년아 봄은 오려니』, 강원도민일보사, 2001.
엄창섭, 『민족시인 심연수의 문학과 삶』, 홍익출판사, 2003.
이명재, 「민족시인 심연수 문학론」, 심연수, 『20세기 중국조선족문학사료전집』제1집(심연수
　　　　문학편), 서울: 중국조선민족 문화예술출판사, pp.532~576, 2004.
이재호, 「민족시인 심연수 대표시 해설」, 〈교단문학〉 29, 2001. 봄.
임향란, 「심연수 시 연구」, 안동대 석사학위 논문, 2003
임헌영, 「심연수의 생애와 문학」, 『소년아 봄은 오려니』, 강원도민일보사, 2001.
최재락, 「심련수 문학론Ⅰ·시편」·「심련수 연구 시론1」·「심련수 문학론Ⅲ·기행시초 및 산
　　　　문」, 〈임영문화〉 24~26, 강릉문화원, 2000~2002.
허형만, 「심연수 시 연구」, 〈한국문학이론과 비평〉 22, 2004.
황규수, 『한국 현대시의 공간과 시간』, 한국문화사, 2004.

국초 이인직 재론

최 종 순[*]

1. 서 론

국초 이인직의 신소설 〈혈의 누〉(1906)가 이 땅에 최초의 근대적 소설의 양식을 선보인 지도 어느덧 1세기를 맞고 있다. 처음 반세기 동안은 그의 작품이 지닌 근대적 성격 때문에 당대의 독자는 물론 초기 연구자들의 찬탄의 대상이었으나, 이후 작가의 친일적 생애가 밝혀지면서 지난 반세기 동안은 혹독한 비난을 받으며 오늘에 이르고 있다. 작품의 미학적 차원에서 본다면 그는 당연히 우리나라 근대문학사상 중요한 자리를 차지해야 옳을 것이나, 문학 외적인 조건 때문에 그의 작품은 친일문학이라는 불명예를 감수해만 했다.

이러한 사정 때문에 그의 작품에서, 사실은 작가의 미학적 전략의 하나로 씌어졌던 친일적인 언어에만 과도하게 논의가 집중되는 바람에 이인직의 소설 전반에 대한 객관적이고 총체적인 분석 작업은 별로 이루어지지 않은 듯 하다. 이것은 작가가 가리키는 대상을 보지 않고 그것을 가리키는 그의 손가락에 대해서만 과도하게 논의가 이루어진 격이었다고

* 목원대학교 강사

할 수 있다.

그렇다면 과연 그의 작품이 우리나라 국문학사의 중요한 한 페이지에서 퇴출당해야 할 만큼 민족의 역사에 죄를 지은 것일까? 즉, 매판문학인가? 이 물음을 따지기 위해서는 대상을 가리키는 작가의 손을 볼 것이 아니라 그것이 가리키는 대상을 바로 보아야 할 것이다. 그러기 위해서는 작품뿐만 아니라 작가의 생애와 당대의 역사적 토대를 함께 고찰할 때 보다 객관적인 작품의 진실을 밝혀낼 수 있을 것이다.

본 논문은 특정한 이데올로기나 특정한 시각에서 벗어나, 작가의 생애와 당대의 역사적 토대를 작품 내용과 상호관련 속에서 고찰함으로써, 작품 속에 숨겨져 있는 시대에 대한 작가의 진실을 규명하는 것을 목적으로 한다.1)

2. 성장배경 - 恨 맺힌 庶孼의 질곡

이인직의 생애에 대한 연구는 1940년대까지만 해도 모호한 상태였으나 1950년대 전광용교수의 연구 성과로 상당부분이 밝혀지게 되었다2). 이후 최원식, 윤명구, 김윤식, 다지리 히로유끼 등의 지속적인 관심과 노력에 의해 큰 성과를 거두었으나3), 일본유학을 떠난 이후부터

---

1) 작품에 대한 보다 구체적인 분석은, 졸고 「이인직소설 연구」(인하대학교 박사논문, 2003. 8)를 참고 바람.
2) 전광용, 「이인직 연구」, 『서울대논문집』(인문·사회편) 6집, 1957.
  전광용, 「이인직의 생애와 문학」, 『신문학과 시대의식』, 새문사, 1981.
  전광용, 「이인직 연구」, 『신소설 연구』, 새문사, 1990.
3) 최원식, 「은세계 연구」, 『창작과 비평』, 1978 여름.
  최원식, 「애국계몽기의 친일문학」, 『한국학보』36집, 1984.
  윤명구, 「이인직과 그의 소설」, 『개화기소설의 이해』, 인하대출판부, 1986.
  김윤식, 「'정치소설'의 결여형태로서의 신소설」, 『한국근대소설사 연구』, 을유문화사, 1986.
  다지리 히로유끼, 「국초 이인직론」, 연세대 석사논문, 1992.
  다지리 히로유끼, 「이인직의 도신문사 견습시절」, 『어문논집』32, 고려대 국어국문학연구회, 1993.

그의 사망까시의 생애만 밝혀졌고, 그 이전의 삶에 대한 내용은 그가 한 산 이씨의 후손이라는 것 이외에는 그의 사후 1세기가 다 되도록 공백상태로 남아 있는 상태였다.

나이 40이 다 되도록 벼슬을 하지 못한 '미미한 계층' 또는 '몰락한 계층' 출신으로 막연하게 추정할 수밖에 없었다. 그렇다면 왜 이인직은 한산 이씨라는 양반의 신분으로 그 나이가 되도록 벼슬 하나 갖지 못했을까? 나이 40에 벼슬 하나 없이 자식뻘 되는 젊은이들 틈에 끼어 일본으로 유학을 갈 정도로 학문에 대한 집념과 열정이 대단했던 사람이 어쩌다가 미미한 계층으로 전락하게 된 것일까. 왜 유독 이인직의 소설에만 양반에 대한 증오의 감정이 두드러지는 것인가? 봉건지배층에 대한 부정의 정신이 왜 하필이면 친일적 근대지향의식으로 나타나게 된 것일까?

이에 대한 해답을 찾기 위해서는 그의 출생배경과 젊은 날의 가정환경을 확인하지 않고는 풀 수 없는 수수께끼일 수밖에 없었던 일이었다.

2.1. 출생배경

국초 이인직은 1862년 7월 27일(음력), 한산 이씨 윤기(1824-1866)와 전주 이씨(1823-1879) 사이에 둘째 아들로 태어났다. 한산 이씨 가문의, 이인직의 8대조는 절도사를 지냈고, 병자호란 때 큰 공을 세워 '충장공', '한천부원군'에 봉해졌으며, 7대조는 '한원군'에, 6대조는 훈련대장으로 '한흥군'에 봉해졌다. 5대조는 음직으로 '동지중추부사'를 지냈고, 4대조는 '영의정'과 '좌의정'을 번갈아 역임하였으니, 그의 선조들은 무관벼슬로부터 시작하여 문관으로서 최고의 권력을 잡았던 상당한 권세가문이었음을 알 수 있다. 이 막강한 가문의 후예인 이인직의 가계는 어쩌다가 미미한 계층으로 몰락하게 된 것일까?

한산 이씨의 족보를 보자.4) 이인직의 4대조인 '사관'의 종손들은 거

---

4) 다지리 히로유끼, 「〈미야꼬신문〉에 발표된 이인직의 단편소설 〈과부의꿈〉과 한국관련기사들」, 『문학사상』7, 1999.

의 다가 벼슬직함이 있다. '사마', '부사', '승지', '참판', '진사' 등등. 그런데 사관의 다른 세 아들 즉, 이인직의 증조인 면채를 포함한 세 형제들과 그들의 후손들은, 거의 모두 이렇다할 벼슬직함이 없다. 간혹 '중군', '찰방', '주사'와 같은 하급관리 직함이 눈에 띈다. 왜 이들은 벼슬을 하지 못했는지 이것이 지금까지 우리의 수수께끼였다. 이인직의 가계가 제일 변두리에 속하는 집안이었다면 무슨 사연으로 변두리가 되었던 것인가. 이것은 단순한 작가론적인 홍미뿐만 아니라 그의 문학적 삶을 이해하는 데 중요한 열쇄가 되기 때문에 우리의 관심의 대상이 아닐 수 없다.

놀랍게도 이에 대한 해답은 한산 이씨의 족보에서 찾아낼 수 있었다5). 즉, 이인직의 가계는 영의정과 좌의정을 번갈아 역임한 4대조 '사관'의 嫡子의 자손이 아니라 그 庶子의 자손이었던 것이다. 김윤식 교수가 공개했던 '한산 이씨 양경공파 세보'(1982년에 작성된 족보)6)와 1905년에 작성된 '을사보'에는, 이인직의 증조인 면채를 포함한 세 형제들과 사관의 적자인 헌채의 이름 위에 동일하게 '子'로 표기되어 있어 신분상의 차별이 나타나지 않는다. 그러나 1845년에 작성된 '병오보'에는 嫡子인 헌채의 이름 위에는 '子'로 표기, 서자인 면채, 단채, 신채의 이름 위에는 '庶子'로 표기되어 있어 그 신분상의 차별화를 명백히 밝혀주고 있었다. 바로 이러한 연유가 있었기 때문에 사관의 적자로 태어난 헌채와 그의 후손들은 대대로 벼슬의 길로 나아갔지만 서자로 태어난 단채, 면채, 신채 3형제는 벼슬이 없었던 것이다.

당시 서얼의 신분에 대한 황 현의 증언을 들어보면, 이인직을 포함한 당시의 庶孼階層의 절망적인 恨의 감정을 이해할 수 있다.

"서얼은 보잘것없고 비천해서 아무리 재상의 아들로 태어났다 하더라도 품계의 등급이 겨우 중인과 맞먹기 때문에, 이들을 통틀어 中庶라고 부른다. 이들은 벼슬길이 제한되어 있어서 단지 배부름만 영위할 뿐이

---

4) 김윤식, 같은 논문, 부록의 도표 참고 바람, 42-43쪽.
5) 졸고, 「이인직소설 연구」, 인하대학교 박사논문 (2003), 19- 24쪽, '성장배경'을 참고 바람.
6) 김윤식, 같은 논문, 42-43쪽 부록.

다. 어쩌나 무관에 종사한다 하더라도 영장이나 중군에 그치며 (생략) 밖으로도 찰방이나 감목관 밖에 되지 않으니, 늙을 때까지 못난 그대로 아무런 일도 할 수가 없어 그 천함이 더욱 심해진다. 그래서 뜻이 있는 자는 흰 머리로 굶을 바에야 차라리 숨어사는 것을 고상하게 여겼다. 재주가 그대로 시들었으니 유식한 것이 오히려 걱정이었다. 수백 년을 내려오면서 서얼에게도 벼슬길을 터주자는 논의가 없지는 않았지만, 그들에게도 벼슬길을 열어주면 권세가 반드시 나눠질 테니 대대로 벼슬하던 집안에서 백방으로 이것을 막았다. 서민의 한계를 넘지 못하게 했으며 綱常의 명분을 문란하게 할 수도 없다고도 하였다."7)

이처럼 당대의 이인직에게는 庶孼이라는 신분의 족쇄가 채워져 있었던 것이다. 이씨조선 사회가 건재하는 한, 이인직의 미래는 영원히 서민의 한계를 넘을 수 없으며, 아무리 타고난 재주가 비상하더라도 평생토록 배부름만 영위할 수 있을 뿐, 죽을 때까지 못난 그대로 아무 일도 할 수 없는 사회였던 것이다. 신분이 천해서 아무런 꿈과 희망도 가질 수 없는 사회, 그것은 이인직에겐 지옥과도 같은 곳이다. 그런 이인직에게 김옥균과 같은 개화당의 갑신혁명이나, 근대국가, 근대사상은 그야말로 하늘이 내린 복음이나 다름없었을 것이다.

이것이 나이 40이 다 된 이인직이 아무 벼슬이나 직책도 없이 젊은 학도들과 일본유학을 떠난 것과, 귀국 후 그처럼 열렬히 반봉건과 근대주의를 주창하게 된 중요한 동기의 하나였음을 이해할 수 있다. 그리고 무엇보다도 이것은, 과거에 우리가 이인직 소설의 친일적 근대사상에 대하여 이인직을 매판적 출세주의자로 의심해 마지않았으나, 그보다는 오히려 한 인간으로서의 평등한 권리를 찾으려는 이인직의 처절한 몸부림이었다고 볼 수 있다.

이와 같은 작가의 출생배경이 〈혈의 누〉에서 막동이와 최주사와의 대화 장면에서 막동이의 양반사회에 대한 뼈있는 말과 〈귀의 성〉에서 양반 김승지의 부인에 대한 강동지의 토죄하는 장면, 그리고 〈은세계〉에서 부

---

7) 황 현, 『매천야록』,(허경진 옮김), 한양출판, 1995, 129-130쪽.

패한 양반관료에 대한 백성들의 감정표현 속에서 양반에 대한 이인직의 뿌리 깊은 원한의 감정을 강하게 드러내는 요인이었던 것이다.

"나라는 양반님네가 다 망하여 놓으셨지요.(중략) 소인같은 상놈들은 (중략) 양반에게 매였으니 나라 위할 힘이 있습니까.(중략) 양반님 서슬에 상놈이 무슨 사람값에 갔습니까. 난리가 나도 양반의 탓이올시다. 일청전쟁도 민영춘이란 양반이 청인을 불러왔답디다."(《혈의 누》)8) "강동지가 칼을 턱 놓고 한숨을 휘-쉬더니 김승지 부인의 목을 흘겨보며 토죄를 한다. 이년, 네가 시앗을 없애고 너 혼자 얼마나 호강을 하려고 그런 흉악한 일을 하였더냐. 걸핏하면 양반이니 염소반이니 하며 너는 고소대같이 높은 사람이 되고 내 딸은 상년이라고, 그년, 그년, 그까진 년, 남의 첩년, 강동지의 딸년, 죽일년, 살릴년 하며, 너 혼자 세상에 다시없는 깨끗한 양반의 여편네인 체 하던 년이 그렇게 쉽게 몸을 허락한단 말이냐(생략)"(《귀의 성》)9) "이런 놈의 세상은 얼른 망하기나 하였으면. 우리 같은 만만한 백성만 죽지말고 원이나 감사이나 하여 나려오는 서울양반까지 다같이 죽는 꼴 좀 보게"(《은세계》)10)

당대의 그 누구보다도 이인직의 소설들이 반봉건, 근대사상, 근대국가를 강력하게 주장할 수밖에 없었던 것도 이인직의 그와 같은 신분적 제약을 벗어나려는 열렬한 욕구가 있었던 것이다.

2.2. 가정 환경

이인직은 11년 연상의 형 운직(耘稙: 1851-)11)과 두 명의 손위 누이가 있었는데, 몇 살 때인지는 알 수 없으나 3대조 면채의 직계, 은기의

---

8) 『신소설 번안소설 전집』1, 아세아문화사(영인본), 1978, 28-29쪽. 이후 '전집'으로만 표기함.
9) 전집1, 379-380쪽.
10) 전집3, 105쪽.
11) 운직의 사망한 해는 기재되어 있지 않아 알 수 없으며, 그의 직함은 主事로 기록되어 있다.

양자로 들어간다. 양부 은기의 생몰 연대는 족보에 기재되어있지 않아 알 수 없으며, 은기의 처 남원 윤씨의 생몰은 1830-1872년으로 되어있다. 양부 은기와 넘원 윤씨의 소생으로 두 자매가 있었다. 이인직이 5세 때 친부가 사망하였고, 11세 때 양모 윤씨가 사망, 18세 때 친모 이씨가 사망했다.

지금까지는 이인직이 자라난 가정환경에 대하여, 그가 부모와 양부모를 일찍 여읜 관계로 '고아와 거의 같은' 어린 시절을 보냈을 것으로 추정하였으나12)그에게는 11년 연상의 형님과 두 명의 친누이들, 그리고 양자로 간 은기의 소생인 두 명의 누이들로부터 오히려 각별한 사랑을 받으며 자랐을 가능성이 더 크다. 게다가 친모가 18세까지 생존하였으니 생각보다는 외롭지 않은 가정에서 자랐다고 볼 수 있다. 어린시절 누이들과 함께 생활했던 경험들이 그의 신소설 창작에서 뛰어난 여성심리묘사를 가능케 하였던 것으로 짐작할 수 있다. 그리고 역시 몇 살 때인지는 알 수 없으나 이인직은 동래 정씨와 혼인했다. 부인의 생몰연대나 자녀의 기록은 없다.

이인직의 가족은, 서얼집안이어서 적자의 후손들로부터는 천시당하며 서로 등 돌리고 살았을지언정, 단채, 면채, 신채, 이 3형제의 서얼 자녀들이 있어서 그다지 외로운 집안환경은 아니었던 듯하다. 오히려 이인직에게 있어 외로움이란, 가족이나 친지 구성원들이 조촐해서 외로웠던 게 아니라 그가 속한 계층이 사회로부터 천시당하는 소외된 계층이라는 데서 오는, 사회 환경적인 것이 더 참기 어려웠을 것이다. 바로 그것이 철이 들기 시작한 청년 이인직에게 결정적으로 절망감을 안겨준 요인이었다고 하겠다.

이와 관련해서 이인직의 젊은 시절을 비극적으로 만든 또 하나는 그가 한학을 깨우친 지식인의 소양을 갖추었다는 점이다13). 따라서 그는

---

12) 다지리 리로유키, 같은 논문(석사), 6쪽.
　　김명인, 「〈귀의 성〉과 한 친일개화파의 세계인식」, 『한국학 연구』제 9집, 인하대 한국학 연구소, 1998, 3. 38쪽 각주.
13) 다지리 히로유키, 같은 논문(석사), 5쪽.

권세 있는 가문도 하층계급도 아닌, 중간적 계층으로서, 자기가 갈 수 없는 권력의 세계를 선망하면서도 다른 한편으로는 그 세계를 비판적 시각으로 바라볼 수 있는 체제 밖의 위치에 설 수 있었던 것이다. 이러한 입장은 같은 시기에 같은 신소설의 창작과 개화운동을 펼쳤던 이해조의 문학적 세계관과 변별성을 갖게 되는 중요한 요인이 되었다고 할 수 있다.

2.3. 갑신혁명의 좌절과 이인직의 입장

김옥균과 개화당의 갑신혁명은 서얼의 후손인 이인직에게는 새로운 희망과 좌절을 경험하는 중요한 성장배경이 되고 있다. 1864년 고종의 등극과 10년간 대원군의 시대가 가고, 이후 민씨세도와의 세력싸움에 백성들의 생활은 극도로 피폐해지고 있었다. 한편, 세계사적으로 빠르게 변화하고 있던 근대적 자본주의와 그 사상에 공감하는 조선의 젊은 선비들과 중인층의 긴밀한 움직임, 그리고 이러한 진보적 움직임에 완강히 반대하는 봉건지배세력과 백성들 사이에서 우왕좌왕하는 왕실의 무능한 태도를 이인직은 풍문으로 들으며, 새 세상의 움직임에 마음 졸이고 당대의 역사를 지켜보았을 것이다.

그가 15세 때(1876년) 강화도 조약, 21세 때(1881년) 신사유람단의 일본시찰, 24세 때(1884년) 갑신정변, 이러한 변화들 가운데 특히 갑신정변에 대한 이인직의 기대는 남다를 수밖에 없었을 것이다. 그러나 개화당의 혁명은 백일몽으로 허망하게 끝났고, 이인직에게도 커다란 절망의 사건이 되고 말았다. 이때의 좌절의 체험은 이인직의 문학에서 봉건지배층에 대한 증오의 감정을 유발시키는 중요한 역할을 한다. 아울러 청국군에 대한 증오의 감정표출 또한 같은 맥락에서 이해할 수 있다. 왜냐하면, 비록 토대는 미약한 것이긴 하였지만 위태로운 대로, 사실상 성공이나 다름없었던 갑신혁명이 청국군의 무력간섭과 일본의 배신 때문에 실패로 돌아갔음은 역사가 증명하는 사실이었기 때문이다[14].

---

14) 강재언, 『한국의 근대사상』, 한길사, 1988, 114-122쪽 참조.

그러므로 이인직이 신소설에서 드러내는 청국군에 대한 증오의 감정은 단순한 그의 친일적 표현이라기보다는 우리나라가 자주적 근대국가로 발돋움할 수 있는 마지막 기회를 놓쳐버린 데 대한 분노의 감정표현이 훨씬 더 크다고 할 수 있다. 대장부로서의 미래가 닫혀 있었던 서얼의 청년 이인직에게는 영원히 탈출구가 막힌 셈이었다. 그래서 이인직은 당대의 사회와 역사 현실을 체제 밖에 서서 아웃사이더의 눈으로 지켜보며 자신이 해야 할 일을 찾고 있었음에 틀림이 없다.

이렇게 볼 때, 이인직의 출생배경과 가정적, 역사적 환경은 그의 문학과 삶에 결정적인 영향을 미칠 수밖에 없는 것임을 알 수 있다.

3. 일본유학 시절
- 근대적 정치의식과 세계사적 성찰

서얼의 계층인 이인직이 국비 유학생으로 뽑혀 일본으로 갈 수 있었던 것은 갑오개혁의 덕이었다. 1894년 갑오개혁 이후 많은 관비 유학생들이 해외로 유학을 떠났으나, 배경 없는 이인직은 1900년 2월에 가서야 비로소 유학생들 대열에 오를 수 있었다. 39세의 늦은 나이로 아무런 벼슬이나 직분도 없이 나이 어린 학도들과 함께 유학을 떠났다는 것은 그가 신학문 신문명에 대한 열정과 자신의 입지를 개척하려는 집념이 얼마나 강했던가를 말해준다.

1900년 2월 일본으로 건너간 이인직은 그동안 조선에서 풍문으로만 들어왔던 '근대'라는 시대의 실체를 일본사회에서 구체적으로 확인하게 된다. 우선 그가 일본사회에서 보고 듣는 생활 속에서 온몸으로 느끼는 것이고, 다음은 그해 9월 동경정치학교에 청강생으로 들어가 당시의 세계정세의 흐름을 학문적으로 분석하는 근대적 정치교육을 받으면서였다. 이 때부터 이인직은 '근대'라는 문명의 열렬한 추종자가 된다. 그의 근대적 정신의 발전 과정은 이 시기에 그가 쓴 일련의 글에서 확인된다.

유학시절 이인직은 크게 두 가지의 수업을 동시에 수행한다. 한 가지는 동경정치학교에서 세계정세와 근대정치 교육을 받는 것이고, 다른 하나는 일본의 '都新聞'社의 견습기자가 되어 언론사업에 대한 공부를 하는 것이 그것이다. 이 두 가지의 관심이 이후 우리나라 최초의 신소설 작가 이인직이라는 인물로 탄생하는 계기가 되는 것이다.

3.1. 정치수업- 세계사적 성찰과 자아각성

이인직이 유학한 동경정치학교의 정체에 대하여는 이미 전광용 교수와 최원식 교수에 의해 상세히 알려진 것처럼, '일본의 아시아 침략을 위한 거점의 하나'15)이었다. 이인직은 이 정치학교에서 세계의 정세를 파악하게 되고 문명개화와 부국강병을 표방하는 제국주의적 정치이념을 배우게 된다. 뿐만 아니라, 나중에 조선의 총독부 외사국장을 지내면서 한일합방을 주도하였던 고마쓰 미도리를 정치학 스승으로 만나게 되며, 또한 뒤에 친일내각의 농상공부 대신이 되었던 조중응을 만난다.

당시 일본에 와서 공부하였던 유학생들 대부분이 나이 어린 유학생들이어서 마땅히 친구할만한 대상이 없었던 39세의 중년 유학생 이인직에게 두 살 연상인 조중응(1860-1919)이야말로 세계정세와 일본의 물정을 배우는 데에 좋은 안내자이며 친구가 되어 주었을 것이다. 조중응은 일찍이 유생시절인 1883년에 '북방남개론'을 주장했다가 왜와 내통했다하여 오랫동안 유배되었고, 갑오경장 이후 개화파 관료로 활동하다가 경장내각이 붕괴되자 1896년 일본으로 망명하여 있던 바로 그 시기에 이인직을 만났던 것 같다.

한편, 이인직은 동경정치학교에서 정치학을 배우는 여가에, 신문사업을 배우기 위해 미야꼬 신문사에 견습생으로 들어간다. 정치학교에 들어간 지 만 1년이 지난 1901년 11월의 일이다. 이 견습기자 시절에 이인직은 근대적 새 세상에 대한 자아각성과 각성된 자신의 새로운 각오를

---

15) 최원식, 「애국계몽기의 친일문학」, 『한국근대소설사론』, 창작과비평사, 1986, 287쪽.

보여주는 일련의 기사들, 그리고 각성된 근대적 시각으로써 전근대적 조선 사회의 문제점들을 성찰하는 일련의 기사들을 미야꼬 신문에 발표한다.

첫 글인 '입사설'(1901.11.26)에는 언론 매체의 역할과 그 위력에 대한 인식을 보여준다. 이것이 그가 미야꼬신문사의 견습기자로 들어가게 된 계기인 동시에, 자신이 앞으로 신문언론인이 되어 '文墨으로 天下万機의 선악을 상벌하는 활동의 좋은 手段을' 배우고, 이천만 동포들에게 계몽하는 일을 할 것을 천명하고 있다. 이후 견습기자 생활을 마치는 1903년 5월5일까지 약 1년 4개월 동안 이인직은 세계의 정세와 우리나라의 현실을 성찰하고 우리나라의 개혁 또는 근대화되어야 할 사항들에 대한 자신의 소견을 미야꼬 신문에 발표한다. 이 기사들에 나타난 비판적 현실인식이나 세계인식은 훗날 그의 문학창작의 동기이자 사상적 기반이 된다.

'입사설' 이후 20여일 만에 쓴 '몽중방어'(1901.12.18)에는 크게 두 가지의 현실인식이 나타난다. 첫째, 세계의 제국주의자들이 식민지 쟁탈전을 벌이고 있는 이 때, 우리나라는 '天眞'의 꿈속에 있다는 위기의식이다. 그래서 이인직은 선진 문명국이 된 일본에게 국가를 지키는 策을 듣고자 하는 태도를 보여준다. 둘째, '근대'라는 새 시대에 대한 무한한 동경과 '서얼'이라는 신분적 족쇄로부터 해방된 평등한 한 인간으로서의 정치적 야망이 깃들어 있다. 이것은 '나라를 지키는 策'을 구하는 이인직의 대장부로서의 호연지기에서 잘 나타난다.

이 글에서 이인직이 파악한 세계의 大勢는 '魔刑鬼態'라는 말로 표현된다. 세계열강들의 움직임에 대해 "그것이 또한 어떤 마형귀태를 끄집어 낼 것인가"라는 이 말 속에는 외세의 침략에 대한 의구심과 나라의 미래를 근심하는 한 지식인의 내면이 드러난다. 그러한 고민 끝에 그가 내린 최선의 방안은 '동양삼국공영론'을 지지하는 것이었다. 그것은, 방금 西勢東漸의 상황에서, 러시아를 비롯한 세계열강들은 다투어 식민지 쟁탈전을 꿈꾸고 있고 支那는 새벽녘의 殘夢 속에 있는데, 홀연히 일본만이

백년의 長策을 확립하였으니 天眞의 꿈속에 있는 우리나라가 손잡을 나라는 일본밖에 없다는 논리이다. 일본의 침략적 야욕에 대한 의구심이 전혀 없이, 순수하게 믿음직하고 든든한 우방국 또는 동맹국으로서 인식한다. 일제의 침략적 계략을 간파하지 못한 탓이다. 그 때문에 '동양삼국 공영론'이라는 논리는 당시 일본뿐만 아니라 중국과 우리나라의 개화지식인들이 보여 준 공통된 시대인식의 한 양상이었다.

그런데, 주목되는 것은 이인직이 미야꼬 신문사 입사 초기의 글에는 나라를 지키는 策을 듣고 計를 듣고자 하는 데서 화두를 열었으나 유학을 마치고 귀국하기 두 달 전에 쓴 글에서는 '나라'가 아닌 '국민'을 구제하는 일에 초점을 두고 있다는 점이다. 이것은 유학 초기에 가졌던 이인직의 정치적 호연지기가 정치학교 졸업을 두 달 앞둔 시점에서 완전히 거세되어 있음을 드러내는 것이다.

일찍이 서출이라는 신분적 제약 때문에 사십 평생을 무명의 서생으로 살아오다가 새 시대를 만나 일본으로 유학을 와서, 처음 동경정치학교에 들어갔을 때는 새 시대를 열어갈 정치에 큰 관심을 보였던16) 이인직이, 이제 귀국을 얼마 앞두고 신문사업을 하되 정치 외교에 관여하는 문제에는 논함을 바라지 않는다고 공언하는 것은 무엇을 의미하는가.

이인직이 귀국하기 전에 마지막으로 미야꼬 신문에 기고한 글 '한국 신문창설 취지서'(1903.5.5)는 이인직이 일본 미야꼬 신문에 그동안 게재해 왔던 모든 기사들의 내용에 대한 요약이며 결론에 해당하는 성격을 지닌다. 여기에는 그동안 그가 보여 왔던, 당시 세계적으로 유행하고 있던 '사회진화론'과 '사회집단학(대동사상)'의 관점이 그대로 드러난다. 우승열패의 사상에 의한 세계열강들의 식민지 쟁탈전 앞에, 조선독립에 대한 위기의식이 강하게 드러난다. 그래서 강대국이 된 일본과 친밀하게 지낼 것을 강조한다.

---

16) "나에게 만약 뜻이 있다면, 꿈속에서 華督을 만나서 宋을 지키는 策을 들어야 하고, 田單을 만나 薺를 지키는 計를 들어야 한다. (중략) 의지가 없는 사람은 불쌍한 사람이다."－ 이인직, '몽중방어'－

하지만 이 때는 그가 유학 초기에 보여주었던, 일본이 조선의 우방국이라는 환상은 깨어지고 일본 역시 러시아 등과 마찬가지로 우리나라를 차지하려는 상황임을 간파한 후이기 때문에17) 이 글의 의미는 좀더 복잡한 내적 언어의 양상으로 읽혀진다. "슬프다. 나라의 세력과 백성의 힘이 衰微해짐이 이와 같이 심하니 어찌 마음을 놓고 있을 수가 있겠는가."라는 憂國의 언어와 "지금 四處를 돌아봐도 이를 얻을 수 있는 곳은 동양의 文明國 일본밖에 없다."는 親日的 언어가 그것을 단적으로 보여준다. 그 때문에 그는 더 이상 '국가'니 '정치'니 '외교'니 하는 따위의 말은 감히 언급할 엄두도 못 낸다. 그의 의식 속에는 이미 일제의 존재를 의식하는 많은 조짐들이 그의 글에 농후하게 드러난다. 이 때부터 그의 내적인 언어들은 뒷날 그의 신소설 창작에서 보다 심화되어 나타난다.18)

이로부터 이인직은 자신이 할 일은 정치적 언론이 아니라 언론활동을 통한 국민의 계몽임을 인식하며 유학생활의 마지막 결론을 짓고 있다.

3.2. 문학수업 - 수습기자 시절의 문학창작수업

1902년 1월 28, 29일에 이인직은 미야꼬 신문에 일본어로 쓴 자신의 습작 단편소설 〈과부의 꿈〉을 발표한다. 그가 이 신문사의 견습생으로 입사한 지 두 달만의 일이다. 그 소설이 잘 씌어진 것이든 잘못 씌어진 것이든 간에 이인직이 그만한 소설을, 그것도 일본어로 쓸 수 있었다는 것은, 그동안 이인직이 일본의 소설문학에 대한 부단한 관심과 노력이 있었음을 뜻한다. 그리고 이 시기에 섭렵한 문학적 경험들이 그의 신

---

17) 이인직이 견습생으로 있을 당시 '미야꼬 신문사' 사원이었던 大谷誠夫라는 사람이 "내가 언젠가 日本은 朝鮮을 合倂할 計劃인 것을 이야기하였을 때 李氏 가 파랗게 된 일이 있다"고 한 것을 ──(다지리 히로유키, 「이인직의 도신문사 견습시절」, 『어문논집』32집, 고려대학교 국어국문학연구회, 1993, 320쪽의 각주7 참조)── 미루어 보건대, 이인직은 그 무렵에 이미 일본의 조선 병합 계획을 알게 되었으며, 조선이 결국 주변열강들의 침략으로부터 온전히 독립을 지켜내지 못할 것을 간파했던 것으로 보인다. -필자 주
18) 최종순, 「이인직 소설연구」, 인하대학교 박사논문, 2003. 8. 참조 바람.

소설 창작에 적지 않은 영향을 주었을 것임은 재론할 필요가 없을 것이다.

당시 미야꼬(都新聞) 신문의 성격은, 정치논설을 위주로 하는 정당신문(大新聞)이 아니라, 연극의 각본이나 극장의 비평을 게재하고 대중에게 인기있는 연재소설 작가를 배출할 만큼, 오락을 본위로 하는 신문(小新聞)이었다. 당시, 소설가인 遲塚麗水도 이 신문사의 사원으로 있었는데, 이인직보다 네 살 연하인 그는 이인직과는 서로 진심을 터놓고 사귀는 肝膽相照의 사이였다고 한다. 이것은 이인직이 일본의 당대 문학계 인사들과 교류하면서 일본 근대문학의 다양한 사조들을 접하게 되었을 가능성을 시사해 준다.

당시 일본문학은 일찍이 서구 근대문학의 다양한 사조들을 수입, 실험하여 자신의 문학으로 토착화시켜가던 시기였다. 먼저, 明治 10년(1877) 이후 활발히 창작되었던 번역문학과 정치소설은 문학자체의 흥미보다는 문명국의 풍속과 인정, 그리고 입헌정치와 같은 새 지식을 공급하기 위해 창작 및 번역되었다. 특히 정치소설은 민중의 정치적 계몽과 정당의 이상을 선전하기 위해 창작되었다. 이러한 목적과 창작의 영향으로 당시의 일본인은 코스모폴리탄이 되려고 하는 동시에 애국자로서의 정열을 가지고 있었다.

그 대표적인 일본의 정치소설 〈經國美談〉의 경우, 당시 改進黨의 거물이었던 야노 류우께이(失野龍溪)가 직접 쓴 작품으로, 그리이스 역사에서 테베의 발흥과 覇業의 완성에 대하여 자신의 개진당적 의견을 담고 있다. 그의 의도는 漸進主義的인 改進黨의 입장에서 自由黨에 대한 비판을 담고자 한 것이었다. 이 작품은 당시 일본의 청년들을 매우 자극하여, 약소국인 일본을 지켜서 세우려는 애국적인 정열을 불러일으켰던 것이다. 또 다른 정치가가 쓴 대표적 정치소설 〈佳人之 奇遇〉의 경우, 무대를 널리 세계에 잡고 苦境과 역경에 있는 나라들에 대해 이야기하고, 열렬한 비분강개의 감정을 쏟아놓았다.

이러한 정치소설은 순수문학이기 보다 다른 목적을 가진 것으로, 사

회의 지도적 위치에 있는 사람들이 문학에 관심을 가지고 스스로 펜을
들어, 과거의 문학이 아녀자를 위한 것에 지나지 않는다는 생각을 고치
고, 문학이 새로운 문화를 형성하는 한 요소임을 인식시켰다.[19] 이러한
계몽사조의 영향은 이인직으로 하여금 우리나라의 신문학을 창작하는 데
결정적인 역할을 한 것으로 보인다.

　　명치 20년(1887)을 전후하여 일본 문학은 서구 근대문학의 사실주의
수법에 관심을 갖기 시작하여, 人情을 사실적으로 묘사하는 것을 창작의
목적을 삼았다. 이러한 창작방법은 개인의식의 자각에 바탕을 둔 심리묘
사에 역점을 두었다. 특히 한 사람이 아닌 여러 명의 주인공을 삼거나,
주인공의 성격묘사나 自我에 대란 끈질긴 분석, 언문일치체, 새로운 형
식 등의 새로운 면모를 보여주었다. 그리고 '사랑과 돈의 힘'이 인간사회
를 지배하는 문제를 다루거나 '사회 상층부터 하층까지의 인간과 생활을
묘사'하려 하였다. 이러한 사실주의 문학의 경향은 '사상적 내용'보다는
'문장과 표현'에 주로 관심을 기울였고, 또 한편에서는 예술에서의 理想
을 강조하거나 봉건적인 家父長制의 불합리를 사실로써 지적한 작품도
주목받고 있었다.

　　이 같은 정치적 거물들의 문학에 대한 새로운 인식과 일본문단의 근
대적 창작방법의 경향은 이인직의 신소설 내용과 형식 창조에 중요한 모
범이 되었을 것으로 짐작할 수 있다. 특히 이인직에게 큰 자극을 주었을
것으로 보이는 것은, 이인직이 견습기자로 활동하던 당시 일본에서 주목
과 찬사를 한 몸에 받았던 소설 〈검은 물결〉(1902)이다. 이 소설은 현실
정치를 폭로한 일종의 '정치소설'적인 면과 華族의 문란한 가정을 그린
'가정소설'적인 면을 함께 지닌 작품인데 중도에서 끝나고 말았다. 이 작
품의 의도는, 고민하고 있는 일본사회 전체를 주인공으로 한 것으로, 규
모가 크고 藩閥 정치가들을 모델로 한 거의 모든 등장인물에게 격렬한
비판을 가하고 있다. 이러한 작가의 理想的 정열과 정의감이 당시의 비
평가들로부터 새로운 '日本外史'라는 평판과 함께 '정의로운 언론이 여기

---

19) 유 정(柳呈) 편, 『現代日本文學史』, 정음사, 1984, 24-29쪽 참조.

에 있다'는 찬사를 받았다.

이 소설은 이인직이 습작 〈과부의 꿈〉(1902.1.28-29)을 창작하면서 본격적인 소설 창작에 관심을 기울이던 시기에 발표되었고, 평단으로부터 찬사를 받았으니 이인직에게 자극을 주었을 것은 당연한 일이라 하겠다. 당시 일본의 문단은 도꾸또미 로까(德富蘆花)의 전성기이기도 하였는데, 이 작가를 일약 인기작가로 만든 소설 〈不如歸〉(1898-99) 또한 당대의 어느 작품들보다도 폭넓은 사회성을 지닌 작품이었다.

이러한 일본 문단과 창작의 경향이 이인직의 신소설 성격을 결정짓는 데 중요한 역할을 한 것으로 보인다. 왜냐하면 이인직의 신소설에서 그와 같은 작가의식이 조선의 부패한 봉건관료사회와 무능한 가부장의 양반 가정을 비판, 폭로하는 데서 유감없이 드러나기 때문이다. 이것은 일본의 작가나 이인직이나 간에 남보다 먼저 개화한 지식인의 눈에 비친 전근대적인 사회에 대한 공통적인 비판의식의 발로였다고 할 수 있다.

3.3. 습작 〈과부의 꿈〉

1902년 1월 28일-29일 이인직은 자신의 최초의 창작품인 단편소설 〈과부의 꿈〉을 미야꼬 신문에 발표한다. 이인직의 소설 창작의 발전단계상 최초의 습작인 이 단편은, 위에서 살펴 본 문학 경향들과는 다른, 당대의 뛰어난 단편작가 구니끼다 돕뽀(國木田獨步)의 작품 영향을 받고 있다. 이 단편작가의 뛰어난 특징은 인생에 고립하여 견딜 수 없는, 그런 연민을 자아내는 인물을 그려서 독자로 하여금 잊을 수 없는 깊은 인상을 남기는 것이었다. 특히 이 작가는 자연을 사랑하고 자연을 새로운 눈으로 다시 본 낭만주의자로, 그의 단편소설에는 삼상직, 낭만적 서정미가 넘쳐나며, 삶에 지친 인간이 대자연의 품속에서 위안을 찾아낸다는 것, 인간은 결코 대자연 밖으로 나갈 수도 없다는, 체념이 깃든 숙명론적 사상을 보여준다고 한다.[20]

---

20) 유 정(柳呈), 같은 책, 57-58쪽 참조.

〈과부의 꿈〉은 바로 이러한 작품의 경향을 시험하고 있는 것으로, 일본어를 통한 언문일치의 문장과 근대적 서사양식을 시험하고 있다.[21] 한편, 恨이 많은 조선의 청상과부를 주인공으로 하지만, 주제를 목적으로 하는 서사양식이기 보다는 서정적인 자연의 배경 속에 고독한 여인의 외양만을 스케치하듯 묘사하는 데 치중한 작품이다. 주목되는 것은 그 외양의 묘사가 지극히 사실주의적이어서 생생한 영화의 한 장면처럼 현장감을 주고 있다는 점이다. 빨갛게 물든 저녁노을 속에 새하얀 소복의 젊은 여인이 멍-하니 난간에 기대앉아 슬픔에 젖어있는 靜的인 모습과 대비되어, 주인공을 둘러싸고 있는 대자연의 시간적 움직임이 섬세하고도 역동적으로 형상화되어, 시간성과 현장성이 생동감 있게 그려져 있다.

이 소설의 특징적인 것은, 주인공과 그를 둘러싸고 있는 대자연에 대한 뛰어난 대비적 묘사이다. '빨갛게' 물든 저녁노을과 눈부시게 '새하얀' 소복의 여인, 아름다운 대자연의 '무상함'과 남편을 잃고 '슬픔'에 젖어있는 고독한 여인, '미풍을 타고 흘러가는 한 조각구름'과 서쪽 하늘에 빛나는 '달빛을 바라보는 정적인 여인', 난간에 기대앉아 달빛을 바라보는 '새하얀' 소복의 그 여인은 이윽고 '밤의 어둠' 속으로 잠겨버린다. 여기서 청상과부를 상징하는 '흰색'이 봉건 가부장제도를 상징하는 '어둠' 속으로 사라진다는 이 색깔의 대비적 묘사는 조선의 가부장적 봉건제도하의 청상과부의 恨을 상징적으로 나타내는 것이라 할 수 있다. 하지만 이 소재는 어둡고 무거운 주제의 사회소설로 창작되기에 충분한 제재이지만 미숙한 이인직의 처녀작에서는 아직 시기상조였다.

무엇보다도 이 단편소설은 '寡婦再嫁'라는 문제를 형상화하기에는 그 여인을 둘러싸고 있는 대자연의 묘사가 지나치게 서정적으로 묘사되어 있어, 독자로 하여금 젊은 과부의 恨을 생각하기도 전에 낭만적이고 감

---

21) 이 단편에 대한 최초의 분석은 다지리 히로유키의 논문 「신소설의 근대적 서사구조의 원형」들을 검토하는 데서 시도되었다. - 다지리 히로유키, 같은 논문, 『어문논집』32집, 323쪽.

상적으로 이끌리게 만들고 있다. 물론 이것은 주제를 이끌어 갈 서사적 내용이 불충분하기 때문이지만, 이 섬세하고 생동감 있는 자연 묘사의 재능은 훗날 그의 신소설에서 탁월한 리얼리즘의 미학을 성취시키는데 크게 공헌하게 된다. 그리고 이 소설에서 미숙했던 주인공의 恨의 정서는 훗날 신소설의 여성인물에게서 깊은 내면으로부터 분출하는 살아있는 언어로 표출되는 것을 볼 수 있다.

이상과 같이 이인직의 문학창작 수업은 일본의 明治年代 근대문학의 자극과 영향을 받으면서 이루어졌다고 하겠다. 그 밖에도 이인직은 유학 시절에 〈별주부전〉을 일본어로 번역하기도 했다. 그것은 나중에 한 일본 인 아동문학가에 의해 〈용궁의 사자〉로 편집되어 세계 옛 이야기책에 수록되어 1904년 11월 27일 박문관에서 발행되었다.

4. 귀국 후 - 언론활동과 작가적 삶

1903년 7월 6일 동경정치학교를 졸업한 이인직은 근대적 정치적 개화지식인으로 다시 태어나 귀국한다. 그리고 일본 유학을 계기로 이인직에겐 일본과의 묘한 인연이 평생 동안 계속된다. 1904년 2월 22일 일본 육군성 제1군 사령부 소속 韓語 통역관으로 임명되어 동년 5월까지 러일전쟁에 종군하였다. 통역관에서 물러나자 이인직은 본격적인 언론활동과 신소설 창작, 그리고 다양한 사회활동을 통해 근대화운동에 투신한다.

4.1. 언론활동과 소설 창작

1904년 9월 6일 이인직은 헌정연구회(후일 대한자강회)의 일을 하고 있던 서병길, 이종윤과 함께 '국민신보사' 설립계획을 세우고 11월 신문 창간을 목적으로 주식 모으는 광고를 황성신문에 몇 일간 지속적으로 냈으나 여의치 못하였다. 결국 '국민신보'는 1906년 1월 6일 일진회의 송병준에 의해 창간되었다. 이것은 이인직의 신문사업이 아무런 신분적 경제적 및 정치 사회적 배경이 없이 순수한 의욕만 가지고는 불가능한 것임을 보여주는 것이다.

그해 2월 이인직은 '국민신보'의 주필이 되고, 이 신문에 그의 國文처녀작 〈백로주강상촌〉을 연재하였다. 이 소설은 제목은 구식인데 내용은 신식이어서 이광수의 〈무정〉(1917)에 직접 연결될 수 있는 것이었다고 한다.22) 같은 해 6월 초에, 천도교의 기관지인 '만세보'의 발간 청원서를 이인직이 직접 써서 제출하고 5월 10일에 발간허가를 받는다. '만세보'가 창간(같은 해 6월17일)되자 그는 '국민신보'에서 자리를 옮겨 '만세보'의 주필이 된다. 이 신문은 본래 일진회의 '국민신보'에 대항하기 위해 손병희가 오세창, 권동진을 참모로 내세워 창간하였다고 한다.

당시 우리나라 신문의 검열권을 가지고 있던 사람은 경무청 고문으로 있던 丸山重俊 등 일본인들이었는데 그들은 이인직에게 항간의 유언비어를 게재하지 말라고 미리 경고하였다고 한다.23) 이것은 우리나라 지식인들의 언론활동이 그때부터 이미 일본세력으로부터 상당한 제약을 받고 있었음을 시사한다.

'만세보'의 주필이 된 이인직은 창간호에다 논설 '사회'를 썼고, 7월 4일-5일 이틀간 단편을 발표했으나 미완으로 중단했다. 곧 이어 7월 22일부터 10월 10일까지 50회에 걸쳐 신소설 〈혈의 누〉를 연재, 그 나흘 뒤인 10월 14일부터 다음해 5월 31일까지 〈귀의 성〉을 134회에 걸쳐 연재하였다. 이로써 이인직의 신소설 두 편이 1906-7년에 걸쳐 '만세보'에서 탄생한 것이다. 이후 이 두 작품은 1907년 3월 17일 광학서포에서 〈혈의 누〉가, 같은 해 5월 중앙서관에서 〈귀의 성〉(상권)이 각각 단행본으로 발행되었다. 이때 〈혈의 누〉의 경우 애초에 표기되었던 후리가나식 표기가 순한글 표기로 수정되는 등 1차 개작이 이루어졌다. 다시 이 소

---

22) 전광용, 「이인직 소설연구」, 같은 책, 289쪽.
23) 한원영, 『한국개화기 연재소설 연구』, 일지사, 1990, 51쪽.

설은 1908년 3월 27일 같은 출판사에서 재판이 간행되며, 제3판의 간행은 한일합병 이후 1912년 11월 10일 동양서원에서 나왔다. 이때 제목의 변경과 함께 또 한 차례의 개작(제2차)이 이루어졌다.24) 〈귀의 성〉 하권은 1907년 7월 25일 중앙서관에서 단행본으로 간행되었고 같은 해 10월 3일 그 상권이 김상만 책사에서 단행본으로 간행되었다.

한편, '만세보'는 재정난으로 1907년 6월 29일자로 종간되고 신문사는 일본인의 손으로 넘어갔다. 그리고 '대한신문'이라는 명칭으로 변경되어 이 신문사의 후견인 이완용의 친일내각 기관지로 다시 태어났다. 그때가 1907년 7월 18일경인데, 이인직이 이 신문사의 사장 자리에 취임한 날이다. 이인직에게는 친일이라는 또 하나의 질곡의 삶이 표면화된 시점인 것이다. 그러나 이러한 상황은 유독 이인직에게만 일어난 것은 아니고 우리나라와 민족 모두에게 두루 일어난 역사적 시점이 가까이에 와 있었을 때였다. 즉, 그 이튿날에 고종양위사건이 일어났고, 같은 달 24일 정미7조약이 체결되었다. 뒤이어 신문지법이 제정되었고 보안법이 공포되며, 그해 8월 우리나라의 군대가 해산되었다. 이같은 급격한 정세의 변화 속에서 이인직은 친일내각의 우두머리이며 '대한신문'의 후견인이던 이완용의 비서 역할을 맡게 된다. 같은 해 9월 7일부터 이인직은 〈강상선〉이라는 소설을 '대한신문'에 연재하였다고 한다.25)

그 밖에도 이인직은 1906년 11월에 창간된 잡지 '少年韓半島'의 고정 기자로 일했으며, 이 잡지에 '사회학'이라는 글을 1907년 3월까지 총 5회에 걸쳐 연재하다가 미완으로 중단되었다.26) 당시 이 잡지의 기고가 중에는 독립협회 출신인 鄭 喬를 비롯하여 뒤에 애국계몽운동에 참여하는 인사들이 대거 참여하고 있었다. 이인직과 함께 당대의 대표적인 신소설 작가였던 이해조가 소설가로 등단한 것도 바로 이 잡지를 통해서였다. 이해조는 이 잡지의 창간호부터 종간할 때까지 백화체 한문소설 〈잠

---

24) 최원식, 「애국계몽기의 친일문학」, 『한국근대소설사론』, 창작사, 1986, 292-298쪽 참조.

25) 백순재, 「이인직의 '강상선' 새 발견」, 『한국학보』, 1977. 4.

26) 다지리 히로유키, 같은 논문(석사), 10쪽.

상태〉를 연재하면서 소설가의 길로 들어섰다.27) 이 잡지의 창간호부터 참여했던 기고가 중에는 친일개화파 조중응도 들어있는데, 1907년 2월에는 조중응이 사장에 취임하였다가 두 달 만에 법무대신의 자리로 옮겨 가면서 잡지 '少年韓半島'도 종간되고 말았다. 이 잡지의 창간 취지는 '구사회를 혁명'하는 것이었으며, 그것이 곧 20세기 속의 한반도를 사랑하는 것이라고 창간사에서 역설하였다.

이인직은 또 '少年韓半島'가 종간될 무렵에는 이해조, 박정동과 함께 '제국신문'의 사원으로 일하기도 하였다. 이때 제국신문에, 신소설 〈혈의 누〉의 하편을 11회에 걸쳐 연재하다가 중단(1907.5.17-6.1)하였다. 당시 이 신문의 기고가들은 보수의 다소에 개의치 않고 다만 우리나라의 개명을 위해 자원 근무한 것이었다.

제국신문은 1898년 사장 이종일, 주필 이승만 체제로 창간된 구한말 대표적인 민족언론 매체의 하나였다. 1907년 당시의 간부진은 사장 이종일, 발행인 남궁준, 편집인 정운복이었다. 이종일, 남궁준은 光武社의 발기인이며, 이종일은 언론계의 중진이자 대한자강회 총무를 역임, 뒤에 3·1운동의 핵심인물 33인 중의 한 사람으로 대표적인 민족주의자였다. 정운복은 독립협회의 소장파로 옥고를 치렀고 대한자강회의 총무, 서북학회 회장을 역임한 민족주의자였다. 이렇게 보면, 1906-7년대까지만 해도 우리나라의 개화운동에는 민족주의자니 친일주의자니 하는 구분이 없이 모두 한 목소리로 우리나라의 開明운동을 애국운동의 하나로 동참하였음을 알 수 있다.

1908년 7월 21일 이인직은 김상천, 박창동과 함께 官人俱樂部의 演劇場 설립을 추진하여 승인 받는다. 그 해 8월3일 일본 연극계 시찰을 다녀온 이인직은 11월13일부터 창극 〈은세계〉를 극장 원각사에서 올린다. 한편, 1908년 9월 20일 〈치악산〉 상권이 유일서적에서 출판되며, 같은 해 11월 20일 '연극소설'로 표기된 신소설 〈은세계〉가 同文社에서 간행되었다. 이 同文社는 그해 8월21일경 이완용의 친일내각과 관계가

---

27) 최원식, 「이해조문학연구」, 『한국근대소설사론』, 창비사, 1986, 23-24쪽.

깊은 거물 정치가들에 의해 창설되었으며, 창설 목적은 '蒐集舊文選集遺文'이라 했다.28)

한일합방 뒤인 1911년 9월 2일, 이인직의 신소설 〈혈의 누〉가 日帝警務部로부터 출판금지 처분을 받는다. 같은 해 7월 31일 이인직은 일제가 성균관에 설치한 經學院의 司成에 임명되고 동시에 경학원 잡지의 편찬과 발행인을 겸직하게 되었다. 연간 4회 간행되는 한문으로 된 잡지인데, 1913년(大政 2年) 12월에 창간호가 나왔다. 그의 年手當은 9백원. 당시 중추원의 부의장이었던 이완용이 2천원, 중추원 고문과 경학원 대제학을 겸직하였던 박제순과 중추원의 고문 조중응의 연수당이 천육백원, 중추원 찬의가 일천원, 副贊議일 경우 팔백원 또는 육백원을 받았고, 이인직과 동일한 司成이었던 박치상은 육백원을 받았다.

이를 보면, 이인직이 특별히 남보다 과분한 직급에 올랐다거나 특혜를 받은 것 같지는 않으며, 임금도 남보다 특별히 많이 받았다거나 특별히 적게 받았던 것 같지는 않다. 자신의 능력에 맞는 직급과 일에 종사하였고 그것에 합당한 보수를 받았던 것으로 보인다. 그가 같은 직급이었던 박치상 보다 삼백원의 돈을 더 받았던 것은 경학원 잡지의 편찬과 발행인을 겸직하였기 때문일 것이다.

이같은 사실은 이인직이 아무리 친일인사들과 어울리며 그들의 충복 노릇을 하였다고 하더라도 일제로부터 이완용이나 조중응과 같은 친일파들과는 분명히 다른, 차별적인 대우를 받았음을 말해준다. 요컨대 그는 庶孽이라는 천한 계급 때문에 신분의 벽을 영원히 넘지 못하고 중하위급 직급에 머물며, 배고픔만 겨우 면할 수 있었을 뿐이었다. 이러한 자신의 빈곤한 삶을 문학으로 형상화한 것이 곧 〈빈설랑 일미인〉(1912)이다.

1911년 10월 26일 신소설 〈귀의 성〉이 발행허가를 받고, 1912년 2월에 〈귀의 성〉(상권)이 발행된다. 같은 해 3월 1일 단편소설 〈빈설랑 일미인〉을 '매일신보'에 연재한다. 그해 11월 10일, 〈혈의 누〉의 제목이 비관적이라는 이유로 〈모란봉〉이라 改題하고 내용도 가장 핵심적인 부분,

---

28) 다지리 히로유키, 같은 논문(석사), 11쪽.

애국계몽적인 요소들을 대폭 수정 또는 改作하여, 현실 순응적 운명론적 내용으로 바꾸어 동양서원에서 간행하였다. 1913년 2월 5일-6월 13일까지 65회에 걸쳐 〈모란봉〉을 '매일신보'에 연재하다가 미완으로 중단하고 말았다. 이것으로 이인직의 언론인으로서, 작가로서의 삶은 끝나고 있다.

4.2. 기타 계몽운동 및 친일활동

일본에서 귀국 후 이인직은 언론활동과 신소설을 창작하는 이외에도, 친일 인사들과 교제하면서 일본과 긴밀한 관계를 갖는 활동에도 참여하였다. 1905년 3월 5일 '東亞靑年會'에 참가하였고, 4월에 조중응이 이 모임의 평의원 겸 간사, 이인직이 위원으로 각각 취임하였다. 이 모임의 취지는 지식과 사교에 의해 東亞人의 단결을 이루어 東亞의 全局面에 문명의 보급을 꾀한다는 것인데, 사실은 일본이 식민지를 지배하는 데 武斷的 방법이 아닌 한국과 중국(韓淸) 양국민의 풍습과 관례를 이해함으로써 효과적인 식민지 經營策을 講究하자는 것이었다.29)

1907년 2월경에는 '제국신문'의 이종일을 비롯한 각 사회단체(政黨, 敎會, 商會)의 人士들을 회원으로 하는 同志親睦會 발기인의 한 사람이기도 했다. 발기인 중에는 이 준, 오세창, 윤치호, 정윤복, 권동진 등도 포함되어 있었다. 이 친목회의 취지는 국가의 진보와 사회의 융화력을 제창하는 것이었다.

1908년 말경 신소설 〈치악산〉(9월20일)과 〈은세계〉(11월20일)를 출판하고 창극 〈은세계〉를 원각사에 올린(11월13일) 이인직은 1909년 9월경까지 목적불명의 수차례 일본을 방문한다. 1909년 9월 23일 귀국한 이인직은 기존의 大同學會(회장 신기선, 고문 이완용, 김윤식, 조중응, 유길준)가 孔子敎會로 설립되자 같은 해 10월 14일 공자교회의 幹事가 된다. 매월 총리대신 이완용과 농상 조중응의 보조금으로 신문발행을 준비하는

---

29) 앞의 논문 (석사), 7쪽.

한편 11월경에는 공자교회의 地方部長으로 일하기도 하였다.

1909년 12월 4일, 一進會의 회장 이용구가 황제, 통감, 이완용의 내각에게 合邦上奏文及請願書를 제출한다. 이에 일진회와 경쟁관계에 있던 이완용 계열의 조중응 등의 정치가, 친일단체들이 그 다음날 圓覺社에서 일진회를 공격하는 국민연설회를 열었다. 여기에 이인직도 참가하여 '國民의 心得'이라는 제목의 연설을 하였다. 그 내용은 일진회를 비판하는 한편, 乙巳條約을 비롯한 일련의 사태를 保護條約의 현상으로 설명, 伊藤博文을 友交的인 지도자로, 일본제국주의자들을 미화하는 논리였다.30)

1909년 7월17일 在京韓日新聞懇親會에 출석한 바 있고, 그해 10월 공자교회가 설립되자 공자교회 간사가 되어 신문발행을 준비하였다. 1910년 3월 24일경 孔子敎新聞 발간을 위해 열심히 운동하였다. 같은 해 7월 5일 '대한일일신문'을 공자교 기관지로 발행할 목적으로 '대한신문사' 사원 차상학을 소개하는 등 '대한일일신문' 사장이던 田村萬之助와 교섭하였으나 실패하였다. 1910년을 전후하여, 이인직은 이완용의 지시를 받고 수 차례에 걸쳐 비밀리에 일본을 방문하는 한편, 國內는 물론 일본 유학생들 속에까지 孔子敎支會를 설치하기 위해 또, 공자교신문을 발행하기 위해 동분서주하였으나 실패하였다.

1910년 8월 4일, 8일, 이인직은 두 차례에 걸쳐 일본동경정치학교 유학시절의 스승이자 현재 통감부 외사국장으로 있던 고마쓰 미도리(小松綠)를 그의 관저로 찾아가 한일합방에 관하여 밀담하였다. 그 열흘 뒤인 9월1일, 이인직이 사장으로 있던 '大韓新聞'이 '漢陽新聞'이란 명칭으로 간판을 바꿔달은 지 이틀만에 폐간되었다. 여기서 주목되는 것은, 이러한 과정에서 '대한신문'의 일반 임원들에게는 상당한 위로금이 지급되었으나 이인직에게 만은 무슨 영문인지 9월 2일 경무 총감부에 피소 당한다는 사실이다. 그 이유는 아직도 밝혀지지 않았다. 그로부터 1년이 지나서야 이인직은 일자리를 얻게 된다.

1911년 7월 31일 성균관 경학원의 司成으로 임명받고, 연4회 발행

---

30) 앞의 논문(석사), 12-13쪽.

되는 한문으로 된 잡지인 경학원 잡지의 편찬과 발행인이 된다. 경학원은 조선충독의 감독에 속하며, 이후 이인직이 사망하는 1916년 11월 25일까지 이 경학원 司成의 직무에만 전념하였다. 그곳에서 그가 한 일이란, 우리나라의 각 지방을 돌며 儒林의 政況을 視察하고 의병들의 정신적 지주인 地方儒生을 규탄하는 글을 신문(경남일보)에 발표한 것(1913. 7.9), 經學講演의 結辭說明을 하는 것이었다.

이상과 같은 이인직의 생활은 그가 애초에 일본의 정치학교와 신문사 견습생으로 공부하면서 꿈꾸었던 포부와는 너무나 거리가 먼 것이었다. 그는 세계의 문명과 새로운 소식을 우리 국민에게 전하고 天下万機의 선악을 상벌하는, 자신의 정치적 경륜을 마음껏 펼칠 수 있는 大新聞의 사업을 하고 싶었던 것이었으나, 그의 꿈은 '을사조약', '한일합방'과 함께 깨어지고 말았다. 그의 꿈을 이룰 수 있는 역사적 조건이 아니었던 것이다.

이인직이 유학하고 있는 동안에도 우리나라의 주변정세는 나날이 그의 꿈과는 반대로 진행되고 있었다. 이인직의 삶도 변질될 수밖에 없었다. 일본 정계의 실력자인 고마쓰 미도리(小松綠), 친일파 조중응 등과의 인연도 그의 운명을 크게 바꾸어 주지는 않았다. 庶孼이라는 신분의 벽을 결코 벗어날 수 없었으며 그 위에 親日派라는 또 하나의 멍에만 이중으로 짊어진 셈이었다. 따라서 이인직의 삶이 유학 이전보다 표면적으로는 다소 나아졌다고 하더라도 그의 민족적 도덕적 양심으로 볼 때 이인직 스스로도 결코 떳떳하고 행복한 삶일 수는 없는 것이었다.

오히려 그가 꿈꾸었던 삶과는 반대로, 일본 천황(大正)을 위한 立太禮獻頌文과 即位大禮式獻頌文을 짓는(1915년 11월) 등 철저한 일제의 주구 노릇만 하다가 생을 마감하였다. 때는 1916년 11월 21일, 신경통으로 총독부 의원에 입원, 25일(음력 11월1일)에 세상을 떠났다. 당년 55세. 장례식은 11월 28일 그가 평소에 신봉했던 천리교 의식에 따라 거행되었는데, 당국에서 주는 공로금 450원을 받고 이완용, 조중응 등과 총독부 현직 고위관리들에게 護從되어 아현 화장장에서 한줌의 재가 되어 자연의 품으로 돌아갔다.

이인직의 생애에 공식적인 직함은 1906년 2월부터 1910년 8월 말까지 언론인으로서 외에 1907년 9월 19일 宣陵參奉의 직함을 받았으나 곧(같은 달 25일) 면직되고, 1911년 7월말부터 1916년 11월 사망할 때까지 經學院 司成의 직함이 전부였다.

이상에서 보는 바와 같이, 이인직의 생애는 사회로부터 철저하게 소외당한 삶이었음을 알 수 있다. 그것은 1907년 7월 이완용의 비서가 되고부터, '한일합방'의 전초기지 역할을 충실히 이행하였음에도 불구하고 '합방'이 되자마자 警務 摠監部에 被訴당했다는 사실에서 단적으로 드러난다. 이에 대해 혹자는, 그동안 작가나 언론인으로서 활동했던 이인직이 합방 이후에 그가 할만한 일과 직위에 대한 의견을 나누기 위한 것이었다고 생각할 수도 있겠으나,31) 그보다는 오히려 과거 이인직의 신소설 창작활동에서 드러났던 민족주의적인 측면, 즉 그의 思想 검증이 필요했던 것이라고 볼 수 있다. 그것이 '합방' 나흘째 되는 날이었다는 점과, 이후 그의 모든 언론활동이 철저하게 일본제국주의를 위해 바쳐졌다는 점, 1911년 6월 2일 신소설 〈혈의 누〉가 출판금지 처분을 당했던 사실과, 1912년 11월 10일 〈혈의 누〉의 제3판이 동양서원에서 간행될 때 題目이 비관적이라는 이유로 〈모란봉〉이라 改題하고 〈혈의 누〉의 애국계몽적 내용의 핵심을 대폭 수정, 改作하였던 사실이 그것을 입증한다.32)

이인직은 우리나라 내각의 최고 책임자인 이완용과 일본제국주의 세력 사이에서 입과 귀의 역할을 하였지만, 그는 엄연히 우리나라 국민의 한 사람이고 지식인이라는 사실은 변하지 않는다. 따라서 1910년 9월 2

---

31) 다지리 히로유키, (석사), 14쪽.
32) 만약 전자의 의미가 맞는다면, 그들이 이인직에게 뭐 그리 내단한 직위를 줄 것도 아니었으면서 굳이 총감부에 피소까지 해가면서 장래 일을 의논하였겠는가. 또, 그런 이유였다면 신문사가 폐간되던 날 임직원들에게 상당한 위로금이 지급되었을 때 그 사장인 이인직에게는 더 큰 위로금이 지급되었어야 했다. 하지만 그렇기는커녕, 불명예스럽게 피소당하는 처지가 되었다. 그리고 그 1년 뒤에 가서야 겨우 경학원 사성이라는 보잘 것 없는 하급관리직에 임명되었던 사실이 그것을 입증한다.

일의 피소사건은 일제의 경무 총감부가 작가이며 언론인인 이인직의 민족정신을 확실하게 거세하기 위한 경고성 사건이었다고 볼 수 있다. 다시 말해서 근대적 소양을 가진 깨어있는 지식인인 이인직의 민족정신에 재갈을 물리기 위한 사건이었던 것이다.

그 당시 이인직의 언론활동에 대하여, 우리나라의 '황성신문'이나 '대한매일신보'의 논객들이 볼 때는 그의 친일적인 언변이 눈에 거슬렸을 것이고, 일본제국주의자들이 볼 때는 이인직의 민족주의적인 언어가 눈에 가시였을 것임은 자명한 일이다. 바로 여기에 이인직의 근대 일본을 지향하는 개화사상과 국가와 민족에 대한 본능적인 애국의 감정 사이에서 갈등하였던, 친일파 개화지식인 이인직의 비극이 있었던 것이다.

'한일합방'의 지대한 공로자였음에도 불구하고 이완용과 조중응 등은 귀족의 칭호을 받았고 이인직은 평민의 신분을 벗어나지 못하였다. 이것은 이인직이 일본제국주의자들과 친일파 정치인들로부터 '한일합방'의 작업에 철저하게 이용당했음을 말해준다. 庶孼의 신분인 이인직이 1907년 9월 19일 宣陵參奉의 벼슬을 받았다가 일주일만에 빼앗긴 것과, 1907년 7월 18일부터 3년간 '대한신문'사 사장의 자리에 앉았다가 '합방'과 함께 그 자리를 빼앗겼던 것은, 그 벼슬과 직함이 이인직을 정치적으로 이용하기 위한 미끼였음을 말해주는 것이다.

이렇게 처음부터 끝까지 철저하게 이용당하고 하찮게 여김을 당해야 했던 데는 '庶孼'이라는 신분의 천함 때문이었음을 간과할 수 없다. 그들은 철저하게 이인직의 신분상승 욕구를 자극하고 이용해놓고, 근대 지식인인 이인직에게 어떠한 벼슬이나 권력도 허용하지 않았다. 이인직이 그토록 바라 마지않았던 평등한 근대사회는 결코 그에게 오지 않았다.

4.3. 이인직 소설의 역사의식과 지향성

〈혈의 누〉로부터 신소설의 창작이 시작된 이인직의 모든 소설은 반식민지적 상황에 놓여진 우리의 역사 현실에 대한 반성과 그 대응책을 구체적으로 모색하는 것을 특징으로 한다. 이인직이 볼 때, 1905년 이후의 역사적 조건에서 우리 민족에게 가장 시급한 것은 국권회복운동이 아니라 먼저 '진보'하는 것이었다. 이것은 당시 세계사적으로 유행하였던 진화론적 사상의 영향으로, 일개 섬나라 일본이 청국과 러시아와 같은 대륙의 국가들과 싸워서 승리할 수 있었던 것은 가공할만한 근대적 무기와 함께 동아시아에서 가장 먼저 개명진보 하였기 때문이라는 역사인식 때문이었다. 이러한 역사인식이 이인직으로 하여금 '진보'의 숭배자로 만들었다. 강한 힘에 대한 동경, 생존경쟁의 세계에서는 가장 강하고 환경적응을 잘 할 수 있는 자만이 살아남는다는 사상으로,[33] 이를 위한 최선의 방책은 '진보'하는 것뿐이라는 논리였다.

이인직의 신소설은 이와 같은 진화론적 사상의 토대위에서 세계를 인식하였기 때문에 일제의 침략을 당하는 입장에서도 그 책임을 일제에게 묻는 것이 아니라 우리가 강하지 못한 탓으로, 우리가 먼저 진보하지 못한 탓으로 인식하였다[34]. 이인직의 신소설이 봉건지배층을 맹렬히 비판하고 증오하였던 이유도 그들이 우리나라의 자주적 진보를 가로막았기 때문이라는 역사인식 때문이었다. 이와 같은 역사적 성찰이 先進步 後國權回腹을 지향하는 토대가 되었다.

이와 같은 이인직의 역사 판단과 지향성은 당대의 현실적 역사 토대를 근거로 한 것이기 때문에 상당한 객관성과 설득력을 보여준다. 따라서 그의 선진보 후국권회복의 지향은 작가의 친일적 인간관계나 출세를 위한 편협한 관념에서라기보다는 '진보'에 대한 확고한 믿음과 국제정세에 대한 냉철한 통찰의 결과에서 얻어진 근대 합리주의적 판단이었다고 분석된다.

우리나라가 반식민지적 상황에 처하게 된 원인에 대한 이인직의 역사인식은 〈혈의 누〉의 막동이와 최주사의 대화장면에서 그 핵심을 드러낸다. 청일전쟁이 우리나라에서 일어난 것은 우리나라가 강하지 못해서 당

---

33) 다아윈, 『종의기원』, (박동현 역), 동서문화사, 1978, 93쪽.
34) 이인직, '한국신문창설취지서', 미아꼬신문, 1903년 5월 5일.

한 전쟁이라며 자손 보전하고 싶거든 나라를 위하라는 최주사의 말에 막동이는 얼음덩이처럼 냉담하다. 즉, 자신과 같은 천한 계급은 사람대접도 못 받기 때문에 나라를 위할 힘도 없었다는 것과, 나라가 망한 것은 양반이 스스로 나라 안에 외세를 불러들여 자초한 (청일)전쟁이고 자초한 망국이라는 지적이 그것이다. 막동이의 이 냉담한 반응은 최주사의 민족주의에 대한 개념을 재고하게 만드는 대목이다.

막동이의 입장에서 볼 때, 조선이 망한다는 것은 양반의 나라가 망하는 것일 뿐 막동이와 같은 노비들에게는 오히려 해방을 의미한다. 양반에게 목을 매어놓고 죽이면 죽어야 했고 빼앗으면 빼앗기며 살아야 하는 것이 막동이와 같은 천한계층(또는 〈귀의 성〉의 강동지와 같은 평민계층)이었다. 그와 같은 봉건적 역사 토대 위에서 민족주의 운동은 누구를 위한 운동이란 말인가. 누구를 위해 나라를 위하라는 말인가를 새삼 묻지 않을 수 없다. 막동이의 이와 같은 역사인식과 냉담한 반응은 바로 이인직의 그것에 다름 아니다. 비록 노비계층은 아닐지라도 대대로 출세의 길이 막혀 천대받는 서얼계급의 이인직으로서는 양반의 나라 조선에 대한 감정은 막동이와 별반 다를 것이 없었다.

이와 동일한 표현이 〈은세계〉에서 '놀부의 박타는 장면'으로 나타난다. 이것은 우리나라의 반식민지적 상황을 비유한 것인데, 즉 우리나라가 외세에게 망하는 장면을 마치 '놀부'로 대변되는 '양반'이 망하는 모양으로 표현하여 놓았다. 양반지배층을 제외한 모든 백성들에게 있어 양반의 나라 조선은 한과 분노의 대상이었을 뿐 누구도 조선에 대한 애착심이 없다는 것을 이인직은 작중인물들을 통하여 형상화하였다. 〈귀의 성〉의 강동지는 '양반'이라면 씨를 말리고 싶을 만큼 한이 맺힌 인물이다. 바로 이러한 역사인식이 정치개혁과 근대문명을 지향하자는 논리의 근거이다. 양반의 나라에 대한 부정의 정신이었던 것이다. 따라서 김옥균과 같은 개화당의 혁명을 적극 지지하고 강조하는 것은 당연한 귀결이다.

그러나 그렇다고 해서 이인직이 우리나라의 일을 강 건너 불구경 하듯 냉소적으로만 바라본 것은 결코 아니었다. 그의 내면에서는 민족주의적 분노심과 안타까움이 본능적으로 불타올랐다. "세계의 풍운은 날로 변하는 때라. 더구나 우리나라에서는 세상이 어찌 되어가는지 모르고 괴상 극악한 짓만 하다가 (생략) 일로전쟁 이후로 옥남이가 신문만 정신들여 날마다 보는데 신문을 볼 때마다 속만 터진다. 어찌하여 속이 그렇게 터지는고. 옥남의 마음에 우리나라 일은 놀부의 박타듯이 박은 타는대로 경만 치게 된 판이로고 생각한다."(〈은세계〉)

이인직이 귀족혁명의 실패를 아쉬워하는 이유는 뭐니뭐니 해도 역시 민족주의적 역사인식 때문이었다. 개화당의 갑신혁명을 정부에서 막지만 않았어도 우리나라가 현재와 같은 식민지적 상황을 맞지는 않았을 것이라는 점을 〈은세계〉에서 옥남이가 설득력 있게 강조하고 있기 때문이다. 이인직이 청국군을 유난히 증오하는 이유도 바로 이러한 역사인식에서 연유한다. 갑신혁명(1884)이 실패한 중요한 원인이 우리정부가 청국군을 불러들였기 때문이고, 일제에게 침략의 계기를 제공한 것도 동학혁명(1894) 때 우리정부가 청국군을 먼저 이 땅에 불러들였기 때문이다. 이것이 우리나라가 자주적으로 진보할 수 있는 기회들을 놓쳐버린 이유라고 본 것이다. 그 억울함을 〈은세계〉에서 옥남이가 다음과 같이 탄식하며 말한다.

"만일 이십년 전에 개혁이 되었으면 이십년 동안에 나라 힘이 크게 떨치지는 못 하였더라도 인민의 교육정도와 생활의 길이 크게 열려서 국가의 독립하는 힘이 유여 하였을 것이요, 만일 십년 전에 개혁이 되었을 지경이면 오호, 만의(嗚呼晩矣)라. 나라 일하기가 대단히 어려운 때이라. (생략) 그러나 개혁한지 십년만 되었더라도 족히 국가를 보존할 기초가 생겼을 터이라. 그러한즉 (생략) 정치개혁은 아니하고 도리어 나라 망할 짓만 하였으니 그런 원통한 일이 있소."

이인직의 신소설이 창작된 역사적 시기는 우리나라가 반식민지로 점령당한 이후였다. 이러한 역사적 토대 위에서 정치 사회 경제적으로 쇄약해진 우리나라의 국력으로는 국권회복이 어렵다고 본 것은 이인직의 역사 현실에 대한 객관적 판단이었다. 그가 先진보 後국권회복을 지향하게 된 것은 이와 같은 역사판단의 결과였다. 이것은 이인직이 '제국주의의 침략을 과학적으로 인식하지 못하여 매판적 근대주의를 지향하였다'35)기 보다는 오히려 역사를 과학적이고 객관적으로 통찰하였던 결과라고 보는 것이 타당하다고 생각된다.

당대의 역사적 상황이 1900년 이전만 같아도 '전체 민족의 역량을 결집시켜 국권을 강화해 나갈36) 방도가 가능하였을지도 모르나, 갑신정변과 동학농민운동 때와 같은 용기와 강력한 지도력을 갖춘 이 땅의 애국지사 및 민중의 지도자들은, 조선의 봉건정부와 외세의 무력간섭으로 이미 그들의 손에 목숨을 잃었거나 이 땅에 존재하지 않은 때였다. 이러한 역사적 사정으로 말미암아 우리민족의 자주적 문명개화와 국권수호의 꿈이 좌절되었던 사실을 우리는 이제 인정해야 한다고 본다.

따라서 1906년-1908년의 반식민지적 토대위에서 무슨 수로 전체민족의 역량을 결집시켜 국권을 강화해나갈 수 있었다는 말인가. 만약에 그것이 가능한 일이었다면 어째서 신채호 박은식 등과 같은 애국투사들이 그 일을 도모하지 않았겠는가. 그러므로 이인직 소설의 지향성에 대하여 분석, 평가할 때는 '당시의 역사적 조건, 사회 경제적인 조건에 입각해서 파악해야지'37) 당시의 역사적 토대를 무시하고 당위적 요구만을 평가의 척도로 삼는다는 것은 결코 과학적인 분석이나 평가가 될 수 없으며, 재고되어야 할 문제라고 생각한다.

이상과 같은 이인직의 先진보 後국권회복의 역사인식은 그로부터 십여 년 후인 1910년-20년대의 신채호, 안창호, 양기탁 등과 같은 애국지사들이 준비론 또는 실력양성론이라는 이름으로 동일한 역사인식에 도달한다. 그런데, 흥미롭게도 이 양자는 동일한 역사인식에 의한 동일한 '준

---

35) 이인직의 이와 같은 역사인식을 개화파의 변혁주체로서의 한계로 파악하는 관점의 논의들이 이에 해당된다.- 필자 주.

36) 양문규, 「신소설을 통해본 개화파의 변혁주체로서의 한계」, 『변혁주체와 한국문학』(임헌영, 김철 외), 역사비평사, 1990, 102쪽.

37) 정창렬.(한점돌의 논문 『한국근대소설의 정신사적 이해』, 국학자료원, 1993. 61쪽에서 재인용함)

비론'임에도 불구하고 이인직의 것은 친일의식으로, 후자의 것은 애국적 판단으로 분류된다는 사실이다. 이러한 분류 방식이 과연 과학적인 것인지, 이 또한 의문의 여지가 없지 않다. 이것은 합방 전후부터 이인직이 친일행위를 하였다는 문학외적인 이유가 그의 문학 평가에 치명상을 입힌 것이다.

당시 이인직이 반식민지적 상황을 현실로 인정할 수밖에 없었던 것은 우리의 국권회복이 현실적으로 불가능하다는 것을 남보다 먼저 냉철하게 객관적으로 판단했기 때문이지, 그가 친일주의자이기 때문은 아니라고 본다. 다만 양자의 차이가 있다면 애국지사들은 민족적 자존심과 국권회복이라는 대의명분에 집착하여 식민지체제라는 객관적 역사 현실을 부정하고 체제의 밖에서 행동하였던 데 반하여, 이인직은 식민지체제하 일지라도 우리민족이 체제에 능동적으로 참여하는 것이 오히려 근대적 힘을 키우고 국가 진보에 이익이 된다고 믿었다는 점일 것이다.

요컨대 이인직의 신소설은 우리민족의 역사적 아픔을 개화기의 그 어떤 소설보다도 여실하게 문학적으로 표출하여 참혹했던 역사의 한 측면을 증언하고 있다는 사실이다.

5. 결 론

이상으로 국초 이인직의 생애와 문학의 역사의식을 간략히 살펴보았다. 일제가 우리나라를 점령해 있었던 그 왜곡된 역사 현실에서는 우리 민족이 어떻게 대응하는 것이 국가와 민족을 위한 최선의 방책이었는지에 대한 정답은 사실상 없었다고 보아야 한다. 당시의 지식인이나 민중들, 그리고 의병들과 애국계몽운동가들, 친일개화파들, 그 누구에 대해서도 옳다 그르다는 이분법적 가치평가는 오히려 우리 역사와 민족의 진실을 왜곡할 소지가 많다. 왜냐하면 각각 그들 나름대로의 가치관에 따라, 이인직과 같은 근대적 지식인들은 또 그들 나름대로의 합리주의적 역사인식에 따라, 진지하게 우리국가와 민족이 처한 역사 현실에 대하여 고뇌하고 분노하면서 저마다의 양심과 신념을 가지고 최선의 방책으로 역사에 대처하였던 사실을, 우리는 있는 그대로의 진실로 바라보자는 것이 본 논문의 기본 관점이었다. 솔직히 말해서 우리나라가 일제의 식민지가 되었던 것은 이인직과 같은 친일주의자들이 있었기 때문이 아니라, 우리나라가 일제에게 패망했기 때문에 어쩔 수 없이 친일주의자들이 식민지적 현실과 타협할 수밖에 없었던 것이라고 보는 것이 보다 더 역사적 진실에 가깝지 않을까? 그런 점에서는 이인직도 우리 역사의 한 희생자였을 뿐이다.

■ **참고문헌**

한산 이씨 세보 15권(병오보), 1845년.

한산 이씨 세보 (을사보), 1905년.

한산 이씨 양경공파 세보 3권, 1982년.

신소설 번역(안)소설 전집, 아세아문화사, 1978.

강동진, 『일제의 한국침략정책사』, 한길사, 1984.

강재언, 『한국의 개화사상』, 교봉출판사, 1984.

＿＿＿, 『한국의 근대사상』, 한길사, 1988.

권영민, 『한국민족 문학론 연구』, 민음사, 1991.

김동인, 「한국근대소설고」, 『신한국문학전집』18, 어문각, 1976.

김명인, 「〈귀의 성〉과 한 친일개화파의 세계인식」, 『한국학연구』제9집, 인하대 한국학연구소,
      1998.3.

김열규, 신동욱 편, 『신문학과 시대의식』, 새문사, 1994.

김영택, 『한국근대소설론』, 민지사, 1991.

김용직 편, 『개화기문학의 재인식』, 지학사, 1987.

김윤식, 「'정치소설'의 결여형태로서의 신소설」, 『한국근대소설사연구』, 을유문화사, 1986.

김의환, 『전봉준 전기』, 정음사, 1983.

민태원, 『김옥균 전기』, 을유문고 10, 1982.

신일철, 『신채호의 역사사상 연구』, 고려대학교 출판부, 1981.

신동욱, 「신소설에 반영된 신문화수용의 태도」, 『동서문화』4집, 계명대 동서문화연구소, 1970.

신춘자, 『개화기소설 연구』, 인문당, 1990.

양문규, 「신소설을 통해본 개화파의 변혁주체로서의 한계」, 『변혁주체와 한국문학』(임헌영, 김
      철 외), 역사비평사, 1990.

유순영, 「이인직소설의 행동구조와 주제」, 『한국학논집』제19집, 한양대 한국학연구소, 1991.

윤명구, 『개화기소설의 이해』, 인하대학교 출판부, 1986.

＿＿＿, 「애국계몽기의 소설」, 『한국현대문학사』, 현대문학, 1990.

＿＿＿, 『한국근대문학연구』, 인하대학교 출판부, 2000.

이상경, 「〈은세계〉재론」, 『민족문학사 연구』제5호, 창작과비평사, 1994.

＿＿＿, 「이인직소설의 근대성 연구」, 『민족문학과 근대성』, 문학과지성사, 1995.

이재수, 「신소설문학고」, 『한국소설연구』, 선명문화사, 1973.

유 정 편, 『현대일본문학사』, 정읍사, 1984.

이광린, 『한국개화사상 연구』, 일조각, 1981.

이장현 외, 『사회학의 이해』, 법문사, 1987.

이주형, 『한국근대소설연구』, 창작과비평사, 1995.

이현희, 『한국개화백년사』, 을유문화사, 1981.

임 화, 『개설신문학사』(임규찬, 한진일 편), 한길사, 1993.

전광용, 『신소설연구』, 새문사, 1990.

______, 「이인직의 생애와 문학」, 『신문학과 시대의식』, 새문사, 1994.

______, 「이인직과 신소설의 형성」, 『한국현대소설사 연구』, 민음사, 1984.

田尻浩幸, 「국초 이인직론」, 연세대학교 석사논문, 1992.

______, 「이인직의 도신문사 견습시절」, 『어문논집』32, 고려대 국어국문학연구회, 1993.

______, 「미야꼬신문에 발표된 이인직의 단편소설 〈과부의 꿈〉과 한국관련기사들」, 『문학사
    상』7, 1999.

정호웅, 「'먹을 것 다툼없이' 사는 세상에 대한 황홀한 열망」, 『문학사상』2, 1995.

조남현, 「부국담론의 논객, 합방론의 행동주의자-이인직 편」, 『문학사상』1, 2003.

조동일, 『신소설의 문학사적 성격』, 서울대학교 출판부, 1973.

주종연, 「이인직의 단편소설」, 『신문학과 시대의식』, 새문사, 1994.

중앙대학교 중앙학술연구원 편, 『한국문화사신론』, 중앙대학교 출판국, 1981.

최원식, 「은세계 연구」, 『민족문학의 논리』, 창작과비평사, 1982.

______, 「개화기소설 연구사의 검토」, 『신문학과 시대의식』(김열규, 신동욱 편), 새문사, 1981.

______, 「'혈의 누' 소고」, 『한국근대소설사론』, 창작사, 1986.

______, 「이해조문학 연구」, 『한국근대소설사론』, 창작사, 1986.

최종순, 「이인직소설의 세계인식과 그 비극의 의미」, 『목원대국어국문학』제6집, 2000.10.

______, 「이인직소설 연구」, 인하대학교 박사논문, 2003. 8.

홍일식, 『한국개화기의 문학사상연구』, 열화당, 1980.

한원형, 『한국개화기 연재소설연구』, 일지사, 1990.

한점돌, 『한국근대소설의 정신사적 이해』, 국학자료원, 1993.

한흥수, 『한국근대민족주의 연구』, 연세대학교 출판부, 1977.

황 현, 『매천야록』(허경진 역), 한양출판, 1995.

가와무라 신지, 『후쿠자와 유키치』(이혁재 역), 다락원, 2002.

정지용 동시의 '근대성'에 관한 한 試論

이 정 애[*]

1. 머리글

한국 현대문학 연구에서 '근대성' 논의는 특히 1990년대 이후 하나의 화두와도 같은 주요한 문학사적 이슈로 되어 왔다. 본고는 이같은 중대한 문학사적 담론이 '한국아동문학'에서는 어떻게 파악될 수 있는지를 검토하고자 하는 작은 실천 행위의 하나로서 본격 현대시의 선구자인 정지용의 초기시를 통하여 한국동시의 '근대성' 문제를 간략히 논해보고자 한다. 이러한 문제의식에 바탕을 둔 학적 탐구야말로 일종의 '변방 장르'로 소외되어 왔던 '한국아동문학의 역사적 진흥'이라는 매우 중요한 연구의 기초를 든든히 하는 데 필수적이라 여겨지기 때문이다.

한국 최초의 모더니스트라 불리는 정지용(1902~1951)은 한국어의 시적 가능성을 정교히 탐구하고 발굴한 점에 있어서나, 1920년대 한국시의 감성을 넓혀 한국 근대시단에 새로운 방법론을 도입한 뛰어난 시인이라는 점에서 줄곧 논의되어 왔다. 즉 그는 전통성과 현대성을 아우르는 순수서정시인으로 많은 논자들의 주목을 한몸에 받아온 것이나 그 논

---

* 인하대학교 박사과정

의 실상을 들여다보면, 이 시인의 초기작의 상당량을 차지하는 '동심적 발상'에 의거한 작품들을 단일한 주제 아래 다룬 논의는 거의 없는 실정이다. 정지용의 작품 활동에서 1926년부터 1950년까지 대략 25년간 그가 발표한 총 141편 가운데 '동시'라 할 만한 작품이 정확히 몇 편인가를 파악하는 것은 그리 쉬운 일이 아니나, 현재까지의 자료적 정보에 의존해 볼 때 16편 정도에 불과하다 할 수 있다.1)

　일본 경도(京都) 유학 시절을 중심으로 한 초기 시작 활동은 자유시 42편, 동시 16편, 민요시 7편, 시조 9편 등으로 다양한 장르적 관심을 보이나 결국 중기 이후로 넘어가면서는 본격 자유시로 집중되어 정지용 시의 본령은 현대 자유시에 놓여 있음을 확인하게 된다. 그러나 이런 사실을 인정한다 할지라도 동시의 경우는 그의 시 전체와의 연관 속에서 특수한 위치를 차지하고 있기에 특히 주목해야 할 장르이다. 정지용 동시는 1920년대 대부분 동시에서 볼 수 있는 '감상적 동심주의' 경향과는 다소 거리를 두면서, 동심의 천진성과 순수성 자체를 추구하면서도 때로는 경험적 자아를 투사하기도 하고 때로는 시인 자신의 경험적 자아를 완벽히 차단함으로써 자아와 대상간의 심미적 거리조정을 자유롭게 꾀하고 있다는 점에서 만년 어린이로서만 가능한 여타 시인들의 동심적 퍼스나와도 대비된다.

　이같은 점들에 특히 유의하면서, 본고에서 필자는 "가장 훌륭한 시는

---

1) 16편의 동시를 발표연대 순으로 정리해 보면 다음과 같다. (1) 「지는 해」, 〈학조〉(1926. 6): 발표 당시 제목 「서쪽 한울」. (2) 「띄」, 〈학조〉(1926. 6). (3) 「홍시」, 〈학조〉(1926. 6): 발표 당시 제목 「감나무」. (4) 「병」, 〈학조〉(1926. 6): 발표 당시 제목 「한울혼자 보고」. (5) 「산에서 온 새」, 〈어린이〉(1926. 11). (6) 「할아버지」, 〈신소년〉(1927. 7). (7) 「산넘어 저쪽」, 〈신소년〉(1927. 7). (8) 「해바라기씨」, 〈신소년〉(1927. 7). (9) 「말」, 〈조선지광—마리 로-란산에게〉(1927. 7). (10) 「별똥」, 학생〉(1930. 10): '동요'라는 이름으로 묶어 발표할 때 그 아래 부기했던 산문형태를 동시로 개작. (11) 「무서운 시계」, 〈문예월간〉(1932. 1): 발표 당시 제목 「옵바가시고」. (12) 「삼월삼짓날」, 『정지용시집』(1935. 10): 〈학조〉 창간호(1926. 6)에 발표한 「딸레와 아주머니」를 「삼월삼질날」과 「딸레」 두 편으로 나누어 개작. (13) 「딸레」, 『정지용시집』(1935. 10): 위의 「삼월삼질날」과 동일. (14) 「산소」, 『정지용시집』(1935. 10). (15) 「종달새」, 『정지용시집』(1935). (16) 「바람」, 『정지용시집』(1935).

리듬을 의미의 확장 기능으로 사용하여 강렬한 정서를 경험케 한다"는[2]
는 근대적 시작법에 근거하여 '정지용 동시의 미학성'을 살펴봄으로써 '한
국 동시의 근대적 초기 양상을 고찰해 보고자 한다.

2. 정지용 동시의 미학 - '웃음'의 양면성

정지용은 일본 상징주의의 영향을 받은 단순한 모더니스트로 못박기
어렵다. 무엇보다 그는 1927년 '조선동요연구협회'를 창립한 멤버의 한
사람으로서 신흥(新興) '동요운동'에 투신한 문화운동가이다. 1922~28
년에 집중적으로 발표된 10여 편 안팎의 동시들은, "동시대 작품들이 천
편일률의 7.5조 가락에다 낱말을 맞추는"[3] 수준을 시원스럽게 뛰어넘음
으로써 초창기 한국아동문학, 특히 '자유시로서의 동시'의 활로를 활짝
열어 놓은 것으로 평가된다.

자유시로서의 동시는 성인문학(成人文學)의 자유시와 마찬가지로 리
듬에 바탕을 두면서 아동의 인격을 인정한 근대정신의 소산으로 형식적
구속과 틀을 벗어나려는 근대 인간의 자유에 대한 욕구를 정적인 '요적
(謠的) 형태'(verse; metrical form)로부터 동적인 '자유율'(poetry; freely
flowing lines)로 변모케 하였다. 이재철은 '동시의 사적(史的) 계보'를 논
하는 자리에서 한국의 동시는 1925년 무렵까지는 창가조의 동요가 주를
이루다가 1933년 윤석중의 『잃어버린 댕기』(1933) 이후 동시의 틀이 잡
히면서 '요적 동시', '시적 동요'와 같은 과도기적 형식을 거친 후, 1937
년 김영일의 '자유시론'을 필두로 본격 동시가 출현했다[4]고 밝힌 바 있
다. 그러나 1920년대에 발표된 동시에는 시의 근간 요소인 리듬을 의미

---

2) Rebecca J. Lukens(1976), A Critical Handbook of Children Literature, Miami
　　University Oxford, Ohio, p.164.
3) 원종찬(2001), 「정지용과 이태준의 아동문학」, 『아동문학과 비평정신』, 창작과비평사,
　　p.310. (이하에서는 그 면수만 표시하기로 한다)
4) 이재철(1998), 『아동문학개론』, 서문당, p.125~27.

의 확장에 기여하는 근대적 성격의 동시로 변환된 면모가 뚜렷한 작품들이 상당수 눈에 띄는바, 그 중 대표적인 경우가 다름아닌 정지용의 동시이다.5)

정지용 동시의 두드러진 특성은 전래동요의 '노래성'을 계승하는 가운데서도 밋밋하고 평면적인 요적 리듬에 산문적 일탈을 가하여 작품에 극적인 성격을 부여함으로써 '작은 희곡'(C. 브룩스 · R.P. 워렌, 『시의 이해』)으로서의 시를 조형하는 데 남다른 능력을 보여주었다는데 있다. 지용은 어린이 화자를 시적 주체로 하여 리듬, 음성구조(sound pattern), 비유(figurativeness), 압축과 반전(compactness & surprise), 정서적 집중(emotional intensity) 등을 통한 '웃음 또는 넌센스'의 높은 수준의 동시적 미학을 성취함으로써 '근대적 시인'으로 한발짝 다가섰다 할 수 있다. 통상적으로 '넌센스'(nonsense)란 비논리적이거나 부조화적인 것을 교묘하게 제시함으로써 어린 독자에게 기쁨을 줄 뿐 아니라 엉뚱한 것들의 충돌을 통하여 삶을 보다 새롭고 깊게 통찰하도록 유도하는 근대동시의 한 기법적 산물6)로 평가된다. 이런 시적 면모가 정지용 동시에서 어떻게 잘 드러나고 있는지를 검토해 보기로 한다.

2.1. 티없는 웃음 – 경험적 자아의 차단

지용 동시 미학의 특성으로 우선 들 수 있는 것은, '의성어의 극적 반전에 의한 웃음'의 창조적 활용이다.

　　　어적게도 홍시 하나.

---

5) 원종찬은 앞의 책에서 1926년 정지용이 한국아동문학사에서 심중한 의미를 지니는 까닭은, 그의 작품이 여전히 '노래'와 '이야기'라는 옛투를 벗어나지 못한 초창기 아동문학을 엄밀한 의미의 근대문학으로 끌어올리는 데 적잖게 기여한 점을 밝혔으나 그에 대한 근거는 구체적으로 제시되지 않고 있다.

6) Rebecca J. Lukens, 앞의 책, p.158.

오늘에도 홍시 하나.
까마귀야. 까마귀야.
우리 남게 웨 앉었나.

우리 옵바 오시걸랑.
맛뵐라구 남겨 뒀다.

후락 딱 딱
훠이 훠이!
　　—「홍시(紅柿)」 전문7)

이 작품의 시적 정황은 전적으로 농경사회적 전통에 깊은 뿌리를 두
고 있다. '어적게도, 웨, 오시걸랑, 맛뵐라구' 등에서 드러나는 구수하고
도 생생한 구어들의 실감, '남게, 옵바'같은 옛말에서 우러나는 고풍스런
의고체(archaism)가 바로 이를 뒷받침하는 것들이다. 그러나 특히 눈길
을 끄는 것은 단절적이고도 명확한 마침표(7개)의 사용 방식이다. 전반부
인 제1~2연에서는 감나무 끝에 매달린 홍시가 없어질까봐 하루도 거르
지 않고 또박또박 감을 헤아리는 어린 소녀의 깜찍한 모습과, 거세게 몰
아세우듯 빈틈없이 까마귀에게 꼭꼭 따져 묻는 야무진 화자의 형상이,
마침표의 적극적 활용에 의해 결코 홍시를 빼앗길 수 없다는 또렷한 시

---

7) 『정지용 시집』(시문학사, 1935). 이하에서는 해당 면수만 밝히기로 한다. 이 작품은 원래
〈학조〉(1926. 6)에 「감나무」란 제목으로, 우리에게 널리 알려진 「까페 프란스」 등과 함
께 발표되었다. 총 9편 중 절반이 넘는 5편이 다름아닌 동시였다. 더욱이, '동시' 앞머리에
쓴 줄글〔散文〕은 뒷날 귀글〔韻文〕 형태의 동시 「별똥」으로 재발표되었다. 그런데 여기서
간과할 수 없는 것은, '개작'에 대한 정지용의 각고가 매우 집요하고도 유난스럽다는 점이
다. 이는 특히 작품의 제목(title) 변경에서 두드러진다. 「서쪽 하늘」(〈학조〉, 1926. 6)
→「지는해」(『정지용 시집』, 1935), 「하늘 혼자 보고」(〈학조〉, 1926. 6)→「병」(같은
시집), 「산녀머 저쪽」(〈신소년〉, 1927. 5)→「소녀」(〈문예월간〉, 1932. 1)→「산넘어
저쪽」(『정지용 시집』), 「옵바가시고」(〈문예월간〉, 1932. 1)→「무서운時計」(같은 시집)
등이 바로 이런 사례들이다. 시적 조사(措辭)나 제목과 시적 주제의 상호 긴밀성 등에 기
울인 지용의 치열한 장인정신이 어김없이 발휘되고 있음을 여기서도 쉽사리 확인할 수 있
다. 그러므로 여기서는 시적 성취도가 덜 숙성한 첫 발표작보다는 1935년에 나온 『정지
용 시집』을 기본 텍스트로 삼기로 한다.

적 기능을 획득하기에 이른다.

그런데 뭐니뭐니해도 이 시에서 단연 뛰어난 대목은 마지막 제4연이다. 그것은 넓은 의미의 '시적 허용'(poetic license), 즉 의도적인 띄어쓰기의 형태인 "딱 딱"으로 처리함으로써 오빠에게 줄 홍시를 축낼 뿐인 얄미운 까마귀에게 보내는 날래고도 강력한 경고음의 효과를 거두고 있다. 이 힘찬 시적 발화는 즉각 독자에게 와 닿는 듯한 생동감마저 자아낸다. 앞의 1~3연과 견주어 볼 때, 마지막 연("후락 딱 딱/ 훠이 훠이!")은 각 행의 절반 규모에 지나지 않음에도 불구하고 율독(律讀, scansion)적으로는 4음보로 읽도록 강한 율격적 구속력을 동반함으로써 동요적 리듬의 평면성으로부터 날카롭게 절연되어 있는 것이다.

구체적인 시적 정황은 다소 불투명하긴 하지만, 머나먼 곳으로 떠나간 오빠를 그리워하는 시적 화자의 간절함이 홍시의 붉은 빛과 까마귀의 검은 빛깔의 선명한 대조를 통하여 강렬하게 투사된 점이 인상적이다. '감나무'라는 시어의 단순성을 한순간에 뛰어 넘는 시각적 섬광이 '홍시'라는 제목의 변환으로 한층 예각화되고 있다. 게다가 '홍시 도둑'과 다를 바 없는 까마귀에게 오히려 친근한 척 말을 건넴으로써 까마귀를 안심시키는 듯하다가 갑자기 의성어를 통한 극적 반전을 꾀하는 수법은 가히 유모아적이다.8) 그야말로 일찍이 M. 고리끼가 말한 '유모아적 인물'과도 상통한다.

아동서적은 훈시적이어도, 노골적으로 경향적이어도 안 될 것이다. 아이들의 마음속에 유모아의 감정을 발전시키는 유쾌하고 재미있는 책들이 우리들에게는 필요하다. 한 계열의 주인공들로 될 수 있는 새로운 유모아적 인물들을 창조하여야 한다. 학령 전 아동들에게는 놀 때나 수를 헤아릴 때나, 남을 놀려줄 때에 부르는 노래의 재료로 될 수 있는 쉽고도 높은 예술적 기교가 뚜렷한 시들이 필요하다.9)

---

8) Rebecca J. Lukens, 같은 책. p.158. "넌센스 유모아의 대부분은 예상 밖의 명명이나 사건, 단어의 엉뚱한 배열 등에서 초래된다."
9) 엠·고리끼(1933), 「문학을 아동들에게」, 『문학론3』 (평양: 리창환 외 역; 국립문학예술

정지용 동시에서의 '웃음'은 주로 동심과 자연의 교감을 통해 유발되는 방식을 취한다. 가령 다음 작품을 보자.

> 해바라기 씨를 심자.
> 담모롱이 참새 눈 숨기고
> 해바라기 씨를 심자.
>
> 누나가 손으로 다지고 나면
> 바둑이가 앞발로 다지고
> 괭이가 꼬리로 다진다.
>
> 우리가 눈감고 한밤 자고 나면
> 이실이 나려와 가치 자고 가고,
>
> 우리가 이웃에 간 동안에
> 햇빛이 입마추고 가고,
>
> 해바라기는 첫시약시인데
> 사흘이 지나도 부끄러워
> 고개를아니 든다.
>
> 가만히 엿보러 왔다가
> 소리를 깩! 지르고 간놈이—
> 오오, 사철나무 잎에 숨은
> 청개고리 고놈 이다.
>   — 「해바라기씨」 전문, pp.94~95.

그 시적 발상이 앞의 시와 유사한 듯하지만 본질적으로는 상당한 차별성을 지니고 있는 이 작품 또한 전통적 공간을 기반으로 하여 '동심과 자연의 교감을 통한 웃음'을 다루고 있다. 시적 화자는 "참새" 눈을 피해 해바라기씨를 심으면서 누나, 바둑이, 괭이, 이슬, 햇빛 등과 은밀한 놀

서적출판사), p.322.

이의 즐거움을 누리는데 잎 뒤에 숨어 있는 청개구리의 갑작스런 등장("소리를 깩! 지르고")에 의해 그 놀이는 소망스런 결실을 맺지 못한다. 어린 소년의 천진스런 시점은 도적 같은 참새를 배타적으로 인식하나 자연 질서의 층위는 인위적으로 더하고 덜할 수 없는 엄연한 상보관계에 따라 유기적으로 얽혀 있음을 유머러스하게 보여준 수작이다.

'이실(이슬), 시약시' 등의 입말[口語]의 적절한 구사, '모롱이'의 아름다운 고유어의 배치, "고놈 이다"에서 확연히 드러나는 치밀한 율독적 계산, "깩"이라는 의성어의 반전에 따른 해학성의 표출 등은 이 시의 예술적 긴장을 담보하게 하는 주요한 계기를 마련해준다. 3행 1연의 기계적 반복이나 고만고만한 길이의 행을 연속적으로 배열하는 시각적 단조로움을 피하면서 자유동시 특유의 맛을 제대로 살려낸 것도 이 시의 빼놓을 수 없는 장점이라 할 만하다. 게다가, 알곡으로 빼곡한 초가을의 해바라기 형상을 "사흘이 지나도 부끄러워/ 고개를아니" 드는 '첫시약시'로 은유한 것은 그야말로 청신한 독창(獨創)이라 아니할 수 없다.

> 시인이란 요컨대 어린이의 세계를 찬미하는 자다. […] 하여튼 『정지용 시집』(1935)의 본질은 동심(童心)에 있다 할 것이다. 「해바라기씨」와 「피리」. 이제부터라도 조선문학에서 이런 '씨'는 얼마든지 뿌려도 좋고, 이런 '피리'는 얼마든지 불어도 좋다. 동심을 잃는 날 '시'는 없어지고 말리라.10)

여기서 김동석은 고도의 천진성과 낙천주의를 보유하고 있는 지용 동시의 건강성을 예리하게 지적하고 있다. 말하자면, M. 고리끼의 말대로 장난을 통하여 세상을 배우는 동심의 유모아적 모습이 역력한 것이다.

> 열살 이하 아이는 재미나게 웃는 것을 요구한다. 그리고 이 요구는 생리적으로 정당하다. 그는 모든 것을 가지고 장난하며, 자기를 둘러싸고 있는 세계를 장난을 통하여 알게 된다. 그는 언어를 가지고도 장난을 한다. 그리고 참으로 언어를 가지고 하는 장난에서 어린 아이들은 모국어의 미묘성을 배우며,

---

10) 김동석, 「시를 위한 시—정지용론」, 『예술과 생활』, 박문출판사, p.52.

그 음악을, 그리고 언어학상에서 '언어의 정신'이라고 이르는 것을 체득한다.
[…] 창조자·예술가는 과학지식 이외에 발전하는 상상력, 직관하는 능력을
소유하여여만 한다. '어린아이를 웃기는 경향'은 교육학적으로 필요한 것이다.
이와 동시에 이 경향은 상상력과 직관을 충동하는 것으로서, 절대로 필요하
다.11)

  둘째, 전혀 예기치 않은 엉뚱한 시어 사용, 달리 말해 일종의 '일탈된
시어'를 의도적으로 배치함으로써 넌센스적 유모아를 자아낸다..

    바람.
    바람.
    바람.

    늬는 내 귀가 좋으냐?
    늬는 내 코가 좋으냐?
    늬는 내 손이 좋으냐?

    내사 왼통 빩애 졌네.

    내사 아므치도 않다.

    호 호 칩어라 구보로!
        ―「바람」 전문, p.111.12)

  여기서 '바람'은 어린 시적 화자에게 칼날 같은 추위를 강제하는 혹독
한 외적 요인의 시적 표상으로 묵중한 시적 주제를 연상케도 하나 기본

---

11) 므·고리끼, 「아동문학론초」(1930), 〈조선문학〉(1954. 3), pp.145~146.
12) 이 작품은 원래 『조선동요선집』(1928)에 수록된 것인데, 여기서는 『정지용 시집』
    (1935)의 그것을 취하기로 한다. 이 시의 '구보로'에 대한 해석은 매우 분분하다. 이를
    필자는 '달음박질'을 나타내는 '구보(驅步)로' 풀이하고자 한다. 정지용의 산문 「畵文行
    脚 4」의 「義州 1」에 "영하 25도 되는 날, […] 구보로 뛸 작정으로 한 시간 이상 발끝
    을 배빗배빗하노라니"라는 표현을 참고할 만하다.

적으로 그 방법은 '교묘하게 잘못 사용된 말의 즐거움'을 통해 우리로 하여금 경쾌한 웃음을 자아내게 해 주고 있다. 이 시의 마지막 연에 사용된 "구보로"라는 군국주의적 어사가 바로 그것이다. 월북시인 백석이 잘 지적했듯, "유년층 문학에서 이 '웃음의 정신'은 그 정수요 생명이다. 계몽의 목적도 교양에의 지향도 웃음을 수반하여야 하며 웃음 속에 감추어져야 한다."13)

시적 형태 면에서도 이 작품은 바로 위에서 논한 「홍시」와도 판연히 구분되는, 그야말로 분방하기 이를 데 없는 '자유동시'의 면모를 유감없이 과시하고 있다. 제1연에서는 화자에게 끊임없이 가해지는 고통스런 외적 강제의 시간적 경과를 3행에 걸쳐 시각적으로 극대화시키고 있다. 그 각각의 시행에 정확히 상응하는 공간적 확장을 제2연의 '귀·코·손'이 보여주는 시적 구도에 고스란히 반영시킴으로써 가히 기하학적이라 할 만한 정교한 대응 구도를 이루게 하고 있는 것이다.

제3~5연은 한결같이 단 1행으로 압착시킴으로써 고도의 시적 긴장(tension)을 꾀하고 있다. 분련의식(分聯意識)이 그만큼 투철함을 보여주는 것이기도 한데, 이 세 개의 '1행 연'들은 제1~2연의 3행에 각각 비견되는 응결된 시적 의미를 함축하고 있다. 제3연의 경우, 내리닫이 1음보로 읽지 않고 굳이 이를 '음보 분할'하여 2음보의 "빩애 졌네"로 처리하여 전체적으로는 제3연의 4음보 기본율격에 자연스럽게 연접시킨 것도 잘 따져보면 치밀한 율독적 계산에서 나온 것이다. 말하자면, 혹한에 온몸이 꽁꽁 '빨갛게' 얼어붙은 시적 주체를 4음보 리듬의 시간적 지속 아래 꼼짝없이 묶어두고 있는 형국인 것이다. "본질적으로 동시는 큰소리로 읽는 데 특히 적합하다"14)는 점을 감안할 때, 이 시의 강한 음악성과 견고한 시적 의미의 상호연관은 그만큼 밀착적이다. 그렇다면 제4~5연에 응축된 화자의 형상은, 애써 의연한 척하지만 오히려 그 때문에 더욱 연민의 대상이 되면서 시적 화자의 시치미 떼는 모습과 허세적 정황에 대해

---

13) 백석, 「큰 문제, 작은 고찰」, 〈조선문학〉(1957. 6) 참조.
14) Neil Philip(ed; 1996), Children's Verse, Oxford University Press, p.xxix

실로 자연스런 웃음을 자아내게 한다.

셋째는 경쾌한 음성상징어의 적극적 활용이다. 아래의 「三月 삼질날」
(1935)이 그 대표적인 작품 예라 할 수 있다.

중, 중, 때때 중,
우리 애기 까까 머리.

삼월 삼질 날,
질나라비, 훨, 훨,
제비 새끼, 훨, 훨,

쑥 뜯어다가
개피 떡 만들어.
호, 호, 잠들여 놓고
냥, 냥, 잘도 먹었다.

중, 중, 때때 중,
우리 애기 상제로 사갑소.
　　　—「三月 삼질날」 전문,15) p.102.

의성어나 의태어는 가장 어린이다운 언어이며 지적 간섭을 받지 않는
순수무구한 언어로 정지용의 동시에서 특히 효과적으로 사용되고 있다.
의성·의태어의 독창적인 활용은 동시의 참신성을 한층 돋보이게 해주는
요소로 지용시의 한 특징을 이룬다16)고 지적했듯이, 지용 동시의 상당
부분은 이같은 의성·의태어를 적극 활용한다. 문학에서 음성상징어
(onomatopoeia)의 즐거운 혀꼬임(enjoyable sounds of tonguetwisters)은
어린이를 즐겁게 만드는17) 하나의 시적 장치로서 웃음의 강력한 원천을

---

15) 〈학조〉 창간호(1926. 6)에 발표된 「쌜레와 아주머니」가 『정지용 시집』에서는 「三月 삼
　　질날」과 「딸레」 두 편으로 나뉘어 개작되었다. 이를 통해 확인할 수 있듯, 개작에 대한
　　정지용의 노력은 자못 집요한 것이었다.
16) 원종찬(2001), 앞의 책, p.315.

이루는 것이기도 하다.

수미상관적 형식 속에 단순한 자모음의 인상적 반복을 통한 우리말 구사의 탁월성, 가령 1연의 "삼월 삼질 날,/ 질나라비, 훨, 훨,/ 제비 새 끼, 훨, 훨,"이나 4연의 "중, 중, 때때 중,/ 우리 애기 상제로 사갑소" 등 이나, 이른바 호음조('호, 호, 냥, 냥')에 의한 소리 요소를 적실하게 구사하 여 전통 민속 절기의 하나인 삼짇날의 홍겨운 분위기를 자아내고 있는 위의 작품은 천진스런 동심의 완벽한 재현이라 할 만하다. 잠자리[18]가 가볍고 경쾌하게 날 듯, 제비새끼가 힘차게 날아오르듯 우리 아기도 건 강하고 활기차게 자라길 바라는 부모로서의 시적 화자의 염원이 명징하 게 잘 표현되어 있는 작품이다. 말하자면, 정지용의 동시는 "유년기적 향 수의 출구"[19] 수단으로서가 아니라 그 자체가 하나의 자족적인 동심의 세계를 성공적으로포착한 경우라 할 수 있다. 바로 이 점에서 정지용 시 인의 근대적 면모가 일층 돋보인다 하겠다. 그렇다고 그의 작품에서 경 험적 자아가 완전히 차단된 것은 아니다.

2.2. 그늘진 웃음 – 경험적 자아의 개입

위에서 극히 간단히 언급한 바이지만, 지용 동시에서 음성상징어는 시적 분위기를 사뭇 경쾌하고 활력적인 것으로 만드는 하나의 '미학적 장 치'(aesthetic apparatus)로 충실하게 기능한다. 그러나 유의할 것은, 시 인 정지용의 경험적 자아가 개입할 경우 그러한 '경쾌함'은 문득 사라지 고, 비록 정도차는 있을망정 일종의 시적 균열 현상이 빚어지곤 한다는 점이다.

---

17) Rebecca J. Lukens, 앞의 책. p.155.
18) "질라라비": 경남방언으로 "잠자리"를 뜻한다. "질라라비 훨훨"은 어린아이에게 새가 훨훨
     날 듯이 팔을 힘차게 흔들라고 하면서 어르는 소리.
19) 성기옥(1991), 「정지용론」, 『한국아동문학작가작품론』(이재철 화갑기념 논문집), 서문
     당, p.140.

> 삼동내— 얼었다 나온 나를
> 종달새 지리 지리 지리리…
> 웨저리 놀려 대누.
>
> 어머니 없이 자란 나를
> 종달새 지리 지리 지리리….
>
> 웨저리 놀려 대누.
>
> 해바른 봄날 한종일 두고
> 모래톱에서 나홀로 놀자.
> — 「종달새」 전문, p.105.

위의 작품에서, 종달새의 수다스런 지저귐의 반복성은 음성상징어("지리 지리 지리리")와 말없음표("…") 등으로 표현되고 있다. 그런데, 단순·소박한 의성어의 울림은 그 자체로 그치지 않고 끊임없이 강압되는 일종의 내적 억압기제("웨저리 놀려 대누")로 작용하여 시적 화자를 짓누르는 형국으로 되고 있음이 인상적이다.

신상이나 집안에 변화가 있을 때 일상의 낯익은 것이 갑자기 낯설어지면서 불안이나 고독감을 더해준다는 것은 공통된 유년 기억20)의 하나일 것이다. 아마도 여기서의 시적 페르소나는 시인 자신임이 거의 분명할 터이다. 그렇다면, 여느 사람에게는 심상하게 들릴 수 있는 새소리를, 어린 시절을 불우하게 보낸 이 시인21)은 "어머니 없이 자란 나"를 놀려대는 조롱의 소리이자 두려움의 의미로 받아들여 타자와의 소통을 아예 포기하면서 혼자 노는 고독한 행위를 수행하는 것으로 읽힐 수 있다.

물론 불필요한 확대 해석은 엄격히 통제되어야 할 것이다. 그러나 이 지점에서 한 걸음 더 나아가 이 작품을 바라보고자 할 때, 어떠한 해석이 성립할 수 있을까? 영원한 마음의 고향과 안식처를 잃어버린 시적 화자

---

20) 유종호(1999), 「주체적 독자를 위하여」, 『시란 무엇인가』, 민음사, p.19.
21) 정지용 「대단치 않은 이야기」, 『정지용전집 2—산문』, 민음사, p.427.

에게 봄은 기쁨의 계절이라기보다는 오히려 슬픔의 계절로 느껴질 뿐이
다. 역사전기비평의 맥락에서 볼 때, 이 시인의 '모친상실의식'은 그대로
'조국상실의식'으로 자연스럽게 이어질 수 있으며, 근원적으로 그것은 다
름아닌 일제강점기의 엄혹한 식민지적 상황으로부터 배태된 것이라고 할
수 있다.

"동시란 동심을 바탕으로 자신의 마음을 사로잡는 생각이나 느낌을
가장 적절한 언어로 가장 함축성 있게 표현"(W. de la Mare)[22]한 글이라
고 할 때, 위에 언급된 몇몇 작품들에서처럼 경험적 자아의 개입이 차단
되어 대상과 적정 거리를 유지할 경우에는 동시적 본질이 비교적 자유롭
게 발현될 수 있었지만, 즉 장르 자체의 미학적 관점에서 천진하고 발랄
한 동심의 본질을 그대로 노래할 수 있었지만, 위의 「종달새」의 경우처
럼 시인의 경험적 자아가 개입되는 양상을 보이면서부터 정지용의 동시
적 상상력은 성인시의 그것으로 얼룩지기 시작한다.

가령 다음 작품을 보기로 하자.

우리 옵바 가신 곳은
해님 지는 西海 건너
멀리 멀리 가셨다네.
웬일인가 저 하늘이
피스빛 보담 무섭구나!
날리 났나. 불이 났나.
— 「지는해」 전문, p.96.

얼룩진 동심의 두드러진 양상은 더 이상 천진한 웃음만을 지을 수 없
다는 데 있다. 어린이는 자라면서 대상 세계와 점진적인 교접을 하면서
웃음을 변질시키는 요인들을 터득하게 된다. 그러나 여전히 그들의 세계
인식방법은 즉물적이고 순간적이다. 동시가 뿌리박고 있는 기본적 특성
이 대상 세계를 인식하는 방법의 직접성과 단일성에 있다고 할 때 이 시

---

22) 유창근(1997), 「동시론」, 『현대아동문학의 이해』, 동문사, p.133에서 재인용.

의 시적 화자는 오빠가 간 곳을 매우 무섭고 두려운 공간으로 인식한다. 그곳은 멀고도("해님 지는 西海 건너 멀리 멀리") 무서운("피ㅅ빛 보담 무섭구나!") 곳으로 난리가 났거나 불이 났을지도 모른다며 심한 공포에 떨고 있다. 핏빛 이미지는 어린이들이 가장 싫어하고 무서워하는 것이다. 일종의 과장(hyperbole)이어서 성인 독자에겐 웃음을 자아내게도 하지만 동심의 아이들에겐 아주 무섭고 진지한 것이다.

넌센스의 유머에는 이처럼 다소 섬뜩한 것들도 있다.23) 명랑 쾌활한 어린이의 마음은 온통 핏빛으로 물들어 있는 서쪽 하늘을 바라보는 순간 엉뚱하게도 극적 불행(오빠의 죽음)을 연상할 수도 있기 때문이다. 의지가 지없는 어린 소녀에게 몸과 마음의 지주 역할을 해 온 오빠가 없는 상황 설정은 세상에서 가장 무서운 것으로 시적 주체를 압도한다. 게다가 6행 1연의 간결하고 빠른 템포는 소녀의 불안을 한층 가중시키고 있다. 단조롭기 짝이 없는 재래 "동요의 리듬에 이미지를 실어 단순한 노래를 넘어선"24) 것이자 동요의 단선성을 훌륭하게 극복한 좋은 사례이다.

경험적인 시적 자아가 한층 깊숙이 작품 현실에 투영·개입될 때 동시의 모습은 더욱 '왜곡된' 형태, 말하자면 '성인시'의 모습으로 변형될 수 있다.

> 옵바가 가시고 난 방안에
> 숫불이 박꽃처럼 새워간다.
>
> 산모루 돌아가는 차, 목이 쉬여
> 이밤사 말고 비가 오시랴나!
>
> 망토 자락을 녀미며 녀미며

---

23) Rebecca J. Lukens, 위의 책. p.159.
24) 원종찬, 앞의 책, p.311. 한편 이 작품에 대한 북의 비평가 리동수는 "가난하고 불쌍한 무산 소년들의 비극적 처지와 설움, 새 생활에 대한 이상과 동경을 동심에 맞게 노래"한 것으로 고평하고 있다. (리동수, 「근대아동문학의 력사를 더듬으며」, 『1920년대 아동문학집 (1)』, 문학예술종합출판사, 1993, p.20.

> 검은 유리만 내여다 보시겠지!
> 옵바가 가시고 나신 방안에
> 時計소리 서마 서마 무서워.
> ─「무서운時計」 전문, p.110.

성인시가 덧없는 시간(the passage of time), 불가피한 죽음(the inevit-ablity of death), 변질된 관계(the changing of relation) 등에 관심을 갖듯이 동시의 주제를 이루는 것은 어린이들의 관심거리이다. 주변에 끊임없이 펼쳐지는 세계에 대한 경이(marveling), 범상치 않은 것에 대한 궁금함(wonder), 다양한 놀이(play)25) 등을 통해 어린이들은 세상을 배워간다. 시간의 흐름에 따라 어린이들의 관심거리는 성인들의 그것과 착종되면서 그들의 특권이자 심볼인 해맑은 웃음은 변질되고 만다. 얼룩진 동심 그것은 바로 '웃음의 그늘'이다.

오빠 모티프를 앞서 논한 시 「지는해」와 관련시켜 인유(引喩)적 요소26)를 특히 유념해 볼 때, 정지용 동시의 '웃음의 미학'이 '그늘의 시학'으로 바뀌는 지점을 이 작품을 통해 어느 정도 확인할 수 있다.

「지는해」와 「무서운時計」의 공통된 정서는 '무서움'이다. 언뜻 보기에는 단순한 수식어의 바뀜에 불과해 보일는지 모르지만("피보다 무서운" → "서마 서마 무서운"), 핏빛 노을이 질 무렵부터 숯불이 다 사위어 갈 때까지의 지속적 시간의 흐름 사이에 무방비 상태로 노출된 어린 시적 화자는 무서움에 더하여 엄청난 정서적 긴장(emotional intensity)을 체험한다. H. 리이드가 "훌륭한 시인은 사랑, 연민, 미(美). 같은 확정적 단어를 쓰

---

25) Rebecca J. Lukens, 위의 책. p.161.
26) 유종호(1999), 「주체적 독자를 위하여」, 민음사, 『시란 무엇인가』, p.24. 「무서운時計」
   는 「옵바가시고」를 개제하여 1932년에 발표(〈문예월간〉(1932. 1))된 것으로 보아,
   1926년 발표된 「지는해」(〈학조〉, 1926. 6)의 후속편으로 볼 수 있다. 여기서는 기에
   이에 근거하여 작품을 분석하기로 한다. '오빠 모티프'는 '누이 모티프'와 더불어 지용 시
   의 일관된 주제를 형성하는 두 축이다. 정지용 문학을 1930년대 '모더니즘의 한 전형'이
   라 할 때 이 두 축의 모티프를 중심으로 그의 시세계를 '근대성 실현'의 맥락에서 고찰해
   보는 것도 긴요한 작업이라 생각된다.

지 않고 항상 윤곽과 형태를 암시하는 단어를 사용하려고 한다"27)고 밝혔듯이, 지용은 지속적인 '무서움'이라는 딱딱한 정서'를 직유("숯불이 박꽃처럼")와 언어의 활유적 사용("목이 쉬여"), 음악적 장치("녀미며 녀미며"), 음성상징어("서마 서마") 등의 부드러운 시적 장치를 동원하여 화자의 정서적 체험을 '서쪽하늘, 핏빛, 時計소리, 서마서마' 등 4개의 시어에 응축한다. 즉, '서쪽하늘'이 '핏빛'으로 물들 때 망토 자락 "녀미며 녀미며"28) 가기 싫은 발걸음을 재촉한 오빠의 착잡한 정서적 체험과 마지못해 오빠를 보내고 그에 대한 염려가 무서움으로 변질되는 비극적 체험을 고스란히 ("방안"), 뜬눈으로 밝힌 채 무서움을 겪어야("숯불이 박꽃처럼 새워간다") 하는 시적 화자에게 한층 실감있게 전달하고 있는 것이다. 콩닥콩닥 뛰는 심장소리에 가세하여 더 무섭게 강박적으로 느껴지는 소리가 다름아닌 "서마 서마"이다. 「무서운時計」29)의 '서마 서마'가 고도의 함축어인 이유가 바로 여기에 있다.

함축(connotation)은 우리의 경험적 인식을 확장하기 위하여 시에서 즐겨 쓰는 미적 장치이다. 시인은 가장 간명하면서도 강렬하게, 독자를 사로잡기 위하여 어떤 형태의 조어도 서슴지 않는다. 이와 관련하여 이 작품에서 특히 문제되는 시어는 다름아닌 "서마 서마"이다.

'서마 서마'는 아마도 정지용 자신이 만들어낸 조어가 아닌가 생각된다. [⋯] '서마 서마'가 설마 시계 소리의 의성음은 아닐 것이다. 어린 소녀의 얼마즘 두렵고 외로운 심정을 나타내는 말일 것이다. 낯설거나 어색한 것과 연

---

27) Rebecca J. Lukens, 위의 책. p.170.
28) 몇몇 시어를 현대적 띄어쓰기 · 맞춤법에 따라 고친 것은 별반 대수로운 것이 아니나 "여미며 여미며"를 "녀미며 녀미며"로 고쳐쓴 것(제3연)은 눈여겨 볼 필요가 있다. 이는, 부자연스런 어두자음군의 발음을 통하여 곧장 떠나기 싫은 오빠의 머뭇거리는 정서를 압축적으로 표현하고자 한 데서 그처럼 바꾸어졌을 것이다..
29) "무서운時計"야말로 근대문명의 가차없는 냉혹성을 단적으로 드러내는 돌출적인 시적 표상이다.. 원제 「옵바가시고」를 「무서운時計」로 바꾼 것도 이같은 필연성 때문이었을 것이다. (1) 띄어쓰기를 무시하고 '내리닫이 1음보'로 처리한 것은 속도감을 살려 단숨에 읽을 것을 강조한 율독적 고려의 소산이며, (2) 두 번째 시어를 한자로 노출시킨 것도 다름아닌 이미지의 돌출성을 감안한 결과라 할 수 있다.

관된 '서먹서먹하다'란 말을 유추적으로 변형시킨 것일 거라는 추측도 가능하다.30)

　유종호의 독특한 해석인데, 권영민은 이를 충청도 방언 '서마서마하다(조마조마하다)'라는 형용사에서 파생한 부사로 못박으면서, 이같은 관점에 이의를 제기한다.

　'서마서마'라는 말이 정지용의 새로운 조어일 가능성이 있다는 설명은 잘못된 것이다. 정지용과 같은 시인이기 때문에 이렇게 새로운 시어를 만들어 낼수도 있다는 가정부터 바르지 못하다. 시인이 전혀 새로운 말을 만들어 내는 경우는 그리 많지 않다. 오히려 일상생활 속에서 쓰는 말 가운데에서 그 특이한 묘미를 발견하고 자신의 시속에 그것을 담아놓음으로써 그 말에 새로운 의미를 불어 넣는 경우가 더 많다. 이것은 새로운 언어의 창조가 아니라 언어의 발견이라고 할 수 있다.31)

　그러나 필자가 보기에는 '서마서마'야말로 언어의 위대한 발견을 넘어서서 탁월한 창조 기능까지 수행하는 '의성의태어'이다. '의성의태어'는 하나의 음성상징으로서 의성어와 의태어의 양면성을 포괄하면서 어떤 과정의 성질까지도 묘사한다32)는 점에 비추어 볼 때, 이 시어의 내포는 권영민의 지적처럼 "조마조마한 마음 상태의 시늉말"인 충청도지방의 관습적 음성상징어이자 유종호의 언급처럼 '서먹서먹하다'의 유추적 변형에 의한 의태어이기도 하다.
　그러나 이 시어의 문맥적 의미는 '의태어'라는 한정된 해석을 뛰어넘고 있다. 그것은 시계소리의 의성까지 포괄하는, 애매성(ambiguity)을 동반하는 다의석·꽁감각직 기능을 히는 외성의태어, 즉 소리라는 청각적 이미지에 밤이라는 시각적인 그것이 얼크러져 새로운 시적 의미를 실현한 보기 드문 사례라 여겨진다. 평소에는 '똑딱똑딱' 들렸을 시계소리가

---

30) 유종호(1995),『시란 무엇인가』, 민음사, pp.17~18.
31) 권영민(2004),『정지용 -126편 다시 읽기』, 민음사, p.418.
32) 디르크 휜들링크(1985),『한국어 의성·의태어 연구』, 탑출판사, p.9.

극도의 공포감에 휩싸여 있는 정황에서는 한층 변조되어 두려움을 더욱 증폭시키는 구실을 하기 때문에, 단순히 "'時計소리가 서마 서마해서 무서워'로 읽히는 것에서 끝나지 않고 "시계소리의 서마서마함 때문에 더 무서워"로도 읽혀진다는 것이다. 말하자면 그것은 시적 화자에게 칠흑 같은 밤에 대한 '시각적 공포감'에 더하여, 혼자 밤을 지새야 하는 심리적 두려움까지 얹혀져서 교묘한 시적 정서를 복합적으로 전달하는 경우인 것이다. "정서의 긴장을 언어로 포착해내는 방식을 이처럼 극명하게 보여주는 예는 달리 찾기 어렵다"고 권영민이 밝혔듯이, "가장 잘 선택된 시어야말로 익히 알고 있는 단어에 새로운 차원의 의미를 함축"33)함으로써 극대화된 정서를 표출하는 것이기에 이같은 해석도 일면 타당하리라고 본다.

웃음이라는 비논리적 표현 속에는 생성의 힘과 파괴적 본성이라는 두 극단적 계기가 동시에 공존한다. '쾌락원리'가 '현실원리'에 종속되지 않을 때 티없는 웃음이 가능하나 그 반대일 경우는 쓴웃음을 짓게 된다34). 정지용 동시의 경우, 경험적 자아가 비교적 개입되지 않은 전반부 시편들에서는 티없는 웃음이 가능했지만 경험적 자아가 개입된 후반의 시편들에서는 웃음의 '음지'가 어색하게 표출된다. 이는 곧 '근대─전통'의 와중에 선 시인이 대상과 거리조정을 하는 과정에서 빚어진 양가(兩價)적 모습이라 할 수 있다. 대상과의 거리(distance)를 필요로 하는 웃음을 일종의 '사회적 제스처'로 볼 때, 전반 시편에서는 경험적 자아가 개입되지 않음으로써 자족적인 동심의 세계를 이룰 수 있었던 데 비해, 후반 시편들에서는 경험적 자아의 잦은 개입으로 인하여 얼룩진 동심, 말하자면 '의사 성인시'로 굴절된 것이라 하겠다. 왜냐하면 '웃음'의 진정성은 유연한 것, 끊임없이 변화하는 것, 경직된 것, 틀에 박힌 것, 기계적인 것 등 '자유로운 활동'에 반대되는 '자동주의'(automatization)를 교정35)하기 위

---

33) Rebecca J. Lukens, 의의 책, p.171.
34) 임철규(1976), 「희극의 미학」, 〈창작과 비평〉(1976 겨울), p.117.
35) H. 베르그송, 『웃음』(정연복 역; 1999), 세계사, p.107.

하여 자아가 자기 자신(혹은 대상)으로부터 대상과 '무관심'(insensibilité)
적 거리를 유지할 때 비로소 가능한 심리적 기제(機制)이기 때문이다.

3. 남는 문제 - 정지용 동시의 특장과 한계

시인이란 어린이의 세계를 찬미하는 자이다. 어린이의 세계는 광대하
고 무한하기에 그 세계를 이해하는 그들의 방식은 환상적이나 단일하고
명료하다. 어린이는 복잡한 것을 이해하는 방법을 알지 못한다. 그들은
그들의 눈높이만큼만 세상을 바라보기에 복잡한 것조차 단순·솔직하게
의미화할 줄 아는 혜안을 타고난다. 이것이 곧 시인의 눈이다. 인생의 에
센스만을 거르는 통찰의 샘, 거기에 시심이 있고 동심이 있는 것이다.
　동심은 순진하게 즉물적으로 세계를 표상한다. 앞서서 김동석은 『정
지용 시집』(1935)의 본질이 다름아닌 동심(童心)에 있다고 명쾌하게 지
적한 바 있다. 이는 정지용의 시창작 미학이 자유시보다 오히려 동시에
가깝다는 것을 말해주는 것이다. 즉, 정지용 시의 본령은 '근대 자유시'이
지만 작시의 미학적 근원은 '과정으로서의 장르'인 동시와 더욱 연계해
있다는 것을 말해 준다. 지용의 동시에 표상된 동심적 세계는 성인들의
정신적 동경의 대상으로서가 아니라 동심 그 자체로서의 세계이다. 그것
은 방정환의 「형제별」(1923), 윤극영의 「반달」(1924), 한정동의 「달옥이」
(1925)처럼 어린이다운 동심과 어른다운 동경이 서로 뒤엉키는 복합된
동심의 세계가 아니라, 대상을 단순화하고 인격화하는 동심적 인식의 직
접성, 세계에 반응하는 정서적 질의 단일성이라는 동시의 미학적 특질이
잘 드러나는 세계다. 바로 이 점이 몇 편 안 되는 정지용의 동시에 주목
해야 하는 이유이기도 하다.
　어찌보면 그의 동시는 주로 그의 시작(詩作) 초기에 한정하여 잠시 관
심권에 안에 들었던 장르에 불과할 수도 있지만, '동요황금시대'를 이루
던 1920년대 우리의 문학사에서 자못 특기할 만하다는 점이 아동문학사

적으로 간과되는 것은 결코 온당치 못할 것이다. '감상적 동심주의'가 빠지기 쉬운 경험적 자아를 넉넉히 절제하고 동심 자체를 미학적으로 노래했다는 점에서 정지용 동시는 「향수」(1927) 계열의 초기 자유시와도 다르다. 물론 그의 동시에는 자아의 개입을 용인하면서 거리의 재조정을 도모하는 계열의 작품도 있지만, 시적 대상을 중시하면서 동심 자체의 단일한 세계를 드러내려 한 즉물적 동시가 더 두드러진다는 점에서, 그의 동시는 이미지스트로서의 면모가 두드러진 중기 시세계와 더 연속적 관계에 놓여 있는 것처럼 보인다. 이렇게 볼 때 정지용 시학의 총체적 원류는 동심적 시학의 주된 방법인 '즉물적 인식'에 있다고도 할 수 있다.

근대적 감수성의 선구자 정지용의 동시는 다양한 시적 방법(운율·호음조·반복·구두점·휴지 등에 의한 소리적 요소의 적절한 활용, 생동한 비유·상징 등의 적극적 운용 등)을 깊이 있게 동원, 어린이들에게 기쁨과 웃음을 선사한다. 또한 동시에 등장하는 시적 화자들은 '까마귀, 참새, 청개구리, 바람, 질나라비, 종달새' 등의 동물은 물론 여러 가지 자연 물상들과의 교감을 통해 경쾌한 웃음을 연출한다. 그러나 '오빠, 누이, 할아버지, 할머니' 등의 인물들과 교호할 경우에는 때로 그 웃음이 '무거운 모습'으로 일그러져 나타나기도 한다.

정지용 동시의 '근대성'은 이처럼 단일하고 명확한 윤곽으로 드러나기보다는 일종의 '착종 형태', 식민지 지식인으로서의 경험적 자아가 부자연스럽게 투영된 '의사 성인시'의 그것으로 변환됨으로써 '근대성'으로부터 오히려 한발짝 후퇴한 바 없지 않다. 앞으로 좀더 이러한 시적 면모를 깊이있게 탐구되어야 할 것이다. 그러므로 한국동시의 학적 탐색 작업은 문학사적 맥락 안에서 동시(童詩)의 특수성과 근현대시의 보편성에로의 지향, 이 양면에 대한 균형적 시선을 담보하면서 천착해 나아가야 하리라 생각한다.

▣ 참고문헌

① 자료
정시용, 『정지용전집—상·하』, 태학사, 1983; 영인본.
정지용, 『정지용 전집 2—산문』, 민음사, 1988.
권영민, 『정지용—126편 다시 읽기』, 민음사, 2004.

② 단행본
김동석, 『예술과 생활』, 박문출판사, 1948.
원종찬, 『아동문학과 비평정신』, 창작과비평사, 2001.
유종호, 『시란 무엇인가』, 민음사, 1999.
이재철, 『한국아동문학연구』, 개문사, 1983.
이재철, 『아동문학개론』, 서문당, 1998.
최원식, 『생산적 대화를 위하여』, 창작과비평사, 1997.

③ 논저
김 훈, 「정지용시의 분석적 연구」, 서울대 대학원 박사학위논문, 1990.
리동수, 「근대아동문학의 력사를 더듬으며」, 『1920년대 아동문학집 (1)』, 문학예술종합출판
　　　사, 1993.
백 석, 「큰 문제, 작은 고찰」, 〈조선문학〉, 1957. 6.
성기옥, 「정지용론」, 『한국아동문학작가작품론』 (사계 이재철 선생 화갑기념논총), 서문당, 1991.
유창근, 「동시론」, 『현대아동문학의 이해』, 동문사, 1997.
이광호, 「'시'와 '동시'의 새로운 관계 맺기를 위하여」, 〈현대시학〉, 1991. 5.
전병호, 「정지용 동시 연구」, 중앙대교육대학원 석사학위논문, 1993.

디르크 휜들링크, 『한국어 의성·의태어 연구』, 탑출판사, 1985.
므·고리끼, 「아동문학론초」, 〈조선문학〉(1954. 3), 1930.
엠·고리끼, 「문학을 아동들에게」, 『문학론 3』(1958; 평양: 리창환 외 역), 국립문학예술서적
　　　출판사, 1933.

N. Philip(ed), Children's Verse, Oxford University Press, p.xxix, 1996.
R.J. Lukens, A Critical Handbook of Children' Literature, Miami University
　　　Oxford, Ohio, 1976.

손창섭 소설에 나타난 결혼과 가족

김 명 임*

1. 들어가는 말

　1950년대를 대표하는 작가 손창섭은 스스로 자신의 문학을 '목석의 노래'1) 라고 표현하였다. 그는 인간으로 태어난 것을 원망하며 차라리 '목석'이 되었으면 좋겠다고 하지만 자신의 문학은 '목석의 울분이며 절규'라고 한다. 아무런 감정을 느낄 수 없는 목석의 울음과 절규는 오히려 그것을 듣는 사람들에게는 강한 인상을 남긴다. '목석의 노래'인 손창섭의 문학은 당대에는 물론 지금까지도 1950년대의 암울한 현실과 6.25 전쟁의 피폐함을 리얼하게 형상화한 작품으로 평가받는다.

　　시간 여유만 있으면 나는 빈민굴이나 유관긔 밤거리를 혼자 헤매면서, 그 세계의 주민이라고 생각되는 사람을 아무나 붙잡고는 '인생은 괴로운 것입니다. 당신의 괴로움을 나는 잘 압니다. 나도 괴로운 사람이니까요'—나는 현실에서 또는 작품 속에서 나와 같이 혹은 나보다 더 괴로운 사람, 불행한 사람

---

* 인하대학교 강사
1) 손창섭, 「목석의 노래-추천 완료 소감」, 『문예』, 1953. 7, p.76.

들을 찾아내려고 애썼고 한편 그들과 친하기를 원했다.2)

손창섭의 작품에 등장하는 인물들은 대개가 불행하고 괴로운 사람들이다. 그들은 육체적 불구나 정신적 불구의 숙명적인 불행을 타고난 인물들이다. 이런 인물들이 한 공간에서 만난다. 그리고 그들의 만남의 배경에는 한결같이 지리한 장마비가 내린다. 손창섭의 데뷔작품인 「얄궂은 비」에서, 삼촌이 새로 사준 운동화를 신고 월미도로 여행을 꿈꾸는 소년 광준이에게 불안과 절망을 심어주는 것은 계속 지루하게 내리는 비다. 손창섭이 작품 구상을 할 때 항상 '비내리는 풍경을 그려보며, 이런 이미지를 통해서만 작품 밑바닥에 내가 바라는 무드를 깔아 나갈 수 있고, 문장 속에 나의 체취를 배게'3)할 수 있다는 말과 같이 '비'는 그의 소설에서 작중 인물들의 불안과 절망을 표현하는 주된 모티브가 된다.

그들의 어두운 방과 쓰러져 가는 목조 건물이 비의 장막 저편에 우울하게 떠 오르는 것이었다. 비록 맑은 날일지라도 동욱 오뉘의 생활을 생각하면, 원구의 귀에는 빗소리가 설레이고 그 마음 구석에는 빗물이 스며 흐르는 것 같았다. 원구의 머릿속에 떠오르는 동욱과 동옥은 그 모양으로 언제나 비에 젖어 있는 인생들이었다. 「비오는날」4)

손창섭의 단편소설에서 숙명적 불행을 타고난 인물들은 모두가 비정상적이고 불완전한 모습으로 나타나있다. 출생의 비밀이나, 육체적 불구 그리고 아무런 의욕없는 인물들은 손창섭 작품의 허무와 불안의식을 나타내는 중심이다. 그러나 손창섭 소설의 무의미함과 허무성은 작중인물의 불구성에만 있는 것이 아니라 작중인물들 간의 관계에서도 드러난다. 손창섭은 그의 소설에서 '반대되는 인물을 언제든지 배치'5)하여 대립구

---

2) 손창섭, 「나의 작가 수업」, 『현대문학』, 1955.9, p.137.
3) 손창섭, 「나의 집필괴벽-雨景에 젖어서」, 『월간문학』, 1971, 9.
4) 손창섭, 『잉여인간』, 두산 동아, 1997. 이하 작품이름만 기입하겠다.
5) 손창섭, 「나는 왜 신문소설을 쓰는가」, 『세대 3』, 1963,8.

도를 형성하게 하였다. 작중인물들이 대립관계를 나타내는데 그 중심에
는 한 여성이 있다. 여성을 중심으로 삼각관계를 유지하며 그 여성과의
관계를 강요하는 인물과 그것을 거부하는 인물로 나뉜다. 그리고 여성과
의 관계맺기는 결혼이라는 형식으로 구체화된다.

적극적이며 능동적으로 관계맺기 즉 결혼을 주장하는 인물들은 자신
감 있으며 힘있는 인물들로 묘사된다. 그러나 관계맺기에 수동적이고 거
부하는 인물들은 소극적이고 우울하다. 완강한 거부의 표시보다는 무관
심하거나 두려움으로 나타난다. 작품 속에서는 일정하게 여성과의 관계
에 대한 두려움이나 무관심으로 표명되지만 그 대상에 대해 무관심한 것
은 아니다. 그것은 여성과 객관적인 관계를 유지시키며 동정과 연민이라
는 감정의 줄다리기를 하는 우유부단함으로 나타난다. 보다 적극적인 관
계 맺기 즉 관계 안으로 들어가는 것을 두려워하는 것이다.

2. 관계의 시작 - 결혼제도의 부정

손창섭 소설의 작중인물들이 가지고 있는 두려움은 과거의 운명적인
불행과 함께 이어지는 불확실한 미래에 대한 불안이다. 그리고 사회 구
성원으로서 적응하지 못한 소외된 자아로서의 궁핍감이다. 친밀과 애정
으로 맺어진 사회적 형식 기제인 결혼은 친밀성만큼이나 책임감과 희생
이 요구된다. 가족을 형성하는 기본 단위인 결혼을 통해서 개개인은 사
회의 구성단위를 이루며 보호와 책임이라는 의무감을 가진다. 손창섭 소
설에 등장하는 관계맺기의 수동적인 인물들은 모두 이 보호와 책임이라
는 의무감에 부담을 느끼며 의식적으로 거부한다. 그 거부의 이유가 결
혼을 포함한 모든 형식적 제도나 행위에 대한 부정이다.

「공휴일」(1952)에서 주인공 도일은 결혼 청첩장을 '청춘을 묻어버리
는 한 구절의 장송문-그것은 고래로 이 남녀의 결혼의 내용을 암시해주
는 청춘의 비문(碑文)'이라고 결혼이 가지는 행복을 부정한다. 이러한 시

선은 「저어(齟齬)」(1955)에서 구체적으로 표명된다. 제목에서도 알 수 있 듯이 어긋난 관계가 남녀관계이며 결혼이다. 이 소설에서 결혼을 앞둔 주인공 광호는 결혼문제로 약혼자 정이와 계속 갈등을 빚는다. 결혼이라 는 제도에 대한 불신이 원인이다.

광호는 본시 결혼식에 대해서 전연 흥미를 갖지 못하는 인간이었다. 그것 은 단순히 취미 문제가 아니라 그의 인생관에 근거를 둔 것이었다. 그러기 비 단 결혼식 뿐 아니라, 장례식, 제사, 생일잔치 등에 관해서도, 극히 인습적이 요, 형식적이요, 공식적인 펴풍(弊風) 내지는 악습에 지나지 않는다고. -중략- 도대체 사람이 세상에 태어났다는 사실이 그다지 중대한 일이며, 또한 기념해 야 할 일인가? 광호는 거기에 대해서 언제나 부정적인 대답 밖에는 못하는 것 이다. 그가 관혼상제(冠婚喪祭)에 따르는 관습적인 예식이나 범절을 전적으로 부인하는 것도 그러한 관념과 생리의 표현인 것이다. -중략- "나는 정이씨 뿐 아니라 누구하고든 애정에서 인간과의 관계를 맺아본 적은 한 번도 없습니다. 어떻게 꼭 애정으로만 사람과 사귈 수가 있습니까? 그렇게 애정이란게 기성품 일 수가 있을까요?" 「저어(齟齬)」

광호는 남자와 여자가 만나서 서로 사랑하고 그 사랑을 사회적으로 인정받으며 사회구성원으로서 역할에 참여하는 결혼이라는 의미와 그 제 도적 장치를 전면 부인한다. 제도적 형식이 아니라 그냥 마음만 준비가 되면 아무 문제가 없다는 가치관을 가지고 있다.

애정만으로 맺어진 관계란 처음부터 존재하기가 불가능하다는 논리 이다. 이런 논리로 이해한다면 강한 애정의 끈으로 묶어져야할 결혼이라 는 것이 얼마나 가식적인 형식이라는 것을 알 수 있다. 사회적 구성원으 로서의 역할에 충실하기 위해 하는 결혼이라는 제도는 인간 자체에 대한 어떠한 변화도 이끌 수 없다는 것이 손창섭의 소설 전반에 흐르는 세계 관이다.

정숙을 생각하며 살기 위해 독신을 지켜 온 동식은 아니었다. 팔일오 해방 이래 한결같이 계속되는 초조, 불안, 울분, 공포, 그리고 권태 속에서, 물심

어느 편으로나 잠시도 안정감을 경험해 본 적이 없는 동식은 결혼에 대한 특별한 관심도 느껴 보지 못한 채, - 중략 - 결혼이라는 것의 번거로움과 짐스러움이 앞서 적극적인 태도를 취할 용기가 나질 않았다. 그렇지만 앞으로 성규가 죽은 뒤 당분간이라도 정숙이와 한 집에서 어름어름 지내게 되노라면, 동식은 오랫동안 정숙에게 대해서 지녀 온 어떤 의무감(책임감이래도 좋다)에서라도, 새로이 덮어씌워지는 운명의 그물을 벗어 보려고 끝까지 버둥대지는 못할 것만 같았다. 「사연기」

　　야생 인간인 그의 생리는, 인습적이요　형식적이요, 공식적인 것들을 무조건 거부하는 것이다.-중략-S가 무슨 식적에 참석하지 않는 이유의 또 하나는, 그런 처소에는 으레 낯짝을 치켜드는 소위 명사니 뭐니 하는 잘난 사람들이 보기 싫어서다. -중략-이 개똥 같은 권위 의식이나 명사 의식은, 그가 가장 싫어하고 타기하는 것의 하나다. 「신의 희작」

「사연기」(1953)에서 동식은 과거에 사랑했던 여자의 불행을 보면서 연민과 안타까움을 느끼지만 그것을 해결하기 위해 결혼을 한다거나 하는 적극적인 방법을 찾지는 않는다. 안정적 생활에 대한 불안의식이 결혼에 대한 부담감과 두려움으로 느껴지는 것이다. 손창섭의 자전적인 소설 「신의 희작」(1961)에서는 결혼이라는 식을 거부하는 주인공의 논리에 사회적인 의미가 부가된다. 자신의 숙명적 불행으로 생득적으로 얻어진 것이며 또 지나치게 형식적인 것을 추종하는 인간들의 위선에 대한 강한 반발이다.

손창섭의 단편소설에 나오는 인간관계는 새로운 인간관계 즉 결혼에 대해 적극적으로 강요하는 자와 수용적으로 받아들이는 자들로 나누어진다. 그러나 이들 역시 그들만의 인간관계일 뿐이지 사회에서는 적극적인 관계를 형성하지 못하는 소극적인 인물들이다. 하고자하는 노력은 있으나 어쩔 수 없는 상황이 그들을 소극적으로 만들게 되는 것이다. 거기에 결혼이라는 제도는 사회에 적응하고 타협하는 하나의 양식으로 드러난다. 불완전하고 전혀 어울리지 않는 관계에 대한 적극성과 수동성은 손창섭 소설의 전반을 흐르는 하나의 구조를 형성하고 있다. 초기 단편에

서는 결혼이라는 제도에 대한 강요와 수동성을 사회적 적응기제로 이야
기 했다면 후기 신문연재 소설에서는 결혼이라는 제도를 통해 형성한 가
족에 대한 이야기를 하고 있다. 그러나 그 가족은 전통적이고 윤리적인
규범 안에서의 가족이 아니라 계속 어긋난 관계로 인해 고통 당하고 파
멸하는 모습으로 형상화된다.

> 애당초부터 미원이와 저와의 사이는 결렬을 면할 수 없는 미묘한 처지에
> 있지 않았습니까.
> 두 분의 사이가 그렇게 악화된 근본 원인이 어디에 있다고 생각하세요?
> 그것은 물론 미원이와 저의 성격이나 취미나 인생태도가 도저히 서로 조화
> 될 수 없는 데 있었겠죠.
> 그 조화를 방해한 근본적인 원인 말씀예요
> 그거야 인간의 성격과 인생관의 차이란 결국 그만큼 집요하고 무섭다는 애
> 기가 아니겠습니까. 『여자의 전부』6)

주인공 미라가 동생 미원이의 결혼생활의 파경에 대해 동생남편과 대
화하는 내용에서 알 수 있듯이 서로 가치관이나 성격이 다른 만남의 결
과는 결국 파경으로 끝날 수밖에 없다. 인간의 성격이나 가치관, 인생관
은 결혼이란 제도 안에서 아무런 변화도 겪지 않으며 오히려 관계를 악
화시키는 요인으로 작용한다. 여기서 결혼이란 서로의 인생관이나 성격
이 비슷한 사람끼리 만나면 성공할 수 있다는 결혼성공의 조건이 갖추어
진다. 그러나 그런 조건에 부합되는 경우는 극히 드물다. 인간이라는 정
체성에 대한 확신이 없기에 선택은 언제나 잘못되고 어긋난다. 남녀관계
의 부정적 관점 나아가 인간관계의 불완전한 가치관은 결국 결혼이라는
제도의 가치와 의미를 부정하며, 그것이 구성하는 가족이라는 개념도 해
체되고 만다. "혈육 관계란 것도 타고난 성격과 처해있는 현실적 조건과
이해관계에 얽히면 이런 것일까 생각할 때"(『아들들』)처럼 천륜이 맺어준
가족이란 혈연관계조차 인간의 본성과 현실적 가치관의 차이로 쉽게 붕

---

6) 손창섭, 『손창섭 대표 작가 전집』, 예문관, 1970.

괴되고 해체될 수 있는 것이다.

3. 관계의 결말 - 가족해체

손창섭의 초기 소설에서 작중인물들이 결혼에 대한 수동성과 능동성으로 대립구조를 형성했다면, 후기 신문 연재소설에서 인물들은 한가족 안에서 서로 엇갈리는 파행상태로 나타나고 있다. 그의 소설에서 부모의 존재는 정상적인 모습으로 등장하지 않는다. 「신의 희작」(1961)이나 「낙서족」(1959)을 통해 정신적인 부채로 묘사될 뿐이다. 후기 신문 연재소설에서는 가족을 이야기하지만 부모의 역할은 드러나지 않고 부부나 형제간의 갈등만 나타난다. 가족은 부모와 자식간의 수직과 수평의 관계로 조화를 이루는데 손창섭의 소설에 등장하는 가족의 형태는 수평적인 부부관계에 대한 엇갈림이 드러날 뿐이다.

「삼부녀」(1969)에서는 주인공 강인구는 이혼한 남자이다. 그가 부인과 이혼한 사유는 부인이 자신의 친동생 남편 즉 제부와 부적절한 관계를 맺었다는 것이다. 그 둘 사이에는 보경과 보연이라는 딸이 있는데 보경은 엄마를 닮아 적극적이고 자유로운 이성관을 가지고 있고, 반면에 보연은 모든 것에 지나치게 깔끔하며 결벽증까지 있다. 강인구는 이혼한 후 안경희라는 대학생과 내연의 관계를 맺고 게다가 친구의 딸이지만 작부생활을 하던 경미에게도 미묘한 감정을 가지고 있다. 주인공 강인구는 자신의 연애생활에는 적극적이지만 두 딸에게는 관심이 없다. 결국 큰 딸 보경은 엄마에게로, 보연은 외삼촌에게로 각각 뿔뿔이 헤어진다. 한 가족이 분해되어 와해된 모습이다. 그런데 다시 새로운 가족이 형성된다. 하숙이라는 명목으로 강인구와 내연의 관계인 안경희, 그리고 친구 딸 경미가 한집에서 생활하게 된 것이다. 결혼이라는 사회적 관계의 규범아래 맺어진 기존의 가족은 완전히 해체되고 대신 전혀 어울리지 않는 비규범적인 형태의 새로운 가족 구성원이 생긴 것이다. 그런데 작품에서는 오히려 이 새로운 가족의 조화가 기존에 혈연으로 맺어진 가족 관계보다 훨씬 조화롭고 편안한 모습으로 그려지고 있다.

> 그럴바에는 결연히 가정을 해산해 보리는 것이 나을지 모른다. 한집에 모여 삶으로써 얻어지는 이익보다 손해가 더 많을때는 비록 부부요, 부자요, 형제라 할지라도 모여 살 필요가 없는 것이다. 「삼부녀」

「삼부녀」에서 혈연적 가족 해체 후에 형성된 '계약가족'은 전통적이고 일반적인 가족에 대한 부정의 극단적 모델이라고 할 수 있다

「삼부녀」의 연작으로 쓰여진 『여자의 전부』(1969)역시 엇갈린 가족 관계를 나타내고 있다. 어머니는 부재하고 늙은 아버지 밑에 미라와 미연이라는 두딸이 있다 장녀 미라는 이미 한 번 결혼에 실패한 상태이다. 결혼에 실패한 이유는 자유로운 성관념을 가진 남편의 바람 때문이다. 그녀는 이혼 후 다시 결혼을 생각하기도 하지만 스스로를 실패자라고 생각하는 내성적이며 소극적인 여자이다. 이에 비해 동생 미원은 자유분방하며 구속되기를 싫어하고 성관념도 보수적인 언니에 비해 진보적이다.

소설의 내용은 미원과 건실한 청년 구동천과의 결혼으로 시작된다. 미라는 첫 눈에 동생 남편 동천을 마음에 두지만 이미 만남은 어그러진 상태이다. 동천과 미원은 결혼을 하지만 삶의 방향이나 성적인 문제 등으로 인하여 결국 미원은 동천과 아이를 남겨두고 떠난다. 그리고 그녀는 새로운 남자를 만나 성공을 꿈꾼다. 그러나 작품에서 미원은 이혼에 대한 가책이나 자식에 대한 죄책감을 나타내지 않는다. 오히려 자신과 동천은 잘못된 만남이고 언니 미라가 자신의 남편과 더 잘 어울린다고 같이 살기를 권유하는 인물이다. 진통적 도덕관으로는 이해가 되지 않는 진보적인 성향의 미원이다. 동천 역시 미라에게 자신의 연정을 고백한다. 그러나 미라는 그에 대한 마음을 접고 스스로 분수에 맞다고 생각하는 첩을 선택한다. 처음부터 엇나간 관계는 다시 회복될 수 없다.

『부부』(1962)에서도 나(차성일)와 아내 서인숙과의 관계는 원만하지 못하다. 기생의 아들이라는 출생의 비밀을 가진 주인공은 지성과 미모를

갖춘 아내에게 항상 열등감을 느낀다. 그 열등감이 표면상으로 드러나는 것은 성관념의 차이이다. 그런데 아내 서인숙이 존경하고 흠모하는 대상 한덕만을 서인숙의 동생 정숙도 좋아한다. 한 남자를 두 자매가 동시에 좋아하는 삼각관계는 『여자의 전부』, 『이성연구』에서도 나타난다. 그러나 『여자의 전부』와 『이성연구』에서 삼각관계가 갈등의 원인이었다면 이 소설에서는 원인도 되지만 해결의 실마리가 되기도 한다. 정숙이 한원장과 결혼을 하고 서인숙은 다시 원래의 아내자리로 되돌아온다. 그러나 다시 가정으로 돌아온다고 하더라도 그 가정이나 가족관계가 예전과 다름없이 형성되지는 않는다. 어긋난 관계를 다시 구부려 억지로 이어놓은 것뿐이다.

중편 『아들들』(1970)은 손창섭이 좋아했던 도스토예프스키의 까라마조프의 형제들을 모티브로 사용하였다. 가난한 집안의 개성이 다른 다섯 형제의 결혼과 삶은 시대를 사는 다양한 인물군을 반영한다고 할 수 있다. 가난하고 착하기만 한 장남 종철은 능력이 없는 존재로 장남의 권위나 실권을 전혀 찾아볼 수 없는 인물이다. 둘째 마종갑은 일찍이 경제적인 부를 이룩한 사람이다. 모든 것을 돈과 경제논리로 해석하고 돈이면 무엇이든지 하는, 심지어 아버지 회갑연의 축의금까지 가로채는 인물이다. 셋째 종삼은 정치지향적인 인물이다 대학을 나와 일찍부터 정치계에 발을 들여놓아 권력의 중심부로 올라가는 사람이다. 냉정하고 이지적이며 출세지향적이다. 넷째 종국은 특별히 하는 일이 없는 깡패이며 건달이다. 다혈질로 욱하는 성격이 문제가 되어 형제갈등의 중심역할을 한다. 소설의 화자인 다섯째 종수는 가족 안에서 벌어지는 형제들의 암투와 갈등을 지켜보며 가족해체의 과정을 담담하게 서술하는 인물이다.

이 소설의 내용은 아버지 회갑연의 축의금사건으로 금이 간 형제들이 뿔뿔히 흩어지고, 아버지가 죽은 후 어머니의 부양문제로 종국은 살인까지 저지르게 된다는 것이다. 그리고 이 사건의 중심에는 둘째 종갑의 가족이 있다. 종갑은 부잣집 딸과 결혼했으나 그의 아내 고인자 역시 자유분방한 성격의 소유자로 손창섭의 후기 신문 연재소설에 자주 등장하는 개방적 성관념을 가진 여성이다. 부부관계나 자식에 대한 의무보다는 자신이 하고 싶은 것을 거침없이 하는 인물이다. 결국 그녀는 마종갑과 이혼을 하고 다방을 경영하며 경영자로서 성공한다. 그러면서 그녀는 시동생 종국과의 미묘한 애정관계를 유지하기도 한다. 또 고인자의 동생 인미와 다섯째 종수와의 사랑도 가족관계를 위협하는 요소로 등장한다. 형수와 시동생과의 미묘한 관계, 또 종갑이 처제인 인미를 강제로 추행한 사건, 그리고 종국의 살인 이 모든 복합적인 상황이 결국 가족을 해체시킨다. 첫째는 자살하고 둘째는 강간사건으로 고소당하고 셋째는 돈을 가지고 미국으로 도망가고 넷째는 살인사건으로 감옥에 있고, 가족은 분리된다.

남아있는 가족들은 모두 깊은 상처를 입었다. 아들 다섯 형제의 다복한 집안이 상처와 오욕의 가족으로 남아있을 뿐이다. 소설의 결말은 모든 사건이 끝나고 가족은 아픔을 안고 소풍을 간다. 그러나 이제 더 이상 이 가족에게 가족이라는 소속감이나 유대감을 찾아보기는 힘들다.

우리가 한 가족의 구성원으로 원만한 가족관계를 유지하려면 가족체계에도 일정한 투입과 산출의 공식을 대입할 수 있다. 가족체계내의 투입으로는 시간, 에너지, 애정, 의사소통, 금전, 정보, 부드러움, 이해, 가르침, 양유, 공간, 지원 등이 있다면 산출로는 수용, 사랑, 안정, 유대, 가정으로서의 분위기, 이해 의미감, 인생의 목저, 애정, 배움, 친밀성 등이라고 할 수 있다.[7]

손창섭 소설에서는 이런 가족체계를 유지하는 투입과 산출의 조화가 없다. 투입보다는 미움이나 고통, 학대, 감정적 상처, 분노, 의혹 등의 산출이 나타난다. 전체적으로 가족관계나 체계에 대한 불안이 항상 전제되어있다. 이런 만성적 불안은 감정적 삼각구도를 형성한다. 감정적 삼각구도는 가족체계의 두 부분이 지속적 갈등을 겪게 될 때 상황에 대한 통제력을 얻거나 문제를 안정화시키려는 방편으로 다른 무엇인가에 집중하게(삼각구도 속으로 들어가게) 될 때 일어난다. 많은 것들이 삼각구도에

---

7) 웨슬리버어 지음, 최연실 옮김, 『새로보는 가족 관계학』, 도서출판 하우, 1995. p.44.

들어올 수 있다. 가족 내 다른 성원도, 외부의 사람도 가능하다. 이는 주로 건강치 못한 세대가 연합이나 혼외정사관계가 얽힐 경우 나타난다.8)

손창섭 소설에 나타나는 가족은 부모의 역할이나 그것의 중요성이 언급되지 않는다. 부모는 가족이라는 구성원의 수를 채워주는 장식 같은 존재이다. 그리고 가족은 부모가 아니라 부부체계로 구성된다. 그러나 이런 부부체계의 수평적 관계는 서로 만나지 않고 자꾸만 어긋난 관계이다. 어긋난 관계의 형성원인은 부부관계의 성적인 문제이다. 개방적인 성관념의 소유자와 보수적인 성관념의 소유자가 서로 조화로운 관계를 형성하지 못한다. 그리고 부부의 이상적 관계대상은 외부에 있다. 그것도 가족 내에 형수나 시동생, 제부 등 사돈관계를 맺고 있는 대상에게서 이상적 관계를 찾으려하는 감정적 삼각구도가 형성된다. 그것은 부부가 사랑과 믿음으로 맺어진 관계가 아니라 어쩌다 보니 또는 육체적 관계 때문에 어쩔 수 없이 맺어진 관계이기 때문이다.

그렇게 형성된 가정 안에서 그들은 서로의 역할에 충실하며 원만한 가족을 유지하기 위한 어떠한 노력도 하지 않는다. 오히려 과거에 서로에게 가지고 있었던 불안과 의심이 증가될 뿐이다. 아내는 있으되 어머니가 없는 가정, 남편은 있으되 아버지가 없는 가정의 모습은 정상적인 가족의 모습에서 벗어난다. 손창섭 후기 소설에 나타나는 이혼과 재혼 그리고 한 남자 세 여자의 동거의 모습은 가족관계가 발달하지 못하고 오히려 해체하는 모습을 보여준다. 그 해체에는 항상 삼각형으로 비윤리적 혼외정사가 등장한다.

손창섭의 초기 소설에 등장한 인물은 관계 맺기를 강요하는 자와 강요당하는 자 그리고 그 대상의 삼각구도를 가지고 있다. 그리고 그 관계 맺기는 결혼이라는 제도로 구체화된다. 그러나 작중인물들은 결혼을 해서 새로운 인간관계를 맺어 사회적 구성원으로 살아가는 것에 대해서는 두려움과 불안을 느낀다. 그래서 그들은 수동적이거나 침묵하는 인물로 형상화된다.

---

8) 같은책, p.165.

후기 소설에서 손창섭은 결혼과 가족을 이야기한다. 그는 부부관계를 중심으로 한 가족의 갈등과 해결을 보여준다. 그러나 가족은 그 관계 안에서 삼각관계로 어긋난다. 반윤리적이고 비도덕적인 삼각관계의 연속은 가족이라는 구성원의 몰락과 해체를 가져온다.

결혼을 매체로 가족이라는 가장 기본적인 사회적 관계를 맺었으나 그 관계 역시 어색하고 이상하다. 관계 맺기에 대한 불안감은 어긋난 관계를 형성하고 그 관계의 연속성에 가족은 해체된다. 가족 안에서 어떠한 이상과 휴식을 찾을 수 없다. 손창섭은 이러한 소설을 통해 개인과 사회에 대한 자신의 가치관을 보여준 것이다. 그 가치관은 모든 개인과 관계에 대한 불안감이다.

4. 맺는 말

이상으로 본고는 간략하게나마 손창섭 소설에 나오는 결혼과 가족관계에 대해서 살펴보았다. 손창섭 소설에 나타나는 허무와 부정적 인식은 작중인물의 비정상적 유형에서도 나타나지만 그의 작품 전체의 인물관계 구조의 엇갈림에서도 찾을 수 있다. 손창섭 소설에는 항상 대립적인 인물유형이 나타나고 그들의 대립은 초기에는 결혼이라는 관계맺기에 대한 능동성과 수동성으로 표현된다. 그리고 후기 신문 연재소설에서는 '성관념'의 차이로 대립과 갈등을 일으키며, 이것이 한가족의 엇갈린 관계를 형성하는 원인이 되기도 한다.

손창섭 소설에 나타나는 결혼에 대한 부정은 형식이나 제도에 대한 부정으로 확대된다. 제도나 형식을 중시하는 것은 위선적이고 형식적인 인간의 모습과 닮아있다는 것이다. 위선과 형식에 가득 찬 인간에 대한 부정적 인식은 그의 후기 신문 연재소설에서는 가족 안에서의 파행적 모습으로 드러난다. 한 가족 안에서 가족 구성원들은 서로 엇갈린 감정적 삼각구도를 형성하고, 그 엇갈린 관계로 인하여 결국 가족은 해체된다.

그러나 작품 속에서 가족의 해체는 이미 전제된 상황이라는 것을 암시한다. 애정으로 맺어진 부부가 아니며, 상반된 성관념을 가지고 있는 부부 관계, 그리고 부모의 역할이 부재한 가족의 모습은 시작부터 불안함을 보여준다. 이 불안함은 손창섭의 작중인물이 가지고 있는 숙명적인 불행하고 관련된다.

손창섭의 작중인물들은 숙명적으로 불행을 가지고 태어났거나 사회나 인간적 삶에 대한 불안감과 두려움을 가지고 있다. 그들은 사회적 구성원으로 정상적인 인간관계를 형성하지 못한다. 이유는 개인과 개인의 만남은 항상 어긋나며 이 어긋난 관계에 대한 두려움과 불안이 크기 때문이다. 이것은 작가 손창섭이 가지고 있는 불안이며 두려움이다. 스스로를 괴짜라고 부르며 사회로부터 자신을 소외시킨 것처럼 손창섭은 인간관계에 대한 근원적 불안감과 두려움을 가지고 있는 것이다. 이것이 그의 소설에서 결혼에 대한 부정적 인식이나 가족의 해체로 표명된 것이다.

'청년' 개념의 분화 과정과 자기 구성의 논리

-『少年』과『靑春』을 중심으로

권 용 선*

0. 입구

하나의 개념어를 문제 삼는다는 것은, 그것을 만들어내고 유통시킨 시대와 그 시대의 지적인 토대를 구성하는 인식의 작동방식을 담론의 차원에서 재구성하고자하는 의도를 포함한다. 그러므로 우리가 주목하는 것은 단순히 하나의 '개념어 그 자체'가 아니다. 우리가 '청년'이라는 말에 주목한다면, 그것은 '청년'이라는 말이 만들어지는 역사적 맥락과 제도적 변화 그리고 인식론적 전환을 통해서 그동안 자명한 것으로 여겨왔던 '어떤 것'을 새롭게 보기 위해서이다. 하나의 개념어는 인접한 다른 단어들과 결합하거나 경쟁하면서 특정한 관계의 장을 형성하고, 그것이 어떤 효과를 산출하는 담론의 구성요소로 언표화 될 때 비로소 의미를 갖는다.1) 이를테면, 우리는 통상 '문학'이라는 분과학문과 그것의 하위 범주

---

* 인하대학교 강사

1) 자세한 내용은 미셸 푸코, 이정우 역,『지식의 고고학』(민음사, 1998)의 제2장 언설의 규칙성을 참고할 것.

인 장르에만 관심사를 국한시켜 온 셈인데, '문학' 영역의 바깥에 있는 것들이 어떤 식으로 '문학'의 동인이 되고 그것의 형성을 추동시켰는지를 알 수 있다면, 본래의 관심사인 '문학적인 것'을 해명하는 데에도 보탬이 될 것이다. 따라서 개념어를 통한 접근법은 정교한 이론적 틀에 의한 텍스트 분석이 아니라, 다양한 가능성 중에 하나로 제안된 것이다.

이 글에서는 1910년대라는 특정한 시기에 '청년'이라는 개념어가 어떤 방식으로 형성, 분화되었는지 그리고 그것이 어떤 방식으로 자기구성의 논리를 확장시켰는지에 관하여 이야기할 것이다. 그것을 통해 우리가 '근대적 문학' 혹은 '근대적 글쓰기'라고 부르는 것이 어떻게 가능한 것으로 '상상' 되었는지를 살펴볼 것이다. 여기서 1910년대가 대상 시기로 설정된 것은 우리 근대 문학의 출발이 식민지 경험과 더불어 시작된다고 보았기 때문이며, 『소년』과 『청춘』을 대상 텍스트로 삼은 것은 그것들이 '청년'이라는 개념어와 '문학'이 연동하는 과정을 가장 첨예하고도 풍부하게 보여준다고 판단했기 때문이다.

1. 박래품으로서의 '청년'

아동, 소년, 청소년, 청년, 장년, 노년 등 우리가 인간의 생애주기를 표현하기 위해 사용하는 이러한 단어들은 언제부터 자명한 것으로 쓰이기 시작했을까. 이 말들은 단순히 한 세대와 다른 세대를 구분하기 위해서만 사용되었던 것일까. 우리는 적어도 이 말들이 동시에 만들어져서 동시적으로 쓰이기 시작한 것은 아니라는 것을 알고 있다. 아리에스의 말을 빌자면 서구에서는 "17세기에는 청년기가, 19세기에는 아동기가 20세기에는 청소년기가 특권연령층에 해당되었다."[2] 전쟁의 체험, 교육제도의 성립, 생활양식의 변화, 문화적 취향의 분화 등 특권화의 계기는

---

2) 필립 아리에스, 문지영 역, 『아동의 탄생』, 새물결, 2003, p.86.

다양했다. 하지만, 이때의 특권화가 곧 '특권적 지위'를 의미하는 것은 아니다. 이를테면, 19세기를 아동의 세기로 명명했다고 해서 그 시대에 아동이 특권적 지위를 누렸다는 의미는 아니다. 오히려 19세기에 특권적 지위를 누렸던 것은 청년이었다. 아리에스는 다음과 같이 말한다. "우리는 아동기에 대한 묘사가 '청년기'를 애호하던 경향에 비해 얼마나 상대적이었나를 잊어서는 안 된다. 이 시기는 아이들도 청소년들도 노인들도 아닌 '젊은이들(hommes jeunes)의 시기였다."3) 19세기를 '아동의 세기'라고 한다면, 그것은 이 시기에 '아동'이 이전과는 다른 방식으로 사고되고, 표현되고, 다루어졌다는 것을 의미하는 한에서 그렇다.

한편, 홉스봄은 19세기 후반에서 20세기 초반이라는 특정한 시기, 그가 〈제국의 시대〉라고 부르는 이 시기에, 부르주아 가족구조가 느슨해지는 경향 속에서 '청춘'이라는 말이 특권화 되었다고 말한다. 가족 구성원으로부터 가장 분리되고 독립된 존재로서의 '청년'(young men) 혹은 '청춘'(youth)의 등장은 문학과 예술에 강한 영향을 미치기 시작했고, 그 결과 "'청춘'이라는 말과 '근대성'이라는 말은 거의 바꿔 쓸 수 있는 것"4)이 되었다. 문학의 주체이자 도덕과 정치의 관심사였던 이들은 "노화되고 경직된 사회에 활력을 줄 수 있는 새로운 가치를 내포하고 있는 것처럼 보였다. 이러한 종류의 감정은 낭만주의 시대에도 약간 체험되기는 했지만 그것은 특히 문학작품을 읽는 소수 독자층에만 한정된 것이었다. 반면 청년기에 대한 자각은 전방의 병사들이 일제히 후방의 기성세대에 반항했던 1차대전 이후 보편적이고도 흔한 현상이 되었다."5)

동아시아에서 '청년'이라는 말이 특권적으로 쓰이기 시작한 것도 홉스봄이 말했던 〈제국의 시대〉에 해당한다. 자본주의적 질서가 안정기에 접어들었던 유럽에서는 이때가 보기 드문 '평화의 시대'였지만, 유럽 바깥에서는 식민지 정복전쟁이 끊이지 않았던 '제국주의의 시대'이기도 했다.

---

3) 아리에스, 앞의 책, p.87.
4) 에릭 홉스봄, 김동택 역, 『제국의 시대』, 한길사, 1998, p.325.
5) 필립 아리에스, 문지영 역, 『아동의 탄생』, 새물결, 2003, pp.83-84.

'청년'이라는 말은 서양과 동양이 혹은 제국과 식민지가 문명과 야만의 이름으로 대결하고 각축하는 과정 속에서 새롭게 발견되고 조직된 용어인 셈이다. 조선의 경우를 보자.

> 國家는 靑年之士로 因하야 永히 盛ㅎㄴ니……凡靑年에 士가 直地에ᄂ 비록 其任이 輕ㅎ고 其力이 徹혼듯ㅎ나 今에 世를 永ㅎ야 後에 世를 立ㅎᄂ 者ᄂ 엇지 靑年이 아니리오 國家에 盛衰ㅎᄂ 運이 全혀 靑年에 繫한지라……嗚呼라 世人은 0前事에 眩ㅎ야 永有事를 料치 못ㅎ고 靑年에 士ᄂ 乳臭黃口라 엇지 國家와 天下에 事를 知ㅎ리오 則革新之謀와 文明之道를 誰로 與ㅎ야 進取ㅎ리오[6]

급작스럽게 도래한 서구 문명과 대결하기 위해서는 무엇보다도 새로운 종류의 국가장치와 그것을 구성할 수 있는 국민이 필요했고, 그때의 국민은 기존의 낡은 습속과 제도 속에 편입되지 않은 존재, 무엇보다도 서구와 대결할 수 있는 힘을 지니고 새로운 것을 만들어낼 수 있는 존재이어야 했다. 국가의 성쇠는 '개혁'과 '문명'이라는 현실적 요구를 청년들이 수행할 수 있는가 여부에 달려 있었다. 국가의 선진이 되어야 할 청년들이 '유취황구'의 미숙함을 보인다면 국가의 미래도 없는 것이다. "능력이 없어서 몇 백 년 전 형편과 같이 다만 위에 있는 사람이 나를 양육해주기만 바라면 이는 어린 아이와 같은 국민이라 이제 세상에 생존하기 어려울 것"[7]이라는 위기의식이 새로운 시대를 담당할 주체로 '청년'을 호명한 것이다.

> 國家의 主動力이되야 能히 國家의 運命을 左右하는 者-未知케라 其誰오 弱軀ᄂ 古木곳고 軟質은 薄柳곳흔 婦女子며 弓腰瘦骨이 能히 自支티못ㅎᄂ 老人일ᄲ 抑且涕垂涎流ㅎᄂ 黃口幼兒며 叫苦痛ㅎᄂ 委床病人일ᄲ 曰否라 吾輩靑年이야말노 國家의 中樞이며 主動力이라……我ᄂ 好靜ㅎᄂ 婦女子가 아니라 好

---

6) 「靑年之士에 望」, 『親睦會會報』2호, 1896.
7) '어린 아이와 같은 국민은 지금 세상에 적당치 아니함'(논설), 〈대한매일신보〉, 1908.7.23.

動ᄒᄂ 男子이며 我ᄂ 餘日이 無幾ᄒ 古老人이아니라 來日이 方長ᄒ 新靑年인
故……大抵活世界ᄂ 活靑年을 依ᄒ야 비로소 組織되고 强固ᄒ 國家ᄂ 靑年을
賴ᄒ야 비로소 建設을 得ᄒ니 國家의 前途ᄂ 恒常靑年意氣의 如何ᄒᆷ을 因ᄒ야
豫先卜知ᄒᄂ비라8)

　　근대국가 수립과 국민 만들기의 테마는 무엇보다도 전근대적인 것과
의 단절을 필요로 했고, 오래된 것, 낡은 것, 전통적인 것에 대한 대립
항으로 새로운 것, 신선한 것, 근대적인 것을 생산할 수 있는 주체를 요
구한다. 새로운 시대를 운전할 주체, 즉 국가의 주동력인 '국민'은 아무나
될 수 있는 것이 아닌 것이다. 연약한 아녀자, 늙은 노인, 침 흘리며 우
는 어린 아이, 병들어 누워있는 환자 등은 모두 '국민'에서 배제된다. 병
들고 나약한 자들 지나간 시대의 낡은 가치를 붙잡고 있는 자들은 새로
운 시대에 적합한 인물이 아니기 때문이다. 진정한 국민은 오직 의지와
활기로 새로운 문명의 국가를 건설할 수 있는 존재, 그렇게 하기 위해 낡
은 조선을 파괴할 수 있는 힘을 가진 존재이어야 했다. "建設的手腕이 有
ᄒ 人物이 아니라 破壞的性質이 有한 人物"9)인 '청년'만이 국가의 주동력
이 된다. 하지만, '청년'은 아직 온전한 존재가 아니다. 힘이나 활기, 의
지만으로는 국가의 주동력이 되기에 부족하다. 그러므로 배워야 한다.
최남선이 『소년』지 표지에 썼던 말, "今에 我帝國은 우리 少年의 智力을
資하야 我帝國歷史에 大光彩를 添하고 世界文化에 大貢獻을 爲코려하나
니 그 任은 重하고 그 責은 大한더라 本誌는 此責任을 克當할만한 活動
的 進取的 發明的 大國民을 養成하기 爲하야 出來한 明星이라 新大韓의
少年은 須史 라도 可離육티못할더라"도 바로 이런 맥락에서 만들어진 것
이다.
　　'청년(靑年)'이라는 말은 1880년 오자키 히로미츠(小崎弘道)가 'Young
Men's Christian Association'을 '基督敎靑年會'로 번역하면서 본격적
으로 쓰이기 시작했다. 물론 이때의 '청년'은 '젊은이'라는 세대적 의미가

---

8) 최남선, 「國家의 主動力」, 『大韓留學生會學報』2호, 1907.4.
9) 최남선, 「現時代가 要求ᄒᄂ 人物」, 『大韓留學生會學報』2호, 1907.4.

포함된 것이었다.10) 이 시기 이전까지 동아시아에서는 '소년'과 '장년(혹은 노인)'을 세대를 구분하는 용어로 주로 사용해왔고, 그것의 문학적 수사로 '청춘'과 '백발'이라는 말을 쓰기도 했지만, 이러한 구분조차로 결혼이라는 제도적 장치와 그것을 일종의 통과의례장치로 인식하던 사회적 관습보다 강력한 것은 아니었다. 아무리 나이가 들어도 결혼하지 않은 자는 여전히 '미성년(소년)'이었고, 독립적인 존재로 인정받지 못했던 것이다. '청년'은 세대를 구별하기 위한 단어로 도입된 것이 아니었다.

　'young men'이 '소년'이 아니라 '청년'으로 번역되었다는 것은 이 말 속에 '나이가 젊은 사람'이라는 의미 이상의 내용이 포함되어 있다는 뜻이다. '소년'이라는 익숙한 단어로는 기독교로 표상되는 '문명'이라는 새롭고 낯선 것과의 대면을 온전히 설명할 수 없었던 것이다.11) 지금 이곳의 현실에는 존재하지 않는 것, 하지만 있어야만 할 것을 번역하는 과정에서 만들어진 '靑年'이라는 한자어는 그 자체로 '카세트 효과'12)를 지니며 '노화되고 경직된 사회에 활력을 줄 수 있는 새로운 가치'로 부상하기 시작했던 것이다.

　그럼에도 불구하고 한동안 '소년'과 '청년'은 그 개념적 분화가 완전하게 이루어지지 않은 채 혼용되었다. 이를테면, "노인은 저녁별 같고 소년은 아침별 같으며 노인은 수척한 소와 같고 소년은 어린 범과 같으며 노인은 중과 같고 소년은 협객 같으며……오늘은 과연 청년의 세계요 노인의 세계가 아니며 청년의 시대요 노인의 시대는 아니로다"13)라는 표현처럼 하나의 텍스트 속에 '소년'과 '청년'이 같은 의미로 함께 쓰이는 경우도 있었고, 최남선이 발간한 잡지 『少年』처럼 연령상으로는 10대부터 2,30대까지 포괄하면서 의미상으로는 새롭고 이상적인 집합적 존재로서 '소년'이라는 말을 사용하는 경우도 있었다. 중국의 사정도 비슷했다. 중국에서는 동아시아에서 가장 늦게 '청년'이라는 말에 주목했다. 이를테

---

10) 北村三子, 『靑年と近代』, 世織書房, 1998, p.12.
11) 한국에서 기독교청년회(YMCA)는 1903년 '황성기독교청년회'로 출발했다.
12) 야나부 아키라, 서혜영 역, 『번역어성립사정』, 일빛, 2003, p.47.
13) 청년동포에게 고함이라, 〈대한매일신보〉, 1907.8.24.

면, 1915년 창간된 『青年雜誌』에는 W.F Markwick와 W.A Smith가
쓴 『The True Citizen』의 두 번째 장인 「The Youth」가 「青年論」이라
는 제목으로 번역 게재되어 있는데, 여기서 youthful period는 少年時
代, young person은 少年, season of youth는 青年時期로 되어 있
다.14) 또, 중국 신문화운동의 주역 중 한 사람이었던 후스(胡適)는 그의
글에서 일관되게 '少年'이라는 단어를 사용하고 있지만, 그것 역시 대체
로 '青年'의 함의를 담고 있는 것이었다. 일본의 경우, 오자키 히로미츠가
YMCA를 번역하는 과정에서 '청년'이라는 말을 새롭게 사용한 이래, '청
년'이라는 개념어는 한동안 새로움, 문명, 건설 등의 동의어였다. 도쿠토
미 소호(德富蘇峰)는 이것을 『國民之友』(1888)의 권두언에서 "구일본의
노인이 차차 가고, 신일본의 소년이 점차로 온다"라고 선언적으로 표현했
다. 이 시기의 '청년' 혹은 '소년' 역시 "역사적·문화적·사회적 레벨에
있어서 주체의 차이화를 기능하게 하기 위한 개념으로서 기능한 것"15)
이지 세대관념의 표현은 아니었다. 결국, 근대 초기 동아시아에서 '청년'
이라는 말은, 기존에 써왔던 단어만으로는 그 복잡한 의미를 완전하게
표현하거나 번역할 수 없다는 의식에서 새롭게 발견되고 조직된 것이었
지만, 한편으로는 '청년'으로 호명된 자들과 '청년'을 호명하는 자들 사이
에서 익숙하게 존재했던 소통의 코드인 '소년'을 포기할 수도 없었던 딜
레마가 여전히 있었던 것이다.

2. 『소년』, 청년을 낳다

1908년 6월 일본에서 구입한 최신의 인쇄기기와 참고서적을 들고
최남선이 귀국했다. 와세다 대학에서 지리·역사학을 공부하며 『大韓留
學生學會報』를 편집하고, 『大韓學會月報』에 몇 편인가 시를 발표한 후였

---

14) 一青年, 「英漢對譯 青年論」, 『青年雜誌』제1권1호, 上海書房, 1988.
15) 木村直惠, 『〈청년〉の 誕生』, 新曜社, 1998. p.42.

다. 그동안에, 조선에서는 헤이그에 밀사를 파견한 고종이 강제 퇴위 당했고, 군대가 해산했다. 그리고 1908년 11월 잡지 『少年』이 창간되었다.

최남선은 매우 이른 시기부터 누구보다도 예민하게 미디어의 힘을 인식하고 있었다. 그는 10세 전후부터 신문을 읽기 시작하여, 12살 무렵에는 황성신문, 제국신문 등에 직접 투고를 하기도 하였고 15세에는 발표지면을 얻기도 했다. 그때까지 육당이 가진 미디어에 대한 지식은 "西人들의 漢字로 刊行하난 〈大阪朝日新聞〉〈萬朝報〉와 밋 『太陽』『早稻田文學』의 舊舊誌"16)를 보는 정도에 머물렀으나 유학시절 확인한 일본 출판계의 성대함은 그로 하여금 "十年宿病인 新聞雜誌에 對한 狂氣"를 부추겼고, 그 결과 잡지 『소년』이 탄생하게 된 것이다. 물론 이 과정에서 『大韓留學生會學報』를 편집했던 경험이 잡지발행의 큰 동력이 되었을 터이다.

> 내가 東京에 잇슴에 畏反某君과 꾀하야 將次 이릐켜야 할 思想界建設을 爲하야 그 한 方法으로 거긔 觀한 雜誌를 내이자고 計劃한 것이 잇스니 母論 純政治에 偏하게도 아니오 坐 純文藝에 偏하게도 아니라 모든 方面으로 새로 發生하난 싹에 對하야 모다 同輩의 意見을 吐露하야(밑줄-인용자)……우리가 하난일은 外形上에는 自己地位에 對한 大自覺을 喚起함과 밋 一般智識의 程道를 向上하난데 必要한 것이라……『少年』의 目的을 簡短히 말하자면 新大韓의 少年으로 깨달은사람되고 생각하난사람되고 아난사람되야 하난사람이 되아서 혼자억개에 진 무거운 짐을 堪當케하도록 敎導하쟈함이라17)

"정치가 해결하지 못한 것을 문화와 계몽에다 위촉하려는 기운이 융희 년간의 일반경향18)이었다고 한다면, 『소년』지 역시 순정치적인 것도 순문예적인 것도 아닌 "모든 방면으로 새로 발생하는" 것들을 표현하고

---

16) 「少年」의 旣往과밋將來, 「소년시언」, 『소년』3년6권, 1910.6.
17) 위의 글
18) 임화, 임규찬·한진일 편, 『신문학사』, 한길사, 1993, p.100.

제시하는, 일종의 종합교양잡지의 성격을 지닌 것이라고 할 만 하다. 하지만, 『소년』에는 문화적 교양의 배면에 다른 무엇인가가 있었다. "우리 大韓으로 하야곰 少年의 나라로 하라 그리하랴 하면 能히 이責任을 堪當하도록 그를 敎導하라"[19]는 말에서 볼 수 있는 것처럼, 미결정적인 '소년'의 이미지를 미래의 '국민'속으로 투사함으로써 최남선은 잡지의 정론성(政論性)을 여전히 붙잡고 있었던 것이다. 당시의 주요 일간지였던 〈대한매일신보〉는 그것을 예민하게 알아 차렸고, 열성적으로 지지했다.

> 쟝러에 한국으로 흐여곰 영국 법국 덕국 아라스 등 각국으로 더브러 강홈을 셔로 닷토게 홀 쟈는 누구이뇨 소년이오 쟝러에 한국으로 흐여곰 익급 파란 안남 면뎐 등 각국과 ᄀᆞ치 마귀의 굴헐에 영영 쩌러지게 홀 쟈는 누구이뇨 그도 ᄯᅩ흔 쇼년이니 정신도 업고 지식도 업고 지긔도 업는 쇼년이 능히 이 중대흔 칙임을 쾌히 담당홀가 갈ᄋᆞ디 불가하다……오호ㅣ라 오늘날 한국에 턱셕 ᄀᆞᆺ흔 ᄉᆞ상으로 쇼년의 귀롤 울니며 나라의 정신으로 쇼년의 뇌슈에 부어주는 쟈는 누구인가 소년잡지샤 쥬인 최창션씨가 이 사롬이로다 최씨가 이 잡지를 발간홀 제 쇼년잡지 네 글ᄌᆞ에 그ᄆᆞ음을 썩이며 쇼년잡지 일편에 피를 토흐며 대한젼국 쇼년계에 밧치니 최씨 최씨여 이 잡지가 난 후로 한국쇼년의 정신이 더욱분발홀지며 한국쇼년의 지식이 더욱 분발홀지며 한국쇼년의 지식이 더욱 붉을지며 한국쇼년의 지긔가 더욱 장홀지라도 우리는 이잡지를 축원흐노니 다만 브라건디 이 잡지는 한국쇼년의 용감흔 ᄆᆞ음을 싱기게 흐고 이 잡지는 한국쇼년의 인내흐는 ᄆᆞ음을 ᄀᆞᆺ게흐며 이 잡지는 한국쇼년의 밋는 ᄆᆞ음을 비양흐고 이 잡지는 한국쇼년의 완미흔 뇌슈롤 격파흐며 ᄯᅩ 이 잡지는 한국인물을 양성흐는 어진 스승이 되게 홀지어다[20]

'소년'은 나라의 장래를 책임져야 하는 존재이다. 어떤 '소년'인가에 따라 장래의 한국을 "영국 법국 덕국 아라스 등 각국으로 더브러 강홈을 셔로 닷토게 홀" 수도 있고, "익급 파란 안남 면뎐 등 각국과 ᄀᆞ치 마귀의 굴헐에 영영 쩌러지게 홀" 수도 있다. '문명'의 지위에 서느냐 '야만'의 길

---

19) 『소년』1년1호. 1908.11
20) '쇼년잡지를 축하흠'(논셜), 〈대한매일신보〉, 1909.4.18.

로 떨어지느냐 하는 국가의 미래가 모두 '소년'의 손에 달려 있는 것이다. 그런 점에서 '소년'은 불안한 존재이다. 하지만 동시에 가능성을 지닌 존재, 미래의 국가를 구성할 국민의 대표로 호명된 존재이다. 이렇게 중요한 '소년'에게 '정신'과 '지기'와 '사상'을 교육하여 '용감한 모음', '인내ᄒᆞᆫ 모음', '밋ᄂᆞᆫ 모음'을 갖게 하는 것이 바로 잡지『소년』의 임무이며, 그 과정 속에서『소년』은 "한국인물을 양성ᄒᆞᆫ 어진 스승"이 되는 것이다. 잡지『소년』에 거는 〈대한매일신보〉의 기대는, '소년'이라는 존재가 지닌 가능성에 대한 기대의 한 표현이었던 것이다.

앞서 말했던 것처럼 이 시기의 '청년'이라는 말은 '소년'의 '新形異語'였다. 『소년』지 초창기에는 일관되게 '소년'이라는 말이 사용되고 있지만, 그것은 '청년'의 의미를 내포하고 있는 것이었다. 『소년』지에서 '청년'이라는 말이 독립적으로 쓰이기 시작한 것은 1909년경(잡지 2년3호)이다. 후쿠자와 유키치(福澤諭吉)의 '修身要領'을 번역 게재하면서 새롭게 마련된 "現代少年의 新呼吸"(2년2호)이라는 코너가 이때부터 "新時代青年의 新呼吸"21)으로 타이틀을 바꾸었고, 제임스 몽고메리의 시 "A Spiration of Youth"가「青年의 所願」이라는 제목으로 번역 게재되었다. 편집자는 이 시에 대해 "青年의 志望을 歌詠한 것"으로 "그 純潔하고 高尚함이 足번히 吾輩의 敎訓이 될만하다"22)라고 하면서 국가와 동포를 위한 공명심을 갖고 지식을 쌓으며 자애와 정의로 천국 같은 세계를 만드는 것이 청년의 소망이라고 해설한다.

하지만,『소년』지에서 '청년'이 그 자체로 담론화 된 것은「청년학우회보」를 싣기 시작한 2년8호부터이다. 청년학우회보는 1909년 안창호의 발의에 의해, 청년들의 인격수양과 애국심함양을 위해 설립된 청년수양단체인 '청년학우회'23)의 기관지로, 당시 안창호와 긴밀히 연결되어 있던 최남선의 배려로『소년』지 안에「청년학우회보」가 실리게 되었던

---

21) 이 코너에는 링컨, 프랭클린, 톨스토이, 페스탈로치, 이율곡, 스마일스, 에피테투스 등 동서양 위인이 남긴 잠언투의 문장들이 번역 게재되어 있다.

22) 『소년』2년3권, 1909.3.

23) 박찬승, 『한국근대정치사상사연구』, 역사비평사, 1997, p.99.

것이다. "上으로 先民의 遺緖를 續하야 其短을 棄하고 其長을 保하며 下으로 同胞의 先驅를 作하야 其險을 越하고 其夷에 就할 者는 卽我一般靑年이 其人이라……有志靑年의 一大精神團을 組織하야 心力을 一致하며 智識을 互換하야 實踐을 勉하고 前進을 策"24)하고자하는 취지에서 결성된 청년학우회의 회원이 되려면 '심상중학 이상의 학예를 준수하고 품행 단정한 만 17세 이상의 청년'이어야 했다.

'청년'을 '一國의 使令이며 一世의 導師'로 훈련하기 위한 목적에서 조직된 청년학우회는 德·體·智 세 분야에 걸쳐 청년들을 교육하기 위한 프로그램을 마련했다. 덕육을 배양하기 위해 강연회, 품행감독, 근검저축의 장려, 공공사업의 실행 등으로 자강·충실·근면·용감한 정신을 고취하고자 했고, 청년들의 체육활동을 위해 위생상 주의할 사항의 수시 전달, 운동장의 설비, 순회경기의 실행 등을 계획했다. 또 기간잡지와 유익한 서적을 간행하고 도서종람소와 간이식 박물원을 설립하는 한편, 순회 강연회, 계론회, 강습회 등을 열어서 청년들의 지육을 계발하고자 했다.25) 「청년학우회보」의 출현으로 '청년'이라는 개념어는, '소년'으로 호명되던 가능성 있는 젊은 세대라는 추상적 범주로부터 분절되어 독자적인 존재감을 확보하게 되는 셈이다. 최남선은 같은 호 「少年時言」란을 빌어 특별히 '청년학우회'를 소개하고, '靑年다운 靑年'이란 어떤 존재인가에 대해 이야기했다. 그가 말하는 청년다운 청년이란 "일(工夫)할째에는 일을잘하고 놀째에는 놀기잘하고 먹기 잘하고 삭이기잘하고 前途의 희망만 양양한 바다갓고 향상의 성심만 燄燄히 불갓하서 나는 한 째라도 하난것업시 지내지 아니할것이오 한가지라도 의리에 버서나지 아니하난 것만"하는 청년이다. 정리하자면, '청년'은 '평범'한 젊은이인 것이다. 수양과 준비라는 '청년학우회'의 성격을 고려하더라도, 이것은 앞에서 최남선이 '소년'이라는 존재에 국가의 장래와 가능성을 적극 투사했던 태도와 비교해 볼 때 다분히 후퇴한 것이라 하지 않을 수 없다. '소년'과 더불어

---

24) 「청년학우회취지서」, 『소년』2년8권. 1909.8.
25) 「청년학우회설립위원회의정건」, 위의 글

쓰일 때의 '청년'이 정치적 함의를 담고 있는 말이었다면, 1910년을 전후로 하여 '소년'으로부터 갈라져 나온 '청년'은 '일상적 존재'로서의 자기 규정을 전제로 하여, '국가'와 분리된 채 개별적 수준에서 가능성을 지닌 존재를 의미하는 말이 된다.

1914년에 창간된 『靑春』의 경우, '청년학우회'라는 구체적인 조직 집단과의 연관성은 별개로 하더라도, 「청년학우회보」에서 제안된 교육의 입안들, 즉 지·덕·체육에 의한 청년교육의 구체적 실천방안들이 기사로 구성되어 있어 흥미롭다. 이 잡지의 대략적인 체제는 논문, 수필, 시, 소설, 잡조 등으로 나누어지는데, 논문에 속하는 글 중에서 잡지의 칼럼에 해당하는 「我觀」이 주로 '수양'을 강조하는 덕육의 내용을 담고 있다면, 여타의 논문들은 자연과학적 지식이나 '문명'을 테마로 하는 인문학적 지식을 전달하는데 주력한다. 또 잡조에 실린 몇몇 기사들, 예를 들면, 뻬스볼 설명(1권1호), 淸秋의 3運動會(1권3호) 제3회극동선수권경기 올림픽대회참관기(3권2호) 같은 것들은 체육활동에 대한 구체적인 사례를 담고 있다. 특히 휘문의숙, 오성학교, 중앙학교 등 유력한 사립학교를 방문하여 청년 학생들의 학교생활을 취재하여 기록한 「학교방문기」는 그 자체로 당시 청년학생들의 교내외 생활사를 엿볼 수 있다는 점에서 흥미롭다.

> 가장 主力하는 科目을 무르니 數學,語學,算術가튼 實用的 學科로라하며 學生들도 數理에 가장 用力하고 쏘 가장 張處인 듯……現代靑年의 最張處를 무엇으로보셧느냐하니 「義俠일줄 아오 그 近實한 例證을 말슴할 것 가트면 學生界로 말하야도 苦學生 救濟의 風이 盛行함과.…」…하며 最短處를 무르니 「毋論 奢侈─차라리 넓이 발히야 虛榮心이라하오 무슨 의사인지 奢侈등은 하려고 합데다…」…學外에 잇서 엇더케 學生의 私行을 善導하고 쏘 課外의 訓練은 엇더케함을 무르니「…昨年부터 寄宿舍를 두엇는데…食單은 학교에서 마련하야주고 雜誌나 圖書가튼 것도 學校로서 融通하야 縱覽케하오26)

---

26) 「중학교방문기 휘문의숙」, 『청춘』제4호, pp.82-85.

「학교방문기」는 잡지 편집인인 최남선이 직접 학교를 방문, 그 학교의 학생이나 운영주체와 만나 나눈 대화를 기록하는 방식으로 쓰였다. 인용된 글은 기자가 휘문의숙 塾長과 인터뷰한 내용을 기록한 기사의 일부이다. 휘문의 숙장은 청년들이 주로 실용학문에 주력하고 있으며, 그들의 성격상 장점은 의협심, 단점은 허영심이라고 말한다. 또 학교 측에서는 청년들의 과외생활을 선도하기 위해 기숙사를 짓고 식생활 관리, 도서종람 등의 편의를 제공하고 있다고 보고한다. 인터뷰어의 질문이 지덕체를 연상할 수 있는 항목으로 구성되어 있고, 이것에 대한 대답 역시 대체로 그 의도에 맞추고 있는 셈이다. 이 밖에 연설이 여전히 이 시대의 중요한 미디어로서 청년들의 지육을 계발하기 위한 유력한 교육의 도구였다는 것을 확인시켜주는 기사도 있다. 한 가지 주목하고 싶은 점은, 이 시기의 '연설'이 수행했을 미디어 이외의 기능이다.27) 구체적으로 '연설'의 경험이 '소설'이라는 특정한 근대적 양식의 글쓰기와 연동했을 가능성 같은 것이다.

> 演說이란 字義와 如히 事物의 意義를 演繹論說하는 것이라 그러나 演說이 普通談話와는 相異한 점이 有하니 곳 前者는 일정한 장소에 중인을 會集하고 一人의 言者와 多數의 聽者가 유하야 학교의 교사하고 학생의 관계와 如히 얼마쯤 규칙적 조직체됨이 是오 후자는 不然하야 하등의 장소와 특정한 언자 청자의 지위 및 人數가 無함이 是라 然이나 주의할 것은 연설과 강연을 동일하게 視치 말것이라 전자는 感情에 訴하는 문제오 후자는 理智에 訴하는 문체라……청중의 감정을 고발하야 유쾌하거나 감격케하야 '참그러타' '잘한다'하야 박수 칭선의 동정을 득하려함이니……고로 연설은 정신상 일종의 에너지를 기

---

27) 코모리 요이치는 '연설'이 근대 국민국가와 '일본어'를 만드는 데 중요한 기능을 했다고 보았다. 그는 연설의 문체가 "구어의 모습을 띠고 있지만, '그대로 서술하는 것'을 상정하여 문자를 길게 늘려쓰는 중에 구성적으로 창출된 새로운 문어 문체"라고 말한다.(코모리 요이치, 정선태 역, 『일본어의 근대』, 소명, 2004. p.49.) 한국 근대문학 형성과정에서의 '연설'의 기능에 대해서는 보다 세심한 고찰이 필요할 것이다. 이 글에서는 간단히 『청춘』에 실린 「연설법요령」이라는 글에서 확인할 수 있는 '연설문 작성'과 '연설의 요령'이 소설의 구성방식과 유사한 맥락을 지니고 있다는 것을 지적하는 차원에서 언급한 것이다.

할 목적이라 하노라28)

연설과 소설은 각각 말하기와 쓰기의 차원에서 청자나 독자의 '감정'
에 호소한다. 그것을 통해 '동정'(혹은 공감)을 얻어내는 것이 목적이다.
연설이 직접적으로 문학이 되는 것은 아니라고 하더라도, 그것이 언어를
통해서 '정신상 일종의 에너지를 起할 목적'을 수행한다는 점에서 문학적
인 것이다. 연설자는 '말하는 자'이면서 동시에 그것을 수행하기 위해 '글
쓰는 자'이기도 하다. 연설자는 '동정'이라는 '정신상 일종의 에너지'를 촉
발하기 위해 치밀하게 짜여진 플롯에 따라 글을 쓰고, 그 쓰여진 것을 토
대로 청중들 앞에서 말을 하는 자이다. '연설회'는 그 자체로 청년들을 동
류의식으로 묶어주는 제도적 장치였지만, 그 안에는 여러 가지 문학적
효과, 즉 연설회 관련 기사나 연설법·연설문 작성 등을 통해서, '문학'을
촉발하고 그것을 가능한 것으로 상상하게 했던, 문학의 인접공간이기도
했던 것이다.

3. '청년'의 존재방식

3.1. 영웅 없는 시대의 영웅-되기

근대 계몽기, 국가건설의 열망 속에서 '청년'은 무한한 능력을 지닌
자가 되어야 했다. "分離한 民心을 團合케 홈도 諸氏요 闇昧한 民智를 文
明케홈도 諸氏요 衰頹한 國權을 挽回홈도 諸氏요 社會의 惡習을 歸正홈
도 諸氏"29)라는 식의 기대는 '청년'을 '영웅'으로 호명하기를 주저하지 않
았다. 그러나 시세의 급박함은 소수의 영웅만으로 감당하기에 벅찬 것이었
다. 따라서 평범한 조선사람 모두가 영웅이며, 또 영웅이 되어야 했다. 이

---

28) 김창제, 「연설법요령」, 『청춘』7호, 1917.5. p.105.
29) 「아국학생제씨여」, 『태극학보』26호, 1908.

제 영웅은 특별한 존재가 아니라, "至善의 努力者"30), "着實한 사람"31)
을 지칭하는 말이 된다.

'청년'을 '영웅'으로 호명하던 시대와, 모든 평범한 사람들을 '영웅'이
라고 말해야만 했던 시대를 지나 더 이상 '영웅'을 요구할 수 없는 시대가
된 이후에도 영웅이 되고자 하는 '청년'의 욕망은 사라지지 않았다. 이제
어떻게 할 것인가. '청년'의 자문자답, "먼저 저를 알지니라 저란 것 잇는
줄을 다음 저를 볼지니라 그 저가 엇더한 것을-"32)

> 우리 젊은이는 오즉 저를 미드며 저를 힘닙나니 우리 스스로는 압흐로 쓸
> 어주는 先輩와 뒤를 바치는 後進을 要하지 아니하거니와 世運을 爲하야는 이
> 에서 더한 설음이 업슬일이라 先輩가 업스면 後進이 업슬지니 둘이 업는 곳에
> 모든 發展의 間斷됨이 진실로 맛당하도다 우리들은 모든 것에 잇서 다 創造者
> 일 天運을 맛난者-니 업스면 만들 짜름이라33)

아무도 '영웅'을 부르지 않고 그 무대마저 사라졌다면, 국가도 민족도
아버지도 선배도 내 앞에서 나를 끌어줄 그 무엇도 없다면, 그때는 오직
'나'를 믿고 의지하는 수밖에 없다. 그 순간, '청년'은 '압흐로 쓸어주는 先
輩와 뒤를 바치는 後輩'로부터 분리되어 독립적인 존재로서의 자신을 발
견한다. 선배가 없고 후배가 없을 때에만, '청년'은 희소한 가치를 지닌
존재 즉 '영웅'이 될 수 있기 때문이다. 그 영웅의 새 이름이 '創造者' 혹
은 '天才'이다. 이제 영웅의 초능력은 예술가의 천재성으로 탈정치화 한
다.34)

창조자로서의 '천재'는 누구에게나 다 있는 '長技'35)와는 다른 것이

---

30) 「소년시언」, 『소년』3년2권, 1910.2
31) 「소년시언」, 『소년』3년5권, 1910.5
32) 위의 글.
33) 「我觀」, 『청춘』4호, 1914.12.
34) '영웅'에서 '천재'로의 변환에 대한 자세한 논의는 권보드래 『한국근대소설의 기원』, 소
    명, 2000을 참고할 것.
35) 이광수, 「천재」, 『소년』3년 8권, 1910.8.

다. '장기'가 곧 '천재'라고 말했던 시대의 논리는 평범한 사람이라도 착실하게 노력하면 영웅이 될 수 있다는 가능성을 중심으로 구성되었다. 하지만 창조자로서의 천재는 특별한 직능을 가진 예외적 존재라는 의미에서 '영웅'이 된다. 이러한 의식 속에서 예술의 영역, 구체적으로는 '문학'이 '청년'의 관심사로 부상한다. "藝術은 人의 心情을 慰安하고 人의 品性을 陶冶하며 國家의 文明을 表象하고 民族의 性靈을 發露하야 化民의 功이 六籍과 同하고 光國의 力이 三軍에 加"[36]하다고 하는 것이나, 천재가 만들어낸 작품이 그 사회의 공유재산이 되고 그것이 문화의 근간[37]을 이루기 때문에 천재를 보호하고 숭배해야 한다는 논리가 생겨난다.

　예술가, 혹은 문인을 '영웅'으로 바라보는 관점은 이 시기 '청년'담론만이 갖는 고유한 입장은 아니다. 이광수가 「天才야! 天才야!」에서 황금보다 귀한 보물을 천재요 위인이라고 하면서 그것이 바로 칼라일이 말한 영웅과 같은 것이라고 했던 것처럼 창조자로서의 천재는 칼라일의『영웅숭배론』에 근거를 두고 있다.[38]

　'문인'(man of Letters)으로 나타난 영웅은 오늘날의 새 시대의 소산입니다. 글이라는, 그리고 인쇄술이라는 놀라운 기술이 존속하는 한 그러한 영웅은 앞으로 모든 시대의 주요한 형태의 영웅으로서 남아 있을 것입니다. 그는 여러모로 보아 대단히 특이한 존재입니다.……그는 그 나름의 방법으로 영감을 얻은 자기의 정신을 표현합니다. 그것은 어떤 경우에도 인간이 할 수 있는 것입니다. 나는 '영감을 얻은'(inspired)이라는 표현을 썼습니다만, 우리가 '독창성', '성실성', '천재성'이니 하며 마땅한 이름을 찾지 못하는 영웅적 자질이란 바로 그것을 의미하는 것입니다"[39]

　칼라일에 의하면 문인은 인쇄술과 더불어 출현한 근대적 영웅의 이름

---

36)「예술과 근면」,『청춘』11호, 1917.9.
37) 이광수,「천재야! 천재야!」『학지광』12호.
38)『소년』과『청춘』(특히 이광수의 경우)에 미친 칼라일의 영향력에 대해서는 조금 더 성세하게 살펴볼 필요가 있다.
39) 칼라일, 박상익 역,『영웅숭배론』, 한길사, 2003, pp.250-253.

이며, 그의 자질은 독창성, 성실성, 그리고 천재성에 있다. 그는 문인이야말로 인쇄술이라는 기술이 계속되는 한 '앞으로 모든 시대의 주요한 형태의 영웅으로서 남아 있을 것'이라고 말한다. '청년'은 '문인'이 됨으로써 영원히 영웅이 될 수 있는 길을 발견한 것이다. 그것은 국가가 없어도, 청년 자신이 죽어도, 활자로 찍혀서 재생산되는 한 영원히 남겨지고 남겨지는 한 그의 이름은 영원히 반복적으로 호명될 것이다. 불사의 욕망. 『청춘』이 「세계문학개관」이라는 제하에 위고, 톨스토이, 밀턴, 세르반테스, 초서 등의 작품을 소개한 것도 이것을 증명하기 위해서이다. '보아라. 그들은 죽었지만, 그들이 남긴 문자는 이렇게 시공을 초월하여 현전한다.'라고 하는 메시지.

영웅이 숭배의 대상을 의미하는 것이라면, '청년'이 영웅이 될 수 있는 또 한 가지 방법은 '교사'가 되는 것이다. 하지만 "우리들 청년은 피교육자되난동시에 교육자되여야"[40] 한다고 하는 의식은 오직 자기를 믿으며 선배와 후배를 부인하고 스스로 창조하는 자가 되고자 하는 욕망과 근본적으로 다르지 않다. 그러므로 '교사'가 됨으로써 영웅의 길을 가고자 하는 욕망은 말 그대로 선생이 된다는 것을 의미하는 것이 아니다. '청년'은 현실에서의 '교사'에 만족하지 않는다. 나이 열아홉에 선생이 된 '김경'의 경우[41] '저 자랄대로 자라나 그 언행이나 사상이 규모가 있기 어려웠고' 정신상으로 영향을 받은 이도 톨스토이, 木下尙江, 德富蘆花 등의 문인으로 제한되어 있을 뿐이다. 그가 교사가 된 것도 '이것이 나를 희생할 곳이로다 자기희생 공부를 여기서 할것이로다'라고 하는 자만심 때문이었다. 그는 의식 있는 생활, 자각 있는 생활을 하면 '성공욕을 만족할 만한 사업을 할 수 있을 것'이라고 생각하지만, 그가 교사로 있는 학교는 그의 욕망을 만족시켜주기에는 너무 작은 곳이었다. 결국 교사생활 4,5년 만에 김경은 '자기희생'의 자만심이 허영에 불과한 것이었으며, 교사생활이 심신의 피로만 가중시켰다는 것을 깨닫게 된다.

---

40) 이광수, 「금일아한청년의 경우」, 『소년』3년6권, 1910.6.
41) 이광수, 「김경」, 『청춘』6호, 1915.2.

‘청년’이 스스로를 교사로 호명할 때는 조선 민족 전체를 교육의 대상으로 인식했을 때이다. “저더로 내어바려두면 마침내 북해도에 「아이누」나 다름업는 죵쟈가 되고 말것ᄀᆞ다. 저들에게 힘을 주어야ᄒᆞ겟다. 지식을 주어야ᄒᆞ겟다, 그리하여 생활의 근거를 안젼ᄒᆞ게ᄒᆞ여주어야ᄒᆞ겟다”42)라고 하는 의식 속에서 청년은 교사가 되고자 한다. 이것은 ‘자기희생’의 의지가 아니라 ‘성공욕을 만족할 만한 사업’을 하겠다고 하는 욕망의 발로이다. 청년에게 있어 ‘성공욕’이란 조선민족에게 없는 힘과 지식과 생활을 근거를 ‘주는’ 수혜자가 됨으로써 ‘영웅’으로 숭배되는 것이다.

3.2. 이상을 개척하는 탐험가의 길, 현실을 발견하는 여행가의 길

한때, ‘바다’는 ‘소년’이 도달해야 할 문명의 표상이자 “가장 完備한 形式을 가진 百科事彙(Encyclopaedia)”43)이었다. 「海에게서 少年에게」를 시작으로 “少年諸子의 海事智識을 大充 하고 海上冒險心을 勃興케”44)할 목적에서 쓰여진 「海上大韓史」, “얼마ㅅ동안 쇠강하얏던 여행성을 更起케하야 그뎌 우리소년만이라도 뎜 활발하고 뎜 쾌활하야 능히 남아사방의 地를 드릴만한사람되기를 권하고댜함”45)에서 마련된 「쾌소년세계주유시보」46), 그리고 「북극탐색사적」이나 「쾌남아의 消遣法; 최신남극탐

---

42) 이광수, 『무정』, 신문관, 1918.7, p.606.
43) 「교남홍조」, 『소년』2년9권, 1909.8.
44) 「海上大韓史」, 『소년』1권1호, 1908.11.
45) 「쾌소년주유시보」, 『소년』1년1권.
46) 「쾌소년주유시보」는 양영학교 보통과를 졸업한 최동건이라는 15세 소년이 자신의 여행담을 들려주는 방식으로 기술된다. ‘계몽’을 위하여 서사적 장치를 도입하는 이러한 글쓰기 방법은 훗날 이광수의 「농촌계발」에도 어떤 시사점을 주었던 것으로 보인다. 그는 여기서 ‘向陽里’라는 이상적 공간을 설정하고 이 곳에서 청년들을 중심으로 농촌이 계발되어가는 모습을 소설적으로 기술해나간다. 어쩌면, 이광수가 『소년』지로부터 받은 영향이라는 것이 훨씬 더 근본적인 것이었을지도 모르겠다. 훗날 그 스스로 이 잡지의 필진으로 활약하던 시기까지를 포함해서. 이광수는 근대문학 초창기에 끼친 최남선의 영향력을 ‘시문체의 보급’이라는 말로 요약했지만, 『소년』지 전반에 걸쳐 최남선은 다양한 방식으로 근대적 글쓰기의 가능성을 시험하고 있는 것처럼 보인다.

험가」 등이 모두 '소년'에게 용기와 모험심을 심어주기 위해 마련된 것이다. 심지어 「巨人國漂流記」나 「로빈손無人絶島漂流奇談」을 번역 한 것도 문학작품을 통해 "해상생활의 홍취와 항해모험의 취미를 맛보게"하기 위해서이다. '소년'은 세계를 탐사하고 개발하게 하여 미래에 '문명국'을 이루어야 할 존재이다. 그는 미지의 것을 찾아서 개척하는 모험가이며 탐험가이다. 그러므로 소년에게 필요한 것은 오직 '용기'뿐이다.

하지만, 『청춘』에 오면, 더 이상 모험이나 탐험은 없다. '청년'은 현실을 사는 존재이지, 미래를 꿈꾸는 '소년'이 아닌 것이다. 때문에 '청년'은 추상의 '바다'를 모험하는 탐험가의 길을 버리고, 현실의 '육지'를 기행하는 '여행자'가 된다. 『청춘』에서 발견되는 '청년'의 여행지는 上海와 海蔘威 그리고 京城이다. 이 세 공간은 상징적이다. 상해가 과거의 중국 문명 혹은 동양적인 문명을 상징하는 공간이라면, 해삼위는 서양 문명의 공간, 그리고 경성은 식민지의 현실을 상징하는 공간이다.

상해에서 '청년'은 과거의 위풍당당했던 중화문명의 파산을 목격한다. "그 사람들이 한사코 짐을 달라고 매어 달리거늘 내 친고가 우스며 「英語로 辱을 하지 저희 말로 하면 우습게 보는걸요」하고 눈을 부릅쓰며 「쏫댐 쎗 아웨」하고 발을 퉁 구르며 주먹을 둘너 메니 그제야 고개를 푹 수기고 무어라 중얼거리며 다라나더이다……그네가 堯舜과 孔孟을 가지고 四百州의 故彊과 四億萬의 同族과 五千年의 文化를 지닌 國民이 아니뇨 그네가 엇지하야 「쏘 쌤」을 天性보담 더 두렵어하게 되고 내 집에 寄留하는 者때에게 도로혀 受侮를 달게녀기게 되엇나뇨"[47]라고 기술하는 '청년'의 심사는 회한과 연민에 사로잡혀 있다. '영어'라는 문명의 언어가 가지는 위력은 그것이 비록 욕이라고 할지라도, 요순이나 공맹의 오천년 문화의 자긍심을 압도한다. '청년'이 상해에서 목격한 것은 서구문명의 가공할 위력과 중화문명의 몰락이었던 것이다. 상해에서 확인한 문명의 위력과 놀라움 '청년'을 주눅 들게 한다. 그는 '眞字 洋人'이 사는 '海蔘威'로 가기도 전에 "洋人은 富貴의 氣像이 있고, 나는 빠들빠들 洋人의 흉내

---

47) 이광수, 「上海서」, 『청춘』3호, 1914.11.

를 내려는 불쌍한 貧寒者의 氣像이 있는 듯"48)느낀다.

이제 '청년'에게 '문명'한 것은 모두 강하고 아름답게 보인다. 그는 "富士紡績株式會社의 宏壯한 工場"을 보고 "참 조흔 景致"라고 말하고 "초라한 朝鮮의 꼴아구니"를 보면서 "가엽게 되엇다"49)고 탄식한다. '청년'이 발견한 초라한 조선의 모습이란 이를테면 이런 것이다. 다른 나라 도시보다 공기가 무겁고, 학문과 인연이 없어서 도서관 하나 학회 하나 없으며, 사람들이 허영심으로 가득 차 있으며 사회의 중심축이 없는.50) 초라한 현실을 보아버린 자, 그에게 여행은 위안이 아니다.

3.3. '청년'의 시각 훈련, 보는 자의 스펙트럼

『소년』은 새로운 타입의 잡지였다. 다양한 분과적 지식을 망라해서 백과사전 식으로 나열함으로써 '문명'을 학습하고자 했던 전례는 『소년』지 이전에도 『조양보』, 『야뢰』, 『소년한반도』51)등에서도 발견되지만, 『소년』은 내용에서뿐만 아니라 비주얼한 측면에서도 이전의 잡지들과 뚜렷이 구별되는 측면이 있었다. 창간호의 표지는 빨강, 초록, 검정의 삼색으로 인쇄되었고, '日本에 御遊學하옵시난我皇太子殿下와 太師伊藤博文公' '나아야가라 瀑布' '페터 大帝'의 사진이 실렸다. 또 본문의 중간 중간에 삽화를 게재함으로써 읽을거리와 볼거리를 함께 제공했으며, 주요 논문의 핵심부분에 활자 크기를 달리하여 가독성을 높였다. 시각적인 것이 의식 활동의 중심으로 자리 잡게 되는 근대성의 특징이 여기에서도 확인되는 셈이다. 특히 잡지에 사진을 싣는다고 하는 것은 당시로서는 획기

---

48) 이광수, 「海蔘威로서」, 『청춘』6호, 1915.2.
49) 이광수, 「東京에서 京城까지」, 『청춘』9호, 1917.7.
50) 현상윤, 「京城小感」, 『청춘』11호, 1917.11.
51) 『야뢰』("모름지기 內修外學하고 國士들을 培養한다면 世界列强들과 어깨를 나란히 할수 있다"-창간호 취지), 『조양보』("本社之目的은 亶在乎啓導民智하며 扶護國權이라"-창간호 취지), 『소년한반도』("建築我少年韓半島之獨立하며 長養我少年韓半島之自由"-창간호 취지) 등 1906년 무렵 창간된 일련의 종합교양잡지들은 대체로 신지식을 보급하고 국권을 수호한다고 하는 취지로 만들어진 것들이다. 이상의 내용은 임화의 앞의 책에서 재인용.

적인 사건이었다.

사진은 시간의 흐름 속에서 하나의 순간을 분리해서 고정시킨다는 특징을 갖는다.52) 인쇄술이 문자의 획일성과 반복성의 기술을 토대로 근대적 시민의식을 전파했다면, 사진술은 인쇄기술이 전파하고자 했던 근대적 이념의 특정한 강조점들을 시각적인 차원에서 순간적으로 극대화시키는 효과를 지니는 것이기도 했다. 그런 점에서 『소년』지 창간호에 실렸던 세 장의 사진은 그 잡지가 지향하는 바를 표현하기 위해 배치된 시각적 장치였던 셈이다.

첫 번째 사진인 '日本에 御遊學하옵시난 皇太子殿下와 伊藤太師'에서 우리는 당시 조선의 정치적 현주소를 포착할 수 있다. 미래의 國父인 황태자는 일본에 볼모로 잡혀있고, 조선 식민지화의 일등공신인 이토오 히로부미가 그의 교사로 옆자리에 서 있다. 태사의 근엄하고 냉정한 표정과 어린 황태자의 우울하고 비극적인 표정이 과거에 조선과 일본에서 진행되었던 정치적 사건들을 순간적으로 현실화시킨다. 육당은 왜 이 사진을 잡지 창간호의 맨 앞자리에 배치했을까. 그는 정치에 대해 많은 말을 하지 않지만, 이 한 장을 사진으로 많은 것을 보여준다. 두 번째 사진인 '나이아가라 瀑布'는 『소년』지의 정신적 지향을 표상한다. 창간호에 실린 사진 도판 중에서 유일하게 '口繪說明'을 덧붙이고 있는 것이 '나이아가라 瀑布'이다. "世界瀑布中 第一큰것"이며 "이 瀑布의 물 나리난힘은 大段히 굿세니 合衆國 여러곳에서 이힘을 비러 電氣을 일희키난데 씀으로 그 形體만 클 쑨아니라 功用이 쏘한 크다할디니라"53)라고 설명하고 있다. 장쾌하게 떨어지는 폭포의 모습은 '소년'의 기상과 가능성을 의미하는 바, 이것은 「海에게서 少年에게」를 비롯한 다수의 '바다'와 관련된 담론들 속에서 구체화된다. 세 번째 사진의 주인공인 '페터 大帝'는 제정 러시아를 근대화시키기 위해 노력했던 계몽군주이다. '근대화'라는 조선의 당면 과제를 해결할 '영웅'에 대한 기대를 엿볼 수 있다. '페터 대제'에 관한 이야

---

52) 마샬 맥루한, 박정규 역, 『미디어의 이해』, 커뮤니케이션북스, 2001, p.269.
53) '나이아가라폭포'(구회설명), 『소년』1권1호, 1908.11.

기는 창간호부터 몇 차례에 걸쳐 연재되는데, '소년'시절 그가 보여주었던 남다른 태도와 황제가 되고 난 후 추진했던 근대화 사업에 관해 서술하는 부분에서는 활자 크기를 달리하여 독자의 시선을 집중시키고자 하였다. '페터 大帝'를 시작으로『소년』지에는 에디슨, 톨스토이, 나폴레옹, 링컨 등이 본받아야 할 위인 혹은 영웅으로 등장한다. 창간호에 실린 세 장의 사진은 각기 다른 순간을 잡지라고 하는 하나의 장소에 고정시켰고, 그것의 의도는 '소년이여, 영웅적 기상으로 문명을 달성하여 조선의 현실을 돌파하라'라고 하는 메시지를 전달하는 것이었다.

창간호에 실린 사진들처럼 이후에 실린 사진들이 모두 해당 호의 컨텐츠와 일치하거나 정확한 메시지를 전달하고 있는 것은 아니지만, 대체로 영웅이나 위인들의 초상, 세계 각국의 '문명'을 한눈에 알아볼 수 있는 사진들이 실리곤 했다. '꽃'을 테마로 했던 1909년5월호의 경우, 세계의 花都(프랑스 파리), 세계 건축의 꽃(영국 런던의 수정궁, 독일 개선문, 미국의 국회의사당 로마 법왕궁전과 쌍트포올寺), 각국 역사의 꽃(뉴욕 자유의 여신상, 헝가리 부다페스트 애국자 쐬믹 동상, 워터루 나폴레온 고전상), 技藝 진보의 꽃(런던, 벨기에, 뉴욕의 다리, 독일 브레스턴 미슬관) 등의 제목을 단 사진들이 실렸다. 여기서 '꽃'은 곧 서양의 '문명'에 다름 아니다. 이러한 문명의 도시, 역사, 건축물, 예술을 일목요연하게 정리 제시함으로써, 특정 메시지에 대한 시각적 효과를 극대화시켰다. 이것은 말할 것도 없이 "어늬나라 歷史든지 榮光스럽디못한 것은 全혀 그 國民의 뜻이 굿고 못굿은데 잇고 國民의뜻이 굿고 못굿은 것은 全혀 꼿으로말하면 봉오리갓흔 우리 少年의 뜻이 서고 못선데 잇나니"54)라고 하는 논리와 상통하는 것이다.

오늘날의 감각으로는, 잡지나 신문 매체에 실리는 사진이 보도기사에 대한 보완물로 혹은 그 자체로 독자적인 표현의 한 방식으로 자명하게 받아들여지지만, 사진이 활자처럼 '읽을거리'로 기능하면서, 산재해 있는 현실의 공간들을 하나의 텍스트 속에서 동시적으로 경험할 수 있다는 것을 알려준 것은 획기적인 일이었다.

---

54) 「소년시언」, 『소년』1년1권, 1908.11.

『청춘』의 사진술은『소년』의 연장이지만, 어떤 점에서는 그것을 특정한 방면으로 집중시킨 것이기도 했다. 비엔나 오스트리아 수도와 마닐라 지방 풍속(3호), 벨기에 브리셀과 하와이 토인 풍습(4호), 뉴욕도시와 아이누 부부(7호), 인도시인 타고르와 이태리 수도 로마(11호), 베드레헴의 여자와 북아메리카 토인의 풍습(15호) 등 여기서는 이항대립의 쌍으로 묶여지는 것들이 나란히 배치되어 있다. 이때의 이항대립은 문명 대 야만, 동양 대 서양, 서구인 대 비서구인을 표상하는 것들을 병렬적으로 배치하는 방식으로 이루어졌다. 이러한 배치는 대체로 "人類의 競爭은 智力腕力의 手段을 痛하야 淘汰의 範圍를 天下에 傳코저한다"는 세계상에 대한 진화론적 관점을 전제로 "이런 世上에잇서서 엇더케 動的文明이아니고 살수잇스며 知的文明이아니고 衣食할수잇스리오 그럼으로 東洋文明은 不適한 文明이오 劣한 文明이니"55)라고 하는 동서문명에 대한 우열관계를 인정하는 태도와 연결된다. 하지만, '문명'에 대한 욕망이 반드시 서구화의 논리로 직결되는 것만은 아니었다. "文明한사람의 얼골은 어엿브고 野蠻의 얼골은 보기실타 種族의 文野가 저절로 얼골에 나타난다함은 사람이 흔히 말하는바이지마는 세계의 인류를 고루보니 이생각이잘못인줄을 알겟도다 대체 어엿부다보기실타함은 대개 感情上으로 하는말이니 이 標準도 종족에따라 異同이잇슨즉"56)과 같이 문명과 야만에 대한 우열관계와 인종적 편견을 나름대로 과학적인 방법으로 비판하려는 태도 또한 없지 않았던 것이다.

『청춘』이 사진을 시각훈련의 유력한 장치로 활용했다면, 창간호 부록으로 실려 있는 「세계일주가」보다 그것을 더 실감나게 보여주는 것은 없다. "世界地理歷史上 要緊한 智識을 得하며 아울너 朝鮮의 世界交通上 樞要한 部分임을 認識케"할 목적으로 만들어진 이 7.5조의 운문에는 각 지역의 역사, 인물, 문화재 등에 대한 자세한 각주까지 달려 있어서 그 자체로 작은 문명 백과사전이라 할 만하다. 경성을 출발하여 평양, 압록강

---

55) 현상윤, 「東西文明의 差異와 及其將來」,『청춘』11호, 1917.10.
56) 三一學人, 「널니 人類를 보라」,『청춘』8호, 1917.6.

을 지나 중국, 러시아를 통과해 유럽의 문명을 샅샅이 훑어본 후 미국과 일본을 자세히 보고나서야 부산항에 도착하는 긴 여정이다. 여기서 사진은 해당 지역에 대한 내러티브와 각주를 보완하면서도 독립적인 위치에 있다. 보완물로서의 사진은 내용상 특별히 강조점이 되는 부분을 특화시키는 역할도 하지만, 7.5조라는 율격의 제한과 한 개 지역 당 한 페이지를 할당한다는 지면의 제약 때문에 각주로도 미처 풀어내지 못한 이야기를 세밀하게 묘사하는 역할도 담당했다. 그런가하면, 각각의 독립된 3차원의 공간을 평평한 텍스트 위에 균질화 하여 펼쳐 보일 때의 사진은 그 자체로 하나의 읽을거리인 동시에 볼거리이기도 했다. 이를테면, "쩨를린都城/ 壯하다百里市街/ 三百萬人口/ 길가는이얼골에/ 달닌게活動/ 學術技藝商工業/ 나날이느니/ 新興國民부지런/ 나날이느니"57)라고 되어 있는 문자를 독해하는 독자의 시선은 활자 바로 아래에 배치되어 있는 '쩨를린府운데르덴리덴街'의 정경을 찍은 사진으로 옮아가게 된다. 좌우 대칭으로 배치되어 있는 건물들 사이로 바삐 움직이는 사람들과 마차의 움직임이 멀리 하나의 소실점을 중심으로 수렴되도록 찍은 이 사진은 투시법적 구도를 정확하게 활용하고 있다. 이 순간, 독자는 관찰자의 위치에 선다. 앞에서 제시한 화자의 내러티브와 이 한 장의 사진이 겹쳐지면서 독자는 이제 화자의 시선으로 사진을 본다.

3.4. '보는' 청년에서 '쓰는' 청년으로

화자의 시선을 통해 사진 속에 있는 하나의 '세계'를 볼 수 있다는 것은 곧 화자가 묘사하는 세계를 그대로 추체험할 수 있다는 이야기이기도 하다. 이러한 현상 속에서 이른바, 초월적 시점이 발생하는 것이고, 이것은 소설에서라면 화자의 시점과 독자의 시점이 겹쳐지는 이러한 현상을 '3인칭의 발견'이라고도 부를만한 것이다.58) 하지만, 관찰자의 위치를

---

57) 최남선, 「세계일주가」, 『청춘』1호, 1914.9.
58) 이효덕, 박성관 역『표상공간의 근대』, 소명, 2002, pp.92-108참조.

확보하는 것이 즉시 3인칭의 세계로 나아간다는 것을 의미하는 것은 아니다. 여기에는 한 가지 매개적인 시점이 필요한데, 그것은 바로 대상을 관찰하는 1인칭으로서의 '나'이다.

> 부두에는 식검운 옷에 모자를뒤로 제쳐쓰고 해바라기(向日花)씨를 이로 까서 「겁질을 투투배앗고 섰는 한가한듯한 失業者, 조고만 一輪車에 흙을 가득 싯고 밀며가는 노동자, 머리는 보자로 싸고 구은 鱣魚와 林檎을 가득이 담은 광주리를 왼팔에 걸고 비럭질하듯이 팔라다니는 시골 女子, 동그란 帽子에산듯한 服裝을 입고 입에는 굵단 파이푸를 물고 두손을 바지 포켓트에 짝지르고 왔다갓다하는 船員은 깁흔 안개 속에 活人畵가치보인다59)

여기서 화자는 '나'의 시점을 취한다. 부두를 산책하는 화자로서의 '나'는 눈앞에 펼쳐지는 사물을 '보이는 그대로' 서술해 나간다. 지금 우리의 관점으로는 '묘사'라고 부를법한 서술태도이다. 화자는 그가 보는 실업자, 노동자, 시골여자, 선원의 모습에 실감을 더하기 위해 '활동화처럼 보인다'라고 말함으로써 독자로 하여금 마치 그림을 보는듯한 착각을 불러일으키는 트릭을 쓴다. 이것은 「세계일주가」에서 서술된 문장을 '읽고', 그 옆에 나란히 배치된 그림을 함께 '보는' 훈련을 경험하지 않은 독자들에겐 일견 낯선 것이기도 하다. 화자는 '활동화처럼 보인다'라는 말을 덧붙임으로써 독자로 하여금 쓰여진 문장을 활동화처럼 '보게' 만들었다. 여기서 서술자가 의도하는 바는 명확하다. 글로 쓰여진 그림을 보도록 하는 것이다. 독자들은 이제 활동화처럼 펼쳐지는 부두의 풍경을 보는듯한 착각에 빠지고, 그 순간 독자 자신의 시선으로가 아니라 화자의 시선으로 풍경을 보게 되는 것이다. 이러한 현상 속에서 '3인칭의 시점'은 만들어진다. 벤베니스트의 말처럼 "어떤 담화의 발화들은 그 개인적인 성격에도 불구하고 인칭의 조건에서 벗어난다. 다시 말하면 발화 자체가 '객관적'상황을 가리킨다. 이것이 3인칭이라고 부르는 것의 영역이다."60)

---

59) 진학문, 「B港의하로」, 『청춘』11호, 1917.10.
60) 에밀 벤베니스트, 황경자 역, 『일반언어학의 제문제』1, 민음사, 1992, p.367.

　시각적인 것이 인식의 근간을 이루게 되는 것은 근대적인 현상이다. 세계는 보는 주체로서의 '나'와 내가 보는 '대상'을 중심으로 이원화된다. 주체로서의 '나'는 보고 인식하는 대상을 끊임없이 동질화시키거나 배제하면서 자기동일성을 확보해 나간다. 동질화할 수 있는 것과 배제해야만 하는 것을 구별하는 것, 이것이 이항대립항의 성립조건이자 계몽의 변증법이다.61) 오스트리아 수도와 마닐라 지방 풍속을 담은 사진 속에서 문명과 야만을 읽어내고 그것을 대비시켰던 '청년'의 감각이 바로 그것이다.

　아아 이어둠의 빗! 내의 弱한몸을 누르는듯하다 깁히깁히 져검은 구석에 싸여잇는 무엇이라 形容못할 온갖 Monster(怪物), 온갖 Devil(惡魔)이 무서운 입에 異常한 우슴을 씌우면서 무엇을 기다리고 잇는 듯이 보인다. 안이 금시에 나를 向하야 한입에 생키랴고 짜라나올 듯이 보인다……우흐로 올너가 보면 천척이나 만척되는 무겁은 무엇이 머리를 내려 누르는 듯 하고, 아래로 내려다 보면 멧百길 멧千길되는 險한 벼래가 싹가드린 듯 하다─ 엇절줄을 모로고 迷惑의 過中에 돌갓치 서잇든 나는 弱한소리에 힘을 주어 "살녀주!"소래를 불으려할 刹那에 神通도하다 건너村 뉘집으로선지 검은 帳幕을 쯧는듯한 닭의소래 한마듸가 쌕쌕한 空氣에 자즌 波動을 니르켜 山으로들로 사모차 헤쳐간다.……오직 한소래─ 어둠에서 밝음으로 인도하야 준 이한소래─무서움에서 깃븜으로 익그러준 이한소래! 가장 힘잇는 Angel(天使)의 웨임이로고나─62)

　'빛'으로서의 계몽은 '어둠'으로서의 자연과 대립한다. 어둠은 그 어두움으로 말미암아 자기 정체를 드러내지 않는다. 그 순간, 미지의 것, 파악 불가능한 것으로서의 어둠은 공포가 된다. 청년에게 있어 자연의 어둠이 수는 공포는 '나의 弱한몸을 누르는 듯'하고, '千尺이나 萬尺되는 무겁은 무엇이 머리를 내려 누르는 듯'한 종류의 것이다. 자연 앞에서 청년은 나약하다. '살려주!'하고 외치는 것만이 그가 할 수 있는 유일한 일이

---

61) 아도르노·호르크하이머, 김유동 역, 『계몽의 변증법』(문학과지성사, 2002)에서 「계몽의 개념」부분 참조.
62) 현상윤, 「새벽」, 『청춘』8호, 1917.6.

다. 그리고 그 순간 거짓말처럼 '어둠에서 밝음으로 인도하야 준' 계몽의 소리를 듣는다. 공포로부터 '청년'을 구한 계몽의 빛은 'Angel(天使)'이 되고, 그를 공포에 떨게 한 자연의 어둠은 '온갓 Monster(怪物) 온갓 Devil(惡魔)'이 된다. 청년을 구원하는 문명(계몽)은 천사처럼 선한 것이고, 청년을 죽이는 야만(자연)은 악마처럼 두려운 것이다.

『청춘』의 논리는 이항대립의 세계 속에서 구성된다. 이러한 현상은 이제 정서적 영역, 사랑이라는 사적 감정의 영역에까지도 침투하는 바, "男女關係도 肉交를 하여야 비로소 滿足을 어듬은 野人의 일이오 그 容貌擧止와 心情의 優美를 嘆賞하며 그를 精神的으로 사랑하기를 無上한 滿足으로 알기는 文明한 修養만흔 君子로 能히 할것"63)이라는 판단 속에서 청년은 연애의 세계 속으로 들어가는 것을 거부한다. 이러한 판단의 배후에는 "사랑이란 말은 듯고 맛은 못본 조선인"64)이라는 자기 확인이 있다. 사랑이란 말은 듣고 맛은 못 본 조선인이란 대체 어떤 존재인가. '동경에서 경성까지'오는 기차간에서 "富士紡績株式會社의 廣大한 工場"을 보고 "어서 漢江가에도 이러한 것이 섯스면조켓다"고 생각하는 자, 그는 문명의 세계를 보아버린 청년이다. 그러므로 그의 눈에는 "초라한 조선의 쏠아군이가 분명히 눈에 씌운다"65) 문명은 지금-여기에는 없는 것, 없기 때문에 동경의 대상이 된다는 점에서 사랑과 등가적이다. 청년이, 현실 속에는 없는 혹은 실현 불가능한 것을 욕망하고 소유하는 방식, 그것이 바로 '정신적인 사랑', '정신적인 문명'을 '상상하는 것'이다. 이 상상의 세계를 재현하는 방식의 하나가 '글쓰기'인 것이다.

---

63) 이광수, 「어린벗에게」, 『청춘』9호, 1917.6.
64) 이광수, 위의 글.
65) 이광수, 「東京에서 京城까지」, 『청춘』9호.

0´. 출구

　'청년'은 근대라는 특정한 시기에 서구 문명과 대결하고 길항하는 과정에서 만들어진 새로운 주체의 이름이다. 또 '청년'은 국가, 국민 혹은 민족이라는 이웃한 개념들과 연동하면서, 동아시아 전래의 '소년'이라는 개념만으로는 표상 불가능한 현실을 반영한 말이기도 하다. '국가'라는 제도적 장치가 사라진 1910년대의 '청년'은 자기를 계몽하며 세계를 변화시키기 위하여 몇 가지 자기구성의 논리를 가져야 했다. 하나는 전 시대의 영웅 이미지를 교사 혹은 문사가 됨으로써 유지하는 것, 또 하나는 식민지의 현실을 발견하는 자가 됨으로써 추상적이고 미래지향적인 소년의 이미지로부터 탈각하는 것, 그리고 나머지 하나는 시각훈련을 통해 근대적 주체로 자기를 인식하고 그것을 표현하는 하나의 방식으로 글쓰기를 선택하는 것이다.

◼ **참고문헌**

1. 기본자료

『친목회회보』『대한매일신보』『대한유학생회학보『청년잡지』『소년』『청춘』

2. 논문 및 단행본

김윤식, 「〈소년〉지의 허구성」, 『근대한국문학연구』, 일지사, 1994.

서영채, 「최남선 시강의 근대성에 관한 연구」, 『민족문학사연구』18호 2001.

한기형, 「1910년대 문학상황과 잡지 〈청춘〉의 의미」, 대동문화연구원 중점과제 학술발표회 발표문, 2003.

고미숙, 「영웅, 그 충만과 산포의 기호」, 연구공간 수유+너머 2001겨울강좌 강의안.

이광수, 『무정』, 신문관, 1918.

임화, 임규찬·한진일 편, 『신문학사』, 한길사, 1993.

권보드래『한국근대소설의 기원』, 소명, 2000.

박찬승, 『한국근대정치사상사연구』, 역사비평사, 1997.

이효덕, 박성관 역『표상공간의 근대』, 소명, 2002.

야나부 아키라, 서혜영 역, 『번역어성립사정』, 일빛, 2003.

칼라일, 박상익 역, 『영웅숭배론』, 한길사, 2003.

마샬 맥루한, 박정규 역, 『미디어의 이해』, 커뮤니케이션북스, 2001.

아도르노·호르크하이머, 김유동 역, 『계몽의 변증법』, 문학과지성사, 2002.

에밀 벤베니스트, 황경자 역, 『일반언어학의 제문제』1, 민음사, 1992.

미셸 푸코, 이정우 역, 『지식의 고고학』, 민음사, 1998.

필립 아리에스, 문지영 역, 『아동의 탄생』, 새물결, 2003.

에릭 홉스봄, 김동택 역, 『제국의 시대』, 한길사, 1998.

北村三子, 『青年と近代』, 世織書房, 1998.

木村直惠, 『〈청년〉の 誕生』, 新曜社, 1998.

신경숙 소설의 인물 연구

박 은 영*

I. 들어가며

　신경숙의 소설 세계는 흔히 서정적인 문체와 실존적인 고독감, 여성적인 부드러움으로 특징지어진다.[1] 신경숙 소설의 기본적 요소라 할 수 있는 특성들, 즉 산문성을 거부하는 시적 문체나 가족 관계의 훼손에서 비롯되는 삶의 부정적 비의에 대한 두려움, 운명론적 상실감 등은 그의 대부분의 소설 속에서 약간의 변주를 거쳐 그 모습을 드러낸다.

　신경숙 소설의 내면 문학적 특성은 80년대의 이른바 '거대 서사의 문학'이 중시했던 소설 속 사건이나 역사적 현실 등을 소홀히 하는 요인이 된다. 반면에 내면 탐구의 대상인 소설 속 '인물'에 대한 집중적인 관심으로 나타난다. 즉 신경숙에게 있어 중요하게 다루어지는 문제는 소설의 사건이나 갈등 구조보다는 '인물' 혹은 '인간' 그 자체이다. 때문에 이러한 인물의 모습을 어떻게 그려내는가가 신경숙의 소설적 성취를 가늠하는 잣대가 될 것이다.

---

* 인하대학교 교육대학원 졸업, 인천예술고등학교 교사

1) 장정일, 「'헛것'을 불러들여 '여성적 글쓰기'」, 『문학정신』 1993년 10월호. 26쪽.

이런 의미에서 신경숙 소설의 인물을 이해한다는 것은 신경숙 문학의 올바른 이해를 위한 기본적 요소이다. 그러나 지금까지 신경숙 소설에 대한 논의는 개인의 실존과 고독 등의 주제 의식이라든가, 독특한 문체나 서술 기법 등의 형식적 측면에 대한 것이 주를 이루어 왔다. 또한 이러한 특성들을 '여성적 글쓰기'와 연결시켜 여성소설의 성과와 한계를 보여주는 데 연구가 집중되어 왔다.

반면 신경숙 소설에서 가장 중요하게 다루어야 할 '인물'에 대한 연구는 거의 전무한 실정이다. 간혹 '인물의 형상화 부족'을 신경숙 소설의 한계로 지적하는 경우[2]가 있긴 하지만 대체로 부분적인 언급에 불과한 경우가 많다. 때문에 '내면 문학'이라고 일컬어지는 신경숙 문학의 본질이 추상적으로만 논의된 감이 있다.

이와 같은 문제들을 넘어서기 위해 본고는 신경숙 소설에 등장하는 인물들을 유형화하고 그 의미를 분석하는 것으로 논지를 설정했다. 또한 부분적으로만 논의되었던 '인물의 형상화' 문제에 대해 구체적 작품들을 통해 접근함으로써, 신경숙 소설의 현재적 의미를 점검해 보고자 한다.

그러나 신경숙은 그 문학적 성과가 마무리되지 않은 작가이다. 그럼에도 불구하고 신경숙을 다루고자 한 것은 최근 들어 심각하게 나타나는 신경숙 소설의 침체 때문이다. 뛰어난 작가적 재능으로 90년대 문학계를 주도한 신경숙의 소설은 동어 반복과 부실한 장편의 양산으로 이어지고 있다. 따라서 본 연구는 이러한 현상이 나타나게 된 원인에 주목할 필요성이 있다고 보았다. 그리고 본고의 논지인 '인물의 형상화' 문제가 신경숙 소설의 침체의 한 요인이 된다는 가정에서 출발하였다. 그러나 이러한 가정은 신경숙 소설이 현재진행형이라는 점을 감안할 때, 그 소설적 추이에 따라 달라질 수 있는 한시적 결론이 될 것이다.

---

2) 김영희 외, 「백낙청 편집인에게 묻는다」, 『창작과 비평』 1998년 봄호.

Ⅱ. 단편소설의 경우

1. 주인공과 가족의 인물 유형

신경숙 소설에서 누구보다 많이 다루어지는 인물은 바로 '나'이다. 그러한 특성은 '나'로 시작되는 일인칭 화자 소설은 물론 3인칭 소설에서도 흔히 나타난다. 이는 개인의 내면 풍경을 주로 다루는 자기고백적 소설을 쓰는 작가 신경숙에게 있어 당연한 특성일 것이다. 그녀의 소설에서 외부의 사물들이나 사건들은 그 자체로는 의미를 갖지 않는다. 그것은 작중 인물의 의식에 미묘한 심리적 파장을 불러일으키는 계기일 뿐이다. 이처럼 신경숙 소설은 인물의 내면 세계를 중시하는 내성적 경향을 두드러지게 보여준다.

이러한 내성적 경향은 소설 속에 등장하는 '나'를 곧 작가의 내면을 반영하는 대변자로 인식하게 한다. 신경숙 소설에서 '나'는 운명의 거역할 수 없는 힘에 대한 작가의 강박적인 시선을 대변하는 존재이다.

그녀의 소설에서 삶의 위기는 불시에, 아무런 예비 없는 평온한 삶 속에 불쑥 찾아온다. 「그는 언제 오는가」에서 여느 날과 다름없었던 저녁에 행해진 동생의 자살처럼, 「딸기밭」에서 유학중인 유가 산책하러 나갔다가 갑작스레 맞는 죽음처럼, 혹은 「그가 모르는 장소」에서 "결혼 후 뒤 한번 안 돌아보고 산" 그에게 들이닥친 아내의 부정처럼.

때문에 작가는 '삶에서의 기습'이란 화두를 소설 속에 자주 등장시킴으로써 운명적 존재로서의 '나'를 표현한다. 이러한 '기습'은 소설 속 인물들에게 불길한 운명을 감지하게 하고, 삶에 대한 근원적 불안감을 느끼게 한다.

내 위로 다섯 살 터울의 언니가 있었지야…… 시집을 갔는데…… 난쟁이를 낳았어…… 언니가 낳은 아기를 보는 순간 내가 그 바닷가 마을에서 느꼈던 모든 충만감이 확확 뒤로 밀려났어야. 불길한 운명이 내 등짝에다 시퍼런 멍

을 찍어놓는 것 같았어야. 언니가 난쟁이를 낳을 때까지 우리집에 난쟁이 내
력이 있다는 걸 나는 몰랐구나…… (중략) 그적에는 고만 죽고만 싶고야
……3)

결국 이 불길한 운명은 "마을에서 제일 잘난, 구물구물거리는 생게를
한 바께스씩 잡아다주던 사람과의 결혼"4)을 불가능하게 만들고, 모든 것
을 견딜 수 없게 만들고 만다. 신경숙의 첫 소설집인 『겨울우화』5)에는
특히 불가항력적 사건들이 모티프로 자주 등장한다. 「황성옛터」에서는
'나'와 철길 위에 나란히 누워있다가 사고로 죽는 오빠가 등장한다. 오빠
의 죽음 이후 아버지는 병이 들고 '나'는 사고에 대한 죄책감에 시달린다.
병든 아버지의 눈길 속에서 "차라리 너와 바뀌었더라면"이라는 마음을 읽
어낸 '나'는 스스로를 "학기가 반이나 지난 어느 날 불현듯 전학 와 포플
러나무 밑을 겉도는 도회의 여자애"같다고 느낀다.

「지붕과 고양이」의 '나'는 어린 시절 강간당한 후 소아마비가 된다. 「등
대댁」에서는 큰아들과 남편의 급작스런 죽음 이후 생계를 책임지며 힘겹
게 살아가는 등대댁에게 어느 날 갑자기 말기암 선고가 내려진다. 또한
단편 「외딴 방」에서의 희재언니의 비참한 죽음은 '나'에게 회복할 수 없
는 아픔으로 남는다.

이러한 아픈 상처들은 '나'나 혹은 가족을 잃은 채 남은 가족들에게
연쇄적인 절망과 비극적 삶을 가져다 준다. 또한 주변의 소중한 것을 사
라지게 하는 운명의 거역할 수 없는 힘은 '나'에게 "오래된 불안"으로 작
용하며, 세계에 대한 부적응 및 편입 불가능성에 대한 두려움으로 나의
성장기를 지배한다. 화자나 등장 인물의 내면 한구석에 웅크리고 앉아
있는 이 "오래된 불안"은, 현실로서의 삶에 대한 하나의 태도로 고착되이

---

3) 신경숙, 「그가 모르는 장소」, 『딸기밭』, 문학과 지성사, 2000. 140쪽.
4) 신경숙, 위의 책, 140쪽.
5) 이 소설집은 1990년 간행된 것으로, 1998년 『강물이 될 때까지』로 개작되었다. 작가는
   후자를 정본으로 삼는다고 밝혔으나, 본고에서는 출간 연도가 빠른 『겨울우화』를 대상으
   로 논의하였다.

있고 따라서 그 자체가 또 하나의 현실적 삶을 이루게 된다.

결국 작가 신경숙은 '나'를 통해 운명이라고 밖에는 달리 표현할 길이 없는 존재의 비극성을 나타내면서, 우리가 평화롭다고 아늑하다고 믿고 생각하는 삶이란 얼마나 위태로운 것인가를 말하고자 한 것이다.

때문에 신경숙 소설의 주인공들은 자신이 살고 있는 현실에 만족하고 있지 않으면서도 그것을 극복하고자 하는 적극적인 의지를 가지고 있지 않다. 주인공인 '나'는 개인으로서는 어쩔 수 없는 거대한 운명의 흐름에 거스르고자 하지 않고 자신을 맡기는 편이다. 즉 '나'는 자신이 아니라고 생각하는 현실에 거역하지도 않고 그 현실에 적극적으로 뛰어들지도 않는 것이다. 그것은 자신과 그 주변을 비극으로 몰아가는 '운명'에 대한 본능적인 두려움 때문이기도 하지만, 그 '운명'을 슬프게 수용할 수 밖에 없는 존재의 비극성 때문이기도 하다.

그런데 '나'와 주변 인물들에게 다가오는 삶에서의 '기습'이란, 말 그대로 우연한 사고 이상으로 의미가 울려 퍼지지 못한다. 그 '기습'은 사회·정치적 사건인 경우에도 삶에서 어쩔 수 없이 겪어야 하는 재난일 뿐이다. 즉 그것을 통해서 절망하거나 성숙하게 되는 사회·정치적 의미보다는 개인에게 우연히 덮쳐 온 하나의 '사고'로 작용하는 것이다. 「聖日」에서 전쟁통에 죽창에 찔려 죽는 '정희'나, 「밤고기」에서 데모 후 폐인이 되어 숨어 지내는 대학생 오빠의 경우에도 그들의 불행은 개인적인 아픔으로 그려질 뿐이다.

때문에 '나'를 비롯한 상실을 경험한 인물들이 어떻게 삶을 견디는가, 남겨진 가족을 어떻게 연민으로 감싸는가가 소설의 주제로 집약된다. 또한 작가의 이러한 '연민으로 세상 견디기'라는 관점은 일차적 집단인 가족에 대한 집착과, 신비화된 모성성에 의한 문제의 해결이라는 방식에 의지하게 된다.

신경숙은 농촌의 대가족 속에서 보낸 풍요로운 유년의 기억과 서울의 삭막한 도시생활에서 느낀 박탈감을 대비시킴으로써, 존재의 고독감을 그리는 작가로 평가받고 있다. 그러나 신경숙에게 외로움은 전통적인 공

동체가 파괴되고 새로운 공동체는 건설되지 못한데서 오는 현대 사회 구
성원의 숙명적 외로움을 포착하는 데까지는 미치지 못한다. 때문에 소설
속에서 빈번하게 그려지고 있는 '나'의 고통과 외로움이 구체적 현실로
느껴지지 않는다. 이는 그 고통의 기원이 '내가 발딛고 있는 지금 현재'에
서 비롯된 것이 아니라, 가족들과 함께 한 유년의 기억에서 나아가지 못
한 때문이다. 이러한 문제는 결국 소설 속 화자인 '나'에 대한 비현실적이
고도 단조로운 형상화를 낳는다. 신경숙의 소설에서 주인공이나 화자의
형상화에 문제가 있는 작품은 여러 편이다.

「오래전 집을 떠날 때」의 '나'는 이주간의 단체 여행을 같이 했던 일
행들에게 "저 여자가 누구야?"라는 소리를 들을 만큼 희미한 존재이다.
"타인의 눈에 띄지 않으려고 애쓰면서 사"는 '나'는 그저 "가만히 살고 싶
어하는" 존재로만 그려질 뿐이다.

「깊은 숨을 쉴 때마다」의 '나' 역시 제주도에서 만난 '처녀'와 '말라깽
이 소녀'에 대해 그리고 있을 뿐 자신에 대한 뚜렷한 형상화를 보이지 않
고 있다. 이러한 형상화의 문제 때문에 소설 속에서 주인공들이 겪는 갈
등이나 고민은 그 깊이가 느껴지지 않고 사실성에 의문을 갖게 된다.

「지금 우리 곁에 누가 있는 걸까요」는 태어난 아이를 7개월만에 잃은
부부의 상실과 슬픔을 다룬 소설이다. 이 작품에 대해 김병익6)은 "화해
와 새로운 생명의 탄생을 위한 전조"이며, "삶의 모습의 일단을 따뜻하고
구체적인 모습으로 그려준다"고 평가하였지만, 이 소설 속에 등장하는
'나'와 '남편'의 모습은 불투명하기 짝이 없다. 자식을 잃은 어머니의 슬픔
을 다룬 박완서의 「나의 가장 나종 지니인 것」과 비교하면 그 차이가 선
명하다. 교통사고로 하반신 마비에 치매까지 된 아들을 홀로 돌보는 친
구를 본 화자는 다음과 같이 독백한다.

　　그 집에 들어설 때부터 어렴풋이 짐작이 된거긴 하지만 명애가 날 왜 거기
　까지 데리고 왔는지가 마침내 분명해지더군요. 즈네들 아들 경사가 있을 때마

---

6) 김병익, 「존재의 괴리, 그 슬픈 아름다움」, 『딸기밭』 해설. 304쪽.

다 내가 부러워할 것 같아 쉬쉬 초대하기를 꺼리던 것과 정반대의 이유로 그 집 모자의 비참한 꼴을 보여주고자 한 거였어요. 죽는 것보다 못한 경우를 보고 위로받아라, 이거겠죠. 인간성 중 가장 천박한 급소죠. 그 급소만은 드러내 보이고 싶지 않았기 때문에 남의 아무리 잘나고 건강한 아들을 보고도 부러워하지 않는 것으로 미리 보호막을 친 거였는데, 딴 친구도 아닌 명애가 나를 그렇게 취급하다니, 정말 견딜 수 없는 기분이었어요. …… (중략) …… 세상에 어쩌면 그렇게 견딜 수 없는 질투가 다 있을까요? 형님. 날카로운 삼지창 같은 게 가슴 한가운데를 깊이 훑어내리는 것 같았어요. 너무 아프고 쓰리려 울음이 복받치더군요. 여기서 울면 안 돼. 나는 황급히 은하계 주문을 외려고 했죠. 소용이 없었어요. 저는 드디어 울음이 복받치는 대로 저를 내맡겼죠. 제가 그렇게 많은 눈물을 참고 있었을 줄은 저도 미처 몰랐어요. 대성통곡, 방성대곡보다 더 큰 울음이었으니까요. 제 막혔던 울음이 터지자 그까짓 은하계 쯤 검부락지처럼 떠내려가더라구요.[7]

인간 심리의 밑바닥을 생생하고도 현실감 있게 그려냄과 동시에 아들을 잃은 어머니의 슬픔을 너무도 절절히 형상화한 이 작품은 소설쓰기의 한 전범이라 할 수 있을 것이다. 이에 반해 「지금 우리 곁에 누가 있는 걸까요」에서 그려지는 '나'의 모습 속에는 갈 데까지 가는 미움이나 고통, 슬픔이 보이지 않는다. 이 소설 속에서는 아이를 잃은 '나'의 슬픔이 결국 남편과의 불화로 나타나며, "아이의 옹알이 소리"라는 환청을 통한 화해로 적당히 마무리된다.

이러한 문제에 대해 이상경[8]은 신경숙이 "자기 중심의 시각과 소녀적 감수성을 벗어나지 못하고 있으며, 존재의 고독감과 삶의 우연성에 대한 피상적 성찰에 머물러 있"기 때문에 "10여 년 동안의 작품 활동에서 그의 '자기 들여다보기'는 이 테두리에서 더 이상 넓어지지도 더 이상 깊어지지도 않는다."고 지적하였다.

결국 그녀의 소설에서 가장 많은 비중을 차지하는 화자나 주인공으로

---

7) 박완서, 「나의 가장 나종 지니인 것」, 『가는비, 이슬비』, 문학동네, 1999. 328~330쪽.
8) 이상경, 「'말해질 수 없는 것들'을 넘어서-신경숙론」, 『소설과 사상』 1997년 봄호. 154쪽.

서의 '나'는 비현실적이고 단선적인 형상화로 인해 현실감과 생동감을 상실한 인물이 되고 만 것이다.

신경숙 소설에서 '나'와 함께 많이 등장하는 인물은 바로 '가족'이다. 화자의 고향마을과 연결되는 이 인물군은 등장 빈도에서만이 아니라, 그 중요도에 있어 신경숙 소설의 한 축을 이룬다.

신경숙 소설의 화자에게 고향이란 행복했던 유년 시절 가족의 기억이 남아있는 곳이다. 그러나 화자들의 현재적 삶은 이미 행복했던 고향을 떠나 낯선 도시에서 직업을 가진 채 생계를 유지하고 있다. 화자들은 도시적인 삶 속에 현실적인 기반을 두고 있지만, 유년 시절의 행복한 기억이 남아 있는 고향 마을을 끊임없이 그리워하면서 그 곳을 이상화하고 추상화한다.

이런 의미에서 신경숙 소설의 '아버지'는 특히 각별한 의미가 있다. 우리 소설사에서 남성 작가든 여성 작가든 '아버지'보다는 '어머니'를 그려낸 경우가 많은 것이 사실이다. 또한 아버지를 그려냈다 하더라도 대개는 전통적인 가부장으로서의 모습이나, 가족의 생계를 책임지는 자로서 고통받는 양상으로 묘사되어 왔다.

이러한 점에서 신경숙 소설의 아버지는 기존의 아버지상과 유사하면서도 뚜렷이 구별되는 면이 있다. 즉 전통적인 가부장이자 동시에 '근원적 고향'을 상징하는 존재로 그 모습을 나타낸 것이다.

마치 모든 것을 포용하는 고향처럼 아버지는 한없이 너그럽고 든든한 버팀목으로 그려진다. 때문에 도시 생활에 지친 화자가 위로와 안식을 얻을 수 있는 '근원적 고향'으로 자리하는 대상이 바로 '아버지'인 것이다. 또한 늙어가는 아버지의 모습은 화자에게 한없는 애정과 연민의 대상이 된다.

바람이 불기 전까지 아버진 꽤 늠름해 보였습니다. 바람이 불자 상아빛 골덴 바지가 아버지 몸에 달라붙는 거였지요. 저는 뒤따르던 걸음을 멈추었습니다. 바지 안에 아버지 몸이 과연 있는 걸까? 믿어지지 않게 바람만 쿨렁거리는 것이었습니다. …… (중략) …… 아버지가 저렇게 작아지시다니, 틸모자밑으로 보이는 뒷목덜미까지 흰머리가 수북했습니다. 귀밑으론 탄력을 잃은 살이 처져 겹을 이루고 있는데 거기까지 무수히 핀 검버섯이라니. …… (중략) …… 연민에 휩싸여 아버지 골덴 바지 뒷주머니에 제 두 손을 포옥 집어 넣었습니다. 갑자기 뒤에서 잡아당긴 셈이라 아버진 순간 몸의 중심을 잃으시고서 뒤에 서 있던 제게 쏟아지셨습니다. 주머니 속에서 만져지는 앙상한 아버지의 엉치뼈.9)

이에 반해 신경숙의 소설에서 '어머니'는 미미한 존재로 그려질 뿐이다. 또한 억압받고 희생적인 어머니의 삶이 가부장제라는 이데올로기에 의해 비롯된 것임을 알지 못한 채, 어머니의 모습을 거부하고 어머니와 여성을 분리시킨다.

때문에 신경숙 소설에서 어머니는 자신의 목소리가 없다. 모두 딸이, 자식이 바라본 어머니의 모습일 뿐이다. 오히려 아버지는 자기 이야기를 한다. 즉 작가는 아버지를 하나의 개성으로 그려내고 있는 것이다. 그러나 어머니는 그런 것이 없다. 어머니를 주인공으로 하면서 그 세대의 삶에 초점을 맞춘 소설인 「등대댁」조차도, 계속해서 그녀를 기습하는 불운들에 허둥지둥할 뿐 어머니로서든지 여성으로서의 자의식은 없다. 그 시대 어머니들의 삶의 일상성, 혹은 삶이 단조로웠던 탓이라 해도 그런대로 단조로움에 대한 성찰이라도 있어야 하나, 신경숙 소설에서 어머니는 아주 단편적으로만 나타난다. 어머니로서든 여성으로서든 아니면 한 인간으로서든 희로애락을 지닌 어머니란 아예 들어오지 않는다. 오직 작가의 눈에 비친 어머니 뿐이다. 이러한 추상적이고 단편적으로 형상화된 어머니상은 결국 '가부장제의 전형인 어머니'로 유형화되는 동시에 그 피해자가 되는 한계를 나타내고 만다.

2. 자매애의 대상인 친구

신경숙은 폭력적 남성보다 여리고 순수한 동성(同性) 친구에게 호의

---

9) 신경숙, 「감자 먹는 사람들」, 『딸기밭』, 문학과 지성사, 2000. 110쪽.

적 시선을 보낸다. 그래서 작가는 「멀리, 끝없는 길위에」의 '나와 이숙', 『깊은 슬픔』의 '은서와 화연', 『외딴방』의 '나와 희재언니', 「딸기밭」의 '처녀와 유', 『바이올렛』의 '오산이와 수애' 등에서 보듯 양자적 동성 관계를 흔히 등장시켜 폭력적 불안에 대처한다. 남성으로 대변되는 세계의 폭력성이 강하면 강할수록 동성간의 결합력도 그만큼 비례하여 일정 부분 상승한다.

이에 대해 이선옥·김선하[10]는 신경숙의 소설이 "여성 인물들간에 흐르는 동성애적이라고 부를 만한 정서적 유대를 형성한다"고 설명한다. 공임순[11]도 『외딴 방』의 희재언니와 화자의 관계를 "일종의 자매애적인 감정의 유대이며, 동시대를 살아가는 딸들의 정서적 공감"이라고 표현한다.

가부장적 지배 질서를 내면화한 신경숙의 여성 인물들은 남성에 대해 두려움을 간직하고 있다. 남성들이 언제 자신에게 위해를 가할지도 모른다는 불안감, 신경숙의 작중 인물들이 공통적으로 지닌 '세상과 관계맺기의 두려움'은 바로 여기에서 비롯한다. "소름 끼치게 흉한 몰골로 원희를 겁탈하는 곰배팔이"(「지붕과 고양이」), 출세를 위해 은서를 버리는 '완'(『깊은 슬픔』), 희재언니에게 낙태를 강요하는 '양장점 남자'(『외딴방』), 오산이를 강간하는 '최'(『바이올렛』) 등의 모습은 여성이 남성에 대해 가진 두려움의 반영물이다. 때문에 여성 화자나 주인공들은 아버지나 오빠를 제외한 폭력적 남성을 대신하는, 아니 그 이상의 의미로 동성에게 매혹을 느끼고 의존한다. 그러한 매혹은 「밤고기」에서 "흰 얼굴의 전학생 정희"에게, 『외딴 방』에서 '희재언니'에게, 혹은 신경숙 소설에서 흔히 등장하는 동거자 내지는 조력자로서의 친구들에게 나타난다. 이들은 폭력적이고 일방적인 남성과는 달리 주인공에게 애정과 보살핌을 주는 인물들이다. 따라서 주인공과 그의 동성 친구들은 깊은 연대와 무조건적인 호의를 베

---

10) 이선옥·김은하, 「여성성'의 드러내기와 새로운 정체성 탐색의 의미」, 『민족문학사 연구』11호, 1997.

11) 공임순, 「오이디푸스적인 시선 속에 동요하는 글쓰기」, 서강여성문학 연구회, 『한국문학과 모성성』, 태학사, 1998. 261쪽.

푸는 관계로 설정되는 것이다.

동성 친구에 대한 신경숙의 좀더 새로운 시도는 단편 「딸기밭」(1999)에서 행해진다. 자매애의 대상으로 그려지는 친구의 모습이 아닌, 억압된 동성애적 욕망이 비로소 지상으로 얼굴을 내밀게 되는 것이다. 아울러 늘 낮은 목소리로 운명을 피하듯 감싸안던 신경숙의 주인공이 매우 적극적인 애정의 포즈를 취하는 모습으로 변모한다.

이 소설에서 주인공인 처녀의 친구 '유'는 삶의 비애도, 고통도, 결핍도, 불가능도 없는 모습으로 그려진다. 이에 비해 처녀는 그 반대편에 초라하게 존재한다. 이러한 변별적 차이는 처녀가 순수성의 아름다움을 내뿜는 '유'를 욕망하도록 자극한다. 그것은 '흰 고무신의 그 남자'를 소유하면서도 채울 수 없었던 욕망의 결핍을 채워주는 역할을 한다. 처녀는 자신을 기다리는 그 남자에게 가지 않고 '딸기밭'에 유와 함께 감으로써 이성애 대신 동성애를 선택한다.

> 처녀는 아직 고스란히 바구니에 담겨져 있는, 자신이 딴 딸기를 한줌 집어 유의 깨끗한 치마 위에 놓고 이겨버린다. 유는 저항하지 않고 치마에 번지는 붉은 물을 물끄러미 보고 있다. 유의 살빛은 투명하다. 발육은 조화롭다. 비틀리지 않았다. 억압받지 않는다. 처녀는 유의 밝은 귓불에 혀를 갖다 댄다. 유의 흰 목덜미에 처녀의 손자국이 빨긋하다. 처녀는 유의 목에 나 있는 자신의 손자국을 따라 유를 애무한다.12)

예전의 신경숙에게 이러한 욕망의 싹이 없었던 것은 아니다. 특히 '유'에 대한 욕망과 유사한 형상이 「배드민턴 치는 여자」에 있었다. 미술관 뜰에서 배드민턴을 치는 여자들의 경쾌하고 하얀 미끈한 다리와, 야생 미나리 군락지에서 벗은 여자 아이의 몸을 보고 느꼈던 "어떤 희열"의 영상이 그것이다. 그러나 치마가 흘러내린 몸을 포클레인 속의 흙으로 "매장"하는 행위가 보여주듯이 욕망을 줄곧 부정하는 작중인물을 통해 작가는 스스로의 검열을 수용하였다.

---

12) 신경숙, 「딸기밭」, 앞의 책, 81~82쪽.

그러나 신경숙은 「딸기밭」에 와서 '내 속의 타자'로 웅크리고 있던 '금지된 욕망'을 전면화하고 있다. 이 작품에서 나타나는 두 개의 욕망은 각각 방향이 다른 양극단이지만 동일한 구조를 가지고 있다. 두 극단은 모두 억압을 전복하는 행위이며, '나'로 하여금 공격적인 자세를 취하도록 만든다. '나'는 그 남자에게 공격적인 섹스를 감행하고 또 위의 인용문에서처럼 싱그럽다 못해 매우 농염한 딸기, 그것도 으깨어진 딸기의 이미지를 배경으로 살의와도 같은 유혹으로 '유'와 동성애적인 행위를 감행한다. 이 두 개의 행위는 모두 "불타는" 이미지를 갖고 있다. 이와 같이 전복적이고 공격적이며 매혹적인 행위의 이미지가 "사소한 일상에도 스며 있는 억압"을, "금기를 만들어내는 도덕적 억압"을 전폭적으로 풀어 헤쳐 놓는 장면은 인상적이고도 새롭다.

> 그 자리엔 내 쓰라린 상처와 그애의 차가운 멸시가 남아 있다. …… (중략) …… 그앤 다시는 나와 함께 그 미나리지에 가주지 않았고, 내가 부르거나 찾아가면, 엄마한테 다 일러줄거야, 소리를 쳐서 겁을 주었다. …… (중략) …… 내가 이름을 부르자 그앤 도망쳤었다. 그러다가 되돌아 달려와서 주먹을 꽉 쥐고 내 뺨을 제 힘껏 때렸다. 그 영상의 희열 뒤에 남는 이 아픔……13)

> 유의 천진함. 처녀가 유의 약간 벌어진 입 속에 혀를 밀어넣을 때까지도 유는 저항하지 않는다. 나직하다. 평화롭다. 적의가 없다. 처녀가 유의 목구멍 깊숙이 혀를 집어넣었을 때다. 돌연 유가 처녀를 밀어젖힌다. "누워!" 돌연 유가 명령한다. 단호하다. 지금까지의 무저항은 "누워" 그 명령어를 수행시키기 위한 것이었다는 듯. "나를 죽이려 했지!" 유가 돌연 거칠어진다. 처녀를 덮치고 웃옷을 젖히고 처녀의 젖가슴에 딸기를 쏟아붓는다. 유의 손길은 부드럽고 능란하다. 감미롭고 완벽하다. 처녀는 눈을 감아버린다. 뺨에서, 배에서, 허벅지에서 딸기가 으깨어지는 감촉이 유를 거부할 수 없게 한다. 유의 감미로운 손가락이, 입술이. 아무것도 남지 않는다. 어떠한 찌꺼기도.14)

---

13) 신경숙, 「배드민턴 치는 여자」, 『풍금이 있던 자리』, 문학과 지성사, 1993. 172쪽.
14) 신경숙, 「딸기밭」, 앞의 책, 82쪽.

「배드민턴 치는 여자」에서 거절당하고 모욕당한 동성애적 행위가 「딸기밭」에서는 수용되는 것이다. 이러한 변화는 신경숙이 그려내는 동성 친구에 대한 인물상의 완전한 변화를 의미하지는 않을 것이다. 아직은 이러한 변화를 뒷받침할만한 다른 작품들이 발견되지 않기 때문이다. 그러나 인물에 대한 이러한 변화된 모습과는 별도로, 작가가 동성 친구에 대해 세심하고도 공들인 묘사를 하고 있다는 것은 분명한 사실이다.

이와는 대조적으로 신경숙 소설에서 남성 인물의 형상화는 거의 이루어지지 않는다. 물론 신경숙의 소설은 주로 여성 화자의 내면 심리를 다루기 때문에 남성 인물은 그다지 큰 비중을 차지하지는 않는다. 그러나 주인공인 여성 화자에게 고통을 주는 것은 남성 인물이다. 따라서 그에 대한 묘사가 제대로 이루어지지 않는다는 것은, 주인공이 겪는 '고통'의 개연성을 떨어뜨린다. 또 때로는 어떤 남자와 무슨 경위로 헤어졌는지 분명치 않은 상태로 실연의 아픔만 길게 제시되는 것 때문에 '내면세계에의 탐닉'이라는 비판을 받기도 한다. 「풍금이 있던 자리」의 남성 주인공에 대한 백낙청의 다음과 같은 지적은 이러한 문제를 잘 보여준다.

> 이 소설에서 2년 동안이나 지속되었다는 두 사람의 관계에 대해 좀더 구체적인 귀띔이 있었더라면 싶은 아쉬움이 남는다. 또한 별로 알아주는 사람 없는 자신을 '그 여자'와 '당신'이 알아봐 준 공통점이 있다는 화자의 설명에도 불구하고, 남자가 '그 여자' 수준의 품위와 도덕성을 지녔는지는 의심스럽다. '나'의 고향집에 잠깐 찾아왔다가 화자의 심정을 전혀 이해 못하고 가는 모습을 보나, 출발일까지 서울로 돌아오라는 최후 통첩을 남기고 가버린 뒤 다시는 일언반구가 없는 점을 보나, "비행기를 타버리자" 라는 그의 제안이 일시적인 객기였음이 짐작되고, 그의 집에 전화를 걸어본 뒤인 작품 끝머리에 가면 화자 역시 어느 정도 이를 직감했음이 암시된다.15)

즉 이 소설의 '사랑하는 당신'인 '그'는 신경숙 소설에서 더러 만나는 남성 특유의 자기중심적 인물로서만 그려질 뿐, 화자가 고향집을 떠날

---

15) 백낙청, 「『외딴 방』이 묻는 것과 이룬 것」, 『창작과 비평』 1997년 가을호. 224쪽.

정도로 사랑할 만한 남자로는 설득력 있게 형상화되지 못한 것이다. 그리고 만일 작가의 의도가 '사랑할 만한 남자'가 아닌 '자기중심적'인 속성을 지닌 남성 인물을 그리고자 했다면, 그에 맞는 인물의 형상화가 필요하다고 할 수 있겠다.

「그가 모르는 장소」의 '그' 역시 남성 인물의 형상화 부재를 나타내는 사례이다. "상처받기 싫어서 사람과 깊은 관계를 맺지 않는" 그의 상처의 근원이 무엇인지, 그 고통은 어떻게 나타나는지 등에 대한 설명이 미흡하다. 물론 소설 말미에서 계모인 어머니의 존재가 나타나긴 하지만, 그것만 가지고는 상실감의 유형과 정도가 설명되지 않는다.

「배드민턴 치는 女子」에 등장하는 '사진 찍는 그'도 '그녀'의 행동을 개연성 있게 설명할 만한 인물로 그려지지는 않는다. 그는 그녀에게 잠깐의 관심을 보인 후 이내 그녀를 잊는다. 그리고 상처받은 그녀는 결국 죽음을 택한다. 그러나 그녀의 죽음은 설득력 있게 다가오지 않는다. 작가가 주인공이 느끼는 고통과 상처에만 관심을 기울일 뿐, 그 고통의 원인에는 눈을 돌리지 않기 때문이다. 이러한 작가의 태도는 결국 '그'에 대한 형상화의 부재로 이어진다. 그리고 그것은 주인공이 겪는 고통의 개연성을 떨어뜨리는 요인이 된다.

신경숙의 최근작들에서는 남성 주인공의 비중이 조금씩 높아지는 경향이 있다. 그러나 양적인 증가에 비해 인물의 형상화 면에서는 지금까지의 소설들과 변별점을 갖지 못한다. 「종소리」에서 '크론키드카나다'라는 희귀병에 시달리는 남편은, 표면적으로 그러한 병에 걸리게 된 여러 가지 이유를 지니고 있다. 스무 살부터 가장 노릇을 하면서 누구에게도 도움받아 본 적이 없는 사람이었다든가, 세 번이나 유산을 한 아내라든가, 형편이 어려운 회사를 자신만 벗어났다는 죄책감이라든가 하는 것들이 그것이다. 다른 소설들에 비해 고통받는 많은 이유가 나열돼 있지만, 그것들이 주인공의 '병'을 납득시켜 줄 수 있는지는 여전히 의문이다. 그러한 요인들은 주인공의 내면에 깊이 있게 연결되었다기보다는, 개연성을 높이기 위해 의도적으로 부여된 감이 있기 때문이다.

3. 죽음과 관련된 인물군

신경숙에 대해 말한다는 것은 어느새 그녀에게 있어 죽음의 의미를 묻는 일이라는 생각이 일반화되기에 이르렀다. 그도 그럴 것이, 그녀의 작품은 크든 작든 죽음을 동반하고 있으며, 그 경향은 시간이 지날수록 더 강화되어 나타나기 때문이다.

「오래전 집을 떠날 때」에서는 아래층 여자의 어린 딸이 혈우병으로 죽는다. 「전설」에서도 사과나무 아래에서 벌어진 선남선녀의 아름다운 사랑이 전쟁이라는 외부 폭력에 의해 가슴 아픈 이별로 끝나게 된다.

신경숙 소설에서 그려지는 '죽음'의 모습들은 작가 자신이 서술한 죽음에 대한 다음과 같은 정의를 기반으로 한다.

죽음은 거역할 수도 없이 자신이 선택할 수도 없이 불시에 삶에 끼여들었다가 휘이 저어 놓고는 잠시 숨는다. 어디서 기다리고 있는지를 모르니까 곳곳이 그가 묵고 있는 장소이다. 처처에 도사린 죽음은 자신의 존재를 알림으로써 삶도 가르친다. 언젠가는 죽는다고 생각하면 가볍게 날아가는 까치도 다시 보아진다. 제자리를 잃은 마음의 분란을 정리해 주는 건 죽음이다. 언젠가…… 언젠가 죽는다는 것[16]

또한 대부분의 경우 등장 인물의 죽음은 다른 이와의 '관계 맺기'에 대한 열망과 밀접한 관련이 있다. 그것은 두가지 양상으로 나타나는데 그 하나는 타인과의 관계에서 받은 상처로 인해 죽음을 택하는 인물 유형이다. 즉, '타인과의 관계 형성에서 실패한 자들이 선택하는 죽음'인 것이다. 『깊은 슬픔』의 은서는 아파트 베란다에서 몸을 던져 자살을 했고, 『외딴 방』의 희재언니는 사랑하는 사람에게 받은 상처에 절망한 나머지 구더기가 들끓는 축 늘어진 몸으로 세상을 뜬다. 「빈집」의 '귀머거리' 여주인공은 사랑하는 남자의 기타 치는 소리를 듣지 못하는 괴로움으로 두통에 시달리다가, 그의 곁을 떠나는 날 교통사고로 죽는다. 「벌판 위의

---

16) 신경숙, 「내가 만난 죽음」, 『아름다운 그늘』, 문학동네, 1995. 67쪽.

빈 집」에서는 어머니의 손에 떠밀려 죽은 딸이 다시 태어나 어머니와 함께 사라진다.

「직녀들」은 이러한 양상을 대표하는 작품이다. 이 작품에서 '이숙의 죽음'은 「밤길」이나 「멀리, 끝없는 길 위에」 등의 작품들에서 되풀이 나타나는 신경숙 소설의 중심적인 모티프라고 할 수 있다. 그녀의 죽음은 일상적인 삶의 현실에 끝끝내 적응할 수 없었던 한 순결한 영혼의 죽음이라는 점을 생각할 때, 특별한 의미를 지닌다. 이숙의 죽음은 무엇보다도 그녀의 친구들에게, 그들이 지금까지 그런대로 잘 적응해왔다고 믿어온 일상적인 삶의 의미를 고통스럽게 되돌아보게 하는 계기로 다가오는 것이다.

따라서 그녀의 친구들이 해변으로의 여행을 통해서 만난 것은 기실 이숙과의 추억이 아닌, 지나간 시간 속에서 끊임없이 망가져 온 그들 자신의 무미건조한 삶의 모습들이었을 뿐이다. 따라서 작품의 결말 부분에서 이들이 이숙과의 추억의 장소에서 끝내 일상의 삶 속으로 복귀하지 못하고 좌초하고 마는 것은 이들의 마모된 일상 속에 스며들어와 있던 죽음의 한 상징적 귀결일 것이다.

죽음을 다룬 신경숙 소설의 또 하나의 양상은 죽음으로 인해 타인과의 관계 형성에 어려움을 겪는 인물의 모습으로 그려진다. 상실을 두려워하여 세계를 피하는 사람들 즉, '자신이 경험한 가까운 죽음으로 인해 타인과의 관계 형성에 실패'하는 인물인 것이다.

「그는 언제 오는가」에서 부모의 갑작스런 죽음을 경험한 '제부'는 사람 사이의 관계 맺기를 두려워하는 모습을 보인다. 그의 아내인 서미란 역시 어린 시절 부모의 죽음을 경험한 이후 관계의 문을 닫아버린 '언니'에 대해 "상처받을까봐 미리 다 피하겠지"라는 말을 한다. 「그가 모르는 장소」의 아내는 남편을 떠나며 다음과 같은 말을 남긴다.

당신은 상처받기 싫어서 누구하고도 깊은 관계를 안 맺어요. 심지어 아내인 나하고도. 깊은 관계를 안 맺으니 화낼 일도 없고 싸울 일도 없죠.17)

「깊은 숨을 쉴 때마다」에서 첼로 가방을 든 여자의 쌍둥이 여동생은 언니가 보는 앞에서 교통사고를 당한다. 살아남은 언니는 자신의 얼굴 속에 남아 있는 동생의 환영을 지우지 못해 고통스러워한다. 또한 「감자 먹는 사람들」에서 남편을 잃고 남 몰래 눈물을 흘리는 윤희 언니를 통해서도 이러한 인물 유형을 찾을 수 있다.

이러한 인물들은 가까운 이들의 죽음을 통해 세계의 상실을 경험한다. 그리고 그로 인해 받은 상처를 운명처럼 받아들인다. 때문에 다음과 같은 독백을 하게 된다.

> 존재하는 것들은 어떤 식으로든지 자신의 죽음을 다른 존재에게 알리고 싶어한다. 단 한 사람에게라도, 어쩌면 단 한 사람에게만.[18]

결국 '타인과의 관계 형성에서 실패하여 죽음을 선택하는 사람'이든 '자신이 경험한 가까운 이의 죽음으로 인해 타인과의 관계 형성에 실패하는 사람'이든 이 두 가지 양상은 동전의 양면처럼 서로에게 작용한다. 신경숙 소설에서 이 두 가지 유형에 해당되는 인물들이 많이 등장한다는 것은, 그만큼 그녀의 소설이 인간 사이의 '관계 맺기'를 중시한다는 반증이라고 할 수 있다. 즉, 인간과 인간 사이의 소통을 꿈꾸는 만큼 그것이 불가능하다는 것을 알고 있는 자의 비애가, 소설 속 인물들에게서 나타나는 것이다.

그러나 이렇듯 많은 소설에서 그려지는 '죽음과 관련된 인물들'은 그 묘사에 있어 문제를 지적할 수 있다. 많은 평자들은 신경숙의 소설이 죽음의 문제를 주로 다룬다는 점을 들어 그녀가 삶의 본질적인 차원에 성큼 다가서고 있다 평한다. 죽음이란 어떻든 삶의 가장 근본적인 양상의 하나이기 때문이다. 그러나 죽음의 빈번한 등장이 곧 신경숙 소설의 심화를 의미하는가는 재고의 여지가 있다. 신경숙 소설에서의 죽음이 삶의

---

17) 신경숙, 「그가 모르는 장소」, 앞의 책, 104쪽.
18) 신경숙, 「그는 언제 오는가」, 위의 책, 230쪽.

본질적인 문제를 제기하는 차원이 아닌, 작가의 독자적인 감수성과 미적 장치를 위한 소재적 측면에서 다루어졌기 때문이다.

「멀리, 끝없는 길 위에」의 경우도 이러한 문제점은 지적될 수 있다. 화자는 친구를 잃었다는 안타까움에도 불구하고 이숙과 자신의 관계보다는 이숙 자신의 생애 자체의 단면들을 복원하는 데 더 많은 주의를 기울임으로써 그야말로 대상의 재현에 그치고 말았다는 느낌을 지울 수 없다. 잃은 친구에 대한 형언할 수 없는 안타까움이 제대로 살아남기 위해서는, 더 나아가 그로부터 어떤 의미 있는 깨달음을 이끌어내기 위해서는 사실 그와 자신의 관계에 대한 서술이 없어서는 안 된다. 물론 화자의 회상에는 그녀와 알게 된 과정이나 같이 지낸 과정이 일정하게 서술되고 있지만, 거기에서도 초점은 그녀가 어떤 인간인가를 알리는 데에 맞추어지지 그녀와 자신의 관계에 맞추어지지는 않는다. 그럼으로써 이숙이란 인간은 작품 속에서 자립화하고 신비화된다. 그녀에 대한 화자의 안타까움은, 마치 이국에서 걸려온 낯선 여자와 화자 사이의 힘든 소통과도 같이 이숙의 삶과 동떨어져 있을 뿐이다. 그리하여 결국 화자는 이숙의 삶과 관련을 맺었기 때문에 그녀의 죽음을 애도하는 것이 아니라, 그녀가 자신과의 관련 밖에서 죽었기 때문에 애도할 뿐이게 된다.

결과적으로 신경숙의 단편소설에 나타난 인물들은 그 형상화에 있어서 문제를 나타낸다고 할 수 있다. 임규찬은 이에 대해 "그의 인물들은 인물화와 같은 뚜렷한 형상을 내보이지 않는다. 그러나 최종적으로 보면 어떤 통일성을 이루는 명백한 삶의 스타일이 은밀히 숨어 있다." 라며 긍정적 평가를 내리기도 했다.

그러나 임규찬19)은 작가와의 한 대담에서 "타락한 인간들이 만든 타락한 사회의 모습을 그려내는 소설이라면, 악에 대한 표정도 어떤 식으로든 연출해야 할 것 같은데, 신경숙씨는 좀처럼 악한 인물을 드러내려고 하지 않는다."며 단선적 인물 묘사에 대한 한계 역시 지적했다. 또한

---

19) 임규찬, 「상징과 은유, 부재하는 것을 향한 주술-집중 조명 작가 대담」, 『문학과 사회』 1999년 여름호. 727쪽.

윤지관20)은 "풍경이 아닌 생동하는 삶을 복원하려는 욕망을 보였지만, 읽고 나면 남는 것은 여전히 '하나의 실루엣'이 되고 마는 것이 그의 소설의 한 역설"이라고 설명한다.

신경숙은 개성적인 문체와 내면세계에 대한 섬세한 묘사를 바탕으로 독특한 자신의 스타일을 구축한 작가이다. 그러나 이러한 장점에도 불구하고 인간의 삶을 생동감 있고 감동적으로 그려내는 데는 한계를 지니고 있다. 때문에 인물의 신비화나 일탈, 비현실적 묘사 등 형상화의 문제를 낳게 된 것이다.

III. 장편 『외딴 방』의 경우

왼쪽 팔 동맥을 끊고 추락해서 자살한 여공, 연행되다 기동경찰대 버스에서 뛰어내려 다리를 절게 된, 치약 하나로 3년을 쓰는 김삼옥, 늘 손톱이 까지고 짓물러 있던 그리고 연탄 가스로 죽은 최양님, 지하 계단에서 발로 걷어차여 다리가 부러진 미스 리, 회사에서 일이 늦게 끝나 교실 문을 열고 들어올 때마다 입술을 자근자근 깨물며 빨간 입술로 늘 미안해, 라고 말하던 통통한 뺨의 하계숙, 자면서도 추워 추워 외치는 듯, 늘 오그리지 않으면 엎드려 자던 H, 잠잘 때마다 싸움터에 나가는 사람처럼 주먹을 꼭 쥐고 잔다는 희재 언니, 공중에 매달려 있는 에어드라이버를 끌어내려 나사 박는 일을 하다 팔이 올라가지 않게 되었던 외사촌, 네 식구가 함께 자면서 밤마다 움직이지 않으려고 애쓰며 잔 탓에 어른이 된 지금도 똑같은 자세로 깨는 '나'.

장편 『외딴 방』에는 이렇듯 많은 인물들이 등장한다. 이는 신경숙의 다른 단편이나 심지어는 다른 장편에서도 나타나지 않은 실로 다양하면서도 의미있는 인물 유형이다. 이러한 다양한 인물 유형이 등장하는 장

---

20) 윤지관 , 「현실과 비현실의 경계」, 『놋쇠하늘 아래서』, 창작과 비평사, 2001. 156쪽.

편『외딴 방』은, 흔히 '내성 문학'이라고 치부되던 작가 신경숙에 대한 평가를 한 단계 끌어올린 작품이기도 한다.

이는 역사적 현실을 다루었음에도 불구하고 현실 그 자체보다는 그로 인해 고통받는 개인의 모습을 사실적으로 그려냈기 때문이다. 이렇게 형상화된『외딴 방』의 인물들은 이 소설을 리얼리즘의 지평을 넓힌 작품이자 "가장 감동적인 노동소설"[21]로 호평받는 주된 요인으로 작용한다.

80년대에 노동소설이 많이 씌어졌고 전투적 노동 운동의 중요성을 강조한 작품이 줄을 이었지만, 정작 노동자들의 생활 현장과 작업 현장을 동시에 여실하게 그려낸 예는 드물었으며 장편의 경우는 더욱 그렇다. 노조 활동에 관해서도 비록 '나'와 외사촌은 학교를 가기 위해 죄책감을 무릅쓰고 노조 탈퇴서를 쓰는 인물들이지만, 바로 그런 인물의 시선을 통해 노조 지도자와 가담자들이 그려졌기 때문에, 유채옥이라든가 이름도 잊어버린 2대 지부장, 미스리, 윤순임, 서선, YH의 김삼옥 등등의 모습이 더욱 생생하게 살아나고 그들의 정당성이 어김없이 옹호된다.

이러한 '나'의 눈에 비친 공장 동료들의 모습은 매우 구체적으로 형상화된다.

준비반의 미스리가 외사촌과 나를 부른다. 그냥 작은 키가 아니라, 아주 작은 키의 미스리는 짧은 커트머리. 늘 종종걸음. 그 종종걸음이 늘 사람들의 시선을 끈다. 그녀의 종종걸음은 항상 무슨 전갈을 가지고 오는 사람같아서 누구나 저만큼서 그녀가 종종걸음으로 오고 있으면 걸음을 멈추고 그녀를 본다. 그녀가 그렇게 종종종 걸어서 화장실에 가는 길이라도 마찬가지다. 미스리는 상냥하게 웃으며 서류 한 장을 우리들 앞으로 내밀며 말한다. "노조 가입 서류야."[22]

하계숙, 그녀. 이미 시작된 수업, 목에 리본을 달게 되어 있었던 교복을 입고 복도에 자주색 가방을 가만히 내려놓고 엉덩이를 약간 뒤로 뺀 채 조심스

---

21) 남진우, 「우물의 어둠에서 백로의 숲까지」, 『외딴 방』 해설, 문학동네, 1995. 292쪽.
22) 신경숙, 『외딴 방 1』, 문학동네, 1995. 93쪽.

럽게 교실 뒷문을 열던 빨간 아랫입술의 그녀. 늘 우리들에게 미안해, 라고 말하고 있던 눈동자, 통통한 뺨, 곱슬머리. …… (중략) …… 쟤가 아랫입술이 왜 저렇게 빨간 줄 아니? 한 시간 늦게 문 열고 들어올 때마다 문밖에서 자근자근 씹어서 저렇단다.23)

미스리와 하계숙 등에 대한 이러한 묘사는 생생하게 살아있는 인물의 모습을 성공적으로 그려낼 수 있는 요인이 된다. 또한 1980년대 현실에서 고통당하는 공장 노동자들의 모습을 사실적으로 나타낼 수 있는 기본 조건이 된다.

 "손이 왜 이래?"
 어느 날 나는 그녀의 손을 잡았다가 얼른 뗀다. 딱딱하다 못해 굳어 있다. 너무 얼른 떼버린 것 같아서 다시 잡았다가 놓는다. 내 마음을 알겠는지 왼손잡이 안향숙은 빙긋이 웃는다.
 "캔디를 싸는 일을 하거든. 닳아져서 그래."
 "하루에 얼마나 싸는데?"
 "보통 이만 개 정도." …… (중략) ……
 "처음엔 재밌더라구. 이런 것도 일인가 싶었어. 며칠 지나니까 캔디를 넣고 비닐을 비틀어야 하는 여기에서 피가 흘렀단다."
 그녀는 오른손과 왼손 엄지와 검지를 내 앞에 내민다. 잘 내밀지 않아서 몰랐는데 손가락이 삐뚤어져 있다.
 "이젠 굳어서 괜찮아. 근데 이 년 전에 이 손가락을 못 쓰게 되고 말았어. 그래서 왼손으로 글씨 쓰는 거야."24)

 소녀들의 부서지고 비뚤어진 몸은 열악하고 비인간적인 노동 현장에서 일그러진 삶의 모습 그것이다. 이들의 몸은 지난 시절의 고통과 분노가 새겨진 확실한 기억의 공간이자 세상과 싸우는 힘없는 도구이다. 이들의 몸은 세상 앞에서 항시 움츠러들거나 작아진다. 이들의 몸에는 어

---

23) 신경숙, 앞의 책, 18~19쪽.
24) 신경숙, 위의 책, 168~169쪽.

린 나이에 노동 현장에 서야 했던 가난하고 고통스런 삶이 각인되어 있
다. 때문에 자신이 처한 상황이 싫고 주변의 모습조차 부정하게 되는 것
이다.

　　오랜 후, 열일곱의 나와 친해진 미서가 헤겔에 대해서 말한다. 이 책을 읽
　고 있을 때만 내가 너희들하고 다른 것 같아. 나는 너희들이 싫어.25)

　　이러한 '자신에 대한 부정'은 나이가 들어서도 이어진다. 자신의 고통
스러운 과거는 스스로에게는 물론 가족에게도 말하기 힘든 상처로 작용
하기 때문이다.

　　이종례라고 이름을 밝힌 한 그녀는 남편에게 내 책 광고가 실린 신문 속의
　내 사진을 가리키며 애가 내 친구라고 말했다며 그때 은근한 자랑스러움을 느
　꼈다고 하다가 종내 목소리가 젖어들었다. 학교라고 다니긴 다녔는데 연락되
　는 사람이 없으니 남편이 그랬었거든. 정말 여고를 나오긴 나왔느냐구…… 지
　나가는 말로 무심히 그랬을 뿐인데 우습지, 그 말이 내 가슴에 사무치지 않겠
　니…… 내가 얼마나 힘들게 그 학교 졸업장을 땄는데, 저럴까. 서운함으로 며
　칠 명치끝이 저려서 남편하고 등 돌리고 잤더란다. 그런 판에 신문에 난 너를
　보고 내 여고 때 친구라고 말할 수 있었으니 내가 안 자랑스러웠겠니.26)

　　80년대 공장 노동자들에 대한 사실적 묘사는 또한 '노동운동 현장'의
모습으로 이어진다. 『외딴 방』이 다른 노동 소설들과 구분되는 또 하나
의 지점이 바로 노동운동가에 대한 묘사의 차이이다. 나이가 어려 '이연
미'라는 가짜 이름을 사용하고 있는 '나'에게 진짜 이름을 찾아주기도 했
던 노조지부장에 대한 묘사는 따뜻함으로 상징된다.

　　노조지부장. 이름을 잊지 않았다면 그의 이름을 내 손으로 한번만 쓰고싶
　다. 이름은 잊혀졌으나 잊혀지지 않는 그의 모습. 작달막한 키, 부드러운 목

---

25) 신경숙, 위의 책, 203쪽.
26) 신경숙, 앞의 책, 21~22쪽.

소리, 거친 손. …… (중략) …… 그는 가끔 외사촌과 나를 시장통의 이층집 한 칸은 세내어 세살된 아들과 아이와 살고 있던 방으로 들어오게 해서 과일을 먹고 가게 하거나 따뜻한 유자차를 끓여서 마시고 가게 했다. 아주 가끔 외사촌은 자전거 앞에 타게 하고 나를 뒤에 타게 해서 외딴 방으로 가는 길을 줄여주기도 했다. 작업 시간에 누가 어깨를 두드려줘서 돌아다보면 그가 등 뒤에 서 있었는데 피곤한 내 눈꺼풀을 보고는 비벼주려고 무심히 손을 뻗다가 거둬가기도 했다.

  따뜻한 사람, 그러나, 내가 배반한 사람.27)

  그러나 무엇보다 『외딴 방』에서 가장 주요한 인물은 '희재언니'이다. 소설 속 화자에게 있어 트라우마로 남겨진 희재언니의 죽음은 이 소설을 쓰게된 또 하나의 요인이다. 그런데 이 희재언니에 대한 묘사는 이 소설의 많은 미덕에도 불구하고 지적할 수 밖에 없는 중요한 문제점을 보여주는 예라 할 수 있다. 즉 그것은 '인물의 형상화'라는 문제이다.

  희재언니…… 기어이 튀어나오고 마는 이름. 우리는, 희재언니는 유신 말기 산업역군의 풍속화. 성이 무엇이었던가. 김홍도의 풍속화첩을 본다. 김홍도가 길거리나 나룻터 서당이나 주막이나 씨름판이나 빨래터를 향해 앉아 한 번 붓을 쳐들기만 하면 그 시절 사람들은 그의 화폭 속에서 실제보다도 더 실감나게 그려져서 신기하다. 어떻게 저런 경지에 이를 수 있으랴, 하며 손뼉을 치지 않은 사람이 없었다는데, 그는 희재언니를 어떻게 그릴 것인지.28)

  풍속화 속의 인물들은 주로 움직이는 모습으로 포착되겠지만 희재언니는 희미한 웃음으로, 포착될 것이다. 고구려의 풍속화를 생각해 본다. 고분벽화며 수렵도, 전투도, 무용도, 투기도, 곡예도를. 그리고 방앗간과 푸줏간과 외양간과 마굿간을. 우리는, 희재언니는, 동적인 분위기와 힘찬 필치 속에 놓이지 못한다. 우리는, 희재언니는, 끊임없이 돌아가는 컨베이어 앞이나 언제나 실이 꿰어져 있는 미싱바늘 앞에서 둥글넓적하거나 동글동글한 눈매 대신 피로한 눈매로, 해학의 흥겨움이 물씬 밴 구수하고 정감이 넘치는 생활감정 대

---

27) 신경숙, 위의 책, 112~113쪽.
28) 신경숙, 앞의 책, 53~54쪽.

신, 겨우 점심시간에 옥상에서 햇볕을 쬐는 창백한 그늘로, 존재할 것이다. 복식사 속에서는 뒤에 주름이 잡힌 푸른 작업복을 입고서.29)

　……선명하다, 라고 쓰면서 나는 놀라고 있다. 선명이라는 말이 그녀를 표현하는 데 필요하게 되다니. 그녀는 늘 희미했었다. 모든 일상이 턱 밑에, 귀 밑에 숨어있는 주근깨처럼 소리가 없었다. 활달했던 외사촌이 그녀를 부담스러워했던 건 그녀의 조용함 때문이었을 것이다. 그 조용함은 지나쳐서 순간순간 상대방을 긴장시키곤 했으니까.30)

　위의 예문들은 작가가 희재언니를 묘사하는 방식을 설명하기 위한 의도적인 장치로 읽혀진다. 즉, 다른 노동자들의 묘사에 비해 "흐릿하고 희미한" 존재로 그려지는 희재언니의 형상화에 대한 일종의 해설처럼 느껴진다는 것이다. 화자는 희재언니 자체가 지니고 있는 "귀밑에 숨어있는 주근깨처럼 조용한" 성격이 이러한 묘사를 낳을 수밖에 없었던 이유라고 설명한다.

　이에 대해 윤지관31)은 "희재언니를 창백한 그림으로 그릴 수 밖에 없는 삶의 형태에 대한 작가 자신의 착잡한 심정과 함께, 노동자적 삶에 대한 그 나름의 해석도 담겨 있다."고 진단하기도 한다.

　그러나 주인공이 지닌 "조용함"과 형상화의 "희미함"은 타당한 인과관계로 작용할 수 없다. 인물의 형상화란 작가 자신의 언급대로 "한번 붓을 쳐들기만 하면 그 시절 사람들이 화폭 속에서 실제보다도 더 실감나게 그려"지는 것이기 때문이다.

　무엇보다도 나에게는 이 작품이 작품 속에서 가장 중요한 인물이라고 거듭 강조되는 희재언니의 객관화에 충분히 성공한 것으로 보이지 않는다. 노조 지부장 유채옥이라든가 그를 돕는 미스리, 상습적으로 성희롱을 일삼는 이계장,

---

29) 신경숙, 위의 책, 54쪽.
30) 신경숙, 위의 책, 234쪽.
31) 윤지관, 「90년대 리얼리즘의 길찾기-방현석, 신경숙, 근대성의 문제」, 『동서문학』 1996
　　년 여름호.

> 왼손잡이 안향숙 등 생생하게 살아있는 인물들에 비하여 희재언니는 수많은
> 삽화들을 통해 묘사되고 있음에도 불구하고 뚜렷하고 통일적인 인상으로 부각
> 되지 않는다.32)

사실 '희미함'이란 자연인 희재언니가 가진 희미함이 아니라 '나'의 눈에 희미하게 비쳤을 뿐인 한에서의 희미함이다. '나'라는 인물의 시선이 자기의 내면과 자신의 가족이라는 인간관계에 폐쇄되었기에 그 바깥의 희재언니는 희미하게 비친 것이다. 결국 이 소설에서 전경화된 것은 희재언니의 죽음이라는 현상과 거기에 대면한 주인공의 상처난 의식이다. 달리 말하면 주인공 안에 들어앉은 희재언니의 죽음이다. '외딴 방'이 자전적 소설로 결국 '나'를 향한 이야기이기 때문에 어쩔 수 없는 일이었겠지만, 좀 더 깊이 있는 인물 탐구의 측면에서 주인공에게 그토록 엄청난 상처를 가져다 준 희재언니의 삶과 죽음에 대해 더 많은 것을 그려냈어야 한다는 점이다. 이러한 한계가 장편 『외딴 방』의 한계로 고스란히 이어진다. 즉 표면적으로 '우리들'의 얘기를 썼지만, 그건 결국 '우리들'의 얘기가 아니라, 우리들 속에 숨은 '나만'의 얘기가 되고 만 것이다.

결과적으로 희재언니가 갖는 인물의 중요성에도 불구하고 현실감이 결여되어 있고, 희재언니의 죽음은 그 비극적이고 섬뜩한 여운에 비해 그 같은 선택의 필연성에 있어서 설득력이 약하다는 한계를 나타낸다. 이는 지난 시대의 정치적·역사적 사건들을 주인공의 의식과 긴밀한 관련성을 맺지 못한 채 단지 한 시대의 삽화로 제시한다거나, 궁극적으로 가난이라는 경제적 궁핍에서 비롯되고 있는 '외딴 방'의 상처를 희재언니의 죽음과 연관시킴에 있어 삶의 근원적인 비의로 추상화시킨 결과라 할 수 있다.

> 이렇게 써놓았다고 해서 시금치의 감촉이나 냄새, 색깔 따위가 그대로 재
> 생될 리는 없다. 하지만 다른 어떤 매체를 통한 재현이나 심지어 '실체험'보다

---

32) 염무웅, 「글쓰기의 정체성을 찾아서」,『창작과 비평』 1995년 겨울호. 139쪽.

도 "그의 진실" -'시금치의 진실'이자 '삶의 진실'-을 더 깊이 느끼게 해주는 힘
이 과연 없다고 할 것인가. 그냥 "손바닥에 올려놓고 물기를 짰다"라고 쓴 것
이 아니라 글쓰기 일반과『외딴 방』쓰기와 시금치 대목 쓰기에 관한 진지한
성찰의 과정에서 그 말이 나오며 "나실나실 펴 담"고 "어슷어슷 파를 썰"은 이
야기가 나오기 때문에 - 게다가 '어슷어슷'이라는 낱말을 받아 새로 펼치는 올
케와의 삽화에서도 그러한 성찰이 암묵적으로 이어지기 때문에 - 언어예술만
이 가능한 진실의 드러남이 이룩되는 것이다.33)

백낙청의 이러한 언급은 작가 신경숙이 소설 속 '배경'이나 '사물'의
형상화에 지극히 공을 들이고 있으며, 이러한 성찰이 소설적 진실에 기
여하고 있다는 평가의 반영이라 할 수 있다. 그러나 그와 반대 지점에서
'배경'이나 '사물'의 형상화에 비해 세심함이 부족한 인물의 형상화 문제
를 지적할 수 있다. 즉, 배경이나 사물의 형상화에 대한 작가 자신의 깊
은 성찰과 고민이 인물의 성공적인 형상화에까지 이르지 못하는 문제인
것이다. 이러한 문제는 결국 다른 요소들은 물론 '인물의 형상화'에 관해
서도 다른 소설에 비해 성공적이라 평가받는『외딴 방』에 대한 다음과
같은 지적을 초래하는 것이다.

저는 이 점이 노동자의 작업 현장이나 생활 현장을 여실하게 담아내기에도
그렇고, 작가 본인이 핵심적인 문제로 삼은, 그 시절 자신과의 대면이라는 문
제에서도 미흡한 것 이상의 중대한 문제를 낳는다는 생각입니다. 사실, 작품
을 읽을 때는 노동조합에서 활동하는 인물이나 산업학교에서 만난 노동자들이
다채롭게 느껴지는데, 어느 정도 시간이 지난 후에는 차이들이 상당히 흐려진
다는 인상도 있거든요. 많은 인물들이 크게는 한가지 인간형, 신경숙적인 색
깔이 덧칠된 인물들 같단 말예요. 이런 문제점이 최근 작품들에서는 증폭된다
고 할까요? 가령 사람이 아닌 귀신들까지도 똑같아져버리는 식으로 말예요.
그런 점에서도 이런 경향이 이 작품에서나 신경숙 문학 세계에서나 심각한 결
함으로 적시되어야 하지 싶은데……34)

---

33) 백낙청, 앞의 글, 233쪽.
34) 김영희, 앞의 글, 57쪽.

　　결국『외딴 방』은 신경숙의 소설적 성취와 한계를 대변하는 작품이라고 할 수 있겠다. 때문에 그의 문학 세계에 대한 한계가 자주 지적되고 있는 현재 시점에서,『외딴 방』에 나타난 인물의 형상화 문제는 향후 신경숙 소설의 과제이기도 할 것이다.

Ⅳ. 맺으며

　　본고는 신경숙 소설에서 가장 중요한 요소인 인물을 몇가지 유형으로 분류했다. 신경숙 소설에서 자주 등장하는 '주인공과 가족, 자매애의 대상인 친구, 죽음과 관련된 인물군'이 그것이다. 그리고 이러한 분류를 바탕으로 신경숙 소설에 등장하는 인물의 형상화 방법에 대해 다소 비판적인 시각으로 고찰해 보았다. 소설 속 인물의 신비화나 비현실적 묘사를 가져온 단선적이고 추상화된 인물의 형상화 방법들을 지적함으로써, 인물 표현에 있어 생동감이 결여된 신경숙 소설의 한계를 지적하고자 한 것이다. 이러한 관점에서 특히 장편『외딴 방』을 신경숙의 소설적 성취와 한계를 대변하는 주요한 작품으로 보고 등장 인물들을 분석하였다. 아울러 그의 문학 세계에 대한 한계가 자주 지적되고 있는 현재 시점에서, 인물의 형상화 문제를 향후 신경숙 소설의 과제로 제시하였다.

　　그러나 신경숙은 아직 소설적 성과에 대한 평가가 마무리되지 않은 작가이다. 그것은 신경숙이 등단한 지 이제 20년을 갓 넘어선 작가이기 때문이다. 때문에 신경숙의 소설은 아직까지 비평의 대상일 뿐, 연구의 대상으로 넘어가지 못한 것이 사실이다. 이렇듯 그 문학적 성과가 마무리되지 않은 작가에 대해 논의한다는 것은 다소의 성급함과 위험성을 내포한 작업일 수도 있다. 이러한 근원적 한계로 인해 본고는 한시적 결론을 내릴 수 밖에 없을 것이다. 또한 본고는 신경숙 소설의 독특한 문체를 인물의 묘사와 연관시켜 설명하지 못함으로써, 작가 특유의 개성적 표현과 그에 따르는 소설적 성과를 분석하지 못했다는 점이 한계로 남는다.

▣ 참고문헌

강민숙·김양선, 「90년대 여성문학의 새로운 가능성-신경숙과 김인숙의 근작을 중심으로」, 『여성과 사회』 제5권, 제1집, 1994.

구번일, 「모성의 수용 양상-신경숙과 공선옥의 소설을 중심으로」, 연세대학교 대학원 석사학위 논문, 2001.

김사인·박혜경, 「세계사적 전환기에 민족문학론은 유효한가 : 주제 토론과 질의 응답」, 『창작과 비평』 1998년 여름호.

김주연, 「소설은 없다고 말할 수 없는 한두 가지 이유-신경숙·윤대녕을 통해서 본 신세대 소설」, 『문학과 사회』 1995년 여름호.

김치수, 「슬픔의 현상학, 혹은 잃어버린 시간 찾기-신경숙의 소설」, 『삶의 허상과 소설의 진실』, 문학과 지성사, 2000.

백낙청, 「백낙청 편집인에게 묻는다」, 『창작과 비평』 1998년 봄호.

백낙청, 「《외딴 방》이 묻는 것과 이룬 것」, 『창작과 비평』 1997년 가을호.

방민호, 「리얼리즘론의 비판적 재인식」, 『창작과 비평』 1997년 겨울호.

신승엽, 「성찰의 깊이와 기억의 섬세함」, 『민족문학을 넘어서』, 소명출판, 1993.

염무웅, 「글쓰기의 정체성을 찾아서」, 『창작과 비평』 1995년 겨울호.

우찬제, 「드러내면서 감추기」, 『타자의 목소리』, 문학동네, 1996.

우찬제, 「식물성의 상상적 지평」, 『문화예술』 통권 270호, 2002.

윤지관, 「90년대 리얼리즘의 길찾기-방현석, 신경숙, 근대성의 문제」, 『동서문학』 1996년 여름호.

이상경, 「'말해질 수 없는 것들'을 넘어서-신경숙론」, 『소설과 사상』 1997년 봄호.

이상경, 「시대의 부채의식과 여성적 자의식에서 출발한 1990년대 여성소설」, 『실천문학』 1999년 여름호.

이재영, 「상실의 세계와 세계의 상실-신경숙론」, 『창작과 비평』 2001년 겨울호.

신경숙·임규찬, 「상징과 은유, 부재하는 것을 향한 주술-집중조명 작가대담」, 『문학과 사회』 1999년 여름호.

정혜경, 「소통의 문제와 이야기하기의 방식-하성란의 《옆집 여자》와 신경숙의 《딸기밭》」, 『문학과 사회』 2000년 여름호.

황도경, 「'집'으로 가는 글쓰기-신경숙의 《외딴 방》」, 『우리 시대의 여성 작가』, 문학과 지성사, 1999.

황종연, 「좌담-90년대 문학 어떻게 볼 것인가」, 『90년대 문학 어떻게 볼 것인가』, 민음사, 1999.

제2부
고전문학과 문학교육

『莊子』와 『亡羊錄』의 寓言文學的 關聯性*

-「老婆의 五樂」을 중심으로 -

金　泳**

1. 序 言

이 논문은 중국 최고 수준의 철학서이자 문학서인『莊子』와 조선후기 安東 地方의 문장가 訥隱 李光庭(1674-1756)의 우언집『亡羊錄』의 문학적 관련성을 대표작「老婆의 五樂」을 중심으로 검토하는 것을 목표로 한다. 주지하다시피『莊子』는 寓言文學의 淵叢으로 동아세아 우언문학의 발전과 우의적 글쓰기에 절대적 영향을 끼쳤다. 필자는「노파의 오락」을 분석한 기왕의 논문에서 이 작품의 주제와 구성 문체에는『장자』의 영향이 큰 것 같다는 언급을 한 바가 있는데,1) 본 논문에서 이 문제를 집중적으로 논의해보려고 한다.

최근 학계에서는 내재적 발전론에 입각하여 우리 고전문학의 자율적

---

* 이 논문은 2003년 7월 '동아세아 서사문학 연구'를 주제로 日本 九州大學에서 개최된 한국 고소설학회 제3차 국제학술대회에서 발표된 글을 보완한 것으로, 2003년 인하대학술조성 연구비(30264)의 지원으로 이루어졌음을 밝힌다.

** 인하대학교 국어교육과 교수

1) 졸고,「訥隱의 老婆之五樂 分析」, 국어국문학 93집(국어국문학회, 1985).

가치를 해명하려는 연구태도가 가질 수 있는 문제점을 시정하고, 우리 문학의 내재적 전통과 함께 외재적 연원을 객관적으로 살펴보려는 주목할 만한 움직임이 일고 있다. 식민사관의 정체성이론과 타율성이론을 극복하기 위한 내재적 발전론이 그 정당성에도 불구하고 차츰 주체편향으로 경사되고 있는 상황에서, 주체적 요인과 외재적 영향을 동시에 고려하는 統全的 視覺은 사태를 객관적으로 보고자 하는 학문적 자세의 소산이라 할 것이다. 예컨대 「金鰲新話」의 연원과 배경을 고찰하면서 신라말 이래의 전기소설적 전통과 함께 중국의 전기소설의 영향도 정당하게 고려한 연구경향2)이 그 대표적 사례 중 하나일 것이다.

그러나 이러한 외국문학의 영향에 대한 고려가 과거의 전파론적 입장에 선 비교문학 연구 수준으로 다시 회귀해서는 곤란하다. 내외재적인 연원을 동시에 고려하여 외래문화의 영향에 대한 객관적 규명과 함께, 그것을 열린 자세로 받아들인 수용자의 발전과 변화에 대한 의지를 읽어내어 그 창조적 변용의 실상도 해명해내어야 할 것이다. 그리하여 비교문학연구가 영향관계를 단순히 밝히는 차원을 넘어 각 국의 문학을 서로 견주어 봄으로써 공통되는 보편적 지평을 모색함과 동시에, 영향을 받았으면서도 서로 독자적인 개성과 특징을 지닌 문학작품을 작가의 창조적 역량을 해명하는 데도 관심을 가져야 할 것이다.

이 글은 이러한 문제의식에서 입론된 것으로, 동아시아 우언문학의 연원이라 할 『장자』의 풍부한 문학적 자산을 창의적으로 수용한 訥隱 李光庭(1674-1756)의 「노파의 오락」을 통해, 그 영향과 창의적 변용 양상을 아울러 살펴봄으로써 동아시아 우언문학의 전개양상의 일단을 해명하고자 한다.

---

2) 이러한 연구경향을 보여주는 국문학계 논문의 하나로 박희병의 「金鰲新話 창작 연원과 배경」, 『한국전기소설의 미학』(돌베개, 1997)을 들 수 있을 것이다. 최근 들어 역사학계에도 일국의 관점이 아닌 동아시아적 시각으로 역사를 바라보는 저술들이 출간되었는데, 필자는 강재언, 『선비의 나라 한국유학 2천년』(한길사, 2003)과 기시모토 미오·미야지마 히로시, 『조선과 중국, 근세 오백년을 가다』(역사비평사, 2003)를 매우 흥미롭게 읽으며 많은 가르침을 받았다.

2. 『莊子』의 言語觀과 寓言

중국 최초의 철학산문서인『論語』와『老子』의 문장은 語錄體인데 비해,『孟子』와『莊子』의 문장은 論辯體로 되어 있다. 이는 전국시대로 접어들면서 자기의 주장을 내세우며 상대방을 설득하는 논쟁과 논변의 필요성이 있던 현실을 반영하는 것이겠지만, 어록체 문장에 비해 논변체 문장은 대체로 수사가 화려하다.『논어』와『노자』의 문장은 말을 기록한 것이라 짧고 함축적인데 비해,『맹자』와『장자』는 자기의 주장을 다양한 비유와 예를 동원해 표현하려고 하였기 때문에 문학적 수식이 풍부하고 문장이 길다.

장자(莊周, B.C.4경)는 풍부한 상상력과 낭만적 기질로 자기의 철학사상[3]을 마음껏 표현하였다. 그래서 그의 문장은 기세가 무궁무진하고 문학적 수식이 화려하고, 문체가 자유분방하여 호탕한 느낌을 준다. 한 중국문학 연구자는『장자』가 풍부한 어휘와 중첩된 구법을 자유자재로 구사하고 기괴한 字眼과 교묘한 寓言을 구사하고 있다고 평하면서, 장자 산문의 특징으로 풍부한 낭만성, 主觀唯心主義的 世界觀, 상징과 비유의 사용, 인간의 정감과 인물에 대한 적실한 묘사, 풍자적 수법, 우언고사의 활용을 들고 있다.[4]

그런데 장자는 이렇게 다양한 문체를 구사하였지만, 그는 일찍 언어가 가진 한계성을 날카롭게 간취하였다.

> 큰 道는 이름 붙일 수 없고, 큰 말씀은 말로 전달 할 수가 없다. 큰 사랑은 편애하지 않으며, 큰 청렴은 스스로 청렴하다고 말하지 않으며, 큰 용기는 남을 해치지 않는다. 道라고 말하면 이미 도가 아니고, 말로 다투면 도에 이르지 못한다.[5]

---

3) 장자철학에 대해서는 국내외에 걸쳐 수많은 연구가 있지만, 근년에 출간된 이강수의『노자와 장자』(길, 1997)에서 장자의 자연관과 양생술, 무위의 다스림, 탈속과 생명의 미학, 비판전성신과 초연정신을 수비고 간결하게 정리하고 있어 참고가 된다.
4) 한무희, 「장자의 산문연구」 동양학15집(단국대 동양학연구소, 1985) 178-194면 참조.

이러한 道와 언어에 대한 인식은 "도라고 말해지는 것은 참된 도가 아니며, 이름을 붙일 수 있는 것은 참된 이름이 아니다."[6]라는 노자의 사상을 계승한 것으로, 道가 인간이 쓰는 언어와 사유를 넘어서서 절대적으로 존재하고 있음을 말하는 것이다. 그러나 우리 인간은 엄연히 시공과 공간의 제약 속에서 살고 있는 한 상대적 언어로 절대적 진리인 도를 말하고 표현할 수밖에 없는 숙명을 가진다고 하겠다. 장자가 寓意的 글쓰기 양식에 관심을 가지고 寓言을 즐겨 사용한 것은 이러한 언어관과 고뇌 때문이라 하겠다.

나의 말 속에 寓言은 열 가운데 아홉이고, 重言(남들이 소중히 여기는 말을 인용해서 하는 말)은 열 가운데 일곱이며, 巵言(무심한 말)은 날마다 생겨나 시비를 초월한다. 열 가운데 아홉의 우언은 다른 사물을 빌려 도를 말한다. 아버지가 제 자식의 중매인이 되지 않음은 아버지가 자식을 칭찬하는 일이 아버지 아닌 남이 칭찬함만 못하기 때문과 마찬가지이다. 우언을 쓰는 것은 내 잘못이 아니고, 이렇게 하지 않으면 믿지 않는 사람들 때문이다. 사람들은 자기 입장과 같으면 따르고, 다르면 반대하며 자기 생각과 같으면 옳다 하고 다르면 잘못이라 한다.[7]

장자는 자기가 진실을 전달하기 위해 우언을 사용하게 된 것은 부득이한 것으로 직접적으로 말하는 것보다 다른 사물을 빌려 우의적으로 표현한 것이 훨씬 효과적이라고 믿었기 때문이다. 『莊子』에는 처음부터 끝까지 기존의 좁은 생각과 상투적인 관념을 전복시키는 놀라운 이야기들

---

5) 『莊子』內篇「齊物論」, 陳鼓應註釋, 『莊子今註今譯』(中國; 中華書局, 1999), 74면.(이하 인용은 이 책의 것)
　　夫大道不稱, 大辯不言, 大仁不仁, 大廉不嗛, 大勇不忮.. 道昭而不道, 言辯而不及.
6) 『老子』1章, 陳鼓應著, 『老子註譯及評介』(中國; 中華書局, 1999), 53면.
　　道可道非常道, 名可名非常名.
7) 『莊子』雜篇「寓言 」, 728면.
　　寓言十九, 重言十七, 巵言日出, 和以天倪. 寓言十九, 藉外論之. 親父不爲其子媒. 親父譽之, 不若非其父者也, 非吾罪也, 人之罪也. 與己同則應, 不與己同則反, 同於己爲是之, 異於己爲非之.

이 등장하는데, 그 표현방법도 매우 다채롭다. 장자 스스로 자기가 쓰는 글의 9할이 우언이라고 한 바와 같이, 『장자』에는 자유로운 상상력으로 형상화해놓은 다양한 인물의 창조, 의인화·허구화·과장법·우의·풍자 같은 수사법, 비근한 소재의 사용과 고사의 활용을 통한 교훈의 제시 등 실로 내용과 형식 모든 면에서 동양 고전문학의 최고수준을 보여주고 있다고 할 것이다.

『장자』가 동아시아문학의 발전에 미친 영향은 실로 엄청나다고 할 수 있다. 후대 중국문학에 미친 영향이야 두 말할 필요가 없고, 우리나라 문인들에게 준 충역과 영향도 막대하였다. 특히 朱子一尊主義에 사로잡힌 조선시대의 폐쇄적 지적 풍토에서 새로운 사상과 자유로운 글쓰기를 시도하던 문인들에게는 『장자』는 하나의 대안이자 구원의 통로였다. 다음 장에서 거론하게 될 「노파의 오락」의 작자 이광정도 퇴계학의 영향력이 강하게 남아있는 안동지방에서 활동을 한 문인으로, 성리학의 압도적 우위 속에서 문학을 하기 위해 『장자』를 비롯한 선진문헌들을 공부하였다.[8] 그리하여 그는 많은 시와 산문을 남겼는데, 여기서는 그의 우언문학집 『亡羊錄』이 『장자』의 우언적 글쓰기를 어떻게 수용하고 주체적으로 변용하였는지 하는 문제를 『망양록』을 대표한다고 할 수 있는 「노파의 오락」을 통해 검토하기로 한다.

3. 「老婆의 五樂」의 『莊子』受容 樣相

「노파의 오락」[9]은 한 관리가 고을을 행차하다가 길가의 움막집에서 살고 있는 노파를 만나 나눈 대화가 중심을 이룬다. 관리가 누추한 움막

---

8) 『訥隱集』권22「行狀」
   此先秦口氣也. 自少酷愛左國莊馬屈宋之文, 不近世俗文字.
9) 졸저, 『망양록연구』(집문당, 2003)의 제 1부에는 망양록에 관한 연구논문들이 실려 있고, 2부에는 이 작품의 번역이, 3부에는 원문이 표점되어 실려 있음.

에 살고 있는 꼽추노파에게 이런데 살면서도 인생의 즐거움이 있느냐고 물으니까, 노파의 대답이 "있습니다. 사람이 어떻게 살든지 그 나름대로의 즐거움이 없겠습니까?" 한다. 그러자 관리는 약간 의외라는 듯이, "이런 누추한 곳에 살면서도 정말 樂이 있단 말이오?" 하자, 노파는, "하늘은 나에게 다섯 가지의 樂을 내려주었는데, 첫째는 여자로 태어나게 하여 나를 복되게 하셨고, 둘째는 미천하게 하여 나를 기쁘게 하였고, 셋째는 근로하게 하여 나를 편안하게 하였고, 넷째는 질병이 들게 하여 나를 다행하게 했으며, 다섯째는 배고프고 춥게 하여 나를 영화롭게 해주었습니다."라는 상식적으로 이해하기 힘든 말을 한다. 이 작품은 관리의 질문과 노파의 대답으로 이루어지고 있는데, 이 작품의 인물형상, 주제와 세계관, 문체와 수사에 『장자』가 어떻게 수용되고 있는지 구체적으로 살펴본다.

3.1. 人物 形象

「노파의 오락」에서 관리가 꼽추병을 앓고 있는 노파에게, 병든 것이 오히려 다행이라는 것은 무슨 말이냐고 질문을 하자 노파는 다음과 같이 대답한다.

"이것을 말하자면 비통해집니다. 안정된 세상에서는 이야기할 거리가 아닙니다. 그러나 나리께서 꼭 듣고 싶다면 내 등을 보여드리겠습니다. 이 늙은이는 어려서 꼽추병을 앓아 왼쪽이나 오른쪽으로 움직이지 못하고 오직 앞으로만 구부릴 수 있을 뿐입니다. 관리들이 들이닥칠 때에는 동쪽과 서쪽에서 한꺼번에 소리를 지르고 설쳐서 마을 안의 부인과 어린아이들까지도 욕을 당하지만, 이 늙은 몸은 병으로 해서 늘 화를 면했습니다. 군역을 도망간 자를 잡을 때에는 형틀을 씌워 감옥에 집어넣는데, 이 몸은 늘 병 때문에 화를 면하였습니다. 그런 까닭에 이웃 마을의 어린아이들과 젊은 부인들이 머리를 모아 다같이 저와 같이 꼽추병에 걸려 화를 면했으면 하고 바라며 울부짖습니다."10)

---

10) 『訥隱集』卷21 「謾錄」

꼽추병에 걸린 것이 오히려 다행이라는 노파의 말 속에는 민중들의 피눈물이 배어있고, 당시의 현실이 얼마나 견디기 어려웠던가를 확인할 수 있겠거니와, 이 노파는 이런 고통을 오히려 즐거움으로 여길 줄 아는 정신적 여유를 가지고 있다.

『장자』에는 꼽추에 관한 이야기가 세 번 등장한다. 「인간세」에 나오는 지리소, 「덕충부」 나오는 인기지리무신, 「달생」편에 나오는 매미 잡는 노인이 모두 꼽추로 형상화 되어있다. 그 가운데 지리소 이야기를 살펴본다.

> "지리소는 턱이 배꼽에 가려지고 어깨는 정수리보다 높으며, 상투는 하늘을 가리키고 오장이 머리 위로 올라갔으며 두 넓적다리가 겨드랑이에 닿았다. 헌옷을 깁거나 바느질해서 족히 먹고 살았고, 키질을 해 정미를 까불어 열 식구를 먹여 살렸다. 위 관가에서 군인을 징집하면 지리소는 병신이라 팔을 걷어붙인 채 다닐 수 있었고, 나라에 대역사가 있어도 지리소는 병 때문에 공역에 징집되지 않았다. 위에서 병자에게 곡식을 내릴 때는 3종의 곡식과 열 다발의 장작을 받았다. 저 지리소같은 몸을 가진 사람도 오히려 그 몸을 보존할 줄 알며 천명을 다한다."11)

「노파의 오락」에 등장하는 노파나『장자』의 지리소 모두 꼽추병을 앓고 있기 때문에 관가의 시달림으로부터 해방되고 군역을 면제를 받고 있다. 그런데 이들은 모두 이런 소극적인 안락함에 머물지 않고, 가난함과 병든 것을 오히려 다행으로 여기며 즐기는 자족적인 자세로 천명을 누리

此悲痛之辭也. 非所與論於治世也. 然官欲聞之乎, 則請示以背. 老身少而病背痀焉, 不能左不能右, 唯俯焉而已. 官吏之來, 叫突乎東西, 雖里中婦孺, 皆遭其僇辱, 而老身以病常得脫, 逃丁之微, 械繫乎囹圄, 雖里中婦孺, 皆被其淫刑, 而老身以病常得免. 故隣里之童稚與少壯之婦, 莫不齊首而並稱曰, 願如此嫗之痀而以免於禍.
번역문은 졸저, 『망양록연구』(집문당, 2003) 132-133면.

11) 『莊子』內篇「人間世」, 138면.
支離疏者, 頤隱於臍, 肩高於頂, 會撮指天, 五管在上, 兩髀爲脇. 挫鍼治繲足以糊口, 鼓筴播精, 足以食十人. 上徵武士, 則支離攘臂而遊於其間, 上有大役, 則支離以有常疾不受功. 上與病者粟, 則受三鍾與十束薪. 夫支離其形者, 猶足以養其身 終其天年.

고 있다. 이들은 비록 꼽추이지만 정신적으로는 어디에도 얽매이지 않는
자유로운 삶을 누리고 있는 達人으로 형상화되어 있다.

이와같이 장자와 이광정이 모두 꼽추를 중심인물로 설정한 것은 장애
인이라는 외형을 과장되게 묘사함으로써, 당시 사회의 모순과 정상인들
의 통념을 전복시키려는 의도가 아닌가 생각된다. 일반인들의 장애자에
대한 통념에는 배제와 차별의 시선이 깔려있는 것이 사실이다. 장자와
이광정은 이에 대한 반성적 성찰을 촉구하기 위해 일부러 장애인을 전면
에 내세운 것으로 보인다.

3.2. 主題와 世界觀

「노파의 오락」에 등장하는 노파나『장자』의 지리소는 모두 몸은 비록
불완전하지만 정신적으로는 自足과 自樂의 경지에 이르고 있다. 꼽추병
을 앓은 노파는 여자로 태어난 것을 복으로 알고, 미천한 것을 기쁘게 여
기며, 일하는 것을 편안하게 생각하고, 병든 것을 오히려 다행으로 여기
며, 배고프고 추운 것을 영화스럽게 생각할 줄 아는 달관된 인생철학을
가지고 있는 인물이다. 지리소도 역시 바느질을 하거나 키질을 해서 먹
고 살면서도 그런 가난한 생활에 자족할 줄 알며, 장애자의 몸이면서도
이를 의식하지 않고 유유자적하며 노니는 인물이다. 노파와 지리소가 이
렇게 질병에 구애되지 않고 달관된 경지에서 인생을 즐기는 힘은 어디에
서 온 것일까? 장자는 그것은 바로 인간과 자연의 조화에서 가능하다고
한다.

장자는 "대저 덕은 조화하는 것이다."12)라고 하면서, 조화를 이루면
사람들이 자연히 즐거움을 느끼게 된다고 한다. 장자는 이러한 즐거움에

---

12)『莊子』外篇「繕性」, 403면.
　　夫德, 和也. 道, 理也. 德无不容, 仁也. 道无不理, 義也. ,義明而物親, 忠也. 中純實而反
　　乎情, 樂也. 信行容體而順乎文, 禮也. 禮樂偏行, 則天下亂矣. 彼正而蒙己德, 德則不冒,
　　冒則物必失其性也.

는 人樂과 天樂이 있다고 한다.

"대저 천지의 본성인 德을 명백히 아는 것을 가리켜 大本大宗(가장 근본적
인 것)이라 하는데, 하늘과 조화를 이루는 것이다. 그래서 천하를 고루 조화
롭게 하고 사람과 조화를 이루게 된다. 사람과 조화를 이루는 것을 人樂이라
하고, 하늘과 조화를 이루는 것을 天樂이라 한다."13)

「老婆의 五樂」에 등장하는 노파는 바로 병든 몸으로 움막집에 살면서
도 불평불만을 늘어놓지 않고, 그러한 생활을 오히려 즐길 줄 아는 것은
장자가 말한 대로 하늘과 조화를 이루는 天樂을 실천하는 인물이다. 『장
자』의 지리소도 자기의 분수와 천명을 알아 스스로 즐거워하는 인물이
다.
「노파의 오락」에는 또 『장자』에 보이는 초연정신이 구현되어 있다.
「노파의 오락」에 등장하는 노파는 세속적인 가치나 향락생활에서 벗어나
있다. 일반적으로 사상과 언어와 행동이 기성 사조와 제도에 제한받지
않는 사람을 초연한 인물이라고 한다면, 그런 의미에서 「노파의 오락」에
등장하는 노파는 탈세속적인 성격을 지닌 超人이라 할 것이다. 장자는
"세속에서 본성을 닦고, 세속적인 학문으로 근본을 회복하고자 하며, 세
속의 물욕으로 어지럽혀지면서 대도를 밝히려고 한다면 이는 어리석은
사람이다."14)라고 한 바가 있는데, 노파는 세속적인 것에 얽매인 어리석
은 사람과는 정 반대로 속된 성품을 탈피하여 자기의 본성인 덕을 찾고
하늘과 조화를 이룬 인물이라 하겠다.
그런데 우리는 위에서 「노파의 오락」에 보이는 『장자』의 영향과 공통
된 요소에 주목을 하여, 인물현상과 작품의 세계관적 기반에 많은 공통

---

13) 『莊子』外篇「天道」, 340면.
　　夫明白於天地之德者, 此之謂大本大宗, 與天和者也. 所以均調天下, 與人和者也. 與人和
　　者, 謂之人樂, 與天和者, 謂之天樂.
14) 『莊子』外篇「繕性」, 402면.
　　繕性於俗, 俗學以求復其初, 滑欲於俗思, 以求致其明, 謂之蔽蒙之民.

적인 요소가 있음을 확인하였다. 그러나 우리는 이러한 공통점의 확인과 함께 두 작품이 가지고 있는 주제면에서의 차별성도 주목할 필요가 있다. 「노파의 오락」와 『장자』가 모두 당시 사회와 문화에 대한 비판의식을 담고 있지만 그 대상이나 강조점이 다르다는 것이다. 『장자』의 비판은 주로 당시의 권위주의적인 禮樂制度과 仁義라는 道德觀念에 맞추어져 있다면, 「노파의 오락」은 이러한 초탈과 자적의 세계를 보여주면서도 조선후기의 혼란한 사회현실과 피폐한 민중들의 모습을 날카롭게 풍자하고 비판하고 있다.

「노파의 오락」의 주인공 노파는 겉으로는 늙고 병들어 보잘것없는 것 같이 보이지만, 실제로는 정연한 논리와 어려운 현실을 정신적 여유를 가지고 살아가는 지혜를 갖춘 인물로 묘사되어 있다. 작가 이광정이 봉건사회에서 막강한 권세를 갖고 있던 지배계층의 상징인 관리와 당시의 남존여비사상에서 가장 소외되어 있던 계층인 여자—그것도 늙고, 꼽추병을 앓는 할머니—를 등장시킨 것은 서로 상반된 입장에 서있는 인물들의 직접적인 대화를 통해서 당시 사회의 실상을 드러내려는 의도에서가 아닌가 생각된다. 그래서 이 작품에는 "백성들이 관리를 이리떼처럼 여기며, 관가에 들어가는 것을 바다에 빠지는 것 같이하고, 수령을 검은 용처럼 생각"15)하는 당시의 혹독한 현실 속에서 차라리 여자로 태어나고, 미천하며, 근로하고, 병들며, 춥고, 배고픈 것이 오히려 즐거움이라고 하는 역설을 통해 당시의 학정을 날카롭게 비판하고, 그러한 현실 속에서 신음하던 민중들의 참담한 모습을 여지없이 폭로하고 있다. 세금과 군역, 착취와 억압이 오죽했으면 차라리 풀벌레가 되거나, 그것이 안되면 꼽추병이라도 앓기를 원했던 상황을 고발하였다. 우리는 이러한 역설적 표현을 통해 당시 민중들의 고통을 뼈저리게 감지할 수 있고 조선후기의 혼란해져 가던 사회 현실을 구체적으로 인식할 수 있다.16)

---

15) 『訥隱集』卷21 「謾錄」
　　民生視吏猶視狼也, 視官門如入海也, 視守令如視驪龍也.
16) 「노파의 오락」의 구성과 주제에 대해서는 졸고, 「訥隱의 老婆之五樂 分析」, 『망양록연구』(집문당, 2003) 65-70면 참조.

이러한 점이 바로 「노파의 오락」이 『장자』의 영향을 받으면서도 조선 후기라는 역사적 문맥에서 새롭게 변용된 면이라 할 것이고, 우리가 두 작품의 공통된 요소를 확인함과 동시에 「노파의 오락」의 창조적 변용을 주목하는 까닭이다.

3.3. 文體와 修辭

장자가 우언적 글쓰기를 하면서 즐겨 구사한 수사법은 대화법, 허구화와 의인화, 풍자와 과장법 등이 있다. 장자는 자신을 비롯한 다양한 인물들을 등장시켜 그들로 하여금 대화를 나누게 함으로써 새로운 성격을 창조하고, 동물과 사물을 의인화하여 말하게 하며, 장자 특유의 풍부한 상상력으로 새롭고 독특한 문학세계를 꾸며 내며, 그런 형상화 과정에서 사태를 과장하고 풍자하는 경향을 보인다.

이광정도 장자가 즐겨 사용한 이러한 대화법과 풍자와 역설을 「노파의 오락」에서 구사하고 있다. 이 작품에서도 관리와 노파의 대화를 통해 이야기를 전개시켜 나감으로써 극적 효과를 높이고 사건을 박진감 있게 진행시키는데 기여하는 대화법이 주로 쓰이고 있다. 그리고 풍자적 수법은 관리의 횡포와 세금수탈, 인재등용의 문제 같은 정치·경제·사회의 모순과 인간의 끊임없는 욕망을 비판할 때 사용된다. 이것은 작가 이광정이 장자와 마찬가지로 당시 사회와 역사현실을 비판적으로 인식하고 있었고, 정신적·도덕적으로 우월한 입장에 서서 그것들을 해결하려 하였음을 말해주는 것이다.

그리고 겉으로 보기에는 모순되고 부조리한 듯하지만 안으로는 근거가 확실하다든지 진실한 모습을 감추고 있는 진술방식인 역설은, 주로 노파가 다섯 가지의 즐거움을 이야기할 때 적절하게 활용되고 있다. 「노파의 오락」에는 역설적 구조와 풍자적 수사법이 주류를 이루면서도 이를 보완해주는 다양한 수사법이 등장한다. 겉으로 하는 말이 속으로 의도한 것과 괴리를 보여주는 아이러니가 동원되고, 노파의 생각과 논리를 확실하게 뒷받침해 주기 위해 등장하는 풍부한 실례들은, 폭넓은 문학적 감동과 함께 이 글이 담고 있는 메시지를 정확히 전달하는 데 있어서 결정적인 공헌을 하고 있다.

『장자』의 문장은 기세가 호한하고 자유분방하다. 그런데 「노파의 오락」의 문체는 사실의 전달과 사건의 서술에 초점을 두고 있어서 장황하거나 불필요한 수사가 전혀 없는 적확한 문장을 구사한다. 그러면서도 장자의 문장과 같이 읽으면 자연스럽고 유려한 느낌을 준다. 『장자』와 「노파의 오락」의 문장을 하나 견주어 본다.

"夫大塊載我以形, 勞我以生, 佚我以老, 息我以死."17)
(무릇 천지는 나에게 형체를 주었고, 살게 하여 나를 수고롭게 하였으며, 늙게 하여 편하게 하였고, 죽음으로써 안식을 얻게 하였다.)

"夫天福我以女子, 娛我以卑微, 佚我以勤勞, 幸我以疾病, 榮我以飢寒."18)
(무릇 하늘은 저를 여자로 태어나게 하여 복되게 하였고, 비천하게 하여 기쁘게 하였고, 근로하게 만들어 편안하게 하였고, 병이 있게 하여 다행하게 하였고, 배고프고 춥게 하여 영화롭게 하였습니다.)

위의 문장은 『장자』에서 뽑은 것이고, 아래의 것은 이광정의 「노파의 오락」에서 고른 것인데, 잘 구별하기가 힘들 정도이다.

이와같이 「노파의 오락」에 보이는 유려한 표현과 우의적인 수법은 『장자』의 영향이라 하겠고, 적확한 표현은 『史記』의 영향이 아닌가 생각된다. 이러한 생각은, 그가 크면서 읽기를 좋아한 책이 모두 先秦時代 이상의 글이었고, 그래서 그의 글이 雅健하였고, 賈誼와 司馬遷의 격운이 있었다는 당시의 평19)에 의해 뒷받침된다.

---

17) 『莊子』內篇 「大宗師」 178면.
18) 『訥隱集』卷21 「謾錄」
   번역문은 졸저, 『망양록연구』(집문당, 2003) 124면.
19) 『訥隱集』卷21 「墓誌銘」에서 당시 漢城府 判尹이었던 李獻慶이 한 말.

4. 結 語

　이상에서 우리는 동양 최고의 문학서이자 사상서인『장자』와 우리나라 우언문학집『망양록』의 대표적인 작품「노파의 오락」의 우언문학적 관련성을 검토해보았다. 이제 논의를 요약하고 앞으로의 과제를 언급하고자 한다.

　『장자』의 문장은 기세가 무궁무진하고 문학적 수식이 화려하고, 문체가 자유분방하다. 『장자』에는 풍부한 낭만성, 主觀唯心主義的 世界觀, 상징과 비유의 사용, 인간의 정감과 인물에 대한 적실한 묘사, 풍자적 수법, 우언고사가 다채롭게 구사되고 있는데, 그 중에서도 우언적 글쓰기가 장자산문의 특징이라 할 수 있다. 이는 장자가 언어가 가질 수밖에 없는 한계를 인식하고 자기의 생각을 잘 전달하기 위해서는 직접적으로 말하는 것 보다 간접적으로 에둘러 말하는 것이 더 효과적이라는 것을 자각한 데 기인한 것이었다.

　이러한 우언적 글쓰기는 후대 중국문학의 발전에는 말할 것도 없고 우리나라의 문장가들에게도 많은 영향을 끼쳤다. 조선후기 성리학이 압도적 우위를 점하고 있던 안동지방에서 문장학을 공부하던 이광정도 장자를 공부한 뒤『망양록』을 창작했다. 그래서『망양록』의 대표작「노파의 오락」에는 장자의 영향을 확인할 수 있었다. 우선 인물형상 면에서『장자』의 지리소나「노파의 오락」에 등장하는 노파가 모두 꼽추병을 앓고 있던 소수자이다. 그런데 이들은 모두 이런 소극적인 안락함에 머물지 않고, 가난함과 병든 것을 오히려 다행으로 여기며 즐기는 자족적인 자세로 천명을 누리고 있다. 이들은 비록 꼽추이지만 정신적으로는 어디에도 얽매이지 않는 자유로운 삶을 누리고 있는 達人으로 형상화되어 있다. 「老婆의 五樂」에 등장하는 노파는 바로 병든 몸으로 움막집에 살면서도 불평불만을 늘어놓지 않고, 그러한 생활을 오히려 즐길 줄 아는 것은 장자가 말한 대로 하늘과 조화를 이루는 天樂을 실천하는 인물이다. 『장자』의 지리소도 자기의 분수와 천명을 알아 스스로 즐거워하는 인물이다. 이와같이 『장자』와 「노파의 오락」에는 세속에 살면서도 세상을 뛰어넘는 초연정신이 구현되어 있다.

그러나 「노파의 오락」은 이렇게 장자의 영향이라 할 달관적 세계관과 함께, 조선후기 지배층의 탐학과 억압 그리고 그로 인해 고통받는 민중들의 피폐한 모습이 강하게 투영되어 있다. 이러한 점이 바로 「노파의 오락」이 『장자』의 영향을 받으면서도 조선후기라는 역사적 문맥에서 새롭게 변용된 면이라 할 것이다.

최근 들어 우언문학의 연구가 한국을 넘어 중국과 일본과의 비교연구로 나아가고 있다. 이러한 학문적 교류를 활성화하기 위해서도 동아시아 우언문학의 공통점은 무엇이며 각 나라 우언문학의 특징은 무엇인지를 아울러 밝히는 학문적 노력은 계속되어야 할 것이다.

◧ **참고문헌**

1. 1차 문헌

『訥隱集』, 한국문집총간 187, 민족문화추진위원회, 1997.
『老子』1章, 陳鼓應著, 『老子註譯及評介』, 中國; 中華書局, 1999.
『莊子』內篇「齊物論」,陳鼓應註釋, 『莊子今註今譯』,中國; 中華書局, 1999

2. 논저

김 영, 「訥隱의 老婆之五樂 分析」, 국어국문학 93집, 국어국문학회, 1985.
한무희, 「장자의 산문연구」, 동양학15집, 단국대 동양학연구소, 1985.
오진탁역, 『감산의 장자풀이』, 서광사, 1990.
大濱晧, 『장자의 철학』, 일본; 경초서방, 1993.
이강수의 『노자와 장자』, 길, 1997.
진고응, 『노장신론』, 소나무, 1997.
박희병, 『한국전기소설의 미학』, 돌베개, 1997.
유소감, 『장자철학』, 소나무, 1998.
김달진, 『장자』, 문학동네, 1999.
강재언, 『선비의 나라 한국유학 2천년』,한길사, 2003.
김득만외, 『장자사상의 이해』, 소강, 2003.
기시모토 미오 · 미야지마 히로시, 『조선과 중국, 근세 오백년을 가다』, 역사비평사, 2003.
김 영, 『망양록연구』, 집문당, 2003.
김갑수, 『장자와 문명』,논형, 2004.

이행기 지식인의 전원 동경과 그 의미

김 석 회*

1. 서언: 목가적 비전의 태동과 탄생

　도연명은 〈귀거래사(歸去來辭)〉에서 "운무심이출수 조권비이지환(雲無心而出岫 鳥倦飛而知還)"이라 읊었다. 앞 구절이 대자연의 자유로움을 노래한 것이라면 뒷 구절은 작자 자신의 인생 피로감을 토로한 것이라 할 수 있다. 여기서의 '새(鳥)'는 행로난(行路難)을 절감하며 돌아오는 자기자신의 표상이기도 하다.

　농경이 천하의 대본(大本)이던 시절, 벼슬길에 나갔던 선비들은 길이 여의치 않을 때 언제나 도연명처럼 '귀전원(歸田園)'을 꿈꾸었다. 그 결과 '귀거래 문학'은 하나의 유형을 이룰 정도로 두꺼운 적층(積層)을 이루고 있다. 한우충동(汗牛充棟)으로 우리에게 전해 오고 있는 소위 강호가도적 문학도 바로 이런 '귀전원'의 산물이었다. '귀전원의 동경'과 '전원적 삶의 향유'는 특히 우리 사대부 문학에서는 거의 상투적인 내용에 가깝다고 할 수 있을 정도다. 따라서 이런 상투적인 강호가도 작품은 따로 주목할 필요가 없을 것이다.

---

* 인하대학교 국어교육과 교수

그러나 본고에서는 18세기 이후의 '이행기' 문학에 나타나는 전원 동경의 양상을 특별히 주목해 보고자 한다. 그 동경의 양상과 의미가 이전 시대의 강호가도와는 그 맥락을 크게 달리 하고 있는 것으로 보여지기 때문이다.

강호가도적 작품들은 대개 성리학적 이념 내지 도학적 기풍과의 관련 하에서 생성되었다. 〈도산십이곡〉이나 〈도산잡영(陶山雜詠)〉에 보이는 바와 같이 산수 자연을 이념의 함수로 관조하는 도학적 환희이거나, 〈고산구곡가〉에 보이는 바와 같이 산수 자연 속에 노닐며 학문을 닦는 여유의 미학이거나, 〈어부사시사〉에 보이는 바와 같이 물외한인(物外閒人)의 경지로 나아가는 초탈(超脫)의 지향이었다. 그러나 18, 19세기의 전원 문학은 '노동(勞動)'의 문제, '신분정체감(身分正體感)'의 문제와 맞물리는 양상을 드러내고 있다. 전원 동경이나 전원 취미의 정향(定向)이 강호가도와는 판연히 달라져 있는 셈이다. 소위 '목가적 비전'이 새롭게 태동하고 탄생하는 지점이라 할 수 있는 셈이다.

본고에서는 이 점에 주목하여 이행기 지식인의 전원 동경 양상을 고찰해 보고자 한다. 여기서는 사대부 계층의 실학파 지식인 위백규와 정약용, 경아전층 출신의 중인 지식인 임광택과 김형수의 경우를 살피고자 한다. 이렇게 범주를 한정짓는 것은 일차적으로는 필자의 견문이 아직은 넓지 못하기 때문이다. 그러나 이들 네 사람의 경우로 국한을 하더라도, 18세기 후반에서 19세기 중반, 독특하게 형성되어 가고 있는 전원 동경의 양상과 의미는 어느 정도 그 실마리가 잡힐 것으로 보인다. 이 시기의 문학이 지니고 있는 표정의 일단을 살피는 데 일조가 되기를 바라고, 이행기 문학의 주제사적인 탐구에도 작은 실마리가 되기를 기대해 본다.

2. 사대부의 경우: 위백규와 정약용

먼저 위백규(1727-1798)의 연시조 〈농가구장(農歌九章)〉을 보기로 한다.

　西山의 도들벗 셔고 굴움은 느제로 낸다 (셔산, 구움, 내다)
　비 뒷 무근 플이 뉘 밧시 짓텃든고 (짓터든고)
　두어라 츤례지운 일이니 미눈대로 미오리라 (닐이니, 미눈다로) ‒〈제1장〉

　도롱이예 홈의 걸고 쌀 곱은 검은 쇼 몰고
　고동플 뜻머기며 깃믈ㄹ 느려갈 제
　어디셔 픔진 벗님 홈끠 가쟈 ᄒ눈고 (벗님) ‒〈제2장〉

　둘너내쟈 둘너내쟈 길츤골 둘너내쟈 (둘너니자 둘너니자, 긴츳골)
　바라기 역괴를 골골마다 둘너내쟈 (역고를)
　쉬 짓튼 긴 스래눈 마조 잡아 둘너내쟈‒〈제3장〉

　쏩은 듣눈대로 둣고 볏슨 쬘대로 쬔다
　淸風의 옷깃 열고 긴 파람 흘리불졔 (청풍의)
　어디셔 길가눈 손님 아눈ᄃ시 머무눈고 (소님니) ‒〈제4장〉

　힝긔예 보리뫼오 사발의 콩닙치라 (보리ᄆ오)
　내 밥 만홀셰요 네 반찬 젹글셰라
　먹은 뒷 훈숨줌 경이야 네오 내오 달올소냐 (다홀소냐) ‒〈제5장〉

　돌아가쟈 돌아가쟈 힉지거다 돌아가쟈 (돌라가쟈 도라가쟈 힉지거단 도라
가 쟈)
　계변의 발을 싯고 홈의 메고 돌아올 제 (손발 싯고)
　어듸셔 牛背草笛이 홈끠 가쟈 비아눈고 (우배초젹이) ‒〈제6장〉

　綿花눈 세 드래 네 드래요 일은 벼눈 픠눈 모개 곱눈 모개 (면홰눈, 일원
벼눈 픠눈 모가 곱눈가)
　五六月 어제런듯 七月이 ㅂ롬이다 (오뉴월 언제 가고 칠월이 본이로다)
　아마도 하ᄂ님 너히 삼길 제 날 위ᄒ여 삼기샷다‒〈제7장〉

>　아희는 낫기질 가고 집사롬은 저리치 친다 (낙기질)
>　새 밥 닉을 째예 새 술을 걸릴셰라 (짜예, 걸러셔라)
>　아마도 밥 들이고 잔 자블 째예 豪興계워 흐노라 (짜여, 호흥) -〈제8장〉

>　醉흐느니 늘그니요 웃느니 아희로다 (췌흐느니, 웃는니)
>　흐튼 슌비 흐린 술을 고개 수겨 권흘 째예 (째여)
>　뉘라셔 흙쟝고 긴노래로 츳례춤을 미루는고 (흐러쟝고) -〈제9장〉

　이상이 〈농가〉의 전문(全文)인데, 앞서 든 것이 〈사강회문서첩〉의 표기이고 뒤에 괄호 안에 표기한 것이 〈위문가첩〉에서 달라진 부분들이다. 대부분의 작품집에 순한글로 된 후자를 본문으로 수록하고 있는데, 원본(原本)의 측면에서나 선본(善本)의 측면에서나 전자를 본문으로 삼는 것이 타당해 보인다.[1]

　이 작품은 그 자체로는 전원 동경의 형태를 드러내고 있지 않다. 그러나 이 작품이 산출되기까지의 심리적 과정에는 독특한 형태의 전원 동경이 자리잡고 있었고, 실제 이 작품에는 동경과 갈망(渴望)의 충족에서 오는 깊은 안도감이 흡족히 젖어들어 있다.

　이 작품은 위백규가 40세 경(1767)에 과거(科擧)를 단념하고 장흥 방촌(傍村)의 생가에 정착(定着)한 이후의 체험을 반영하고 있다. 그는 스승 윤봉구의 죽음 이후, 충청도 덕산의 사문(師門)에서도 아주 퇴거를 했을 뿐만 아니라, 천관산(天冠山)의 장천재(長天齋)에서도 아주 하산해 버렸다. 그리고 능체잔미(凌替殘微)에 처한 문중(門中)을 흥기(興起)시키기 위한 일종의 계몽운동을 폈는데, 그것이 바로 사강회(社講會) 활동이었다. 이러한 문중 계몽 활동의 성격 및 추이에 관해서는 좀더 자세한 설명이

---

1) 두 본의 성격 및 양자 사이의 편차에 대해서는 다음의 논문을 참조할 수 있다.
　김석회, 「농가의 본문비평」, 『한국고전시가작품론』, 집문당, 1992. (『존재 위백규 문학 연구』, 이회문화사, 1995에 재수록.)
　김석회, 「존재 위백규의 생활시에 관한 연구」, 서울대 박사논문, 1992.(『존재 위백규 문학 연구』, 이회문화사, 1995에 재수록.)
　정승철, 「위백규의 농가 고」, 『문학과 언어의 만남』, 신구문화사, 1996.

필요하지만, 여기서는 〈농가 구장〉을 짓게 된 동기와 관련해서만 간략히 언급해 두고 넘어가기로 한다.

위백규는 40이 넘도록 과거에 매달리는 동안 내면의 갈등과 고통이 점점 커져만 갔다. 20대 후반부터 싹트기 시작한 시폐(時弊)에 대한 날카로운 인식이 고통의 터가 되었고, 특히 타락할 대로 타락한 과거장의 풍경은 그의 절망을 더해만 갔다. 이런 가운데서 목격하게 되는 처자들의 궁핍과 희생은 그를 더욱 고통스럽게 만들었다. 그는 이러한 가족들의 처지를 "봄날의 우로(雨露)에도 피어나지를 못하는 마른 풀, 썩은 나무"로 비유하기도 했고, 딸을 애도하는 글에서는 내생(來生)엔 상농부가 되어 '힘써 경작하여 배불리 먹이고 단란하게 어울려 살기'를 소원하기도 했다.[2]

〈농가 구장〉에는 이렇게 문중 계몽을 위한 독경병행(讀耕竝行)의 메시지와 함께 농경의 보람이나 가족적 단란함에 대한 위백규 자신의 꿈이 투영되어 있다. 생계주체(生計主體)로서의 도리를 다한다는 자부심 또한 큰 몫을 하고 있었을 것이다.

이 작품은 〈사강회문서첩〉에 각각 조출(朝出), 적전(適田), 운초(耘草), 오게(午憩), 점심(点心), 석귀(夕歸), 초추(初秋), 상신(嘗新), 음사(飲社)란 표제가 붙어 있다. 앞의 여섯 수는 아침에 집을 나서 저녁에 귀가하기까지의 김매기 하루 일과를 다루고 있고, 뒤의 세 수는 가을 추수기의 흥성한 기쁨을 노래하고 있다. 농경의 수고로움을 먼저 읊고 농경의 보람과 누림을 뒤에 읊은 것이라 할 수 있겠다.

그런데 여기서 주목되는 것은 앞의 여섯 수에 김매기의 절차며 행위가 매우 구체적으로 현장감 있게 그려지고 있다는 사실과, 이 땀에 젖는 수고가 매우 긍정적으로 그려지고 있다는 점이다. 이것은 전대의 강호가도 시가에서는 보이지 않던 특징적 국면으로서, 사대부 계층의 새로운 신분정체감(身分正體感)의 형성과 관련하여 주목할 만한 점이다.

---

2) 김석회, 『존재 위백규 문학 연구』(이회문화사, 1995), 36-40면 참조.

다음은 정약용(1762-1836)의 한시 〈타맥행(打麥行)〉을 보기로 한다.

新篘獨酒如湩白　　새로 거른 막걸리 젖빛처럼 뿌옇고
大碗麥飯高一尺　　큰 사발에 보리밥, 높이가 한 자로세.

飯罷取耞登場立　　밥 먹자 도리깨 잡고 마당에 나서니
雙肩漆澤翻日赤　　검게 탄 두 어깨 햇볕 받아 번쩍이네.

呼邪作聲擧趾齊　　옹헤야 소리 내며 발 맞추어 두드리니
須臾麥穗都狼藉　　삽시간에 보리 낟알 온 마당에 가득하네.

雜歌互答聲轉高　　주고받는 잡가소리 갈수록 높아지고
但見屋角紛飛麥　　보이느니 지붕까지 튀어오르는 보리로다.

觀其氣色樂莫樂　　그 기색 살피매 즐겁기 짝 없으니
了不以心爲形役　　마음이 몸의 노예 되지 않음일세.

樂園樂郊不遠有　　낙원이 먼 곳에 있는 게 아닌데
何苦去作風塵客　　어찌 괴로이 가서 풍진객이 되리요.3)

　　이 시는 농업 노동 가운데서도 가장 힘들다고 하는 보리타작의 현장을 읊고 있다. 특히 땀흘려 일하는 일꾼들에게 초점을 맞추었다. 탁주를 맛있게 들이키고 고봉 밥을 뚝딱 해 치우고, 신명나게 장단 맞춰 도리깨질을 하는 그들의 행태와 표정을 놓지지 않고 포착해 내고 있다. 고된 노역이지만 흥겨움이 깃든 즐거운 노동임을 화자는 못내 부러워하고 있다. 그리고 이들의 삶에 비추어 자신의 길을 되돌아 보고 있다. 문맥상으로는 '풍진객이 되리요?'로 번역이 되지만, 이면에는 '왜 나는 고향을 떠나 풍진객이 되었는가?' 혹은 '되려 하는가?'의 뜻을 함축한 것으로 보인다.
　　이 시에서는 '풍진객(風塵客)'과 '심위형역(心爲形役)'이란 말이 묘미가

---

3) 정약용, 『여유당전서』, 권4, 시.

있다. 묘사한 바대로, 풍진을 뒤집어 쓴 존재들은 타작마당의 일꾼들이지만, 실제로는 타작마당의 일꾼들을 제외한 나머지 사람들이 풍진객이다. 특히 벼슬길에 나서서 마음에도 없는 온갖 수모와 풍파를 겪어야 하는 화자를 위시한 사대부들이 풍진객인 셈이다. '풍진(바람 티끌)'의 의미는 마지막 구절 바로 앞의 "觀其氣色樂莫樂·了不以心爲形役"을 거치면서 물리적인 데서 정신적인 것으로 그 범주가 바뀌고 있다. 아무리 물리적으로는 개결하고 조촐해 보일지라도 "心爲形役(마음이 몸에 매여 부자유한 상태)"이라면 그것은 풍진을 무릅쓰는 삶일 수밖에는 없고, 이 타작마당의 일꾼들처럼 비록 티끌을 뒤집어 쓰고 있을망정 "心爲形役"을 벗어 버렸으면 낙원의 신선(神仙)일 수 있다는 것이다.

이렇게 이 시에는 정약용 자신의 전원적 삶에 대한 동경이 담겨 있다. 벼슬길의 의의며 지식인적 삶의 의미 등이 퇴색하고 오히려 그것들이 질곡으로 작용하는 지점에서 이 시는 산출되어 나온 것이다. 건강한 노동을 통해서 정당하게 제 먹을 것을 얻는 삶, 몸은 고되어도 마음은 진정 자유로운 삶, 그러한 삶을 그는 못내 그리워하고 있는 셈이다. 실제 그가 보리타작을 하며 살지는 않았겠지만, 보리타작을 하는 농부들의 표정과 행동과 일상 속에서 새로운 미감(美感)이며 가치(價値)를 발견해 내었다는 것 자체가 중요하다 하겠다.

3. 중인의 경우: 임광택과 김형수

다음으로는 중인 지식인 두사람의 작품을 검토해 보기로 한다. 먼저 18세기 말엽의 경아전이었던 林光澤(?~1800)의 〈농가시(農家詩)〉라는 작품을 보기로 한다.

隣人乘夕至　　이웃사람 저물녘에 건너와선
露坐桑麻傍　　뽕나무 삼밭 곁 노천에 앉네.

三寸煙竹短　세 촌 곰방대는 짧아도
一尺草屨長　한 자 집세기 길기도 해라.

約日借鋤耰　날 받아 호미와 곰방메 얻어 쓰기로 하고
視天討雨暘　하늘을 살펴 날이 갤지 궂을지를 가늠해 보네.

官糶采遠近　환자 쌀 푸는 날이 얼마나 가까웠는지 채근도 하고
耕牛誇馴强　밭갈이 소 힘센 놈, 길 잘 들었다 자랑이 분분.

俄而進土爐　잠시 후에 질화로를 내 오는데
榾火灰中藏　등걸불이 재 속에 감춰어 있네.

蔬草互勸酬　푸성귀 끌여 서로 권하는데
殷懃濁酒觴　은근도 하다 막걸리 사발.

夜歸雙骭赤　밤 들어 돌아감에 두 정갱이 다 들어났으니
不愁露沾裳　이슬에 바지 젖을 건 걱정할 게 없다네.[4]

　이 시에는 상부상조 공동체를 이루어 사는 농민 두 사람의 저녁 모임이 그려져 있다. 한 편의 풍속화를 연상케 한다. 그러나 보통 풍속화가 일반적으로 지니고 있는 풍자와 해학, 세태비판적 시각은 찾아볼 수가 없고, 전체적으로는 민화적인 조화의 감각을 드러내고 있다. 따뜻한 한 편의 동화 같은 분위기를 느끼게 한다.

　첫구에 나오는 "승석(乘夕:저녁 시간을 타고)"은 이들이 고된 하루 일과를 마치고 틈을 내어 만난 것임을 드러내 준다. 이들 나름의 일상화된 저녁 모임이라 할 수 있을 것이다. 그러나 이 모임은 격식과 예의를 갖춰 초대를 하거나 초대를 받는 그런 공식적인 모임이 아니다. 계약을 위한 사무적인 만남도 아니다. 농기구를 빌고, 일소를 얻는 그런 행위가 명시되거나 암시되어 있긴 하지만 그것이 시혜(施惠)나 계약(契約)은 아니다.

---

4) 임광택, 『雙栢堂遺稿』, 〈農家詩〉.

이 시에 그려진 이들의 대화며 행동은 '남거나 모자람이 없는' 대동사회적(大同社會的) 유무상통(有無相通)의 삶, 그런 관계를 형상(形象)하고 있을 따름이다.

"관조(官糶:관에서 푸는 환자 쌀)"를 받아야만 농량(農糧)을 델 수 있는 빈궁한 처지의 사람들이지만, 이들의 삶은 나눔과 소통 속에서 얼마든지 푸근할 수 있는 삶이다. 이런 의미에서 "골화회중장(榾火灰中藏:등걸불이 재 속에 감취어 있네)"이라는 표현은 이네들 삶의 온기를 함축적으로 상징하고 있다. 겉으로 보기에는 식은 재처럼 아무 생기도 희망도 없어 보이는 처지이건만, 속에 오래 버틸 수 있는 등걸불 같은 것이 들어 있어 얼마든지 따사로울 수가 있는 그네들의 삶을 표상하고 있다. 실제 이 불을 매개로 온기를 마련하고 탁주잔을 기울이는 다음 장면의 풍경은, 가난하지만 풍성한 '질박 속의 자유'를 잘 드러내 주고 있다. 그리고 마지막 구절에서 이슬 젖은 밤길을 되짚어 오는 모습을 "야귀쌍한적(夜歸雙骭赤)"으로 그렸다. 이슬이 맺히는 계절, 싸늘한 밤인데도 등걸이 잠벵이에 의지하여 살아갈 수밖에 없는 적빈(赤貧)의 형상이라 하겠다. 그러나 화자는 이러한 적빈마저도 질박한 건강함으로 이 시 속에 읽어 들이고 있다.

따라서 이 시에서는 텍스트의 문면 자체보다도 이것을 바라보는 화자의 시선(視線)과 시각(視角)이 더 주목할 만하다. 앞서 검토한 바와 문면에 드러난 바를 객관적으로 진단한다면, 오히려 참담한 현실, 눈물겨운 사연일 수도 있을 것이다. 저항을 논하고 투쟁을 모의하는 밤도 어쩌면 이와 같았을 것이다. 그러나 이 시의 화자는 이 모든 것을 동경(憧憬)의 시선, 선망(羨望)의 시각으로 그리고 있다. 그런 시선, 그런 시각으로 이 저녁 모임을 보고, 듣고, 해석해 들인 것이라 할 수 있다. 저 가난 속에, 저 질박함 속에 희망이 있다고 황홀해 하고 있는 것이다.

지은이 임광택은 〈자성시(自省詩)〉에서 '경작 길쌈을 하지 않는데도 배불리 먹고 잘 입는' 자신들의 처지를 매우 미안해 하면서 근신(勤愼)의 도리를 다짐하기도 했다.5) 이렇게 그는 먹고 사는 일에 어려움이 없었

---

5) 임광택, 『雙栢堂遺稿』, 〈自省詩〉.

으면서도 중인적 삶에 결코 자족하지를 못했던 것 같다. 스스로 경작하여 먹을 것을 얻고 스스로 길쌈하여 입을 것을 구하는 삶을 떳떳한 것으로 여기고, 건강한 노동의 당당함을 몹시도 부러워하였다. 도시의 가식적이고 소모적이고 각박한 삶에 대비되는 순박하고 건강한 농부들의 삶을 희구하고 있었던 것이다. 이 시는 이러한 중인적 자의식(自意識)을 반영한 전원 동경의 산물이라 할 수 있다.

다음은 소당(嘯堂) 김형수(金逈洙)의 〈田家〉라는 한시를 보기로 한다. 그는 유명한 운과(雲科:관상감에 종사하는 천문기상 전문 관리들을 선발하던 과거) 집안 출신이었지만, 그 자신은 운과로 발신(發身)하지 못하고 떠돌이 의원 생활을 하며 시주(詩酒)를 매우 즐겼던 사람이다.

樂事誰知有僻鄕　즐거운 일이 누가 벽향에 있음을 알리오,
人如沮溺俗陶唐　사람은 장저(長沮)와 걸닉(桀溺) 같고 풍속은 도당(陶唐)
　　　　　　　　일세.

山間耕鑿忘熙皥　산간의 경전착정, 희호(熙皥)의 세계를 잊을 만하고
世外生成若雨暘　진세(塵世) 밖의 생성, 비 오고 해 돋음이 순조롭도다.

眠草庄丁攤了飯　풀 섶에 잠든 장정, 식후의 단잠이 곤하고,
挿花田婦饁來漿　꽃을 따서 꽂은 전부, 마실 것을 내 옴일세.

佇看早晚秋登日　우두커니 서서 가을걷이 조만(早晚)을 살피노라니,
擊鼓吹豳稱壽觴　북소리에 빈풍시 울리고 장수 잔을 올리는구나.6)

이 작품은 전가(田家)를 낙원(樂園)의 형상으로 묘사하고 있는데,7)

"男不耕種女不織 一生飽飯被華服"으로 시작하여 "思之不覺凜然懼 書揭屋壁時寓目"으로 마치는 장시다. 우연히 인연(夤緣:권세 연줄을 타고 출세하는 일)으로 대궐 출입을 하는 처지임을 결코 잊지 말자고 다짐하고 있다. 자손에게까지 이러한 교훈을 뼈골에 새기고자 하는 의도가 작용하여 지은 작품으로 보인다.
6) 김형수, 『소당유고』 〈田家〉, 『여항문학총서』 제7책(여강출판사, 1991)의 493면.

실재하는 전가 형상이라기보다는 환상이 빚은 낙원 팬터지에 가깝다. 하늘과 땅과 사람과 만물과 사시의 운행이 완벽한 조화를 이루고 있다. 이는 시정 속에서 고달파 하던 중인 김형수의 간절한 전원 동경이 낳은 천진무구의 조화로운 세계상이다. 실제 김형수는 어려서 부친을 여의고 의술을 익혀 떠돌이 의원 생활을 했던 것으로 보이는데, 늘 가난 속에 허덕이며 전원에 정착하여 살기를 갈망했다.[8] 그는 〈소당풍속시(嘯堂風俗詩)〉나 〈십이월속시(十二月俗詩)〉로도 알려진 〈월여농가(月餘農歌)〉라는 장편 한시를 남기기도 했는데, 이 또한 이러한 전원 동경의 산물이었다.

　이 시에는 도당(陶唐), 희호(熙皞), 빈풍(豳風) 등의 말이 나오고 있는데, 이 말들은 이 시의 분위기와 의미를 신화적 환상세계로 견인해 가는 역할을 하고 있다. 태고적(太古的) 순풍(淳風)이 구현된 것만 같은 그런 꿈의 세계다. '벽향(僻鄉)'이라 지정한 바 그대로 궁벽한 산간이지만, 모든 것이 조화 속에 열리는 '티끌 세상의 바깥〔世外〕'이다. 노동은 보람으로 결실하고 건강한 식욕과 단잠으로 이어진다. 남녀의 협동, 노소의 조화까지도 풍순우조(風順雨調), 약우양(若雨暘)의 자연 질서와 함께 완벽하게 구현되어 있다.

　이 시는 실제 어느 궁벽한 산간 마을에서 취재한 것으로 보이지만, 결핍이나 모순은 그림자도 비치지를 않고 있다. 무한한 목가적 동경을 품고 바라보는 이의 전원이상(田園理想)이 투영된 결과다. 이는 마치 앞서 살핀 〈농가시〉가 중인 임광택 자신의 동경의 시각에서 농촌현실을 해석하고 수용해 들인 것과 동일한 현상이라 할 수 있을 것이다.

---

7) 이 작품은 『월여농가』란 책에도 부록되어 있는데 표제를 〈田家樂〉이라 했다. 낙원 이미지를 좀더 전경화한 표제다. 일석본 『월여농가』에는 자구도 한두 곳 달리 되어 있다. 제2구의 "人如俎溺"이 "村藏風雅"로, 제5구의 "攤了飯"이 "消了飯"으로 되어 있다.
8) 김석회, 「소당 김형수의 생애와 문학」(『고전문학과 교육』 제8집, 2004.8월)을 참조할 것.

4. 결언: 순박한 사회 속 인간다운 삶

이상에서 살핀 바와 같이 18, 19세기의 이행기 지식인들은 사대부는 사대부 나름대로, 중인은 중인 나름대로, 자기들 나름의 '전원취향(田園趣向)'과 '전원이상(田園理想)'을 키워나갔다.

사대부들의 경우 위백규나 정약용 모두 자기 시대와의 불화 속에서 전원 동경을 키웠다. 시폐(時弊)에 관한 날카로운 인식과 사대부 세계에 만연한 부조리 체험이 전원 동경을 낳고 전원 속의 낙원(樂園)을 설계하도록 만들었던 것이다. 그러나 이러한 동경, 이러한 설계가 현실에서 그대로 실현되기는 매우 어려웠다. 왜냐하면 그 속에는 자연재해 속의 고투(苦鬪)나 수탈구조로 말미암는 농촌의 해체 등은 미처 계산해 들이지를 못한 것이었기 때문이다. 이로 인해 이러한 동경은 위백규의 경우 〈연년행(年年行)〉의 세계와 같은 환멸로 기울었고, 정약용 가(家)의 경우는 〈농가월령가〉와 같은 향촌 안돈(安頓)을 위한 설득 노력이 병행되지 않을 수가 없게 되었던 것이다.

이에 비해 중인들의 경우는 그 전원 동경의 공분모가 신분에 대한 자의식이었다. 비교적 요족하게 살았던 임광택과, 빈곤 속에 떠돌이 의원 노릇을 하며 살았던 김형수는 그 처지가 판연히 달랐음에도 불구하고 동공이곡(同工異曲)에 가까운 전원 형상을 그리고 있다. 사대부들 시중이나 드는 자신들의 영위(營爲)가 떳떳치 못함을 느낄 때, 경국제세(經國濟世)의 사업으로는 한 발자욱도 들여놓을 수가 없음을 절감할 때, 그들은 전원 속에서 자신들의 삶을 갱신해 보기를 갈망하였다. 그리하여 그들은 질박하고 차별 없는 세상, 건강한 노동으로 떳떳이 살아가는 생활을 꿈꾸었고, 이것이 그들 작품의 전원 형상으로 구현된 것이었다.

이렇게 이들 두 계층 사이 전원 동경의 동기는 편차가 있었지만, 그들이 지향하는 바는 거의 동일하였다. 태고 순풍을 지닌 순박한 사회 속의 인간다운 삶, 그러한 삶을 그들은 못내 희구하고 갈망했던 것이다.

▣ 참고문헌

위백규, 『존재전서(存齋全書)』.
정약용, 『여유당전서(與猶堂全書)』.
임광택, 『쌍백당유고(雙栢堂遺稿)』.
김형수, 『소당유고(嘯堂遺稿)』.

김석회, 「농가의 본문비평」, 『한국고전시가작품론』, 집문당, 1992.
김석회, 「존재 위백규의 생활시에 관한 연구」, 서울대 박사논문, 1992.
김석회, 「소당 김형수의 생애와 문학」, 『고전문학과 교육』, 제8집, 2004.
정승철, 「위백규의 농가 고」, 『문학과 언어의 만남』, 신구문화사, 1996.
김석회, 『존재 위백규 문학 연구』, 이회문화사, 1995.

서사민요와 서사무가의 구조적 특성 비교

서 영 숙*

1. 머리말

평민여성의 노래인 서사민요는 수많은 유형으로 되어 있다.1) 서사민요에서 불리는 다양한 이야기들은 민요 담당층의 순전한 창작일 수도 있으며 다른 서사 갈래와의 교섭 속에서 이루어진 것일 수도 있다. 그런데 같은 구비서사시 갈래이면서 주로 여성들에 의해 향유되어 온 서사무가의 많은 화소가 서사민요에도 전승되고 있을 뿐만 아니라 몇몇 노래의 경우 서사민요와 서사무가가 한 유형이라고 보아도 좋을 만큼 공통적 화소로 이루어져 있음을 볼 수 있다. 이는 서사민요와 서사무가가 매우 밀접한 관련 속에 전승되었으며 각각의 갈래 특질을 형성하는 데 서로가

---

* 인하대학교 국어교육과 겸임교수

1) 서사민요의 유형에 대해서는 조동일, 『서사민요 연구』,계명대 출판부, 1970 이후 꾸준한 연구가 이루어졌으나, 전국적인 실상이나 유형분류는 아직 제대로 정리되지 못한 상태이다. 필자가 「서사민요의 구조적 성격과 의미 : '시집식구 – 며느리'형을 중심으로」, 『한국문학이론과 비평 2』, 한국문학이론과 비평학회, 1998에서 서사민요의 유형을 주인물과 상대인물의 관계에 따라 시집식구 – 며느리, 남편 – 아내, 부모 – 자식, 신랑 – 신부, 외간남자 – 여자 등 12 유형으로 나눈 바 있으나 자료의 실상에 따라 계속적인 검토와 보완이 이루어져야 할 것이다.

중요한 구실을 했음을 보여주는 증거라 생각된다.

이에 이 논문에서는 서사민요와 서사무가가 서로 비슷한 화소로 되어 있는 〈상사병으로 죽은 총각〉과 〈치원대 양산복〉, 〈혼인날 죽는 신랑〉과 〈도랑선비 청정각시〉의 유형구조를 비교하고 이를 바탕으로 두 갈래에 나타나는 전승의식의 차이를 살펴 보고자 한다. 이는 서사민요와 서사무가가 서로 어떤 연관을 가지면서 형성되었는지, 그 담당층과 연행방식 등의 차이에 의해 독자적으로 형성해 낸 갈래 특성은 무엇인지 등을 밝히는 데에 많은 시사점을 줄 수 있으리라 본다.

서사민요 〈상사병으로 죽은 총각〉과 〈혼인날 죽는 신랑〉은 필자 조사 자료, 조동일 조사 자료, 『한국구비문학대계』와 『한국민요대전』자료를 주 대상으로 삼고2), 서사무가 〈치원대 양산복〉은 『한국무가집 3』 소재 자료를, 〈도랑선비 청정각시〉는 『조선신가유편』과 『한국무가집 3』 소재 자료를 주 대상으로 하기로 한다.3)

2. 유형구조의 차이

---

2) 필자 자료는 필자가 1981년에서 1982년까지 전남 곡성군 일대에서 조사한 자료로 그 중 시집살이노래의 경우만 졸고,『시집살이노래 연구』, 도서출판 박이정, 1996에 자료가 실려 있고 나머지 자료는 미발표자료이다. 조동일 자료는 조동일, 앞의 책에 실려 있다. 필자 자료는 조사 마을 이름과 번호를 붙여 새터1, 옥갓5, 먹굴1 등으로, 조동일 자료는 조동일의 분류기호(영문 알파벳과 아라비아숫자의 조합)를 그대로,『한국민요대전』, 문화방송, 1992~1996의 자료는 지역과 음반번호를,『한국구비문학대계』, 한국정신문화연구원, 1980~1989의 자료는 지역별 노래번호를 적기로 한다.

3) 손진태,『조선신가유편』, 동경 향토연구사, 1930; 김태곤,『한국무가집 3』, 집문당, 1979. 서사무가 〈치원대 양산복〉이나 〈도랑선비 청정각시〉에 대해서는 그리 충분한 연구가 이루어지지 못했다. 임석재,「이승과 저승을 잇는 신화의 세계 - 함경도 무속의 성격」,『함경도 망묵굿』, 열화당, 1985와 전경욱,『함경도의 민속』, 고려대 출판부, 1999에 망묵굿의 절차와 함께 두 무가가 소개되어 있다. 김헌선,「함경도 무속서사시 연구: 〈도랑선배·청정각시노래〉를 중심으로」,『구비문학연구』8, 한국구비문학회, 1999에서 〈도랑선비 청정각시〉의 신화적 성격에 대해 고찰한 바 있어 많은 도움을 받았다.

〈상사병으로 죽은 총각〉과 〈치원대 양산복〉은 둘 다 총각이 처녀에 대한 상사병으로 죽게 되는 이야기로 되어 있고, 〈혼인날 죽는 신랑〉과 〈도랑선비 청정각시〉는 혼인날 신랑이 갑작스레 병이 들어 죽게 되는 이 야기로 되어 있다. 모두 젊은 남녀간의 이루지 못한 사랑과 혼인을 다루 고 있다는 점에서 공통적이나, 이를 해결해나가는 방식이나 해결점에는 뚜렷한 차이가 있다. 이 장에서는 이러한 구조적 차이가 유형별로 어떻 게 나타나는지 살펴보기로 한다.

2.1. 민요 〈상사병으로 죽은 총각〉과 무가 〈치원대 양산복〉

〈치원대 양산복〉은 함경도 새남굿에서 불려지는 서사무가이다. 새남 굿은 망인의 저승길을 천도해 주는 굿으로서 망묵굿, 망묵이굿이라고도 불린다. 새남굿은 스물두거리나 되는 큰 규모의 굿으로 보통 3일 동안 밤낮으로 계속 거행된다고 한다. 부정풀이, 토세굿, 성주굿, 문열이천수, 청배굿, 앉인굿, 타성풀이, 왕당천수, 신선굿, 대감굿, 화청, 동갑접기, 도랑축원, 짐가재굿, 오기풀이, 산천굿, 문굿, 돈전풀이, 상시관놀이, 동 이부침, 천디굿, 하직천수의 순으로 되어 있다.4)

함경도 새남굿의 무가에는 〈짐가재〉, 〈도랑선비와 청정각시〉, 〈바리 공주〉, 〈붉은 선비와 영산각시〉 등 다양한 서사 무가가 전승되고 있어 서 사무가의 연구에 있어 높은 자료적 가치를 지니고 있다. 그중 〈치원대 양 산복〉은 17번째 거리인 문굿에서 불린다. 문굿은 망자가 저승으로 평안 하게 갈 수 있도록 저승길을 닦는 거리이다.5)

---

4) 전경욱, 위의 책, 130~137면.
5) 임석재, 앞의 책, 85~86면.
　임석재는 다음과 같이 이 무가의 줄거리를 소개하고 있다. "양산백이와 추양대는 은해사 (銀海寺?)에서 10년 동안 함께 공부를 했다. 추양대는 여자인데, 남복을 하였기 때문에 양산백은 추양대가 여자인 줄을 몰랐다. 그러다가 양산백은 우연히 추양대가 여자인 것을 알게 되고, 둘이는 결혼하기로 약속한다. 추양대는 집으로 돌아와 부모에게 이 사실을 사 뢰었다. 그러나 부모는 이를 허락하지 않고 추양대를 다른 곳으로 시집 보내려 한다. 이 소식을 들은 양산백은 병이 나서 그만 죽었다. 추양대는 시집가는 길 도중에 양산백의 묘

〈치원대 양산복〉의 서사 단락을『한국무가집 3』소재 자료를 바탕으로 나누어 보면 다음과 같다.

a) 김씨부인과 이씨부인이 강변으로 빨래를 나간다.
b) 까마귀가 떨어뜨린 배를 나눠 먹고 임신을 한다.
c) 김씨부인은 꼭지를 먹어 아들(양산복)을 낳고 이씨부인은 배쪽을 먹어 딸(치원대)을 낳는다.
d) 이씨부인은 딸이란 걸 숨기고 아들 차림으로 키운다.
e) 치원대와 양산복이 함께 글 공부를 떠난다.
f) 열다섯이 되어 치원대에게서 여자 티가 나자 양산복이 이를 확인하기 위해 오줌발 겨루기 등 여러 가지 시험을 하나 치원대가 슬기롭게 벗어난다.
g) 치원대가 잠든 사이 양산복이 치원대의 가슴을 확인하고 여자임을 알아낸다.
h) 양산복이 집에 돌아 와 병이 들어버린다.
i) 죽으면서 치원대 시집가는 길에 묻어달라고 한다.
j) 치원대가 시집가기 전에 치마감에 잿물을 먹여 준비한다.
k) 치원대가 시집가는 날 무덤 앞에서 가마를 세워달라고 한다.
l) 치원대가 양산복의 묘를 금붕채로 치자 묘가 갈라져 그 안으로 뛰어 들어간다.
m) 신랑이 치마를 잡았지만 잿물 먹인 치마이기 때문에 삭아 버려 놓치고 만다.
n) 묘가 합쳐져 버리고 치원대와 양산복이 쌍무지개 뜬 하늘 위로 승천한다.
o) 이후 치원대와 양산복이 시집장가 못 간 사람들을 저승으로 인도하게 되었다.

앞을 지나게 되었다. 가마가 양산백의 묘 앞에 이르자, 가마는 땅에 붙어서 움직이지 않았다. 가마에서 내린 추앙대는 양산백의 묘 앞으로 다가가 묘 위를 그녀의 비녀로 그었다. 그러자 묘는 둘로 갈라졌으며, 추앙대는 묘 안으로 들어갔다. 묘는 이내 합쳐졌다. 따라가던 사람들이 추앙대를 묘에서 끌어내려고 묘 밖으로 나와 있는 추앙대의 옷자락을 잡아당겼다. 그러나 옷자락 끝만이 찢어져 나오면서 나비가 되어 날아갔다."

이 이야기는 한 쌍의 남녀가 사랑하는 사이인데도 사랑을 이루지 못한 채 남자는 죽게 되고 여자는 다른 데로 시집가는 이별을 맞게 되나, 죽음을 뛰어 넘은 사랑의 힘으로 결국 저승에서 사랑을 이루게 된다는 한 편의 러브스토리이다. 그러면서 두 남녀가 평탄치 않은 사랑과 이별을 죽음을 무릅쓰고 극복해 내어 사랑을 이루어냄으로써 혼인을 하지 못한 채 죽은 사람들을 저승으로 인도하는 신이 된 내력을 풀이하고 있는 무속 신화이다.

서사 전개는 '출생 – 성장 – 고난 – 해결의 시도 – 좌절 – 해결의 시도 – 해결'로 되어 있다. 출생과 성장 과정을 서술하는 동안에는 아직 고난이 드러나지 않는다. 하지만 그 안에 고난이 생길 요인을 내포하고 있다. 즉 여자 아이임에도 여자임을 숨기고 사내 아이처럼 사내 아이와 함께 키움으로써 언젠가는 드러나고 말 문제를 안고 있는 것이다. 다음은 양산복이 치원대가 여자임을 눈치 채고 이를 알아내기 위하여 시험하는 대목이다.

> 야 치원대야 우리여 이 둑담으루 가지구
> 오줌 싸서 넘글(넘길) 내기를 할까 하지요
> 하구 보니 그 여자 오줌이가 남자 오줌보다 더 세게 나가구
> 알 수 없습니다
> 암만해도 알 수가 저냥 없습니다
> 오늘 나조부터는 사흘 밤을 꼬박 밝혀서 공부를 하자
> 그렇게 해서 뉘기 먼저 자 버리는가 보자
> 사흘 밤을 꼽박 앉아서 자부니 거어 양산복이는 여자를 거둥 보자구
> 자잖으니 여르드르니 자부릴 턱 있어
> 거이 여자는 채우지 못해서 참잠 들었습니다
> 참잠을 들구 보니 찬잠을 든 담이요
> 가슴이다 손을 여으니까디 여자가 분명합니다 (『한국무가집』 3)

결국 두 사람의 고난은 사내아이인 줄 알았던 치원대가 여자임이 밝혀지고 그 치원대를 양산복이 사랑하게 되는 데서 생겨난다. 서로 친구

처럼 허물없이 지내 왔던 사이가 연인 사이로 바뀌기 위해서는 진통을
겪지 않을 수 없기 때문이다.

사랑을 이루기 위해 청혼을 하지만 치원대의 어머니는 여전히 치원대
를 남자라 우기면서 청혼을 거절한다. 결국 이 해결의 시도는 좌절되고
마는 것이다. 사랑을 이루지 못해 병이 난 양산복은 죽게 되고 만다. 그
러나 죽으면서 또 다른 해결의 시도를 하게 되는데, 그것이 바로 자신을
치원대가 시집가는 길에 묻어달라는 것이다. 이는 죽어서라도 치원대와
의 결합을 완전히 포기할 수 없다는 생각이 자리하고 있기 때문일 것이
다.

문면에 표현되어 있지는 않지만 치원대 역시 양산복을 사랑하고 있었
던 모양이다. 시집가기 전날 자신의 치마에 잿물을 들임으로써 양산복과
만나기 위한 준비를 한 셈이다. 결국 치원대가 시집가는 날 치원대가 양
산복의 무덤을 가르고 뛰어 들어감으로써 치원대와 양산복은 무덤 속에
서 결합을 하게 된다. 두 사람의 사랑은 쌍무지개 뜬 하늘로 함께 승천함
으로써 완성된다.

> 이 무덤이 이 앞이다 내려 놔 주시오 하니
> 내려 놨어 / 내려 놓니 무덤이 가서
> 금붕채를 빼서 그 묘를 한판을 치면서리
> 양산복이 무덤이 분명하믄 이 금붕챌누 갈나지라구
> 내려다가 갈느니 그 금붕챌누 무덤이 한 복판이 쩍 갈나졌어
> 그 때 글누 뛰여서 들어가니
> 말부담이 앉았던 신랑은 내려서
> 그 치마를 쥐어서 잡아대니니 그 재물 먹인 치마가 무슨 영기가 있겠습니
> 까
> 불부울 날나나 한판이 뫼가 한 합이 되서 들어 맞아
> 그때 들구 보니 어디 가서 찾겠습니까
> 그러구 조금 있으니까 쌍무지개 져서 둘이 하늘로 승천하구 가는 거 (『한
> 국무가집』 3)

이렇게 두 남녀의 사랑이 죽은 이후에야 완성되는 것은 두 사람의 사랑이 현실에서는 불가능하다는 인식 때문일 것이다. 그러나 두 사람의 승천길에 "쌍무지개"가 떴다고 함으로써 죽음 이후의 사랑을 결코 비극적이거나 불완전한 것으로 보지 않고 아름답고 완전한 것으로 보고 있음을 알 수 있다.

이제 〈치원대 양산복〉과 마찬가지로 처녀에 대한 상사병으로 죽게 되는 총각의 이야기를 다루고 있는 서사민요 〈상사병으로 죽은 총각〉을 살펴보기로 하자. 〈상사병으로 죽은 총각〉은 필자 자료 세 편(〈새터19〉,〈새터60〉, 〈옥갓12〉)을 대상으로 한다.6) 〈상사병으로 죽은 총각〉을 창자나 청중들은 〈서답 노래〉, 〈서답게노래〉, 〈게삼정노래〉라고 불렀는데, '서답게', '게삼정'은 여자들이 월경할 때 착용하는 천, 즉 월경대를 말한다. 창자나 청중은 "짜잔하다"고 하며 잘 부르려 하지 않았다. 이는 노래 내용에 여성의 월경대나 남녀간의 성적인 교제에 관한 내용이 나오므로 남들 앞에 내놓는 것을 그리 떳떳하게 여기지 않았기 때문일 것이다. 이 노래가 다른 노래에 비해 그리 많이 조사되지 않은 것은 이런 이유에서가 아닌가 한다.

이들 세 노래는 내용상 약간의 차이가 있긴 하지만 모두 처녀에 대한 총각의 이루어질 수 없는 사랑이 죽음을 거쳐 혼인으로 성사되는 '행복한 결말형'으로 되어 있다. 세 노래의 공통적 요소를 바탕으로 서사적 단락을 나누면 다음과 같다.

a) 처녀가 강가에 월경대 빨래를 간다.
b) 총각이 물을 떠 달라고 한다.
c) 깨끗한 물을 떠 주니 월경수만 달라고 한다.

---

6) 이외에 빨래를 하러 냇가로 나갔다가 선비를 만난 뒤 집에서 쫓겨 난 처녀가 총각을 찾아가 결혼해 잘 살았다는 '행복한 결말형'의 서사민요가 있다. 이는 〈강태백과 동국각시〉라는 제목으로 전승되는 유형으로서(강진옥, 「여성서사민요에 나타난 관계양상과 향유의식」, 『한국고전여성작가 연구』, 태학사, 1999, 493면), 여기에서 다루는 〈상사병으로 죽은 총각〉의 화소는 지니고 있지 않으므로 별도로 취급해야 하리라고 본다.

    d) 그래도 깨끗한 물을 떠 주니 물은 마다하고 손만 잡고 간다.
      (둘이 밤을 같이 보낸다.)
    e) 총각이 집에 돌아가 상사병을 앓는다.
    f) 갖은 방법을 다 써도 낫지 않는다.
    g) 죽어서 상여가 나가다 처녀 집 앞에 선다.
    h) 상여 위에 속적삼을 덮어주니(꽃을 문지르니) 총각이 살아난다.
    i) 시부모에게 극진한 대우를 받고 혼인한다.

이 작품의 서사적 전개는 '갈등의 발단 – 전개 – 절정 – 해결'로 이루어져 있다. 이는 조동일이 서사민요의 유형구조를 '고난 – 해결의 시도 – 좌절 – (해결)'[7]로 분석한 것과 일맥 상통한다. 총각이 처녀를 만나 첫눈에 반하지만 처녀는 이에 무관심하니 '고난'이다. 총각이 처녀에게 자신의 마음을 전하기 위해 다가가 월경수를 떠달라고 하지만 처녀가 이를 거절하니 '해결의 시도'와 '좌절'이라고 할 수 있다. 그 결과 병이 들어 그 병을 낫게 해 보려고 갖은 애를 써 보지만 낫지 않고 죽고 마니 또 다른 '해결의 시도'와 '좌절'이라고 할 수 있다.

여기에서 '해결의 시도'와 '좌절'은 몇 번이나 거듭된다는 데에 서사민요의 특징이 있다. 각편에 따라 '해결의 시도'와 '좌절'이 한 번으로만 나타나는 경우도 있으나 대부분 여러 번의 '해결의 시도'와 '좌절'을 거친다. 이는 주인물이 겪는 삶이 실제 그러한 고난의 연속이며 쉽게 그 고난이 해결되지 않는다는 데에 있다. 첫 번에 이루어지는 '해결의 시도'가 여러 번 거듭될수록 겪게 되는 '좌절'은 그 강도가 심해질 수 밖에 없다. 결국 현실에서 이룰 수 없는 사랑에 대한 가장 큰 '좌절'은 죽음으로 나타나게 되는 것이다.

그러나 이 죽음이 이야기의 '끝'이 아니라 또 다른 '시작'이라는 점에 이 작품의 의의가 있다. 사랑 때문에 죽었다고 하는 것은 그만큼 그 사랑이 간절하고 진실했음을 표현하는 것이면서 그 사랑을 허용하지 않는 사회에 대한 강한 도전이라고 볼 수 있을 것이다. 곧 죽음은 죽음으로써 끝

---

7) 조동일, 앞의 책, 91면 참조.

나는 것이 아니라 사회에 파문을 일으키면서 움직이지 않는 상대방의 마음을 움직이게 되는 것이다. 그러므로 죽음은 단순한 '좌절'이 아니라 갈등의 막바지에 다다라 새로운 국면으로의 대전환을 꾀하는 또 다른 '해결의 시도'로 볼 수 있다.

결국 총각의 상여가 처녀의 집 앞에 섬으로써 다시 한번 자신의 사랑을 호소하고 이를 받아들여 줄 것을 요구하며, 이에 처녀는 자신의 속적삼을 덮어 주거나 생명꽃을 문지르는 것으로써 화답한다.8) 속적삼을 덮어준다는 것은 성적 행위의 은유적 표현이다. 여인이 자신의 속적삼을 벗어 덮어주는 것은 총각의 자신에 대한 지순한 사랑을 허락함을 의미한다. 이는 강요된 것이 아니라 감동에 의한 자발적 행위이며 이 행위의 감응으로 죽었던 총각이 살아나게 되는 것이다. 다음 작품에서는 속적삼화소와 생명꽃 화소가 복합되어 있는데, 꽃을 문질러 신랑을 살려낸다.

> 초당안에 삼석순은 임인줄 알걸랑은
> 속적삼이나 던져달라고
> 〔그렇게로〕
> 삼십일명 종아들아 팔십일명 행상꾼들
> 질위에 행상놓고
> 〔질아래로 물러가라고 하더란다. 대처, 질위에 행상 놓고 질아래로 물러성게〕
> 흰꽃을 문대면서 일어나오 일어나오
> 이승부부 될라그당 어서배삐 일어나오
> 새파랑꽃을 문대면서 일어나오 일어나오
> 이승부부 될라그당 어서배삐 일어나오
> 뻘건꽃을 문대면서 일어나오 일어나오
> 이승부부 될라그당 어서배삐 일어나오
> 〔항게 벌떡 일어나 불드란다. 그런데 인쟈 저 뭐라그냐 또.〕

---

8) 여기에서 죽은 사람을 살려내기 위해 생명꽃을 문지르는 것은 서사무가 〈바리공주〉에서 바리공주가 죽은 부왕을 살려내기 위해 저승에서 구해 온 꽃을 문지르는 것과 동일한 화소로 되어 있다. 이는 서사무가와 서사민요가 밀접한 관련을 가지고 서로 영향을 주고 받았음을 보여 준다.

삼대독자 외아들 무남동자 외아들
살랐으니 무슨지사가 나올까
〔그렁게로〕
열녀충신 내며늘아 효자충신 내며늘아
무남독녀 내며늘아
남한산성 관솔불은 꺼진불로 살가내고
어그뱅뱅 나락밥은 팔십노인도 살가낸단다
〔그르고 끝이여.〕
〔재조사시에는 "그르고 잘 살드래."라고 함.〕 (〈새터 60〉, 필자 자료)

이렇게 처녀에 의해 총각이 살아남으로써 드디어 국면의 대 전환이 이루어진다. 죽었던 아들을 되찾게 된 총각의 부모는 처녀를 "열녀충신 내며늘아 효자충신 내며늘아"라 칭송하며 모든 것을 물려 주면서 며느리로 받아들인다. 이는 대부분의 여성이 혼인 시에 시부모와 남편에게 종속적 지위와 부당한 대우를 감수하면서 시댁에 들어가야 하는 처지에 놓이는 현실에 비춰 볼 때 매우 파격적이다. 이는 노래를 통해서나마 현실과는 상반되는 상황을 '해결'에 설정해 놓음으로써 심리적 억압의 해소와 내면적 우월 의식을 갖고자 하는 여성들의 기대가 반영된 것이라고 할 수 있다.

서사민요 〈상사병으로 죽은 총각〉과 서사무가 〈치원대 양산복〉은 모두 총각이 처녀를 사모하는 데에도 불구하고 그 사랑을 이룰 수 없는 데에서 고난이 발생한다. 총각은 나름대로 처녀에게 구애를 해 보려 하지만 제대로 성사되지 않는다. 사랑을 이루려는 해결의 시도가 몇 번 거듭되지만 처녀의 수줍음, 냉정함 등에 의해 거듭 좌절되는 것이다. 결국 총각이 상사병이 나 죽게 됨으로써 좌절이 극대화된다.

그러나 이 좌절로 사건이 일단락되는 것이 아니라 죽음 이후에까지 해결의 시도가 계속된다는 점에서 두 작품의 공통점이 있다. 즉 민요와 무가 모두 총각의 죽음 이후 처녀가 새로운 주체로 등장하여 총각의 죽음을 단순한 죽음으로 끝맺지 않는다. 민요에서는 총각을 살려내 혼인하고, 무가에서는 함께 무덤 속에서 결합하여 승천하는 것으로 되어 있다. 즉 총각이 죽은 이후에야 비로소 처녀에 의해 두 사람의 결합이 이루어지는 것이다.

이렇게 서사민요와 서사무가 모두 '고난 – 해결의 시도 – 좌절 – 해결'의 단락소로 이루어져 있음을 확인할 수 있다. 이는 무가와 민요 모두 현실에서 처녀와 총각 간의 사랑이 쉽게 성취될 수 없는 것으로 인식하고 있기 때문에 이러한 구조적 특성을 나타낸다고 할 수 있다.

그런데 서사민요와 서사무가의 전개 과정에 있어서 다른 점을 발견할 수 있다. 우선 서사민요는 처음부터 '고난'이 발생하는 데 비해, 서사무가는 서두 부분에 주인물이 출생하기까지의 내력과 성장 과정이 길게 서술된 후에 중반 부분에 가서야 비로소 '고난'이 발생한다는 점이 다르다. 한편 서사민요가 사건 중심적으로 곧바로 사건의 발단에서부터 시작하는 데 비해, 서사무가는 사건의 발단과는 직접적 관련이 없는 인물의 출생과 성장 과정을 인물 중심적으로 서술하고 있어, 마치 인물의 전기를 보는 듯한 느낌이 들게 한다.

서사민요에서는 인물이 누구이냐는 그리 중요하지 않다. 주인물이 단지 도령과 처녀로 나올 뿐이다. 〈새터 19〉에서는 주인물의 이름을 유충렬이와 초달순이라고 했지만, 단지 기억하기 좋은 이름이 나왔을 뿐이지 역사적이고 실재적인 인물을 강조하고 있지는 않다. 서사무가에서는 다르다. 두 주인물의 이름이 치원대와 양산복임을 명확히 하며 주인물들이 어떤 과정을 통해 태어나고 자라났으며 어떻게 죽어 신으로 정좌할 수 있었는가를 소상하게 밝히고 있다. 그저 김아무개나 이아무개가 아닌 이름을 분명하게 거명함으로써 그 실재성을 뚜렷하게 각인시키고 있다.

한편 서사민요의 인물은 특이하지 않다 그저 평범하고 일상적인 인물로 우리 주변에서 흔히 만날 수 있는 인물이다. 하지만 서사무가의 인물은 그 탄생에서부터 고귀하고 비범하다. 치원대와 양산복은 둘 다 정승의 부인들이 까마귀가 떨어뜨린 배를 나누어 먹고 잉태하여 태어났다.

서사민요에서는 주인물의 탄생과 성장 과정이 전혀 나타나 있지 않지만 서사무가에서는 이를 자세히 서술하고 있으며 이 두 주인물의 성장과정이 역시 평범하지 않음을 보여준다. 즉 치원대가 여자인데도 불구하고 태어났을 때부터 남자인 것으로 속여 남복을 하고 자라면서 줄곧 양산복과 함께 공부한다. 차츰 치원대가 나이가 들어가면서 여성의 자태를 띠게 되자 이러한 속임이 불가능하게 되며 결국 이를 알아내고자 하는 양산복의 여러 가지 시도와 이를 피하려는 치원대의 대응이 흥미있게 전개된다. 그러나 결국 양산복이 치원대가 여자임을 알아내게 되고 그와의 결연을 원하지만 끝까지 이를 시인하려 하지 않는 치원대의 어머니에 의해 좌절된다.

이러한 사랑의 좌절이 민요와 무가 모두 남자 주인물이 죽음으로써 극대화되는 데 공통점이 있다. 그러나 그 해결 방법에 있어서 차이점을 보여 준다. 민요에서는 총각의 상여가 처녀의 집 앞에 멈춰 움직이지 않자 처녀가 나와 속적삼을 덮어 주거나 꽃으로 문지르자 총각이 살아나 둘이 혼인하는 것으로 되어 있다. 무가에서는 양산복이 죽으면서 자신을 치원대가 시집가는 길목에 묻어 달라고 하고, 치원대는 시집가면서 치마에 잿물을 들여 입고서는 양산복의 무덤 앞에 멈춰 금봉채로 무덤을 갈라 무덤 안으로 들어간다. 신랑이 치원대의 치마를 잡지만 잿물을 들였기 때문에 삭아서 그만 놓치고 만다. 결국 치원대와 양산복은 함께 하늘로 승천하는 것으로 되어 있다.

이렇게 민요와 무가 모두 극적이고 환상적인 방법으로 결말을 맺고 있다. 하지만 민요에서는 현실 세계(이승)에서 사랑을 이루며, 무가에서는 초현실 세계(저승)에서 사랑을 이룬다는 점이 다르다. 민요가 현실 중심적이라면 무가는 초현실 중심적이라고 할 수 있을 것이다.

2.2. 민요 <혼인날 죽는 신랑>과 무가 <도랑선비 청정각시>

<도랑선비 청정각시>는 함경도 망묵굿(또는 새남굿)에서 불려지는 서사무가이다. 망묵굿은 사람이 죽은 뒤 삼년 만에 좋은 날을 택하여 보통

3일 동안 밤낮으로 거행하는 대규모굿이다. 부정풀이, 토세굿, 성주굿, 문열이천수, 청배굿, 앉인굿, 타성풀이, 왕당천수, 신선굿, 대감풀이, 화청, 동갑접기, 도랑축원, 짐가재굿, 오기풀이, 산천굿, 문굿, 돈전풀이, 상시관놀이, 동이부침, 천디굿, 하직천수의 총 22거리로 이루어져 있다. 그중 가장 핵심적인 것이 〈도랑축원〉인데 여기에서 〈도랑선비 청정각시〉가 불려진다.9) 도랑선비와 청정각시는 망인의 넋을 천도하는 신이라고 할 수 있다. 〈도랑선비 청정각시〉는 크게 두 가지 유형으로 나눌 수 있다.

　〈도랑선비 청정각시〉에 나타나는 가장 중요한 화소는 신랑인 도랑선비의 죽음이다. 이 도랑선비가 죽는 이유에 의해 두 유형으로 나눌 수 있다. 하나는 혼수 부정 또는 알 수 없는 이유로 신랑이 죽는 유형이고, 다른 하나는 외삼촌에게 양육된 신랑이 외삼촌의 잘못된 택일과 혼인 강행으로 죽는 유형이다.10) 전자를 A유형, 후자를 B유형이라 명명하여 서사 구조를 살피면 다음과 같다.

　A유형

　　a) 고귀한 신분의 신부가 양반 집 선비에게 시집가게 되었다.
　　b) 혼인날 신랑이 앓아 누워 점쳐 보니 혼수 부정 때문이라고 했다.
　　c) 집에 돌아간 신랑으로부터 부고가 왔다.
　　d) 시가로 간 신부는 장례 후 울기만 하였다.
　　e) 옥황상제가 보낸 성인이 내려 와 신랑을 만날 수 있는 방법을 가르쳐
　　　주었다.

---

9) 전경욱, 앞의 책, 126~153면 참조. 〈도랑선비 청정각시〉는 〈도랑선배·청정각씨노래〉, 〈도랑선비〉, 〈도랑축원〉 등 여러 명칭으로 불린다. 이 중 무가의 두 주인물인 도랑선비와 청정각시를 모두 제목에 집어 넣는 것이 바람직하다고 생각하여 〈도랑선비 청정각시〉로 부르기로 한다.
10) 장채순 구연, 임석재 채록본의 경우 임석재 외, 앞의 책에 줄거리가 실려 있어 대강의 내용을 짐작할 수 있는데, 주인공인 도랑선비가 일찍이 부모를 여의고 삼촌 집에서 양육되는 것으로 되어 있어 후자와 같은 유형으로 넣어도 좋으리라고 본다.

f) 신랑을 만나려고 여러 가지 고난을 겪어내지만 신랑은 잠깐 나타났다 사
라졌다.

g) 마지막에 신랑이 가르쳐 준 대로 목을 매 죽음으로써 저승에서 신랑을
만났다.

h) 두 사람은 인간 세상에 환생하여 신으로 모셔졌다.11)

B유형

a) 도랑선비가 어려서 부모를 여의고 외삼촌이 데려다 길렀다.

b) 택일을 잘못 하여 장가가는 길에 이상한 조짐들이 일어났다.

c) 신랑이 신부 집에 가서 앓아 누웠다.

d) 신랑이 집으로 돌아가 죽었다.

e) 백비둘기가 부고를 물고 와 신부가 신랑 집으로 갔다.

f) 장례 후 제상을 모셔 놓고 신랑을 보게 해 달라고 기원했다.

g) 중이 신랑 만나는 법을 가르쳐 주었다.

h) 신랑을 만나려고 여러 가지 고난을 겪어내지만 신랑은 잠깐 나타났다
사라졌다.

i) 마지막에 신랑이 가면서 죽어야 만날 수 있다고 했다.

j) 부부가 조상신이 되어 굿석을 차지하게 되었다.12)

여기에서 보면 A가 비교적 신화적 요소를 비교적 온전하게 지니고
있는데 비해, B는 신화적 요소가 많이 희미해져 있는 것을 볼 수 있다.
그러나 두 유형 모두 망묵굿에서 모셔지는 신의 내력을 이야기하는 무가
로서 신화적 속성을 지니고 있다. A유형과 B유형의 공통되는 화소는 '혼
사 부정 – 신랑 죽음 – 신부시련 통과 – 저승 결합'이다.13)

A에서는 신부가 주체가 되어 있고 신부의 신분이 고귀하게 설정돼

---

11) 김근성 구연, 손진태 채록 본. (손진태, 『조선신가유편』, 동경 향토연구사, 1930) 김헌
선의 앞의 논문에 자료와 주석이 실려 있다.

12) 이고분 구연, 김태곤 채록 본. (김태곤, 『한국무가집 3』, 집문당, 1979)

13) 장채순 구연본(임석재 외, 앞의 책에 요약된 자료가 실려 있음)에서는 이승에서 밤에만
결합하는 '불완전한 결합'을 이룬다.

있으며 사후에 둘다 신격으로 좌정한다. 그러나 B에서는 신랑이 주체가 되어 있으며 신랑이 죽은 뒤에야 신부가 주체가 되어 사건이 전개된다. 사후에 어떤 신으로 좌정하는지에 대해서는 명확한 서술이 없지만 구연자의 설명으로 보아 가문의 조상신 내지 시조신이 되는 것으로 볼 수 있다.14)

어쨌든 이 두 유형의 무가에서 공통적으로 말하려고 하는 것은 남녀가 결연하는 과정에 부정한 요인이 있어 신랑이 죽었고 이 부정을 무효화하기 위해 신부가 갖가지 시련을 다 극복해내어 그 보상으로 드디어는 저승에서 결연하게 된다는 것이다. 뿐만아니라 두 사람은 신으로 좌정하여 저승으로 죽은 이의 넋을 천도하는 신이나 한 가문의 조상신으로 자리잡게 된다는 것이다.

신부가 신랑과의 결연을 위해 겪는 시련은 보통의 인간으로는 감내할 수 없는 처절한 것이다. 왜 하필 여성이 이런 시련을 감내해야 하는 걸까. 여기에는 여성이 남성보다 약하다는 성차별적 전제와 여성이 한 가문에 들어오기 위해서는 어떠한 수난도 감수하고 이겨내야 한다는 가부장적 전제가 깔려 있다. 이러한 전제가 부당한 것이기는 하지만 이를 떠나서 나약하게 여겨지는 여성이 시련을 겪을 때 더 많은 동정과 공감을 얻을 수 있고 이를 통과해냈을 때 더 큰 찬사와 감탄을 자아내는 것은 틀림없는 사실이다.

여성이 모든 시련을 묵묵히 받아들이고 극복해 낸다는 것은 여러 가지 의미로 읽힐 수 있다. 긍정적으로 본다면 나약해 보이는 여성이 실제로는 무서운 힘이 있음을 보여주는 것이라 할 수 있다. 여성에게 이런 시련을 감내할 수 있는 내적 능력을 지니고 있음을 나타내는 것이다. 부정적으로 본다면 여성은 남편이 필요하며 남편과의 결합을 위해서는 마땅히 이런 시련을 감내해야만 한다는 이데올로기에 의한 것일 수도 있

---

14) 김헌선은 앞의 논문, 240~241면에서 도랑선비와 청정각시가 부부의 관계를 이승과 저승으로 이어지도록 하는 직능을 맡은 신이면서 시조신 내지 조상신으로 섬겨진다고 보았다.

다.15)

여성에게만 이런 시련이 주어지는 것은 불공평하지만 이런 시련을 묵묵히 받아내고 결국 이를 이겨내는 것은 성인의 경지가 아니고서는 불가능하다. 결국 이 무가는 여성을 위대한 성인이나 신의 경지에까지 끌어올리고 있는 것이다.

이제 서사무가 〈도랑선비 청정각시〉와 마찬가지로 혼인날 신랑이 죽는 이야기를 다루고 있는 서사민요 〈혼인날 죽는 신랑〉을 살펴 보기로 하자. 〈혼인날 죽는 신랑〉은 여러 유형이 전승되고 있다. 유형에 따라서는 반대로 신부가 죽는 노래들도 있으나, 비교의 편의를 위해 신랑이 죽는 유형만을 추려 서사 전개를 살펴 보면 다음과 같은 것들이 있다.

A 〈신랑부고 받는 신부〉
(새터 105, 새터 150, 옥갓 31, 전북 12-7, 구비 7-5 월항면 19, 구비
7-5 초전면 27, 구비 7-5 벽진면 19, 구비 7-5 벽진면 41, 배좌수딸 1)

a) 신랑감과 신부감이 모두 빼어나다.
b) 혼인 잔치를 준비한다.
c) 신랑의 부고를 받는다.
d) 치상 차림을 하고 시댁에 간다.
e) 신세한탄을 한다.
f) 이름을 지어달라고 한다.
g) 상여를 멈추고 속적삼을 덮어 준다.
h) 신랑이 살아난다.

---

15) 조현설은 「여신의 서사와 주체의 생산」, 한국고전여성문학회 제2차 학술발표대회 발표문 (2000. 4. 29. 이화여대), 27면에서 굿판은 공명의 반복을 통해 문화적 자의성을 주입하는 교육 기능을 가지고 있으며 "황해도 새남굿이 〈청정각시 도랑선비〉를 통해 주입하는 문화적 자의성이란 다름 아닌 아내는 남편을 위해 어떤 수난이라도 감내해야 하며 수난의 통과의례를 통해 가정을 복원해야 하는 지상과제를 지닌 존재라는 규정이다."라고 보고 있다. 그의 견해는 서사무가에 대한 여성주의적 읽기를 시도하고 있어 주목할만하다.

　　서사무가 〈도랑선비 청정각시〉 중 A유형과 접근해 있는 유형이다. 서사무가와 다른 점은 신부의 시련 부분이 없다는 점이다. 그러므로 시련을 통과한 후에 신격을 부여받지도 않는다. 여기에서 이름을 지어달라는 대목이 특이하다. 이름을 지어달라고 하는 것은 〈제석본풀이〉에서 중이 가버리려고 하자 제석님네 따님애기가 아이들 이름을 지어달라고 하는 대목을 연상시킨다. 이는 혼인도 하지 못한 채 신랑을 잃음으로써 자신의 존재 이유를 잃어버린 신부가 자신의 정체성을 찾기 위한 몸부림이라 생각된다.

　　　아이고답답 강선비야
　　　네가먼저 올길을 내가먼저 왔네
　　　짓고가소 짓고가소 이름이나 짓고가소
　　　처녀로도 짓지말고 과수로도 짓지말고
　　　처녀과수로나 짓고가소　　　　　(〈옥갓 31〉, 필자 자료)

　　결말에서는 전혀 예기치 못한 신이한 사건이 벌어진다. 신부가 신랑의 상여에 속적삼을 덮거나 꽃을 문지르자 신랑이 살아나는 것으로 되어 있다. 이는 역시 서사무가 〈바리공주〉의 마지막 부분에 나오는 장면과 유사하다. 하지만 이러한 기적의 행사로 서사무가에서처럼 주인물이 고귀한 지위에 오르는 것은 아니다. 신랑을 살려냄으로써 신부는 단지 가정의 며느리로서의 위치를 부여받을 뿐이다.

　　　청우에 올라서이 깡살시럽은 시오마니
　　　아릿장을 피우리미 아가아가 미늘아가
　　　성수방에 칼을질러 덧없이도 넘어갔네
　　　부친언장 피고보니 살사리꽃은 사래되고
　　　밍사리꽃은 밍에되고 일어나오 일어나오
　　　진주땅 강선배요 함안땅 곽처제가 내가왔오
〔그칸게 벌떡 일어 나더란다〕　　　　　(〈구비7-5〉 벽진면19)

이렇게 민요에서는 비록 그 사건이 신이한 요소로 되어 있다 할지라도 사고 방식은 지극히 현실 중심적인 것을 볼 수 있다. 이는 무가에서와 같이 신성성을 어느 정도 유지하면서, 무가에서의 초현실 중심적인 사고 방식과는 달리 현실 중심적인 사고방식을 드러내이 신랑을 살려 내는 화소를 갖추고 있는 것으로 볼 수 있을 것이다.16)

B 〈삼촌 밑에서 자라 장가가나 처녀의 저주로 죽는 신랑〉
(G3, G4, G5, G8, G9, G10, G19, G20, G21, G22, G26, G27, G29, G30, G31)

a) 어려서 부모를 여읜다.
b) 삼촌 밑에서 자라나 갖은 구박을 다 받는다.
c) 장가가는데 처녀가 구애한다.
d) 거부하자 처녀가 저주한다.
e) 혼인 후 신랑이 앓는다.
f) 신부가 가족에게 알리고 약을 쓴다.
g) 신랑이 죽어 상여가 나간다.
h) 상여가 처녀 집 앞에 멈추자 처녀가 속적삼을 덮어 준다.
i) 처녀가 시집가는 길에 묻는다.
j) 처녀가 시집가는데 무덤이 벌어져 들어간다.

주인물인 신랑이 어려서 부모를 여의고 삼촌 밑에서 자라난다는 점에서 무가 〈도랑선비 청정각시〉 B형과 같게 설정되어 있다. 그러나 무가에서는 삼촌 밑에서 자라면서 구박받는 내용이 없는 반면, 민요에서는 삼촌과 숙모로부터 갖은 구박을 받는 내용이 자세하게 그려져 있는 점이

---

13) 김헌선, 앞의 논문, 242면에서 "〈바리공주〉는 저승여행을 통해서 불사의 생명수나 꽃을 얻어 가지고 오지만, 〈도랑선비〉는 이승에 있는 여성 청정각시가 갖은 고행을 통해서 저승의 남편을 만나고자 하는 데서 결정적 차이를 가지고 있다. 이승을 부정하고 저승에서 사랑을 성취한다는 점에서 〈도랑선비〉의 특징이 있고, 저승을 부정하고 이승을 강조하는 점에서 〈바리공주〉의 특징이 있다"고 보고 있는데, 〈도랑선비 청정각시〉의 이러한 초현실 중심적 성격이 민요에서는 현실 중심적인 성격으로 나타난다고 할 수 있다.

특이하다. 주인물은 이렇게 고난을 겪다 장가를 가게 되나 처녀의 구애를 뿌리쳐 저주를 받게 된다.

주인물이 죽게 되는 직접적 원인은 바로 이 처녀의 저주라고 할 수 있다. 이 처녀의 저주 역시 무가에서는 전혀 나오지 않는 것이다. 삼촌 밑에서 자라 구박을 받는다는 내용과 처녀의 저주를 받아 죽게 된다는 내용은 각기 독립적인 유형의 노래를 이룬다. 그런데 이 노래에서는 이 두 가지가 합해져 있다. 원래의 내용은 무가 〈도랑선비 청정각시〉에서와 같이 삼촌 밑에서 자라 장가가게 된 주인물이 택일 등의 잘못으로 죽게 되는 것이라 생각된다. 여기에 〈처녀 저주로 죽은 신랑〉(속칭 〈이사원네 맏딸애기〉)과 같은 민요 유형이 합쳐져서 하나의 노래가 된 것이다.

이처럼 무가에서는 신랑이 삼촌 밑에서 자라면서 고난을 겪는 과정이나 죽게 되는 이유는 간단한 설명으로 처리하고 마는 데 비해 민요에서는 이를 자세하고 구체적으로 다루고 있다. 이런 차이가 생겨난 이유는 무엇일까. 이는 무가와 민요가 지니고 있는 갈래상의 성격 차이에서 온다고 생각된다. 무가가 초인간적인 신적 행위를 찬양하는 노래라고 한다면 민요는 인간의 일상적 삶을 그려내고 그로 인한 감정을 그려내는 노래이다. 그러므로 무가 〈도랑선비와 청정각시〉에서는 신랑이 죽은 이후 저승에 간 신랑을 만나기 위해 고난을 극복해내는 신부의 초인간적인 행동에 초점을 맞추고 있다면, 민요에서는 신랑이 죽기 이전에 얼마나 어렵고 힘든 삶을 살았느냐 하는 일상적 경험과 그로 인한 내적 갈등과 시름을 표출하는 데 초점을 맞추는 것이다. 그렇기 때문에 신랑이 죽은 이후의 태도도 무가와 민요에서 서로 다르게 나타난다. 무가에서는 신부가 의연하고 담담하게 자기에게 주어진 과제를 수행해 나가는 반면, 민요에서는 느닷없는 신랑의 죽음에 어찌할 바 모르고 당황하며 슬퍼하는 신부의 모습이 그대로 드러나 있다.

결말 부분에서 신랑과 신부의 재회를 이루기 위해 설정돼 있는 상황 역시 차이가 있다. 무가에서는 성인 내지 중이 가르쳐 주는 방법대로 신부가 갖은 시련을 다 거치는 것으로 나타난다. 이는 신부의 인내력을 알아보기 위한 시험이라고 할 수 있다. 그 시험이 인간으로서는 감내하기 어려운 것이긴 하지만 비현실적인 것은 아니다. 그리고 결국 죽은 이후에야 영원히 재결합할 수 있는 것으로 되어 있다. 하지만 민요에서는 오히려 환상적으로 처리되어 있다. 움직이지 않던 상여가 속적삼을 덮어 줌으로써 움직인다든지, 무덤 문이 벌어지면서 신부가 무덤 속으로 들어가 만난다든지, 죽은 신랑이 살아난다든지 하는 것이다.

3. 전승의식의 차이

앞에서 서사민요 〈상사병으로 죽은 총각〉과 〈혼인날 죽은 신랑〉, 서사무가 〈치원대 양산복〉과 〈도랑선비 청정각시〉의 구조적 특성을 각기 비교하였다. 그 결과 서사민요와 서사무가는 같은 소재를 다루면서도 그 전개과정에 있어서 매우 다른 특성을 보임을 알 수 있다. 이렇게 민요와 무가가 보여 주는 구조적 차이는 민요와 무가를 창작, 전승하는 담당층의 의식의 차이를 아울러 나타내 준다고 할 수 있다. 이 장에서는 이들 서사민요와 서사무가 담당층이 가지고 있는 전승의식의 차이를 살펴보기로 한다.

우선 서사민요와 서사무가는 같은 이야기를 다루는 데 있어서, 민요가 현실적인 고난과 해결 과정에 중점을 두고 있다면 무가는 주인물들이 무속신으로 좌정하게 되기까지의 과정에 중점을 두고 있다. 즉 민요 〈상사병으로 죽은 총각〉이 총각과 처녀의 만남과 이별 등 그들의 비극적 사랑에 관심을 두고 있는 데 비해, 무가 〈치원대 양산복〉은 총각과 처녀가 무속신으로 좌정하게 되기까지의 과정에 관심을 두고 있다. 마찬가지로 민요 〈혼인날 죽은 신랑〉노래에서는 신랑의 죽음으로 인한 신부의 현실적 고통 해결에 관심이 있는 데 비해, 무가 〈도랑선비 청정각시〉는 신랑과의 재회를 위한 신부의 초현실적 의지와 그 대가로 주어지는 조상신으로서의 신격에 관심이 있다.

　예를 들어 무가 〈치원대 양산복〉의 두 주인물은 죽은 사람을 저승으로 인도하는 신의 역할을 한다. 이를 구연하는 무당과 그 굿을 의뢰한 사람들은 치원대와 양산복이 저승천도신임을 믿어 의심치 않는다. 특히 치원대와 양산복의 경우 혼인을 하지 못한 상태에서 죽어 결합이 되었기 때문에 혼인 못하고 죽은 처녀와 총각을 위해 천도해 준다고 믿고 있다. 이는 작품의 마지막 부분에 잘 나타나 있다.

> 인간이 들이서 원하고 원하던 일으는
> 즉어서 한도인상(還道人生)되오십니다
> 거기 황천길이 가서 만나는 길입니다
> 애고 오늘으는 시집 못 가고 장개 못간 인상(人生)으는
> 양산복과 치원대 같이 가 세상으로 환도인상이 되오시오
> 세계 세계 황유리세계로 점지하오
> 청유리세계로 점지하오 / 유리세로 점지하오
> 오홉극낙으루 환도인상 되오시오
> 산친이 길은 나와 세계로 가오 세계로 가오
> 극낙세계로 연화세계로 자등등이다 모셔가오
> 영덕등이다 모셔가오
> 홍초롱이다 불 당기워 청초롱이다 불 당기워
> 세계로 가오 세계로 가오
> 연화세계로 극낙세계로 인도하오 (『한국무가집』 3)

　이렇게 두 서사무가는 혼인 못하고 죽은 처녀와 총각, 젊어서 죽은 신랑과 신부 등을 극락세계로 인도하기 위해 부른다. 이는 두 서사무가의 주인물이 혼인을 못하거나 혼인 생활을 제대로 하지 못한 채 죽은 이후에 신이 되었기 때문에 그런 처지의 사람들을 잘 이해하고 공감하며 그들의 편에 서 주리라 믿기 때문일 것이다.

　결국 서사민요가 사건의 전개와 해결과정에 흥미를 불러일으키기 위해 불려진다면, 서사무가는 신의 내력을 전달하고 되풀이하여 듣는 사람으로 하여금 무가의 내용을 믿고 진실성 있게 받아들이게 하기 위해 불

려진다고 할 수 있다. 한마디로 서사민요가 흥미의 노래라면, 서사무가는 신앙의 노래이기 때문에 이야기의 전개 과정과 결말이 다르게 나타나는 것이다.

신앙의 노래에서는 고유명사가 그 진실성을 뒷받침하기 위해 중요한 구실을 한다면, 흥미의 노래에서는 그 스토리의 전개 과정이 중요할 뿐 고유명사는 일반명사로 대체되어도 무방하다. 단군신화에서 단군의 어머니는 웅녀라는 고유명사로 신격화되지만, 신화를 떠난 민담에서는 단지 암곰이면 그만이다. 서사무가에서는 주인물의 이름이 치원대와 양산복, 도랑선비와 청정각시(이름은 각편마다 차이가 있기는 하지만 거의 유사하다.)로 일관되어야 하지만, 서사민요에서의 주인물은 그저 아무개면 되는 것이다.

또한 서사민요와 서사무가가 고난을 해결하는 방식에도 뚜렷한 차이점이 있다. 서사민요는 현실에서 고난이 해결되기를 바란다면, 서사무가는 고난이 현실에서 해결되는 것이 아니라 초현실 세계에서 해결된다는 것이다. 무가 〈치원대 양산복〉과 〈도랑선비 청정각시〉 모두 현실에서 이루지 못한 두 사람의 사랑이 저승에 가서야 결합이 되는 데 비해, 민요 〈상사병으로 죽은 총각〉과 〈혼인날 죽은 신랑〉의 경우 총각이나 신랑을 살려냄으로써 이승에서 결합이 이루어진다.

그 이유는 서사민요와 서사무가를 부르고 듣는 담당층의 인식 차이에서 비롯된다고 생각된다. 서사민요를 부르고 듣는 여성들은 무엇보다도 지금 현재 그들이 발을 딛고 있는 세계에서 고난이 해결되기를 기대한다. 그러므로 스스로 사건 해결의 주체가 되어 죽은 총각이나 신랑을 살려내게 되는 것이다. 이는 여성 스스로가 삶을 무엇보다도 중요시하며 삶의 주재자로서 자신의 운명을 이끌어나가는 주체적이고 강인한 의식을 지니고 있음을 보여주는 것이라 할 수 있다.

또 민요가 환상적 결말을 맺게 되는 것은 민요를 부르고 듣는 사람들의 꿈을 그려낸 것이다. 비록 사건의 발생과 해결 과정은 현실 그 자체의 모습 그대로 그린다 하더라도 해결은 현실에서 도저히 이루어질 수 없는 상상의 모습을 그려 냄으로써 상상의 세계에서나마 현실의 고난에서 벗어나고자 하는 것이다. 곧 환상적 결말은 아픈 현실에 대한 일종의 심리적 보상 기제가 된다고 할 수 있다.

하지만 서사무가의 경우 현실 세계를 떠나서 고난이 해결된다. 이는 현실 이외에 또 다른 중요한 세계가 있음을 강조하며, 현실에서 이루어지지 못한 사랑은 그 세계에서 이루면 된다고 인식하고 있음을 보여 준다. 또한 사건을 해결해 나가는 데 있어서도 여성 주인물보다는 남성 주인물이 주체가 되어 있다. 마지막에 여성 주인물이 자신의 치마에 잿물을 들이고 죽은 총각의 무덤을 가른다든지, 온갖 시련의 시험을 치른다든지 하는 것은 죽은 남성 주인물을 따라가기 위한 예정된 운명을 받아들이는 태도라고 할 수 있다.

서사민요와 서사무가의 이러한 차이는 각각의 연행양상과도 관련된다. 민요의 담당층이 민요의 내용을 단지 슬프고 흥미있는 것으로 받아들여 일을 하거나 쉬면서 노래 그 자체를 즐기기 위해 노래를 부르고 듣는다면, 무가의 담당층은 무가의 내용을 믿고 주인물을 숭앙함으로써 일정한 목적을 달성하기 위해 노래를 부르고 듣는다. 그러므로 민요는 주인물의 일상적 경험을 그려내며 그로 인한 내적 갈등과 시름을 표출하게 되고, 무가는 주인물의 초인간적인 신적, 영웅적 행위를 그려내게 되는 것이다.

이상을 정리해 볼 때 서사민요가 사건, 현실(이승), 여성 중심적, 반운명론적인 흥미 위주의 노래라고 한다면 서사무가는 인물, 초현실(저승), 남성 중심적, 운명론적인 신앙 위주의 노래라고 할 수 있다. 이는 서사민요가 주로 평민 여성들에 의해 일을 하면서 노래 그 자체를 즐기기 위해 불려진 데 비해, 서사무가는 남성 또는 여성 무당에 의해 구연되어 계층 구별 없이 고루 향유되었으며 신의 세계를 믿고 받아들이게 하기 위해 불려지면서 형성된 특성이라 할 수 있을 것이다.

4. 맺음말

이 논문에서는 비슷한 화소로 이루어져 있는 서사민요 〈상사병으로 죽은 총각〉과 서사무가 〈치원대 양산복〉, 서사민요 〈혼인날 죽는 신랑〉과 서사무가 〈도랑선비 청정각시〉의 비교를 통해 서사민요와 서사무가 각각에 나타나는 구조적 특성과 전승의식의 차이를 살펴 보았다.

그 결과 서사민요는 처음부터 '고난'이 발생하는 데 비해, 서사무가는 서두 부분에 주인물이 출생하기까지의 내력과 성장 과정이 길게 서술된 후에 중반 부분에 가서야 비로소 '고난'이 발생한다는 점, 서사민요는 사건 중심적으로 사건을 전개하는 데 비해, 서사무가는 인물 중심적으로 사건을 전개한다는 점, 서사민요가 현실 세계 중심인데 비해 서사무가가 초현실 세계 중심이라는 점 등이 차이로 파악되었다.

또한 서사민요의 담당층이 주로 평민 여성으로서 그들은 삶 자체를 고난으로 여기나 이를 그대로 받아들이지 않고 주체적으로 극복하고자 하는 반운명론적 의식을 지니고 있는 데 비해, 서사무가의 주 담당층은 여성뿐만 아니라 남성도 포함하고 있으며 향유 계층 또한 양반 여성과 평민 여성을 두루 포함하고 있어 의식 자체가 서사민요의 담당층에 비해 보수적인 성향을 띰을 알 수 있었다. 이는 서사민요가 일을 하거나 쉬면서 노래 그 자체를 즐기기 위해 부르는 흥미 본위의 노래인 데 비해 서사무가는 무속신의 내력을 풀이하고 이를 믿게 하기 위해 부르는 신앙 위주의 노래라는 점도 이러한 특성과 무관하지 않다.

이상의 논의는 서사민요와 서사무가의 변별적 특징을 살펴보는 데 어느 정도 시사점을 줄 수 있으리라 본다. 그러나 이 논문의 주 고찰 대상이 서사민요와 무가 일부 유형에 국한돼 있어 논의를 일반화하기에는 아직 무리가 있다. 이는 고찰 대상을 확대하고 방법론을 다각화하면서 수정, 보완해 나가야 할 것이다.

◾ 참고문헌

『한국구비문학대계』, 한국정신문화연구원, 1980~1989.

『한국민요대전』, 문화방송, 1992~1996.

강진옥, 「여성서사민요에 나타난 관계양상과 향유의식」, 『한국고전여성작가 연구』, 태학사, 1999.

김태곤, 『한국무가집 3』, 집문당, 1979.

김헌선, 「함경도 무속서사시 연구: 〈도랑선배·청정각시노래〉를 중심으로」, 『구비문학연구』 8, 한국구비문학회, 1999

서영숙, 『시집살이노래 연구』, 도서출판 박이정, 1996.

――, 「서사민요의 구조적 성격과 의미: '시집식구-며느리'형을 중심으로」, 『한국문학이론과 비평』 2, 한국문학이론과 비평학회, 1998.

――, 『우리 민요의 세계』, 도서출판 역락, 2002.

손진태, 『조선신가유편』, 동경 향토연구사, 1930.

임석재, 「이승과 저승을 잇는 신화의 세계: 함경도 무속의 성격」, 『함경도 망묵굿』, 열화당, 1985.

전경욱, 『함경도의 민속』, 고려대 출판부, 1999.

조동일, 『서사민요 연구』, 계명대 출판부, 1970.

조현설, 「여신의 서사와 주체의 생산」, 한국고전여성문학회 제2차 학술발표대회 발표문, 2000. 4. 29.

파계승 등장 시조와 「믈아레 그림자~」

이 영 태*

1. 머리말

물아레 그림자 지니 드리 우희 중이 간다
져 중아 게 서거라 너 가는듸 무러보쟈
손으로 흰구룸 ㄱ르치고 말 아니코 간다(#1083)[1]

화자와 중의 문답체 서술을 근간으로 하고 있는 위의 시조를 이해하는 일은 어렵지 않아 보인다. 어디가냐고 묻는 화자에게 '말 아니코' 손으로 흰구름만 'ㄱ르치고' 있는 중은 어찌보면 禪的 대답을 하고 있는 모습이다. 하지만 화자가 중에게 '가는듸 무러보'는 이유와 중이 '흰구룸 ㄱ르치고 말 아니코' 가는 이유를 해명하면 위의 노래를 달리 이해할 수 있다.

이 글은 파계승 등장 시조를 검토하여 「믈아레 그림자~」 통석을 목적으로 한다. 물론 파계승 시조를 이해하기 위한 전제는 시조 가창공간의 여러 정황을 감안하는 데에서 출발한다.

---

* 인하대학교 강사
1) 심재완 편, 『교본 역대시조전서』, 재판;세종문화사, 1972의 번호에 따른다.

2. 시조의 가창공간과 파계승

시조가 가창을 전제로 했던 문학이란 점은 주지의 사실이다. 가창공간이 "酒宴席이나 風流場이 대부분"이었기에 "시조를 순정한 문학으로 대접하지 않고 '詩餘'니 '時人調'라 이른 것도 이와 같은 배경에서 연유"[2]된 것이다.

> 孫約正은 點心을 ᄎ리고 李風憲은 酒肴을 장만ᄒ소
> 거문고 伽倻琴 嵇琴 琵琶 笛觱篥 長鼓 巫鼓 工人으란 禹堂掌이 ᄃ려오시
> 글짓고 노ᄅㅣ부르기와 女妓花看으란 내 다 擔當ᄒ옴시(#1673)

가창〔노ᄅㅣ부르기〕공간에는 약정, 풍헌, 당장이라는 향약조직의 임원들과 酒肴〔술과 안주〕, 그리고 伽倻琴, 嵇琴, 琵琶, 笛觱篥, 長鼓, 巫鼓를 담당할 악공들과 기녀가 있었다. '글짓'고 '노ᄅㅣ부르'는 일에 향약조직의 임원들과 기녀가 참여했을 테고 경우에 따라 工人들도 '노ᄅㅣ부르'는 일에 가담했음직하다. 어쨌건 이러한 공간에서 특정인의 가창은 가창자의 자족적인 데에 머무는 게 아니라 가창공간의 분위기와 그곳에 있는 사람들을 일정하게 반영하기 마련이다. 물론 酒肴의 소비에 따라 가창내용이나 연행분위기가 '女妓花看'이라는 노골적으로 성을 탐닉하는 단계로 바뀔 수도 있다. 그리고 다음과 같이 가창공간의 분위기를 바꾸는 기능을 하던 노래도 있었다.

> 듕과 僧과 萬疊山中에 맛나 어드러로 가오 어드러로 오시는게
> 山쪽코 물 죳흔듸 갈씨를 부쳐보오 두 곳같이 흔듸 다하 너픈너픈 ᄒ는 樣
> 은 白牧丹 두 퍼귀가 春風에 휘듯는 듯
> 암아도 空山에 이씰음은 즁과 僧과 둘 쑌이라(#2657)

---

2) 최동원, 『고시조론』, 증판;삼영사, 1991, 73면.

위의 노래를 지은 朴文郁은 『해동가요』에 수록된 古今唱歌諸氏 56명에 포함된 사람이다. "술을 즐겨 주량이 대단했고 취해 노래를 부르면 반드시 사람들을 놀라게 하는 구절이 들어 있어 진세간에 호걸군자라 했다(平生酒有巨鯨量 咏嘆必有警人句 此誠塵世間豪傑君子也)"고 한다. 그리고 위의 노래에 대하여 "기술된 여러 곡들 중에 승과 여승의 交脚之歌는 천고일담이다(所述諸曲中 僧尼交脚之歌 千古一談)"[3]라는 김수장의 평가도 부기돼 있다. '중과 僧'의 '씰음'을 '천고일담'으로 평가한 사람이 연행공간에서 활동하던 전문 가객이었다는 점에서 '樂戱之曲'에 해당하는 다음 노래도 가창공간에서 일정한 역할을 했다.

> 어흠아 긔 뉘옵신고 건너 佛堂에 動鈴僧이 내올너니
> 홀居士 내 홀노 즈시는 방안에 무스것호랴 와 겨오신거
> 홀居士 내 노 감토 버셔 거는 말겻티 내 곡갈 버셔 걸너 왓노라(#1985)

'건너 佛堂'의 여승이 홀居士 '즈시는 방안'에 자기의 '곡갈 버셔 걸너' 온 것은 '중과 僧'의 '씰음'과 다름 아니다.[4] 이 노래 뒤에는 朴後雄이 옛부터 있어 왔던 '樂戱之曲'을 '騷聳'이라는 새로운 악곡으로 바꾸어 유행시켰다는 기록이 있다. 특히 소용이란 악곡이 "세상의 호걸들에게 회자될 정도로 사람의 귀와 눈, 그리고 마음을 즐겁게 했(悅人耳目心志樂也 世上豪傑 欽慕以膾煮矣)"다고 한다. #2657과 #1985의 노랫말과 부기된 기록을 통해 보건대 박문욱이 사람들을 놀라게 하는 구절이 들어 있는 노래를 부르던 공간이나 소용이란 악곡이 호걸들에게 회자되던 공간이 모두 악공, 기녀, 안주가 구비된 '주연석이나 풍류장'이었다. 가창공간에서 활동하던 김수장이 #2657을 '천고일담'으로 평가한 것이나 호걸들의 마음을 즐겁게 했던 악곡이 '樂戱之曲'에 기원을 둔 '소용'이었다는 점, 게다가 이들 노래가 모두 파계승을 소재로 하고 있다는 점에서 #2657과 #1985

---

3) 심재완, 앞의 책, 1254면.
4) 홀居士는 優婆塞로 在家 남자신도이다. 僧〔僧伽〕이라 하는 四衆에는 '比丘, 比丘尼, 優婆塞, 優婆夷'가 있다. 『불교학개론』, 10판 ; 동국대, 1989, 133면.

의 친연성을 확인할 수 있다.

'주연석이나 풍류장'에서 '천고일담'이라 하는 '중과 僧'의 '씰음'(#2657)과 '락희지곡'이라 하는 '動鈴僧'이 '곡갈 버셔 걸너'(#1985)오는 노래가 모두 파계승을 소재로 하고 있다 할 때, 이 소재가 가창공간에서 어떤 기능을 하는지 다음 노래를 통해 구체적으로 살필 수 있다.

　　중놈은 승년의 머리털 손의 츤츤 휘감아 쥐고 승년은 중놈의 상토를 플쳐 잡고
　　두쯔등이 마조 잡고 이 윈고 저 윈고 작작공이 쳣는듸 뭇 소경놈이 굿보는구나
　　어듸셔 귀머근 벙어리는 외다 올타 ᄒ나니(#2659)

'중놈'과 '승년'이 머리 '쯔등이 마조 잡'고 싸우고 있는 게 아니라 성행위를 하고 있다. 전문 신앙인들이 근엄함과 동떨어져 있는 것도 당황스런 일인데 그들이 수줍음은 고사하고 '이 윈고 저 윈고〔이것 잘못됐다 저것 잘못됐다〕' 하며 자세를 고쳐가며 적극적으로 성행위를 하는 상황 또한 난감하기 이를 데 없다. 게다가 '작작공이 쳣는〔몸 부딪히는 소리〕' 것을 누군가 구경하고 있다. 성행위를 누군가 몰래 엿보는 경우가 있을 수 있다 하더라도 그 구경꾼이 '소경놈'이란 점에서 가창공간에서 청자들이 느끼는 당황스러움은 전문 신앙인이 성행위를 하는 것에 준한다. 이어 듣지 못하고 말도 못하는 '귀머근 벙어리'가 신앙인들의 성행위에 대하여 어떤 것은 잘못됐고 어떤 것은 잘됐다고 이야기를 하〔외다 올타 ᄒ〕고 있는 부분도 마찬가지이다. 결국 전문 신앙인, 소경, 벙어리라는 단어의 외연에 기댄다면 위의 노래는 납득하기 힘들다.

하지만 가창자와 그것을 듣는 청자들, 악공과 기녀, 그리고 술과 안주〔酒肴〕가 구비돼 있는 가창공간을 감안하면 파계승 소재의 시조를 온전히 이해할 수 있다. 시간이 지남에 따라 술과 안주가 소비되고 분위기가 점차 고조되면서 노래의 속도도 "옛 풍습에 높은 수준의 가곡을 즐기는 층에서도 이삭대엽·삼삭대엽 등 무게 있고 근엄한 노래를 불러 나가다

가 弄·樂·編으로 가면서 점차 멋과 흥으로 자즈러"5)지는 것처럼 빠른
곡조로 변모한다. 이때 가창자의 노랫말도 그런 분위기에 편승하기 마련
이다.6)

성을 노골적으로 드러낸 시조 대부분 가창공간의 이러한 사정과 관계
있다 할 때 '주연석'에서 파계승 소재가 어떤 역할을 했는지 「쌍화점」을
통해 살필 수 있다. 「쌍화점」의 원가에 해당하는 2연에 '삼장사'라는 공
간에서 신앙행위에 충실해야 할 주지승려가 난데없이 여인의 '손목을 잡'
은 일과 그것이 소문이라도 나면 '동자승'에게 책임을 돌린 일, 그리고
'삼장사'에 소속된 '동자승'이 '주지승려'의 허물을 덮어주지 않고 소문을
냈다는 것은 청자들의 예상을 계속 빗나가게 하는 진술이다. 물론 「쌍화
점」의 가창공간이 가무와 더불어 주효가 구비된 곳이란 점은 말할 필요
없다 할 때 예상을 무너뜨리는 일은 술자리에 참석한 사람들의 마음을
이완시키는 기능을 한다.7) 게다가 또 다른 화자인 '나도'가 등장하면서
손목을 잡은 일이 '격렬한 정사〔그잔더〔티 덦거츠니업다:그 잠 잔 데 같이 지
저분한 게 없다〕'에까지 이어졌고 자신도 그 단계에 동참하겠다고 하니 가
창공간의 분위기는 점차 고조되기 마련이다. 또 다른 화자의 등장을 전

---

5) 장사훈, 『시조음악론』, 서울대출판부, 1986, 198면.
6) 가창공간에서 노랫말을 짓기에 용이했던 이유는 다음의 논의를 통해 알 수 있다. 최재남,
「구비적 측면에서 본 시조의 시적 구성방식」, 서울대 석사, 1983 ; 신은경, 「평시조를 패
러디화한 사설시조 연구」, 『국어국문학』104, 국어국문학회, 1990 ; 신연우, 「시조에 있
어서 문화 동질감의 표현-공통어구의 문학적 기능」, 『조선조 사대부 시조문학 연구』, 박
이정, 1997 ; 신경숙, 「'가곡원류'의 소위 '관습구'들을 어떻게 볼 것인가?」, 『한민족어문
학』 41집, 한민족어문학회, 2002.
7) 정병욱, 「해학의 전통성」, 『한국고전의 재인식』, 기린원, 1988, 350면. 크로체(Benedetto
Croce)의 『미학』과 립프스(Lipps, Th.)의 『미학대계』에 기대어 골계와 해학을 설명하고
있는데 결국 마음의 긴장을 일시에 이완시키는 행위는 "준비되어 있는 마음의 긴장이 이외
로 작은 것에 마주쳐서 이완되었을 때 느껴"진다고 한다. 도적들의 칼날 앞에서 두려운 기
색을 전혀 내비치지 않았(臨刀無懼)던 영재의 성품을 '性滑稽'로 평가한 것(『삼국유사』 권
5 피은8, 영재우적)이나 "희극성 일반을 하락 dgradation으로 정의…우스꽝스러운 것이
란 예전에는 존중되던 것이 보잘 것 없고 천한 것으로 제시될 때 생긴다.(앙리베르그송,
『웃음-희극성의 의미에 관한 시론』, 7쇄:정연복 옮김, 세계사, 1999, 103면.)"는 것도
마찬가지이다.

후로 전반부를 1차 이완으로 후반부를 2차 이완이라 할 수 있는데 2차 이완을 통해 가창공간의 분위기를 배가시킬 수 있었던 것이다. 그래서 "윤리를 해치는 내용으로 차마 들을 수 없으니 공자가 다시 나타나도 그대로 내버려두실 지 알 수 없다"[8]고 「쌍화점」을 평가했던 것도 이러한 가창공간의 분위기와 무관하지 않다.[9]

파계승을 등장시켜 연행현장에서 청자들의 예상을 무너뜨려 그들의 마음을 이완시키는 일은 민속극에서도 재현된다.

> 부네가 오금을 비비며 걸어나온다.…치마를 들치고 엉거주춤 앉아서 오줌을 눈다. 이때 중이 등장하여 이 광경을 목격한다. 중은 못볼 것을 봤다는 듯이 염주알을 만지며 합장한다.…중은 소매를 후리치고 부네가 오줌을 눈 자리에 가서 흙을 긁어 모아서 한 손에 쥐고, 다른 손으로는 손가락 사이로 흐르는 흙을 연신 끌어 올리어 兩손으로 코 가까이에 갖다 대고 냄새를 맡는다.[10]

중이 '못볼 것을 봤다는 듯이 염주알을 만지며 합장'하는 일은 청자들이 예상한 대로 당연한 것이었으나 이내 곧 '흙을 긁어 모아'서 '兩손으로 코 가까이에 갖다 대고 냄새를 맡'는 부분에 이르러 이 광경에 주목하고 있던 사람들을 당황시킨다. 차라리 전문 신앙인이 아닌 사람이 오줌 '냄새를 맡'았다면 다소 덜 당황스러웠을 것이다. 하지만 '당황'은 가면극을 보고 있던 사람들의 마음을 이완시켜 그들을 연행현장으로 효과적으로 밀착시킨다.[11]

---

8) 주세붕, 『무릉집』 권5 답황학정중거, 其淫褻敗理 至有不忍聞者 設使夫子復生 其不在所放乎 吾不可知也.

9) "문인의 입에서 나온 것이기는 하지만 矜豪放蕩하고 褻慢戲狎하여 군자가 본받을 만한 것이 아닌(이황, 『퇴계집』 도산십이곡발, 如翰林別曲之類 出於文人之口 而矜豪放蕩 兼以褻慢戲狎 尤非君子所宜尙.)"것처럼 「쌍화점」도 이에 해당하는 노래이다. 그리고 「한림별곡」과 「쌍화점」은 선인들의 평가뿐 아니라 형태와 공연방식도 아주 유사해서 「쌍화점」을 「한림별곡」류의 경기체가에 얹어 불렀을 가능성이 매우 높다. 졸저, 「쌍화점 주제의 다양성과 그 원인」, 『고려속요와 기녀』, 경인문화사, 2004, 참조.

10) 성병희, 「하회 별신탈놀이」, 『한국민속학』12집, 한국민속학회, 1980, 103면.

결국 가창〔연행〕공간에서 중의 파계행위는 청자의 마음을 이완시키는 데에 주요한 역할을 한 셈이다. 그리고 마음의 이완은 한 바탕 웃음으로 단순하게 끝나는 게 아니라 청자들을 가창〔연행〕공간으로 좀 더 집중시켜 그곳의 분위기를 고조시키기도 했던 것이다. 물론 청자가 과거에 동일한 가창〔연행〕을 통해 이완된 경험을 지녔다 하더라도 이완될 준비를 미리 하고 있기 때문에 이완의 폭이 크게 감소하지 않는다.

다음 노래들도 가창공간에서 이와 같은 역할을 하던 것들이다.

중놈도 사롬인양호야 자고 가니 그립습더
중의 송낙 나 베웁고 니 족도리란 중놈 베고 중놈의 長衫은 나 덥습고 니 치마란 중놈 덥고 자다가 씨야보니 둘의 思郞이 송락으로 호나 족도리로 담북
잇튼날 호던일 生覺호니 못 니즐가 호노라(#2658)

중의 모자〔송낙:松絡〕와 옷〔長衫〕을 화자가 베고 덮는 대신 화자의 首飾〔족두리〕과 치마를 중이 베고 덮고 잤다는 진술이다. 이 노래에서 주목되는 것은 중과 화자가 치마나 장삼을 덮고 나눈 사랑을 모자나 족두리의 크기에 기댔다는 점이다. 화자의 족두리가 중의 모자보다 작되 '담북'이란 표현을 통해 크기 면에서 결코 뒤지지 않는다. 이는 화자나 중이 치마나 장삼 속에서 나눈 사랑이 적극적이었으며 서로 만족했다는 것을 가리키는 것이기도 하다. 그래서 이튿날 하던 일을 생각하며 못 잊어하고 있는 것이다.

靑울치 六날신 신고 휘딘 長衫 두루쳐 메고
瀟湘班竹 열두只되 불희지 쌘혀 집고 무로 너머 지 너머 들 건너 벌 건너
靑山石逕에 구분 늙은 솔아리로 횟근누은 누은횟근횟근 동너머 가읍거늘 보오신가 못보오신가 긔 우리난편 禪師둥이올너니
남이셔 둥이라 호여도 밤中만호여셔 玉고튼 가슴 우희 슈박고튼 더고리를

<hr>

11) 조동일, 『탈춤의 역사와 원리』, 6쇄;홍성사, 1981, 228-231면. "중이 놀이판에 등장하는 것은 분명히 비정상적인 사태"이지만 "탈춤 구경꾼들"이 "진지한 흥미를 발견한다"는 주장도 연행현장을 고려한 것이다.

둥굴썰금썰금 둥굴둥실둥실 긔여 올나 올졔 니스 됴희 듕셔방이올네(#2882)

화자는 주변사람들에게 '우리난편 禪師듕'을 '보오신가 못보오신가'라
고 묻는다. 남들이 보기에 '듕〔중〕'이 육욕과 무관해 보이지만 '밤ㄷㅏ만' 되
면 화자의 '玉ᄀᆺ튼 가슴'을 '슈박ᄀᆺ튼 디고리〔수박같은 대가리:빡빡 밀은 머
리〕'로 '긔여 올나 올〔기어 올라 올〕' 정도로 육욕에 서툴지 않다. 그래서 어
딘가 떠돌고 있을 '듕셔방'을 찾고 있는 것이다.

窓밧기 어른어른 ᄒᆞᄂᆞ니 小僧이 올소이다
어제 저녁의 動鈴ᄒᆞ랴 왓든 듕이 올ᄂᆞ니 閣氏님 ᄌᆞᄂᆞ 房 똑도리 버셔 거는
말 그틴 이닌 쇼리 슝락을 걸고 가자왓소
져 듕아 걸기는 걸고 갈지라도 後ㅅ말이나 업게 ᄒᆞ여라(#2720)

족두리 거는 곳에 모자〔송낙〕를 걸고자 중이 나타나자 화자는 '듕셔방'
을 주변사람들에게 '보오신가 못보오신가(#2882)'라고 묻는 경우와 달리
'걸기는 걸고 갈지라도 後ㅅ말이나 업게' 하라고 한다. '樂戱之曲'이었던
'건너 佛堂'의 여승이 홀居士 'ᄌᆞ시는 방안'에 자기의 '곡갈 버셔 걸녀(#19
85)' 왔다는 노랫말처럼 '걸고 가다〔걸다〕'는 당시에 交脚〔동침하다〕의 관용
적 표현인 것이다.

이제까지 파계승 소재 시조가 가창현장에서 어떤 역할을 했는지 살펴
보았다. 주효의 소비에 따라 노래의 속도가 빨라지고 노랫말도 가창공간
의 분위기를 반영한다는 점에서 파계승 시조는 분위기 고조와 함께 청자
들을 가창공간에 집중시키는 기능을 했다. 그에 따라 성을 더욱 노골적
으로 드러내는 노랫말이 등장하거나 혹은 '女妓花看'이란 극단적 단계로
나가기도 했던 것이다.

이제는 가창공간에서 왜 파계승을 소재로 삼았는지 논의가 뒤따라야
한다. 조선조 억불정책에 기대는 것도 타당하겠지만 그것보다는 주효가
구비된 가창공간에서 '글짓고 노릭부르'던 약정, 풍헌, 당장이 인간의 기
본욕구를 억제하는 성리학적 사유를 갖추고 있었다는 점을 감안해야 한

다. 주효의 소비와 가창공간의 분위기에 따라 성리학적 사유가 부분적으로 흔들리는 경우가 생긴다 하더라도 그것이 계율을 지켜야 하는 전문 신앙인이 성행위에 적극적으로 나서는 파계행위에 비할 바 못되기에 참석자들에게 심리적 자위감을 줄 수 있었다. 이 과정에서 청자의 마음을 이완시켜 가창공간의 분위기를 돋우어 그곳에 청자들을 집중시키는 데에 파계승 소재가 기능했기에 '千古一談'이란 평가를 받았던 것이다. 그리고 주효가 있는 자리에서 '믿거나 말거나'12)류의 황당한 내용을 진술하는 경우가 흔한데 이는 사실 여부를 떠나 참석자들이 한바탕 웃으면 그만일 뿐 그 이상 의미가 없다는 점에서도 확인할 수 있다. 마지막으로 바리를 들고 이리저리 다니는 동냥[탁발]중의 특성도 개입돼 있다. 동냥[탁발]중은 일정한 시기에 특정 물품을 갖고 다시 돌아오는 장사꾼과 다르기에 그에 대한 희롱이나 훼손이 있다 하더라도 다른 것들에 비해 덜 부담스러운 소재일 수 있었던 것이다.13)

다음 민요는 동냥중의 이러한 특성과 관계한 노래이다.

> 오동나무 그늘속에/부처님이 웬일이요/밥을밧처 공양할가/쩍을밧처 공양할가/몸을밧처 공양할가14)

> 중아중아 까까중아/…/오줌독에 빠질중아/대꾁지로 건질중아/인두불로 지질중아15)

---

12) 「삼장」·「사룡」·서포의 악부 1·2도 이에 해당한다. '믿거나 말거나'류가 진술된 뒤 종장을 '님이 斟酌ㅎ소셔'로 마무리하는 사설시조도 마찬가지이다. 예컨대, "大川바다 호가온디 中針細針 샏지거다/열아믄 沙工이 길남은 沙於쩌를 줏가지 두러메여 一時 소리치고 귀 쎄여 내단 말이 이셔이다 님아님아/원 놈이 왼 말을 ᄒ여도 님이 斟酌ㅎ소셔(#834)", "긔얌이 불긔얌이 준등 쏙 부러진 불긔얌이 압발에 정종나고 뒷발에 종긔 난 불긔얌이/廣陵 심지 넘어드러 가람의 허리를 가로 믈어 춰혀들고 北海를 건너단 말이 이셔이다 님아 님아/원 놈이 왼 말을 ᄒ여도 님이 斟酌ㅎ소셔(#134)" 등이 있다.
13) 사찰[고정된 공간]에서 수도에 정진하는 승려가 사설시조의 소재로 등장하는 것은 아니다.
14) 김소운, 『언문조선구전민요집』, 동경:제일서방, 1933, 85면.
15) 위의 책, 51면.

중대가리 쌀쌀/팟대가리 쌀쌀/도진년의 씹대가리 쌀쌀16)

중아중아 칼내라/배암잡아 회치고/개골이잡아 탕치고/썰내썩거 밥해주
마17)

오동나무 그늘에서 쉬고 있는 중을 여인이 희롱하고 있다. 그리고 동
네 아이들이 머리를 깎은 아이를 놀리면서 오줌독에 쳐박거나 인두로 지
질 대상을 중으로 상정하고 있다. 짧게 깎은 머리를 만졌을 때의 촉감을
'중대가리'에 기대면서 그것을 '도진녀의 씹대가리'까지 연계시키기도 한
다. 끝으로 시주는 못해줄지언정 육식을 멀리해야 할 중에게 '뱀'잡아 회
쳐주거나 '개골이'잡아 탕을 끓여주겠다고 한다. 민요의 가창현장을 고려
하면 아이들이나 여인이 실제로 중을 앞에 세워놓고 희롱하는 게 아니라
머리를 짧게 깎은 아이를 놀리거나 여인들의 파적이 목적일 뿐이다.18)

3. 「믈아레 그림자~」 통석과 남는 문제

물아레 그림자 지니 두리 우희 중이 간다
져 중아 게 서거라 너 가는듸 무러보쟈
손으로 흰구룸 フ르치고 말 아니코 간다

가창공간에 酒肴[술과 안주]와 伽倻琴, 헙琴 등을 담당할 악공들과 기
녀가 있었다. 그곳에서 '글짓'고 '노릭부르'는 일은 일반적이며 분위기에
따라 '女妓花看'의 단계까지 나가기도 했다. 이런 공간에서 시조의 소재
로 등장한 중은 근엄한 전문 신앙인의 모습이 아니었다. 중이 중답지 않

---

16) 위의 책, 42면.
17) 위의 책, 238면.
18) 물론 위의 민요가 억불정책과 관계했겠지만 이 글이 가창현장을 중심으로 논의하는 만큼
   이에 대해 생략한다.

은 모습으로 가창〔연행〕공간에 등장하는 경우 청자의 마음을 이완시키는데 이는 그들을 가창공간에 밀착시키는 데 일정한 역할을 했다. 물론 동일한 가창〔연행〕으로 이미 이완된 경험이 있는 청자라 하더라도 이완의 폭이 줄지 않는 게 일반적이다.

가창공간의 이러한 정황을 감안할 때, '드리 우희 중'을 세워 '가는듸 무러보'는 화자의 심사를 이해할 수 있다. 가창공간에서 소재로 등장한 중이 '空山에'서 '씰음'(#2657)을 하거나 '곡갈 버셔 걸'(#1985, #2720)거나, 혹은 '작작공이 쳣'(#2659)는다는 것을 잘 알고 있는 화자가 '중'을 세워 '가는듸 무러보'는 것은 짓궂기까지 하다. 물론 화자뿐 아니라 청자들도 중이 어디가서 무엇을 할 것인지 잘 알고 있다. 뻔히 알면서 묻는 것도 '이완'에 해당하지만 중이 대답하는 모습 또한 마찬가지이다. 중이 어디가서 무엇을 할지 누구든 잘 알고 있지만 중만 그것을 알아차리지 못한 채 전문 신앙인인양 '손으로 횐구름 ㄱ르치고 말 아니코' 가는 꼴인 셈이다. 이 상황에서 가창공간에 있던 사람들의 마음이 이완되기에 위의 시조에서 '씰음'과 관련한 표현이 전혀 나타나 있지 않더라도 파계승 등장 시조의 자장에 포함될 노래이다. 가창공간에 있던 사람들은 '드리 우희 중'이 누구를 만나 무엇을 할지 이미 알고 있기 때문이다.19)

이 글은 파계승 등장 시조와 가창공간에서 일어나는 여러 정황을 감안하여 「믈아래 그림자~」 통석하는 것을 목적으로 삼았다. 그러나 논의가 여기서 끝나는 게 아니라 공시적 통시적 '중'의 양상을 통해 파계승 등장 시조의 의미를 재구해야 할 것이다. 공시적으로는 조선후기 연행물에 나타난 '중'의 양상일 것이고 통시적으로는 한국 고전문학에 나타난 '중'의 양상일 것이다. 결국 한국문학에 나타난 '중'의 양상과 그 의미를 천착하는 일이야말로 앞으로 과제로 삼아야 할 것이다.

---

19) "희극적인 사람은 자가하지 못하는 사이에 희극적이 된다.…사기 자신은 스스로 보지 못하면서 다른 모든 사람들에게 보이는 존재가 되는 것(앙리베르그송, 앞의 책, 23면.)"인데 '손으로 횐구룸 ㄱ르치고 말 아니코' 가는 중이 이에 해당한다.

〈온달설화〉의 구비전승 양상

이 영 수*

1. 서 론

　『삼국사기』권45 열전5의 〈온달전〉은 미천한 신분인 온달과 고귀한 신분의 공주가 결연해서 온달이 훌륭한 장군이 되어 나라를 위해 목숨을 바쳤다는 이야기이다. 이 이야기는『신증동국여지승람』평양부 인물조, 『명심보감』염의편과 〈온달부〉·〈우온달〉·〈온달행〉 등의 악부로 전승되고 있다. 이들의 경우, 편찬자 내지는 창작자가 자신의 의도에 맞게 온달 또는 공주의 시각에서『삼국사기』〈온달전〉의 내용을 축약한 것으로 보인다.

　오늘날에도 〈온달전〉은 설화적인 흥미소와 역사적인 교훈성으로 해서 전래동화, 마당놀이, 희곡 등에서 텍스트로 활용되고 있으며, 온달과 관련된 설화들이 전승되고 있다. 구전되는 온달 이야기는『삼국사기』〈온달전〉의 영향을 받은 것으로 보인다. 채록된 설화를 살펴보면, 화자들이 〈온달전〉의 서사구조와 유사하게 온달 이야기를 구술하기 때문이다. 설화가 구전된다고 해서 모든 설화들이 '구전→구전'과정을 거치는 것은 아

---

* 인하대학교 강사

니다. 〈온달전〉과 같이 사람들의 흥미를 유발할 수 있는 요소가 많은 문헌 자료는 '문헌→구전'의 과정을 거쳐 인구에 회자되어 전승하기도 한다.[1]

기존의 〈온달전〉연구에 의하면[2], 〈온달전〉은 허구성과 역사성을 지

---

1) 이영수, 「"심청전"의 설화화와 그 전승 양상에 관한 연구」(인하대학교 대학원 박사학위논문, 2001) 참조.

2) 지금까지 〈온달전〉을 역사적 사실과 허구적 사실의 결합으로 보고 이를 규명하기 위해 다각적인 측면에서 논의가 진행되었다. 〈온달전〉에 관한 연구는 ① 역사·시대적 상황과 관련된 연구, ② 〈온달전〉이 후대문학에 미친 영향에 관한 연구, ③ 〈온달전〉의 설화적 측면에 관한 연구, ④ 전기적 측면에서의 연구, ⑤ 문체·수사학적 연구, ⑥ 〈온달설화〉의 구비적 측면에서의 연구 ⑦ 기타 등의 연구가 있다. 온달과 관련된 연구 논문은 다음과 같다.
이기백, 「온달전의 검토-고구려 귀족사회의 신분 질서에 대한 별견」, 『백산학보』 3집(백산학회, 1967).
장덕순, 「삼국설화와 현대한국소설-도미·광덕·온달설화를 중심으로-」, 『문화비평』 1-3(가을호)(아한학회, 1969).
성기열, 「한일민담의 비교연구-온달·무왕계설화와 탄소소오랑(炭燒小五郞)설화-」, 『한국구비전승의 연구』(일조각, 1976).
임재해, 「온달형 설화의 유형적 성격과 부녀갈등」, 『여성문제연구』 11집(효성여대 한국여성문제연구소, 1982).
김대숙, 「'온달'전의 구비문학적 이해」, 『이화어문논집』 10집(이화여대 한국어문학연구소, 1989).
이강문, 「〈온달설화〉의 구조와 의미 및 교육적 활용에 과한 연구」, 한국교원대 대학원 석사학위논문, 1992.
윤경수, 「〈온달전〉의 현대적 고찰-온달과 평강공주의 인간상을 중심으로-」, 『연민학지』 1집(연민학회, 1993).
김창룡, 「고구려의 문학Ⅱ-바보 온달과 평강공주-」, 『연민학지』 2집(연민학회, 1994).
김연숙, 『삼국사기』 소재 설화 연구-'온달'·'도미처'·'설씨녀' 설화에 나타난 '열'사상-」, 『서강어문』 제 10집(서강어문학회, 1994).
김유미, 「온달 설화의 제의극적 변용-최인훈의 〈어디서 무엇이 되어 만나랴〉-」, 『한국어문교육』 8집(고려대 국어교육과, 1996).
최운식, 「〈온달설화〉의 전승 양상」, 『청랑어문학』 20집(청랑어문학회, 1998).
손정인, 「〈온달전〉의 가치체계와 의미구조」, 『대동한문학』 13집(대동한문학회, 2000).
김영숙, 「악부의 온달열전 수용양상」, 『온달문학의 설화성과 역사성』(박이정, 2000).
김현룡, 「온달설화 고찰」, 『온달문학의 설화성과 역사성』(박이정, 2000).
이창식, 「온달전승의 구비적 전개와 계승」, 『온달문학의 설화성과 역사성』(박이정, 2000).
____, 「온달문화축제의 성격과 전망」, 『온달문학의 설화성과 역사성』(박이정, 2000).
임동철, 「온달전설의 분포와 전승」, 『온달문학의 설화성과 역사성』(박이정, 2000).
윤복희, 「여성중심 시각에서 본 〈온달〉 설화」, 『지역학논집』 4집(숙명여대 지역학연구소,

니고 있으므로 이를 바탕으로 해서 구전되는 〈온달설화〉는 이 두 가지 측면을 충족하거나 아니면 어느 한 쪽에 충실하면서 설화화 과정을 거치게 된다. 〈온달설화〉가 허구성에 이야기의 초점을 맞추면 민담의 범주에, 역사성에 주안점을 두면 전설의 범주에 포함될 것이다. 본고에서는 『삼국사기』의 〈온달전〉과 구전 설화의 내용을 비교·분석하여 〈온달설화〉의 전승 양상을 살펴보고자 한다.

2. 『삼국사기』의 〈온달전〉

〈온달전〉은 『삼국사기』 권45 열전5에 수록되어 있다. 열전은 역사상 특기할 만한 개인의 행적을 후대에 전하여 교훈으로 삼고자 하는 의도에서 쓰여진 것으로, 열전에 따라서는 역사적 사실에다가 허구적 요소를 가미시켜 재미와 흥미를 주는 내용으로 각색한 경우가 있다.[3] 이것은 〈온달전〉을 통해서도 알 수 있다. 〈온달전〉을 단락별로 정리하면 다음과 같다.

　㉮ 고구려 평강왕 때의 사람인 온달은 용모가 기이하나 마음씨는 착한 사람으로 집이 가난하여 걸식으로 어머니를 봉양했다. 사람들은 그를 '바보 온달'이라고 불렀다.
　㉯ 평강왕은 어린 공주가 울기를 잘하자, 크면 온달에게 시집보내겠다고 희롱하였다.
　㉰ 성년이 된 공주를 왕이 상부 고씨에게 시집보내려고 하자 공주는 어렸을 때 들었던 왕의 말을 들어 왕명을 거역하고, 이로 인해 평강왕의 노여움을 샀다.

2000).

　정찬영, 「온달 설화의 현대적 변용-최인훈 작 '온달'과 '온달설화'의 대비적 고찰-」, 『한국문화논총 제 27집』(한국어문회, 2000).

　안은영, 「온달전의 서사전략과 전승양상 연구」, 동아대학교 대학원 석사학위논문, 2002.
3) 김영숙, 앞의 논문, 246쪽.

　㉑ 공주는 보물 수십 개를 갖고 출궁하여 온달의 집을 찾아간다.

　㉒ 공주가 온달과 온달모를 설득하여 혼인을 한다.

　㉓ 공주는 가지고 나온 보물을 팔아 살림을 장만하고, 온달에게 말 고르는 법을 가르쳐주어 병든 국마(國馬)를 사오게 한 뒤, 말을 잘 먹여 튼튼하게 길렀다.

　㉔ 온달은 왕이 참석한 제천행사에서 두각을 나타내 왕을 놀라게 한다.

　㉕ 온달이 후주(後周)와의 싸움에서 큰 공을 세우자, 왕이 온달을 사위로 맞아들이고 대형의 벼슬을 하사하였다.

　㉖ 양강왕이 즉위하자 온달은 신라에게 빼앗긴 계립현(雞立峴)과 죽령(竹嶺)의 서쪽 땅을 회복하겠다고 하면서 만약 이 땅을 되찾지 못하면 돌아오지 않겠다는 맹세를 하고 출정한다.

　㉗ 온달은 신라군과 아단성에서 싸우다가 적의 화살에 맞아 전사하여 장사 지내려고 하나 관이 움직이지 않았다.

　㉘ 공주가 관을 어루만지며 온달의 넋을 위로하자 관이 움직여 장사를 지냈다.

　㉙ 왕이 이 말을 듣고 통곡한다.4)

　〈온달전〉의 전체적인 구성을 보면, 편의상 크게 ㉗, ㉔~㉗의 온달 이야기와 ㉑~㉓, ㉘의 공주 이야기로 구분할 수 있다. 열전에는 온달로 표제가 되어 있지만, 실제로는 온달보다는 평강공주의 이야기가 비중있게 다루어지고 있다. 공주와 관련된 ㉑~㉓의 부분을 보면, 공주는 왕의 말을 희언(戱言)이라고 하면서 정면으로 맞설 뿐만 아니라, 스스로 자기의 삶을 개척하고 자기 삶에 대한 가치를 실현하려는 의지를 가진 인물로 묘사되어 있다.5) 그래서 〈온달전〉의 서사적 주체를 평강공주로 보고, 이를 평강공주에 관한 이야기로 보기도 한다.6) 미천한 신분의 인물인 온달의 잠재력을 일깨워 국가에 공을 세우는 장수로 거듭나게 하는 역할을 한다는 점에서 〈온달전〉에서 공주가 차지하는 위치를 간과할 수는 없다. 그런데 온달과 공주와의 결연, 말을 고르는 방법 등은 설화적인 요소

---

4) 김부식, 『삼국사기』, 김종권 역(개정판; 명문당, 1993) 702~704쪽.
5) 임재해, 앞의 논문, 5쪽.
6) 윤분희, 앞의 논문, 149쪽.

로 볼 수 있다. 〈온달전〉이 허구성과 역사성을 지녔다고 볼 때, 공주와 관련된 부분이 바로 허구성에 해당한다.

『삼국사기』 열전이 역사적 사실을 바탕으로 기록된 것이라면, 공주가 아닌 온달을 논의의 중심에 놓아야 할 것이다. ㉮단락에서 보듯이 온달은 볼품없는 외모에 사람들이 '바보 온달'이라고 불렀다는 점에서 미천한 신분이었을 것이다. 미천한 신분임에도 불구하고 온달은 ㉰ 고구려의 연례행사인 제천행사를 통해 두각을 나타내고 ㉱ 후주와의 전쟁에서 공을 세워 대형이라는 벼슬을 하사 받는다. 온달의 신분이 미천했다는 것은 제천행사에서 남들보다 뛰어난 사냥실력을 보였음에도 불구하고 후주와의 전쟁에서 공을 세운 연후에야 왕으로부터 인정을 받기 때문이다. 온달을 입지적인 인물로 볼 수 있다. 이런 온달이 신라와의 싸움에서 전사하게 된다. 온달은 ㉲단락에서 비장한 각오로 맹세를 하고 출정한다. 그런 온달이 실지회복이라는 염원을 달성하지 못한 채 죽음으로써 원한을 품게 된다. 따라서 ㉳단락에서 보듯이 그의 시신을 담은 관이 움직이지 않는 것이다. 이 단락은 온달의 죽음이 비극적임을 암시하고 있다. 미천한 신분의 입지적인 인물이었던 온달의 비극적인 죽음을 더욱 극적으로 승화시키기 위해 평강공주 이야기를 삽입하여 설화성 짙은 〈온달전〉이 형성된 것으로 보인다.

3. 〈온달설화〉의 전승 양상

문헌 자료인 〈온달전〉이 구전으로 전승되는 계기는 다음의 두 가지 경우를 상정해 볼 수 있다. 하나는 개인이 문헌에 실린 〈온달전〉을 읽거나 듣고 감명을 받아 이를 다른 사람에게 들려주는 과정에서 구전되는 경우와 다른 하나는 〈온달전〉에 등장하는 공간적 배경 내지는 이와 관련된 증거물의 존재를 믿고 구전하는 경우를 들 수 있다. 전자는 설화의 특성상 민담의 형식을 취할 것이고, 후자는 집단적인 성향에 의해 전설의 형식을 취하면서 전승될 가능성이 크다.

3.1. 민담으로의 전승

채록된 〈온달설화〉 중에서 민담의 범주에 포함될 수 있는 이야기는 『한국구비문학대계』의 4편과 『충청남도 민담』의 1편 등 모두 5편이 있다.

먼저 『한국구비문학대계』 1-7편에 실려 있는 「바보 온달」 이야기부터 살펴보겠다. 화자는 "이 이야기는 알겠지."라면서 조사자들이 온달 이야기를 알고 있다는 전제하에 이야기를 구술하고 있다.

> 바보 온달①7)
> 바보 온달이, 나랏님이 공주 낳아가지곤 자꾸 우니깐, 안고서,
> "넌 이 담(다음)에 바보 온달한테 시집 보내겠다."
> 구 그랬는데, 이 아이가, 공주가 커서 장성하니까는 다른 데로 시집을 보내려고 하니까는, 이 공주가 하는 말이,
> "아버지는 딸 하나 가지고 사위 몇 씩이나 볼려냐? 어려서부터 날 바보 온달한테 보내갔다구 그러더니 왜 딴 데로 보내려느냐. 난 바보 온달한테로 가겠다."

「바보 온달①」의 서두 부분이다. 화자는 "바보 온달이"라고 구술하여 〈온달전〉에서 온달의 외모와 그가 처한 상황을 설명하는 ㉮단락을 생략한 채, 공주와 평강왕이 갈등을 겪게 되는 ㉯단락부터 이야기를 시작한다. ㉯단락에서 평강왕이 공주의 울음을 그치게 하려고 "넌 이 담(다음)에 바보 온달한테 시집 보내겠다."고 한 말이 계기가 되어 ㉰단락에서 왕과 공주는 결혼 문제로 대립하게 된다. 그 결과 공주의 출궁과 온달과의 혼인으로 이어지는 ㉱와 ㉲단락이 구술된다. 그런데 화자가 구술한 「바보

---

7) 성기열, 『한국구비문학대계 1-7 (경기도 강화군편)』(한국정신문화연구원, 1982), 314~317쪽.

온달①」의 이야기 전개과정을 살펴보면, 설화적인 속성으로 인해 부분적인 첨삭이 이루어지게 된다.

> 그러니까 공주가 인제 그 나무껍질 벳기려 갔으니까 거기로 슬슬 쫓아 갔단 말야. 아, 이쁜 새악시가 오거든, '아! 저 여우임에 틀림없다.' 무서워서 이제 저의 집으로 뛰어 들어가,
> "아! 어머이, 어머이."
> "왜 그러느냐?"
> "저, 여우가 바깥에 하나 있다."구.
> "그랴. 아니 아까 아주 젊은 여자 하나 '온달님 어디 가셨냐?' 그러구 날 불러 찾아서 나무껍질 뺏기려 갔다구 그랬는데 아니 여우…."
> 아! 그러곤.
> "저리 가라, 거기 들어오지도 말라."
> 구 그러거든. 그러니까,
> "온달님 왜 이러시냐? 나는 여우하지도 않고, 무슨 짐승도 아니고, 도깨비도 아니고, 나는 사람이다. 그러니까 안심하라."
> 그러고 그러면서 그냥 찌그러 붙으며 거기 서 있거든. 그래, 아! 나중엔 이 공주가 온달을, 바보 온달을 공부를 가르친단 말야. 공부를 가리키니까는

서두에서 "바보 온달이"라 하고 이야기를 시작한 화자는 공주와 만나는 대목인 ㉺단락에서 그의 행동을 모자란 사람의 그것으로 구술하고 있다. 이것은 화자가 온달을 바보라는 전제하에 이야기를 구술하였기 때문이다.

> 밤에는 공부 가르키고 낮에는 무술을 또 가리켰거든. 말 달리는 것, 말 타는 것, 말 달리는 것, 창 쓰는 것, 칼 쓰는 거, 이런 것도 시악씨가 가리켰거든.
> 아! 그런데 아주 하루 가리키는 것 달라, 이틀 가리키는 것 달라, 아주 능란하거든, 잘 하거든.

위의 인용문은 〈온달전〉에는 없는 부분이다. 〈온달전〉에서는 ㉻단락

인 국마(國馬)의 획득이 중요한 구실을 한다. 이 말이 온달의 출세를 직접적으로 뒷받침하고 있기 때문이다.8) 그런데 「바보 온달①」에서는 온달이 바보라는 이미지를 벗고 비범한 인물로 거듭나서 출세하게 되는 이유를 공주의 가르침 때문이라고 한다. ㉟단락에서 국마(國馬) 획득 대목이 탈락한 대신에 공주가 온달을 가르치는 대목을 삽입하여, 온달의 출세를 좀더 합리적으로 설명하고 있다. 온달이 전쟁에 참여하는 ㉠단락에서도 구전 설화와 〈온달전〉은 다르게 묘사되어 있다.

그래서 그때는 나라에 싸움이 났는데, 전쟁이 났는데 공주가 온달장군한테 언젠 전쟁을 나가라고 그러거든. 나가면 지지 않을 테니 나가라고. 그래설라므래 그냥 공주가 이젠 무술광전후 다 가르쳐 줬지. 그래선 전쟁을 나가선 이겼거든.

「바보 온달①」에서는 온달이 두각을 나타내는 ㉢ 제천행사 대목이 생략되어 있다. 공주에 의해 무장으로서 자질을 갖춘 온달은 ㉠ 후주와의 전쟁 단락에서 두각을 나타낸다. 그런데 온달이 전쟁에 참여하는 것은 공주의 요청에 의해서이다. 화자가 공주에 주안점을 두고 이야기를 구술한 결과, 이야기를 구술한 결과, 온달은 공주에 의해 움직이는 수동적인 존재로 묘사되어 있다. 이것은 결말 부분에서도 확인된다.

근데 나중에 바보 온달이 또 나갔다가 죽었어. 아, 아[조사자: 싸움 터에 또 나갔다가요?] 응, [조사자 : 그래서 그 공주는 혼자 됐네요? 온달이 죽구요.]·응, 혼자 됐지. 아! 아이를 낳겠지. 그 새 아이를 몇 낳지.

화자는 온달이 죽음에 이르게 되는 ㉣와 ㉤대목을 축약하여 구술하고 있다. 〈온달전〉에서는 잃어버린 국토를 수복하기 위한 온달의 행동에서 비장감을 느낄 수 있고, 그의 죽음은 '충'의 관념과 일맥 상통한다. 그런데 구전 설화에서 화자는 온달의 비극적인 죽음과 관련된 모티프를 망각

---

8) 장덕순, 앞의 논문, 500쪽.

하고 있다. 「바보 온달①」에 등장하는 온달은 비장함이나 숭고함과는 거리가 멀다.

「바보 온달①」에서 화자가 온달을 바보로, 공주는 온달이 바보인 상태에서 뛰어난 무장으로 거듭나게 하는데 기여하는 인물로 생각하고 이야기를 구술한 것이다. 그래서 온달과 공주와 관련된 부분에 대해서는 생생하게 기억하지만 온달과 관련된 단락들은 생략하거나 "온달이 또 나갔다가 죽었어."라고 하여 온달이 죽게 되는 대목 일부를 기억할 뿐이다. 이것은 화자가 온달과 관련한 단락을 중요하게 생각하지 않아 망각한 것으로 볼 수 있다.

『한국구비문학대계』 1-7에는 또 한편의 온달 이야기가 실려 있다. 「바보 온달(溫達)」이야기가 그것이다.

> 바보 온달(溫達)②9)
> 게, 명심보감에 나와 있는 얘긴데 바보 온달이 얘기를 허래니까 해죠.
> 바보 온달이가 뭐고 허니 옛날에 궁에서는 아들이 웁고 딸은 공주라 허지 않았어요? 둘째 딸은 용주고.
> 하 딸이 하나 있는데 어떻게 밤낮 울고 개구장이 노릇을 허는지 임금이 딸기를 제, 뭐라고 허니,
> "이 눔의 새끼. 나중에 바보 신랑 가."
> 이렀단 말야. 장차 시집을 그리 보내겠다구.

「바보 온달(溫達)②」을 구술한 화자는 서두에 "명심보감에 나와 있는 얘긴데"라 하여 자신이 구술할 온달 이야기가 문헌에 나와 있음을 밝히고 있다. 이것은 화자가 문헌에 충실하게 온달 이야기를 구술할 것임을 암시하는 대목이다. 「바보 온달(溫達)②」에서 화자는 〈온달전〉의 ㉯단락부터 구술하고 있다. 『명심보감』 염의편의 온달 이야기는 공주의 행적을 중심으로 기록되어 있다. 그래서 공주와 관련된 대목부터 시작한다. 온

---

9) 성기열, 『한국구비문학대계 1-7 (경기도 강화군편)』(한국정신문화연구원, 1982), 438~439쪽.

달이 제천행사에서 두각을 나타낸 일, 후주와의 전쟁에서 공적을 쌓은 일, 신라와의 싸움에서 전사하는 단락이 탈락한 대신에 "말을 많이 길러서 온달을 도와 마침내 벼슬과 명망이 높고 빛나게 하였느니라.(多養馬以資溫達 終爲顯榮)"10)라 하여 공주에 의해 온달이 벼슬길에 오르고 명성을 쌓았음을 이야기한다.

「바보 온달(溫達)②」은 온달과 공주가 결혼하는 대목까지는『명심보감』과 유사하게 이야기가 전개되지만, 결혼 이후 온달이 명성을 얻게 되는 대목부터는 〈온달전〉의 서사구조를 따르고 있다. 이것은『명심보감』에 온달이 명성을 쌓는 대목이 간략하게 기록되어 있는 것과 연관이 있다.

> 그래 이 공주가 바보 온달이를 뭘 가르쳤는고 허니 글을 가르쳤어요. 사냥허는 걸 가르키구. 아 글을 참 가르쳤소. 활쏘기를 갈(가르)쳤는데, 한 날은 나라에서 무얼 시험을 보는고 허니 예전에는 나라에서 활 잘 쏘고 기운만 세면 대장이구 뭐구했거든.
>
> …(중략)…
>
> 그니 어느 싸움대장으로 싸우려 나갔다 죽지 않았소? 죽었는데 아 이 시체를 떼 내리니까 떨어지질 않아요, 땅에서. 아, 죽은 송장이 그래. 밤중에 공주가 나가서 추도를 해가지구 그래 가 장사를 지냈다는 그런 얘기가 있잖소.

위의 인용문은 〈온달전〉의 ㉕단락부분에 해당하지만, 화자에 의해 이야기가 변형되어 있다. 앞에서 살펴본「바보 온달①」과 마찬가지로 국마를 획득하는 대목이 생략되고, 대신에 공주가 온달에게 무예를 가르치는 대목이 첨가된다. 공주 덕분에 온달은 ㉖단락에서 사냥대회에 나가 짐승을 많이 잡아 장원으로 뽑히게 된다. 그런데 〈온달전〉과는 달리 사냥대회에서 장원으로 뽑힌 것을 계기로 해서 왕의 신임을 얻게 된다. 이 설화는 온달이 무슨 이유로 전쟁에 나가게 되었는지 또 죽음을 맞게 되는 상황 설명은 생략한 채 〈온달전〉의 ㉗~㉙단락이 간략하게 구술되어 있다.

---

10) 秋適,『명심보감』, 秋鏞勳 역(천지성지사, 2002), 230쪽.

그런데 「바보 온달(溫達)②」에는 민담의 범주에 포함되는 다른 〈온달설화〉에서는 볼 수 없는, 공주가 온달의 넋을 위로하는 ㉮단락이 구술되어 있다. 이것은 화자가 〈온달전〉을 알고 있음을 보여주는 것이다. 이렇게 볼 때, 「바보 온달(溫達)②」은 화자가 문헌 자료인 『명심보감』과 〈온달전〉에서 온달 이야기를 취해 구술한 것임을 짐작할 수 있다.

〈온달설화〉 중에서 조금 색다르게 구술된 것이 「바보 온달과 평강공주」이다.

> 바보 온달과 평강 공주11)
> 바보 온달이 알지? 바보 온달이. 바보 온달이가 곤란해갖고, 참말로 그 산골짜기에서 즈그 어매하고 칡이나 캐먹고 살아. …(중략)… 긍가 즈그 부모가 여울라고 항께,
> "나는 바보 온달이하고 그전부터 점 찍어 놨으니, 그리로 시집가지 다른 디로 안간다."
> 딱 띵겨부러. 그렁께는,
> "방정맞은 것이 부모 말을 안 듣는다."
> 쫓아, 내쫓아 버리고, 즈그 어매가 금싸래기 좀 줬어.

「바보 온달과 평강 공주」는 앞에서 살펴본 설화들과 달리 〈온달전〉의 ㉮단락부터 이야기가 시작된다. 그런데 〈온달전〉에서 중요한 모티프의 하나인 '공주의 울기'가 포함된 ㉯단락이 생략되어 있다. 그 결과 ㉰단락에서 변이가 일어난다. "나는 바보 온달이하고 그전부터 점 찍어 놨으니, 그리로 시집가지 다른 디로 안간다."고 하여 공주가 처음부터 온달을 마음에 두고 있었다는 것이다. ㉰단락의 결과로 해서 공주는 출궁하게 된다. 공주가 온달을 직접 선택한 것으로 설정하여 결혼 문제로 인해 왕과 공주 사이에 갈등이 야기되지만 이것이 대립으로까지 이어지지 않는다. 그리고 ㉱단락에서 공주가 출궁할 때, "어매가 금싸래기 좀 줬어."라 하

---

11) 최래옥·김균태, 『한국구비문학대계 6-10(전라남도 화순군편(2))』(한국정신문화연구원, 1987), 519~521쪽.

여 〈온달전〉에서 스스로 보물을 챙겨 나오는 공주의 행동과는 차이를 보인다.

> 큰 총각인디 총각 그 놈이 바보 온달 같어. 기운이 세고 여전 장수 같어. 그렇게는 처녀는 알던게비지. 그렇게 시집을 글루 갈려고 그러지. 그래서 금을 팔아서 묶어서 산다고 한단 말여. 사는디, 인자 이것을 그 공주가 인자 재주를 가르칠라고 봉께, 인자 배우면 쓰지 아무 것도 몰라. 재주를 인자 가르치는데, 쬐깐한 콩을 하나 해도 놓고 큰 장독판을 인자 줌시롱, 그 콩 가지고 대자공을 쪼개라 항께는,

위의 인용문은 〈온달전〉에는 없는 대목이다. 화자는 온달을 힘이 센 인물로 인식하고 있다. 이것은 화자 나름대로 공주가 온달을 결혼 상대로 선택하게 된 배경을 설명한 것이다. 그리고 온달이 공주의 가르침에 순순히 따르게 하기 위해 온달을 시험하는 대목을 삽입하고 있다. 온달은 공주의 시험을 통과하지 못해 공주의 가르침을 받아 "그때부터 배우기 시작해. 그래갖고는 말을 하다가, 활쏘기 배우고 총칼로 인자 배우"게 되었다는 것이다. 온달이 공주의 가르침을 통해 무장으로서의 자질을 갖추게 되었다는 것이다.

> 가르쳐갖고는 다른 날에 쌈을 하는디, 왕이 인자 봉께는 이것이 말을 타고 와서 쌈을 하는디 무지하게 잘 해.
> …(중략)…
> 그렇게 사람이 잘 되고 온달이를 여자가, 공주가 가르쳐갖고 전부 장수가 돼버렸어. 그래갖고는 어떤 날에 쌈을 해갖고, 할 수 없응게 활로 쏴버링께 죽기는 죽었드마.〔조사자: 온달이요?〕온달이, 〔조사자 : 온달이 죽었어요?〕뜻을 못 세우고. 〔조사자 : 그래서 평강 공주는 어떡했어요?〕장수, 지 서방을 장수로 만들어갖고 처음엔 잘 됐재. 잘 됐응게 할수없이 살아야재. 즈그 서방은 죽었어도.

「바보온달과 평강공주」에는 ㉠제천행사 단락이 생략된 채 ㉡단락을

통해 온달이 싸움에서 두각을 나타내고 왕으로부터 인정을 받게 된다. 이 설화에서는 ㉷와 ㉸단락이 간략하게 구술되어 있다. 온달이 전쟁에 참여하게 되는 명분이 구체적으로 표현하지 않아, ㉹단락이 누락될 수밖에 없다. 화자가 "지 서방을 장수로 만들어갖고 처음엔 잘 됐재."라고 구술한 것으로 보아, 공주가 온달을 장수로 만드는 과정에 초점을 맞추고 온달 이야기를 구술한 것으로 보인다. 이것은 다른 설화에는 존재하지 않는 '온달 시험하기'대목이 첨가된 것에서도 알 수 있다.

　「바보온달과 평강공주」는 전체적인 맥락에서는 〈온달전〉과 비슷한 서사구조를 지닌다. 하지만 〈온달설화〉에서 핵심 모티프의 하나인 ㉯단락의 '공주 울기' 모티프가 탈락함으로 해서 필연적으로 ㉲단락에서 변이가 생기게 된다. 그래서 공주가 직접 자신의 배우자로 온달을 선택하게 되고, 〈온달전〉에서는 볼 수 없었던 새로운 모티프들이 첨가되어 부분적으로 흥미롭게 구술하고 있다.

　구전 설화는 사람들의 기억에 의존해 구술되는 방식을 통해 전승되기 때문에 한 편의 이야기는 전승 과정에서 필연적으로 변이를 일으키게 된다. 이때 변이는 이야기의 구술과정에서 부분적으로 일어나기도 하지만, 화자의 인지 정도에 따라 구술되는 이야기는 전혀 별개의 이야기로 발전하기도 한다. 온달 이야기의 경우에도 앞에서 살펴본 설화들과 많은 차이를 보이는 〈온달설화〉가 있다.

　바보 온달③12)
　요새 말겉으믄 숯을 꿉었는데, 저 산에서, 산에 숯을 꿈서는 금을, 금덩어리 돌 그놈을 갖다가, 그 숯 꿉는 그 부석(부엌) 이방돌 했단 말이여. 했는디, 저그 마느래가 낮에 점슴을 가져가 본께로, 아 금덩거릴 갖다 걸쳐 얹어놓고, 불 때고 있었어. 그래서 그걸 뿌숫고 요걸 짊어져라이께로, 자기는 〔머뭇거리며〕 고걸 인자 그, 저. 숯 꿉는 고(그것이) 저그 생활이고, 거기다 목숨을 붙이고 사니, 뿌식을라이(부수어라 하니) 막 질색을 한다 말이여. 그러이 막 마

***

12) 김승찬, 『한국구비문학대계 8-14(경상남도 하동군편)』(한국정신문화연구원, 1986), 186~187쪽.

느래가 부석에 들어간께, 뿌수갖고 짊어지고 와갖고, 갖다 부란께 금인데, 그
래 저그 마느래가,
　"아이고, 바보야, 바보야."
　해서 그래 바보 온달이가 됐답니다.

　화자가 구술한 「바보 온달③」은 설화의 구성이나 내용적인 측면에서
볼 때, 〈온달설화〉와 유사점을 발견할 수 없다. 이 설화는 〈쫓겨난 여인
의 발복설화〉와 비슷한 구조를 지녔다. 〈쫓겨난 여인의 발복설화〉의 구
조를 간략하게 단락별로 정리하면 다음과 같다.

　㉠ 어느 부잣집에 딸이 셋이 있었다.
　㉡ 아버지와의 문답에서 셋째 딸이 내복에 산다고 대답하여 쫓겨난다.
　㉢ 셋째 딸은 숯구이 총각을 만난다.
　㉣ 여자가 금을 발견하여 두 내외가 부자가 된다.
　㉤ 아버지는 셋째 딸을 쫓아낸 이후 몰락하여 걸식을 하다가 자신이 쫓아
낸 딸을 만난다.

　「바보 온달③」은 숯구이 총각이 발견하지 못한 금의 가치를 알아본
아내에 의해 부자가 되는 이야기이다. 이런 「바보 온달③」과 〈쫓겨난 여
인의 발복설화〉의 구조를 비교하여 "경상남도 하동군의 구전자료는 『삼
국사기』의 기본 줄거리 면에서는 다른 양상을 보이고 있으나, 이야기의
구조는 동일하다고 보겠다."[13]고 하여 이 두 설화를 동일한 유형의 설화
로 취급하기도 한다. 이 두 설화를 동일한 유형으로 보는 것은 설화에 등
장하는 여주인공에 주목한 결과이다. 〈온달설화〉에서 미천한 신분의 온
달이 공주의 도움으로 명성을 쌓게 되었다면, 〈쫓겨난 여인의 발복설화〉
에서는 숯구이 총각이 쫓겨난 여인으로 인해서 금을 발견하게 되고 부유
하게 살았다는 이야기이다. 설화에 등장하는 여주인공으로 인해서 남주
인공의 상황이 반전되었다는 것이다.

---

13) 이강문, 앞의 논문, 11쪽.

그런데 〈온달설화〉와 〈쫓겨난 여인의 발복설화〉을 동일한 유형으로 취급하는 것에 의문이 생긴다. 이들 설화에서 이야기를 이끌어 가는 인물을 살펴보면, 〈온달설화〉에서는 온달과 공주이지만, 〈쫓겨난 여인의 발복설화〉에서는 쫓겨난 여인, 즉 셋째 딸이다. 〈온달설화〉에서 공주는 온달로 하여금 장수가 될 수 있는 기반을 제공하지만 이야기가 여기서 끝나는 것이 아니다. 온달은 공주를 통해 자신의 능력을 발휘하여 자기 스스로 운명을 개척하는 행동을 보여준다. 따라서 〈온달설화〉는 남녀 주인공이 등장하여 각각의 이야기를 이끌어 가는 것으로 볼 수 있다. 이에 비해 〈쫓겨난 여인의 발복설화〉에서 전면에 등장하여 이야기를 이끌어 가는 인물은 셋째 딸에 한정된다. 숯구이 총각은 이 설화의 여타의 인물들, 즉 아버지나 언니들과 마찬가지로 이야기에 등장하는 부수적인 인물에 불과하다. 〈온달설화〉와 〈쫓겨난 여인의 발복설화〉를 같은 유형으로 보는 것은 연구자의 임의적인 해석으로 볼 수 있다.

「바보 온달③」에서 화자는 온달의 바보스런 행위에 초점을 맞추고 이야기를 구술하고 있음을 볼 수 있다. 온달의 바보스런 행위를 부각시키기 위해 〈쫓겨난 여인의 발복설화〉의 ⓒ과 ⓓ단락을 차용한 것이다. 「바보 온달③」은 온달을 바보라고 부르게 된 유래에 관한 이야기이다. 「바보 온달③」은 줄거리나 이야기의 구조적인 면에서 볼 때 〈온달전〉과 동일선상에 놓을 수 없을 뿐만 아니라 〈쫓겨난 여인의 발복설화〉 유형과도 구별해야 한다.

〈온달설화〉가 문헌을 바탕으로 구비·전승된다고 하더라도 설화의 속성상 〈온달전〉과는 다른 유형의 설화가 존재할 수 있음을 보여주는 것이 바로 「바보 온달③」이다. 이것은 『충청남도 민담』에 실린 「바보에게 시집간 정승의 딸」에도 볼 수 있다.14) 이 설화에서 남자 주인공의 이름이 온달일 뿐, 전체적인 구도는 〈쫓겨난 여인의 발복설화〉의 구조를 취하면서도 부분적으로 변이를 보이고 있다. 특히 결말에 "그래서 충청남도 철로를 그 사람들이 놨어. 충청남도 철로를 왜놈이 놓은 게 절대 아녀."

---

14) 최운식, 『충청남도 민담』(서울 : 집문당, 1984), 320~321쪽.

라는 부연설명을 덧붙이고 있다. 이 두 설화에서 화자들이 금의 가치를 제대로 알아보지 못한 숯구이 총각을 어리석은 바보라고 생각하고, 바보를 대표할 수 있는 이름으로 온달을 거론한 것이다.

「바보 온달③」과 「바보에게 시집간 정승의 딸」에서 숯구이 총각을 온달이라고 하는 것은 온달 이야기가 널리 알려진 것과 무관하지 않다. 금덩어리를 알아보지 못한 숯구이 총각의 행동을 바보스러운 것으로 판단한 화자들이 이를 온달과 연관지어 구술한 것이다. 이상에서 살펴본 바와 같이 〈온달설화〉는 〈온달전〉과 유사한 형태의 설화로 전승되기도 하지만, 설화 전승집단에 의해 이와는 별개의 이야기 유형으로 창작되어 전승하고 있음을 알 수 있다.

2) 전설로서의 전승

문헌 자료가 특정 지역을 중심으로 설화화되어 구비전승 하게 되는 이유는 문헌에 기록된 공간적 배경이나 구체적인 증거물이 그 지역에 존재하기 때문이다. 충북 단양과 충주를 중심으로 한 지역주민 사이에서 영춘의 온달산성이 〈온달전〉에서 온달과 신라군 사이에 싸움이 벌어진 장소이며, 이 온달산성 주변의 동굴, 선돌, 쉬는 돌과 충주 지역에 있는 온달 공깃돌, 말무덤 등의 자연물이 온달과 관련된 증거물로 제시되고 있다. 이 지역주민들이 이들 증거물을 온달이라는 인물과 관련되었다고 믿고 전승시킬 때, 〈온달설화〉는 단순히 민담이 아닌 그 지역의 내력을 밝혀주는 전설의 형태로 구전하게 된다. 이 지역에 전승되는 온달 관련 전설은 크게 1) 증거물 중심의 〈온달설화〉와 2) 이야기 중심의 〈온달설화〉로 구분할 수 있다.

먼저 증거물 중심의 〈온달설화〉를 살펴보겠다. 여기에 속하는 〈온달설화〉로는, 「온달성과 온달동굴」, 「온달성과 입석」, 「선돌」, 「휴석동 윷판 바위」, 「온달과 쉬는 돌(休石)」 등이 있다.15) 여기서는 「온달과 쉬는

---

15) 「온달과 쉬는 돌(休石)」을 제외한 설화들은 모두 임동철의 논문에 수록된 것이다.

돌(休石)을 중심으로 살펴보겠다.

　　온달과 쉬는 돌(休石)
　　단양군 영춘면 백자리에 있는 온달성은 온달장군이 여동생과 더불어 하루
아침에 쌓았다고 한다. 여동생은 성 아래 강변에서 돌을 주어 치마폭에 싸 나
르고 온달은 성을 쌓았다고 하는데 이때 여동생이 돌을 날으다가 무거워서 길
옆의 바위 위에 앉아 잠시 쉬었다고 하는 바위가 있다. 오늘날의 온달성에서
강을 건너 오리 쯤 되는 지점에 있는 것이 이 쉬는 바위이다.
　　온달장군은 온달성에서 배수진을 치고 신라병과 격전을 벌렸는데, 전쟁이
오랫동안 계속되고 신라의 증원군이 도착하자 양곡이 부족한데다가 중과부적
이라 크게 패하고 말았다. 이때 온달성에서 쉬는 바위까지 한 발자국에 뛰어
건너 그 바위에 앉아 쉬었다고 한다. 신라병은 온달을 찾다가 죽은 줄로 알고
돌아갔다고 하고, 이에 온달은 사람을 보내어 증원부대를 요청하고, 일면 강
원도 지방에 격문을 띄워 모병을 하도록 한 후, 이곳에서 며칠을 유하였는데,
이 때 온달은 넓은 반석 위에다 손가락으로 넉동백이 윷판을 그려놓고 부하
장졸과 윷을 놀았다고 한다. 지금도 쉬는 돌에는 윷판의 형적이 남아 있다고
한다. (단양군 영춘면 백자리 朴永夏)16)

　　「온달과 쉬는 돌(休石)」은 온달과 관련된 증거물이 생겨난 이유를 온
달과 여동생의 산성 쌓기, 이 산성에서 온달과 신라군의 격전 과정을 통
해 설명하고 있다. 「온달과 쉬는 돌(休石)」과 같이 증거물 중심의 〈온달
설화〉에서는 공주가 등장하지 않는다. 이들 설화에서는 공주를 대신해서
온달의 누이동생이나 마고 할멈이 등장하여 온달산성을 쌓는다. 이를 두
고 "온달전과 온달전설을 함께 고찰한다면 공주(온달전)-누이동생(전설)-
마고 할미(전설)는 결국 동일한 성격으로 파악될 수 있다. 선돌에 관한
민속이나 온달전의 공주의 역할로 보아 이는 산신적 이미지와 강하게 연
결되어 있음을 알 수 있다."17)고 하여 공주를 산신적 이미지를 가진 인
물로 파악한다. 그런데 이들 설화에서 공주가 등장하지 않는 것은 신분

---

16) 단양군지편찬위원회, 『단양군지』(단양군, 1977), 613쪽.
17) 임동철, 앞의 논문, 68쪽.

상의 문제로 보아야 한다. 고귀한 지위에 있는 공주가 산성 쌓기와 같은 힘든 노동을 할 수 없다는 전승자들의 의식이 제 3의 인물을 등장시켜 산성을 쌓게 하는 것이다. 따라서 공주를 산신적 이미지의 인물로 보는 것은 무리가 따른다고 하겠다.

「온달과 쉬는 돌(休石)」에서 산성 쌓기 대목은 〈오뉘이 힘겨루기 전설〉을, 윷판의 흔적이 남아 있다는 대목은 〈아기장수 전설〉을 떠올리게 한다. 〈오뉘이 힘겨루기〉 전설에서 목숨을 담보로 내기를 하는 적대적인 관계에 있던 남매가 〈온달설화〉에서는 산성을 쌓는 일에 서로 협력하는 관계로 변모하고 있으며, "온달성에서 쉬는 바위까지 한 발자국에 뛰어 건너 그 바위에 앉아 쉬었다"는 온달의 비범성에도 불구하고 온달은 신라와의 싸움에서 패하게 된다. 설화 전승자들이 이들 전설에 내포되어 있는 모티프를 차용하여 〈온달설화〉를 구술하는 것은 온달이 주어진 과업을 달성하지 못한 채 죽음을 맞이한 비극적인 결말과 연관이 있다. 그것은 세 유형의 설화가 자신에게 주어진 운명을 개척하지 못한 채 비극적인 죽음을 맞이한다는 공통점을 지녔기 때문이다. 이런 비극적인 결말이 설화 전승자로 하여금 이 세 유형의 이야기를 같은 맥락에서 이해하게 되는 계기가 되었고, 〈온달설화〉가 전설의 형태로 전승하게 된 것이다. 「온달과 쉬는돌(休石)」은 전승자의 전승 태도로 인해 〈오뉘이 힘겨루기〉와 〈아기장수〉 전설의 일부 모티프를 차용하여 온달과 관련된 전설로 발전한 것이다. 그리고 결말 부분에 윷판의 흔적이 남아 있는 것을 온달이 "부하들과 윷을 놀면서 작전구상을 했다."18)고 하여 전시 상황에 맞게 구술된 설화도 있다.

이야기 중심의 〈온달설화〉에 해당하는 자료는 「온달 설화 '온달과 평강'」과 「온달 장군의 공깃돌과 말무덤」19)의 두 편이 있다. 이 중에서 「온달 장군과 공깃돌과 말무덤」 설화는 〈온달전〉의 ㉮와 ㉳단락이 생략되어 있고, ㉳단락에서 온달이 전사한 곳을 충주지역이라고 하여 변이가 생기

―――――――――――――――――――――

18) 임동철, 앞의 논문, 64쪽.
19) 최운식, 앞의 논문, 65~66쪽.

고 "충주시 상모면 미륵리에 온달 장군이 가지고 놀던 공깃돌과 온달 장군의 말 무덤이 있다."는 부연설명이 덧붙여져 있다. 그런데 이 설화의 경우, 단락별로 정리되어 있어 그 전모를 파악할 수 없다.

이야기 중심의 〈온달설화〉 자료 중에서 「온달 설화 '온달과 평강'」을 살펴보겠다.[20] 이 설화의 화자는 자기 나름대로 〈온달전〉을 해석하고 있다. 화자가 판단하여 필요하다고 생각되는 부분에는 다른 이야기의 모티프를 취해 흥미롭게 재구하고 있으며, 이야기의 상황에 따라 사건과 인물이 추가되었다. 따라서 「온달 설화 '온달과 평강'」 설화는 〈온달전〉보다 서사 구조가 훨씬 복잡하게 되어 있으며, 양적인 면에서도 다른 설화들과 상당한 차이를 보인다. 여기서는 「온달 설화 '온달과 평강'」과 〈온달전〉을 비교하여 두드러지게 차이를 보이거나 첨가된 단락을 중심으로 논의를 진행하고자 한다.

「온달 설화 '온달과 평강'」은 온달의 외모와 그가 처한 상황을 설명하는 ㉔단락부터 새로운 이야기를 첨가하여 길게 구술되어 있다.

> 그러나 온달의 속셈은 다른데 있었다. 내가 아무리 어머님을 잘 해 드리려고 해도 겨우 밥 한 그릇에 국 한 그릇일 테고 내가 해주는 음식은 아무리 잘 해도 부잣집, 대갓집에서 나오는 음식만 못하다는 것을 미리 머리 속으로 계산하고 바보행각을 하였다. 대가집이나 부잣집에서 맛있고 기름진 음식을 주고서 먹으라고 하면은 앞 못보는 늙은 어머니 가져 주어야 한다고 하며 먹지 아니하자 "한 그릇 싸줄테니 먹어라"라고 하면 그제서야 대가집에서 주는 음식을 먹었다고 한다.

이 설화를 구술한 화자는 온달을 나무꾼으로 설정하고, 온달과 다른 나무꾼과의 힘겨루기, 온달과 호랑이와의 싸움과 같은 이야기를 통해 온달을 장사로 표현한다. 그리고 위의 인용문에서 보듯이 온달의 바보 행각은 어머님을 잘 봉양하기 위한 계산된 행동을 하는 영악한 인물로 묘사하고 있다. 공주가 온달을 처음 만나게 되는 대목에서 "저쯤 큰 니무

---

20) 이창식 편, 『온달문학의 설화성과 역사성』(박이정, 2000), 275~283쪽.

지게를 지고 오는 사람이 공주의 눈에 보였고 차츰차츰 다가오는 지게 진 바보 온달은 바보가 아니라 잘생긴 남자였다."고 하여 온달이 결코 바보가 아님을 말하고 있다. 이것은 뒤에 온달과 공주가 결혼에 관해 나누는 대화에서도 확인할 수 있다.

공주가 출궁하게 되는 ㉪단락은 〈온달전〉과 상당한 차이를 보이며 이야기가 전개된다.

평원왕과 왕비가 수차 달래 보았으나 허사였다. 공주는 달래고 권유할 때마다 온달을 사모하는 정이 점점 쌓여만 갔다.
결국 평강공주는 아버지의 성질이 그냥 놔둘 분이 아님을 간파하고서 가출(家出)을 결심하자 왕비의 마음은 명문 대가집의 남인을 부마로 맞이하고 싶은 생각 어찌 없었으며 모녀간의 타협과 언쟁이 있었으나 결국은 남편인 왕의 성격을 잘 알고 있고 있으므로 하직 인사도 못하고 유모에게 부탁하였는데 이렇게 하여 두 여인이 성밖으로 자의반 타의반 유랑길에 오른다.

공주가 출궁하게 되는 과정에 '왕비'와 '유모'라는 인물이 새롭게 등장한다. '왕비'의 등장으로 부녀간의 갈등이 모녀간의 갈등으로 대치되고, '유모'의 등장은 고귀한 신분의 공주가 출궁하는 과정을 좀더 합리적으로 설명하게 된다.

㉫단락에서 국마를 얻게 되는 대목이 탈락한 대신에 3년을 기약하고 온달이 공주에게 글 공부와 활쏘기, 말타기, 창던지기 등을 배우는 대목이 첨가되어 있다. 공주는 "3년이란 짧은 세월에 무예에는 능통하고 글 잘하는 한량으로" 온달을 바꿔 놓는다. 온달은 다른 사람들과 무예를 겨뤄 우승할 수 있는 실력을 갖추게 된다.

왕이 군사를 주어 신라군과 대적하기 위하여 영춘 하리에 당도하여 온달산성을 쌓기 시작하였다.
온달은 최후에 죽을 것을 각오하고서는 배수진의 성을 쌓는데 면별로 성을 쌓는 것을 맡겼다. …(중략)…
고구려는 북쪽 중국군을 무찌르러 간 사이에 신라와 백제가 고구려의 영토를 빼앗은 것을 온달장군이 잊어버린 옛 땅을 찾으려고 왕에게 맹세하고 떠나와서 온달산성을 쌓고서 전투를 시작하였다. …(중략)…

군사들이 지쳐서 도하작전을 하는데 군사들이 힘이 없어서 여울에 넘어지고 자빠지며 물살에 막 굴러가고 떠내려(망굴여울) 가자 온달은 떠내려 가는 군사를 건져서 집합. 휴석근처. 휴석근처 산능선 안전한 곳(아산동)으로 군사를 집결시켜 쉬는 돌에서 휴식을 취한 '휴석동(休石洞)'이다.

위의 인용문은 〈온달전〉의 ㉝단락에 해당한다. 화자는 온달이 실지회복을 위해 떠나는 이유를 그럴듯하게 이야기하고 있다. 고구려가 후주와 전쟁을 하는 사이에 신라와 백제가 고구려의 영토를 차지하여 이를 되찾기 위해 온달이 나섰다는 것이다. 온달이 신라와 싸우기 위해 쌓은 것이 "온달산성"이며, 강물에 떠내려가는 군사를 구하고 휴식을 취한 곳이 "쉬는 돌"이고 그래서 그 동네 이름이 "휴석동(休石洞)"이라는 것이다. 온달과 관련된 증거물이 이야기 전개 과정에서 자연스럽게 등장하고 있다. 증거물의 제시가 널리 알려진 이야기를 통해 이루어지기 때문에 특별히 강조되지 않는다는 점이 이 설화의 특징이다. 「온달 설화 '온달과 평강'」은 우리에게 널리 알려진 문헌 자료라 하더라도 설화화 과정을 거쳐 특정 지역을 중심으로 한 전설이 될 수 있음을 보여준다.

4. 결 론

지금까지 살펴본 바와 같이, 〈온달설화〉는 허구성과 역사성을 지닌 『삼국사기』의 〈온달전〉이 설화화 과정을 거쳐 형성된 것이다. 〈온달전〉은 신분적인 제약을 극복하고 국가에 큰 공을 세운 입지적 인물인 온달이 종국에는 비극적인 죽음을 맞게 되었다는 역사적 사실에 온달과 공주가 결연하는 허구적 이야기가 첨가된 것이다. 온달의 비극적인 죽음과 공주와의 결연담은 교훈과 재미를 추구하는 설화에 있어서 좋은 소재가 되었다. 〈온달설화〉에서 허구성에 주안점을 둔 이야기는 민담의 형태로,

역사성에 무게를 두고 이를 증거물로 활용해서 이야기한 것은 전설의 형태로 전승되고 있다. 본고에서는 〈온달설화〉를 민담과 전설로 구분하여 그 전승 양상을 살펴보았다.

민담의 범주에 속하는 〈온달설화〉는 크게 〈온달전〉의 영향을 받아 설화화 된 것으로 「바보 온달①」·「바보 온달②」·「바보 온달과 평강공주」가 있으며, 이와는 별개의 온달 이야기로 보이는 것으로 「바보 온달③」·「바보에게 시집간 정승의 딸」이 있다. 〈온달전〉의 서사구조와 유사하게 전개되는 〈온달설화〉의 경우, 화자들이 공주의 입장에서 이야기를 구술한다는 공통점을 지닌다. 즉 공주가 온달의 잠재된 능력을 계발하여 온달이 무장으로서의 자질을 갖추게 되었다는 것이다. 따라서 〈온달전〉에서 온달이 명성을 쌓게 되는데 있어 결정적인 역할을 하는 국마(國馬)를 획득하는 단락이 〈온달설화〉에서는 그 중요성을 상실하여 탈락되었다. 대신에 공주가 온달을 훈련시켜는 말타기와 활쏘기, 글공부 등의 '온달장군 만들기' 대목이 첨가되었다. 이것은 화자들이 바보온달에서 온달장군으로 거듭나게 되는 상황을 합리적으로 설명하기 위한 방편으로 보인다. 더욱이 「바보 온달과 평강 공주」설화에서는 '온달 시험하기' 대목을 첨가하여 온달이 공주의 가르침을 받을 수밖에 없는 상황을 설정하고 있다. 화자들이 공주와 관련된 단락을 위주로 하여 이야기를 구술하다보니 온달과 관련된 부분들은 축약되거나 망각된 상태이다.

〈온달설화〉의 형성 과정과는 무관한 듯이 보이는 「바보 온달③」의 경우, 〈쫓겨난 여인의 발복설화〉에서 모티프를 차용하여 온달을 바보라고 부르게 된 연유를 설명하고 있다. 화자가 바보를 대표하는 인물로 온달을 떠올리고 이야기를 구술하였기 때문이다. 이것은 온달 이야기가 널리 알려졌기 때문에 가능한 것이다. 이렇게 볼 때, 「바보 온달③」과 같은 설화도 간접적으로는 〈온달전〉의 영향을 받은 것이다.

한편, 〈온달설화〉는 전설의 형태로 전승하게 된다. 그것은 특정 지역의 주민들이 〈온달전〉의 역사적 사실을 바탕으로 해서 그들이 거주하는 지역에 있는 자연물을 온달과 연계시켜 생각하기 때문이다. 현재 전승되는 온달 전설을 살펴보면, 1) 증거물을 중심으로 한 것과 2) 이야기를 중심으로 해서 전승되는 것으로 나눌 수 있다.

증거물 중심의 〈온달설화〉에서 '쉬는 돌', '온달동굴', '선돌' 등이 증거물로 제시되고 있다. 증거물 중심의 〈온달설화〉의 경우, 「온달과 쉬는 돌(休石)」처럼 〈온달전〉의 여러 등장인물 중에서 온달만이 전설 속에 등장하며 이야기 구조는 다른 설화에서 모티프를 차용하여 증거물의 진실성을 확보하고 있다. 따라서 〈온달전〉의 서사구조와는 무관하게 이야기가 구술되는 것이다.

이야기 중심의 〈온달설화〉인 「온달 설화 '온달과 평강'」은 서사구조가 〈온달전〉과 유사하지만, 화자가 필요한 부분에 새로운 이야기를 첨가시켜 본래의 온달 이야기보다 더욱 흥미롭게 구술되어 있다. 그리고 화자가 온달 이야기를 구술되는 과정에 '온달산성'과 '쉬는 돌', '휴석동(休石洞)' 등의 증거물이 자연스럽게 등장하는 것이 특징이다.

〈온달설화〉의 전승 양상을 종합해 보면, 〈온달전〉과는 달리 공주 중심의 온달 이야기와 온달 중심의 온달 이야기가 있으며 공주 중심의 이야기에서는 온달이, 온달 중심의 이야기에서는 공주와 관련된 부분이 축약 또는 탈락되어 있다. 그리고 〈온달설화〉는 민담과 전설에 걸쳐 다양한 형태로 구전되고 있는데, 이러한 〈온달설화〉를 통해 우리에게 널리 알리진 문헌 자료가 설화화되더라도 장르에 구애받지 않고 전승될 수 있음을 알 수 있다.

▣ 참고문헌

김승찬, 『한국구비문학대계 8-14』, 한국정신문화연구원, 1986.

단양군지편찬위원회, 『단양군지』, 단양군, 1977

성기열, 『한국구비문학대계 1-7』, 한국정신문화연구원, 1982.

최운식, 『충청남도 민담』, 서울 : 집문당, 1984.

김부식, 『삼국사기』, 김종권 역, 개정판; 명문당, 1993.

추적, 『명심보감』, 추용훈 역, 천지성지사, 2002.

이창식 편, 『온달문학의 설화성과 역사성』, 박이정, 2000.

김대숙, 「'온달'전의 구비문학적 이해」, 『이화어문논집』 10집, 이화여대 한국어문학연구소, 19
        89.

김영숙, 「악부의 온달열전 수용양상」, 『온달문학의 설화성과 역사성』, 박이정, 2000.

김창룡, 「고구려의 문학Ⅱ-바보 온달과 평강공주」, 『연민학지』 2집, 연민학회, 1994.

윤복희, 「여성중심 시각에서 본 〈온달〉 설화」, 『지역학논집』 4집, 숙명여대 지역학연구소,
        2000.

이강문, 「〈온달설화〉의 구조와 의미 및 교육적 활용에 관한 연구」, 한국교원대 대학원 석사학위
        논문, 1992.

이영수, 「"심청전"의 설화화와 그 전승 양상에 관한 연구」, 인하대학교 대학원 박사학위논문,
        2001.

임동철, 「온달전설의 분포와 전승」, 『온달문학의 설화성과 역사성』, 박이정, 2000.

임재해, 「온달형 설화의 유형적 성격과 부녀갈등」, 『여성문제연구』 11집(효성여대 한국여성문
        제연구소, 1982.

장덕순, 「삼국설화와 현대한국소설-도미·광덕·온달설화를 중심으로-」, 『문화비평』 1-3(가을
        호), 1969.

최운식, 「〈온달설화〉의 전승 양상」, 『청람어문학』 20집, 청람어문학회, 1998.

燕巖의 文學論과 思惟의 志向에 대한 考察

簡 鎬 允[*]

1. 서 론

'풍자의 시대'는 사라졌다.

글 쓰는 이들 그 누구도 정치와 현실에 대하여 에둘러 말할 필요가 없다.

하지만 18세기의 조선, 燕巖 박지원(朴趾源, 1737-1805)의 시대는 관공서의 캐비닛 속에 문학의 열쇠가 있었다. 따라서 정공법으로 사회에 대한 불만을 토로할 수는 없었다. 이미 식물화 되어 가는 중세의 조선에서 그는 과거 급제가 주는 중세의 안락과 풍진 세상에서의 정박을 마다하였다. 그래서인지 그의 글들을 보면 서글픈 농담들과 줄곧 맞닥뜨린다.

주지하는 바, 연암은 조선이라는 봉건사회가 그 병폐와 새로운 사상이 실타래 얽히듯 한 18세기를 살아간 치열한 士意識의 소유자였다. 그에게 있어 문학이란 유일한 현실 참여 방법이며, 자신의 포부를 펼치는 장이었다.

* 인하대학교 강사

그는 타고난 문인기질이 있었던 듯, 여러 외재적, 내재적 동인들이 그에게 숙명적으로 문인으로서의 길을 걷게 하였다. 그렇기에 연암은 글을 쓰는 것을 단순한 여기적 취미로 여기지 않았다. 그는 글쓰는 것을 전쟁에 비유 할만큼 치열한 의식을 갖고 임했다.

따라서 역설, 반어, 속담, 다양한 예증, 치밀한 사물묘사 등 당시 사대부들의 관념적 유형의 문체와는 현저히 다른 모습을 그의 글 속에서는 어렵지 않게 찾을 수 있다. 우리가 연암 소설에서 읽어내는 풍자성은 이렇게 시작되었다고 볼 수 있다. 따라서 중세에 대한 보편적 안목으로는 그를 온전히 볼 수가 없다.

연암의 아들 종채는 『과정록』에서 "아! 만일 작품을 쓴 뜻을 연구하지 않고 다만 장난 삼아 지은 글로만 여긴다면 어찌 나의 아버지를 알겠는가? 나는 남몰래 애통히 여긴다(嗚呼 若不究所以作之意 但以俳諧文字讀之 則此豈知吾先君者哉 不肖竊爲之痛心焉)."[1]라고 적어 놓았다.

이제 연암에 대한 많은 연구서들에서 연암의 글이 '장난 삼아 지은 글'이 아니라는 것쯤은 기왕에 밝혀진 일이기에 새삼 이 자리에서 논의의 장을 할애할 필요는 없을 것 같다. 다만 독자와 연암의 共鳴이 석연치 않다는 점이다. 도대체 '연암이 작품을 쓴 뜻'을 어떻게 읽어야 하나?

여기서 일반적으로 '뜻'(意圖 혹은 目的)이란, '善이나 價値를 바라는 정신 작용의 형태'로 이러한 작용에서 모든 윤리, 도덕을 규정짓는 것이다. 주자는 또 이를 '마음의 발동한 바(一心之所發)'라고 하였으니, 문학 작품으로 그 의미 영역을 좁혀보면 한 작가의 사유가 지향하는 것이라고 볼 수 있다.

따라서 연암의 작품 속에는, '연암이란 작가의 사유의 한 양태가 투영되어 있을 것'이라고 가정한다면 이 사유가 가장 논리적으로 나타나는 것은 문학론일 것이다. 문학론은 한 작가의 사유양식의 논리적 근거이며, 사유주체의 세계관과 밀접한 관련성이 있는 것이기 때문이다.

또한 문학론이란 사유의 미학을 갈무리한 틀이며, 작가의 사상을 독

---

1) 朴宗采, 「過庭錄」, 『韓國漢文學研究』제 6집(영인자료), 1982, P. 10.

자에게 효과적으로 연결해 주는 가장 논리적인 바탕이기도 하다.

이러한 전제 아래 그의 文心의 원리가 잘 나타난 문학론을 살펴보면 철학적 의식 양태인 사유의 카테고리와 만나게 될 것이다. 그렇다면 자연히 그가 글을 쓴 뜻이 드러나지 않을까 한다. 따라서 이 글은 연암의 문학 이론이 잘 나타나 있는 記, 序, 書, 引, 尺牘 등을 중심으로 그의 사유의 지향을 좇아가 보겠다.

2. 본 론

1) 保守와 進步의 緊張

연암은 무려 20여 편이 넘는 문학론을 지었으니, 그것만으로도 연암은 다른 학자들과의 큰 변별적 요소를 지니고 있다. 뿐만 아니라 그의 문학론은 다른 중세봉건질서의 개인들과 구별짓는 내적 특질들의 총합, 즉 그의 문학인으로서의 개성을 쉽게 찾을 수 있다. 그리고 연암의 글들을 곰곰 뜯어보면 보수와 진보가 팽팽하게 긴장하는 것을 볼 수 있다.

주지하는 바, 연암은 치열한 선비 의식의 소유자였다. 그에게 있어 문학이란 유일한 현실 참여 방법이며, 자신의 포부를 펼치는 장이었다.

연암의 처음 작품은 16세에 쓴 「李忠武公傳」과 수백 언의 논설이 있다 하나 전하지 않고 18세의 작인 「廣文者傳」이 비로소 문헌에 보이며 이후 30여 세까지 소위 그의 한문 소설들이 나타난다.

이 한문 소설들은 초기에 읽은 『史記』의 영향을 받은 것으로 작품 저작의 의도성과 주제의 노출(사회 의식 개조를 위한 문학의 교훈성)이 표면에 드러난 작품들이다. 따라서 세련된 소설들은 아니지만 독자로 하여금 풍자에서 오는 시원한 맛을 느끼게 한다.

사실 연암의 이 한문 소설들은 그의 사유의 집대성이라고 할만큼 다양한 양태가 보이지만 그의 문학적 이론의 근거는 30대 이후 비로소 논리성을 갖추었다고 여겨진다.

연암의 문학론을 살피기에 앞서 잠시 연암의 사유의 언저리를 살펴보겠다.

民族意識은 연암의 사상 문제를 거론할 때 자주 언급되는 문제이다. 물론 그의 민족 의식은 결코 현재의 民族主義(nationalism)라는 이름으로 부를 수는 없는 뚜렷한 한계성이 있다. 그것은 明과 우리 나라의 관계를 종주국으로 보는 것 때문이다.[2] 연암의 이러한 중세적 한계성은 그의 사상이 조선의 지배 이념인 性理學(넓은 의미의 儒學)의 가두리를 벗어나지 못했다는 것을 반증하는 것이기도 하다.

하지만 연암은 민족 의식을 결코 녹록하게 볼 것은 아니다. 이덕무에게 준 「嬰處稿序」를 보자.

무관은 조선 사람이다. 산천과 기후가 중국과 다르고 언어와 노래하는 습속은 한(漢)이나 당(唐)과 다르다. 그럼에도 불구하고 중국 것을 본 뜨고 한나라 당나라를 모방한다면 그 수법이 높을 수록 내용은 비속하고 문체가 비슷할 수록 말은 거짓이 될 것이다.

今懋官朝鮮人也 山川風氣地異中華 言語謠俗世非漢唐 若乃效法於中華 襲體於漢唐 則吾徒見其法益高而意實卑 體益似而言益僞耳[3]

조선이 중국과 다름을 나타내는 뚜렷한 민족 자존, 민족 의식 쯤으로 이해한들 모자람이 없는 글이요, 한 발 성큼 내디뎌 '華와 夷의 동등성'까지 나아 갈 수 있다.

그러나 연암의 의식에 이러한 민족 의식이 보인다고 그가 완전히 중세를 벗어난 사고의 소유자로 볼 수 없다. 그러기에는 연암에게서 중세적 모습을 더 많이 찾을 수 있기 때문이다. 다만 연암의 사고가 보수에서

---

2) 朴趾源, 『燕巖集』, 「熱河日記」, 行在雜錄, 경인문화사, 1982. P. 237. 첫머리에 "아아, 皇明은 우리 上國이다(嗚呼皇明吾上國也)."라고 明示하며, 이 견해에 의거하여 명이 우리의 상국임을 밝히는 것으로 미루어 연암을 민족주의자로 부를 수는 없을 듯 함.
이하 『燕巖集』은 모두 같은 책임.
3) 박지원, 상게서, 「嬰處稿書」, P. 106.

진보로, 봉건적 질서에서 현대적 질서를 꾀하는 것이 당시의 중세질서와 변별성을 갖는다는 것에 주목하는 것이다.

결국 연암은 이렇듯 진보와 보수라는 의식의 이중성을 보이는데 이러한 연암의 사유체계는 그의 문학론 전체에 나타난다. 이것은 마치 서로 차이가 있는 주체와 객체의 팽팽하게 켕김, 즉 긴장(tention)과 같은 것이다.

물론 이것이 연암 당대의 시대적 상황 때문임은 두 말할 나위 없다. "17·8 세기 조선 학계, 그 중에서도 老論 계열의 사상적 분위기는 反淸的 北伐大義論이 大明義理論과 함께 華夷論 위에 전개되고 있었으며, 禮論과 心性論 위주의 朱子主義的 義理之學風이 그를 學問的으로 뒷받침하는 경향을 보였다."4)

연암은 주지하다시피 노론의 학풍을 이어 받았기에 전반적으로 朱子學이라는 카테고리를 벗어 날 수는 없었다. 만약 연암이 탈 주자학을 감행하였다면 그도 南人이나 小論과 같이 斯文亂賊으로 배척을 당했을 터였다. 그렇기에 연암은 주자라는 구심력과 北學思想이라는 원심력적인 가치체계가 병존하며 갈등을 일으키는 양면적 모습을 보일 수 있었던 것이다. 굳이 따지자면 이것이 연암이 중세의 패러다임을 묵수하는 당시 보편적 개인들과 변별성이다.

여기서 잠시 연암이 노론이라는 점을 상기할 필요가 있다. 당시 조선의 지식층은 조선 유학 3대 논쟁 가운데 하나인 湖洛論爭5)이 사상계를 점령하였을 때였다. 연암은 노론을 따라 湖洛論爭에서 洛論 입장이었다. 중세 봉건시대 지식인들의 사상이라는 점을 감안한다면, 의외에도 낙론은 꽤 긍정적인 이론이었다. 기존의 華夷觀에서는 明이 華인 人이면 朝

---

4) 유봉학, 『연암 일파 북학 사상 연구』, 일지사, 1995, P. 79.
5) 한국유학 3대 논쟁(사단칠정(四端七情)·호락(湖洛)·예송(禮訟) 논쟁)의 하나이다. 이 논쟁은 지금의 충청도인 호서지방에 살던 남당 한원진(韓元震)과 당시 낙하라고 부르던 지금의 서울 지역에 살던 외암 이간(李柬) 사이에 벌어진 논쟁이었기에 호락논쟁이라고도 불린다. 송시열의 학맥을 이었던 권상하와 제자 한원진 사이에서 시작된 논쟁이 같은 제자였던 이간으로 이어지면서 본격적인 논쟁으로 발전하였던 것이다.
  이에 대한 연구들을 모은 책으로 『인성물성론』(한길사, 1994)이 있다.

鮮은 物인 夷이고 朝鮮이 華인 人이라면 淸이 物인 夷이었다. 그런데 이 낙론은 人物性同論에 의거하여 明＝朝鮮＝淸으로 사고의 轉換을 꾀했기 때문이다.6) 이에 대해서는 3장에서 상론하겠다.

　여하간 이러한 점을 충분히 고려한다면 연암의 북학 사상도 그리 혁신사상이라고 볼 수는 없을 것 같으며, 아울러 연암의 明에 대한 한계점 또한 위에서 지적한 바대로 여전히 상존하고 있음도 부인 할 수 없을 것 같다.7) 다만 조선의 운명과 미래에 대한 연암의 고뇌는 짚어 볼만하다. 아래는 연암의 몇 수 안 되는 시 중 「贈左蘇山人」의 일부이다. 좌소산인은 서유본(徐有本, 1762-1799)으로, 당대에 석학으로 이름 날렸던 서유구(徐有榘)의 형이다. 이 시에는 연암의 문학에 대한 견해와 함께 그의 민족 의식이 조국의 미래와 연결되어 나타난다.

　　원컨대 그대여 본바탕을 지켜라 /원컨대 그대여 풋기운 버리라 / 원컨대 그대여 젊을 때 힘을 써 /전심하여 이 나라를 바르게 이끌라/
　　願君守玄牝 /願君服氣姐 /願君努壯年 /專門正東閭/8)

　겉으로야 좌소산인 서유본에게 당부하는 말이지만, 기실 연암 자신이 조선의 앞날을 걱정하는 선비로서의 모습이다. 이러한 연암의 민족 의식의 발로는 실상은 진정한 의미의 유학사상9)을 가진 선비의 전형적 모습

---

6) 이에 대해 자세하게 언급한 글로는 조동일의 『한국의 문학사와 철학사』, 지식산업사, 1996가 있다.

7) 박지원, 전게서, 「熱河日記, 馹汛隨筆」, P. 172에 보면 연암의 尊明思想이 잘 나타나 있다. 그러나 이것을 보면 그는 絶對的 尊明主義者는 아니었다. 연암은 이 글에서 "尊周의 사상은 주를 높이는 데만 국한될 것이요, 夷.狄의 문제는 夷. 狄에게만 쓸 일일 것이다. 왜냐하면 중국의 성곽과 건물과 인민들이 예와 같이 남아 있고, 正德, 利用, 厚生의 도구도 파괴된 것이 없으며…" 즉 이것은 明은 明으로서 存在하되 淸 또한 독립된 한 國家로 볼 수 있으며 그렇기에 淸이 中國의 것들을 가지고 있으니 그들에게 배울 것은 배우자는 것으로 北學思想의 일단을 披瀝한 글로 볼 수 있다.

8) 박지원, 상게서, 「贈左蘇山人」, P. 87.

9) 한국의 儒學思想史는 크게 舊儒學과 新儒學으로 나눌 수 있다. 前者는 훈고.주석을 중심으로 하는 한대의 經學이요, 後者는 老莊과 불교의 形而上學的 학풍에 영향을 받아 前者에 대항하기 위하여 새롭게 체계화하고 이론화한 송대의 성리학이다.

이라 할 수 있다. 조금만 성리학에 운신의 폭을 넓혀 준다면 조선의 지
배 이념으로서 양반들의 권위적이고 위선적인 고식적 체계인 성리학에서
벗어 날 수도 있다. 따라서 논자에 따라서는 현재 우리 학계에 일반화되
어 있는 조선 성리학자들의 대 중국관과는 전혀 다른 의미의 성리학 또
한 발굴할 수도 있다.

> "성리학파는 자기의 주체를 확립하는 학문으로『春秋』의 大義名分을 밝히려
> 고 하였다. 강한 자가 약한 자를 침해하는 행동과 생각을 결단코 배격한다.
> 그 반면 힘의 강약이 아니라 정의와 진리를 추종하고 수호하는 문화 의식이
> 강렬하다고 하겠다. 따라서 성리학이 민족주의 성격을 발휘하게 되었다."10)

물론 여기서 거론한 민족주의란 것도 다소 문제가 있지만 연암의 사
유의 기저에는 진정한 의미의 유학(改新 儒學으로서의 性理學)이 있음을 알
수 있다.
이렇듯 연암의 사유의 기저에는 봉건질서와 진보라는 상호모순이 존
재함을 주지하며 그의 문학론으로 넘어간다.

2) 辨證的 事物認識의 合理性

연암 문학의 특징 중 가장 중요한 것 중의 하나는 변증적 사물인식의
합리성이다. 그리고 이것은 뚜렷한 현실인식에 기인하며 그의 문학론에
서 중요한 위치를 점하는 사물 인식과 깊은 연결 고리를 형성한다.
「叢石亭觀日出」11)이나 「灤河泛舟記」를 보면 연암의 사물인식의 여
하함을 쉽게 찾아 낼 수 있는데 이 글에서는 「난하범주기」의 일부만을

---

10) 柳承國,「韓國의 儒學思想에 대하여」,『한국의 유학 사상』, 삼성출판사, 1989, P. 20.
11) 연암은 시를 몇 편 쓰지 않았는데 그 중 이 「叢石亭觀日出」이라는 시는 뛰어나다고 평가
    되고 있다. 연암은 이 시에서 해가 뜨는 모양을 직유와 은유 등 다양한 수사를 동원하여
    양반들의 관념어의 형식 미학에서 벗어나 용언류의 생동감 넘치는 언어를 구사하여 사실
    적으로 묘사하고 있다.

인용해 보겠다. 배를 타고 가던 사람들이 "산수가 그림 같구먼"하자 연암
은 이렇게 말한다.

> "자네들이 산수도 모르고 그림도 모르는 말일세. 산수가 그림에서 나왔겠는
> 가 그림이 산수에서 나왔겠는가?" 이러므로 무엇이든지 비슷하다(似), 같다(如),
> 유사하다(類), 근사하다(肖), 닮다(若)고 말하는 것은 다들 무엇으로써 무엇
> 을 비유해서 같다는 말이다. 그러나 무엇에 비슷한 것으로써 무엇을 비슷하다
> 고 말하는 것은 어디까지나 그것과 비슷해 보일 뿐이지 아주 같은 것은 아니
> 다.
>
> 君不知江山 易不知畵圖 江山出於畵圖乎 畵圖出於江山乎 故凡言似如類肖若
> 者 諭同之辭也 然而以似論者 似似而非似也12)

이것은 객관적 존재양태인 자연은 결코 주관적 인식양태인 그림과 혹
사할 수 없다는 것을 지적한 것으로 통상적 관념을 부정하는 것이다. 그
러면서 연암은 이에 더하여 그림의 遠近法(perspective)과 濃淡法까지 동
원하여 현실의 모습을 그리려 한다.

> 어부가 강성이 가깝다고 손을 들어 가리키니
> 한 탑이 뱃머리에 솟아서는 볼수록 높아지네
> 漁人爲指江城近 一塔般頭看漸長13)

이 시는 연암의 일행이 심양에 가까이 다다르는 모습을 그린 것으로
「盛京雜識」에 나온다. 내용인 즉, 저 멀리 심양의 모습이 보이자 연암이
인용한 작품이다. 佛塔과 함께 심양성의 모습이 보이고 탑의 길고 짧음
으로 성의 멀고 가까움을 표현한 시이다. 연암은 이 시를 인용하며 이 작
품은 '그림 그리는 방법을 체득한 이'의 것이라 한다. 짧은 시이지만 연암
이 이를 인용한 이유를 충분히 알 수 있다. 이 시에서 우리는 현실감, 입
체감을 느낄 수 있으며, 연암의 치밀한 사물 인식의 한 단면을 엿 볼 수

---

12) 박지원, 전게서, 「熱河日記, 關內程史」, 「漯河泛舟記」, P. 188.
13) 박지원, 상게서, 「熱河日記, 盛京雜識」, '7월 10일', P. 159.

있기 때문이다.

「鍾北小選 自序」에서도 연암은 벌레 수염과 꽃 잎사귀 등 작용하는 제 형상을 세심하게 따져야 글의 궁극적 이치를 아는 것이라고 하며, 글을 쓰는 자의 치밀한 관찰을 요구한다.

이러한 연암의 치밀한 자연 관찰을 일부 학자들은 "유물론적 심미관으로부터 출발하여 그는 인간의 중요한 심미적 대상으로서의 자연 산수는 객관적 존재라고 인정한다."[14] 라고 까지 하며 그를 유물론자라 한다.

그러나 연암이 양반들의 상징인 관념론자가 결코 될 수 없다는 생각에 유물론자라라함은 문제가 있는 것 같다. 사전적 의미의 유물론이란 관념론에 대한 상대적 의미로, 우주만물의 궁극적 실재를 물질로 보고 "물질적인 것이 정신보다 근원적인 것이라고 하여, 의식으로부터 독립한 객관적인 존재(물질)를 인정하고 다시 인간의 의식도 그 객관적 존재의 반영이라고 하는 사고 방식"이다. 따라서 관념적인 것을 모두 물질에 환원시키려는 입장이다.

그러나 자연을 바라보는 주체는 어디까지나 연암임을 간과해서는 안된다. 자연과 연암을 주체와 객체로 치환시키면 어디까지나 연암이 주체이고 자연이 객체인 것이다. 사물을 치밀하게 바라 본 것도 연암이요, 치밀하게 인식하려 한 것도 연암이기 때문이다. "연암의 인식 세계는 이러한 자연 속에서 인간을 인간 주체자로 해방시키는 데서 발단한다. 인간이 주체화되면 자연은 상대적인 물이 되므로 인간은 그 자연의 현상과 실제를 객관적이고도 다각적인 시각으로 관찰할 수도 있고 그것을 이용할 수도 있는 것이다."[15]

연암의 이러한 사물 인식의 주체자로서의 모습은 다음을 보면 잘 알 수 있다.

명철한 선비에게는 괴이한 것이 없으나 비속한 사람에게는 의심스러

---

14) 이암, 『연암 미학 사상 연구』, 국학자료원, 1995, P. 123.
15) 崔信浩, 「燕巖의 文學論에서 본 事物認識과 創作意識」, 『韓國漢文學硏究』 제 8집, P. 92.

운 것이 많다. 그야말로 본 것이 적으면 괴이한 것이 많을 수밖에 없다. 대체로 명철한 선비라고 해서 물건 하나 하나를 제 눈으로 보고야만 아는 것이랴? 하나를 들으면 눈으로 열 가지를 그리고 열을 보면 마음으로 백 가지를 생각해서 천 가지 괴이한 것과 만 가지 신기로운 것이 모두 다 물건에서 그치여 버리고 자기는 직접 관련하지 않는 것이다. 그런 까닭으로 마음에 여유가 있어서 이런저런 것을 끝없이 맞아들이기도 하고 내보내기도 하는 것이다.

達士無所怪 俗人多所疑 所謂少所見 多所怪也 不豊達士者 逐物而目覩哉 聞一則形十於目 見十則設百於心 千怪萬奇還寄於物而 已無與焉 故心閒有餘 應酬無窮16)

이것을 보면 사물은 어디까지나 인식의 대상이요, 주체가 있어야만 존재의 가치가 있는 객관적 사물임을 알 수 있으며, 인식하는 주체에 따라 다양하게 의미의 변화를 갖게 된다는 것이다. 그렇기에 사물을 인식하는 주체의 풍부한 경험과 예리한 관찰을 요구하는 것이다. 연암이 여기서 선비라 하지 않고 굳이 '이치에 밝고 사물에 얽매이지 않는 선비'라는 뜻의 '達士'를 들어 설명하는 것도 인식의 주체자로서의 모습을 분명히 하기 위함일 것이다.

연암의 이러한 대사물 인식은 유학의 기본논리인 격물치지17)와 깊은 관계가 있다. 특히 연암의 이론은 정자, 주자의 주장과 흡사하다. 이들의 학설은 '격은 이르는 것이다(格至也).'로 인식의 주체가 대상인 사물에 나아감으로써 사물에 관한 올바른 지식을 이룰 수 있다는 합리주의 사상에 바탕을 둔 것이다.

칸트도 "나는 본래 외물을 지각 할 수 없고 다만 나의 내적 지각에 의

---

16) 박지원, 전게서, 「菱洋詩集序」, P. 105.
17) 格物致知란 유교의 기본논리로 『대학』의 8 條目 格物. 致知. 誠意. 正心. 修身. 齊家. 治國. 平天下로 특히 宋儒이래 큰 관심의 대상이었다.
금장태, 『유학사상의 이해』, 집문당, 1996, PP. 117-121 參照.

하여서 외물의 현존재를 추리할 수 있을 뿐이다."18)라고 하였다.

이러한 여러 정황 등으로 미루어 볼 때 연암의 사물 인식은 유물론적도 아니요, 경험론도 아닌 것이다.

따라서 연암은 객체를 인정하면서도, 또한 객체의 존재가치를 주체에서 구하는 상대주의적 사고관을 바탕으로 한 유물론과 경험론의 상호 논리적 모순을 통한 진리추구라는 변증적 사물인식을 지녔다고 할 수 있다.19) 이러한 연암의 변증적 사물인식은 「還燕道中錄」에서 학문에 대한 그 일단을 피력한 곳에서 살필 수 있다. 연암은 그의 변증적 사고를 학문하는 태도의 하나로 분명히 다음과 같이 밝혀 놓았다.

　대개 소위 학문이라 하는 것은 삼가 생각함과, 밝게 변증함과, 상세히 물음과 널리 배움을 이름이라.
　蓋 所爲 學問者 愼思 明辯 審問 博學也20)

3) 水平的 秩序와 現實認識

위에서 살핀 바, 연암의 사물에 대한 시각은 당시 사대부들의 관념적자연관과는 완전히 다른 것으로 볼 수 있다. 물론 이것은 앞에서 잠시 언급한 바 그가 낙론계열의 성리학자이기에 인과 물을 동등한 개념으로 본

---

18) 칸트, 『순수이성비판』, 전원배 譯, 삼성출판사, 1989, P. 308.
　그러나 연암의 事物認識은 칸트(kant)가 주장한 先驗的 觀念論(ttranszendentaler idealism, 인간의 의식은 선천적 주관에 갖추어져 있는 직관 및 사고의 여러 형식에 의해 감각적인 所與가 구성됨으로써 가능하게 된다고 하는 인식론적 입장),이나 버클리(berkeley)나 피히테(fichte)의 主觀的 觀念論(subjective idealism, 개관적인 사물을 일체의 의식이나 정신의 내용에 귀착시켜, 존재를 주관적 관념으로 보는 입장)으로도 설명할 수 없는 것으로 이 兩者를 를 止揚한 형태로 볼 수 있다.
19) 이 문제에 대해 논한 것으로 李東歡의 「연암의 思惟樣式」과 林熒澤의 「朴燕巖의 認識論과 美意識」이 있다. (두 논문 모두 『韓國漢文學硏究』, 11輯, 1988에 揭載되어 있다.) 북한서적으로는 정성철 저, 『실학파의 철학사상과 사회 청치적 견해』, 사회과학출판사, 1974, PP. 263-318. 에서 박지원을 변증법 사상을 지닌 진보적 사상가로 보고 自然에 대한 변증법적 이해를 社會領域까지 확장하여 고찰하였다고 하였다.
20) 박지원, 전게서, 「熱河日記, 還燕道中錄」, P. 222.

데 기인한 것으로 주변의 사물, 즉 현실에까지 관심의 폭을 확대하였던 것이다.

이것은 연암의 문학론을 연구하는데 중요한 사실이기에 연암을 중심으로 한 노론계열의 성리학을 살펴보겠다. 18세기 노론계열의 성리학은 이이의 학통21)을 이어 받았으며, 호론과 낙론으로 나뉘어져 치열한 논쟁을 벌였다. 연암은 여기서 낙론에 속해 있었다.

이전 성리학의 주 관심사는 '인'이었기에 '물'은 상대적으로 치지도외하였다. 그러나 낙론은 기본적으로 물이 필요한 이론이고 여기서 자연히 사물에 대한 관심이 요구되었던 것이다. 연암의 이러한 대 사물인식은 다음에 잘 나타나 있다.

나를 저와 비교해도 이 기(氣)를 고르게 받아서 한 점 헛것이 없으니, 어찌 천리(天理)의 공평함이 아닌가. 물(物)의 처지에서 나를 보면 나도 또한 하나의 물이다. 까닭에 물을 체득해서 돌이켜 자신에게 구하면 만물의 이치가 모두 나에게 갖추어져 있는데, 나의 성(性)을 다함이 능히 물의 성을 다하는 바이다. 성이란 마음의 덕(德)이요 삶의 이(理)이다.

以我視彼 則与受是氣 無一虛假 豈非天理之至公乎 則物而視我 則我亦物之一也 故體物而反求諸己 則萬物皆備於我 盡我之性 所以盡物之性也 性者心之德而生之理野22)

이것을 보면 그의 인물성동론을 잘 알 수 있다. 그는 "물의 처지에서

---

21) 유봉학, 전게서, PP. 90-91에서는 湖洛 논쟁을 다음과 같이 정리하였다.
　　湖洛論爭에서 湖論은 주로 主氣的 경향으로 理同而性異라는 논리에 입각하여 禽獸草木 등 物에 仁義禮智信의 五常이 偏在한다고 함으로써 오상을 모두 갖춘 人性과 그렇지 못한 物性은 근본적으로 다를 수밖에 없다. 여기에 대해 洛論은 主理的 경향이며 性同異氣라는 논리에서 人物에 모두 오상이 갖추어져 있다고 하여 인. 물의 근본적 차별성을 부정하고, 외면적으로 虎의 仁, 蜂의 忠같은 一德만이 나타나는 것은 人. 物 異體에 따르는 기질의 正偏通塞에 기인하는 것으로 본연이 그러한 것은 아니다. 라고 하였다.
　　유봉학의 전게서에서는 人物性同論과 人物性異論으로만 나누어 설명을 하였으나 조동일의 『한국의 문학사와 철학사』, 「18세기 人性論의 혁신과 문학의 사명」, 지식산업사, 1996에서는 人物性因氣同論과 人物性因理同論까지 정리하였다.
22) 박지원, 전게서, 「答任亨五論元道書」, P. 36.

나를 보면 나도 또한 하나의 물이다."라고 한다. 물론 당시의 사상을 바탕으로 한 것이지만, 이것은 곧 人을 物의 하나로까지 보려는 중세적 사고의 전환임에는 분명하다. 중세의 보편적 개념으로서야 인이 절대적 가치를 지닌 것이었기 때문이다.

따라서 연암에게 있어 사물은 단순한 자연물 이상의 의미를 지니고 있음을 알 수 있으며, 그는 당연히 당대의 현실 또한 물의 개념으로 보았을 것이다. 그렇다면 인과 물의 수직적 봉건개념에서 수평적 개념으로 전환을 꾀하는 것임을 알 수 있다.

연암의 이러한 '수평적 질서의 가치관'은 그의 한문 소설의 서문격인 「放璃閣外傳自序」에서도 엿볼 수 있다. 조선은 봉건주의 국가였다. 따라서 통치질서 또한 수평적 보다는 수직적 질서를 강조함이 당연하였다. 신분질서가 그렇고 사회의 의식구조도 그렇다. 따라서 당시 사회 질서의 윤리체계인 오륜도 역시 수직적 질서의 세계를 강조하는 것이었다.

다만 오륜에서 유일한 수평적 질서의 세계를 논한 것은 오륜의 맨 끝에 놓인 '朋友有信'이었으나 이 또한 수직적 질서 속에서의 신분 간의 사귐을 말하는 정도였지 신분계층을 넘어서는 것은 아니었다.

그러나 연암은 이 '붕우유신'을 다음과 같이 오륜의 기저로 설명하고 있다.

벗이 오륜의 맨 끄트머리에 있는 것은 그것이 멀거나 낮은 것이 아니다. 마치 오행의 토가 사시의 어디에나 가서 붙어서 활동하는 것과 마찬가지다. 부자간의 친밀과 군신간의 이리와 부부간의 구별과 장유 간의 차서도 모두 신의가 아니고야 어떻게 시행될 것인가? 만약 윤리가 윤리로서 시행되지 않는다면 벗이 이것을 바로잡아 주기 때문에 오륜의 맨 뒤에 있어서 이것을 통괄하게 된다.

友居倫季 匪厥疎卑 如土於行 寄王四時 親義別敍 非信奚爲 常若不常 友迺正之 所以居後 迺 殿統斯[23]

---

23) 박지원, 상게서, 「放璃閣外傳自序」, P. 114.

이것을 보면 연암은 오륜의 맨 마지막에 있는 수평적 질서에 오히려 관심을 집중한다. 그리고 이러한 견해는 우도에 대한 「마장전」, 양반과 천민의 사귐을 그린 「예덕선생전」 등에서 그 구체적 예를 찾아 볼 수 있다. 또한 그가 주창한 이용후생의 상공업의 질서도 바로 수평적 논리체계에 기인한 것이다.

그리고 이것은 그의 철학적 사유와 무관치 않다. 연암은 앞에서도 언급한 것처럼 중세 봉건질서의 혁신을 추구하지는 않았다. 다만 당시 질서 체계와 뚜렷한 변별적 요소가 많다는 것이 연암을 작금의 현실 속에서도 생동감을 갖게 하는 요인이 된 것이다.

따라서 연암의 사유 언저리에는 당시의 모습이 있다고 볼 수 있는 것이다. 연암은 앞에서도 언급한 바 성리학이라는 중세질서 체계 속에서 전 생애를 보냈으며 이이 계통의 성리학을 이어 받았다. 이러한 점을 감안 한다면 연암은 분명히 일원론적 주기론의 입장을 보인다. 즉 연암은 자연과 인을 모두 동등한 氣로 보았다. 그렇기에 物과 我의 합일을 꾀하는 것이었다.

그러나 연암은 사유의 주체가 어디까지나 자신임을 잊지 않았다. 그것은 물을 체득할 주체는 나요, 물은 체득할 대상으로 본 것이다. 따라서 내가 물을 체득하면 만물의 이치를 궁구할 수 있고 나의 덕과 삶의 이를 다하는 것이 사물의 성을 다하는 것이라는 것이다. 이렇게 본다면 이는 또 主理論의 입장이다. 즉 燕巖, 虎, 士, 農, 工, 商, 淸, 明, 現, 古 등 모든 사물은 동등한 氣를 갖고 있으나 그것을 인식하고 주재하는 것은 연암 자신이라는 것이다. 이것을 보면 연암은 결코 한 사상의 범주에 안주하지 않고 끊임없는 변증적 자각을 시도했다고 볼 수 있다.

따라서 그의 작품에 나오는 자연의 미학이나 현실주의에 입각한 사고들은 연암의 이러한 사상을 바탕으로 한 의식의 소산들이다. 이러한 연암의 사유를 바탕으로 현실 의식을 볼 수 있는 것으로 「蜋丸集序」의 이야기를 들 수 있다.

白湖 임제(林悌, 1549-1587)가 목화신과 가죽신을 짝짝이로 신고 말

을 타려 하려는 것을 하인이 지적하자 임백호는 길 우편에서 본 자는 목화신을, 길 좌편에서 본 자는 가죽신을 신었다고 할 것인 데 무엇이 어떻다는 것이냐는 고사를 인용하고는 이렇게 말한다.

> 이로 말미암아 의논한다면 천하에서 보이기 쉬운 곳이 발 만한 데가 없건만, 보는 방향에 따라서는 가죽신과 목화신도 구별하기 어려운 게다. 그렇기 때문에 정확한 관찰이란 옳고 그른 한 가운 데 있는 것이지.
> 由是論之天下之易見者 莫如足而所者不同 卽鞾鞋難辨矣 故眞正之見 固在於是非之中[24]

이것은 연암의 문학에서 많이 보이는 역설의 미학으로 된 정확한 사물의 관찰을 요하는 글이다. 또 정확한 관찰은 사물의 옳고 그른 한 가운데 있다는 것은 연암의 변증적 사물인식을 단적으로 보인 것이다. 즉 연암의 사물 인식은 어느 한 곳에 절대적 가치를 두지 않으며 안티테제와 테제 사이의 상호 지향점을 추구하는 것이다. 그리고 이것은 치열한 사물인식을 수반해야만 그 가치가 성립할 수 있는 것이다.

연암의 이러한 치밀한 사물 인식은 그를 자연의 치밀한 묘사에만 국한시킬 수는 없었다. 치밀한 사물 인식의 전제는 객관적 사물에 대한 철저한 회의로부터 시작하는 것이다. 따라서 자연 뿐 아니라 자연스럽게 삶의 주변 양태가 인식의 대상으로 등장하는 것이다. 그렇기에 연암은 당시 중세 봉건사회의 병폐 또한 이러한 시점으로 보았기에 필연적으로 사회의 모순 또한 비판의 대상이 된 것이다.

연암의 이러한 현실 인식을 서구적 개념으로 본다면 사실주의, 혹은 리얼리즘이라는 개념으로 정리할 수 있을 것이다.

염무웅은 이 리얼리즘을 이렇게 정리하였다. "참된 리얼리즘은 작가의 세계관이 현실 속에서 즉, 그의 모든 사회적 실천 속에서 부단히 변화되는 것을 인정하며 작가의 상상력이 객관적 현실과의 긴장 관계 속에서 기

---

24) 상게서, 「蜋丸集序」, P. 104.

성화된 상투형들과 팽배한 허위의식을 부단히 폭로 할 것을 요청한다."25)

또 이언와트는 "리얼리즘의 일반적 성향은 비판적이고 반 전통적이며 혁신적이다."26)라고 한다. 이렇게 본다면 사실주의는 뚜렷한 사회 의식을 소유한 작가가 현실참여를 하는 한 기법이라고 할 수 있다.

따라서 연암의 사실주의란 機械的反映論이나 현실의 혹초와는 다른 것으로 사물을 사실적으로 디테일하고 치밀한 사물인식의 과정에서 사회의 모순 또한 자연스럽게 그의 문학에 나타내었던 것이다. 그리고 이것이 결국 그가 여성, 하층민에 대한 휴머니즘과 사회 비판 의식을 포괄하는 현실참여의 개연성을 갖고 있다는 것을 뒷받침하며, 사실주의 중에서도 비판적 사실주의27)와 윤리적 사실주의28)를 지녔다는 것이다.

여기서 윤리적 사실주의는 성리학의 이념29)과도 부합되는 개념이

---

25) 염무웅, 『민중시대의 문학』, 창작과 비평사, 1979, P. 114.

26) 이언와트, 「리얼리즘과 소설 형식」, 『문예사조』, 문학과 지성사, P. 151.

27) 任軒永은 「리얼리즘 起點 試論 – 연암의 비판적 사실주의를 중심으로」, 『국어국문학』 61, 1973, PP. 475-478. 에서 연암의 사실주의를 다음과 같이 보았다. "비판적 사실주의는 浪漫主義에 속하는 批判的 사실주의와 19세기 말엽부터 오늘에 이르는 비판적 사실주의로 나눌 수 있다. 전자는 그 시대적 배경이 봉건 질서 붕괴기로 볼 수 있으며, 이러한 새로운 역사적 價値觀에 의해 무너져 가는 시대에 일종의 喜劇的 手法을 가진 것이 연암의 사실주의다."

김성수 엮음, 『우리 문학과 사회주의 리얼리즘 논쟁』, 사계절출판사, 1992 에는 사회주의 계열의 리얼리즘을 다룬 논문 11편을 편집해 놓았다. 이 책 PP. 54-55에 게재된 박종식의 〈우리 나라에서 사실주의 문학의 발생과 발전〉,에서는 연암을 비판적 사실주의 문학의 선구자로 보고 그 첫 작품은 「허생전」, 「호질」, 「양반전」 및 그의 政論문학이라 하며 연암의 현실 비판을 다음과 같이 말한다. "연암의 현실 비판은 비판을 위한 비판이 아니라 현실 긍정을 예상한 비판이라는 것을 알 수 있다. 그의 문학이 인민의 행복한 미래, 조국의 번영과 새 시대를 얼마나 갈망하고 긍정하였는가 하는 것은 낭만주의적 작품 「총석정에서 해돋이 구경」이 아주 선명하게 보여주고 있다."라고 한다.

28) 金炳傑, 『리얼리즘 文學論』, 을유문화사, 1981, pp. 29-30에서 리얼리스틱한 구도는 삶과 인간과 世界를 觀念的 또는 因襲的인 포장을 씌우는 일이나 환상에 빠지는 일 없이 事實 그대로 보고 描寫하려는 필요에서 발생한다. 이 경우에 있어서 리얼리즘은 倫理的 리얼리즘이며 實用的이다. 라고 하며 연암의 문학을 倫理的 리얼리즘이라 한다.

29) 玄相允의 『朝鮮儒學史』, 현암사, 1986, PP. 64-65을 보면 조선 성리학의 내용을 다음과 같이 정리하고 있다. 대체로 송학과 동일한 것으로 주로 자연 철학과 인생철학을 말하였다. 논한 문제는 宇宙論과 心理學, 倫理學에 관한 것이며 曰理, 曰氣하는 것은 本體的 개념으로서 우주 생성의 요소와 원리를 말한 것이요, 心性精이니 道心人心이니 人物

며, 그의 전생애 동안 일관되게 나타나는 휴머니즘 의식과 연결된다. 휴머니즘이란 "인간과 인간성을 왜곡하고 억압하고 속박하는 모든 사상과 제도와 조건과 세력에서 인간을 해방하고 인간성을 옹호하고 육성하고 발전시키려는 것"[30]이다.

따라서 이것은 인간의 存在(sein)를 當爲(sollen)적으로 바라보려는 적극적 관심이 있어야 한다. 연암은 그의 소설 10편 중 「許生」과 「虎叱」을 제외하고는 모두 중인 이하 신분을 지닌 자를 주인공으로 삼아 그들에게 당시 사회에서는 찾아 볼 수 없는 따뜻한 인간의 숨결을 불어넣었다. 또 그의 삶을 보더라도 50세에 부인이 죽고 며느리마저 상을 당해 시중들 사람조차 마땅치 않았으나 재혼치 않았다. 심지어 연암은 개까지도 기르지 말라고도 하였는데 그 이유는 이러하였다.

개는 주인을 따르는 동물이다. 또 개를 기른다면 죽이지 않을 수 없고 죽인다는 것은 차마 할 수 없는 일이니 처음부터 기르지 않는 것만 못하다.
狗能戀主 且畜之 不得無殺 殺之不忍 不如初不畜也[31]

또 한 번은 타던 말이 죽자 하인들에게 묻어 주게 하였으나 이를 잡아먹어 버린 일이 있었다. 이 사실을 안 연암은 말의 뼈를 잘 수습하여 묻어주고는 하인들의 볼기를 쳐 몇 달을 내 쫓아 혼쭐내었다.

그때 연암은 다음과 같이 말한다.

사람과 짐승은 비록 차이가 있지만서도 너와 함께 애쓴 짐승이거늘 어찌 이와 같이 잔인한 것이냐?
人与獸 雖有間 是共汝勞苦者 豈忍如是[32]

性同異의 議論은 心理現象을 연구하며 토론한 것이다. 그러나 이 裏面에는 한 개의 목적이 있으니 천인의 際와 物我의 關係를 論하여 天人의 原理를 同一하게 말하고 天人合德을 力說하여 써 聖賢을 做出코자 하는 倫理的 목적이 그것이다. 그러기에 성리학의 最高 目標는 倫理學에 있었다고 할 수 있다.
30) 安秉煜, 『휴머니즘 그 理論과 歷史』, 민중서관, 1977, P. 17.
31) 박종채, 「과정록」, 『한국한문학연구』제 7집, 1984(영인), P. 74.

미물에게 조차 따뜻한 마음으로 다가가는 연암의 모습을 볼 수 있다. 박종채의 기록을 뒤지면 연암은 아버지가 위독하자, "곧 칼끝으로 왼손 가운뎃손가락을 그어서는 핏방울을 약에 떨어뜨려 섞어서 이를 드리니 잠시 뒤에 소생하셨다(乃刀尖劃裂左手中指 滴血和藥以進之 俄頃面甦)."[33]라는 기록도 보인다. 이것은 연암의 수평적 질서 의식, 그리고 현실에 대한 인식에 기인한 것으로 그 배면에는 인물성동론이라는 성리학적 사고가 바탕한 것이다.

4) 多値的 思考와 言語認識

연암의 언어인식은 여간 아니었는데, 「答任亨五論原道[34]書」에는 연암의 글을 쓰는 마음과 언어 인식이 잘 나타나 있다.

하늘이 하늘로 되는 까닭은 이(理)와 기(氣)[35]인데 언어라는 것은 이기(理氣)의 내용이며 소리이다. 하늘이 말없이 이기(理氣)를 보이면 사람은 그 내용을 체득해서 소리로 담아 나타낸다.…그러한 까닭에 천하의 모든 원인을 알아내서 만물의 실정을 모두 드러내 전해 주는 것이 바로 언어이다.… 언어란 나누어 가름이다. 나누어 가르려 하면 형용하지 않을 수 없고 형용하려 하면 저것을 끌어다가 이것을 증거 해야 하는 데, 이것이 언어의 있는 그대로의 사실이다.

天地所以爲天者 理氣耶 言語者 理氣之容聲也 天旣默而示之 則人得以體其容聲而發之…故而盡萬物之情者 言語也…言語者 分別也 慾其分別 則不得不形容 慾其形容 則援彼證此 此言語之情實也[36]

---

32) 박종채, 「과정록」, 『열상고전연구』제 8집, 1995(영인), P. 465.
33) 박종채, 전게서, P.13.
34) 「原道」란, 韓愈(768~824)가 儒道의 原義와 儒家의 道通을 밝힌 논문이다.
35) 성리학에서 '理'는 觀念的 本體로 生滅過程이나 變化의 根據인 形而上의 범주로 不變이며 普遍性과 統一性을 의미한다. '氣'는 唯物的 存在現象이며 事物의 變化過程에 함께 하는 形而下의 범주로 變하며 具體性을 의미한다.
36) 박지원, 상게서, 「答任亨五論原道書」, P. 36.

이 글은 당시의 일반 식자층의 언어관에서 탈피한 것이라 볼 수 있다.37) 즉 연암은 하늘은 이기를 제시한다고만 했지 하늘이 글을 보여준다고 하지 않았다. 하늘을 보여주는 것은 언어, 즉 글이니 이는 '天之文'과 '地之文'에 선행하는 것이 '人之文'이라는 것이다. 결국 글의 주체는 사람이기에 형용도 증거도 모두 사람이 해야 되는 것이다. 그렇기에 작자는 자기의 모든 창의적 능력을 동원하여, 가장 적확하게 이기를 밝히는 논리성 있는 글을 써야 한다는 추론을 가능케 한다. 또한 이 글은 언어의 기호체계를 확실히 인식한 글이다. 즉 언어가 전달하고자 하는 내용(意味)과 언어의 형식인 소리(音)에 대한 이해이다. 연암의 글에 보이는 언어의 적확한 쓰임의 바탕에는 바로 이러한 언어 인식이 자리잡고 있다.

이것은 연암이 사물의 객관세계(welt)를 인식하려는 주체(독자 및 작자)의 내부세계(lebenswelt)와 중간적 존재인 언어세계(umwelt)를 이해한다는 것이다. 따라서 연암은 앞 장에서도 살핀 바처럼 그가 그리고자 하는 객관세계를 정확히 인식하려는 인식의 주체자로서의 자각이 뚜렷하였다.

또한 윗 글은 언어의 기호체계를 확실히 인식한 글이다. 즉 언어가 전달하고자 하는 내용(意味)과 언어가 형식인 소리(音)로 이루어진다는 언어의 필요충분 조건충분히 만족시키는 글이며, 아울러 언어의 적확한 쓰임을 요구하는 것이다

연암의 언어 인식이 예사롭지 않음을 알 수 있는 좋은 예로 『熱河日記』「關內程史」를 들 수 있다. 金學士 黃元38)이 浮碧樓에 올라가서 지은 시가 있는데, 연암은 이를 마뜩지 아니하게 여긴다. 사람들이 찬탄하는 황원이 읊은 시는 다음과 같다.

---

37) 車溶柱 編, 『燕巖研究』, 계명대출판부, 1984, P. 200에 실린 趙東一의 「朴趾源의 文學思想과 小說論」에서는 다음과 같은 견해를 밝히고 있다.
　"복고적인 문학관은 氣가 아무리 변해도 理는 변하지 않는다고 하고 변하는 氣를 보여주는 문학은 천박하며 변하지 않는 理를 추구하는 문학이라야 숭상할 가치가 있다고 주장했는데, 박지원은 理가 氣 자체의 원리라고 하는 一元論的 主氣論으로 이러한 주장을 부정했다."

38) 고려 예종 때의 문학가

길게 뻗은 성 한 모퉁이 용용(溶溶)히 흐르는 강물이요
넓은 벌판 동쪽 머리에는 점점(點點)이 박힌 산이로세
長城一面 溶溶水 大野東頭 點點山39)

　모든 사람들이 칭찬해마지않는 이 시를 연암은 대수롭지 않게 생각하며 그 이유를 다음과 같이 적고 있다.

　"용용(溶溶)"은 큰 강물의 모양새가 아니요, "동두점점산(東頭點點山)"은 멀어봤자 사십 리에 불과할 뿐이다. 그런데 어떻게 "대야(大野)"라고 부를 수 있단 말인가?
　溶溶非大江之勢 東頭點點之山 遠不過四十里耳 烏得稱大野哉40)

　이러한 연암의 언어미학은 세계관과 밀접한 관련이 있다. 연암은 다음과 같이 세계를 끊임없이 변하는 동적구조로 파악하였다.

　하늘과 땅이 아무리 오래되었다 하더라도 끊임없이 새로운 것으로 존재하고 해와 달이 아무리 오래되었다고 하더라도 그 빛은 날마다 새로운 것이다.…썩은 흙에서 지초가 돋으며 썩은 풀에서는 반딧불이 생긴다….글이라고 해서 할 말이 다 쓰인 것 아니요, 그림이라고 해서 뜻을 다 나타내지는 못한다.
　天地誰久 不斷生生 日月誰久 光輝日新….朽壞丞芝 腐草化螢….不盡言圖不盡意41)

　연암은 사물을 에르곤(ergon)이 아니라, 에네르게이아(energeia)로 보았다.42) 그렇기에 그는 끊임없이 변하는 세계 속에서 자신도 항상 새로운 삶을 추구하였다. 이 글에서 읽을 수 있는 생성론적 우주론이 있었

---

39) 박지원, 상게서, 『熱河日記, 關內程史』, 7월 25일, P. 186.
40) 박지원, 상게서, 『熱河日記, 關內程史』, 7월 25일, P. 186.
41) 박지원, 전게서, 「楚亭集序」, P. 12.
42) '죽어있는 산물', 즉 에르곤으로서의 靜的인 언어관에, '생산이나 활동', 즉 에네르게이아로서의 動的인 언어관을 대비시키는 훔볼트의 견해.

기에 그는 현실을 묵수할 수 없었다. 그의 사상이 그렇고 문학 또한 여기서 벗어날 수 없는 것이었다. 따라서 진부한 언어로는 이러한 "生生", "日新"의 세계를 표현할 수 없다고 생각한 연암은 끊임없이 창의성 있는 글쓰기를 시도 한 것이다. 그리고 이러한 변화의 실체를 그리려하기에 다양한 방법의 문학이론으로 무장하였다.

마지막 문장을 유의하여 다시 한 번 살펴본다. 연암은 "글이라고 해서 할 말이 다 쓰인 게 아니요, 그림이라고 해서 뜻을 다 나타낸 것도 아니다."라고 하였다. '하고 싶은 말'을 어떻게 '글'로 다 표현할 수 있을까? 좀 더 언어적 측면을 들이댄다면 연암이 글로써 말을 다 적지 못한다고 한 것은 自然言語(natural language)와 形式言語(formal language)의 차이점을 명확하게 인식한 때문이 아닐까.

여하간 연암의 이러한 언어 인식은 2 値的 사고가 아닌 多値的思考(multi-valued orientations)를 하였다고 볼 수 있다. 2 치적 사고(two-valued orientations)란 어떤 대상을 두 개의 대립된 상황으로 나누고 둘 중 한 쪽을 택하고 딴 쪽을 버리는 사고 방식이요, 다치적 사고란 세계를 여러 각도에서 바라보고 여러 가지 척도를 가지고 재고 판단하는 것이다.43) 따라서 이 다치적 사고는 열린 사고이며 과학적인 사고로 사물의 다양한 모습을 살필 수 있는 것이다. 연암의 글에서 종종 접하게 되는 착상이 기발한 글들은 이에 연유한다고 볼 수 있다.

이러한 연암의 사물 인식은 다음 글을 보면 알 수 있다.

아! 저 까마귀를 보자. 그 날개보다 더 검은빛도 없으나 갑자기 비치어 부드러운 황색도 들고 다시 비치여 진한 녹색으로도 된다. 햇빛에서는 등자색을 띤 자줏빛으로 번쩍이다가 눈이 아물아물해지면서는 비취색으로 변한다. 그렇다면 내가 비록 푸른 까마귀라고 해도 좋고 다시 붉은 까마귀라고 일러도 좋다.

噫 瞻彼鳥矣 莫黑其羽 忽暈乳金 復耀石綠 日映之而騰紫 目閃閃而轉翠 然卽吾雖謂之蒼鳥可也 復謂之赤鳥赤可也44)

---

43) 서정수・노대규,『말과 생각』, 한양대학교 출판부, 1995, PP. 139-171 참조.

우리는 보통 까마귀의 빛깔이 검다고만 보는 것이 사실이다. 폐쇄적이요, 고정관념에 사로잡힌 인식론이다. 그러나 연암은 부드러운 황색의 까마귀, 진한 녹색의 까마귀, 등자색을 띤 자줏 빛의 까마귀를 본다. 사물에 대한 열린 시선이 아니라면 볼 수 없는 색깔이다.

이것을 보면 연암은 이미 상당한 물리학에 대한 지식이 있었던 것 같다. 이는 호이헨스(huyghens, christian, 1629-1695)가 주장한 '빛의 파동설'45)이나 干涉現象(interference)과 아주 흡사한 논리이다. 즉 빛이 얇은 막에 가서 굴절과 반사를 통하여 나올 때, 광도차에 의하여 간섭현상이 생긴다. 이때 파장의 차이에 따라 색깔이 다르게 나타나는 것이다. 따라서 우리가 까마귀를 자세히 보고자한다면 일정한 빛깔로 보일 리가 없는 것이다. 또 보는 이의 위치에 따라서도 얼마든지 달할 수 있는, 일종의 錯視現象도 생각할 수 있다. 이러한 연암의 다치적 언어 인식에서 치밀한 사물인식과 투철한 글쓰기로 이어지는 한 이유를 접할 수 있다. 결국 눈에 보이는 현상과 현상의 이면을 구별 못하고 고정 관념에 사로잡혀 '까마귀는 검다'라는 것이다.

그래서 연암은 이어지는 글에서 다음과 같이 눈이 있으되 색깔을 보지 못하는 이들에게 다음과 같이 말한다.

저것은 본래 일정한 빛깔이 없는 것이거늘, 내가 먼저 눈으로 먼저 일정하게 만들어 버린다. 어찌 다만 그 눈으로 정하고는 보지도 않고 먼저 마음 속으로 정해 버리고 마는가. 아! 까마귀를 검은 빛에 가둔 것도 족한데 바로 까마귀를 천하의 온갖 빛깔에 가두었다. 까마귀가 정말 검기는 하다. 하지만 누가 다시 이른바 까마귀의 푸르고 붉은 것이 곧 색깔의 속에서 비치는 것을 알겠는가.

彼旣本無定色 而我及以目先定 奚特定於其目 不覩而先定於其心 噫 錮烏於黑足矣 迺復以烏錮天下之衆色 烏果黑矣 誰復知所謂蒼赤乃色中之光耶46)

---

44) 박지원, 전게서, 「菱洋詩集序」, P. 105.
45) '빛의 파동설'이란 네덜란드의 과학자 호이헨스가 1678년에 주창한 것으로 파동이 전파될 때에는 하나의 波面上의 모든 점이 새 활동의 중심이 되어 각각 2차파를 만들어 내어 이것들의 중첩에 의하여 다음 순간에서 파면이 만들어 진다는 것.

고정적 색채관념에 입각한 봉건 지식인들의 사고를 지적하는 이 글에서, 눈과 관념의 폐해를 지적하는 연암의 사고를 볼 수 있다. 눈으로 일정하게 빛깔을 만드는 것은 잘못된 것이다. 눈이 빛을 만드는 것이 아니라 빛의 간섭현상에 의하여 빛이 여러 빛깔로 보이는 것이다. 이러한 물리적 현상에서 얻을 수 잇는 연암의 언어인식은 외물의 현상보다는 이면을 치밀하게 살펴야 한다는 소리이다. 또 연암은 예리한 사물 인식과 관념에만 의존치 말고 실증적 사고 열린 사고를 지향을 요구한다. 철학에서는 이를 객관적 사물 인식에 있어서 知覺하는 이의 중심적 역할에 초점을 맞추는 現象學(phenomenology)과 유사한 개념으로 볼 수가 있다.

결국 연암은 까마귀가 이런 물리적 현상에 의하여 일정한 빛깔이 없는 것처럼 모든 사물이든지 환경 또한 보는 사람에 따라 다르게 보인다는 것이다. 따라서 이러한 間色47)효과를 나타내는 사물을 한 두 마디의 언어로 고정화 시킬 수 있는 언어란 없다. 사물을 바라보는 이는 그렇기에 치열한 의식을 지녀야 하며 사물을 있는 그대로 보고 그리려 노력하여야 하며, 그렇기에 가능한 모든 언어를 동원한 글쓰기에 힘써야 한다는 것이다.

그리고 이것은 유학의 언어관과 유사한 것으로 볼 수 있다. "진여(眞如)라고 부르는 진실은 언어로 나타내기 어려운 것이기에 불립문자를 내세운 불교의 언어관과 맞서는 유학의 언어관이다."48) 또한 유학에서는 "인간 주체의 성실성과 더불어 객관적 이(理)의 실재를 동시에 규명하는데 그 특징이 있는 만큼 사물의 합리성, 객관적 실재성, 주지적 논리성 등을 철저히 규명하려 한다."49)

또 「鐘北小選自序」에서 창힐이 "글자를 만들 때 내용을 들어보고 형상을 그려내며 또 그 形象과 義를 빌어서 쓴 것(造字亦不過 曲情盡形 轉借象義如 是而文矣)"50)이라 하니 이것은 언어에 존재론적 의미를 부여한 것으

---

46) 박지원, 전게서, 「菱洋詩集序」, P. 105.
47) 둘 이상의 빛깔의 혼합으로 생기는 빛깔. 赤·黃·靑·白·黑의 혼합으로 생기는 빛깔.
48) 조동일, 『韓國文學思想史試論』, 지식산업사, 1995, P. 270.
49) 유승국, 전게서, P. 21.

로 볼 수 있다.

이러한 연암의 대 사물 언어미학은 그의 작품 도처에 나오는 직유와 은유 등의 비유, 다양한 예증, 역설과 반어 수많은 속담 등을 통해서도 살펴 볼 수 있다.

5) 眞과 假의 問題

32세에 연암은 「綠天館集序」를 지었다. 이는 이서구(李書九, 1754-1825)의 문집에 붙인 서로 연암의 문장 작법의 원리가 잘 나타나 있다.

옛사람을 모방해서 글짓기를 거울에 물건이 비치 듯하면 같다고 할 만한가? 본 물건과는 좌우가 방향이 뒤틀리는 것을 어떻게 같다고 하랴? 물에 물건이 나타나듯 하면 같다고 할 만한가? 본 물건과는 우 아래가 거꾸로 되는 것을 어떻게 같다고 하랴? 그러면 그림자가 물건을 따라 다니듯 하면 같다고 할 만한가? 한낮에는 난쟁이 땅딸보가 되었다가 해가 기운 뒤에는 키다리 꺽정이가 되는 것을 어떻게 같다고 하랴? 그러면 그림으로 물건을 그리듯 하면 같다고 할 만 한가? 다니는 섯도 움직이지 못하고 말하는 것도 소리가 없으니 어떻게 같다고 하랴?

倣古爲文 如鏡之照形 可爲似也歟 曰左右相反 惡得而似也 如水之寫形 可謂似也歟 曰本末倒見 惡得而似也 如影之隨形 可謂似也歟 曰午陽則侏儒僬僥 斜日則龍伯防伯風 惡得而似也 如畵之描形 可謂似也歟 曰行者 不動 語者無聲 惡得而似也[51]

이는 당시의 의고주의 문풍에 반기를 든 것으로 사물의 같음을 추구할 필요가 없다는 말이다. 즉 '참'이라거나 '닮았다'거나 하는 그 가운데는 벌써 가짜나 다른 것이란 뜻이 들어 있는 것이다.

모방이란 말은 벌써 진의 상대성인 가를 전제로 한 표현이기에 영원히 상대적 관계로 밖에는 머물 수 없는 것이다. 또한 이것은 당시의 현실

---

50) 박지원, 상게서, 「別集, 鍾北小選 自序」, P. 103.
51) 박지원, 상게서, 「綠天館集序」, P. 107.

과 무관치 않으니 '진이 조선이요, 가는 중국'으로 본다면 민족 자존과도 연결시킬 수 있는 것이다.

이는 이미 김만중(金萬重, 1637-1692)이 『西浦漫筆』에서 지적한 "지금 우리 나라의 시문은 자기의 말을 버리고 다른 나라의 말을 배우니 설사 아주 비슷하게 한다 할지라도 이는 앵무새가 사람의 말을 흉내내는 것과 다름이 아니다(今我國詩文 捨其言而學他國之言 設令十分相似 只是鸚鵡之人言)."52)와 같은 견해이다.

연암은 이어 다음과 같이 가가 진이 될 수 없는 이유를 논리적으로 밝힌다.

> 왜 그런가? 다른 것은 외형이요, 같은 것은 내용이기 때문이다. 이렇게 본다면 내용이 같다는 것은 뜻을 말함이요, 외형이 같다라는 것은 털과 겉껍질인 것이다.
>
> 何則 所異者形 所同者心故耳 繇是觀之 心似者志意也 形似者皮毛也53)

이것은 글에 있어서 외형, 즉 문체란 뜻과 의견을 나타내어 독자에게 효과적으로 전달하기 위한 한 방편이라는 것이다. 문제는 글을 쓴 목적이 외형에 있는 것이 아니라 내용에 있는 것이다. 우리가 글을 쓰고자 함은 자기의 뜻을 타인에게 전달하거나 혹은 자기의 뜻을 나타내고자 함이다. 따라서 자기의 뜻을 나타내는 것이 우선이고 다음에 효과적으로 뜻을 나타내는 방법을 취하는 것이요, 형식에 뜻이 얽매이는 것이 아니라 뜻에 따라 적절한 형식을 꾀하는 것이다. 이렇게 본다면 좋은 글과 외형이 비슷할 지는 몰라도 그 내용은 전혀 다른 것이다. 사물의 모양도 각양각색이요, 사람도 백인백색인데 어찌 뜻이 같을 수 있겠는가. 따라서 남의 글을 배우려면 그 글을 쓴 작자의 뜻을 찾아야 하는 것이다.

외형이 같다고 쓴 글은 다만 털과 겉껍질에 지나지 않기 때문이다.

그의 이러한 견해는 그의 만년의 작인 「孔雀館文稿 自序」에서도 찾아

---

52) 金萬重, 『西浦集』, 「西浦漫筆」, 通文館, 1971.
53) 박지원, 상게서, 「녹천관집서」, P. 107.

볼 수 있다.

　　글이란 것은 뜻을 나타내면 그만일 뿐이다. 제목을 놓고 붓을 잡은 다음 갑자기 옛말을 생각하고 억지로 고전의 사연을 찾으며 뜻을 근엄하게 꾸미고 글자마다 장중하게 만든다는 것은 마치 화가를 불러서 초상을 그릴 적에 용모를 고치고 나서는 것 같다.

　　文以寫意 卽止而已矣 彼臨題操毫 忽思古語 强覓經旨 假意謹嚴 逐字伶莊者 臂如招工寫眞 更容貌而前也[54]

　　이는 글의 목적이 사의이며 가식을 하지 말라는 것이다. 가식은 위에서 언급한 바 글의 외형이다. 고전을 인용하여 글을 꾸미는 것이나 글자마다 장중하게 하는 것이나 용모를 고쳐 그리는 것이나 모두 외형일 뿐이다. 이러한 외형의 꾸밈이 더 할 수록 뜻은 점점 멀어지는 것이다. 그렇다면 연암의 '文以寫意'의 '意'란 무엇인가? 이 글을 통해 보면 사실적인 기술, 즉 가식이 없는 진을 나타내라는 것이다.

　　그러나 여기서의 사의란 있는 단순한 즉물, 즉사적 태도를 말하는 것은 아닌 것 같다.

　　앞 장에서도 살핀 바 있는 연암의 「鍾北小選 自序」를 보면 "창힐씨가 글자를 만드는 데도 내용을 들어 뵈고 형상을 그려내며 또 그 형상과 뜻을 빌어서 쓴 것이다."라고 하며 글에서의 소리(聲), 빛깔(色), 사연(情), 환경(境)을 보아야 한다고 하며 다음과 같이 끝을 맺는다.

　　벌레 수염과 꽃 잎사귀에 관심이 없다는 것은 글을 지을 만한 생각이 결핍되었다는 말이다. 작용하는 제 형상을 세심하게 따지지 않는 사람은 글자 한 자를 제대로 모른다고 보아도 좋은 것이다.

　　不屑於蟲鬚花蘂者都無文心矣 不味乎器用之象者 雖謂之不識一字可也[55]

---

54) 박지원, 상게서, 「孔雀館文稿 自序」, P. 57.
55) 박지원, 상게서, 「鍾北小選 自序」, P. 103.

이것은 글 속에 담긴 의미를 찾으려 세심한 주의를 기울여야 한다는 것으로 사물을 보는 데 관념론자들의 범주적 태도56)가 아닌 즉물, 즉사적 태도57)를 말하고 있는 것이다. 즉 연암은 존재와 본질 중 본질론에 입각한 사고로 사물을 세심하게 파악해야 한다는 것이다.

이렇듯 연암은 사물의 현상을 구체적으로 살피는 것에 그치는 것이 아니라 관찰자의 관념적 추론까지도 요구한 것이다.

연암은 「菱洋詩集序」에서 "아름다운 여인을 보는 것으로서 시를 알게 된다." 하며, 다음과 같이 사물에서 뜻을 찾는 법을 밝히고 있다.

그가 고개를 숙인 데서 부끄러워하는 것을 보고 턱을 괸 데서 원한이 있는 것을 보고 혼자 서 있는데서 무슨 생각이 잠긴 것을 보고 눈썹을 찡그린 데서 무슨 근심에 싸인 것을 보고

난간 아래에 섰는 것을 보니 누구를 기다리는 것이고 파초 잎사귀 아래 섰는 것을 보니 누구를 바라보는 것이다.

觀乎美人 可以知詩矣 彼低頭 見其羞也 支頤見其恨也 獨立 見其思也 頻眉 見其愁也 有所待也 見其立欄干下 有所望也 見其立芭蕉下58)

이것은 시를 이해하는 방법을 기록한 것이나, 이 시를 사물로 치환한다면 연암의 대 사물 인식의 일단을 볼 수 있는 것이다.

연암의 사물 인식의 자세는 일과 몬의 현상을 깊이 있게 살피는 것과 풍부한 스키마(schema)를 동원한 주관적 관념의 세계와 객관적 사물의 세계가 합일되어야만 한다는 것이다. 즉 경험론적 요소와 관념론적 요소를 아울러 통합해야 한다는 것이다. 그렇기 위해서 연암은 끊임없는 경험을 요구한 것이며, 사물을 인식하는 자의 치열한 의식을 요구한 것이

---

56) '範疇的態度'란 심리학 용어로 붉은 종이를 볼 때 이것을 色彩範疇에 딸리는 한 개의 색채로서의 붉은 빛이라고 판단하는 것처럼 대상을 일정한 概念體系에 귀속시켜서 認識하는 태도.
57) 붉은 빛깔을 보고 장미꽃의 빨강이라고 認識하는 것과 같이, 어떤 사물을 구체적인 대상에 관련시켜 인지하는 태도.
58) 박지원, 상게서, 「菱洋詩集序」, P. 105.

다. 결국 연암은 음향, 감촉, 빛깔 등과 같은 감성적 성질이나 공간적 물체적인 것을 나타내는 물적현상과 이와는 모순되는 마음 속으로 느끼는 심적현상이 지향하는 곳. 그곳이 바로 연암이 추구한 사물 인식의 진이 있는 것이다.

이것은 연암이 일과 사물의 진을 인식하는 변증적 사물인식 태도인 것이다.

이 진을 선행 연구에서는 "진이란 단순한 사실성만을 의미하는 것이 아니라 다른 한 편으로 성령으로서의 진, 즉 진솔을 나타내는 것"59)이며, "글 쓰는 사람이 대상의 참을 그려야 한다는 뜻이기도 하고 대상의 참을 참되게 그려야 한다는 뜻"60)으로 보기도 하였다.

연암은 「贈左蘇山人」에서 진과 가를 또 다음과 같이 적고 있다. 이해를 돕기 위해 길게 인용해 본다.

… 산문은 의례 한(漢)대에 비기고 / 시라면 당(唐)대를 이끌어 대겠다./ 같다고 말함은 이미 참 아니거니 / 한대나 당대나 어디 또 있으랴

… 걸음을 배운다고 기는 꼴 우습고 / 덩달아 찡그리매 상판이 더 밉다./ 이제야 알건대 그림 속 계수가 / 머귀나 가래나 산 나무만 못하다./

… 온 언덕 퍼렇게 자란 보리가 / 입안에 들어선 구슬 보다 중하다./ 경서의 글자를 훔쳐서 모았자 / 제단에 구멍 뚫고 쥐새끼 사는 격 / 고전의 주석을 엮어서 내자니 / 선비님네 아가리 벙어리 될 밖에/

… 눈 앞에 뵈는 일 참이 게 있거늘 / 어찌 꼭 먼 옛날 치키어 가자나/ 한대와 당대가 지금은 아니요 / 우리 나라 가요가 중국과는 다른 게라 /

… 새로운 글자를 만들지 못하나 / 내가 먹은 생각 다 써내야 한다./

… 文必擬兩漢/ 詩卽盛唐也/ 曰似已非眞/ 漢唐豈有且…/ 學步還匍匐/ 效顰從醜(者鬼) / 如知畵桂樹/ 不如生梧檟…/靑靑陵阪麥/ 口珠暗批擢/ 不思腸肚俗/ 强覓筆硯雅/ 點鼠六經字/譬如鼠依杜/ 掇拾訓詁語/陋儒口盡啞…卽事有眞趣/ 何必遠古抯/漢唐非今世/ 風謠異諸夏…/新字雖難創/ 我臆宜盡寫/61)

---

59) 김도련, 「연암 문학에 대한 소고-古文論을 中心으로-」, 『한국학논총』4호, 국민대, 1981
　　P. 221.
60) 송재소, 「연암의 시에 대하여」, 『이조 후기의 한문학의 재조명』, 창작과 비평사, 1991,
　　P. 13.

여기서 연암은 가로서 한 나라와 당의 시와 문을 지적하며 즉사에 진이 있다 한다. 이를 이해하려면 연암 당시 문단의 상황을 잠시 짚고 넘어가야 할 것 같다.

연암 당시 문단은 크게 두 줄기로 나뉘어진다. 하나는 명나라의 李攀龍, 王世貞을 따르는 擬古文派와 歸有光, 唐順之 등을 배우고자 하는 古文派(중국의 公安派에 해당)[62]가 그것이다. 의고문파의 대표자는 최립(崔岦, 1539-1612)과 신흠(申欽, 1566-1628) 등을 들 수 있는데, "文筆兩漢 詩則盛唐"을 따랐으며, 고문파는 韓退之의 刱新論을 지지하였다. 이를 보면 연암은 古文派와 밀접한 관련이 있는 것 같다.[63] 그러나 연암을 고문논자로 규정하는 것은 무리가 있을 듯하다. 연암은 끊임없이 자기변화를 꾀했다 법고도 창신도 그의 사상을 안주시키지는 못했다.

연암의 이러한 이론은 우리가 중국의 글을 모방하는 것만이 능사가 아니라는 사실을 뒷받침하기 위한 민족자존 정신의 소산으로 이해해야 할 것이다. 연암의 「嬰處稿序」에는 이를 잘 나타내고 있다.

우리 나라가 비록 구석진 곳에 있지만 천승(千乘)은 되는 나라요 신라와 고려가 소박하기는 하나마 민간의 아름다운 풍속도 많다. 그 말을 글자로 옮겨 놓고 그 민요를 운율에 맞추기만 하면 자연스럽게 문장을 이루어 참다운 맛이 나타날 것이다. 옛 것을 본 받거나 남의 것을 빌리어 올 것 없이 현재의 있는 그대로를 가지고 모든 것을 표현 할 수 있는 것이다.

左海雖僻 國亦千乘 羅麗雖儉 民多美俗 卽字其方言 韻其民謠 自然成章 眞機發見 不事沿襲 無相假貸 從容現在 卽事森羅[64]

---

61) 박지원, 상게서, 「贈左蘇山人」, P. 87.
62) 대표 학자로는 袁宏道를 들 수 있다. 원굉도의 文學論을 요약하면 "獨抒性靈 不拘格套"이다.
63) 李鐘周, 『北學派 散文 硏究』, 서강대학교 대학원 박사 논문, 1991 參照.
   金都鍊,의 주 54) 前揭 논문 參照.
   강혜선, 『朴趾源 散文의 고문 변용 양상에 관한 연구』, 서울대 박사학위 논문, 1996. 參照.
64) 박지원, 상게서, 「嬰處稿序」, P. 107.

이 글을 보면 그의 민족자존과 함께 글의 진과 가가 나타나 있다.

'眞'은 우리 나라의 풍속을 그대로 문자로 옮겨 놓고 현재를 '卽事'하면 된다는 것이요, '假'라는 것은 무조건 옛 것을 본 받거나 남의 것을 빌어 온 것을 말한다.

또한 위 책에서 사당 안에 있는 시뻘건 상모와 뻗친 수염을 하고 있는 관운장의 모습을 보고는 사람들이 모두 혼비백산하지만 어린 아이들은 무서운 줄 모른다며 "假像에 아무리 씌우고 입히고 해보았자 천진스런 아이들의 진솔함은 속일 수 없다(像衣冠 不足以欺 孺子之眞率矣)."라고 한다.

이것은 순수한 사물의 본질, 본성이 진이라는 것으로 '선비로서의 진솔(孺子之眞率)'함을 촉구하는 것이다.

연암의 「答蒼厓 二」를 보면 서화담의 고사가 나온 데서 연암의 본질 추구를 엿볼 수 있다. 즉 장님이 갑자기 눈을 떠 집을 못 찾는다고 하자 서화담이 도로 눈을 감으면 된다고 하여 집을 찾아갔다는 고사를 인용한 것이 있다.

이 글의 서두와 말미를 보면 다음과 같다.

자기의 본바탕으로 돌아가라는 것이야 어찌 문장만 이겠습니까? 각양각색의 온갖 일이 다 그렇습니다.… 이것은 다름이 아니라 빛과 형체가 거꾸로 되고 슬픔과 기쁨이 엇갈리는 까닭입니다. 이것을 망상이라 합니다. 지팡이를 뚜딱 거리며 걸음을 걷는 대로 가는 것은 우리들이 분수를 지키는 요지요 집을 찾아가는 비결입니다.

還他本分 豈惟文章 一切種種萬事摠然…此無也 色相顚倒 悲喜爲用 是爲妄想
扣相信步 乃爲吾輩守分之 詮諦歸家之證印65)

이것을 보면 연암이 말하는 진이란 다름 아닌 사물의 본질을 말하는 것이요, 자기의 본분을 지키는 것을 이름이고 가란 망상으로 자기의 본분에 어긋남을 말하는 것으로 볼 수 있다.

이상을 보면 진과 가의 애매성66)을 볼 수 있다. 즉 진은 寫意요, 卽

---

65) 박지원, 상게서, 「答蒼厓 二」, P. 93.

事요, 우리의 純粹한 마음이요, 自然이요, 民間의 자질구레한 일상사요, 街談巷語이며, 실학이며, 사물의 本質이요, 참이라면, 假는 漢, 唐의 시문을 맹목적으로 추종하는 것이요, 거짓이요, 觀念이요, 僞善이요, 양반네의 高談峻論이요, 헛된 학문을 위한 학문이요, 妄想이라고 할 수 있다.

6) 法古와 剏新의 辨證的 發展

法古와 創新은 「楚亭集序」에 나오는 것으로 글의 眞·假의 문학 창작 이론에서 일보 전진하여 글을 짓는 방법론을 구체적으로 밝힌 글이다. 그렇기에 이 문제에 구구한 제 설 또한 많다.

윤오영은 "법고라는 관념이 연암 문학의 한계이며 여기에 그의 創新이라는 한계선이 그어져 있다."67)라고 지적하며, 가장 중심을 이루는 것은 의고파의 법고를 배격하고 공안파의 창신을 주창한 것이라고 한다. 그러나 연암의 이 법고와 창신의 이론의 핵심은 "法古而知變, 創新而能典"이라 하여 辨證法的 發展論을 이끌어낸 것이 더 타당 할 듯 하다. 이를 고찰하려면 古와 今과 變을 정확히 이해해야 한다.

앞 장에서 언급한 「초정집서」를 다시 한 번 살펴보자. "연암은 글을 어떻게 지을까"하며 다음과 같이 말한다.

논자들은 "반드시 옛것을 배워야 한다"고 말한다. 그리하여 세상에는 흉내 내고 모방하는 것을 일삼으면서 부끄러운 줄을 모르는 사람들이 드디어 나오고 있다.…그러면 새것을 만들어야 할까? 세상에는 허탄하고 괴벽한 소리를 늘어놓으면서 두려움을 모르는 사람들이 나오고 있다.…아아! 옛 것을 본받는다는 자는 자취에 얽매이는 것이 병통이 되고 새것을 창조한다는 자는 법도에 맞지 않음이 근심이 된다.

論者曰必法高　世遂有儀摹倣像　而不之恥者…然卽剏新可乎　世遂有怪誕淫僻

---

66) 여기서의 曖昧性(ambiguity)이란 難解性과는 다른 의미의 다치를 말함, 즉 여러 뜻의 同時的 작용으로 意味網의 폭이 넓다는 것이며 이러한 것은 연암 글의 특징이다.
67) 尹五榮, 「燕巖의 文章」, 『문학비평』 3권 2호, P. 359.

而不知懼者　法高者病泥跡　剏新者患不經…噫!　法古者病泥跡,　創新者患不經,
68)

　연암의 주장은 결국 법고도 창신도 모두 마땅치 않음이다. 그리고 이어 다음과 같이 말한다.

　만약에 능히 옛것을 배우더라도 변통성이 있고 새것을 만들어 내더라도 근거가 있다면 지금의 글이 고대의 글과 마찬가지 일 것이다.
　苟能法古而之變 創新而能典 今之文猶古之文也69)

　아마 이 부분이 진정 연암이 말하고자 하는 요지일 것이다. 이것은 연암의 문장 작법 원리로서 變通性과 根據를 중시한 것이며, 古를 絶對的인 개념이 아닌 相對性에 의거한 古와 今으로 보고 있음을 말한다. 전술한 바, 이러한 견해는 그의 발전적 변증법적 사유체계에 기인한 것이며, 그의 '字'와 '文'의 이해와 깊은 관계가 있다.
　즉, 그의 「答蒼厓」를 보면 맹자의 말을 끌어 "성은 공통적인 것이나 이름은 개별적이라고 했는 바, 그것은 즉 글자는 공통적인 것이고 글은 개별적인 것이다(孟子曰 姓所同也 名所獨也 亦唯曰 字所同 而文所獨也)."70)라고 한다. 문체의 개별성(개인의 문체의 다름, 즉 parole의 개념)에 대한 연암의 이해이다. 그리고 이것이 그의 문체의 다변성을 꾀하게 한 것이며, 그렇기에 연암은 고와 금을 다음과 같이 볼 수 있었던 것이다.

　옛날을 본위로 삼아 지금을 본다면 지금이 참으로 비속한 것이지만 옛사람들이 그들 스스로가 자기네를 볼 때도 그건 반드시 옛날이었을 것이 아니라 역시 하나의 지금이었을 뿐이다.
　由古視今 今誠卑矣 古人自視 未必自古 當時觀者 亦一今耳71)

---

68) 박지원, 전게서, 「楚亭集序」, P. 12.
69) 박지원, 상게서, 같은 글.
70) 박지원, 상게서, 「答蒼厓 一 」, P. 93.
71) 박지원, 상게서, 「嬰處稿序」, P. 107.

상대주의 미학에 의거하여 古·今 을 파악한 것으로 今에 지은 글이라도 얼마든지 古文이 될 수 있다고 한다. 따라서 고·금을 절대적 가치체계로 볼 수 없다. 고가 당시 금이 듯 금 또한 후일 고가 되기에 그것은 끊임없이 변화, 발전한다는 생성의 논리를 전제할 수밖에는 없는 것이다. 물론 여기서 당연히 요구되는 것은 고에 버금가는 글을 지으려는 작가의 창작노력이다.

이러한 이론은 중국의 대학자인 유협(劉勰, ?-552)의『文心雕龍』「通變」에도 보이니 연암 만의 독특성이라고는 볼 수 없다. 참고삼아 유협의 글을 보면 이렇다.

> 문(文)의 규범은 이리저리 움직이는 것이라, 나날이 새로워야만 이룰 수 있다네. 변(變)은 오랫동안 지탱할 수 있고, 통(通)은 모자라지 않게 되네.…
> 금(今)을 보아서 방법을 의탁하고, 고(古)를 참조하여 창작의 방법을 정하네.
> 文律運周 日新其業 變則堪久 通則不乏…望今制奇 參古定法[72]

결국 연암이나 유협 모두, 變이라 함은 古를 바탕으로 하되 今의 創意性이 있을 것이요, 典은 今을 바탕으로 하되 古의 典據가 있어야 한다는 것이다. 실상 연암의 글에는 도처에서 많은 전거를 인용한 것이 눈에 띈다. 이것을 보면 연암은 무에서 유를 창조할 수는 없다는 것을 인정하고 고를 완전히 부정하지 않았음을 알 수 있다.

따라서 이 "變은 당대 현실과의 대응력을 말하는 것이고 典이라 함은 일정한 방향성과 규범성이며 연암은 전범으로서의 고문의 의의를 부인하지 않고 고문의 본질은 형식이 아니라 그 정신에 있는 것"[73]으로 볼 수 있다.

따라서 연암은 법고와 창신 사이의 緊張(tension)을 이렇게 해결한다. 고문의 가치 있는 정신을 바탕으로 창신을 꾀하는 溫古而精神과 절

---

72) 유협 저, 최동호 역,『문심조룡』, 민음사, 1996, P. 364.
73) 강혜선, 전게서, PP. 6-19.

대적 古·수이 아닌 변증법적[74] 止揚의 차원으로 논리적 해결점을 찾았다. 즉 상호 모순되는 논리적 난점인 아포리아를 '法 과 典'으로 극복하는 것이다. 유교로 이해한다면 格物致知를 하려는 데서 온 止揚의 차원에 해당할 것이다.

위와 같이 연암의 문체미학이론은 무에서 유를 창조 할 수 없음을 분명히 한다. 마치 老子의 『道德經』에 나오는 '絶學無憂'도 배우지 않으면 알 수 없다는 역설적 이치와 같은 것임을 말한다.

그렇다면 좀 더 구체적으로 들어가 보자. 그렇다면 연암이 찾는 고문의 가치는 무엇일까?

연암은 그의 작품들에서 '禮'를 부르짖었다. 이 예는 유교에서 도를 말한다. 그에게 있어 참다운 삶이 이루어지고 바람직한 사회는 예가 있는 사회였다. 연암이 글을 쓰는 의미가 바로 이것이다. 연암이 실제로 소용되는 학문이라는 뜻의 實學을 부르짖은 것도 바로 이러한 참된 사회를 바라는 마음에서 일 것이다. 그는 예와 실학을 고문의 가치 있는 정신, 즉 도로 보았다. 이 도를 연암은 다음과 같이 말한다.

> 문장에는 도가 있으니 그것은 마치 소송하는 사람이 증거물을 제시하듯 해야 하며 장사꾼이 자기 물건을 외치듯 해야 한다. 비록 말이 이치가 명쾌하고 정직하나 만약 다른 증거가 없으면 무엇으로 승소 할 수 있겠습니까? 그렇기

---

74) 이 辨證法에 대한 문제에 대해 朴熙秉, 「燕巖思想에 있어서 언어와 冥心」, 『韓國의 經學과 漢文學』, 태학사, 1996, P. 646에서 다음과 같이 문제를 제기 하였다. "변증법에 의거해 동양 사상을 설명하고자 할 경우 많은 난점이 따르는 것 같다. 그것은 유가, 도가, 불가 등의 동양사상이 변증법의 정신과 상통하는 측면만이 아니라 그것을 벗어나거나 넘어서는 측면을 갖기 때문이다. 따라서 이 경우의 변증법은 상당한 국한성을 갖는다. 이런 국한성을 인정하지 않고 변증법을 벗어나거나 넘어서는 제 계기는 논의에서 배제되거나 한계로 치부될 수밖에 없게 된다."라고 변증법 적용의 한계성을 지적하나 이러한 논리라면 서양과 동양의 문학 및 사상의 교류란 있을 수 없다.

완벽한 논리의 혹사란 존재할 수 없다면 이론의 보편성을 차용하여 논리적 근거를 제시하는 것도 무방치 않을까 한다. 따라서 이 글에서 사용한 변증법은 아리스토텔레스, 헤겔, 마르크스, 엥겔스 등의 개별적 변증법이 아닌 일반적 개념의 변증법이다. 즉 객관적 사물과 주관적 인식 사이에서 여러 모순·대립된 가치들을 정·반·합의 변증적 발전으로 참된 의식에 도달하기 위한 자아의 앎의 확장을 꾀하는 것을 말함이다.

때문에 글을 짓는 자는 여기저기 고전 문헌을 인용해서 내 의사를 밝히는 것
입니다.

文章有道 如訟者有證 如販夫之唱貨 雖辭理明直 若無他證 何以取勝 故爲文
者 雜引經博以明己意[75]

여기서의 道란 송사하는 자를 승리하게 하는 논리적 증거이며, 각 물
건에 맞는 적합한 참된 말이다. 그리고 이를 위하여 적합한 근거로서의
고전문헌을 끌어옴을 말한다.

연구자에 따라 연암을 重道輕文의 文以載道論者라 하나,[76] 연암은
오히려 重道不輕文의 文以貫道論者에 가깝다. 연암은 위에서도 언급한
것처럼 전쟁에 임하는 마음으로 글을 썼다. 그것은 연암이 文道를 통하
여 道를 꿰려한 것이다. 즉 연암은 상대적 가치로서의 문을 인정한 것이
며, 적극적으로 문을 도의 실현적 가치로 보았다. 따라서 연암은 결코 道
本文末의 文以載道論者가 아닌 文以貫道論者[77]라 할 것이다. 그리고 연
암은 이 도를 법고와 창신의 변증법적 발전론이라는 사유체계를 동원하
여 밝힌 것으로 볼 수 있다.

7) 制勝과 合變, 要約과 玩賞

---

75) 박지원, 전게서, 「答蒼厓」, P. 93.
76) 鄭堯一, 『漢文學 批評論』, 집문당, 1994, P. 63에서 燕巖을 文以載道論者로 규정하며,
　　성리학자들의 文以載道論에 대해, 조선 전기의 유학자들과는 달리 조선 중기. 후기로 접
　　어들면서 文以載道의 문학관을 탈피한 문학관이 대두된 것처럼 논의한 경우가 있는 데,
　　이를 부정한다며 연암을 문이재도론자로 보고 문이재도를 통하여 도덕을 강조하였다고
　　보았다.
77) 文과 道의 관계를 보면 古文家와 道學家로 나눌 수 있다. 우선 고문가를 보면 文이 道를
　　밝힌다는 柳宗元의 文以明道, 道가 본질이고 文을 작용으로 보고 文이란 道를 꿰는 그릇
　　으로 보는 李漢의 文以貫道論이 있다. 도학가로는 文은 道를 실어 나르는 것이라는 重道
　　輕文의 文以載道論을 말한 주돈이 등의 설이 있다.
　　　鄭珉은 『朝鮮 後期 古文論 硏究』, 아세아문화사, 1989, P. 31에서 "道學家들은 古文
　　家들이 作文을 해서 移道, 혹은 害道 할 뿐이라고 생각하였고 古文家들은 學文을 통해
　　入道하고 작문해서 傳道 혹은 明道한다고 생각했다."고 한다.

그렇다면 作者는 어떠한 태도로 글짓기에 임해야 하나 연암은 「騷檀
赤幟引」에서 글을 짓는 것을 전쟁에 비유하여 다음과 같이 적고 있다.

　　글을 잘 짓는 사람은 전쟁을 잘 알고 있는 것이다. 글자는 말하자면 군사
요 사상, 감정은 말하자면 장수요 제목은 적국이요 옛일이나 옛이야기는 전투
장의 진지다.
　　善爲文者 其知兵乎 字譬則士也 意譬則將也 題目者敵國也 掌故者戰場 墟壘
也78)

　　이것은 작자가 글을 쓸 때는 전쟁에 임하는 마음으로 써야 한다는 것
이다. 전쟁에 나간 장수의 임무는 적을 이기는 것이다. 적에게 진다는 것
은 자기의 목숨을 부지 할 수 없는 것이 전제이다. 따라서 전쟁에 임한
장수는 적을 이기기 위해 모든 지략을 동원한다. 연암은 이렇듯 글 짓는
것을 전쟁에 비유할 정도로 치열한 작가의식을 갖고 있었다.
　　연암은 글자마다 딴 소리를 하거니 문장마다 사는 곳이 다른 글쓰기
를 한 이들과는 다르다. 그의 삶을 미루어 봐도 그는 결코 팍팍한 삶에
대한 몽니를 부릴 이도 아니다. 그렇기에 그의 작품들에 보이는 다양한
수사법의 운용, 치밀한 사물인식 등은 그의 치열한 작가의식의 소산인
것이다.
　　따라서 연암은 글을 짓는 데 制勝하는 방법으로 合變과 要領을 든다.

　　저 자구가 우아하고 비속하다 평하고 문장이 높다 거니 얕다 거니 의논하
는 무리는 모두 합하여 변하는 기미〔合變之機〕와 제압하여 이기는 저울질〔制
勝之權〕을 모르는 사람이다.…그렇기 때문에 글을 짓는 사람의 걱정은 언제나
자기 스스로 지름길을 잃어버리고 요령을 얻지 못하는 데 있는 것이다. 무릇
지름길이 분명치 않으면 글자 한 자도 써 내려가기 어려워 붓방아만 찧게되며
요령을 잡지 못하면 겹겹으로 둘러놓아 비록 빼곡한데도 오히려 허술치 않은
가 근심하는 것이다.

---

78) 박지원, 전게서, 「騷壇赤幟引」, p. 25.

彼評字句之雅俗 論篇章之高下者 皆不識 合變之機而制勝之權者也…故爲文者
其患常在於自迷蹊逕 未得要領 夫蹊逕之不明 則一字難下 而常病其遲澁 要領之
未得 卽周匝雖密 而猶患其疎漏[79]

이 글에서 문장을 평하는 자는 고문에 의거하여 그 규범을 강조하는
자들이니 이러한 자들이 合變之機와 制勝之權을 알 수 없다는 것이다.
그들의 관심사란 오로지 문장의 겉치레에 있을 뿐이다.

여기서 합변은『史記』에서 왕이 염파를 대신하여 조괄을 쓰려하자 인
상여가 조괄은 한갖 제 아비의 글로 전하는 것을 읽어 교주고슬만 할 뿐
합변은 알지 못한다고 한데서 따온 것[80]이니, 事物의 변화에 대응해서
합당하게 하는 것 쯤으로 해석할 수 있을 듯 하다. 그러니 합변지기란,
사물의 변화에 대응하고 합당하게 하고 그때 그때에 따라 쓰이는 기묘한
수단을 말함이다. 그리고 제승이란 승리함이니, 制勝之權이란 상대를 제
압하여 이길 줄 아는 저울질로 문장을 통하여 작자의 뜻을 온전히 전하
기 위한 적합한 계책을 말함이다. 이렇게 본다면 합변은 창신의 변통성
이요, 제승은 그의 작품에 나오는 역설, 반어, 치밀한 사물 묘사 등의 다
양한 여러 수사 방법들임을 말한다.

그리고 要領이라 함은 要約과 같은 것으로 전달하고자 하는 이의 뜻
이다. 그리고 이 요령이 바로 연암 문학론의 핵심을 꿰는 것이니 그는 이
어 다음과 같이 말한다.

한 마디 말을 가져서도 요점만 꽉 잡게되면 그 마치 적의 아성으로 질풍같
이 쳐들어간다는 것이요, 반 쪽의 말을 가져서도 요지를 능히 표시하면 그 마
치 적의 힘이 다할 때를 기다리었다가 드디어 그 진지를 함락시키는 것으로
된다. 글 짓는 방법은 바로 이와 같아야 지극한 것이다.
片言而抽繁 如三鼓而奮關 卽爲文之道 如此而至矣[81]

---

79) 박지원, 상게서, 같은 글.
80)『史記』,「廉頗 藺相如列傳」.
　　王以名使 若膠柱而鼓瑟耳 徒能讀其父書傳 不知合變也
81) 박지원, 전게서, 같은 글.

이것을 보면 연암은 사물의 핵심을 찾을 것이지 형식에 구애되면 안 된다는 것이다. 따라서 연암은 글을 씀에 형식적인 면에 치중할 것이 아니라 자기가 말 하고자 하는 요점을 정확하게 표현하는 데 힘을 써야 한다고 말한다.

「素玩亭記」의 다음 글은 이에 대한 좋은 예를 보여 준다.

자네 무엇을 찾으러 다니는 사람을 보지 못했는가? 앞을 보자면 뒤는 못 보고 바른 쪽을 살피려면 왼 쪽은 놓치네 그려 왜 그런가? 방 가운데 앉아 있어서 몸과 물건은 가리게 되고 눈과 공간은 맞다 버리기 때문일세. 차라리 몸이 방밖에 나가서 창구멍을 뚫고 들여다보는 것만 못하게 되지. 그러면 단 한 번 눈을 들어서도 방 속의 물건을 다 훑어 볼 수 있네.

子未見夫素物者乎 瞻前卽失後 顧左卽遺右 何卽 坐在室中 身與物相掩 眼興空相逼故爾 莫若身處室外 穴牖而窺之 一目之專 盡擧室中之物矣[82]

이 글은 연암이 이서구(李書九, 1754-1825)에게 준 글인데, 바로 위에서 말한 사물의 요약하는 태도가 잘 설명되어 있다. 즉 연암은 글을 살필 때 지엽적인 단락의 요약에 치우치지 말고 가장 핵심적인 글의 주제를 찾으라는 것이요, 우물안 개구리와 밭두덕 두더지처럼 홀로 그 땅만이 전부라고 믿고 사는(蛙井蚡田獨信其地)[83] 근시안적 태도를 비판하는 것이다.

연암은 이어 다음과 같이 글의 주제가 가장 중요함을 말한다.

자네가 이미 요약하는 방법을 알았다면 또 내가 자네에게 눈으로 보지 않고 마음으로 비쳐보게 하는 것을 가르쳐 주려는데 어떤가. 저 해란 것은 말일세.…그러나 나무를 사르거나 쇠를 녹이지 못하는 것은 무슨 까닭인가? 빛이 퍼져서 그 정기가 흩어지기 때문 아닌가. 만약 만리에 두루 비치는 것을 거두어들여 조그만 틈으로 들어 갈 만하게 둥근 유리알로 받아서 그 정기를 콩만큼 만들면 맨 처음에는 조그맣게 어른거리다가 갑자기 불꽃이 일어 풀썩풀썩

---

82) 박지원, 상게서, 「素玩亭記」, P. 63.
83) 박지원, 상게서, 「北學議序」, P. 105.

타 버리는 것은 무슨 까닭인가? 빛이 전일해서 흩어지지 않고 정기가 뭉쳐서 한 덩이로 되는 것일세. …대저 이 천지간에 흩어져 있는 것이 책의 정기이지. 그러니 바짝 눈 앞에 들여 대고 보아 몇 간 방 속에서만 찾아야 할 것도 아닐세.

子旣已知約之道矣 又吾敎子 以不以目視之 以心照之可乎 夫日者太陽也‥然而不能熱木 而鎔金者何也 光遍而精散故爾 若夫收萬里之遍照 聚片隙之容光 承玻璃之圓珠 規精光以如豆 初亨毒而晶晶 俄騰焰而熊熊者何也 光專而不散 精聚而爲一故爾‥夫散在天地之間者 皆此書之精 卽固非逼礙之觀 而所可求之於一室中也84)

연암이 물리적 현상을 빗대어 그의 창작과 독서원리를 밝힌 것으로, 빛의 굴절현상에 대한 이해가 선행된 글이다. 여기서 빛을 모으는 둥근 유리알은 지금의 볼록렌즈요 정기가 뭉쳐진 것은 빛의 초점을 말한다.

이를 창작의 원리로 바꾸면 빛은 책이니, 빛이 퍼짐은 책의 정기가 퍼짐이요, 볼록렌즈는 뜻을 요약하는 것이요, 빛의 초점은 주제를 말한다.

이러한 문학의 자연과학적 접근태도로 미루어 볼 때 연암은 치밀한 전략을 바탕으로 자기의 대 사회의식 및 사상을 문학에 펼친 것이다. 따라서 연암 스스로 "以文爲戲"85) 하였다고 한 것을 사실로 받아들일 수는 없다.

따라서 연암은 같은 글에서 글을 짓는 작자의 태도를 다음과 같이 적고 있다.

옛날 포희씨가 글을 보는 데는 "우러러 하늘을 고찰하고 굽어 땅을 살피었다"고 말씀하신 것이지. 공자께서 그것을 굉장히 평가하면서 거기 잇대어 쓰기를 "가만히 있을 때면 그 글을 구경한다〔玩賞〕"고 하셨지. 완상(玩賞) 한다는 말이 어찌 눈으로 보아서만 살핀다는 뜻이겠는가? 입으로 맛보아서는 그

---

84) 박지원, 상게서, 같은 글.
85) 南公轍의 「朴山如墓地銘」, 『金陵集』17에 있는 것으로 朴南壽와의 대화에서 燕巖이 자신의 글을 不平之氣와 以文爲戲라고 한 것.

맛을 알고 귀로 들어서는 그 소리를 알고 마음 속으로 요량해서는 그 정신을
알게 되는 것일세. 이제 자네가 창구멍을 뚫고 한꺼번에 훑어보며 유리알로
받아서 마음 속에 깨달은 바가 있다고 하세. 그렇지만 방과 창이 비지 않으면
밝아질 수 없고 유리알도 비지 않으면 정기가 모여지지 않느니. 대체 뜻을 환
하게 하는 방법은 진실로 비움에 있으니, 물건을 받음이 담박하여 사사로움이
없어야 하네. 이것이 자네가 바탕을 구경하겠다는 까닭인가?

故包犧氏之觀文也曰 仰而觀乎天 俯而察乎地 孔子大其觀文而係之曰 居卽玩
其辭 夫玩者 豈目視而番之哉 口以味之 卽得其旨矣 耳而聽之 卽得其音矣 心以
會之 卽得其精矣 今子穴牖 而專之於目 承珠而悟之於心矣 雖然室牖非虛 卽不能
受明 晶珠非虛 卽不能聚精 夫明志之道 固在於虛而 受物澹而無私 此其所以素玩
也歟[86]

연암의 글을 보면 참 잘게잘게 썼다. 연암은 이제 빛의 回折現象이라
는 물리학적 지식을 동원하여 玩賞에 대해 말한다. 물론 이것은 문학론
을 인유한 것이다. 따라서 창구멍을 뚫고 훑어보는 것은 작가의 깊은 통
찰력이 필요하다는 것이고 유리알이 비지 않으면 정기가 모이지 않는다
는 것은 실상은 유리알의 깨끗함에 비유한 작가의 바른 마음이다. 이는
앞에서도 언급한 "幼子之眞率"과 "還他本分"을 말하는 것이며, 도딕적으
로 무잡하고 순결한 심성을 강조하는 유학사상과 관련이 있는 것이
다.[87]

연암은 글을 쓰는 이는 玩賞을 해야 된다고 하였다. 여기서의 완상이
란 視·味·聽·精 등의 감각과 정신을 갖추어야 함을 말한다. 그렇다면
이것은 자신의 모든 지적총체를 동원하여 글을 고찰해야 한다는 통합적
사고를 요하는 것에 다름 아니다. 결국 연암은 글 짓는 작자의 태도는 마
음을 비워 모든 사물을 받아들일 순수하고 정결한 태도를 지녀야 하며
통합적 사고를 해야 한다는 것이다.

그렇다면 독자는 글을 어떻게 받아들여야 하나? 연암은 독자의 태도
를 다음과 같아야 한다고 「答京之」에 적고 있다.

---

86) 박지원, 전게서, 같은 글.
87) 柳承國, 전게서, P. 21.

그대가 태사공의 『사기』를 읽었다 하나, 그 글만 읽었지 그 마음은 읽지 못했는가 보구려. 어째서 그러냐고요.… 아이들이 나비 잡는 것을 보면 사마천의 심정을 깨달을 수 있을 것이오. 앞다리는 반쯤 구부리고 뒷다리는 비스듬히 추커든 채 손가락을 벌리고 다가서서 손은 잡았는가 싶었는데 나비는 호로록 날아가 버립니다. 사방을 돌아보매 아무도 없어 겸연쩍어 씩 웃다가 장차 부끄럽기도 하고 화가 나기도 하는, 이것이 사마천의 글 지을 때라오.

足下讀太史公 讀其書 未嘗讀其心耳 何也…見小兒捕蝶 可以得馬遷之心矣 前股半踞 後脚 斜翹 丫指以前 手猶然疑 蝶則去矣 四顧無人 哦然而笑 將羞將怒 此馬遷著書時也[88]

독자는 모름지기 작자의 창작 정신을 치밀하게 살펴야 한다는 것이다. 宮刑을 받은 사마천이 將羞將怒의 경지에서 글을 썼다는 것은 연암 자신이 바로 그러한 심사로 글을 썼다는 것을 말하는 것으로 볼 수 있다. 그러니 글을 읽는 독자 또한 예사 마음가짐으로 접근할 문제가 아니다. 연암의 삶이 궁벽하였다손 치더라도 궁형을 받은 사마천에 비할 바가 못되지만, 자신을 사마천에 견주는 데서 그의 치열한 심사를 본 받고자 함을 이해할 수 있다.

8) 士意識과 以文爲敎

이제 여기서 대두되는 문제는 연암이 이렇게 치열하게 글을 쓴 궁극적인 목적은 무엇인가? 또 누가 글을 쓰고 왜 썼느냐는 것이냐? 하는 문제이다. 이것은 지금까지 이 글이 연암의 문학론을 좇아 따라 잡고자 하는 그의 사유의 지향점이기도 하다.

이것은 연암의 士意識을 더듬는 것으로부터 시작하는 것이 옳을 듯하다. 연암은 선비를 다음과 같이 정의하였다.

선비란 것은 곧 하늘이 내린 벼슬인데 선비의 마음이 곧 뜻으로 된다. 그

---

88) 박지원, 전게서, 「答京之」, P. 92.

뜻이란 무엇인가? 권세와 잇속을 꾀하지 말고 현달해도 선비의 도리를 떠나지 않고 곤궁해도 선비의 도리를 잃지 않아야 한다. 명예와 절개를 조심하지 않고 한갓 문벌을 밑천으로 여기거나 조상의 뼈를 매매한다면 장사치와 무엇이 다를 것인가?

士迺天爵 士心爲志 其志如何 弗謀勢利 達不離士 窮不失士 不飭各節 徒貨門地 酤鬻世德 商賈何異89)

"선비란 것은 곧 하늘이 내린 벼슬"이라고 단언으로 시작한다. 짧은 베잠방이를 입고 폐포파립일 망정 선비는 선비라는 말이다. 연암은 불우한 삶이었을 망정 봉건 사회 속에서 선비로서의 자각이 뚜렷했기에 현실의 모순과 부조리를 비판할 수 있었다. 연암의 선비로서의 이러한 자각이 유교적 사상을 바탕으로 한 것이고 그렇기에 휴머니즘 정신에 입각하여 백성들의 윤택한 삶을 위한 목적의 글을 쓸 수도 있었던 것이다.90)

연암은 「課農小抄 諸家總論」을 살펴보자. 그는 이 글에서 선비를 다음처럼 적고 있다.

그런데 선비의 학문은 실상 농업·공업·상업의 이치도 포함되어서, 세 가지 업이 반드시 선비의 연구를 기다린 다음이라야 이룩되었습니다. 이른바, 농사를 밝히고 상거래를 통하고 공업을 좋게 한다는 것인데 그 밝히고 통하고 좋게 하는 것은 선비의 일이 아니고 누구이겠습니까. 그러므로 신은 그윽이 이르기를 "후세에 농·공·고가 생업을 잃게 된 것은 곧 선비가 실학(實學)이 없는 탓이다."…그런데 풍성한 날이 오래되자 겉치레가 차츰차츰 본질을 없애고 말단이 근본을 무너뜨렸습니다. 선비들이 혹 고상하게 성명(性命)91)을 말하면서 경제는 잊어버리고 혹 헛되게 화려하게 꾸민 말만 숭상하면서 정사(政事)는 베풀지 않습니다.…오직 그 선비 된 자가 그 잃어버린 것을 구해서 그

---

89) 박지원, 상게서, 「放璚閣外傳 自序」, P. 114.
90) 김성수 엮음, 전게서, P. 76에서는 이동수의 「우리 나라에서 비판적 사실주의 발생. 형성」에서는 연암의 유교 사상에 기반한 현실 비판과 휴머니즘 사상에서 나온 그의 하층인에 대한 긍정적 정신을 다음과 같이 말한다. "그의 현실 비판 정신과 긍정적 이상은 어디까지나 봉건 유교적인 왕도 정치 이념에 기초한 것이었으며 근로 대중의 염원과 요구로부터 멀리 떨어진 것이다."
91) 여기서 性이란 각자 타고난 質이고 命은 사람이 稟受한 貴賤壽夭 따위를 말 함인 듯.

방법을 깨치는 데에 있습니다.

> 然而士之學　實兼包農工賈之理　而三者之業　必皆待士　而後成夫　所爲明農也　通商而惠工也　其所以明之通之惠之者　非士而誰也　故臣窃以爲　後世農工賈之失業　卽士無實學之過也…豫泰盈盛之日久　而駸駸然　文滅其質　末傾其本　士或高談性命　而遺於經濟　或空尙詞華　而罔施有政…惟在爲士者　有以救其流失　而率之得其方也[92]

못된 일가가 항렬만 높은 법이다. 연암은 못된 일가붙이 양반들의 명경을 이렇게 적어 놓았다. 연암의 사의식이 오롯이 들어있는 글이다. 연암은 士(讀書를 하면 士요, 벼슬을 하면 大夫)로서 본분을 망각한 사대부들에게 각성을 촉구한다. 연암에게 있어 선비란, 백성들에게 끊임없이 베풀어주려는 시혜의식과 바른 사회를 지향하려는 당위성을 지닌 존재였다.

따라서 "연암은 그 당시 선비에게 주어진 임무는 실천적 학문을 통해 民을 이롭게 하고 만물에게 혜택을 입히도록 하는 것이라고 생각했다 연암이 이와 같이 士의 역할을 인식했기 때문에 士가 추구해야 될 지식은 지배의 지식이 아니라, 민중을 봉건적 억압과 궁핍으로부터 벗어나게 하는 데 기여할 수 있는 해방의 지식이야 한다고 본 것이다."[93]

따라서 연암은 선비가 독서하는 목적을 다음과 같이 말한다.

> 강학(講學)하고 도를 논하는 것이 독서의 일이라. 부모에 대한 도리와 형제에 대한 우애, 충신은 학문을 닦고 연구한 열매이다. 예절, 음악, 형벌, 정치는 학문을 닦고 연구한 쓰임이라. 독서를 하나 실용을 알지 못한다면 강학이 아니다.

> 講學論道　讀書之事也　孝悌忠臣　講學之實也　禮樂刑政　講學之用也　讀書而不知實用也　非講學[94]

유가의 논리인 文以貫道論을 바탕으로 독서하는 목적을 뚜렷이 밝힌

---

92) 박지원, 전게서, 「課農小抄 諸家總論」, PP. 344-345.
93) 金泳, 『朝鮮後期 漢文學의 社會的 意味』, 집문당, 1993, P. 222.
94) 박지원, 전게서, 「原士」, P. 139.

글이다. 그것은 개인의 입신양명이나 수신만을 위한 편협한 것이 아니라 바른 사회를 위해 도움을 주는 실용성의 독서여야 함을 말한다. 여기서 "實·用이란 곧 백성을 다스리는 것이다."95) 그러나 연암은 선비라는 신분을 결코 놓으려하지 않았다. 아니, 오히려 그의 글들을 보면 선비로서의 의식을 함양하는데 모아져 있다.

그것은 「兩班傳」을 보아도 알 수 있다. 양반을 비판과 풍자의 대상으로 그렸지만 결코 양반의 지위를 매매치 않는다. 사의식을 집중 조명한 「原士」나 「課農小抄」 등에서도 신분제도 철폐에 관한 언급은 전연 없다. 결국 연암은 봉건 질서를 유지하는 데서 士의 각성을 촉구한 것이며 이것이 그의 한계성으로 지적되기도 한다.96)

연암의 이러한 사의식을 찾아 볼 수 있는 작품은 위 작품 외에도 노비 제도의 폐해를 지적한 「賀三宗姪宗岳拜相因論寺奴書」, 돈의 효용성을 역설한 「賀金右相履素書」, 백성들의 예를 강조한 「答丹城縣監李候論賑政書」 등이 있다. 그리고 이러한 연암의 뚜렷한 사의식은 바로 관찰자가 이해의 대상에 관여하는 참본틀(frame of reference)인 것이며, 백성들을 위하여 존새가치를 발현한다.

따라서 연암의 학문은 실용의 학문이며 여기서 그가 실학을 역설한 이용후생의 선구자임을 이해 할 수 있다. 또 연암은 이상과 현실의 괴리를 문학이라는 것을 통하여 치열한 사회 참여를 한 작가였기에 연암은 그의 소설을 통하여 부조리한 현실을 풍자할 수도 있었던 것이다. 이것은 또한 사림파들이 祖宗之法을 지키며 이루고자 했던 진정한 의미의 匡

---

95) 李相鎭은 「讀書觀을 통해 본 實學者의 선비 의식」 『韓國의 經學과 漢文學』, 태학사, 1996, PP. 210-211에서 "독서는 효제충신이라는 열매를 따먹기 위한 것이라는 말이다. 이 열매로 충만된 사람이 정치를 하는 세상, 그러한 세상을 그는 가장 훌륭한 세상으로 보았던 것이다."라고 하며 위와 같이 말했다.

96) 金泳의 전게서, P. 222에서 士意識의 문제를 자세하게 언급하며 "연암의 士意識은 민중과의 일정한 거리를 유지한 가운데 利用厚生의 實踐的 學文과 解放의 論理를 추구하는데 머물러 있었고 봉건적인 신분 계급을 부정하고 士로서의 특권 의식과 물질적 기득권을 비워 버리고 민중들과 연대한 민중적 지식인으로까지 발전하지는 못했다."라고 연암의식의 한계성을 지적한 바 있다.

救策이라고 할 수 있다. 그리고 더 나아가 19 세기 말 舊本新參을 개혁의 원칙으로 삼고 자주적 근대 민족 국가형성을 꾀하려 한 光武改革과도 맥을 잇대고 있는 것으로 볼 수 있다. 특히 연암은 국가 존립의 바탕을 예와 경제로 보아 그의 거개의 소설들과 작품 도처에서 이것을 찾아야 한다고 역설하였으나 이 글에서는 다루지 못하였다. 후일을 기대한다.

전술한 것이기에 사족인 듯 싶으나 강조하고 싶은 것이 있다. 연암은 결코 자신의 글을 '以文爲戲'한 것이 아니라, '以文爲敎'하였다는 사실이다. 문학의 가치를 사회적 효용면에서 구하는 교훈주의 문학97)이라 하여도 무방할 듯하다.

3. 결 론

지금까지 이 글은 연암이 글을 쓴 참 뜻을 찾고자, 그의 문학론을 중심으로 사유의 지향을 고찰하였다.

연암의 문학론을 정리해 보면 진보와 보수, 수평적 질서와 수직적 질서, 주관과 객관, 진과 가, 법고와 창신 등이 서로 대치되는 것을 볼 수 있다. 그러나 연암은 어느 일면을 취하는 것이 아니라 그 상호 가치를 치밀하게 살펴 탄력적인 사유를 찾는다. 즉 연암은 상호모순되는 두 요소가 강한 긴장(tension)을 유발하는 가운데 새로운 발전을 끊임없이 꾀한다. 이것이 바로 연암 사유의 특징인 변증법적 발전론의 바탕이다. 마치 진화하는 문학처럼, 연암의 사유는 결코 절대적 가치를 추구하지 않는다. 문학론에 육화된 연암의 의식에서 우리는 끊임없이 변화를 찾으려 고뇌하고 그렇기에 현실에 안주하지 못하는 모습을 볼 수 있었다.

---

97) 이상섭, 『비평용어사전』, 민음사, 1994, PP. 26-29 참조.
"교훈주의 문학은 창작의 목적이나 결과라기 보다는 해석의 태도라고 보는 것이 옳다. 실상 모든 문학은 그 저자가 교훈적으로 의도하였든 안 하였든 간에 교훈적으로 해석할 여지가 있다. 좋은 문학은 넓은 의미의 인간적 호소력을 가지고 있으므로 결국은 사람에게 유익하다고 할 수 있다."

그리고 이러한 사유의 기저에는 유교가 있었으며, 이 유교의 사상이 독특한 연암의 사유체계와 결합하여 이상적 가치를 지향한다.

결국 연암 사유의 지향은 문학을 통하여 조선이라는 봉건사회 질서와 인간의 참된 삶을 병존시켜 보려 했던 것이 아닐까 한다. 즉 연암은 수직적 봉건질서의 틀은 유지하되, 인간 개개인의 극단적 존엄성을 추구하는 수평적 세계가 상호 보완하는 새로운 세계를 지향한다. 그의 작품에 보이는 민족 의식, 현실 의식, 언어 미학 등의 기저에는 중세의 질서가 분명히 웅크리고 있었는데 이것이 바로 연암 사유의 기저인 유학으로서의 성리학이다.

그리고 그의 글이 이미 찢어진 중세의 이상을 깁고 있다 하더라도 결코 虛文이나 능란한 입심으로만 볼 수 없는 이유는 그의 뚜렷한 사의식에 기인 한 것이다. 그의 이런 사의식이 시대를 짚고 자기를 제대로 여민 글을 쓰게 한 것이다.

그렇다면 연암이 지향한 중세의 이상 사회는 어떠한 것일까?

그것은 유교의 이상향인 대동의 세계가 아닐까? 즉 공자님이 말씀하신, "大道가 행하여져서…천하가 공평해지고…그러므로 간교함은 폐색이 되어서 일어나지 않고 도적과 난적이 일어나지 못하며 밖의 문을 닫지 않았다. 이러한 세상이 大同이다(大道之行也…天下爲公…是故謀閉而不興 盜竊亂賊而不作 故外戶而不閉 是爲大同)."98) 바로 이것이 연암의 문학론과 사유의 지향이 아닐까 한다.

---

98) 『禮記』, 「禮運第九」.

춘향전의 현대적 수용과 문학교육

고 양 숙*

Ⅰ. 序 論

1. 研究의 목적

〈춘향전〉은 여러 시대에 걸쳐 다양한 독자와 만나면서 거듭 태어난 문학이다. 따라서 〈춘향전〉에는 여러 시대에 걸친 다양한 독자들의 의식이 반영되어 있으며 모든 독자들이 공감하는 요소와 〈춘향전〉 개작에 독자들이 적극적으로 참여하게 하는 어떤 특수한 요인이 있다고 본다. 다시 말하면 전근대적인 요소와 근대적인 요소, 보편성과 특수성이 두루 갖추어져 있다. 이러한 〈춘향전〉은 닫힌 문학이 아니라 열린 문학으로서 개방성을 지니고 있다.

또한 〈춘향전〉은 독자와 시대와의 관계 속에서 존재해 온 문학으로서 다양한 독자[1]들에 의해 형성되었다. 그러한 의미에서 앞으로도 계속해서 새롭게 해석되고 창조되어질 수 있는 문학이다. 이렇게 끊임없이 개

---

* 인하대학교 교육대학원 졸업, 인천여자고등학교 교사
1) 여기서의 독자는 청자까지 포함된 개념임.

작의 과정을 거치면서 끊임없이 많은 독자들로부터 사랑을 받아온 고전
이지만 갈수록 여타의 다른 고전문학처럼 점점 독자들로부터 외면을 당
하고 있는 것 또한 사실이다. 이것은 〈춘향전〉을 지나간 시대의 낡은 사
상과 감정을 담은 책쯤으로 인식하고 있기 때문이다. 그리고 그렇게 인
식하게 된 것은 독자를 중요하게 여기지 않은 문학 연구 및 교육 방법에
도 그 원인이 있지 않나 생각한다. 지금까지의 문학연구는 작가와 작품
중심으로 이루어져 왔다. 그리고 이 둘은 긴밀하게 서로 조응하는 관계
를 이루고 있음에도 불구하고 어느 한 면에 치중하여 작품을 연구하고
그것이 문학교육에도 적용되어 왔다. 그러나 이러한 방법은 작품을 총체
적으로 접근하기가 어렵고 특히 문학교육에 적용했을 때 독자인 교육 수
요자를 수동적인 존재로 전락시키는 결과를 초래할 가능성이 높다.

　　살아있는 문학으로서, 고전문학의 전통을 창조적으로 계승할 수 있도
록 하기 위해서는 독자중심의 관점에서 〈춘향전〉의 특성과 가치를 이해
하고 문학교육에 활용하는 것이 필요하다. 본고는 이러한 문제의식에서
출발하여 수용이론2)을 적용하여 〈춘향전〉의 유동문학적 특성과 현대적
수용에서의 변용양상을 고찰하고 학습지 중심의 문학교육적 활용 방안에
대하여 모색해 보고자 한다.

2. 先行硏究 檢討

　　〈춘향전〉은 김동욱에 의해 본격적으로 진행되면서 1980년대까지 총
270여 편이 넘을 정도로 많은 연구가 이루어졌다.3) 주로 조선후기에 이
루어진 이본을 텍스트로 하여 발생론적 연구, 서지학적 연구, 비교문학
적 연구, 문학성 규명 연구 등의 다양한 방향으로 진행되어 춘향전의 본
질과 가치를 드러내는 데 많은 기여를 하였지만 〈춘향전〉의 적층성을 밝

---

2) 본고에서 사용되는 수용이란 용어는 야우스의 수용미학과 이저의 독서 이론을 아우르는
　　개념으로서 독자 중심의 이론을 뜻함.
3) 禹快濟(1991), 「춘향전 연구사 개관」, 『춘향전의 종합적 고찰』 아세아문화사, 3면.

히고 독자 중심의 문학으로서의 가치를 드러내는 데는 부족한 점이 있었다. 이와는 달리 수용이론을 적용하여 〈춘향전〉의 현대적 변용과 문학교육적 가치를 인식하고 문학교육에 활용하기 위한 노력도 있었는데 독자 중심의 연구라는 점에서 주목할 만하다.

이석배는 수용이론을 적용하여 서술자 개입을 중심으로 〈춘향전〉이 다양한 수용자와 만나면서 어떻게 변모하는가에 대해 밝혔다. 그러나 수용자가 이러한 지향을 보이게 된 역사, 사회, 문화적 맥락에 대한 고려 없이 단순히 텍스트에 드러난 서술자의 몇 마디의 개입으로 이러한 결론을 이끌어내고 있다는 점에서 기존의 이본 연구에서 이루어진 성과를 크게 벗어나지 못하고 있다.4)

장금란은 고전 〈춘향전〉이 지닌 개방성에 주목하고 〈춘향전〉이 현대에 와서 여러 장르로 확산될 수 있는 바탕은 〈춘향전〉의 주제가 지닌 포괄성과 함께 '춘향'이란 인물이 보이는 성격의 다양성에 있다고 보았다. 그리고 〈춘향전〉이 어떤 모습으로 변용, 수용되었는가를 연구하는 것은 고전의 전통적인 소재가 현대문학에 어떻게 변용되고, 계승이 가능한가를 보여준다는 점과 함께 작가의 세계관이나 시대 인식, 시작 방법을 좀 더 깊이 이해하는 기회가 된다는 점에서 의의가 있다.5)

宋淑子는 〈춘향전〉이 현대에 와서 시, 소설, 희곡, 시나리오 등의 여러 가지 다양한 장르로 파생된 점에 주목하고 그것의 의미를 밝히고자 하였다.

김동환은 고전문학교육이 그 문학교육적 가치에 비해 소홀히 대접받고 있는 현실에 대해 개탄하면서 〈춘향전〉은 문학교육 교재로서는 훌륭하나 교과서에 실리는 부분들이 고등학교 학생의 수준에 맞지 않기 때문에 학생들의 흥미를 끌지 못하고 있다는 점을 지적하면서 학생의 흥미를 끌 수 있는 방향으로 교과서 편성이 이루어져야 함을 강조했다.6)

---

4) 김경미(1994), 「수용미학과 고소설 독자연구」, 『고소설의 저작과전파』, 아세아문화사, 485-486면.
5) 장금란(1997), 「현대시에 나타난 춘향전의 변용양상」, 경희대학교 교육대학원 석사 학위 논문.

이밖에 李香淑, 金仁淑은 문학교육은 학습자의 학습에의 주체적 참여가 중요함을 지적하면서 전달 위주의 기존의 문학교육 방법은 학습자가 작품을 통해 문학적 체험을 하고 교육적 효과를 얻도록 하는 데는 한계를 가지고 있다고 보고 수용이론의 교육적 적용을 통해 문학 작품의 궁극적 수용자인 학습자 중심의 소설교육 방법을 탐색하고자 하였다.

이상의 논의를 바탕으로 하여 본고에서는 수용이론을 적용하여 〈춘향전〉의 형성에서 현대적 변용에 이르기까지의 수용양상을 살펴 유동문학으로서의 진정한 가치를 밝히고 그것의 문학교육적 활용방안을 모색해 보고자 한다.

3. 研究方法 및 範圍

1) 研究方法

본 논의의 전개를 위하여 먼저 수용이론에 대하여 살펴보고자 한다. 수용이론은 야우스의 수용미학[7]과 이저의 독서이론으로 구분된다. 수용미학은 간단히 말하면 문학 작품을 읽고 그것을 수용하는 독자의 측면에서 문학 내지 문학사에 관여하고 작용하는 기능을 살피고 그 가치를 연구하는 것을 말한다. 콘스탄스학파라고 불리는 야우스와 이저로부터 19

---

6) 김동환(1996), 「춘향전의 효율적인 학습지도 방안 연구」, 인하대학교 교육대학원 석사 학위논문.

7) 「미학」이란 미와 미의 가치기준 등에 관한 전통적인 의미에서의 학문을 가리키는 것이 아니라 유물론적 입장의 문학사회학적 연구가 생산미학으로, 형식주의적 입장의 문학연구 방법론이 서술(또는 묘사) 미학으로 명칭되는 경우에서와 같이 문학 연구에 있어서의 「이론」을 의미한다. - 박찬기외(1992), 『수용미학』, 고려원, 87면.

본 논의를 위해 참고한 수용이론과 관련된 문헌은 다음과 같다.
 · 박찬기 외(1992), 앞의 책
 · H.R. 야우스, 장영태 譯(1993), 『挑戰으로서의 文學史』, 문학과 지성사.
 · 이상섭(1988), 「독자 반응 이론의 여러 면모」, 『자세히 읽기로서의 비평』 문학과 지성사.
 · 홍성호(1998), 「수용미학과 독서사회학」, 『문학과 교육』, 문학과교육연구회.

60년대에 독일에서 출발한 수용미학은 종래의 생산미학에 기저를 둔, 문학작품의 역사적 사회적 대상으로서 실증적 연구 방법과 서술미학에 기저를 둔 작품의 형식주의적 심미적 대상으로서의 내재적 연구방법이 가지고 있는 일면성을 지양하고 독자의 입장에서 이들을 통합하려는 의도에서 출발하고 있다.

　야우스는 작가를 중심으로 한 생산미학과 작품의 내재적 구조를 중심으로 하는 서술미학이 독자층의 역할을 거의 생략하고 있다고 보고, 문학 작품이 근원적으로 지향하고 있는 수신자로서의 독자를 문학연구의 중심에 놓아야 한다고 주장하고 있다. 수용미학은 이러한 독자중심의 문학 연구 방법으로서, 독자가 속해 있는 현실과 결부된 역사적·사회적 맥락과 관련지어, 문학작품이 독자에게 어떻게 수용되는가를 고찰함으로써 작품의 영향과 수용을 독자 중심의 관점에서 살피고자 하는 이론적 근거에서 출발하고 있다. 또한 작품에 대한 독자의 반응이 문학사를 결정하는 요인이 되며 결국 작품은 독자와의 직접적인 대화에 의해서 구체화되고 재창조되는 것이므로 문학 작품의 수용 주체는 독자이며 특정한 문학 작품에 대한 의미와 가치를 부여하는 것도 독자라는 관점에서 '독자의 상태와 성향'은 작품 수용의 가장 중요한 요체가 된다.[8]

　수용되는 것은 무엇이든지 수용자[9]의 상태에 따라 받아들여진다는 해석학적 원칙에 근거하여 야우스는 관찰의 대상이 되고 있는 작품의 영향과 수용에는 수용자의 성향에 따른 동화가 선행되므로 작가-작품-독자의 역동적인 과정을 기술하는 문학 연구에서는 무엇보다도 먼저 수용자의 전체적인 이해의 바탕이 되고 있는 기대지평이 재구성되어야 한다고 주장한다.

　기대의 지평이란 수용자의 작품에 대한 관계·바람·편견 등을 총망라한 이해의 범주를 말한다. 한 편의 작품이 어떻게 수용되느냐 하는 것

---

8) 이봉신(1988), 『김소월과 이상의 수용미학적 연구』, 건국대학교 대학원 박사학위논문, 9면, 재인용.

9) 수용자는 텍스트를 받아들이는 행위자로 독자, 비평가, 작품 해설가, 연기자, 관객 등등 모두를 포함한다. - 박찬기 외, 『수용미학』, 149면, 재인용

은 수용자의 이해에 매어 있고 작품의 영향은 수용자의 의식에 연관되어 있다고 보는 것이다. 따라서 수용미학에 바탕을 둔 작품 연구는 수용자의 의식·입장·견해·성향 및 이해의 전제조건이 되고 있는 모든 요소들을 중요한 분석의 대상으로 삼는다.

또한 새로운 작품을 수용한다는 것은 기대의 지평으로 볼 때 수용자에게 이미 친숙한 지평이 새로운 작품의 지평에 부딪혀 변화되어 구성되는 것을 말한다. 따라서 한 편의 창작 작품은 개개 수용자의 또는 각 시대마다의 수용자가 지닌 기대지평에 의해서 또한 기대지평들의 융합 및 전환을 통해서 그리고 그때그때 변화된 사회·문화적 상황이 수용자에게 가하는 조건에 따라 계속 다르게, 즉 새롭게 수용될 것이다.

수용미학이란 이와 같이 작품의 예술성과 역사성이 수용자의 작품 체험 속에 내재해 있었으며 또 계속 내재하고 있다는 통찰하에서 작품 해석의 기준을 수용자의 심미적 체험에 두고 작품의 수용과 영향을 작품-독자간의 소통과정에서 분석·통찰하고 작품의 역사적·심미적 연관성을 성찰하여 작품의 예술성을 밝혀보고자 하는 시각의 독자 중심적인 문학 연구 방법론이다.[10]

설화에 뿌리를 두고 판소리로 불려지다가 읽는 문학으로 정착된 〈춘향전〉은 근대 이후에도 생산적 독자에 의해서 계속해서 여러 차례 영화화되었고[11] 현대시, 현대소설 등으로 개작되었다. 여러 독자와 만나는 과정에서 독자들의 의식과 시대적 요구가 반영되어 있는 〈춘향전〉은 결국 독자에 의해서 형성되고 창작된 문학으로 앞으로도 계속해서 새롭게 해석되고 창작되어질 수 있는 문학이다. 그러므로 독자를 문학연구의 중요한 차원으로 보는 수용이론을 〈춘향전〉 연구에 적용하는 것은 필요하다고 본다.

---

10) 박찬기 외(1992), 앞의 책, 89면.
11) 1923년 극영화의 효시로 1976년 朴太遠 감독의 『성춘향전』에 이르기까지 11편의 영화가 제작되었으며 특히 1961년 신상옥-최은희에 의해 熱演하여 74일간의 최장기록과 38만명이라는 당시 최고의 관객 기록을 수립했다.— 金容沃(1990), 『새춘향면』 序說, 통나무, 150~152면 참조.

2) 硏究 範圍

〈춘향전〉은 설화에 뿌리를 두고 여러 시대에 걸쳐 다양한 수용자와 만나면서 많은 이본을 형성한 적층문학이요, 유동문학이다. 그런데 〈춘향전〉의 이본 형성에 관여한 필사자나 개작자는 〈춘향전〉을 읽은 독자로서 그 반응이 필사나 개작에 나타난 것이다.[12] 따라서 이본마다 각 이본 형성 당시의 사회적·문화적 상황, 개작자의 이념이나 심미적 태도가 반영되어 있다.

> 〈춘향전〉의 변모는 근본적으로 전승 〈춘향전〉의 지평(전승 〈춘향전〉이 형성될 당시의 기대 지평)과 현재의 수용자의 기대 지평 사이에 심각한 심미적 차이가 존재했기 때문에 일어난 것이다. 수용자는 전승〈춘향전〉의 지평 중에서 만족스럽지 못한 것을 거부하고 자신의 새로운 기대지평으로 지평을 전환시켰다. 〈춘향전〉은 이 지속적인 지평전환을 통해 거듭 새로운 모습으로 변모해 왔다. 이런 점에서 〈춘향전〉은 지평전환의 역사라고 할 수 있다. 지평의 전환은 다양한 동인, 예컨대 제반 사회 여건의 변화, 수용자의 의식 변화 등등으로 인해서 일어난다.[13]

따라서 본고에서는 이러한 점에 착안하여 수용이론의 방법을 적용하여 〈춘향전〉의 형성과정 및 유동문학적 특성과 〈춘향전〉의 현대적 수용 양상을 살피고 학습자 중심의 문학교육적 활용방안에 대하여 모색해보고자 한다.

본고에서 연구대상, 즉 텍스트로 삼은 것은 조선후기의 〈만화본 춘향가〉[14], 〈경판 30장본〉[15]과 〈남원고사〉[16], 〈완판 33장본〉[17]과 〈완판

---

12) 김경미(1994), 「수용미학과 고소설 독자연구」, 『고소설의 저작과 전파』 아세아문화사, 489면.
13) 이석배(1994), 앞의 책, 432면.
14) 한국고소설연구회 편(1991), 『춘향전의 종합적 고찰』, 아세아문화사.
15) 설성경 편저(1998), 『춘향예술사 자료총서 1』, 국학자료원.
16) 김동욱 외 (1983), 『춘향전의 비교연구』 삼영사를 중심으로 하되 최근에 발간된 설성경의 앞의 책 제6권도 참고함.
17) 설성경 편저(1998), 앞의 책 제1권

84장본 열녀춘향수절가〉18), 개화기의 소설 이해조의 〈옥중화〉19), 이
광수의 〈일설 춘향전〉20)과 현대에 개작된 최인훈의 소설 〈춘향뎐〉21)이
다. 이들 작품을 연구대상으로 삼은 것은 이들이 각 시대를 대표한다는
것과 오랜 기간을 거치면서 상호텍스트성 기능을 갖고 있어서 하나의 수
용사를 이루고 있는 〈춘향전〉 개작에 참여한 독자의식의 변모양상을 살
필 수 있고 독자 중심의 문학교육에 활용하기에 적합하다는 판단에서이
다. 그리고 지면의 한계상 이들 작품의 인물을 중심으로 논의를 전개하
고자 한다.

II. 〈춘향전〉의 形成과 流動文學的 特性

1. 〈춘향전〉 形成의 背景과 이야기 文化

한글이 창제된 이후 악장·시조·가사 같은 한글 시가 문학이 꽃피었
고 조선후기로 들어와서는 한글로 쓰여진 기행문, 일기, 편지, 소설 등이
속출하여 산문문학의 시대를 열어놓았다. 이렇게 다양하게 전개된 한글
문학 가운데 독서문화의 발전과 독자층의 확대에 결정적인 기여를 한 것
은 소설이었다.22)

다음의 예는 貴賤, 賢愚를 가리지 않고 일반 서민층에 이르기까지 소
설 독자층이 형성된 조선후기의 단면을 잘 보여주고 있다.

조생은 어떠한 사람인지 모른다. 다만 책 장수로 세상에 뛰어다닌 지 오래
였기 때문에 귀천 현우를 막론하고 그를 보면 누구나 조생인 줄을 알아보는

---

18) 이가원 주(1988), 『改稿 春香傳』, 정음사, 설성경 편저(1998), 앞의 책, 제1권.
19) 설성경 편저(1998), 앞의 책 제2권.
20) 설성경 편저(1998) 앞의 책 제5권.
21) 최인훈(1983), 『우상의 집』최인훈 전집 8, 문학과 지성사.
22) 金 泳(1993), 『朝鮮後期 漢文學의 社會的 意味』, 집문당, 274면.

것이었다.23)

이러한 소설 독자층의 확대는 이야기문화가 조선후기에 활발하게 형성되었음을 의미한다. 그리고 이것이 바탕이 되어 운문의 양식으로 노래되었던 문학예술은 점차 산문으로 바뀌게 된 것이다. 그중 대표적인 것이 판소리이다.

판소리가 생성되던 조선후기인 숙종말 영조초는 서민과 위항인을 중심으로 한 문화활동이 활발하게 전개되었다. 음악면에서는 시조의 창작과 가창을 위주로 한 가단활동이 활발하게 진행되었으며 문학적인 면에서는 이야기문화가 크게 성행하면서 전문적 이야기꾼인 전기수와 강담사가 서울 거리에 등장하였고 이들의 구연활동은 단편적이나마 기록을 통해서 나타난다.24)

이업복(李業福)은 傔人의 부류다. 아이적부터 언문 소설책들을 맵시있게 읽어서 그 소리가 노래하듯이 원망하듯이 웃는 듯이 슬픈 듯이, 가다가는 웅장하여 영걸의 형상을 나타내기도 하고 가다가는 곱고 살살 녹아서 예쁜 계집의 자태를 짓기도 하는데, 대개 그 소설 내용에 따라 백태를 연출하는 것이었다. 그래서 부자로 잘사는 사람들이 그를 서로 불러다 소설을 읽히곤 했다.25)

조선후기의 이야기에 대한 사람들의 관심의 정도를 알 수 있다. 양반에서 일반 서민층에 이르기까지 이야기를 들으려고 했고 그런 독자를 대상으로 이야기하는 이야기꾼이 많이 등장했음을 알 수 있다. 그런데 이야기꾼은 대체로 양반이 아니라 이업복이 속한 겸인과 같이 하층계급에 속하는 무리이다. 그리고 이야기를 할 때는 여러 가지 장치를 이용하여 표현의 효과를 높이려 했다는 것을 알 수 있다.

---

23) 李佑成, 林熒澤 譯編(1996), 『李朝漢文短篇集 中』 111면.
24) 金義政(1992), 『春香傳 硏究, -南原古詞本을 中心으로-』, 단국대학교 박사학위논문.
25) 李佑成, 林熒澤 譯編(1996), 『李朝漢文短篇集 上』, 271면.

이야기 주머니 김옹은 이야기를 아주 잘하여 듣는 사람들이 다 포복절도하지 않을 수 없었다. 김옹이 바야흐로 이야기의 실마리를 잡아 살을 붙이고 양념을 치며 착착 끌어가는 재간은 참으로 귀신이 돕는 듯 하였다. 가위 익살의 제일인자라 할 것이다. 가만이 그의 이야기를 음미해 보면 세상을 조롱하고 개탄하고 풍속을 깨우치는 말들이었다.26)

김옹은 전해 내려오는 고담을 그대로 읽거나 말하는 것이 아니라 살을 붙이고 익살을 섞어 가며 듣는 이로 하여금 그 속에 푹 빠져들게 한다는 것을 알 수 있다. 사람들의 흥미를 돋움은 물론 세상을 조롱하고 개탄하고 풍속을 깨우치는 등 사람들의 의식도 높인다. 즉 오락성과 함께 교화성도 아울러 지니고 있음을 보여준다.

이러한 이야기문화의 발달은 주로 창을 부르는 가객들에게 새로운 양식의 요구를 의미하는 것이다. 전문적인 소리꾼이 소리를 할 때, 광대들이 광대놀음을 할 때 재미있는 이야기를 하지 않으면 안 되는 분위기가 조성된 것이다. 따라서 이들은 판을 짜서 소리를 하되 서사적 구조를 지녀야만 되었고 그것에 사람들이 많은 관심을 보이자 더욱 전문화되고 하나의 소설을 엮어가듯 살을 붙이고 더 많은 가요를 삽입시키면서 내용을 확대해 나갔다고 본다.27) 판소리가 흥행에 성공하고 많은 사람들의 관심을 끌게 되면서 판소리를 직접 듣지 못하는 부녀자나 일반인들은 그 대본을 베끼면서 이야기문화에 참여했으리라고 생각된다.

결국 판소리의 발생이나 판소리가 다시 소설로 정착하게 된 것은 이야기를 갈망하는 독자층의 요구에 의한 것으로 보이며 이것은 조선후기에 형성된 이야기문화의 융성에 따른 것이라고 보인다.28) 즉 판소리는

---

26) 李佑成, 林熒澤 譯編(1996), 『李朝漢文短篇集 中』342면.

27) 최운식은 강창사가 곧 판소리 광대들이고 광대들은 이야기문학에 대한 민중의 새로운 욕구에 부응하기 위하여 설화나 고소설에서 소재를 취하여 이야기를 구성한 다음, 그것을 전부터 있었던 笑謔之戱나 巫歌, 巫樂에서 음악적 요소와 연희적 요소를 가져다가 결합하여 노래로 불렀다고 보았다. -최운식(1991), 『한국 고소설 연구』, 계명문화사, 171면.

28) 大谷森繁은 판소리가 당시 청중들의 호응을 얻을 수 있었던 요소들로 첫째, 일상생활에서 제기되는 문제를 사실적·구체적으로 다루는 현실주의적인 측면, 둘째, 해학과 풍자

이야기 문학에 대한 욕구가 다양해져 강담사와 강독사의 활동이 활발하던 시기에, 서민층의 다양해진 예능·오락적 욕구를 보다 효과적인 방법으로 충족시켜 주기 위하여 생성된 것이다.[29]

조선후기에 이렇게 이야기문화가 융성하게 된 이유는 무엇인가? 그것은 우선 사회의 변화와 함께 새로운 삶을 갈망하는 조선후기 민중들과 사(士)계층의 자기 정체성에 대한 강한 의식에 기인한 것이다. 조선후기는 정치·사회적으로 많은 변화가 있었던 시기이다. 임·병 양란을 겪으면서 경제적으로 몰락한 양반층이 생겨나는 한편 전쟁후 계속된 양반사회 자체 내에서 일어난 당쟁으로 인해 양반사회가 분화되어 갔다. 양반들 중에서도 소수의 사람들만이 권력의 핵심에 참여하거나, 그 주변에 머물면서 일정한 토지와 지위를 유지하였다.

그러나 다른 대부분의 양반들은 권력으로부터 배제되어 정치적으로나 경제적으로 일반 농민층과 다름없는 존재로 몰락해갔다. 한편 농민층은 생산력의 발전과 꾸준한 신분상승을 꾀해 그 경제적 지위를 높여갔다. 또한 신분적으로 가장 낮은 처지에 있었던 노비계급의 경우도 신분해방의 길을 재촉하였다.

조선후기의 이같은 신분제의 동요현상은 양반들의 권위를 실추시키는 결과를 가져와 양심적인 사계층으로 하여금 자기 위상을 정립하려는 움직임을 가져왔으며, 민중들도 이제는 더 이상 신분제의 굴레에 얽매이지 않고 자기들의 의식과 힘을 키워가게 되었다. 조선후기의 양심적 지식인들은 조선봉건사회가 동요되고 있던 상황에서 자기들의 임무와 역할은 무엇인지를 자문하게 되고 자기 정체성을 확립하기 위한 노력을 경주하게 된다. 민중들 역시 자기들이 단순한 통치의 대상이나 부림을 받기만 하는 존재가 아니라는 자각을 하게 된다.[30] 조선후기의 이야기문

로써 연출되는 오락주의적인 측면, 셋째, 삽입가요, 속담, 관용구, 故事, 漢詩句 등 각계각층의 기호에 어울리는 언어적인 측면, 넷째, 唱, 아니리, 너름새로 표현되는 판소리 특유의 독창성을 들고 있다. — 大谷森繁(1984), 『조선조의 소설 독자 연구』 고려대학교 대학원 박사학위논문, 92면.

29) 최운식(1991), 앞의 책, 172면

화는 이러한 사회적 배경과 밀접한 관련을 갖는 것이다.

자기의 정체성을 확인하는 데 이야기만큼 좋은 매체가 없기 때문이다. 이야기는 억압된 인간의 욕망을 변형시켜 드러낸 것이어서 사람들의 한없는 호기심을 자극한다. 이야기에서 사람들은 자기 욕망의 원초적 모습을 감지할 수 있다. 또한 이야기는 현실과 꿈 사이에 있으며[31] 독자는 이야기를 통해서 자신의 욕망, 꿈을 확인하고 다시 이야기를 통해서 드러내도록 하는 것이다.

독서의 미학에 있어서 소설의 역사는 기쁨과 위안의 심리적 역학과정, 삶과 예술의 연계에 대한 재조정 및 현실 비판 등과 밀접히 연관되어 있다. 그래서 우리는 소설의 독서를 통해서 오락성은 물론, 현실의 세계와 사회적 현실에 대한 보다 심화된 이해와 파악이 가능하게 되는 동시에 이에 대비하여 현상에 대립되어 있는 진실한 삶과 세계에의 지향 가치에 대한 기대의 지평에 접근할 수 있게 되기도 하는 것이다.[32]

판소리계 소설의 걸작 〈춘향전〉이 탄생할 수 있었던 것은 이러한 이야기 문화와 독자의 기대지평에 접근하고자 하는 수용의식에서 비롯된 것이라고 생각된다.

2. 〈춘향전〉의 형성과 受容樣相

1) 說話의 受容

〈춘향전〉은 판소리계 소설의 대표작이자 제일 앞서 창작되었다는 점에서 〈춘향전〉 형성 문제는 판소리 사설과 함께 한다. 판소리가 최초로 문헌에 나타난 것은 영조 30년(1754년) 만화 유진한의 가사 〈춘향가〉 200구다. 이 작품은 전라도의 남원 전주 장흥 등지를 유람하며 알게 된 춘향의 기담을 타령조로 옮긴 漢譯詩란 점에서 판소리의 발생 시기를 17

---

30) 金 泳(1993), 『朝鮮 後期 漢文學의 社會的 意味』, 집문당, 310면.
31) 김 현(1995), 「소설은 왜 읽는가」 『고등학교 국어 (하)』11, 12-14, 19-21면 참조.
32) 김 현(1995), 앞의 책, 291면, 재인용.

세기 말에서 18세기초(숙종말 영조초)로 보고있다. 서민층을 기반으로 하여 등장한 이 판소리 문학은 서민문화의 집약적 표현물로서 서민문화의 반영과 사실적 표현, 그리고 희극미를 구현하는 국민적 예술의 정화라 할 수 있다.33)

판소리와 소설의 발생에서 그 근간은 설화를 전제로 하고 있다는 것이 일반적이나 발생론적으로 볼 때 춘향 이야기의 핵심인 '어떤 기생의 죽음' 문제를 주제로 한 실제적 사건이 판소리극 춘향가의 생성에 가장 직접적 동인이 되었다고 본다. 춘향가는 실제로 있었던 역사적인 사건을 토대로 양식화가 이루어졌고 그것은 남원지방의 혜원굿과 관련이 깊다는 것이다.34) 춘향전이 설화에서 발생했건, 역사적 사실에서 발생했건 그것은 큰 문제가 되지 않을 것이다. 역사적 사실에서 출발했다고 하더라도 수용자의 의식이 반영되었으면 그것은 이미 그것은 역사적 사실이 아니다.

전설은 역사적 사실을 바탕으로 구성되기도 하고, 자신의 사실성, 진실성을 보강하기 위해 역사와 결합하기도 하기 때문에 역사와 관련이 깊다. 역사적 사실이 전설화되는 경우 역사는 사실이 그대로 후대에 전승될 것을 생각하고 기술되기 때문에 수용자의 기대나 보상, 문학적 굴절이나 윤색이 용납되지 않는다. 그러나 전설은 사실이 전설 전승 집단의 의식에 의해 구성된다. 그렇기 때문에 전설에는 수용자의 사상, 감정, 기대 보상이 문학적으로 형상화되어 나타난다.35)

이처럼 역사와 설화는 관련이 깊지만 설화와 역사는 수용자의 의식이 반영되었느냐 그렇지 않았느냐에 있는 것이며 설화의 진실성을 획득하기 위해 역사적 사실에다 그 바탕을 취하기도 한다는 것이다. 그리고 설화는 반드시 화자와 청자의 대면 관계에서, 화자가 청자의 반응을 의식하

---

33) 김의정(1992)『춘향전 연구-남원고사본을 중심으로 -』단국대학교 대학원 박사학위 14면.
34) 설성경(1997)『춘향전의 통시적연구』, 박이정, 43면.
35) 최운식(1991),『한국설화연구』, 집문당, 87면.

면서 구연하기 때문에 화자와 청자의 신분, 자격, 나이, 성별, 분위기에 따라 변한다.[36] 또한 설화가 소설과 같은 다른 장르로 바뀔 때는 어느 부분이 확대·강조되거나 삭감되기도 하고, 윤색되기도 한다.

〈춘향전〉은 적층문학으로서 설화 - 판소리 - 소설의 과정을 밟아서 이루어졌다는 것이 하나의 정설로 굳혀져 있다. 김동욱은 〈춘향전〉 형성에 관계한 설화를 근원설화와 발생설화로 나누고 근원설화와 발생설화는 비슷한 말이지만 근원설화는 춘향전 형성의 소재가 되는 설화를 말함이요, 발생설화는 〈춘향전〉이 어떻게 해서 성립되었다는 민간설화를 지칭한다고 하였다.[37]

〈춘향전〉의 근원설화에 대해서는 많은 논의가 있었지만 아직까지 이렇다할 근원설화를 밝히지는 못했다. 〈춘향전〉에 대한 많은 논의가 있었음에도 불구하고[38] 그 근원설화를 밝히지 못했다는 것은 〈춘향전〉이 여러 개의 설화가 수용되고 윤색되었음을 의미한다. 설화의 전승은 조선후기에는 이야기꾼에 의해 이루어졌는데 화자와 청자의 특성 및 구연 분위기에 따라 변하게 된다. 〈춘향전〉의 작자가 판소리를 연창하는 광대라 하면 무엇보다 이야기의 구성에 신경을 써야 했을 것이다.

〈춘향전〉의 공간적 배경은 전라남도 남원이다. 남원에는 춘향설화가 전해지고 있는데 춘향설화와 암행어사설화가 결합되어 춘향전의 큰 골격이 구성되었다고 본다. 춘향설화가 천대받는 서민집단의 한을 표상하고

---

36) 최운식(1991), 앞의 책, 52면.
37) 김동욱(1976), 『증보 춘향전 연구』, 연세대 출판부, 34-67면 참조.
38) 춘향전의 근원설화에 대한 논의로는 김동욱 외 최래옥, 주길순 등을 들 수 있다.
　　· 김동욱(1976), 「根源說話考」, 앞의 책 33-68면.
　　· 최래옥(1981), 「官奪民女型 說話의 研究」, 『張德順先生華甲紀念論文集』,
　　　　　　同化出版社
　　· 주길순(1989), 「春香傳 發生의 民俗的 起源」, 조선대학교 석사학위 논문.
　　이밖에 金炯敦은 〈춘향전〉의 작자와 작품과 사회적 배경의 종합적 대응을 통하여 梁進士(梁周翊)가 高敬明 설화를 借用하여 창작했다고 주장했다. 막연히 소재적인 차원에서 접근했던 기존의 방법에서 좀더 구체성을 띠었다는 점에서 방법면에서 한걸음 나아갔다고 보인다.- 金炯敦(1997), 「春香傳의 形成過程과 敍事構造 研究」, 명지대학교 박사학위 논문 참조.

있다면 암행어사 설화는 그 한을 풀어주는 역할을 하는 것으로 작품의 구성 원리면에서 교묘하게 결합 가능하게 되어 있다. 전자가 사실성을 지니고 있으면서 현실의 비극성을 반영한 것이라면 후자는 그 비극성을 극복하여 꿈을 이루고자 하는 독자들의 이상이 반영된 것이다. 그리하여 두개의 설화가 결합되면서 만남- 이별- 시련- 만남- 성취라는 해피엔딩을 추구하는 고대소설의 서사적 골격이 이루어지게 된 것이다. 이 두 개의 설화 중에서 어느 하나만 수용되었다면 춘향전은 아주 단순한 구성을 갖게 되어 흥미를 불러일으키지 못했을 것이다. 먼저 남원에 전해지는 춘향설화에 대하여 살펴보기로 한다.

南原에 한 老妓의 딸 春香이가 있었는데 李府使의 아들과 情을 통해 오다가 李府使가 상경한 후 消息이 없자 病死하였다. 그 뒤 南原 고을에는 계속하여 凶災(불)가 생기므로 吏房이 春香의 冤情을 풀기 위해 글을 지어 巫女로 하여금 살풀이 굿을 하였더니 凶災가 없어졌다.39)

春香은 原來 박색이었다. 年數 30이 되도록 시집을 못 갔는데 하루는 蓼川에서 빨래를 하다가 李道令을 본 뒤 병이 났다. 月梅가 딸의 사실을 알고 房子를 꾀어 李道令을 誘引하여 향단이로 하여금 말쑥하게 차려서 술을 권해 취하게 한다음 春香과 더불어 하룻밤 情을 나누게 하였다.
이튿날 李道令이 깨어 보니 天下의 薄色과 同宿을 했는지라 염치없이 도망치려 하니 월매가 문밖에서 간청하여 情標라도 주고 가라 하니 急한 대로 소매 속에서 비단 손수권을 꺼내 던져주고 갔다. 뒷날 李道令은 서울로 가고 春香은 그를 사모하다가 廣寒樓에서 수건으로 목을 매서 죽었다. 邑民들이 뒤늦게 이 사실을 알고 불쌍히 여겨 李道令이 넘어간 南原邑의 북쪽 고개에다가 장사를 지내 주었다. 그 뒤부터 이 고개를 박색터라 불렀다.40)

상기한 바와 같이 남원에는 여러 개의 춘향 설화가 전해지고 있다. 춘향설화의 특징은 당시 천대받던 기생의 설화라는 데 있다. 기생과 관

---

39) 주길순(1989), 앞의 논문, 11면.
40) 주길순(1989), 앞의 논문, 12면.

런된 설화는 남원에만 전해지는 것이 아니라 전국적으로 분포되어 있어 특수성과 보편성을 갖추고 있다. 암행어사 설화 역시 남원에만 한정된 것은 아니다. 암행어사 설화 중 춘향전 형성에 직접적 영향을 미친 것으로 보이는 成以性 설화를 살펴보자.

南原府 己梅坊에 「신밧당」일명 「신밭당」이란 곳이 있다. 이 近處에 巫山堂(外巫山, 內巫山)이라는 下村 마을이 있다. 이는 典型的 「단골마을」이다. 또 이 近接에는 「대물방죽」이라는 수양못이 있고 이 연못祭가 봄철에 이루어지는데 이 날은 廣大의 굿판도 함께 벌어진다.

그래서 신밭당은 近洞 兩班 閑良輩들이 指定된 광대굿터이기도 하다. 巫山 成巫堂의 딸 春香이가 있었는데 이 春香이가 신밭(神田) 굿판에서 아버지 廣大와 唱을 하였다. 近洞의 勢道家의 李道令이 春香의 唱을 들으면서 한 눈에 반해버렸다. 그 뒤 두사람은 情이 깊었는데 李氏家에서는 이를 나쁘게 여기고 南原의 成府使에게 간청을 하여 春香을 獄에 가둘 것을 부탁했다.

그러나 成府使는 李氏家의 부탁을 들어주지 않았다. 그 뒤 成府使가 가고 李府使가 부임했는데 李府使는 成府使와는 달리 春香을 獄에 가두어 중한 벌을 내리고 巫山村의 成巫堂 一家의 姓字까지 剝奪하여 버렸다. 理由인즉은 巫堂같은 下賤輩에게 姓氏라는 兩班姓이 덩치 않다는 것이었다. 그래서 姓巫堂家의 子女들은 모두 에미의 姓字를 쓰도록 하였다. 성춘향은 그뒤 巫山村 朴家가 되어서 獄死를 했는데 南原 龍城誌에 傳한다는 '月梅之女春香 死于獄中'은 바로 成巫堂의 딸 春香의 記錄이라고 주장한다.

그뒤 前 南原府使였던 成安義의 아들 成以性이 暗行御史로 南原에 들러 이 사실과 연관하여 暗行御史出頭를 외쳐 李府使를 罷職하여 成春香의 원한을 풀어주었다. 그러나 溪西行錄에는 成以性은 光海君 때 南原府使로 있던 成安義의 아들로서 後日 南原에 暗行御史로 내려가 府使 生日宴에 '金樽美酒千人血'의 詩를 읊어 暗行御史 출두를 하였다고 되어 있다.[41]

이러한 설화는 남원에 전해지고 있는 것으로 〈춘향전〉의 형성에 작용했다고 본다. 이러한 설화가 중심 모티브가 된 것은 무엇 때문인가? 그것은 억압을 받는 계층의 한과 그것의 해결방식이 담겨있기 때문이다.

---

41) 주길순(1989), 앞의 논문, 21-22면.

춘향설화인 경우 하층민의 이루지 못한 사랑에 대한 한이 담겨 있다. 사랑을 이루지 못한 이유로 춘향의 박색과 하찮은 신분을 들 수 있다. 박색은 개인적 특성이지만 사랑의 성취를 가로막는 장애물 중의 하나이다. 상하신분의 구별이 엄격하던 시절의 신분의 차는 사랑을 가로막는 가장 큰 장애물이다. 사랑을 이루지 못했을 때 한이 되어 남는다.

이중 개인적 특성의 문제는 민간에서 무속이라는 매체를 통해서, 신분의 문제는 민중들의 마지막 보루라 할 수 있는 암행어사 제도를 통해서 해결의 통로를 가졌던 것이다.

설화는 수용자들에게 현실로부터 해방감을 맛보게 해주고 보상적 만족을 느끼게 해 준다.[42] 현실과는 달리 어떠한 고난이나 결핍 상황도 극복되고 현실에서는 제약되고 금지되는 행동도 설화 속에서는 마음대로 할 수 있어 해방감을 느낄 수 있고 설화의 생산자가 원하는 방향으로 결말을 유도함으로써 창조의 즐거움과 소원 충족의 자족감을 맛본다. 따라서 〈춘향전〉의 근원설화에는 그 당시 수용자인 민중들의 한과 꿈을 동시에 수용하여 구성하기를 바라는 독자의식이 반영되었다고 볼 수 있다.

〈춘향전〉의 근원설화는 남원에 전해지는 춘향 설화가 근간이 되고 그것이 광대들의 입을 통해 판소리로 부르는 과정에서 확대되어 소설 〈춘향전〉이 형성되었다고 볼 수 있다. 또한 춘향전에 대한 관심이 높아지면서 다양한 이본이 광대, 서리 등의 중인 계층에 의해, 혹은 예술에 관심이 있었던 양반에 의해서 탄생되었다고 본다.

따라서 판소리 사설의 창조적 책임은 특정한 광대가 아니라 오랜 세월이 흐르는 가운데 많은 사람을 울리고 웃기면서 죽어간 수많은 광대들이 그 책임의 한가닥을 져야 할 것이다. 또 한편으로는 춘향이나 이도령, 또는 월매나 향단, 그리고 변학도나 방자로 하여금 그렇게 저렇게 행동하기를 원하여 그들로 하여금 그렇게 또는 저렇게 행동하게 한 판소리의 많은 청중들이 동시에 〈춘향전〉의 창조적 책임을 졌던 것이라고 하겠다.[43]

---

42) 임문혁(1992), 『한국현대시의 전통 연구』, 한국교원대학교 박사학위논문, 12면.

2) 歌謠의 受容

판소리는 예술에 대한 종합적 인식의 소산이다. 일정한 무대 없이 주로 소리꾼에 의해 불리워지던 가요는 판소리에 수용되어 내용의 일부를 이루기도 하고 상황이나 분위기를 조성하기도 한다. 판소리는 창과 아니리가 반복되는 구조로 이루어진다. 이중 창 대목은 많은 부분이 삽입가요로 이루어지는데 이는 기존 가요에 연원을 둔 차용가요와 판소리에서 창작된 창작가요로 구분할 수 있다.

차용가요는 사건을 진행시키는 기능, 어느 한 장면을 구체화시키는 기능을 담당하기도 하고 어느 한 장면에 대한 세부적이면서도 사실적인 묘사보다는 그 장면에 어울리는 내용을 지닌 가요를 수용함으로써 그 상황을 청중에게 오히려 실감있게 전달하는 기능을 갖고 있기도 하다.

그러나 차용가요가 부분적인 기능만을 갖고 있는 것은 아니다. 설화가 판소리의 기본적인 줄거리를 이루며 판소리화 되기 위해서는 다양한 문학적 형상화 과정을 거쳤겠지만 차용가요도 그 줄거리와 유기적인 관련을 맺으며 판소리라는 독특한 양식을 창출하는데 관여한다.44) 그리고 설화에 기반을 둔 당대 민중의 현실인식을 담으면서 주제를 구현하는 데 밀접한 관련을 맺고 있다.45)

설화처럼 그 내용을 많이 바꿀 수는 없지만 수용자의 요구에 따라 판소리 창자의 작품에 대한 의식, 가요에 대한 지식의 정도에 따라 선택의 범위가 달라진다. 판소리를 부르는 창자는 기존가요를 누구보다도 잘 알고 적극적으로 수용하는 존재이다. 따라서 판소리에 수용된 가요를 보면 판소리 수용자의 특성은 물론 판소리를 부르는 창자의 특성도 알 수 있다. 판소리가 소설로 정착되는 과정에서 차용가요는 설화와 마찬가지로 수용자의 작품, 독자에 대한 의식에 따라 첨가, 삭제되기도 하였을 것이

---

43) 정병욱(1981), 『韓國古典의 諸認識』, 弘盛社, 221면.
44) 박관수(1995), 『판소리 借用歌謠의 性格과 機能 硏究』, 한국외국어대학교, 박사학위논문, 164면
45) 박관수(1995), 앞의 논문 194면.

다.

〈남원고사〉는 판소리 사설이 정착되어 이루어진 〈춘향전〉 이본 중의 하나이다. 어느 이본보다 다양한 장르의 많은 가요가 수용되어 있어 문학의 보고라 할 수 있다. 그런데 〈남원고사〉에 수용된 가요는 대부분 서울 경기 지방에 유행하던 경기잡가이다. 이 밖에도 한시, 한문성구 등이 많은데 이러한 것을 통해서 〈남원고사〉가 주로 어느 지방에서 어떤 계층에 의해 창작되고 수용되던 문학인지를 짐작할 수 있는 것이다. 〈남원고사〉에 전해지는 가요의 일부를 중심으로 〈춘향전〉에 수용된 가요의 특성을 살펴보기로 한다.

〈남원고사〉의 허두가는 다른 이본에 비해 장황하다. 〈남원고사〉의 허두가에 차용된 가요는 구운몽의 인생무상과 귀거래사의 자연귀의의 분위기를 강조한다. 물론 구운몽은 가요가 아니라 소설이지만 운문체를 띠고 있다. 허두가는 판소리를 하기 전에 목소리를 다듬는 곳으로 작품의 서사적 전개와 밀접한 연관성이 없다. 하지만 대부분의 허두가는 작품의 배경을 제시하고 인물을 소개하는 등 작품 전체의 줄거리와 어느 정도 연계성을 지니고 있다. 다만, 〈남원고사〉의 허두가에는 작품의 배경이나 인물을 제시하지 않고 단지 구운몽의 일부와 귀거래사를 제시하였는데 이는 판소리사설로서의 〈춘향전〉에 대한 작가의 의식이 반영된 것이라 하겠다.

이도령과 방자의 산천경개 풀이 장면에서는 한시 소상팔경이 장황하게 방자의 입을 통하여 제시되고 있다. 또한 광한루 당도까지의 산천경개풀이에서도 산천경개풀이, 유산가, 시타령이 수용되어 있다. 완판 84장본에서도 광한루에서 춘향을 보는 대목에서 유산가가 삽입가요로 수용되어 있다.

잡으시오 잡으시오. 이술한잔 잡으시오. 이 술한잔 잡으시면 슈부다남壽富多男ᄒ오리라. 이 술이 술이 아니오라 한무뎨漢武帝, 승노반承露盤의 니슬 바든 것이오니 쓰나 다나 잡으시오. 인간 영욕人間榮 辱혜아리니 묘창히지일속渺蒼海之一粟이라. 술이나 먹고 노스이다 (중략)46)

다소 허무적 분위기를 담고 있는 이 권주가는 청구영언에 전해지는 권주가와 비슷한 것으로47) 그 당시 기방에서 유행하던 것이라고 생각된다. 이밖에도 정철의 『將進酒辭』의 일절, 이백의 『將進酒』의 일절 등이 춘향의 입을 통해 불리워지고 있다. 또한 청구영언에 전해지는 白鷗詞의 일부가 수용되어 유흥적 분위기를 자아내고 있다.

빅구白鷗야 펄펄 나지 마라, 너 잡을 녀 아니로다. 셩샹聖上이 바리시니 너롤조차 예 왓노라. 오류춘광 五柳春光 경景 조흔 더 빅마금편화류 白馬金鞭花柳 가즈 운심벽계화홍유록雲沈碧溪花紅柳綠호더 만학쳔봉비쳔사萬壑千峰非千絲라(중략)48)

이밖에도 천자풀이, 바리가, 덕운가, 비점가, 인자타령, 연자타령, 이별가, 자탄가, 춘면곡, 처사가, 어부사, 수심가, 농부가, 농가, 등이 주어진 상황이나 분위기에 맞게 수용되어 상황의 의미나 분위기를 전달하는데 기여하고 있다. 이처럼 〈춘향전〉에는 그 당시 유행하던 많은 가요를 수용하였음을 알 수 있다. 이렇게 많은 가요가 수용될 수 있었던 것은 기존가요에 대한 수용자의 풍부한 지식도 있어야 하겠지만 무엇보다 〈춘향전〉이 인쇄술의 발달과 함께 읊는 문학에서 읽는 문학으로 변이되고 있음을 의미한다.

〈춘향전〉은 오랜 시대를 거치면서 많은 사람들에 의해 창작되어온 적층문학이다. 그리고 〈춘향전〉은 음악적인 요소와 서사적인 요소, 극적인 요소가 다 들어있기 때문에 여러 장르가 수용되기도 하고 여러 장르로 변용되어 전해져 올 수 있었다. 〈춘향전〉은 여러 장르가 복합된 종합예술이라 할 수 있으나 크게 서사적인 설화와 기존가요로 구성되어 있다. 설화가 〈춘향전〉의 뼈대라 한다면 기존가요는 뼈대에 붙여진 살이라 할 수 있을 것이다. 〈춘향전〉이란 작품에 대해서 제대로 알기 위해서는 이

---

46) 김동욱 외(1983), 앞의 책, 145-146면.
47) 김동욱 외(1983), 앞의 책, 146면.
48) 김동욱 외(1983), 앞의 책, 147면.

러한 작품의 구성원리를 먼저 밝혀야 할 것이다.

판소리는 이야기적 요소와 음악적 요소가 결합하여 이루어진 예술이
다. 설화, 야담에서 여러 이야기를 취재하여 서사적 줄거리를 형성하고
민간에 전해지는 민요, 무가를 삽입하여 구성한 것이다. 그리하여 창과
아니리를 반복하면서 구연함으로써 창 또는 이야기만의 단조로운 구조에
서 오는 지루함에서 벗어날 수 있게 하고 청중들에게 흥미와 즐거움을
줄 수 있는 것이다.

〈춘향전〉은 만남, 이별, 시련, 만남, 성취로 이루어진 서사적 기본 구
조 속에 민요, 잡가, 단가, 가사, 한시, 한문사장, 민속 놀이 등의 음악
적, 연희적 요소가 삽입되어 섞여 있다. 그리고 이러한 삽입적 요소는
창자의 기분이나 부르는 때의 처지 혹은 대상에 따라 얼마든지 그 삽입
문학의 요소를 바꾸어 넣기도 하고 광대의 입담의 능력이나 청중의 반응
에 따라 내용을 첨가하기도 하고 삭제할 수도 있다. 그러한 점에서 이것
은 항상 유동적이며 형성적이다.49) 〈춘향전〉의 이본이 다양하게 나올
수 있었던 것도 이러한 문학적 특성 때문이 아닌가 한다.

〈남원고사〉는 판소리극 사설의 구성원리를 유지하면서도 본격적 소
설화에 따른 개작 부분이 많이 개입된 작품으로 이러한 〈남원고사〉를 생
성한 작가는 창작의식이 뚜렷한 인물로 평가된다.50) 그는 고급문예인
한문학과 대중문예인 국문문학, 구비문학의 폭넓은 지식을 갖춘 자로서
판소리극의 사설보다는 일관성있게 이야기를 이끌어간다.

〈남원고사〉는 판소리 사설의 관용구, 한자성어와 비속어가 다수 수용
되어 있고 삽입가요와 사설이 바탕글에 충분히 융합되어 있다. 춘향이
감옥으로 끌려 내려지는 도중에 남원 한량들이 춘향을 옥중으로 데리고
가면서 '춘면곡, 처사가, 어부사, 수호지, 서유기' 등의 노래와 책읽기 놀
이를 수용함으로써 서울 기생들의 가요를 정착시키고 있다. 또 초야 사
설의 전후에서는 '덕운가, 비점가, 관주가, 인자타령, 연자타령 ' 등이 있

---

49) 김동욱 외(1983), 앞의 책, 16면.
50) 김동욱 외(1983), 앞의 책, 194면.

어 서울 지방의 〈춘향전〉을 정립시키는데 기여하고 있다.

또한 소재의 폭을 넓히는 일환으로 민족문학의 장르별 명작을 수용했다. 정철의 '사미인곡', 김만중의 '구운몽'이 대표적이다. 이렇게 다양한 장르를 수용함으로써 〈남원고사〉는 조선후기에 형성된 〈춘향전〉의 어느 이본보다도 내용이 풍부하여 읽는 문학으로서의 즐거움을 주는 〈춘향전〉 군의 걸작으로 생각된다.

3. 〈춘향전〉의 流動文學的 特性

〈춘향전〉은 다양한 계층에 의하여 향유되고 창작된 유동의 문학이요, 표박의 문학이다. 그리하여 짧게는 한시 200구로 된 만화본 춘향가에서 길게는 10만자에 이르는 〈남원고사〉에 이르기까지 춘향전의 이본은 매우 다양하고 많다. 그 명칭이 학계에 알려진 것만도 100여 본이 넘는다.[51] 다음에 〈남원고사〉를 중심으로 하여, 완판 84장본 〈열녀춘향수절가〉, 〈경판 30장본〉, 〈완판 33장본〉의 여러 장면 중 서사 및 허두 부분의 구체적인 비교를 통해서 〈춘향전〉의 유동문학적 특성을 좀더 구체적으로 살펴보기로 한다.

〈남원고사〉의 허두는 매우 장황하게 이루어졌다. 다른 이본들의 배경과 인물 제시의 간결한 허두와는 달리 1200자 이상의 장황한 序詞를 보이고 있다.

廣寒樓前烏鵲橋 吾是牽牛織女爾 人間快事 繡衣郎
月老佳緣紅粉妓 龍城客舍大廳 是日重逢無限喜
광한루 앞 오작교에 나는 견우 너는 직녀 인간의 쾌사로다
암행어사 수의랑은 월노승의 인연으로 홍분기와 맺음이네

(만화본 춘향가)[52]

---

51) 김형돈(1997), 『춘향전의 형성과정과 서사구조 연구』, 명지대학교 대학원 박사학위논문, 81면.
52) 한국고소설연구회(1991), 『춘향전의 종합적 고찰』, 아세아문화사, 492면 재인용.

텬하 명산天下名山 오악지즁五嶽之中에 형산衡山이 높고 높다. 당시졀 唐時節의 졀문 즁이 경문經文이 능통能通하므로 농궁龍宮의 봉명奉命ㅎ고 셕교상石橋上 느즌 봄바람의 팔션녀八仙女 희롱戱弄훈 죄罪로 환싱인간還生人間ㅎ여 츌댱입상出場入相타가 틱스당 太師堂 도라들 졔 뇨됴졀디 窈窕絕代드리 좌우 左右의 버러시니 난양공쥬 蘭陽公主 영양공쥬英陽公主 딘치봉秦彩鳳 가츈운賈春雲 계셤월桂蟾月 젹경홍狄驚鴻 심요연沈裊烟 빅능파白凌波와 슬커졍 노니다가 산즁일셩山中一聲의 즈든 꿈 끼거다. 아마도 셰상명니世上名利와 비우희락 悲憂喜樂이 이러홀가 ㅎ노미라.(남원고사)53)

현전하는 〈춘향전〉의 이본 중에서 가장 오래된 것으로 알려진 〈만화본 춘향가〉는 허두라기보다 〈춘향전〉 전편의 성격을 나타내고 있음54)에 비해 〈남원고사〉는 김만중의 소설 '구운몽'의 내용으로 시작하여 인생무상의 분위기를 표출하고 있음을 알 수 있다. 또한 〈경판 30장본〉에서는 이도령을 소개하고 이도령이 춘흥을 못 이기어 산수구경 치행하는 사설로 시작되고 있다.

화셜 아죠 인됴∥ 씨의 젼나도 남원부스 니등 즈졔 니도령의 년광이 십뉵이오 얼골은 관옥이오 풍치난 두목지오 문장은 니티빅이라 칙방의 잇셔 학업을 힘쓰더니 이쩌는 방츈화류호시졀이라 초목군싱지물이 기유이즈락ㅎ야 너구리는 넛숀즈 보고 둡겁이는 삭기을 칠 쩌라 니도령이 츈흥을 못이긔여 화류츠로 방즈를 불너 분부ㅎ되 네골을 구경쳐가 어듸∥∥이 죠흔고 방지 엿즈오디 평양 부벽루 히듀 미월당 진쥬 측셕루 강릉 경포디   (경판 30장본)55)

또한 같은 완판본이지만 33장본은 높은 가문의 이도령의 부친 이한림의 남원부임내력을 소개하는 글로 시작하고 있는 반면 84장본은 춘향의 탄생 내력부터 시작하고 있어 이본마다 차이가 있음을 보여준다.

---

53) 김동욱 외(1983), 『春香傳의 比較硏究』, 三英社, 33면
54) 김동욱외(1983), 앞의 책, 37면.
55) 설성경 편저(1998), 앞의 책, 제1권, 447면.

숙종대왕 직위 초의 성덕이 너부시사 성자성손은 계∥승∥ᄒᆞᄉᆞ 금고옥족은
요순시절이요 의관문물은 우탕의 버금이라 좌우보필은 주셕지신이요 용왕호위
간성지장이라 조졍의 흐르난 덕화 힝곡의 폐여 잇고 사회의 구든 기운 원근의
어리엿다 츙신은 만조졍이요 효가열녀 가∥지라 미지∥∥여 우순풍조ᄒᆞ니 일
더건곤성명셰라 잇째의 삼쳔동거ᄒᆞ시난 이할임이라 ᄒᆞ난 양번이 ∥쓰되 셰더
지명지족으로 국가 츙신지후예라 일∥은 젼하게옵셔 충효록을 올여보시고 충
효자로 퇵츌ᄒᆞᄉᆞ 자목지관 임용ᄒᆞ실시 이할임으로 과쳔현감의 금산군수 이비
ᄒᆞ야 남원부사 제수ᄒᆞ시니 이홀임이 사은숙비 ᄒᆞ직ᄒᆞ고 직시 치힝ᄒᆞ여 남원부
의 도임ᄒᆞ고 션치민졍ᄒᆞ니 사방의 일이 업고 빅셩덜은 더듸 오믈 칭송ᄒᆞ고 강
구연월의 문동요라 시화연풍ᄒᆞ고 빅셩이 효도ᄒᆞ니 요순시절이라.(완판 33장
본)56)

숙종대왕 직위 초의 성덕이 너부시사 성쟈셩손은 계∥승∥ᄒᆞ샤 금고옥족은
요순시절이요 으관문물은 우탕의 버금이라 좌우보필은 쥬셕지신이요 용양호위
난 간셩지장이라 조졍의 흐르난 덕화 힝곡의 펴엿시니 사회 구든 기운이 원근
의 어리잇다 츙신은 만조ᄒᆞ고 효자열여 가∥지라. 미지∥∥라 우슌풍조ᄒᆞ니
함포고복 빅셩덜은 쳐∥의 격양가라 잇 쩌 졀나도 남원부의 월미라 하난 기싱
이 잇스되 삼남의 명기로서 일직 퇴기ᄒᆞ야 셩가라 ᄒᆞ는 양반을 다리고 셰월을
보니되 연장 사순의 당하야 일졈 혀륙이 업셔 일노 한이 되야 장탄슈심의 병
이 되겻구나 일일은 크게 끼쳐 예사람을 싱각ᄒᆞ고 가군을 쳥입ᄒᆞ야 엿자오되
(완판 84장본)57)

이렇게 기본 골격은 유지하면서도 각 장면의 구체적인 전개가 다름은
〈춘향전〉의 유동문학적 성격을 보여주고 있는 것이라 하겠다. 부르는 창
자의 개인적 특성에 따라 독자들의 성격, 혹은 시대 사회적 성격에 따라
다르게 표현한 것이다.

〈춘향전〉은 다양한 장르의 문학이 삽입되어 혼용된 종합문학이요, 서
민의식의 성장을 가장 잘 반영하면서도 서민의 꿈과 희망을 보여주는 낭
만적 소설이다. 특히 봉건의식이 여전히 막강한 세력을 떨치는 조선후기

---

56) 설성경 편저(1998), 앞의 책 제1권, 115면.
57) 설성경(1998), 앞의 책, 제1권, 243면.

사회에 형성되어 다양한 계층으로부터 사랑을 받은 동시에 오늘날까지
다양한 장르로 변용되어 수용됨으로써 하나의 문학적 전통을 이루어냈다
는 데서도 그 가치를 발견할 수 있을 것이다.

〈춘향전〉은 또한 애초에 민속적으로 유포되고 있던 여러 설화와 가요
를 종합하여 이룩되고 다듬어졌다는 면에서 성장의 문학이요, 일단 성립
된 粗雜한 사설이 여러 광대나 아전의 손에 안기어 더 다듬어지고 윤색
되고 각지를 유람하면서 대중이나 좌상을 위하여 부른 문학이라는 면에
서 표박의 문학이다. 또 그 사설이 플로트의 골격을 공유하고 있을 뿐 그
사설이 각기 다르다는 것도 이 조건 속에 들어 있다. 그것이 새로 창작되
어 나온다는 면에서 〈춘향전〉은 영원한 유동문학이라고 해도 과언이 아
니다.58) 따라서 〈춘향전〉은 미완의 문학으로서 현대문학으로 변용될 요
인을 가지고 있다고 할 수 있다. 다음 장에서 이러한 면에서 검토해 보도
록 한다.

Ⅲ. 〈춘향전〉의 現代的 受容과 變容樣相

1. 이해조의 〈옥중화〉

〈옥중화〉는 신소설 작가인 이해조가 1912년 8월 27일 보급서관에
서 출간한 〈춘향전〉의 한 이본으로 비기생계 계통본이다. 조윤제는 〈춘
향전〉의 이본을 대강 3기로 나누었는데 〈京版春香傳〉에서 〈完版春香傳〉
까지를 제1기, 〈完版春香傳〉에서 〈獄中花〉 까지를 제2기, 〈옥중화〉 이후
를 제3기라 하여59) 〈춘향전〉의 현대적 생산에 영향을 미치는 〈옥중화〉
의 위치를 나타냈다.60)

---

58) 김동욱 외(1983), 앞의 책, 13면.
59) 趙潤齊(1970), 『校註春香傳』, 서울 을유문화사 212면
60) 김재남은 이해조가 〈춘향전〉을 〈옥중화〉로 바꾼 것은 판소리를 소설로 이행시킴에 있어

조선 이래로 전해오는 타령 중 춘향가, 심청가, 박타령, 토끼타령 등은 본래 유지한 문장 재사가 충효지절의 좋은 취지를 포함하야 징악 창성하난 큰 기관으로 저술한 바인데 학문이 부족함을 인하야 한번 전하고 두번 전함에 정대한 본뜻을 잃어버리고 음란 천착한 말을 징연부익하야 하등 무리의 창성을 받을지언정 초유 지각한 사람의 타매가 날로 더하니 어찌 개탄할 바가 아니라 하리오 이럼으로 본 기자가 명창 광대 등으로 하야곰 구술게 하고 축조산정하야 아무쪼록 광대 타령이라고 등한히 보지 말으시고 그 타령 저술한 옛 사람의 좋은 뜻을 깊이 살피시우.61)

〈춘향전〉의 독자인 이해조가 〈옥중화〉를 쓰게 된 동기를 알 수 있는 부분이다. 그가 〈옥중화〉를 창작하게 된 동기는 사람들로 하여금 옛 사람의 좋은 뜻을 본받게 하기 위함이다. 옛 사람의 좋은 뜻은 바로 충효의 절(忠孝義節)을 말한다. 윤용식은 이해조가 옥중화를 개작하면서 당시의 매스컴을 통해 국민들로 하여금 '아름다운 풍속과 장진지망, 정대한 기상을 갖게 하겠다는 개작 의도를 나타냈다고 하였다.62) 따라서 〈옥중화〉는 작가의 개작의식이 뚜렷하고 단순히 상업적 목적이 아니라 풍속을 개량하고 새로운 세대에 대한 기대감이 크기 때문에 개작했다는 것을 알 수 있다.

또한 그의 개작은 다음과 같은 독자의식에서도 비롯되었다고 볼 수 있다.

종래 〈춘향전〉에 대개혁안을 꾀하였고 또 가급적 현대생활의 감정을 넣어 보려고 애썼으나 그 형식에 있어서 종래의 연속식을 분절식으로 고치고 또 순국문체를 국한문체로써 그 대신 한문자에는 일일이 그 옆에 국문으로 음역하

판소리적 성격의 인상을 탈피하고 신선한 감각을 주려 한데서 비롯되었다고 보았는데 — 金載南(1986) 「이해조 작품 연구」, 세종대학교 석사학위논문, 31면 — 이러한 지적도 판소리에서 소설로의 이행단계로서의 〈옥중화〉의 위치를 보여준다고 하겠다.

61) 김석배(1994) 「춘향전의 지평 전환과 후대적 변모」, 『춘향전 어떻게 읽을 것인가』, 서광학술자료사, 472면, 재인용.

62) 윤용식(1983) 「신재효 춘향가(남창)와 이해조 옥중화와의 비교연구」, 『새터 강한영 교수 고희기념논문집』, 아세아문화사, 14면.

였기 때문에 독서에 많은 편의를 주었으며63)

    이해조는 〈춘향전〉을 당시의 시대 상황에 맞게 개작하고자 하였으며 독자 대중의 편의를 고려하여 표현양식에 신경썼음을 알 수 있다. 이러한 수용의식은 인물의 성격 창조에서도 드러난다.

    〈옥중화〉에서는 〈남원고사〉와 달리 춘향에 초점을 맞추고 있으며 그녀의 높은 절행과 효행심을 세상 사람에게 알리고 사람들이 본받게 하고자 한다. 우선 춘향은 이도령이 부름에 응하지 않을 경우 춘향의 모친이 곤욕을 치르게 된다는 위협에 어쩔 수 없이 응하면서도 雁隨海蝶隨花海隨穴이라는 말로써 재치있게 자신의 마음을 알린다.

    전반부에서도 한낱 미천한 기생으로 제시되고 있는 〈남원고사〉와는 달리 〈옥중화〉에서는 춘향이가 성참판의 서녀로서 근본이 있고 소학, 삼강행실, 인의예지를 통달하여 宰相家는 부당해도 常賤輩는 부족하다고 한다. 〈완판 84장본〉에서는 참판의 서녀로까지 춘향의 신분을 상승시켜 서민들의 신분 상승의 욕구를 충족시키려 했다. 그러나 〈옥중화〉에서는 소학에서 인의예지를 통달하고 한문문장으로 자신의 의사를 표현할 정도로 예지가 출중하다는 것을 강조함으로써 신분사회에서 능력을 중시하는 사회로 변모하고 있음을 나타내고 있다. 이것은 그가 양반 가정 여인들의 구속적인 생활을 보고 해방시키려는 마음으로 소설을 쓰기 시작한64) 작가의식과도 관련된다.

    이도령은 양반의 자제로 관옥같은 얼굴에 시와 풍류를 좋아하며 권위적이고 보수적인 인물이기보다는 호탕하고 융통성있는 풍류남아로 그려지고 있다. 그러나 〈남원고사〉와 비교해서는 부모에 순종하는 인물로 그려졌다 이도령이 춘향이가 보고싶어 보고지고 보고지고 외치는 소리에 놀라는 것에 대해 서술자는

---

63) 조윤제(1970), 『校註春香傳』, 을유문화사, 212면
64) 이명자(1980), 「새로 밝혀 낸 이해조의 얼굴과 생애」, 『문학사상』, 59면.

　　"놀라시면 내 탓이냐 百姓빅셩의呼冤호원쇼리는몰ᄂ도그런쇼리는 一手일슈
드르신다더냐"
　　이는광디의忘發이라그럴理리가잇느냐
　　阿父只아부지가놀ᄂ셧다ᄒ니下情하졍에惶悚코나道令도령님이글을읽다글人
字인ᄌ를잇고生覺싱각노라그리ᄒ얏다엿주어라65)

　　원전 〈춘향전〉의 불경한 이도령의 언사에 대하여 굳이 광대의 망발이
라 하며 작가의 생각을 나타내고 있다. 이것은 원전이 독자들에게 미치
는 영향을 고려하여 풍속을 교화하고자 하는 수용의식에서 비롯된 것이
다.
　　월매의 성격은 퇴기로서의 현실적인 성격을 살리려고 했으나 자식을
사랑하는 마음이 지극한 모습으로 나타났다.

　　여보시오道令任님너나이五十오십이라늙기에뎌것을나어金玉금옥ᄀᆺ치길러닐
제하ᄂ님게祝壽축슈ᄒ기七星任칠셩님에祈禱긔도ᄒ고羅漢佛供三神佛供彌勒佛供
라한불공삼신불공미륵불공룡왕제산신졔를오늘ᄭ지까지誠心홈은人物도져와ᄀᆺ고
地閥디벌도져ᄀᆺ흔鳳凰봉황의짝을엇어琴瑟友之금슬우지노는것을닉눈앞헤보랴더
니 -(중략)- 내 나이 半白반백이라 오늘이나명일이나다썩고남은肝腸生死간장
생사未判미판이니春香춘향잇지말고百年期約生覺빅년긔약싱각ᄒ면죽어皇天황쳔
도라가셔結草報恩결초보은ᄒ오리다66)

　　春香母춘향모긔가막혀궁굴며셜리우니春香춘향은孝女효녀이라愁色수식을감
츄오고天然텬연히慰勞위로ᄒ니春香母춘향모가그쑬의擧動거동을보고울음을鎭定
진졍ᄒ고大凡디범흔묘흔말노쑬을도로慰勞ᄒ니이러홈으로南原月梅남원월미라ᄒ
던것이엿다67)

　　〈남원고사〉에서의 월매의 성격은 기생으로서 실리적이고 현실적인
모습이 부각되었는데 〈옥중화〉에서는 춘향모로서 춘향과 이도령을 맺는

---

65) 설성경 편저(1998), 앞의 책, 제2권, 35면.
66) 설성경 편저(1998), 앞의 책, 제2권, 59-60면.
67) 설성경 편저(1998), 앞의 책, 제2권, 62면.

데 중요한 역할을 하고 사주단자대신에 문서를 이도령으로부터 받아내 춘향과 이도령의 백년가약이 철없는 아이들의 불장난이 아니라는 것을 나타내는 역할을 하고 있다. 또한 월매의 꿈을 통해서 이도령과 춘향의 연분의 필연성을 부각시키는 효과도 가져오고 있다.

또한 〈남원고사〉에서는 이도령이 암행어사가 되어 춘향이 정렬 부인에 봉해질 때까지 이도령의 부모는 전혀 둘의 관계를 알지 못하는 것으로 되어 있고 〈완판 84장본〉에서는 이도령의 모친께만 춘향의 말을 울며 청하였다가 꾸중만 실컷 듣게 되는 것과 달리 〈옥중화〉에서의 이도령의 부모는 춘향과 이도령의 관계를 알고 돈과 백미를 주면서 후에 이도령이 급제 후에 데려간다는 약속까지 하는 것으로 나타난다.

그後후使道ᄉ도게ᄋᆞ셔夫人부인과酬酊수작ᄒ시고春香츈향불너보시랴다가다시生覺생각하니道令任님도령님의長習장습도될터이오下人所視하인소시에안니되어慇懃은근히放恣방ᄌ불너돈 三千兩삼쳔량내여주며
　"이것ᄌ다春香母츈향모를쥬고이것이略少약소ᄒ나家用가용에보티쓰고道令任도령님이及第급뎨ᄒ면장ᄎ다려갈터이니母女모녀간셜워말고부디 잘잇스리라."
　(중략)
　大夫人대부인이吏房리방불러白米白石백미백석衣次의ᄎ언겨純金三作순금삼작너어주며
　"이것ᄌ다　春香母츈향모를쥬고나차던노리기니나본다시져가지고슈히다려갈터이니셜워말고 安保안보ᄒ리라"68)

둘의 관계를 이도령의 부모만 모르다가 뒤에 가서 정렬부인에 봉해진다는 것은 사건의 인과성이 부족한 것이다. 이도령의 부모가 둘의 관계를 알고 춘향모녀에게 호의를 베푸는 것으로 나타내고 있는 것은 작품 내에 존재하는 모순을 제거하여 인과성을 이루고자 하는 작가의식에서 비롯된 것이다. 또한 이도령의 부모가 어느 정도 둘의 관계를 묵인함으로써 사랑의 정당성을 부여하는 의미를 갖게 되는 것이다.

---

68) 설성경 편저(1998) 앞의 책 제2권, 63면.

변학도에 대해서는 어느 정도 객관적으로 접근하려는 의식이 강하다. 그는 풍류 남아이나 고집이 미련하여 좋은 말 글리 알고 그른 말 옳게 알고 주색이라하면 화약을 짊어지고 불 속에 들어가는 것처럼 위험한 인물임을 나타내고 있다. 주색으로 결국 춘향을 억압하게 되고 그로 인해 파멸할 지경에 이르렀으나 월매의 말을 통하여 변학도가 아니면 열녀 춘향이가 어떻게 날 수 있는가하며 어사가 된 이도령으로 하여금 용서 하도록 함으로써 화해를 지향하게 된다. 이것은 조선후기의 부패한 권력층과 하층계급의 갈등이 화해를 지향하는 쪽으로 지평의 전환이 이루어진 것을 의미한다. 이렇게 지평의 전환이 이루어진 것은 〈춘향전〉의 독자인 이해조의 시대의식에서 말미암은 것이다. 즉, 서구의 새로운 사상, 가치관이 유입되어 가치관의 혼란이 사회적인 문제가 되던 시대이기 때문에 계층간의 갈등보다 그 갈등을 극복하여 질서를 회복하고 화해를 이루는 것이 더 중요한 문제로 인식했기 때문이다.

이해조의 사회교화의식은 사랑가에서 가장 잘 나타난다.

近來근릭 스랑歌가에 情字경자노릭 風字풍즈노릭가잇으되 너무 亂란ᄒ야 風俗풍쇽에 關係관계도되고 春香烈節츈향열절에 辱욕이되 ᄀᆞ스나 넘오무미ᄒ닛가 大綱大綱 더강대강ᄒ던 것이엇다.

둥둥내 스랑 이리보아도 너 사랑 저리보아도 너사랑 將來夫人장릭부인을 對디ᄒᆞᆫ듯 貞節節夫人정절부인을 대ᄒ듯 淑節夫人숙결부인을 對디한듯 越월西施셔시를 對디ᄒᆞᆫ듯 楊太眞양태진을 對디한듯 둥둥내 스랑 어허둥둥내 스랑 네무엇을먹으려ᄂ냐 네무엇쓰고십으냐 쓰기죠흔 常平通寶상평통보 네가 마니쓰랴ᄂ냐[69]

〈완판〉이나 〈남원고사〉에서 볼 수 있는 외설적이고 비속한 사랑가하고는 거리가 멀다. 춘향이의 성격을 장차 정절 부인이 되는 것에다 고정시키고 있으며 비유의 대상도 이에 맞추고 있다. 춘향이가 부르는 사랑가도 이와 비슷하다. 따라서 풍속교화를 목적으로 개작한 그의 작가의식이 사랑가에서 가장 뚜렷이 나타난다고 하겠다.

---

69) 설성경 편저(1998), 앞의 책 제2권, 48면.

둥둥너ᄉ랑이리보아도너ᄉ랑져리보아도너ᄉ랑將來進士장리진사를모신듯將
來장리第급뎨를모신듯校理修撰교리수찬을모신듯參議參判참의참판을모신듯六曹
判書륙조판셔를모신듯三政丞삼정승을모신듯耆社堂上기사당상을모신듯둥둥내ᄉ
랑70)

농부가에서도 시대의 변화에 따른 그의 개작의식을 엿볼 수 있는데
〈남원고사〉에서의 농부가가 태평성대와 농부의 건강하고 소박한 삶을 노
래하고 있는 반면 〈옥중화〉에서는 대장부의 할 일을 제시하면서 개량풍
속과 인재양성에 힘써야 함을 나타내고 있다. 개화기에 요구되는 이념이
이어사와 같은 새롭고 건강한 세대에 의해 구현되길 바라는 것이다.

社會사회에領袖영수되야法律範圍違越법률범위위월말고一同一靜知彼知己일
동일졍지피지긔因其勢而導之인기세이도지ᄒ야改良風俗기량풍속ᄒ는것도　大丈
夫디쟝부의일이로다.
　國內靑年국너쳥년모라다가敎育界교육계에집어넛코各種學問敎授각종학문교
수ᄒ야人才養成인지양셩ᄒ然後연후에學界主人학계쥬인되는것도大丈夫디쟝부의
일이로다.71)

이상에서 이해조는 〈춘향전〉이 독자에게 미칠 영향을 염두에 두고 풍
속교화라는 주제를 담고 또한 작품 내에 존재하는 모순을 제거하여 사건
전개의 필연성을 부여하고자 하는 의도에서 개작했다는 것을 알 수 있
다.
결국 개화기에 이르러 〈춘향전〉은 이해조에 의해 지평의 전환이 이루
어졌다. 조선후기의 〈춘향전〉이 현실적으로는 거의 이루어질 수 없는 신
분을 초월한 사랑과 부패한 관료에 대한 응징이라는 민중의 소망을 대리
만족시켜 주는 오락적 기능의 문학에서 풍속교화하는 민중의 교과서로
바뀌었다. 그리고 문학이란 독자들에게 흥미와 즐거움을 주어야 한다는

---

70) 설성경 편저(1998), 앞의 책 제2권, 109면.
71) 설성경 편저(1998), 앞의 책 제2권, 109면.

지평에서 문학도 하나의 완결된 글로서 논리성과 통일성을 지녀야 하고 독자들에게 교훈을 주어야 하는 것으로 지평의 전환이 이루어진 것이다. 이는 논리적인 글을 많이 써야하는 기자로 활동하면서 개화기의 혼란된 사회상을 누구보다도 잘 인식할 수 있었던 신분적 특성에서 빚어진 것이기도 하지만 20세기에 이르러 신문이나 잡지, 여러 서적 문화의 보급이 확대되면서 수준이 많이 높아진 독자들의 의식을 반영한 것이기도 했다.

2. 이광수의 〈일설 춘향전〉

〈일설 춘향전〉은 근대소설을 이룩한 이광수에 의해 1925년 9월 30일부터 1926년 1월 3일까지 동아일보에 연재했던 소설이다. 여타의 이본들은 판소리 사설인지 판소리계소설인지 구분하기가 어렵지만 〈일설 춘향전〉의 경우 소설로서의 특성이 뚜렷하다. 즉 창과 아니리 위주의 판소리적인 특성을 소거하고 서술과 묘사와 대화 위주로 표현한 것이다. 따라서 이광수는 기존의 〈춘향전〉을 판소리사설이 아닌 하나의 소설로 개작하고자하는 의도히에 썼다고 할 수 있다.

〈일설 춘향전〉의 서두는 이몽룡과 방자가 대화를 주고 받는 장면으로 시작된다. 판소리계 소설의 허두가로 볼 수 있는 부분이 없다. 또한 한시, 타령, 가사와 같은 가요가 역시 대부분 빠지고 인물의 대화와 행동 위주, 서술 위주로 되어 있어 판소리로 연창되는 문학이 아니라 읽는 문학을 전제로 개작하였음을 보여준다.

그러나 인물의 성격은 기존의 〈춘향전〉에서 볼 수 있는 것을 그대로 살리려고 노력했음을 알 수 있다. 춘향은 처음에는 회동 성참판의 서녀로서 근본은 양반이라고 월매의 입을 통해서 제시되고 있다. 월매가 성참판과 이별하게 된 사연은 신분의 차가 아니라 노모를 모시게 된 때문이라고 보고 있다. 춘향은 오로지 글공부만 하고 자랐으며 행실로나 재주로나 어느 대가댁 아가씨한테 밀리지 않는다고 했다.

"이애가 비록월매의딸로태여낫스나 근본은 량반이오 회동성참판령감이보외
로 남원에좌정하야 나를 수청을 들이엇다가 멋달만에 리조참판으로승차하야
내직으로 들어가실적에 날더러 가자고하시는 것을 로모가계신고로 못가고 리
별한그달부터잉태하야 이애를나핫는데 그연유로 령감께서고목하엿더니 젓줄쩨
는대로 이애를다려가마하시더니 운수불길하야령감께서 그해겨울에 리별하시니
할일업시 이애를내가기를제 금이야옥이야중문밧게도 안내놋코 꼭글공부만식혓
지요 이애도근본은양반의씨라 재주로나 행실로나어느대가ㅅ댁아가씨헌테밀리
지아니하지오 이러케힘써애써 고히고히기른딸을 량반집에주자하니내지톄가부
족하고 상사람을 주자하니내딸이아갑구려"72)

  이러한 춘향의 성격은 이도령과의 만남에서 매우 이지적인 성격으로
나타난다. 〈남원고사〉나 〈완판 84장본〉에 비하면 매우 도도하고 자기주
장이 뚜렷하다.

  "가서이러케 도령님께엿주어라불러주시는뜻은 감격하오나구중처자로서 모르
는남자의 전갈듯고 따라가옵기 녯성현의훈계에어그러지니못갑니다고……쏘공
부하시는 도령님이 소창을나오시면 소창이나 하실것이지 남의집처자더러오너
라말아라하시는것이점잔흐신데면에어그러지지안슴닛가고-그러케가서엿주어라
나는갈수업다"하고칼로쏙 끗는드시 말하고는 뒤도안돌아보고 새츰하고 집으로
돌아가버리고만다.73)

  결국 시조로 된 이도령의 편지를 받고 월매가 부추겨야 시조로 된 답
장을 보내고 만날 뜻을 전한다.

  어지어내일이어 인연도긔이할사
  언뜻 뵈온님이 그님일시분명하이
  광한루 녜보든벗이 차자온다닐러라74)

---

72) 설성경 편저(1998), 앞의 책, 제5권, 76면.
73) 설성경 편저(1998), 앞의 책, 제5권, 38면.
74) 설성경 편저(1998), 앞의 책, 제5권, 47면.

> 이몸의 정렬함이삼생에 쩌덧스니
> 천상천하에날안달님업스련만
> 그처로 차즈시는님을막을줄이 잇스랴[75]

이도령의 시는 춘향과의 기이한 인연을 강조하여 만남의 필연성을 나타냈고 춘향의 시조는 춘향의 정렬함을 강조하는 동시에 간절하게 자신을 찾기 때문에 만날 수밖에 없다고 하여 이도령과 춘향의 만남의 필연성을 풍류적으로 나타내고 있다.

반면 이도령은 재주있고 풍채가 좋아 모든 사람이 흠모하고 장차 큰 인물이 될 상을 갖춘 인물로 설정되어 있다. 얼굴 잘 생기고 재주있어 호남자의 품격을 갖춘 인물로 나이 열여섯에 남원부내에서 모르는 사람이 없을 정도로 이름이 알려졌다.

> 사쏘자제이도령이 얼굴잘생기고 재조잇다하는것은남원부내에서 모르는 사람이업섯다.그의 희고넓은니마광채잇는눈 놉은코하며 후리후리한 키하며 아직 나이는 열여섯이라 애퇴는잇지마는 과연호남자의 품격이잇섯다.[76]

이러한 이도령은 〈무정〉에서의 이형식과 같이 자신을 투영시킨 인물이다. 다음과 같은 표현은 그의 이상적인 인물에 대한 지평의 표현이며 바로 작가 자신을 그대로 드러낸 것이다.

> 사람들이 자긔를 모다우럴어볼째에 몽룡도깃벗다 '잘낫다' '재조잇다'하는말을 어려서부터 들어온 몽룡은조선팔도에자긔가읏듬인것가치 생각하엿고장차자긔는 글잘하고 벼슬놉은사람이되어 일홈이 크게썰칠 것을 스스로밋덧다.[77]

반면 월매는 자식을 몹시 사랑하면서도 늙어 궁색하게 된 퇴기의 성격을 드러내고 있다. 춘향과 이도령의 이별시에 이도령이 돈을 주지 않

---

75) 설성경 편저(1998), 앞의 책 제5권, 49면.
76) 설성경 편저(1998), 앞의 책 제5권, 27면.
77) 설성경 편저(1998), 앞의 책 제5권, 27면.

았다고 원망한다.

리가놈이외양은 번쯧하고말은 그럴쯧하게 하건마는 그놈이 천하에 흉물스
럽고 전싹장이놈이다 엇지면 감언이설도 살이라도 버혀먹일듯키 너를 쏘여내
어 진탕치듯 놀다가우물주물 너를속여내어버리고 가면서도 돈한푼필육한자 이
러한말 업시가니 그런전싹장이놈이어듸잇나 나는 생각하기를리가놈이 너는못
다려가더라도 적더라도 논ㅅ섬지기돈천량은 주고갈줄알앗더니그말저말업시가
니 요놈이전싹장이가 아니고무엇이란말이냐[78]

이렇게 돈을 먼저 챙기고자하는 일면에는 당시 기생들의 삶을 반영한
것이라 하겠다. 값이 잘 나가는 젊었을 적에 돈을 만들지 못하면 늙어 살
기가 어렵게 되는 것이 당시 기생들의 운명인 것이다. 전형적인 퇴기의
성격은 다음에서도 드러난다.

이도령과 이별하여 슬픔을 이기지 못하는 춘향에게

"오냐오냐어서가기나하자첫서방ㅅ적에는 나도 그리하엿더니라 그러하지마는
새서방맛만보면 첫서방만 못지아니하니라 너도이삼일사오일 지나면리별서름도
니저버리고 그럭저럭신관사ㅅ도 도임하면쏘책방도령님 잇슬터이니 어듸서방흉
년들엇더냐 념려마라 울지말고 집에가서아츰이나 먹자."[79]

비록 이도령과 이별하였지만 새 서방을 만나 얼마든지 다시 시작할
수 있다는 말로 위로하는 모습에서 기생으로서의 삶을 사는 것을 당연시
하고 있다. 이도령과 춘향은 새로운 세대로서 그의 이상을 투영하여 긍
정적으로 그려내고 있지만 월매는 구세대로서 전형적인 퇴기의 모습을
그려냄으로써 이광수의 원전 〈춘향전〉에 대한 그의 지평을 보여주고 있
다.

변학도는 어리석고 자신의 탐욕을 위해서는 물불을 가리지 않는 전형

---

78) 설성경 편저(1998), 앞의 책 제5권, 119면.
79) 설성경(1998), 앞의 책 제5권, 121면.

적인 탐관오리로 형상화되어 있다. 오입쟁이, 망나니이며 수령으로서 자질이 없는 인물임에도 불구하고 조상의 뼈 덕과 처가 결련 덕에 남원부사 자리를 얻은 인물이다. 이런 인물이 수령이 될 수 있는 것은 부패하고 불합리한 당시의 지배질서 때문이며 그는 이런 사회적 상황의 산물로 그려지고 있다. 이러한 인물은 척결되어야 할 대상으로 보고 봉고파직시키고 상부에 보고하도록 하였다.

> 여보 함열咸悅날더러남원와서 치부(致富)하엿다고 조롱하드시말은하오마는 나도 처음에는 준민고택(浚民膏澤)은 아니하려하엿더니 할밧게는 업는 것이 전에업는별봉(別封)이 근래에무수하고 궁교(窮交) 빈족(貧族)결패(乞牌)들은 끗칠적이바히업고 원청강례봉처(例封處)도 전보다 배나들고 실사귀할일을 주야경륜생각하다못하야 묘리를터득해내인것이리방놈과짜고 묵은은실(隱結) 들 쳐내여 단둘이 쪽반하니 자미가바히업지아니하고 쏘사십팔면 부민들을 낫낫치 추려내여 좌수차첩(座首牒) 풍헌차첩(風憲差牒)을내여주면 묘리가잇고 금년에 와서는 향교소임으로도 착실히재미를보앗고 쏘환자요리(還子要利)도 해롭지는 아니하오 이러나하기에지탱을하여가지 그러치도아니하면 어림업소하니 만좌수령들이 이말을듯고 고개를끄덕이며 극구칭송(極口稱頌)한다80)

본관이 자기 입으로 준민고택한 내용을 말하는 부분이다. 남원부사인 본관이 이방과 짜고 백성을 수탈하게 된 이유와 수탈의 방법을 제시한 것이다. 본인의 입으로 자신의 수탈상을 제시하고 다른 관리들이 이에 동조함으로써 좀더 실감있게 제시하였다.

원전 〈춘향전〉에 등장하는 어사출도시는 주어진 상황에 어울리지 않는다. 관리들의 부패상이 어느 정도 실감있게 제시한 〈남원고사〉를 제외한 대부분의 이본에서는 정절이라는 미덕마저 무너뜨리면서 자신의 탐욕을 채우려는 지방 관리에 대한 응징을 위하여 어사출도시가 나오는데 준민고택하는 관리를 풍자하는 시의 내용과 작품 현실의 거리가 멀기 때문이다. 탐관오리들의 수탈을 풍자하는 어사출도시가 나오기 위해서는 백

---

80) 설성경 편저(1998), 앞의 책 제5권, 240면.

성들에 대한 가렴주구의 실상이 먼저 제시되어야 한다. 어사가 본관을 처벌하는 근거는 춘향이의 수청거부 때문이 아니라 백성들을 수탈했기 때문이다. 어사출도시는 본관을 처벌할 수 있다는 것을 나타낸 것으로 다른 이본들에서는 본관사도의 수탈 내용이 미약하다. 이광수는 본관사도를 파직시킬 수 있는 근거가 좀더 확실해야 함을 의식하고 그것이 본관사도의 입을 통해서 나오도록 함으로써 처벌할 수 있는 근거를 마련한 것이다. 이것은 사실성과 인과성이 부족하여 어사 출도시와 주어진 상황 사이에 존재하는 원전 〈춘향전〉의 공란을 메꾸고자 하는 수용의식의 결과에서 비롯된 것이다.

　　이광수는 또한 경판본과 완판본의 내용을 섭렵하여 〈춘향전〉을 소설이라는 문학양식으로 개작하였다. 당시 문학인들 중에서 누구보다도 문학에 대한 의식이 강했던 만큼 이본에 따라 그 내용이 다양하고 사건의 필연성이 부족한 〈춘향전〉은 그의 개작에 대한 강한 의욕을 불러 일으켰다고 본다. 또한 그는 소설가로서 판소리대본이 아니라 하나의 소설로서 완성하고픈 창작의욕이 있었다고 생각된다. 그리하여 경판본과 완판본을 두루 섭렵하고 각 이본에 존재하는 내용을 종합하고 사건 하나 하나에 개연성과 필연성을 부여하여 춘향전을 재구성했을 것이다. 그리고 판소리 대본의 요소인 창과 아니리를 인물의 대화, 행동, 서술 등으로 표현하여 소설양식으로 완성하였다. 따라서 소설가로서 소설에 대하여 가지고 있는 그의 지평과 판소리사설의 성격이 남아있는 원전 〈춘향전〉의 기대지평 사이에 심미적 차이가 이루어져 지평의 전환이 이루어졌다. 소설가로서 소설이라는 장르에 대한 인식의 결과로서 이루어졌다고 볼 수 있겠지만 이 시대는 창과 아니리 위주로 불리워지는 판소리가 이 때에 와서 퇴조기를 맞은 것과도 관련된다고 본다.

3. 최인훈의 〈춘향뎐〉

〈춘향전〉은 독자를 자극하여 계속해서 새롭게 태어났는데 소설로서

가장 최근에 나온 작품은 최인훈의 〈춘향뎐〉이다. 최인훈은 그 누구보다
도 소설가로서 창작의식이 뚜렷한 작가다. 그는 춘향전에 개연성을 붙어
넣고자 했다. 그는 민중들의 꿈이 많이 가미된 만큼 허구성이 짙은 작품
의 후반부에 주목한다.

반상의 구분이 뚜렷하고 당쟁이 심했던 조선후기를 배경으로 하고 있
는 〈춘향전〉의 결말은 어사인 이도령에 의해 구원을 받는 것으로 처리되
어있다. 전체의 이념이 개인의 자유로운 삶을 억압하는 비도덕적인 사회
를 끝까지 거부하고 오로지 이도령의 사랑이라는 개인적 가치를 구현하
는 인물로 그려졌을 때 〈춘향전〉의 진정한 가치가 있다고 볼 때 춘향이
암행어사인 이도령에 의해 구원되어 그의 아내가 되는 것은 인간적 가치
가 말살되는 봉건적 제도 속에 들어가 현실에 순응함으로써 〈춘향전〉의
가치라 할 수 있는 부조리한 현실에 저항하는 문학으로서의 가치가 희석
되었다고 볼 수 있다.

따라서 결말을 비극으로 처리함으로써 해피엔딩으로 처리한 원전 〈춘
향전〉이 갖고 있었던 구성의 취약성을 극복하고 저항의 의미를 강조하고
자 한다. 열녀로서 사대부의 의식 속에 들어가려는 춘향이가 아니라 자
신을 구속하는 현실에서 벗어나 참된 인간적 가치를 구현하고자하는 강
한 의식을 가진 성장한 서민의 전형으로서의 춘향의 모습을 그림으로써
작품의 가치를 높이고 작품에 존재하는 모순을 지양하여 작품에 개연성
을 불어넣고자 하였다.

〈춘향뎐〉에서의 춘향은 철저히 기생으로 그려졌다. 춘향은 몽룡이라
는 양반을 사랑하며 몽룡을 끝까지 믿는 기생이다. 몽룡이 몰락한 양반
이 되어 남의 눈을 피해 거지 차림으로 남원에 내려 왔을 때 "오냐 춘향
아 서러워 마라. 인명이 재천인데 설만들 죽을쏘냐"라는 몽룡의 말을 듣
고 몽룡이 암행어사가 되어 자신을 구하러 와 주었다고 생각하였다. 그
것은 "사랑하는 여자로서, 또 뭇사정으로 보아 그렇게 짐작하는 것이 조
금도 무리할 것이 없는" 그러한 짐작이었다. 춘향은 몽룡에 대한 변하지
않는 신뢰를 갖고 있는 인물로서 춘향은 변학도의 생일연에 출도한 암행

어사가 몽룡인 줄을 믿는다. 그러나 그 암행어사는 몽룡이 아니며 결국 춘향의 환상은 무참히 깨어지고 만다. 그러나 춘향은 어사의 유혹도 물리치고 몰락한 양반의 후예인 몽룡을 정성으로 대하고 선택한다. 이는 춘향이가 소망하는 것은 신분상승이 아니라 이 몽룡과의 사랑, 인간적 가치의 실현이라는 점을 보여준다. 그런데 그 인간적 가치가 봉건적 신분제도에 의해 말살되고 있는 것이다. 조선후기라는 사회는 비록 서민의 의식이 성장하고 부분적으로 서민의 신분 상승이 이루어졌지만 인간을 억압하는 제도는 남아 있었다. 춘향의 비극적인 선택은 이러한 사회에 대한 거부의 표시요, 저항의 의미를 담고 있는 것이다.

이몽룡 역시 충효를 구현하는 사대부의 의식을 추구하는 인물이 아니라 역시 신분에 얽매이지 않고 춘향과의 신의와 사랑을 지키는 인물로 그려졌다. 그러나 그는 어사의 신분도 아니요, 당쟁에 몰려 몰락한 양반의 후예로서 춘향과의 사랑을 실현하기 위해 춘향과 밤도망을 친다.

변학도에 대하여 작가는 이제까지와 다른 관점에서 접근하고자 한다.

> 여기서 우리는 원본 〈춘향전〉과 갈라져야 하겠다. 그 까닭은 이렇다.
>
> 이튿날 남원 고을에는 큰 변이 난 것이다. 그것은 오래 전부터 소문이 있어 오던 암행어사가 출도하여 신관사또 변학도는 봉고파직이 되었다. (중략) 워낙 기벽이 유다른 사람이어서 아무도 그런 소식을 전하기가 꺼려했던 것이다. 다만 기벽이 그러했다는 것 뿐으로 그의 다스림이 포악무도했는지 여부도 딱히 밝힐 만한 아무 근거도 없다. 봉고파직이었지만 당파싸움에 몰렸다는 말이 있다. 여염집 부녀에게 수청을 강요한 것만 가지고도 폭정이 자명한 것이 아니냐고 하기 쉬우나 그것은 우리의 생각이다. 우리처럼 인권이 완전히 보장돼서 관에 의한 사생활의 침해가 완전히 없는 현대 한국 시민의 생활 감정으로 재어 볼 때 그렇다는 것이고 권력에 갇힌 어두운 중세의 밤을 살던 옛사람들에게는 그 한 가지만 가지고 지방관장을 좋다 나쁘다 할 수는 없었다는 이야기다. 유부녀 공갈에 있어서도 불소급의 원칙이 있는 것인즉 평등법이 없었던 곳에 죄를 인정함은 모순이다. 그것은 개인 변학도가 감당할 죄가 아니요 구정권의 이데올로기에 돌려져야 할 화살이기 때문이다.[81]

---

81) 최인훈(1982), 「춘향뎐」, 『偶像의 집』, 문학과 지성사 312-313면.

춘향의 시련을 가져온 적대자인 변학도는 비교적 공정하게 그려져 있다. 그는 단지 기벽에 문제가 있는 인물이었으며 정권의 이데올로기의 희생자일 뿐이라고 생각한다. 결국 춘향과 이도령의 사랑을 가로막는 존재는 변학도까지 희생물로 삼을 수 있는 "어둠"으로 상징되는, 신분질서를 비롯한 봉건시대의 이데올로기 전체라는 것이다.

이러한 이데올로기에 맞선다는 것은 처음부터 불가능한 일이다. 결국 춘향은 현실에서의 삶을 포기하고 만다. 시대가 바뀌어 이도령의 가문이 회복되어 이도령과 춘향을 찾아도 춘향이 현실의 세계로 나아가는 것을 적극 거부함으로써 현실 세계에서 패배하는 의미를 지니게 된다. 그러나 그 패배는 진정한 패배가 아님을 낙원설화를 차용한 후일담을 통해서 제시되고 있다.

> 해질 무렵이었다. 산등성이에서 뉘엿거리는 지는 해를 앞으로 받은 아낙네는 이세상 사람 같지 않게 아름다웠다. 노인은 자기를 밝히고 날도 이미 기울었으니 그럴 수 있다면 하룻밤 나그네 되기를 간청하였다. 아낙네는 한참을 말이 없더니 아무튼 마루 끝에 앉아 잠깐 쉬라고 하고 아이를 데리고 사립문 밖으로 나갔다. 노인은 마루 끝에 앉아 집을 두루 살펴보았다. 산 속에 사는 사람이 사는 집이라 화려할 리는 없으나 매우 깨끗하다.[82]

산삼을 찾아 다니는 노인이 며칠째 헛탕만 치다가 발견한 집은 바로 춘향과 이도령이 소박하면서도 행복한 삶을 꾸려 나가는 집이다. 그 곳에는 충이니 효니 열이니 신분이니 권력이니 하는 현실의 어떠한 이데올로기도 존재하지 않는 공간이다. 충, 효, 열, 신분 같은 이데올로기는 인간적 가치를 구속하고 인간적 삶을 억압하는 것에 지나지 않는다. 춘향과 이도령의 사랑이 존재할 수 있는 곳은 바로 그러한 구속에서 완전히 벗어날 때 가능한 일인 것이다. 결국 작가는 열이니, 신분상승이니 하는 인간을 구속하는 제도의 틀 속에서 〈춘향전〉의 가치를 찾는 것은 〈춘향전〉의 진정한 가치를 왜곡시키는 것임을 나타냈다. 산삼을 캐는 노인은

---

82) 최인훈(1982), 앞의 책 315-316면.

누구인가. 그는 현실과 비현실의 매개체라고 할 수 있다. 그러나 그는 춘향과 이도령을 현실의 고리에다 묶지 않음으로써 춘향의 "양귀비허벅다리 같은 산삼"을 얻게 된다. 산삼이란 기표는 인간에게 다시 먹히는 귀하고 신비한 식물로서 춘향이가 산삼으로 변한 것의 의미는 어두운 시대의 희생자이자 어두운 시대에서 고귀한 가치를 지닌 새로운 생명으로 부활함을 나타낸 것이라고 할 수 있다. 이 산삼은 중세의 질서의 어둠 속에서 죽어가는 양반이나 서민들을 새로운 삶으로 끌어주는 역할을 하게 되는 것이다. 나아가서는 오늘날에도 그 가치가 충분히 발휘되는 신비로운 것이다. 시대만 바뀌었지 개인의 가치로운 삶이 전체의 이념 속에서 희생되는 것은 오늘날에도 계속 이어지고 있기 때문이다.

최인훈의 〈춘향뎐〉은 〈춘향전〉의 진정한 가치가 무엇인가로 출발한 것이다. 원전 〈춘향전〉에 존재하는 모순된 허구성을 무너뜨려 작품의 개연성을 확보하고 〈춘향전〉을 열이니, 신분상승과 같은 현실의 이데올로기로 바라보지 않고 오히려 인간을 구속하는 삶에서 벗어나 참된 인간적 가치의 실현으로 볼 때 춘향전의 진정한 가치가 살아난다고 본 것이다. 즉 독자이자 작가는 〈춘향전〉의 진정한 가치를 올바르게 찾고 수용하는 태도에 대한 지평의 전환을 〈춘향뎐〉을 통해서 보여주고 있다.

문학이란 끊임없이 현실의 모순을 발견하고 그 모순에 대항하는 것이라면 최인훈은 〈춘향뎐〉을 통해서 고전문학 수용에 대한 반성적 자세를 촉구하였다고 본다. 즉 고전을 당시 이념의 잣대에 의해 평가함으로써 화석화하는 것이나 고전이라 해서 무조건 신성시하는 것도 잘못된 것이다. 작품을 면밀히 분석하고 현대적 관점에서 끊임없이 비판하고 평가하여 재구성할 때 오히려 새로운 생명을 얻을 수 있음을 보여주고 있는 것이다.

IV. 〈춘향전〉의 文學敎育的 活用方案

1. 〈춘향전〉의 문학교육 자료로서의 가치

〈춘향전〉은 앞에서 살펴본 것처럼 당대 많은 독자들로부터 사랑을 받았을 뿐만 아니라 일부 적극적인 독자들로부터 다시 여러 장르로 재창작되어 거듭 사랑을 받는 문학으로 태어나고 있다. 오랜 역사를 통하여 형성된 한 집단의 문화를 현재 그 집단에 속한 사람들과의 관련성 속에서 바라본 것을 전통이라 한다면83) 춘향전은 오랜 역사 속에서 연면히 이어져 내려오면서 우리 민족의 생활 감정, 문화를 그대로 반영한 우리 민족의 훌륭한 전통이 된다고 본다. 이 〈춘향전〉을 통하여 우리 민족의 전통적 사상, 미의식, 도덕적 가치, 정서 등을 새롭게 인식하고 재창조해 나갈 수 있을 것이다.

현대문학에 투영된 〈춘향전〉이 중요한 의미를 갖는 것은 먼저 한국 현대 문학이 지닌 특수한 조건과 관련된다. 한국문학은 현대문학과 고대문학의 연결이 매끄럽지 않은 문학사를 지니고 있다. 전통의 계승 여부를 논하기 전에 적어도 그 형태 면에서 우리는 우리의 현대문학이 고유한 문학 장르라기보다는 서구적 문학 장르에서 훨씬 더 많은 영향을 받아 왔음을 간과할 수 없다. 이 때문에 한국문학은 흔히 서구 문학의 발상법으로 이해되어 왔다. 이 같은 이식문화론과 식민사관을 극복하고 주체성을 세우고 타당한 시대 구분을 위해서는 바른 전통을 확립해야만 한다.

그러므로 오늘의 현대문학 작품이 고전 작품들과 어떻게 연결되는가를 귀납적으로 밝히고 그 중에서 한국 문학적인 요소가 무엇인가를 찾아내 우리문학의 전통으로 정립하고 발전시키는 작업이 절실히 요구되는데 이 점에서 춘향전의 현대적 변용을 보인 작품들은 전통을 어떻게 받아들

---

83) 이상섭(1984), 문학 비평 용어 사전, 민음사, 253면

이고 그것을 현대적으로 재창조할 것인지를 보여주는 중요한 성과라 하겠다.

〈춘향전〉이 훌륭한 문학교육교재가 된다는 것은 이미 많은 사람들에 의해 지적된 것이 사실이다. 하지만 현장에서는 별로 관심을 끌지 못하고 있을 뿐만 아니라 이미 다 알고 있는 내용을 문학교육 교재로 삼는다는 것은 새삼스러울 것이 없다는 반응을 보인다. 하지만 이것은 그동안 이루어진 문학교육이 획일성에서 벗어나지 못했기 때문에 나타난 현상이다. 특히 고전 문학교육하면 도덕교육을 시키는 도구쯤으로 생각하고 아니면 입시를 위해 주제니 배경사상이니 하는 것을 공부해야 하는 과목으로 받아들여 진정한 의미의 문학교육 교재로서 활용되지 못했다. 문학교육 교재로서의 역할을 제대로 하기 위해서는 우선 그 목적이 뚜렷해야 한다. 고전문학을 이해하고 감상하게 할 목적인가, 고전문학을 통해서 전통을 계승하고 새롭게 창조할 목적인가 등의 문학교육의 목표를 확실하게 하고 접근하는 것이 필요하다. 물론 문학교육이 어느 하나의 목적만을 향해서 나갈 수는 없는 일이다. 하지만 목적을 뚜렷이 한다면 그 방법이나 매체가 좀더 구체적으로 모색될 수 있기 때문이다. 목적의 확립과 함께 독자에 대한 탐구가 필요하다. 지금까지의 문학교육은 독자에 대해서 너무 안일하게 대해왔다고 본다. 독자가 무엇을 원하고 독자에게 필요한 것이 무엇인지 파악이 된다면 독자인 교육수요자를 우리 문학의 세계로 쉽게 끌어올 수가 있기 때문이다.

고전 작품의 교수 원리는 고전을 화석화(化石化)된 대상으로 접근하는 것을 적극 방지하는 데 있다고 할 수 있을 것이다. 이른바 감흥이 소거되는 고전문학 교육이 되어서는 아니될 것이다. 고전 작품이 생산되고 향유되었던 당대적 배경을 소거하고 작품에만 매달릴 때 이러한 고전문학 제재의 화석화 현상은 나타난다. 또 그 고전이 오늘을 사는 우리들의 삶이나 정신 속에 어떻게 현동화(어떤 객관적 대상을 역동적으로 자기 체험화하는 것)되는지를 살피지 않고, 작품 그 자체에만 매달릴 때도 화석화 현상은 일어난다. 고전문학교육은 이른바 '역사적 원근법'에 의해서 조망될 수 있도록 배려하는 데서 참다운 교육적 의미를 창출할 수 있다. 그것은 곧 고전작품을 향유하던 당대의 삶과 정서를 이해하는 관점에서 다루어지고 오늘의 삶을 통찰할 수 있는 방향으로도 지도되어야 함을 의미한다. 이런 점에서 본다면 고전과 현대의 텍스트 상호성을 살려 나가는 전략에 유의할 필요가 있다.[84]

2. 古典과 現代의 상호텍스트성 活用 方案

앞에서 살펴본 것처럼 〈춘향전〉은 조선후기부터 현재까지 꾸준히 창작되어 하나의 〈춘향전〉군을 이루고 있다. 고전으로서의 〈춘향전〉과 현대에 와서 창작된 〈춘향전〉을 구분해서 보는 것은 올바른 방법이 아니다. 고전문학으로서의 〈춘향전〉과 〈춘향전〉을 개작한 소설을 가지고 고전과 현대를 접목시키며 문학교육에 활용하면 학생들의 흥미를 자아냄은 물론 문학이란 고정된 체계가 아니라 독자의 상상력의 산물이라는 것을 알게 될 것이다. 그리하여 작품을 이해하는 데서 끝나는 것이 아니라 자기 나름대로 새롭게 창조할 수 있도록 함으로써 문학적 상상력과 창의력을 키우는데 도움이 되리라고 본다. 또한 국문학의 전통을 이어가는데도 도움이 되리라고 본다. 이때 고전으로서의 〈춘향전〉과 현대적으로 변용된 소설 뿐만 아니라 시, 영화[85], 연극, 애니메이션[86] 등은 훌륭한 상호텍스트성 교재가 될 것이다.

이밖에 시와 소설을 장르면에서 비교할 수 있고 매체면에서도 비교할 수 있다. 상호매체성 면에서는 앞으로 충분히 논의될 필요성이 있다. 항

---

84) 교육부(1995), 앞의 책, 388-389면
85) 임권택 감독의 영화 「춘향뎐」(1999)은 판소리를 바탕으로 제작되었으며 문학교재로 많이 활용되고 있다.
86) 애니메이션으로 제작된 〈성춘향뎐〉은 정통 셀애니메이션 그림을 컴퓨터로 작업해 필름으로 옮긴 2D 디지털 방식으로 제작됐으며 이몽룡과 춘향의 사랑을 바탕으로 하면서 변학도와 동물 캐릭터를 코믹하게 등장시키고 랩을 위주로 한 배경음악, 휴대폰 등의 소품도 등장시켜 현대적으로 각색했다.(중앙일보, 1999. 8. 20.)

상 새로운 것을 추구하는 젊은 독자의 취향에 대응하기 위해서는 다양한 매체를 동원하여 고전문학에 접근하는 것이 필요하다고 보기 때문이다. 현대의 청소년들은 전자 영상매체에 익숙해져 있어 과거의 언어로 된 책만 가지고서는 〈춘향전〉에 대한 흥미를 느끼지 못할 것이기 때문이다. 따라서 영화, 오페라, 판소리, 시 등의 다양한 장르와 매체는 물론 전자 영상 매체로의 접근도 이루어져야 할 것이다.

전통의 재창조 면에서 보더라도 〈춘향전〉의 문학교육적 활용은 필요한 것이나 어떻게 교육하느냐가 문제이다. 다시 말하면 하루가 다르게 변하는 학생들의 입맛에 맞게 활용하는 것이 문제인 것이다. 따라서 무엇보다 학생들에 대한 이해가 충분히 선행되어야 할 것이다. 또한 다양한 방법과 매체를 활용하면서도 문학을 진정 이해하고 사랑할 수 있는 독자로 만들기 위한 방법이 지속적으로 연구되어야 한다.

V. 結 論

〈춘향전〉은 조선후기에서 현대에 이르기까지 판소리, 시, 소설, 희곡 등의 다양한 장르로 변용되며 향유되어왔다. 그리고 각 작품에는 수용자 즉 독자의식이 시대·사회여건의 변화와 맞물려 반영되어 있다.

〈춘향전〉은 구비문학인 설화에 뿌리를 두고 판소리의 과정을 거쳐 소설로 정착된 판소리계 소설이다. 서사적 구성을 위해 민간에 전해지는 설화를, 장면확대와 상황의 전달을 위해 다양한 기존 가요를 수용하여 형성된 〈춘향전〉에는 당대 독자들의 요구가 반영되었음을 알 수 있었다. 서울에서 많이 읽힌 〈남원고사〉에 경기 잡가가 많이 수용된 점, 여러 설화가 차용되어 소설이 이루어진 점 등을 통해 이야기 문화의 발달에 따라 새로운 양식을 요구하는 독자층의 요구에 따라 판소리가 생성되고 그 대표작으로서 〈춘향전〉의 걸작 〈남원고사〉가 탄생했다고 보았다.

그리고 〈춘향전〉의 각 장면들은 이본마다 다소의 차이가 있었으며 인물의 성격 역시 이본마다 개성있게 그려지고 있음을 통해서 앞으로도 계속적으로 변용될 수 있는 유동문학적 특성을 지닌 문학이다. 근대이후부터 현대에 이르기까지 지속적으로 변용되어온 〈춘향전〉에는 당대 독자들의 요구에 부응하고자 하는 독자의식과 원전 〈춘향전〉의 기대지평과 개작자의 기대지평이 있었고 이 둘의 차이에 의해 새롭게 변용된 모습으로 나타났다. 또한 원전 〈춘향전〉에 존재하는 빈자리(공란)를 채워나가고자 하는 수용의식에서 비롯된 것이기도 하였다.

이해조는 〈춘향전〉을 풍속교화의 교재로 보았다. 사회 풍속에 밝은 기자 신분으로서 당시 인기가 있었던 〈춘향전〉이 일반인들에게 미칠 영향을 먼저 고려하여 개작하게 되었던 것이다. 근대적인 소설을 확립한 소설가인 이광수에 와서 소설로서의 지평의 전환이 이루어졌다. 이해조가 효용론적 관점에서 작품이 독자에게 미칠 영향을 고려하여 개작하였다면 이광수는 생산론적 관점에서 개작하였다고 본다. 즉 판소리로서의 〈춘향전〉과 소설로서의 〈춘향전〉의 차이점을 인식하고 소설로서의 〈춘향전〉을 창작하고자 하는 작가의식에서 지평의 전환이 이루어졌다.

최인훈의 〈춘향뎐〉은 〈춘향전〉의 진정한 가치가 무엇인가로 출발한 것이다. 원전 〈춘향전〉에 존재하는 모순된 허구성을 무너뜨려 작품의 개연성을 확보하고 〈춘향전〉을 열이니, 신분상승과 같은 현실의 이데올로기로 바라보지 않고 오히려 인간을 구속하는 삶에서 벗어나 참된 인간적 가치의 실현으로 볼 때 〈춘향전〉의 진정한 가치가 살아난다고 본 것이다. 즉 독자이자 작가는 〈춘향전〉의 진정한 가치를 올바르게 찾고 수용하는 태도에 대한 지평의 전환을 〈춘향뎐〉을 통해서 보여주고 있다.

다수의 독자가 참여하여 이루어진 〈춘향전〉은 고전과 현대의 상호 텍스트성 기능을 지닌 훌륭한 문학교육 교재가 될 수 있다. 따라서 우리 고전문학에 관심이 부족한 청소년들을 고전문학의 전통을 창조적으로 계승할 수 있는 적극적인 독자로 만드는 데 활용되어야 한다.

구운몽을 통해 본 17세기 여성과 사랑

오 석 균*

I. 서 론

이 연구의 텍스트는 정규복·진경환 역주『구운몽』, 1996년도 판〔노존본〕을 주 텍스트로 한다.1) 이는 현존 연구에 있어서 원본에 대한 정규복의 연구(1977)를 존중하고자 함이다.2) 다만, 국문본과 한문본의 판본에 대한 학자들의 이견3)에 대해서는 한문본을 읽는 남성 양반층의 독서와 국문본을 읽고자 한 여성과 서민들의 이중 요구 정도로 정리하고자 한다.

작품의 집필 동기에 대해서 많은 연구자들은 오주연문4)에 나온 기록

---

* 인하대학교 강사

1) 정규복·진경환 역주(1996),『구운몽』, 한국고전문학전집 27, 고려대 민족문화연구소.
2) 그 이유에 대해서는 유병환의 의견이 타당해 보이나 여기서는 약한다. 유병환(1998),『구운몽의 불교사상과 소설미학』국학자료원.
3) 정규복의 연구는 한문본을 원문이라고 주장하는 데 반하여, 김태준의 의견을 참고한 설성경의 의견은 한문본과 국문본 두 판본을 각각 의미 있는 텍스트로 다루고 있다. 설성경(1999),『구운몽 연구』국학자료원.
4) 오주연문정전산고(五洲衍文長箋散稿) : 조선 헌종 때 이규경(李圭景)이 지은 책. 60권 60책. 필사본. 우리나라 및 중국 등 외국의 천문·시령(時令)·지리·풍속·관직·문사

에 따라 김만중5)이 남해의 배소(配所)에서 어머님의 병에 누운 소식을 듣고 하룻밤에 『구운몽』을 지었다고 하나6), 한 권의 책을 씀에 있어서 그 동기가 겉으로 드러난 것만으로 볼 수는 없고, 작가의 몸에 배인 세계관과, 집필을 통한 서사의 구현 욕구, 당대(숙종조)의 문화적 바탕 등이 두루 작용한 것으로 보아야 할 것이다. 숙종 조는 임·병 양난 사이에 배태된 문학적 풍토와 허균의 활동, 명대 소설의 수입을 바탕으로 연문학(軟文學)7)의 난숙기이고,8) 또한 이 작품의 내용과 연관된 몇몇 설화의 존재로 보아 이 작품에 나타난 세계관도 당대의 문화 예술적 흐름과 상호 연관성이 있는 것으로 보는 것이 마땅하다고 본다.

이 작품은 무척 흥미롭고 대단한 주제와 보는 각도에 따라 다각적으로 보이는 면이 많은 바, 그 동안 연구되어온 배경사상 위주의 연구를 떠나, 꿈으로 그려진 세속 세계9)를 통해 그려진 서포의 생각과 당대 양반

(文事)·기예(技藝)에서 궁실(宮室)·기용(器用)·음식·금수(禽獸) 등에 이르기까지 연혁과 내용을 기록한 책이다.

5) 조선후기의 문신, 소설가. (1637~1692) 74년 자의대비(慈懿大妃)의 복상문제(服喪問題)로 서인(西人)이 패하자 관직을 삭탈 당하였다. 그 후 다시 등용되었으나 조지겸(趙持謙) 등의 탄핵으로 진직되었다. 1686년 지경연사(知經筵事)로 있으면서 김수항(金壽恒)의 아들 창협(昌協)의 비위(非違)까지 도맡아 처벌되는 것이 부당하다고 상소했다가 선천(宣川)에 유배되었으나, 88년 방환(放還)되었다. 이듬해 박진규(朴鎭圭), 이윤수(李允修) 등의 탄핵으로 다시 남해(南海)에 유배되어, 〈구운몽(九雲夢)〉을 집필한 뒤 1692년 남해의 적소(謫所)에서 생을 마감하였다.

6) 혹은 중국에 사신으로 가게 된 김만중이 중국소설을 사오라 한 어머니의 부탁을 잊어버려 돌아오는 길에 부랴부랴 이 작품을 지어 드렸다는 이야기가 그의 집안에서 전해지고 있다고 한다. 이 경우에도 어머니를 위하여 속성으로 지었다는 점은 마찬가지이다. 이규경은 특히 이 작품이 김만중이 귀양 갔을 때 지어졌다고 하였는데, 그 정확한 시기에 대해서는 약간의 이견이 있다. 즉 그가 장희빈(張嬉嬪)의 아들 균(畇)을 세자로 책봉하는 것에 반대하다 선천에 귀양 간 숙종 14년(1688)인지, 아니면 장희빈이 인현왕후(仁顯王后) 대신 왕후로 책봉된 기사환국으로 숙종 15년에 남해로 귀양 갔을 때인지가 확실하지 않았다. 근래에 《서포연보 西浦年譜》 (일본 天理大學 소장)가 출현함으로써 일단 선천 귀양 시기로 확실해지고 그 완성은 남해 귀양시기로 추정된다.

7) 연문학(軟文學) : 남녀 간의 연애나 정사(情事)를 주제로 한, 에로티시즘이 짙은 문학 작품. ↔경문학(硬文學).

8) 김태준(1989), 『조선소설사』, 도서출판 예문.

9) 실제 소설을 읽는 독자에게는 불교적 각성이 부차적인 것으로 느껴질 만큼 세속의 세계가

지도층의 생각, 그 바탕이 되는 17세기 여성과 사랑에 대해 알아보고자
한다.

II. 욕망과 사상의 구조적 조화

이 작품은 액자 소설의 구조를 가지고 있다. 바깥 쪽 현실에는 성진
과 팔선녀의 열망과 갈등, 그리고 정신적 깨달음이 있고, 안쪽 꿈에는 양
소유와 여덟 여자들의 만남의 과정과 행복이 있다. 그 동안의 대부분 연
구에서는 주로 바깥쪽의 내용에 치중하여 사상적 측면에서의 분석을 주
로 천착해옴으로서 안쪽의 내용은 단지 정신적 깨달음을 얻기 위한 과정
으로밖에 인정받지 못함을 보여 왔다. 그러나 안쪽의 내용이 하나의 완
결된 구조를 가지고 흥미를 전해주지 못하면 바깥쪽은 기둥이 약한 지붕
이 되어, 그 설득력을 잃을 수밖에 없다.

이 작품에는 불교와 유교 이념이 상당부분 덧입혀 있는 것은 사실이
지만, 동시에 그것은 특정 이념이 아니더라도 충분히 존재할 수 있는 보
편성을 강하게 지니고 있다. 다시 말하면 바깥쪽에 나타나 탈속적 세계
는 불교적 허무주의나 공(空)사상(思想)으로 환원되기보다는, 유한자 인
간이면 누구나 느낄 수 있는 보편적 심회가 오히려 강한 정도이고, 안쪽
에 나타난 영달의 삶도 유교 이념의 실현보다는 개인적 영달의 성취에
초점이 맞추어져 있다.10)

남자가 세상에 태어나 어려서는 공맹의 글을 읽고 자라서는 요순 같은 임
금을 만나 싸움터에 나가면 삼군의 총수가 되고, 조정에 들어서면 백관의 우
두머리가 되어 몸에 비단 도포를 입고 허리엔 자수를 띠며, 임금에게 충성하

중요하게 다루어지고 있다고 박일용도 조동일의 의견을 참조하여 말하고 있다. 박일용
    (1993), 『조선시대의 애정소설』집문당, p189.
10) 이원수(1994. 12), 「구운몽의 구조와 그 중층적 의미」『어문논집』5집 경남대 국어교육
    과.

고 백성을 이롭게 하며, 눈으로는 고은 빛을 보고 귀로는 오며한 소리를 들어 당대에 영화를 누릴 뿐 아니라 죽은 후에도 공명을 남겨 놓는 것이 진실로 대장부의 일인데…… (24:이하 노존본 페이지)

액자구조의 의미는 현실에의 적용에 문제가 있거나, 리얼리즘이 다소 부족한 이야기들을 액자의 안쪽에 넣고 이를 자연스럽게 처리하기 위해 바깥쪽을 포장하는 기능이 있다고 생각된다. 또한 양적으로도 안쪽의 꿈에 무게가 주어져 본질을 이루는 사실상의 진실이 되고, 바깥쪽의 현실은 안쪽의 진실을 잘 포장하는 구실을 한다.

일견에서는 꿈은 양소유의 세속적 부귀 욕망이 주를 이루고, 현실에서는 불교 사상으로 마무리가 되어 겉으로는 상충되거나 세속의 욕망이 불교 사상에 의해 극복되는 것으로 이야기 되어지나, 결국 금강경의 내용도 현실을 일방적으로 부정하거나 온전히 버려야 할 것으로 보는 것은 아니다.

성진이 있었던 연화 도량은 1차적 욕망이 탈속된 세계이다. 그러나 연화 도량에서 성진은 욕망을 온전히 제어하지 못한다. 그리하여 사부의 말처럼 양소유의 욕망이 가는 대로 인간 세계로 가게 된다. 이는 지옥을 거쳐 윤회할 정도의 죄를 지어 벌을 받는 것이 아니라, 그런 인과성을 이용하여 욕정을 소진할 과정에 돌입하는 것으로 보아야 한다. 그런 의미에서 연화봉 세계는 성(聖)도 속(俗)도 아닌 수행 과정에 있는 사찰(寺刹)의 과정으로 보아야 한다. 불교 세계에서는 욕망이 남아있는 한 윤회는 거듭된다고 본다. 이 욕망은 참거나 눌러서 해결되는 것이 아니라 욕망 자체가 소진, 해소되어야 하는 것이다.

그런 의미에서 이 작품의 안쪽 내용은 아홉 사람 욕망의 적나라한 발현이요, 서포의 보수적, 중세적, 남성 중심적 세계관의 집대성이다.

Ⅲ. 17세기 남성의 욕망과 여성의 사랑

1. 양소유의 욕망과 당대 남성의 욕망

안쪽의 내용을 보면 양소유가 여덟 명의 여자들을 만나 남자로서는 원없이 욕망을 달성하는 것으로 되어 있다.

이 글을 양소유의 시점에서 바라보면 간혹 겪게 되는 장애마저도 기분 바쁘지 않은 낭만적인 세계이다. 처음에는 완강히 윤회를 거부하지마는 부모로부터의 은정(恩情)에 힘입어 차차 전생을 잊고, 빼어난 골격과 재주를 갖고 태어난데다가 만나는 여자들마다(그것도 한두 명이 아닌) 선뜻 애정을 표현해 주며, 나아가 서로 섬기기에 적당한 예의를 스스로 조절하니, 금상첨화가 아닐 수 없다. 일 예로 진채봉을 만난 후 난을 피해 도피한 산(山)에서 만난 부친의 친구는 귀한 악기와 음악적 재주를 전수해 주고, 계섬월은 잠자리를 받들지 못하는 것은 죄라고 스스로 생각하여 대신 적격홍을 보내주니, 어찌 보면 많은 남성들이 바라는 인간성의 표본(?)이라고 아니 할 수 없다.

그가 겪은 고난이라고는 일찍이 아버지를 여읜 것과, 난을 당하여 진채봉과 이별하고 다시 만날 기약이 없는 슬픔에 젖는 것, 공주의 결혼상대로 간택되어 정경패와 맺어지지 못하게 되고 완강히 거부하다가 옥에 갇히는 것, 전쟁 중 군사들이 반사곡에서 마신 물로 괴로움을 당하는 것을 제외하면 여자들에게 몇 번의 속임을 당하는 것 외에 별반 없고, 부귀영화가 극에 달한 후에 비로소 무상감에 젖어드는 것이 전부이다.

양소유가 우월한 위치에 서기까지의 과정에도 고난은 없다. 대결도 없다. 그가 참가하는 전쟁도 피할 수 없는 갈등이 아니라 오히려 혼인 문제로 곤란한 상황에 빠진 양소유를 구출하는 수단이고 새로운 여성을 만나는 계기가 된다. 전쟁도 전쟁이 갖는 특수성으로 작품의 특별한 경우를 정당화하는 것이 아니라, 구운몽의 질서와 조화 안에서 치러지는 전쟁이다.

그는 만나는 여성들을 억압하거나 강제로 요구하지 않는다. 정경패와 가춘운과의 경우 외에는 별반 갈등도 일어나지도 않는다. 그것도 외부의 사정에 의한 것이고 양소유는 최선을 다해 노력하면, 결국 좋은 결과를 받게 된다. 특히 계섬월이 적격홍에게 찾아가 '몸에 마침 병이 있어 상공을 모시기 어려우니 나를 대신하여 나의 죄를 면케 하라'(138)고 하여 잠자리를 같이 못하는 것을 죄라고 정하고 대신 다른 여자를 들여보내게 하는 것은 남성 욕망의 거리낌 없는 이상이고, 서포의 이런 세계관은 당대 귀족 남성들의 호응과 민중 남성들의 꿈, 당대 여성들의 '엿보기'와 '흥미'로 다가갔다고 판단된다.

이런 내용을 그려가는 서포의 자세는 안쪽 꿈의 세계에서는 비판적이지 않다. 이는 일차적으로 서포의 세계관을 펼쳐 보인 것이다. 또한 이차적으로는 당대 귀족층의 가능성과 민중들의 일장춘몽의 결합이다. 상층 귀족들은 늘 즐거움의 향유에 대한 꿈을 그리고 또한 이루려 한다. 이들에게는 꿈과 가능성이 연결되고 양립할 수 있는 세계이다. 그러나 하층 민중에게는 현실에서의 가능성이 아니라 현실을 살아가는 힘으로서의 낭만적 꿈, 혹은 이룰 수 없는 체념 속의 대리분출이다. 이분법적으로 말하기는 어려우나 현실에서도 주어진 상황에 당당히 맞서려는 자세를 가진 사람들과 달리, 가진 자들의 끝없는 욕망 추구와 그 욕망을 바라보고 부러워하는, 꿈으로나마 욕망을 꿈꾸는 사람들로 대별할 수 있는 것이다. 당대 귀족과 서포의 욕망은 남성적 욕망이다.

2. 위계질서 안에서의 여성의 모습 : 조화와 예(禮)

『구운몽』의 주인공은 양소유지만 그 안에 등장한 여성들의 입장과 행태는 또 다른 서포의 세계관을 그린다. 이는 여덟 여자들이 주어진 질서에 대해 어느 누구도 이의를 달지 않고 받아들인다는 것이다.

여덟 여자들은 1부 8처의 관계 설정에 있어서 어느 누구도 불평을 하지 않는다.

앙소유와 여덟 여자들과의 만남과 사랑에 있어서 장애가 전혀 없는 것은 아니다. 장애가 가장 먼저 나는 것은 진채봉과의 사랑이다. 둘이 다음날 만나기로 한 전날 밤에 일어난 변(45)으로 만나지 못하고 그 사이 진채봉은 부모가 죽고 노비의 신분으로 떨어진다. 그러나 우연히 왕후의 눈에 띄어 여중서로서 지내다가 양소유와 만나게 된다. 계섬월과 적격홍은 그 신분이 기생이라서 여러 권력자들의 요구에 시달려 머리를 깎고 피하거나, 허락하지 않는 도망의 고통을 감수한다. 백능파는 남해 태자의 핍박에 시달리어(178), 그 원치 않는 사랑을 거부하는 괴로움과 원통함에 호수의 물까지도 변하게 만든다. 가춘운은 꽃신을 읊은 시(詩)가 정경패의 눈에 띄어 사랑을 이루기는 하나 정경패의 사랑이 난관에 부딪히자 마찬가지의 경우가 된다. 무술을 닦아 자객이 되어 양소유의 침막에 뛰어든 심요연에게도 양소유는 그냥 받아들이는 자세로 사랑을 수용하여 별다른 장애를 보이지 않는다.

정경패와 이소화의 사랑과 장애는 맞물려 있다. 정경패에게 폐백을 받은 양소유는 난양공주 이소화와의 결혼을 거부하다가 옥에 갇힌다. 이로 인해 이것은 두 사람 중 한 명을 선택해야 하는 경우 정도가 아니라 왕과 태후의 미움을 받아 하루아침에 죄인이 되는 장애를 겪는다. 그러나 이 때 마침 토번의 침략이 있어 일단 재능이 있는 양소유는 출전을 하고, 이 사이에 이소화가 정경패를 만나보고, 두 사람의 사랑이 다 이루어지는 쪽으로 의견을 내며, 태후도 정경패를 공주로 삼아 그 의견을 돕는 결정을 내린다.

이 장애의 극복 과정을 보면 각각의 과정은 다 본인에게는 매우 힘든 과정이지만, 그 극복이 의지적으로 이루는 것이 아니라 타력의 도움으로 구원의 손길이 펼쳐져 독자들에게는 별로 힘들지 않게 해피엔딩으로 가는 것으로 인식되는 점이 있다. 또한 대부분의 경우 사랑의 상대인 양소유는 문제를 일으키는 주범이 아니라 충실한 믿음의 대상이 되고, 정경패와의 경우에도 소유 본인은 신의를 지키려는 노력을 보여준다. 이는 사랑의 상대방을 믿고 기다리는 희망이 있고, 또 소유의 재능만으로 상당한 장애를 극복하기 때문에 여덟 여자들과 독자들은 이런 장애를 비극적으로 바라보지 않고 오히려 즐겁게 수용할 수 있는 입장이 되는 것이다.

E. Pastrish의 견해를 참조하여 보면,『구운몽』은 다양한 신분 출신의 여덟 명의 여성들이 어떻게 하면 적절한 예를 갖추어 양소유와 결혼할 수 있을까 하고 논의하는 과정의 토론인 것이다. 정경패와 가춘운이 떨어지고 싶지 않고, 가춘운의 지위를 너무 낮출 수 없는 상황에서, 양소유가 혼사 전에 여복을 하고 정경패를 훔쳐 본 모멸감을 가춘운으로 하여금 위귀위선하게 하여 양소유를 우롱하는 계교로서 갚아 서로 한 번씩 속고 속이는 균형 잡힌 상태에서 이루어지는 결혼이 되게 함을 본다. 또한 이미 정경패와 혼담이 있는 상태에서 이소화와의 결혼에 대한 거부와 투옥, 이소화가 변장을 하고 정부로 들어가는 것, 진채봉이 공주와 의자매를 맺어 함께 결혼하는 것, 태후가 정경패를 양녀로 삼음으로써 2처를 가능케 하나 둘이 같은 가마에 탈 수 있는지, 어떤 복색을 입어야 하는지, 두 공주가 한 남자와 결혼할 수 있는지, 등의 예에 관한 논의의 과정에서 여덟 여지들의 개인으로서의 목소리는 상실되고, 조화로운 사회 구조의 탐색에 초점이 맞추어져 있다.11)

아울러 정경패와 이소화에 대해서 더욱 미모와 재주가 뛰어나게 그려진 것은 처와 첩과의 확실한 위계를 굳건히 하려는 것으로 볼 수 있다.

양소유가 만나는 여덟 여자의 모습에서도, 진채봉에게는 잠을 채 덜 깬 천연덕스러운 모습에, 계섬월에게는 용모가 아름다워 반한다. 적격홍은 계섬월의 부탁으로 대신 잠자리를 거친 후에 얼굴을 보고, 자객 심요연은 자연 그대로의 절색이고, 백능파는 비늘과 껍데기가 있는 용녀의 모습으로, 단아하고 존귀한 모습이 정경패에게는 미치지 못하나 절대가인이요, 시 짓는 재주, 필법, 및 여공의 공교함이 뛰어난 가춘운과는 산중의 달빛 아래서 만난다.

---

11) E. Pastrish(1998), 「구운몽 소고」, 『한국 고전소설과 서사문학(상)』, 집문당, pp 394~400.

무엇보다 중요한 것은 특히 첩들이 제 발로 양소유를 찾아오는 '구애의 적극성'을 보이다가 양소유와 맺어진 후에는 순종적으로 변한다는 것이다. 이후로는 욕심도 시기심도 독립심도 없는 모습이 바로 당대 남성이 바라는 여성의 모습이요, 현재까지도 이어지는 남성 중심의 꿈인 것이다.

그러나 이렇게 만나 첩이 된 여자들보다 처(妻)가된 두 여자의 모습은 더욱 돋보인다. 정경패의 모습은 태양이 아침에 솟아 오른 듯, 연꽃이 물에 비쳤는 듯, 눈이 어지럽고 정신이 아찔하여(80) 가히 헤아리기 어려운 모습이다. 이소화도 이와 쌍벽을 이루는 미모로 그려지고 있다. 이는 첩이 넘보지 못하는 확고한 처의 자리를 굳히기 위한 설정이라 할 수 있다.

여성의 외모만이 아니라 재기에서도 마찬가지이다. 계섬월의 시를 보는 눈과, 심요연의 남성을 능가하는 무예, 가춘운의 솜씨의 공교함, 진채봉의 뛰어난 〈양류사〉 작시(作詩) 등은 매우 뛰어나나, 특히 이소화의 신들린 옥퉁소 소리와 아홉 곡의 거문고 소리를 한번 듣는 것만으로 그 의미와 음악성을 판별하고, 나아가 한 번도 듣지 못한 거문고 소리도 탁월한 지식으로 판별하는 정경패의 재기는 더욱 뛰어나게 설정되어 있다.

이것은 2처를 6첩과 구별하기 위한 작자의 의도이며, 본문 어디서도 여덟 여자의 화목이 그 위계를 넘어서지 않는, 위계 안에서의 화목으로 그려지고 있다. 이는 한 남성과 여덟 명의 기능적인 대상화된 여성과의 사랑이라는 당대 남성 귀족층의 지향적 세계관이다.

3. 주제의 다각적 인식과 수용

『구운몽』에는 여성들의 다채로운 애정 표출도 두드러진다. 첫사랑과의 낯선 재회 이후 궁(宮)에서 만나나 선뜻 다가갈 수 없는 서러움을 지닌 채 자신의 의견을 부채에 덧붙이고 죄가 되는 처지의 진채봉의 사랑, 가난한 시골 기녀로서 오랜 시간 동안의 기다림과 고통을 겪은 계섬월의 사랑, 권력 앞에서 이별해야하는 정경패의 사랑, 성과 속의 경계를 넘어선 만남과 주인을 따라 본의 아니게 헤어져야 하는 가춘운의 사랑, 원치 않는 결혼을 피해 가족과 헤어져 분노와 상처로 지내다가 만난 백능파의 사랑. 모두가 하나같이 신실하고 아름다운 사랑의 모습이다.

이런 절절한 사랑의 상대자인 양소유의 사랑은 여자들만큼 진정성이 묻어나지 않는다. 어찌 보면 한낮 소유욕과 성욕에서 그리 초탈하지 않은 모습이고, 어느 누구도 편애하지 않으면서도 2처와 6첩을 구별하는 태도는 애정의 농도가 아니라 조화와 질서를 추구하는 남성적 사랑의 지평 이상도 이하도 아니다.

이 작품은 이미 일부다처, 엄격한 신분제, 철저한 상하 관계, 군신 간의 위계, 남녀의 확실한 구분 등 확고한 세계 질서를 구현하고 있는 바, 이런 작품에서 양소유의 사랑의 진정성을 문제 삼는 것은 별반 의미 있는 일은 아니다. 오히려 당대 독자들에게 이 작품이 어떻게 인식되었는지와, 현대를 살아가는 독자들에게는 어떻게 받아들여지는지 하는 것이 의미 있는 일이다.

이 작품은 당대 많은 독자층을 확보한 것으로 알려져 있다. 당대 남성들은 이 작품의 세계에 심정적으로 동조했을 것으로 여겨진다. 유교적 질서관도 중국보다도 더 철저하게 수용한 조선 사회의 사회적 흐름으로 볼 때, 그런 사회적 이데올로기 하에서 이 작품이 매우 모범적인 전형으로 그려짐은 그리 이상한 일이 아니다.

또한 일부다처제가 횡행하는 사회에서 처첩 간의 갈등과 시기는 불가피한 현상이었을 것이다. 서포는 이 글에 처의 권위에 첩이 도전할 수 없는 위계성을 부여함으로서 조화를 이루려는 생각이 가득 집어넣은 것이다. 처의 권위와 첩의 자발적 의지로 일체감을 이루는 이런 가정의 모습은 이상적이기도 하지만 어찌 보면 당대의 수많은 처첩간의 갈등과 이로 인한 가정의 아픔과 불화를 역설하는 면이 있다고 보이기도 하다.

서포는 또한 이런 조화를 위해 상층 여성의 관용과 배려, 하층 여성의 동의를 구하고 있다. 위계적인 질서 유지에 있어서 내면적으로 거스르지 않는 세계관을 내면화할 때 비로소 위계와 조화가 어울리는 세계가 된다고 본 것이다. 그리고 조화와 질서는 차등과 위계에 의해 가능하다고 본 것이다. 그리하여 상층 여성의 관용 밑에 시기하거나 질투하지 않는, 분수를 알고 자발적 의지로 수용하는 하층 여성의 상(像)은 한 가정을 넘어 한 사회를 이루는 위계와 질서로 목표 지워지기 좋은 명제가 된 것이다.

이는 남성적 이데올로기의 교묘한 투사이고, 현대의 남녀 관계에서도 남녀 조화를 위해 차등을 주장하는 목소리에 자주 사용되는 패턴인 것이다.

이렇게 남성이 원하는 가족 질서와 세계 질서의 조화 중심에 서고 상상 속에서 욕망을 추구하는 쾌감을 느끼는 것이 당시 양반층 부녀자들에게도 그리 거부되지 않았던 이유는 이미 양반층 부녀자들은 기존 질서에 저항하는 세력이 아니라 기존 질서를 몸에 익히고 그 안에서 자신의 자리를 보존하려는 생각을 갖게 된 위치에 서 있기 때문이다. 그리하여 여성으로서 남성 중심의 사회를 바라보는 것은 일찍부터 거세당하고, 남성 중심 유교사회에 빨리 편입한 사람이 더 기득권을 갖는 – 물론 이런 면에도 조선조 유교 사회의 이데올로기가 작용했지만 – 체제 우호적 계층으로 자리했기에 거부감 없이 쉽게 이런 작품 세계를 받아들이게 된 것이다. 또한 세련된 교양으로 포장되어 있기 때문이다. 신분과 상황에 맞는 교묘한 어울림과 전대로부터의 문학적 유산이 여성 교양으로 도처에 배치되어 상층 여성의 입맛에 맞아 떨어졌기 때문이다. 아울러 위계를 깨뜨리지 않는 범주 내에서의 양소유를 놀리는 과정에 주도적으로 계획하고 실천하는 것이 적당히 흥미롭게 보였을 것이다. 심요연은 자객도 아니면서 자객처럼 양소유의 장막에 뛰어들고, 계섬월은 적경홍을 자신과 바꿔치기하며, 적경홍은 남장을 하고, 정경패, 난양공주, 가춘운이 합세하여 양소유를 놀리는 것들이 바로 그런 예이다.

당대 상층 여성들로서도 이런 작품을 접하면서 비판적으로 보는 자세를 갖기 어렵다는 것이 드러나 있다. 여성으로서 남성 위주의 세계관에 조화하며 질서와 교양에 치중하는 면에 더 솔선하는 모습을 보이는 것으로 해석되는 것은, 이미 기득권층에 합세한 사람들로서 어찌 보면 당연한 모습일 것이다. 그 속에 자리한 이데올로기를 근원적으로 파악하지 못하고 근시안적인 이익에 우선하여 더 철저한 세계 옹호자가 되는 것이다.

또한 하층 남성 대중들에게는 양소유의 삶을 상상하는 것만으로도 일정부분 충분히 흥미를 느낄 수 있을 것이다. 요즘도 그렇지만 자신이 발을 디딘 세계를 심도 있게 고찰하거나 그 세계를 뛰어넘어 성찰하는 것이 하루하루 살아가는 하층민들에게는 찾아보기 힘든 일이고, 또한 외국과의 관계가 개방된 것도 아니고, 책 속의 세계를 폭 넓게 접할 수 있는 삶도 아닌 상황에서 적당한 저널리즘이 되기에 충분한 사상과 요소를 이 작품에서 발견할 수 있었을 것이다.

이 작품에는 일정하게 여성의 욕망이 투영되어 있다. 멋있는 남성을 만나 운명이 바뀌는 애정 유형은 만고불변의 이야깃거리다. 특히 선남선녀를 주인공으로 하는 작품은 대중들의 영웅숭배 의식 못지않게 흥미를 부여하는 요소가 된다. 이런 작품들이 하층 여성들에게는 슬픔과 소망이 동시에 다가온다. 특히 진채봉의 경우처럼 슬픔과 눈물의 세월을 보내다가 나중에 임을 만나는 사랑 이야기는 수많은 하층 여성들의 공감과 소망, 위안을 담아내고 있는 것이다.

여성 독자들이 좋아한 중요한 이유 중의 하나는 사랑 이야기라는 데에 있다. 늘 그 과정과 결론이 뻔 한 것 같으면서도 늘 독자층에게 새롭게 다가가는 만고불변의 주제, 춘향전이 그러하고, 로미오와 줄리엣이 그러하다. 읽고 또 읽어도 읽고 싶고, 가슴이 아프면서도 다시 읽게 되는 것은 무거운 철학적 주제나 심도 있는 성찰이 아니라 늘 힘겹게 살아가는 사람들의 평등한 꿈이요 환상이다. 고난 속에 그 긴밀성이나 긴장도가 헐겹지 않은 한 당대에도 그랬고, 지금도 여전히 애정 전선의 도전과 방황, 삼각관계, 이루어질 수 없는 사랑과 극적으로 이루어지는 사랑은 일정한 틀 안에서 가장 전위적이며 가장 자유로운 의식을 만끽하게 만든다.

결국 서포의 남성 이데올로기는 일정부분 남성들에게는 제대로 읽혀지고, 여성 특히 하층 여성 독자들에게는 자기식의 오독(誤讀)으로 읽혀진 중요한 수용적 측면이 있다. 하층 여성 입장에서는 불리하고 못마땅한 것을 그렇게 읽어내지 못한 것은 조선 사회가 사상적으로 닫혀 있고, 특히 여성 대중들에게는 현실을 뛰어 넘는 존재감을 갖기가 힘들었기에 그럴 수밖에 없었을 것이다.

IV. 결 론

이 작품은 남성이 원하는 이상적 여인상을 조화롭게 그려놓은 작품이다. 관습이 허락하는 하에서 스스로들 서로가 상처주지 않고 필요한 만큼의 거리를 유지하면서 남성 중심의 질서를 떠받치는 세계 그것이 서포가 그려낸 세계이고, 당대 한 지식인의 환상이며, 남성적 욕망의 구현이며, 당대와 현대를 넘어서 대중들에게 어필하는 가치이다. 그 가치가 높든지 낮든 지의 차원이 아니라 당대의 가치를 반영·표현한다는 점에서 의의가 있다.

이 작품에 나타난 양소유와 여덟 여자들은 남성이 희망하는 남성과 남성이 희망하는 여성의 모습이다. 이 작품에는 여성이 희망하는 남성과 여성이 희망하는 여성이 끼어들 여지가 보이지 않는다. 그러면서 남성 중심으로 바라보는 여성들의 시각이 이 작품의 흥행에 크게 기여한 것이다.

한 작품이 지식인의 자기표현인지, 그 작품을 수용할 수 있는 광범위한 소설 향유 층의 바람인지 명확히 선을 긋기는 힘들다. 그러나 이 작품이 규합 중에 널리 읽혔다는 기록은 한 작가의 목소리와 당대 대중의 욕구가 어느 지점에서 만난 것으로 보는 것이 타당하다. 그 한쪽에는 작가 김만중의 세계관의 지평과 한계가 있고, 나머지 한쪽에는 당대 대중들의 목소리와 욕구가 있다. 그 속에는 중국 전래의 설화도 있고, 민간 설화도 변용되어 숨어 있다.

또한 이 작품에서는 한 가지 덧붙여서 유배 중에 있던 작가의 가치관도 한몫 거든다. 17세기 후반은 치열한 당쟁으로 집권세력의 교체가 빈번하던 시대이다. 서포의 25년에 걸친 환로 생활은 파직과 복직이 반복되는 부침의 연속이었고, 영욕이 반전되는 삶이었다. 정권의 핵심에서 권세와 부귀를 누리다가 하루아침에 유배객이 된 서포에게 지난날의 영화가 한 바탕 꿈처럼 느껴지며, 또 권세 회복의 소망도 선·악의 투쟁이 아니라 왕의 결정에 따라 좌우되는 불안전한 시대, 이념과 현실이 어긋나고 현실에 논리적 타당성·시비(是非)도 원칙도 없이 수시로 영욕이 바뀌는 상황에서 숨어 있던 본능적 욕망이 아름답게 포장되어 드러난 것이다. 그런 의미에서 이 작품의 양소유의 모습은 서포 자신의 욕망이기도 하고, 당대 지식인의 욕망이기도 한 것이다. 그것은 양소유의 화려한 삶이 뒤에 와서는 다시금 철학적으로 정리됨에서 일정부분 이해되는 점이 있다.

결론적으로 말하면, 이 작품은 욕망을 자연스럽게 소진시키는 불교사상과, 금오신화나 운영전 등에서 그려진 사랑의 요소들, 중국 전기·한문 소설의 영웅성·전기성을 가지고 남성 중심의 위계와 권위에 일점 항거가 없는 조화로운 세계에 대한 도면을 그린 서포의 설계도이다. 그리고 이런 배합이 놀랍도록 긴밀하게 구성되어 작품 구성상 우수성을 인정하지 않을 수 없는 고전이 되어 버린 것이다. 이런 작품이 오히려 자신의 현실보다는 뛰어난 사람들의 삶 – 예를 들어 미모와 재기가 넘치는 여자들이 첩이 되어 살아가는 것 – 을 엿보는 대중의 욕구가 이 작품이 고전이 되게 한 원동력이다.

그리하여 독자들은 나름대로 층위별로 나타난 맛과 주제를 취향껏 맛보고 섭취하면서 널리 그리고 오래도록 향유해 온 것이다. 이렇게 매끄럽게 포장된 주제 의식이 탄탄한 구조와 놀라운 환상성, 고결한 철학과 잘 배합되어, 많은 대중들에게 가까이 다가가는 힘은 매우 우수하다.

　대중들은 화려한 여성을 보고 배우며 흉내 내고, 여성의 재능이 남편의 지위를 격상시키는 데 일조하는 것은 국가 이데올로기 측면에서 보면 자연스러운 사회화의 통로가 되기 때문에 국가로서도 반대할 이유가 없고, 하여 자연스럽게 규방 소설의 고전으로 권장되는 것이다.

　이렇게 전체적으로는 중세적 규범 수용 하에서 부분적으로 여성적 욕망의 재현을 간간이 보여주는 이 작품이 다만 그 가치를 인간 존재에 대한, 인간과 세계에 대한 성찰의 측면으로 볼 때, 여성에 대한 왜곡과 여성의 주체적 사랑이 부정된 포장과 권력자의 관용이 교묘하게 강요되는 작품인 것이다.

〈寓言〉을 활용한 효율적인 독서 지도 방안 연구

- 유몽인의 《어우야담》을 중심으로 -

이 종 헌*

I. 序 言

부자가 되기 위해 좋은 밭 살 것 없네
책 속에 자연히 많은 곡식 있는 것을
편안히 살려고 높은 집 지을 것 없네
책 속에 자연히 黃金 집이 있는 것을
아내를 얻는데 중매 없음을 한하지 말게
책 속에 玉 같은 얼굴의 여인 있으니
문 나섬에 따르는 이 없음을 한하지 말게
책 속에 수레와 말이 수 없이 많으니
사나이 평생의 뜻을 이루려 하거든
창 앞에 五經 펴고 부지런히 읽게나1)

---

* 인하대학교 교육대학원 졸업, 정석항공고등학교 교사
1) 富家不用買良田　書中自有千種粟
　　安居不用架高堂 書中自有黃金屋

송나라 眞宗 황제의 〈勸學詩〉이다. 동서고금을 통하여 독서의 효용을 이 보다 더 절실하게 표현한 글은 없다. 물론 이 시는 당시에 과거 공부를 장려할 목적으로 쓴 것이라고 하지만 꼭 과거에 급제하지 않더라도 독서를 통해 새로운 정보와 아이디어를 얻고 삶의 지혜와 교훈을 얻을 수 있으니 이만하면 부귀와 명예가 결코 멀리 갈 수 없을 것이다.

독서는 이처럼 우리의 삶을 풍요롭게 하고 우리의 인생을 가치 있게 만들어주는 필수적인 행위이지만 오늘날 우리의 독서 현실은 그렇지 못하다. 문화관광부가 발행한 〈2002년 국민 독서실태 조사〉 보고서에 따르면 전국의 만 18세 이상 성인남녀 1200명을 대상으로 조사한 결과 1년 동안 '한 권 이상의 일반도서를 읽었다'고 응답한 성인은 전체의 72.0%로 성인 10명 중 3명은 1년 동안 단 한 권의 책도 읽지 않은 것으로 나타났다. 이처럼 많은 사람들이 책을 읽지 않는 것은 각종 영상매체나 정보오락매체의 발전과도 관계가 있지만 보다 근본적인 이유는 어려서부터 체계적인 독서교육을 통한 독서의 생활화가 이뤄지지 않았기 때문이라고 할 수 있다.

독서는 개인의 경쟁력인 동시에 국가의 경쟁력이다. 독서하지 않는 사람, 또 그런 사람이 많은 국가에게는 희망이 없다. 따라서 전 국민을 讀書人으로 만들기 위해서는 학교에서의 독서 교육이 보다 체계적이고 전문적으로 이루어져야 한다. 단순히 〈추천도서〉목록이나 나눠주는 방식에서 벗어나 실제 수업시간을 이용한 발표와 토론 중심의 독서 수업이 필요하다. 물론 〈독서〉과목을 선택한 학교도 있겠지만 그렇지 못한 학교에서는 〈국어〉나 〈문학〉시간을 활용할 수 있다. 여럿이서 함께 내용을 정리하고 소감을 발표하는 것은 혼자서 글을 읽고 내용과 주제를 파악하는 것보다 훨씬 효율적이다. 내가 미처 생각지 못했던 부분을 남을 통해 알 수 있으므로 독서능력의 향상은 물론 독서에 대한 호감도 증가하게

聚妻莫恨無良媒 書中有女顔如玉
出門莫恨無人隨 書中車馬多如簇
男兒欲逐平生志 五經勤向窓前讀

될 것이다. 학생들의 독서 지도를 위한 텍스트는 수업 시간의 제약이 있기 때문에 가능한 한 길이가 짧고 재미있으면서도 내용의 깊이가 있어야 한다. 이런 측면에서 〈寓言〉을 활용한 독서 지도는 매우 효과적이라 할 수 있다.

『莊子』「寓言」편에 "寓言十九, 藉外論之"라 했는데, 이는 『莊子』의 90%가 〈우언〉으로 이루어졌으며, 외부의 사물에 의탁하여 주제를 드러내는 방식이라는 뜻이다. 그러므로 〈우언〉은 사물을 의인화하거나 실존 인물 혹은 가공의 인물을 내세워 쉽고 재미있게 주제를 구현하는 방식이라고 할 수 있다. 또 그 이야기는 대부분 황당함을 지니고 있지만, 그 속에 내재된 의미는 다른 어떤 장르보다도 날카롭고 예리하다. 형이상학적이고 추상적인 내용을 구체적인 사물에 의탁해 표현한다는 점에서 〈우언〉은 哲學이나 神學의 文學化라고도 할 수 있으며 실제로 그것은 〈莊子〉, 〈列子〉, 〈墨子〉, 〈孟子〉, 〈韓非子〉와 같은 先秦時代의 저술은 물론이고 성경이나 불경 등에도 많이 사용되고 있다. 불경에는 무려 500여 개의 〈우언〉이 등장한다. 그 밖에도 〈우언〉은 강력한 현실 비판 기능을 수행하기도 한다.

『中國現代寓言史略』의 저자 천푸칭(陳蒲淸, 中國長沙大)은, 〈우언〉은 기원전 3천년 경의 〈수메르(Sumer)〉시대부터 창작되었으며 고대의 신화가 존재의 뿌리를 잃어버린 현대에도 여전히 왕성한 창작이 이루어지고 있다고 말하고 있다. 그는 동서양의 〈우언〉을 다음과 같이 분류하였다.[2]

1. 서양의 우언

---

2) 『東亞細亞 寓言文學의 性格』, 2004년 한국고전문학회 우언문학 국제학술회의자료집(인하대학교한국학연구소)

① fable형: 의인화된 동물들의 이야기. 〈이솝寓話〉등
② Parable형: 인물이야기(종교적 색채가 강함), 〈성경 우언〉
③ Allegoric형: 장편의 복합구조를 지닌 문체. 〈천로역정〉, 〈선녀여왕〉
④ morality plays형: 寓意的, 혹은 道德的 교훈을 담은 희곡

2. 동아시아의 우언

① fable형: 狐假虎威(중), 토끼와 거북이(한), 황새와 새우와 고래(일)
② Parable형: 종교적 색채가 적음. 塞翁之馬(중), 舟賂說(한)
③ Allegoric형: 後西遊記(중), 鼠獄說(한, 임제), 河童(일)

우리나라의 〈우언〉은 2)동아시아의 우언의 ①fable형과 ②Parable
형이 대부분을 차지하며 장자를 비롯한 선진시대 제 사상가와 조식, 도
연명, 두보, 백거이, 유종원, 소식 등으로부터 영향을 받았다고 볼 수 있
다. 대표적인 작가로는 설총, 이규보, 이제현, 성현, 김시습, 임제, 유몽
인, 이광정, 박지원, 정약용 등을 들 수 있다.

〈우언〉은 독자적인 문학의 한 갈래이면서 동시에 시나 소설, 수필,
희곡 등의 다양한 갈래에서 활용되는 보조적 수단이기도 하다. 刻舟求
劍, 掩耳盜鈴, 畵蛇添足, 塞翁之馬, 葉公好龍 등과 같은 우리가 익히 알
고 있는 고사성어는 그 자체가 하나의 완결된 〈우언〉이면서 동시에 일상
적인 말하기에서부터 다양한 문학 작품의 창작에까지 적극 활용되고 있
다. 그러나 지금껏 우리 문학사에서는 〈우언〉을 독자적인 갈래로 인정하
지 않았기 때문에 국어 교과에서도 상대적으로 소홀히 취급되어 온 것이
사실이다. 천푸칭 선생의 표현대로 〈우언〉은 "須彌山을 한 알의 겨자씨에
담는" 방식을 취한다는 점에서, 체계적인 〈우언〉 학습은 학생들의 〈독서〉
능력의 신장은 물론이고 〈말하기〉 및 〈쓰기〉 능력 향상에도 많은 도움이
되리라 믿는다. 본고에서는 조선 후기의 대표적 〈우언〉 작가인 於于 柳
夢寅의 『於于野譚』을 중심으로 〈우언〉의 제반 특성과 효용에 관해 살펴

보고 독서 지도의 한 방편으로 〈우언〉의 활용 가능성을 탐색해보고자 한
다.

Ⅱ. 작가 및 『어우야담』의 성격 검토

於于 柳夢寅(1559-1623)은 조선 明宗-仁祖 연간의 정치가이자 문인
으로, 거듭되는 당쟁과 전란의 소용돌이 속을 살다간 인물이다. 그는 벼
슬이 吏曹參判에까지 이르렀지만 당시 정권을 농단하던 李爾瞻 등과 반
목하다가 光海君 10년(1618)에 일어난 仁穆大妃 廢妃 사건을 계기로 벼
슬자리에서 물러나 은거하며 오직 독서와 저술만으로 일관했는데, 『어우
야담』은 그의 나이 62세 때인 광해군 13년(1621), 西湖에 은거하면서
지은 작품이다. 그는 『어우야담』의 저술 동기를 다음과 같이 밝히고 있
다.

> 「詩文이 비록 공교롭기는 하나 많은 사람들이 즐기기에는 어려우므로, 小
> 說叢話를 지어서 世敎에 보탬이 되게 할뿐만 아니라 여러 사람들이 즐겁게 보
> 도록 하는 것만 같지 못하다. 내 이 말을 좇아 듣고 본 바에 따라 『어우야담』
> 을 지어 이제 십여 권을 이루었다.」3)

유몽인은 중국에까지 文名을 드날릴 정도로 당대를 대표하는 문장가
였지만, 한편으로는 전통적인 詩文이 갖고 있는 한계점을 분명히 인식하
고 항간의 說話나 逸話, 笑話 등을 소재로 『어우야담』을 저술하였다. 따
라서 『어우야담』 속에는 기존의 구비 전승 단계에 머물러 있던 民譚, 傳
說, 野史, 傳記, 士大夫逸話, 平民逸話, 詩話, 笑話 등의 다양한 장르가
뒤섞여 나타난다. 그러나 『어우야담』이 이렇게 다양한 장르를 포괄하면

---

3) 柳夢寅, 『於于野譚』卷三(景文社, 1977), 15쪽 "詩文雖工, 衆莫之賞, 不如著小說叢話, 非
但裨補世敎, 衆亦樂觀之. 余然其言, 隨聞見, 著於于野譚, 今成十餘卷矣.

서도 기존의 說話集이나 野談集의 영역에만 머물지 않는 것은 바로 작품
곳곳에서 드러나는 날카로운 비판과 풍자의 정신 때문이다.

불합리한 시대 상황 속에서 유몽인은 적극적인 현실 변혁의 한 수단
으로 문학의 새로운 가능성을 탐색하였으며, 그 결과『어우야담』을 저술
하여 당대 현실의 제 문제에 대해 날카로운 비판과 함께 자신의 진보적
인 사상을 표출했던 것이다. 이렇게『於于野譚』이 작자 柳夢寅의 투철한
현실 인식의 산물이며 나름대로의 적극적인 현실대응의 한 방편으로 저
술되었다는 점은 18-19세기에 걸쳐 다량으로 쏟아져 나온 야담집4)들과
구별되는『어우야담』만의 독특한 면모라고 할 수 있을 것이다.

『於于野譚』의 내용 체계는 크게 〈世敎〉와 〈樂觀〉의 두 축을 중심으로
이루어져 있는데 유몽인은 특히 〈세교〉와 관련하여 많은 우언을 창작했
다. 앞에서 언급한 바와 같이 〈우언〉은 외부의 사물에 의탁하여 주제를
드러내는 방식이기 때문에 독자에게 흥미를 제공할 뿐 아니라 그 내용이
비판적일 경우 직설적 표현이 가져올 여러 가지 문제점들을 효과적으로
차단할 수 있다는 장점을 지니고 있다. 또한 寓言은 작중 배경이나 인물
들의 행위에 대한 사실성을 검증 받지 않는다는 점에서 傳記와도 다르
고, 허구 자체의 흥미를 추구하는 적극적인 허구가 아니라는 점에서 小
說과도 다르다.

이상의 논의를 토대로 寓言의 몇 가지 특징을 정리해 보면 다음과 같
다.

첫째, 寓言은 크게 〈인물 이야기〉와 〈비인물 이야기〉로 나뉘며 반드
시 황당함을 지녀야 한다.

둘째, 寓言은 복선 구조를 지니고 있어 표면적 의미와 심층적 의미가

---

4) 이 시기 야담집으로는『鶴山閑言』,『雪橋漫錄』,『東稗洛誦』,『溪西野談』,『靑邱野談』,『東
野彙輯』,『此山筆談』,『鷄鴨漫錄』 등이 있다.

서로 다르다. 이 때 중요한 것은 심층적 의미에 해당하는 〈寓意〉이다.

셋째, 寓言의 등장인물이나 사건 또는 배경의 역사성은 검증의 대상이 되지 않는다.

넷째, 寓言은 편폭이 반드시 짧아야 하는 것은 아니지만 대부분 짧은 편이다.

다섯째, 寓言의 내용은 크게 교훈적인 것과 풍자적인 것으로 나눌 수 있다.

여섯째, 寓言은 독자적인 문학의 한 갈래인 동시에 다른 갈래의 보조 수단으로도 활용된다.

유몽인은 寓言의 이런 특징을 충분히 인식하고 있었으며 이를 적극 활용하여 『於于野譚』을 저술했다. 그러나 오늘날 『於于野譚』에 대한 평가는 그것을 단순한 흥미 위주의 야담집과 같은 범주로 이해하려는 수준을 넘지 못하고 있는 것 같다. 이는 『於于野譚』이 탄생하게 배경으로서의 시대 상황과 작자의 생애와 사상에 대한 충분한 연구가 이루어지지 않은 상태에서 빚어진 결과라 할 수 있다. 이처럼 『於于野譚』을 단순한 흥미 위주의 야담집으로 취급하는 태도는 이미 正祖 연간에 번역된 舊皇室本 『於于野譚』에 나타난다.

가) 내일죽보니괴가닭을어리아러딕희니 닭이스스로써러디고 쥐롤구멍밧긔딕희니 쥐스스로나오니 대개독훈긔운의현란ᄒ여 그러훈배라덧덧이괴이히녀겻더니 녀즈음긔김영남이 전나도스되여중의집의 드럿더니 밤의뒷간의갈시 홀연정신이혼연ᄒ여 ᄯ희업더뎌긔운이끈허디니 죠재업고드러왓더니 이윽고나ᄋ니라 명일뒤간밧글보니 범즛그려안잣던곳이잇고 ᄯᄉ쇼리롤흔드던흔젹이이셔 ᄯ홀쓰러듯글이업ᄂ디라 이에범의독을쓰여 그러ᄒ믈찌드랏노라 동디예권희슈묘의 거ᄒ더니 밤의밧긔나가 뒤간의가다가 정신이홀연회미ᄒ야 ᄯ희업더뎌블셩ᄒᄂ디라 죵이쪄드러와이윽ᄒ여 긔운이소복ᄒ여 그 연유롤모ᄅ더니아줌의술펴보니 범이허위피고굿그려쇼리두룬자취잇ᄂ디라 범의독이능히블지블견의 긔운을탈ᄒ고정신을산ᄒ기이ᄀ티ᄒ니 산의거ᄒ나들의쳐ᄒ나 가히근심된재이만굿ᄒ니업ᄂ니라[5]

나) 내 일찍이 보니, 고양이가 둥우리 아래서 닭을 지키니 닭이 스스로 떨어지고, 구멍 밖에서 쥐를 지키니 쥐가 스스로 나오니 대개 독기에 쏘여 정신이 어지러워진 탓인 것 같다. 내 늘 이상하게 여겼었는데 얼마 전에 金頴男이 全羅都事가 되어 절에서 묵었는데 밤에 측간에 가다가 갑자기 정신이 혼미하여 땅에 엎어져 기절하니 從者가 등에 업고 들어와 한참 후에야 깨어났다. 이튿날 그 자리에 가보니 측간 바깥에 범이 쭈그려 앉은 자국이 있고, 또 땅 위에 꼬리를 흔들었던 흔적이 있었는데 먼지 한 점도 없이 깨끗하니 마침내 범의 독을 쏘여 그리 된 것임을 깨달았다.

同知中樞府事 權憘가 시묘살이를 할 때 밤에 측간에 가다가 홀연히 정신이 혼미하여 땅에 엎어져 깨어나지 못해서 그 종이 껴안고 들어와 한참 후에야 기운을 차렸는데 그 까닭을 알지 못했다. 아침에 그곳을 살펴보니 눈 가운데 범이 땅을 헤치고 쭈그려 앉아 꼬리를 휘두른 흔적이 있었다. 범의 독이 순식간에 기운을 빼앗고 정신을 상하게 함이 이와 같으니 혹자는 독이 아니라 倀鬼때문이라고 한다.

산에 거처하나 들에 거처하나 근심거리가 이만한 것이 없으니 <u>俗諺에 이르기를 시골에 거처하면서 두려운 것 세 가지가 있으니 각각 뱀과 호랑이와 원님이 그것이다.</u>[6]

구황실본 『於于野譚』은 한문본 『於于野譚』의 번역본으로 곳곳에서 번역자가 임의로 원작을 훼손시킨 흔적이 보인다. 궁중의 여인들을 독자층으로 삼았기 때문인지 지나치게 노골적인 性 표현 등은 좀 더 완곡한 용어로 바꾸어 사용했고, 詩話와 같이 어렵고 지루한 내용은 아예 번역 과정에서 제외시켰으며, 비판적인 내용 또한 상당 부분 삭제시켰다.

글 나)는 고양이와 범의 독기에 관한 이야기를 통해 독자의 주의를

---

5) 金東旭 校注, 『於于野譚』(普成文化社, 1978), 3화

6) 柳夢寅, 『於于野譚』 권5, 「禽獸」 (景文社, 1977), 17쪽
  "余嘗觀, 猫守鷄于栖下鷄自落, 守鼠于穴鼠自出, 盖爲毒氣所眩也. 常異之, 頃者, 金頴南爲全羅都事, 寓僧舍, 夜如厠于外, 忽爾精神昏眩, 仆地氣絶, 從者負而入, 良久而愈. 明日視之, 厠外有虎蹲之處, 又有搖尾之痕, 掃地無塵, 乃悟爲虎毒所襲也. 同知權憘, 居于守墓, 夜出外如厠, 精神忽迷, 伏地不省, 其奴扶擁而入, 少選氣蘇, 未知其由. 朝而察之, 雪中有虎攫拿, 蹲踞搖尾之跡. 虎毒能使不知不見, 而氣奪精喪如此, 或曰非毒也, 倀鬼也, 山居野處可患者莫如此, 諺曰, 居鄕三畏, 蛇也, 虎也, 主倅也."

환기시킨 후 궁극적으로는 지방 관리의 횡포를 폭로하고자 한 寓言이 명백한데도 글 가)에서는 의도적으로 나)의 밑줄 부분을 삭제함으로써 단순한 흥미 위주의 野談으로 전락시키고 있다.

이처럼 『於于野譚』을 단순한 흥미 위주의 야담집으로 취급하려는 태도는 작자의 의도에 어긋나는 것이므로 마땅히 시정되어야 하며, 『於于野譚』에는 작자 유몽인이 창작한 寓言이 대거 수록되어 있다는 점에서 이는 여타의 야담집과 구별되는 『於于野譚』만의 독특한 면모로 새롭게 평가되어야 할 것이다.

III. 『於于野譚』의 寓言 分類 및 활용 방안

유몽인은 莊子로부터 많은 사상적 영향을 받았는데 무려 이천 여 년이라는 시간적 차이가 존재함에도 불구하고 두 사람은 정치적 혼란과 무질서가 극에 달했던 시대를 살았다는 공통점을 지니고 있다. 莊子는 이와 같은 난세 속에서 한편으로는 현실을 부정하고 통치자의 흉포하고 잔학한 본성을 폭로하면서 또 한편으로는 安命哲學을 애써 고취하고 자신의 사상 속에서 위안을 찾는 데로 후퇴한다. 이것은 곧 莊子哲學이 근본적으로 현실 비판과 같은 적극적인 측면과, 현실 도피의 소극적 측면을 지니고 있음을 의미한다. 柳夢寅의 경우에도 이는 마찬가지이다. 柳夢寅은 자신의 힘으로는 통치 계급의 잔혹하고 탐욕스러운 본성을 변화시킬 수 없다는 점을 뼈저리게 느끼고 스스로 벼슬에서 물러나 여러 곳을 전전하면서 物外에서 노닐고자 하였다. 따라서 『於于野譚』의 저술은 이와 같은 柳夢寅의 정신사적 맥락 위에서 이해되어야 한다. 『於于野譚』 곳곳에서 볼 수 있는 奇聞異談이나 諧謔, 淫談 등은 애써 현실로부터 벗어나고자 하는 安命逍遙의 소극적 삶의 일면이며, 동시에 그릇된 현실을 질타하고 꼬집는 행동들은 그가 여전히 현실에 깊은 애정을 지니고 있음을 보여주는 적극적 삶의 한 표현인 것이다. 그는 『於于野譚』을 통해 적극적으로 현실로부터 벗어나고자 하였으면서도 또한 진보적이고 비판적인 사상을 적극 피력하여 무능한 위정자들을 질타하고 잘못된 정치 현실을 바로잡고자 하였다. 이 글에서는 주로 당대의 정치, 사회적 현실과 관련된 〈우언〉을 내용별로 소개하고 이를 학생들의 독서 지도에 활용할 수 있는 시안을 마련해보고자 한다.

1. 天命思想

유몽인이 장자 사상에 심취했으며 그로부터 많은 사상적 감화를 받았음은 이미 언급한 바 있다. 天命에 관한 유몽인의 입장 역시 장자와 궤를 같이 한다. 莊子의 天命은 인간의 미약한 힘으로는 거역할 수 없는 運命과 같은 개념이면서도 종교적인 운명론이나 숙명론과는 성격이 다르다. 天命은 모든 사물이 생겨나기도 전에 이미 命이 정해지는 운명론과는 본질적으로 의미가 다르며, 또 命의 작용에 있어서도 객관적인 주재자나 필연적인 법칙이 존재하지 않는다. 莊子의 天命은 오직 〈본래 그러한〉 天然을 의미하며 이것을 거스르지 않고 순응하는 것이 곧 莊子의 安命論이라고 할 수 있다. 柳夢寅은 이 같은 莊子의 安命思想을 바탕으로 다수의 寓言을 창작하였다.

① 洪瑞鳳의 집은 永敬殿 앞에 있다. 손님을 맞기 위해 큰 소를 사왔으나 아직 庖丁이 오지 않아 기다리고 있었다. 그 때 奴子 水孫이 果川에서 큰 소에 나무를 싣고 와 기둥에 매어놓았는데, 소 등에 가로질린 나무가 등을 꿰뚫은 채 부러져 움직이지를 못하였다. 마침 사온 소와 크기가 비슷하였으므로 서로 바꾸라고 명하니, 졸지에 나무 실은 소가 잔칫상에 오르고 장차 죽음을 앞두었던 놈은 재수 좋게 과천으로 돌아갔다.
　우리 집에 두 마리 수탉이 있는데 검은 놈이 닭장을 차지하고 암탉을 거느린 채 번번이 붉은 놈을 쫓아버렸다. 이에 붉은 놈은 늘 이웃집에 가서 의탁하고 있으므로 노비들을 시켜 붉은 놈을 잡아오라 했는데 노비가 잘못 듣고 검은 놈을 잡아 왔다. 이에 집에 있는 검은 놈이 음식상에 오르고 이웃으로

도망한 붉은 놈이 도리어 뭇 암탉을 거느리니, 미물의 생사 또한 그 數가 있어서 해치고자 하는 것을 임의대로 할 수 없는데 하물며 사람임에랴! 대저 생사로 근심을 삼아 백방으로 살기를 도모하는 자들이여, 과연 天命을 아는가.7)

② 화는 복이 의지하는 곳이며, 복은 화가 숨어 있는 곳이다. 길흉은 오직 天數에 매인 것이니 어찌 인력으로 없애거나 늘릴 수 있겠는가?

속설에 까치가 남쪽 가지에 집을 지으면 반드시 榮華를 얻는다고 하고, 흉조가 옥상에 머물면 반드시 재앙을 입는다고 해서 내 일찍이 크게 웃은 적이 있었다. 내가 靑坡에 살 때 까치가 집 남쪽에 둥지를 틀었다. 사람들이 모두 내가 급제하리라 기대했는데, 과연 그 해 처형의 사위가 과거에 들었다. 후에 까치가 다시 그 나무에 둥지를 틀었고 나는 그 봄에 司馬試에 들었다. 그 후 또다시 둥지를 틀었을 때 나는 文科의 장원을 차지했다. 내가 興陽에 있을 때 까치가 남쪽 언덕 높은 나무에 집을 지었다. 친척들이 모두 반드시 좋은 일이 있으리라고 축하해주었는데 그 해 과연 나는 가선대부에 올랐고 扈聖勳에 參錄되었다.

明禮坊집 남쪽 버드나무에 까치가 또 집을 지었는데 그 해 나와 한집안의 일가 사람이 武科에 붙었고 또 다음 해 둥지를 틀었을 때는 계집종의 서방 炮手가 武科에 들었다. 그러나 이 두 해 사이에 나는 관직이 삭탈되고 일이 꼬였으며 집안에 우환이 잦았다.

또 속설에 올빼미가 집에 이르면 반드시 상대에 화재가 난다고 한다. 내 전에 잠시 明禮坊 집에 머물고 있을 때 이웃집을 別房으로 하여 거처하고 있었다. 아직 잠자리에서 일어나지도 않았는데 家童이 왁자지껄하는 소리를 들었다. 웬 물체가 있는데 몹시 괴이하다고 해서 내 살펴보니 올빼미 한 마리가 부뚜막 위의 대들보에 웅크리고 있었다. 막대기로 건드리자 바닥에 떨어졌는데 아니나 다를까 그날 밤 대궐 回廊에 불이 났다. 이에 주상께서 교지를 내려 화재를 막지 못한 禁火司를 문책하셨다.

---

7) 柳夢寅, 『於于野譚』 卷二 (景文社, 1977), 101쪽
　"洪瑞鳳家在永敬殿前, 迎賓將宰牛, 買一大牛, 庖丁未到, 方俟之時, 奴子水孫自果川載柴而來. 繫牛於柱, 牛背關橫木, 脊折不能動, 而所買之牛大小等也, 命以此易彼, 載柴之牛, 終入盤羞, 將屠之牛, 好歸果川. 余家有兩雄鷄, 其黑者欄雌專場, 每逐赤者, 赤者不得容, 托於隣家, 使奴輩射其赤者, 射者錯聽而中其黑者, 在家者充於盤羞, 逃隣者還擅衆雌, 微物之生死亦有其數, 欲害者不得自由, 而況於人乎, 夫人之以生死爲憂, 百計營爲者, 果知天乎哉."

지난해 아내의 喪을 당해 장지를 加平으로 정했는데 올빼미 한 마리가 제
사지내는 종의 妻 가슴에 내려앉았다. 喪主가 요망하다하여 그녀를 내쫓고 가
까이 오지 못하게 했는데 그날 밤 그 종은 산기슭에 불을 내어 산야를 절반이
나 태우고 墓幕과 墓會葬까지 태워 버렸다.

또 올빼미가 대낮에 사람을 쳐서 가동들이 붙잡아왔다. 내가 이르기를, "저
번에 경험한 바가 있으니 마땅히 불조심해야 한다."고 했는데 밤중에 "불이야"
하고 급히 외치는 소리가 있어 일어나 보니 이웃집에 불이 나서 절반 이상이
타버렸다.

明禮洞 別家 동쪽에 부엉이 두 마리가 와서 울다가 교미를 했다. 온 집안
이 재앙이 미칠까 조심하였는데 얼마 되지 않아 내가 大司諫과 부제학이 되었
고 후에 이조참판으로 자리를 옮겼으며 4년이 지나 교체되었다.

이로써 보건대 까치는 모두 똑같은 까치이고, 부엉이 역시 똑같은 부엉이
일 뿐인데 어떤 것은 영화를 가져다주고 어떤 것은 욕을 보이며, 어떤 것은
재앙을 가져오고 어떤 것은 복을 가져오기도 한다. '黑牛生白犢'과 '새옹지마'
의 길흉이 반드시 그러함이 있다 하겠다.8)

③ 成均館洞에 사는 한 여자가 나이 마흔 일곱이 되도록 자식이 없었다.
점쟁이에게 물으니 모두들 평생 자식이 없을 팔자라고 하여 그 말을 믿었는데
금년 사월에 갑자기 배가 부풀어오르며 속에서 움직이는 물체가 있어 의원에
게 물으니 모두들 蟲毒이라고 했다. 여의(女醫)에게 약을 짓게 하였더니 아이
를 가진 것이 아닌가 두려워 약을 쓰지 않았다. 針을 잘 놓는 한 의원이 있어

---

8) 앞의 책, 卷二, 「俗忌」, 46쪽.
"禍兮福所依, 福兮禍所伏, 吉凶之來自有天數, 豈人力所可消長. 俗稱鵲巢南柯必受榮華, 凶
禽至屋必罹災厄, 余嘗切笑之. 余在靑坡, 鵲巢屋南, 人皆望余中第, 其年妻兄之婿果中第.
其後鵲又棲其樹, 其春余中司馬. 其後又巢其樹, 余又魁文科. 余居興陽, 鵲又巢南邱高樹,
族人咸賀必有榮, 其年果陞嘉善, 仍參錄扈聖勳. 明禮坊家南柳樹, 鵲又來巢, 其年同爨同姓
人中武科. 又明年又巢其枝, 其年婢夫炮手中武科, 而兩年之間余皆落職沮滯, 家患隨之. 又
聞俗稱梟至屋, 必有火災出對. 余方嘗僑明禮坊家, 隣舍爲別房而處焉, 臥未起, 家僮譁然云,
有物甚怪. 余起視之, 有梟棲竈上梁頭, 以杖叩之落地, 其夜大家外廊火. 至於自 上傳敎以不
禁火責禁火司. 去年妻喪, 卜葬加平, 有梟坐于行祭奴妻胸上, 喪主以爲妖, 逐其女不令近喪
次, 其夜奚奴墜火于山麓, 山野半燒延墓幕及墓會葬也. 又有梟白晝觸人, 陪兒擒而視余, 余
曰曾有驗, 今宜愼火. 夜中疾呼火起, 比隣半燒. 明禮洞別家之東, 有鵂鶹來鳴且交尾, 擧家
皆愼有災, 未幾, 余爲諫院玉堂之長, 尋遷銓曹亞長, 四年而遞. 以此揆之, 鵲一也鵂一也,
而或榮或辱或災或福, 白犢塞馬之吉凶烏可必也."

시술하게 하니 한 자나 되는 銀針을 가지고 그 움직임을 따라 침을 놓았으나 성공하지 못하고 蛇龜가 뱃속에 숨어서 침을 피한다고 했다. 마침내 되는대로 마구 침을 찔러 넣으니 침이 다 굽었다. 여인은 고통을 이기지 못하고 온종일 울부짖으며 죽어도 좋으니 배를 가르고 벌레를 꺼내달라고 애걸하였다. 이윽고 유혈이 낭자한 자리 위로 사내아이가 태어나니 울음소리가 우렁차고 몸은 한 군데도 상한 곳이 없었다.

　　슬프도다. 점쟁이와 의원을 믿지 못할 것이 이와 같다. 天命이 있는 바를 사람이 죽이고자하나 어쩌지 못하니 어찌 기이한 일이 아니겠는가. 이는 萬曆 乙卯年의 일이다.9)

　글 ①은 소와 닭을 예로 들어 天命이란 인위적으로 거스를 수 없는 것이며 이를 통해 수단과 방법을 가리지 않고 살기를 도모하는 자들의 어리석음을 꾸짖는 寓言이다.

　글 ②는 天命에 객관적인 주재자가 없음을 보여주는 寓言이다. 까치가 남쪽 가지에 집을 지으면 반드시 영화를 얻고, 흉조가 집에 머물면 반드시 재앙을 입는다고 하는 속설에 대해 상반되는 두 예를 들어서 그것을 반박한다. 즉 똑같은 까치인데도 불구하고 경사가 있었는가 하면 반대로 재앙을 입은 경우도 있었으며, 똑같은 흉조라고 하더라도 재앙을 입은 경우가 있었는가 하면 또한 경사를 맞은 적도 있었다는 자신의 체험을 통해 天命에는 결코 객관적인 주재자가 없음을 보여주고 있다.

　글 ③은 점쟁이와 의원, 여자의 어리석음을 폭로하면서 天命이란 결코 人爲로 거스를 수 없음을 강조한 寓言이다. 앞에서 말한 바와 같이 〈우언〉이란 〈寓意〉를 중시하는 양식이기 때문에 이 작품에서도 작자의 본의가

---

9) 앞의 책, 권3,「醫藥」,61 쪽
　　"成均館洞有一女年四十七無子女. 問之卜人. 咸曰平生無子女. 頗信之. 今年四月腹大漲. 腹中有動物. 門之醫. 咸曰蟲毒也. 使女醫藥之. 女醫怕其有孕不藥. 有一醫善針. 術. 把尺銀針乘其動也而鍼之不得中. 謂蛇龜在腹內潛避其鋒. 逐亂刺之沒鍼. 鍼盡屈. 女不勝痛. 日夜呼號. 乞剖腹出蟲而死. 俄而. 流血滿褟. 男子落地. 呱呱. 渾體無傷. 吁. 卜醫之不可信如此. 天命所在人欲殺而不得焉. 豈不異哉. 時萬曆乙卯也."

어디에 있는가를 파악하는 것이 중요하다. 학생들에게 이 작품을 읽힌 후 우선 작자가 비판하려는 대상이 누구인가를 말해보도록 하자. 겉으로 드러난 대상은 분명 〈의원〉과 〈점쟁이〉, 〈여자〉이지만 〈우언〉이 갖고 있는 우의적 성격을 강조하여 그 외연을 확대해 보도록 하면 자연스럽게 그 대상이 백성들의 삶을 도탄으로 몰아가는 당대의 위정자로 확대될 수 있을 것이다. 학생들에게 다음과 같은 과제를 수행하도록 해보자.

(a)표면적으로 작자가 비판하는 대상은 누구인가.

(b)오늘날에도 이와 유사한 사건이 일어난 것이 있는지 조사해 보자.

(c)점쟁이와 의원을 무능한 위정자로, 또 이들의 처방과 시술을 위정자들의 잘못된 정책 집행으로 바꾸어 생각해 보고 이에 해당하는 역사적 사건 하나를 찾아보자.

학생들을 5-6개의 모듬으로 나누고 각 모듬 별로 역할을 분담하여 위의 과제를 수행하게 하면 〈우언〉의 성격과 특징을 보다 명확하게 인식할 수 있게 될 것이다.

2. 現實政治에 대한 비판

사회와 인생에 관한 莊子의 관점은 매우 비관적이다. 그는 「齊物論」에서 "한번 그 완성된 몸을 받으면 변화하지 않고서 죽을 때를 기다린다. 외물과 접촉하여 서로 마찰을 일으키고 그 행위를 다하는 것이 말을 달리듯 하여 멈출 줄 모르니 또한 슬프지 않겠는가! 종신토록 애쓰지만 어떤 성공도 보지 못하고 피곤하여 지쳐서 그 돌아갈 곳을 알지 못하니 슬프지 않을 수 있겠는가! 사람의 몸이 죽어가면 그 마음도 그것에 따라서 죽어가니 큰 슬픔이라고 하지 않을 수 있겠는가!』[10]라고 탄식하고 있다.

---

10) 金學主 譯, 『莊子』, 「齊物論」 (을유문화사, 1992), 37쪽
　　一受其成形, 不亡以待盡, 與物相刃相靡, 其行盡如馳, 而莫之能止, 不亦悲乎. 終身役役而不見其成功, 茶然疲役而不知其所歸, 可不哀邪. 人謂之不死, 奚益其形化 其心與之然 可不謂大哀乎.

　　사람이 한번 태어나면 곧 투쟁의 소용돌이 속으로 빠져 들어가서 고통스런 마찰이 죽을 때까지 그치지 않으니 이것이 슬퍼할 만한 것의 하나이고, 종생토록 노력하지만 성공을 보지 못하여 정신은 피로하고 지쳐서 돌아갈 곳을 모르니 이것이 슬퍼할 만한 것의 둘이며, 신체의 변화가 다하면 정신 역시 그것을 따라 없어지니 이것이 슬퍼할 만한 것의 셋이라는 것이다. 또 인생은 비애를 품을 만한 것인데도 인생의 비애를 알 수 없는 것이 더 큰 비애라는 것으로서 이것은 인생에 대한 莊子의 비탄이다. 이와 같은 莊子의 비관주의는 통치자에 대한 그의 철저한 절망에서 비롯되었다. 莊子는 "지금의 시대에는 겨우 형벌을 면할 수 있다"11)고 하여 어리석은 임금과 어지러운 신하가 있는 세상에서는 옳고 그름이 분분하여 혼란스럽고 뜻 있는 선비나 어진 사람이 큰 재질을 펼칠 수가 없으며 겨우 형벌이나 면할 수 있을 뿐이라고 생각하였다. 이와 같은 시대 상황 속에서 莊子는 오직 安命無爲의 삶을 통해서만 생을 온전히 하고 우환을 피할 수 있다고 믿었다.

　　불합리한 현실이 개선될 가능성은 전혀 없었기 때문에 莊子는 인생·군주·국가를 믿지 않고 극도의 비관 속으로 빠져들었다. 屈原은 군주에게 절망하여 汨羅水에 빠져 죽고, 陶淵明은 명리를 싫어하여 전원 생활에 도취하였으나 莊子는 그들과 달리 더러운 세상의 속박을 벗어버리고 순 정신적인 자유를 추구하고자 했는데 이것이 곧 莊子의 逍遙論이다. 莊子의 소요는 편안하고 한가롭게 자적한다는 의미를 지니지만 꼭 신체의 소요와 배회만을 의미하지는 않는다. 莊子가 無何有之鄕에서 소요한다는 것은 정신적인 상상 속에서의 소요를 의미하며, 마음이 노니는 것 즉 遊心이다.

　　莊子는 이처럼 객관적인 필연성을 인정하는 것을 전제로 해서 정신의 자유를 추구하는데 정신적 자유를 추구하는 근본 원인은 객관적 필연성에 대해서 어찌할 수가 없기 때문이고 정신적 자유를 추구하는 근본 목적은 숙명적인 현실을 벗어나려는 것이다.

---

11) 앞의 책, 「人間世」, 79쪽. "方今之時 僅免刑焉."

앞에서 말한 바와 같이 莊子와 柳夢寅의 시대는 무려 이천 여 년의 시간적 거리가 있음에도 불구하고 정치적 혼란과 무질서가 극에 달했던 시대라는 공통점을 지니고 있다. 莊子는 이와 같은 난세 속에서 한편으로는 현실을 부정하고 통치자의 흉포하고 잔학한 본성을 폭로하면서 또 한편으로는 安命哲學을 애써 고취하고 자신의 사상 속에서 위안을 찾는 데로 후퇴한다. 이것은 곧 莊子哲學이 근본적으로 현실 비판과 같은 적극적인 측면과, 현실 도피의 소극적 측면을 지니고 있음을 의미하는데 柳夢寅의 경우에도 이는 마찬가지이다. 柳夢寅은 자신의 힘으로는 통치 계급의 잔혹하고 탐욕스러운 본성을 변화시킬 수 없다는 일종의 필연성을 뼈저리게 느꼈으며, 스스로 벼슬자리에서 물러나 여러 곳을 전전하면서 物外에서 노닐고자 하였다. 따라서 『於于野譚』의 저술은 이와 같은 柳夢寅의 정신사적 맥락 위에서 이해되어야 한다. 『於于野譚』 곳곳에서 볼 수 있는 奇聞異談이나 諧謔, 淫談 등은 곧 그가 애써 현실로부터 벗어나고자 하는 安命逍遙의 소극적인 삶의 일면을 보여주는 것이며, 또 한편으로 적극적으로 현실을 개탄하고 풍자한 것은 그가 여전히 현실에 강한 애착을 지니고 있음을 보여주는 적극적 삶의 한 표현인 것이다. 그는 『於于野譚』을 통해 적극적으로 현실로부터 벗어나고자 하였으면서도 또한 자신의 진보적이고 비판적인 사상을 적극 피력하여 무능한 위정자들을 질타하고 잘못된 정치 현실을 바로잡고자 하였다.

① 예로부터 國婚으로 인해 화를 입은 자가 헤아릴 수 없이 많다. 이는 들쥐가 같은 무리와 혼인하는 것만 같지 못하니 어째서 그러한가? 옛날에 들쥐가 자식을 낳아 애지중지하였는데 장차 혼처를 구하고자 했다. 그 아비와 어미가 함께 의논하여 이르기를 "우리가 자식을 낳아 애지중지 키웠으니 마땅히 명문거족을 택해 혼인시켜야 하지 않겠는가. 명문거족으로는 하늘만한 것이 없으니 마땅히 하늘과 혼사를 맺어야 하겠다." 하고는 하늘에게 "내가 자식을 낳아 애지중지 키웠는데 마땅히 명문거족을 택해 혼인하고자 합니다. 생각하건대 명문거족으로는 그대만한 이가 없으니 내 자식과 혼인해 주기를 청합니다."하고 말했다. 이에 하늘이 말하기를 "내 능히 대지를 덮고 만물을 낳아 자

라게 하지만 마음대로 주관하지 못하는 것이 있으니 오직 구름만은 능히 나를 가릴 수가 있으므로 나는 그것만 못하다."하고 사양했다. 들쥐가 이번에는 구름에게 가서 "내가 자식을 낳아 애지중지 키웠는데 마땅히 명문거족을 택해 혼인하고자 합니다. 생각하건대 명문거족으로 그대만한 이가 없으니 내 자식과 혼인해 주기를 청합니다."라고 말했다. 구름은 "내 능히 천지를 막고 해와 달을 가려 산하 만물을 어둡게 할 수 있으나 오직 바람만은 나를 흩어지게 할 수 있으니 나는 바람만은 못합니다."하고 말했다. 들쥐가 이번에는 바람에게 가서 말했다. "내가 자식을 낳아 애지중지 키웠는데 마땅히 명문거족을 택해 혼인하고자 합니다. 생각하건대 명문거족으로는 그대만한 이가 없으니 내 자식과 혼인해 주기를 청합니다." 그러자 바람이 말하기를 "내 능히 큰 나무를 부러뜨리고 큰집을 날리며, 산과 바다를 뒤흔들어 이르는 곳마다 모든 것을 숙연하게 할 수 있으나 오직 과천 교외의 돌미륵만은 넘어뜨리지 못하니 나는 과천의 돌미륵만은 못합니다."했다. 들쥐가 다시 과천의 돌미륵에게 가서 "내가 자식을 낳아 애지중지 키웠는데 마땅히 명문거족을 택해 혼인하고자 합니다. 생각하건대 명문거족으로는 그대만한 이가 없으니 내 자식과 혼인해 주기를 청합니다."하고 말하자 돌미륵은 "내 들판에 우뚝 서서 천백 년이 지나도록 아무도 나를 뽑지 못했으나 오직 들쥐가 나의 밑둥을 파고들면 넘어지게 되니 나는 들쥐만은 못합니다."라고 했다. 이에 들쥐가 탄식하며 말하기를

"천하의 명문거족이 우리 족속만한 것이 없구나." 하고 마침내 같은 들쥐와 더불어 혼인 시켰다.

대저 사람이 자기 분수를 모르고 감히 국혼을 하여 사치와 향락을 누리다가 마침내는 그 화를 입으니 이는 곧 저 들쥐의 혼인만도 못한 것이 아니겠는가.12)

---

12) 유몽인 『어우야담』권1, 「婚姻」, 27쪽.
　　"古來因國婚, 嫁禍者不可勝記, 是不如野鼠之婚于同類也.何者,昔有野鼠,生子篤愛, 將求婚, 鼠翁與鼠姑, 相與言曰, 吾生此子, 愛之如此, 重之如此,必擇無雙巨族, 結婚焉. 族之無雙者, 莫如天, 吾當與天爲婚, 謂天曰, 吾生一子, 愛之重之. 必擇無雙巨族, 爲婚, 思無雙巨族, 莫天之若, 請與子婚. 天曰, 吾能覆冒大地, 萬物生焉, 群生育焉, 莫吾之尙, 惟雲也, 能蔽吾,吾不 如雲. 野鼠就雲, 而謂之曰, 吾生一子, 愛之重之. 必擇無雙巨族, 爲婚, 思無雙巨族, 莫天之若, 請與子婚. 雲曰吾能充塞天地, 蒙日月, 山河晦焉, 萬物昏焉, 惟風也, 能散吾, 吾不如風也. 野鼠就風, 而謂之曰, 吾生一子, 愛之重之. 必擇無雙巨族, 爲婚, 思無雙巨族, 莫天之若, 請與子婚. 風曰, 吾能折大木, 蜚大屋, 簸山揚海, 所向肅然, 而惟果川之郊石彌勒, 不能倒之, 吾不若果川石彌勒. 野鼠就果川石彌勒, 而謂之曰, 吾生一子, 愛之重之. 必擇無雙巨族, 爲婚, 思無雙巨族, 莫天之若, 請與子婚. 石彌勒曰, 吾屹立中野,

② 가정-융경(1522-1566) 때 한양의 俠士 김이(金儞)는 한미한 집안 사람이었다. 당시 그는 장안의 화류계를 주름잡는 인물로 한 번 그를 만난 기생은 평생토록 흠모하여 칭송하지 않은 이가 없었다. 하루는 장안의 명기들이 모여 의논하기를,

"우리 모두 사랑하는 사람이 있음에도 일찍이 함께 얼굴을 대한 적이 없으니 어찌 화류계의 부끄러운 일이 아니겠는가? 남산 상산대에 성대한 잔치를 베풀고 각자 사랑하는 사람과 함께 술을 마시며 마음껏 즐김이 어떠한가?"

하므로 기생들이 모두 승낙하였다.

잔칫날이 되어 상산대에 음식을 마련하고 휘장을 드리운 채 기다리자 십여 명의 사내들이 도착했는데 화려한 의복과 수려한 용모가 대개 한양의 젊은 한량들이었다. 나머지 오십 여명의 기생들은 짝이 없이 소나무 숲에서 아래쪽을 엿보고 있었는데 해가 질 무렵이 되어서야 다 떨어진 갓에 허름한 도포를 입은 한 사내가 천천히 올라왔다. 이에 오십 여 기생들이 다투어 금잔에 술을 부어 올리니, 젊은 한량들은 크게 상심하여 소변을 핑계로 모두 달아나고 말았다. 이로부터 장안의 한량들이 상산대나 양잠두, 탕춘대, 북청문, 삼청동, 삼강선상의 연회에 이름난 기생을 부르고자 할 때는 한결같이 김이의 수결(手決)을 받았는데, 그럴 때마다 장안의 명기들이 다투어 몰려들곤 했다. 이는 사인소나 장악원, 예조의 힘으로도 할 수 없는 일이었다.

김 이가 죽을 때 여러 한량들이 그 비법을 배우기를 청하므로 좌우의 식솔들을 물리친 후 나지막한 소리로 이르기를,

"종처럼 굴어라!"

하고는 곧 숨을 거두었다.

아! 어찌 한량들에게만 이 같은 비법이 필요한 것이겠는가? 이른바 명사(名士)가 되기 위해서도 이 같은 처세는 꼭 필요한 법이다.13)

經千百才, 確乎不拔, 而惟野鼠掘土于吾趾則, 吾顚矣, 吾不若野鼠. 於是, 野鼠瞿然, 自反而嘆曰, 天下之無雙巨族, 莫吾族之若也. 遂與野鼠婚, 夫人也,·不自之分, 敢與國婚, 佟然自享, 卒嫁其禍, 曾不野鼠之若乎."

13) 앞의 책, 권1「娼妓」, 49쪽

"嘉隆間, 有漢陽俠士金儞者, 寒門人也. 擅長安花柳, 苟一場逢著, 無不以平生切愛稱.長安名妓相與言曰吾儕各有心上人. 曾不一相面, 豈非風流間一大欠也. 請於南山上山臺盛其高宴, 各邀一人觴之以盡歡. 群妓齊應曰諾, 至是日, 供帳上山臺以候之, 有十餘人至, 華衣美飾容貌秀麗, 率(蓋?)長安年少名俠也. 其餘五十餘妓皆無主, 伺諸松林間, 日已晚未擧案, 日過哺, 有一人冠露頂葛衣出背草鞋穿踵緩緩雁(?)而來. 五十餘妓各進金觴而送酌. 華衣美飾之俠, 相顧自喪, 皆托小便而亡去矣. 自是長安之俠, 凡有上山臺之宴, 兩蚕頭之宴, 蕩

③ 보성 바다 가운데 작은 섬이 있는데, 쥐가 많아서 〈쥐섬(鼠島)〉이라고 부른다. 어떤 사람이 서너 마리의 고양이를 가지고 가 풀어놓았더니 크기가 고양이만한 쥐들이 한꺼번에 달려들어 물어뜯었다. 고양이들이 처음에는 단호하게 맞서 물러서지 않고 싸웠으나 끝내 이기지 못하고 달아났는데 숨을 구멍을 찾지 못하고 반나절이 못 되어 다 죽었다. 아! 쥐가 두려워하는 것으로는 고양이만한 것이 없다. 고양이가 한 번 소리를 내면 뭇 쥐들이 자지러지는 것이 마땅한 이치인데도 저쪽이 많고 이쪽이 적음에 이르르는 끝내 잡히는 신세가 되고 만다. 그러니 군자가 소인을 공박함에는 반드시 먼저 그 무리의 많고 적음을 살핀 후이라야 가능하지 않겠는가!14)

글 ①은 國婚을 통한 외척들의 발호를 풍자한 작품이다. 처음과 끝의 작자의 논평부분을 제외하면 이 작품은 인간의 도에 지나친 과욕을 경계한 전형적인 민담에 해당한다. 민담은 교훈적 요소를 갖고 있기는 하지만 특정한 시대의 특정한 인물이나 계층을 비난하거나 풍자하는 것이라고는 볼 수 없다. 柳夢寅은 이와 같은 일반적이고 상투적인 민담을 왕권을 등에 업고 跋扈하던 당시의 일부 외척 세력들을 풍자한 寓言으로 전환시킴으로써 당시의 그릇된 정치 현실에 경종을 울리고 있다.

글 ②는『어우야담』권1,「娼妓」편에 수록되어있다. 이 글이 텍스트로 삼고 있는 만종재본『어우야담』은 유몽인의 후손 유재한이 편집, 간행한 것으로 저자의 의도와는 전혀 다른 편차와 수록 순서로 재편집되었다. 이 이야기 역시 외형상으로는 〈娼妓〉와 관련된 것으로 보이지만 실상은 그렇지 않다. 협객 김이가 창기들에게 존경받을 수 있었던 까닭은 무엇보다도 그들을 상전처럼 떠받들었던 까닭이다. 저자는 이 문제를 자연스럽게 당시의 정치 현실로 옮겨가서 이른 바 당대의 〈名士〉라고 하는 자

春臺之宴, 北淸門之宴, 三淸洞之宴, 三江船上宴, 欲邀名妓者, 一受金儞署押, 則滿城紅粉無不奔波而往. 雖舍人所掌樂院禮曹之風稜, 莫敢下手於其間. 儞將死, 衆俠請傳其術, 辟左右密語曰如奴, 言訖而死. 吁, 豈獨爲俠而有其術乎, 爲名士亦行是術."

14) 앞의 책, 권5「相克」, 26쪽 "寶城海中有少島, 多鼠名之曰鼠島. 好事者將數猫放之島中, 群鼠大如猫者, 相聚而咬之. 猫始斷然角逐, 卒不勝竄匿, 不得穴不崇祖而皆斃. 吁, 鼠之所畏者莫如猫, 猫發一聲, 衆鼠俱廢理之常也. 及其彼衆此寡, 卒爲所擒. 君子之攻少人也, 必先審其衆寡而後可也夫."

들의 부끄러운 행태를 준엄히 꾸짖고 있다. 출세를 위해서라면 상대의 피고름을 빨고 치질을 핥는 일도 서슴지 않는 〈연옹지치(吮癰舐痔)〉의 세태를 신랄하게 비판하고 있는 것이다. 앞에서 소개한 중국의 우언 학자 천푸칭은 〈우언〉의 두 요소를 〈寓體〉와 〈本體〉로 나누고 있는데 학생들에게 이 글을 읽은 후 다음과 같은 과제를 수행하도록 해보자.

(a) 이 글을 〈우체〉와 〈본체〉로 나누어 보자

(b) 〈본체〉를 통해 작자가 구체적으로 비판하려는 대상이 누구인지 말해보자.

〈우언〉 속의 이야기는 반드시 황당함을 지녀야 한다. 글 ② 역시 일반적인 상식에서 벗어나는 이야기를 〈우체〉로 삼고 있다. 쥐가 고양이를 두려워 하는 것이 일반적인 상식이라면 고양이가 쥐를 두려워하는 것은 상식의 파괴요 가치의 전도라 할 수 있다. 작자는 쥐와 고양이를 각각 소인과 군자에 비유하고 있는데 핵심은 바로 그 수의 많고 적음이다. 소인배들이 횡행하는 세상에서 결코 군자의 도는 실행될 수 없으며 그런 세상에서는 단지 형벌이나 면하면 다행인 것이다. 이 글은 소인배가 횡행하는 당시의 불합리한 정치 현실에 대한 풍자인 동시에 그와 같은 난세를 슬기롭게 헤쳐나가는 지혜를 제시하고 있다. 학생들에게 다음과 같은 과제를 수행하도록 해보자.

(a)쥐와 고양이가 비유하는 대상은 누구인가?

(b)쥐가 득세하는 〈쥐섬〉은 어떤 사회를 상징하는가?

(c)쥐가 득세하는 세상에서 고양이는 어떻게 처신해야 하는가?

3. 人材登用의 矛盾 批判

① 李之菡은 之蕃의 아우인데 또한 기이한 선비이다. 베옷에 짚신을 신고 다녔으며, 혹 사대부 사이에서 놀았으나 방약 무인하였으며 여러 가지 잡술에 능통했다. 일엽 편주의 네 귀퉁이에 박을 매달고 세 번이나 濟州道에 들어갔으면서도 풍랑의 근심이 없었다. 손수 장사치가 되어 백성을 가르치고 빈손으

로 생을 영위하여 몇 년 사이에 수 만 금을 모았다. 모두 가난한 자들에게 나누어주고 소매를 떨치며 가버렸다. 섬에 들어가 박을 심으니 수 만 개의 열매가 열렸다. 모두 갈라서 바가지를 만들어 팔아 수 천 석의 곡식을 얻어 京江의 마포로 옮겼다. 강촌 사람들을 모아 흙을 쌓게하니 높이가 백 척이나 되어 그 위에 작은 집을 짓고 이름을 土亭이라 했다. 밤에는 집 아래에서 자고 낮에는 옥상에 올라가 있더니 오래지않아 버리고 돌아갔다. 또한 솥 단지를 지고 다니는 것을 싫어하여 철관을 만들어 밥과 세수를 하였으며, 그것을 쓰고 두루 팔도를 돌아다녔는데 말을 타지 않고 걸어서 다녔다. 스스로 말하기를 "천한 짓을 하고 다녀도 구타당하지 않는다"하고 시험삼아 하루는 民家에 들어가서 夫婦의 옆에 앉으니 주인이 크게 화를 내어 구타하고자 하였으나 늙었다 하여 그냥 내쫓았다. 또 볼기맞는 형벌을 받으려고 일부러 官人의 앞길을 범했는데 관인이 노해서 볼기를 치려고 하다가 자세히 보고는 그 형상을 이상히 여겨 그치고 말았다. 그 부모의 장지가 相葬山이어서 마땅히 자손 중에 두 재상이 나오겠으나 둘째 아들은 불길하다 하였는데 둘째 아들이 곧 之菡이었다. 之菡이 스스로 그 재앙을 당하여 山海와 山甫는 벼슬이 일품에 이르렀으나 之菡의 자손들은 드러나지 않았다.

　일찍이 抱川縣監이 되니 베옷에 짚신을 신고 포립을 쓰고 관아에 나갔다. 관인이 음식을 올리자 자세히 보고는 먹지 않으면서 말하기를 "먹을 것이 없노라"했다. 아전이 뜰에 꿇어앉아 말했다. "고을에 土産이 없어 음식에 별미가 없으니 청컨대 고쳐 올리겠습니다." 이윽고 진수성찬이 올라왔는데 또한 자세히 보다가 먹을 것이 없다고 했다. 아전이 무서워 떨면서 죄 주기를 청하니 지함은 "우리나라의 民生이 困苦한 것은 모두 음식의 무절제에서 오는 것이다. 나는 밥 먹는 데 쟁반 쓰는 것을 싫어하노라"고 하면서 下吏에게 명하여 오곡을 섞어 밥을 짓게 하여 밥 한 그릇과 나물국 한 그릇을 갓모에 담아 바치게 했다. 이튿날 고을의 品官이 와서 마른 나물로 죽을 써서 권하니 品官은 관을 숙이고 수저를 들어 잠깐 먹다가 이내 토하고 말았는데 之菡은 끝까지 다 먹었다. 오래지않아 벼슬을 버리고 돌아가니 고을 백성들이 모두 길을 막고 만류하였으나 얻지 못하였다.

　후에 牙山縣監이 되었는데 한 늙은 아전이 죄를 지었다. 之菡이 이르기를 "네 비록 늙었으나 마음은 어린아이로다" 하고 관을 벗기고 흰 머리털을 깎아 어린아이처럼 만들어 벼루를 들고 책상 앞에서 시중들게 했다. 이에 늙은 아전이 원한을 품고 몰래 蜈蚣汁을 술에 타서 바치니 之菡은 이를 마시고 죽었다. 이 때 그의 나이는 채 육십이 못 되었다.

李之菡은 유민들의 敝衣乞食을 슬퍼하여 굶주린 백성들을 위해 큰 굴을 파서 집을 만들고 이들에게 수공업을 가르쳤다. 사농공상을 막론하고 직접 가르치고 설명하여 각각 그 의식을 마련하게 하고 그 중에서 가장 무능한 자는 볏짚을 가져다가 짚신을 삼게 하여 친히 그 일을 가르치니 하루에 능히 열 켤레의 신을 만들어냈다. 짚신을 시장에 내다 팔아 하루의 공력으로 능히 한 말의 쌀을 얻으니 그 이득을 계산하여 옷을 만들었다. 불과 몇 달만에 의식을 풍족하게 갖추었으나 그 고역을 이기기 못하고 몰래 도망한 자들이 많았다. 이로써 보건대 民生이 굶주림을 면치 못하는 것은 그 게으름 때문이라 할 수 있으니 비록 늙고 병들어 아무 것도 할 수 없는 자라도 능히 짚신을 삼지 못하는 자는 없는 것이다. 之菡이 백성에게 보이고 본받도록 함이 이토록 절묘하였다.15)

② 潘碩枰은 재상가의 노비였다. 어려서 재상이 그 순박하고 영민함을 사랑하여 詩書를 가르쳤는데 재상의 아들과 나이가 같았다. 점점 성장하여 먼 곳의 자식 없는 집으로 보내 근본을 숨기고 학문에 힘쓰게 하며 주인집과는

---

15) 앞의 책, 권2「仙道」, 8쪽
"李之菡之蕃之弟也, 亦奇士也. 布衣草鞋蒻笠負而行, 或遊士大夫間, 傍若無人, 於雜術無所不通. 乘一葉片舟四隅繫瓢, 三入濟州, 無風浪之患. 手自爲商賈以教民, 赤手嬴生, 數年來積鉅萬, 盡散之貧民, 揮袂而去. 入海種匏, 結子數萬, 剖而爲瓢鬻, 穀幾至千石. 輸之京江之麻浦, 募江村人, 積土汚塗中, 高百尺, 築小室, 名土亭. 夜宿室下, 晝升屋上居之, 未幾棄之而歸. 又惡其負鼎而行, 爲鐵冠脫, 而炊飯洗而冠之, 周流八道, 不假乘而行. 自謂賤者之事無不窮通, 不被人毆打, 請嘗試之, 一日突入民家, 坐於夫婦之側, 主人大怒, 欲敺, 爲其老逐之. 又欲受笞臀之刑, 故犯官人前路, 官人怒而欲笞之, 熟視之異其狀, 而止之. 其父母之葬也相葬山, 子孫當出兩相, 而其季不吉, 季子卽其身也. 之菡强之自當其災, 山海山甫官至一品, 而至之菡之子, 凶而不顯. 嘗爲抱川縣監, 以布衣草鞋布笠, 上官, 官人進饌, 熟視而不下箸曰, 無所食. 吏跪于庭曰, 縣無土産, 盤羞無味, 請改之, 俄而, 陣佳羞而進, 又熟視之曰, 無所食, 吏震恐請罪, 之菡曰, 我國民生困苦, 皆坐食飮之無節, 吾惡夫食者之用盤. 命下吏雜五穀炊, 飯一器, 黑菜羹一器, 盛之, 以笠帽匣而進. 翌日邑中品官來, 爲作乾菜粥勸之, 品官低冠擧匙, 乍食吐而之菡盡食之, 未久去官而歸. 邑人攔道留之不得. 後爲牙山縣監, 有一老吏犯罪, 之菡曰, 汝雖老, 心則兒也. 令去冠, 辮白髮爲童, 使持硯陪案前, 老吏啣之,潛取蜈蚣汁調酒而進之, 之菡卒, 年未六十. 李之菡哀流民敝衣乞食, 爲飢民作巨竇以館之, 誨之以手業, 於士農工賈, 無不面諭耳提, 各資其衣食, 而其中最無能者, 與禾藁使作芒鞋, 親課其役, 一日能成十對, 鞋販之市, 一日之工無不辦一斗米, 推其利, 以成衣, 數月之間, 衣食俱足, 而不勝其苦, 多有不告而遁者. 以此觀之, 益見民生因惰而飢, 雖疲癃百無一能, 而未有不自爲芒鞋者, 之菡之示民近效, 妙矣哉."

내통하지 못하게 했다. 성년이 되어 국법을 무릅쓰고 과거에 응시했는데 아무도 아는 이가 없었다. 마침내 과거에 급제하여 재상의 반열에 오르니 성품이 恭謙하고 청렴 근면하여 나라의 충신이 되었다. 八道觀察使를 역임하고 그 지위가 二品에 이르렀다. 한편 주인집의 재상은 이미 죽고 그 자식은 궁핍하여 출타할 때에는 나귀도 없이 걸어다녔다. 潘碩枰이 길에서 그를 만날 때마다 아무리 진흙탕 길이라 하더라도 반드시 수레에서 내려 허리를 굽히고 예를 갖춰 절을 올렸는데 보는 사람들이 모두 괴상히 여겼다. 碩枰은 이에 임금에게 글을 올려 사실을 실토하고 자기의 작위를 삭탈하고 주인집 아들에게 관직을 줄 것을 청하였다. 이에 조정에서는 그 뜻을 의롭게 여겨 상을 내리고 나라의 법을 깨고 전과 같이 본직을 유지하도록 했으며 주인집의 아들에게도 벼슬을 내렸다.

高興 柳氏가 이르기를 우리나라는 땅이 좁아 인재가 나는 것이 中國의 천분의 일에도 미치지 못하는데 또한 箕子로부터 물려온 법률에 구속되어 노비에게는 벼슬길을 불허하였으니, 인재의 등용에 신분의 고하를 따지지 않음(立賢無方)은 삼대의 아름다운 법인데도 우리 나라에서는 그것이 더욱 막히고 완고하여 졌으니 사대부들의 소견이 좁고 시기함이 많기 때문이다. 반석평은 충성스럽고 의로운 인물이다. 법망을 피해 신분을 속이고 조정의 대관이 되었으므로 대개는 그 종적을 감추느라 겨를이 없을 터인데도 수레에서 내려 寒士에게 몸을 굽히고 또 조정에 이를 알려 스스로 신분을 드러냈으니 진실로 우리 동방의 듣기 어려운 일이다. 그 주인 집 재상은 편협하고 고지식한 무리가 아니니 그 어진 행동이야말로 진실로 사람의 아름다움을 이룬 것이라 하겠으며 또한 사람을 알아보는 자만이 능히 인재를 얻을 수 있다고 하겠다.16)

③ 宋生이 집에 종(奴)이 부족하여 외지에서 한 사람을 구했는데 나이가

---

16) 앞의 책, 권1, 「奴婢」,38쪽
　　"潘碩枰者, 宰相家奴也. 其穉也宰相愛其醇敏, 誨以詩書. 與子侄同齒. 及稍長, 乃與遐鄕無子者匿跡. 力學, 不令主家通. 及長. 冒法應擧, 人莫之知也. 遂登第躋宰列, 謙恭淸謹爲國藎臣, 歷八道觀察使, 位至三品. 主家宰相旣沒, 其子侄窮賤, 出無驢徒步於路, 碩枰每遇於路, 下軺車趨拜于泥塗道傍. 觀者多怪之, 碩枰乃上章吐實. 請?削已爵, 官主家子侄. 朝廷義之優奬之, 破邦憲就本職如右. 仍官其主家子. 高興柳氏曰, 我東方壤地偏小, 人才之出, 不能如中國之千一. 又局於箕子之遺典, 爲奴者不許仕路, 立賢無方, 三代盛法, 而至我國, 防閑益固, 士大夫之論隘且猜矣. 潘碩枰忠義人也. 脫身法網, 爲朝廷大官. 揆之常情, 掩匿蹤跡之不暇, 能下車屈身於寒士. 又聞之朝, 自暴其賤跡. 諒東方所罕有之令聞也. 其主家宰相, 非徒痛袪隘猜, 成人之美, 如其仁也. 亦可謂知人能得士矣."

17-18세였다. 잘하는 일이 무엇인가를 물으니 대답하기를,

"잘하는 것은 없고 다만 땔나무는 잘 합니다."

하였다.

송생이 집안 사람에게 새벽밥을 짓게 하여 나무하러 보내려고 했더니 음식을 보고도 먹지 않으므로 그 까닭을 물으니 대답하기를,

"저는 한 번 먹을 때 한 말의 밥을 먹습니다."

하였다.

송생이 장하게 여겨 한 말의 밥을 짓고 한 동이의 국을 끓여 수저를 갖추어 주었다. 종은 수저를 내던지고 사발을 숟가락 삼아 한 입에 다 먹어 치웠다. 새끼줄을 달라고 하여 한 사리를 찾아 주었더니 굵은 것으로 오륙십 사리를 달라고 하므로 인근 마을의 것들을 모두 모아 주었다. 종은 곧장 성밖의 산으로 올라가 두 손으로 아름드리 나무를 뿌리째 뽑아냈는데 그 모습이 마치 파를 캐는 것 같았다. 나무가 산처럼 쌓이자 굵은 새끼줄로 묶어 짊어지고 왔는데 성문이 좁아 한꺼번에 들여오지 못하고 밖에다 쌓은 다음 집으로 운반하니 골목이 좁아 행인들이 지나기 어려웠다. 고관대작들의 수레도 길을 물리치지 못하고 고삐를 돌릴 수밖에 없었다. 이에 송생이 그 처에게 말하기를,

"이 자는 능력이 비록 출중하나 먹이기가 어렵고 다스리기는 더욱 어렵다."

하고는 제 가고 싶은 곳으로 가도록 했다.17)

④ 승려 천연(天然)의 나이는 80인데 어느 날 송화현감을 알현하였다. 그때 현감은 새로 준마를 얻었으나 아직 길들이지 않아서 사람을 보면 발길질을 하고 물어뜯기를 몹시 심하게 하였다. 하는 수 없이 마구간에 넣고 사방에 목책을 둘러 우리를 만들고 사람 허벅지만한 새끼줄로 단단히 얽어놓았는데 목책 사이로 여물과 콩깍지를 던져줄 때마다 눈을 부릅뜨고 콧김을 불어대므로 사람들이 두려워 감히 다가가지 못했다. 천연이 이를 보고 감탄하여 말하기를,

---

17) 앞의 책 권3, 「衣食」, 50쪽. "有宋生者乏家僮. 於外方得一奴子. 年十七八. 問何所能. 對曰無所能只能採薪. 命家人晨炊. 使之往樵. 奴對食不食問其故. 曰吾能一食一斗飯. 宋生壯之. 命炊一斗飯. 羹一盆具匙箸與之. 奴投匙箸取一椀爲匙. 一食而盡之. 奴求繩索. 覓一綯與之. 請大索五六十綯. 聚諸隣里而與之. 奴出城上山. 手拔大木根幹. 皆左右拔之如採春葱. 積之如邱山. 束以五六十大索負之而來. 城門窄積之城外. 輸之家. 街衢甚隘行人不得通. 高官大宰戒前卒無得辟路回轡而去. 宋生與其妻言此奴得力雖多. 餉之難制之尤難. 使之任其所之."

"이는 준마인데 나약하게 만들어서 끝내 그 뛰어난 재주를 펼치게 하지 못할까 안타깝습니다. 소승이 비록 늙었으나 한 번 길들여보고자 하니, 잠깐이면 될 것입니다."

하고는 재갈만 물린 채 목책을 뽑고 새끼줄을 푼 다음 긴 막대를 가져오라고 하였다. 한 손에 쥘만한 것을 가져다주니 물리치므로 다시 아름드리 크기의 막대를 가져다주었더니 우렁차게 고함을 지르며 말을 끌고 뜰로 나갔다. 뜰에 나서자 말은 포효하기를 호랑이가 날뛰고 용이 솟구치는 것처럼 했는데, 천연은 곧장 말 등에 올라 탄 후 고개를 숙여 재갈마저 벗겨버렸다. 말은 사정없이 날뛰며 허공으로 솟구치기도 하고 왼쪽으로 눕혔다가 오른쪽으로 구르며 천연이 등에 붙어있지 못하도록 했으나, 천연은 양 무릎으로 말의 허리를 꼭 낀 채, 구르고 뛰는 것을 따라 끝내 떨어지지 않았다. 달리는 대로 내버려두니 험지와 평지, 덤불과 습지의 깊고 옅음을 가리지 않고 달리기를 네다섯 차례 한 후에야 말은 비로소 온 몸을 부르르 떨고 비오듯 땀을 흘리며 높은 곳을 오르거나 낮은 곳을 내려옴에 부리는 대로 움직였다. 다시 제자리로 돌아오니 그야말로 잠깐 동안에 일어난 일이었다. 이후로는 안장을 얹고 채찍질을 하며 어린아이에게 끌도록 해도 묵묵히 복종할 뿐 조금도 거역하는 뜻이 없이 끝내 질풍처럼 빠른 준마가 되었다.[18]

글 ①은 역사상 실존 인물인 土亭 李之菡(1517-1578)[19]의 일화를

---

18) 앞의 책, 권3「射御」, 56쪽. "僧天然年八十謁松禾縣監, 縣監新得駿馬未馴, 見人便立蹄嚙殊甚. 置之廄間, 四面樹柵爲閑, 用大索如人股者, 左右維繫, 從柵隙投蒭擲豆, 輒隅目吹鼻, 衆懼莫敢近. 天然一見歎賞曰, 此馬駿, 甚惜乎廝養懦怯, 終使逸才未展. 貧道雖耗氂, 請爲公馴之, 不出寸晷間可乎? 乃拔去列柵解大索, 只存御勒. 求大杖, 或以盈把者與之, 却之, 與盈拱者始受之. 遂大吼提其杖, 把御勒牽出中庭, 馬乃咆哮如虎躍龍騰. 天然一踊而登, 仍復俯脫其御勒. 馬跋前聳後, 超踔三尋, 左臥右輾, 使人不着於背. 天然猶兩膝挾其脇腰, 隨所轉仄, 終不離背上, 恣其馳驟, 不擇險夷榛莽, 水澤深淺, 遍大坰而四五匝, 馬始戰掉震越流汗高高下下, 唯所指使, 乃歸之舊廄下, 日未移晷. 自此加鞍施鞭, 使童子牽之, 猶低首怗耳, 莫敢忤視, 終爲追風之駿乘焉."

19) 中宗 - 宣祖 연간의 異人. 자는 馨中, 호는 土亭, 시호는 文康, 本貫은 韓山, 牧隱 李穡의 후손, 縣令 穉의 아들. 어려서 아버지를 여의고 형 之蕃에게 글을 배우고 뒤에 花潭 徐敬德에게 受學했다. 諸家雜術에 모두 능통하였으며 1573년(宣祖 6년) 卓行으로 추천되어 6품 벼슬에 임명되었고 抱川 縣監을 거쳐 牙山 縣監으로 죽었다. 괴상한 거동을 잘하고 奇智·豫言·術數에 관한 일화가 많으며, 李珥와 친하여 性理學을 배우라는 권고를 받았으나 욕심이 많아 배울 수 없다고 했다 한다. 1713년(肅宗 39년) 吏曹判書를 추증하고 시호를 내렸다.

소재로 爲政者의 참된 자세가 무엇인지를 역설하면서, 동시에 그와 같은 인재가 쓰이지 못하고 사장되는 현실을 개탄한 寓言이다. 따라서 이 작품의 초점은 土亭 李之菡이라는 한 개인의 기행에 있는 것이 아니라, 내우 외환의 시대 상황 속에서 가난과 굶주림에 시달리는 백성들을 위해 위정자로서 해야 할 일은 과연 무엇인가 하는 문제에 대한 물음과 해답에 있다. 土亭은 사대부의 허례허식을 벗어 던지고 직접 백성들의 생활 속으로 뛰어들어 몸소 체험함으로써 그 실상을 파악하고자 하였다. 따라서 그는 촌가의 안방에도 뛰어 들어가 보고 관청의 형벌도 직접 체험해 보고자 한다. 백성들의 어려움을 직접 눈으로 보고 귀로 들으면서 그들의 실상을 파악하는 것이야말로 위정자로서 지녀야할 기본적인 덕목이기 때문이다.

土亭은 이처럼 백성들의 비참한 삶의 실상을 파악한 후에 스스로 근검절약하는 생활태도를 보이면서 그들의 삶을 타개해 나갈 수 있는 구체적인 방안을 마련하고 이를 실천해 보인다. 柳夢寅은 이와 같은 土亭의 위정자로서의 실천적인 면모를 통해 도탄에 빠진 민생 문제는 뒷전으로 미룬 채 오히려 가렴주구를 일삼으며 자기의 잇속만을 챙기기에 급급하던 당시 위정자들의 한심한 작태를 준엄히 꾸짖음과 동시에 실천적 사대부로서의 한 전형을 제시하고자 한 것이다. 이처럼 柳夢寅이 제시한 실천적 사대부의 면모는 후에 다시 燕巖 朴趾源의 『熱河日記』에 許生이라는 인물로 형상화 될 수 있었을 것이다.

글 ②는 班常의 구분이 엄격했던 신분 질서 하에서 능력을 갖춘 인물이 그 신분의 굴레에 얽매여서 쓰이지 못하는 현실을 개탄하는 寓言이다. 柳夢寅은 箕子 이래의 낡은 법률이 아직도 남아 있어서 아무리 학식과 도량을 갖춘 인물일지라도 그 미천한 신분으로 인해 쓰이지 못하고 사장되는 당대 현실의 모순을 지적하면서 인재 등용의 참된 기준을 신분의 高下가 아닌 개인의 능력과 자질에 두어야함을 역설하고 있다.

글 ③은 한 분야의 전문가가 제대로 쓰이지 못한 채 사장되고 마는 현실을 풍자한 우언이다. 국가든 기업이든 그 조직의 흥망성쇠는 얼마나 많은 인재를 확보하느냐에 달려 있다고 할 수 있다. 각 분야의 우수한 전문가가 적재적소에서 자신의 재능을 마음껏 발휘하는 조직의 미래는 밝다. 그들이 이루어내는 성취는 가히 상상을 초월하며 이는 여러 가지 사례를 통해 증명할 수 있다. 그러나 제 아무리 뛰어난 인재라도 그들을 뒷받침할 수 있는 제반 여건이 갖추어지지 못하면 무용지물에 지나지 않는다. 작자의 고민은 바로 여기에 있다. 학생들에게 〈송생과 종〉의 관계를 정치, 경제, 사회 각 분야의 주종 관계로 치환해 보게 하고 그 같은 인재에 의해 국가나 기업의 운명이 뒤바뀐 사례를 들어보도록 한다면 학생들 스스로 인재의 중요성을 절감하는 좋은 글쓰기 수업이 될 수 있을 것이다. 학생들에게 과제로 제시할 수 있는 항목 몇 가지를 간추려보면 다음과 같다.

(a)〈송생과 종〉의 관계를 당시 정치 현실상의 주종 관계로 치환해 보자.

(b)송생이 종의 능력을 인정하면서도 보낼 수밖에 없었던 이유는 무엇인가?

(c)후진국이나 개발도상국의 석학들이 외국으로 빠져나가는 이유가 무엇인지 이 글 속에서 그 답을 찾아보자.

(d)인재가 적재적소에 쓰이는 사회와 그렇지 못한 사회의 차이는 무엇인가?

글④는 단번에 주제를 파악하기 어려울 만큼 다양한 우의를 지니고 있다. 우선 이 글은 중심인물을 누구로 보느냐에 따라 주제가 달라질 수 있다. 중심인물을 〈천연〉으로 본다면 이 이야기의 주제는 승려 〈천연〉의 뛰어난 鑑識力과 조련능력이 될 것이다. 반대로 〈말〉을 중심으로 보면 이는 〈知遇〉의 중요성을 강조한 이야기가 된다. 아무리 뛰어난 능력을 지니고 있어도 그것을 알아주는 사람이 없다면 그 재능은 사장될 수밖에 없다. 그런 측면에서 보면 이 글은 자신의 재능을 알아주는 사람을 만나는 일이 얼마나 중요한가를 강조하는 글이라 할 수 있다. 이상의 논의를 토대로 다음 몇 가지 과제를 학생들에게 제시하여 이 글 속에 내포된 다양한 寓意를 심도 있게 이해하도록 해보자.

(a)똑같은 말이 駿馬가 되기도 하고 駑馬가 되기도 하는 까닭은 무엇인가?

(b)천연이 말을 다루는 방식은 다른 사람들과 어떤 차이가 있는가?

(c)〈天然〉이라는 이름과 그의 교육방식은 어떤 관계가 있는가?

(d)뛰어난 인재를 육성하기 위한 교육 방식은 어떤 것이어야 하는가?

(e)〈천연 - 말〉의 관계를 〈스승 - 제자〉, 혹은 〈왕 - 신하〉의 관계로 바꿔보고 작자가 강조하려고 한 내용이 무엇인지 발표해보자.

4. 世態의 諷刺

① 京城 武士의 별장이 密城에 있었다. 星州와 尙州 간을 왕래할 때면 절친한 유생의 집을 찾아가서 여러 날을 묵곤 했었다. 그러다가 사오년간 京城의 가사 때문에 겨를이 없어 왕래하지 못했다. 萬曆 십년에 다시 密城으로 내려가게 되어 옛 친구를 찾아갔으나 그는 죽은 지 이미 삼 년이나 지나 있었다. 날이 이미 저물어 잠시 여장을 풀고 쉬고 있는데, 그 처가 안에서 이 소식을 듣고 한바탕 슬프게 통곡을 하더니 蒼頭[하인]에게 명하여 객실을 치우고 그곳에 머물도록 하였다. 무사는 옛 친구 생각에 밤이 깊도록 잠을 이루지 못했다. 객실 북쪽은 담장이 높고 그 너머에는 대나무가 빽빽이 들어차 숲을 이루었는데 그날 밤은 희미하게 달빛이 빛나고 있었다. 갑자기 숲 속에서 바스락거리는 소리가 나서 호랑이나 살쾡이가 아닌가 하고 몸을 숨기고 살펴보니, 한 중이 대나무 숲 속에서 머리를 내밀고 사방을 두리번거리다가 담장을 넘어 곧장 규방으로 향했다. 무사가 재빠른 걸음으로 뒤쫓아 가보니 규방 창문으로 불빛이 흘러나왔다. 손끝에 침을 묻혀 창호지를 뚫고 방안을 엿보니 한 젊은 여자가 요염하게 화장을 한 채 청동화로에 고기를 굽고 술을 데워서 중에게 먹이고 있었다. 중은 다 먹고 나자 등불 아래에서 마음대로 쾌락을 즐겼다. 이에 무사가 분기를 참지 못하고 화살을 뽑아 창구멍을 통해 쏘니 중은 외마디 비명을 지른 채 쓰러져 죽었다.

　무사는 활을 감추고 객실로 가서 거짓으로 잠자는 체 하면서 코를 드르릉 드르릉 골았다. 한참 후에 안으로부터 부인의 급박한 고성이 나고 온 집안 노비들이 이웃 사람들을 부르는 소리가 떠들썩했다. 무사가 놀라 일어나 물으니 "주인댁은 원래 사대부 가문으로 과부로 살고 있는데 간밤에 한 미친 중이 멧돼지처럼 달려들었으므로 부인이 칼을 뽑아 그 중을 죽이고 그 온 몸의 살을 발라냈습니다. 그리고는 스스로 손가락을 자르고 몸을 상해 죽고자 하였으나 집안사람들이 애써 구하여 그치게 했습니다."라고 하였다.

　무사는 속으로 웃음을 감추고 탄식하면서 그 집을 떠났다가 後年에 다시 그 마을을 지나가게 되었는데 마을에는 이미 節婦의 旌門이 세워져 있었다.[20]

　②삼년상을 당하여 거친 음식과 물만 먹는 것은 『禮經』에 있는 것인데, 우리나라의 喪禮는 한결같이 『禮經』을 따르고 있다. 예로부터 삼년상을 잘 치른 사람, 곧 죽만 먹어 파리하게 여윈 몸으로 죽지 않고 살아난 사람은 『三綱行實』〈孝子傳〉에 많이 기록되어 있다. 대개 효자의 슬퍼하는 마음은 그 지극한 정성에서 나오는 것이니, 그 애끓는 마음이 오장을 불태워 마치 큰 병을 앓는 사람과 같다. 음식을 끊고도 여러 달이 지나도록 죽지 않는 것은 대개 그 오장의 뜨거운 열 때문이다. 그러나 우리나라는 수륙이 서로 만나는 곳이어서 풍속이 귀천을 가리지 않고 모두다 어육으로서 배를 채우고, 京都는 팔방의 物産이 모이는 곳이어서 더욱 맛있는 음식이 많다. 백성들의 保養하는 사사로움은 중국 백성들도 여기에 미치지 못한다. 평상시에 호사스럽게 살다가 하루아침에 상을 당하여

---

20) 柳夢寅, 『於于野譚』 卷1「朋友」(景文社, 1977), 36쪽
　　"京城武士別業在密城, 往來星州尙州間, 尋所善儒生, 常多留宿, 而四五年不遑京家事, 不得往來. 萬曆十年, 復下密城, 於行路尋其友尙星間. 其友亡已三年矣. 日暮不得之他, 仍解裝暫歇, 其妻自內聞之, 哭聲極悲, 命蒼頭, 掃客室處之. 武士念舊疚心, 夜久不寐, 客室北墙垣甚峻, 階上有密竹成林, 時月色微明, 竹間勃萃有聲, 疑其有虎豹狸狌, 潛身而孰視之, 有僧露頂鬅鬠竹裡四顧, 俄而, 挺身而直入, 向閨閤. 武士輕步而隨, 見閨窓照燈, 唾指端鑽紙而窺之. 年少婦女淡粧濃艶, 方熾炭靑銅爐, 燒肉煖酒以餉僧. 僧喫訖, 於燈下恣其歡戲. 武士不勝其忿, 抽矢滿彎, 從窓穴射之, 僧乃吼而斃, 武士藏弓就寢, 陽作鼾睡聲. 良久聞自內婦人高聲疾呼, 擧家奴婢叫四隣而喧鬨. 武士驚起而問之, 則曰主家士族也而寡居, 夜間狂僧豕突, 寡婦拔劍殺其僧剮其百體, 仍自斷指毀形欲自殺, 家人力救而止之, 武士藏笑發歎而去. 越明年復過其閭, 已竪節婦旌門矣."

예를 쫓아 죽으로 연명하다가 삼 년을 넘기지 못하고 죽은 이가 한두 명이 아니다. 『三綱行實』을 자세히 살펴보니 우리나라 사람으로서 미음만 먹은 채 삼년상을 마친 사람은 대체로 산야의 궁핍한 선비들이 많았으며 京都人은 드물었다.

相國 洪暹은 노모의 나이가 구십이 넘었는지라 식사 때마다 맛있는 음식을 삼가면서 노모가 돌아가실 때를 미리 대비하는 것이라고 하였다. 그러나 막상 모친상을 당해서는 삼년상을 마친 후 곧 죽고 말았다. 柳克新은 夢鶴의 아들인데 상을 당하여 삼 년간 죽을 먹으면서 이르기를 "내 기력이 다른 사람의 갑절이고 또한 酒色에 손상되지도 않았으니 이 정도의 건강으로 終喪을 하지 못하면 천하에 누가 終喪할 이 있겠는가?" 하더니 상을 마친 후 병들고 수척하여 마침내 죽고 말았다. 우리 선친께서는 소상 전에는 나물이나 과일도 드시지 않다가 소상 후 몸이 이미 상한 후에야 비로소 나물을 드셨고, 내 생질 崔筍는 본래 허약한 사람인데, 모친상을 당하여 날마다 묽은 미음 두어 홉으로 배를 채우니 수 개 월 만에 병이 들어 구하지 못했다. 이로써 보면 누가 효자 아닌 사람 있겠는가마는 기운과 몸의 강약에 따라 그 생사가 나누어지니 相國 鄭光弼이 이르기를 "우리 집은 효자를 원치 않노라."하였다. 당시 사람들이 다 光弼의 말을 비루하다 하고 성현에게 죄를 지었다고 했다. 그러나 光弼의 말은 자식된 도리로서는 차마 듣기 거북한 일이지만, 부모 된 자로서는 또한 이와 같은 말이 나오지 않을 수 없는 것이다. 내 생질의 죽음을 눈으로 보고 자제들을 위하여 이를 기록한다.21)

---

21) 앞의 책 권1,「孝烈」, 56쪽
"三年之喪, 蔬食水飮者在禮經, 我國喪禮一遵禮文. 自古, 善居三年喪, 啜粥哀毀而不死, 多記三綱行實孝子傳. 盖孝子哀戚之情, 出於惛愊, 熬煎之火, 焚其五內, 如大病之人, 絶食飮累月而不死, 賴其熱而綿延也. 然而我國之地, 水陸所交會, 民俗無論貴賤, 悉以魚肉充腸, 而京都八方所都會, 尤多滋味, 齊民保養之私, 中國之民所不及. 平日奢華自奉, 而一朝執喪遵禮, 溢米以糊口, 未經三年而徑殞者多矣. 曆數三綱行實, 我國人粥飮終喪者, 率多山野窮養之士, 而京都人罕與焉. 相國洪暹, 老母年過九十, 暹每食罕御滋味曰, 有親臨年, 爲子者宜食淡以爲習, 及親亡, 終喪不久而沒. 柳克新夢鶴之子也, 其喪也, 啜粥三年曰, 吾氣力之壯, 兼他人, 又不傷酒色, 以吾之健, 不以禮終喪, 天下無以禮居喪者, 服垂闋

위의 두 글은 모두 엄격한 유교적 윤리 규범이 낳은 폐단을 풍자하고 있다. 글 ①은 과부의 改嫁가 엄격히 제한되었던 시대에 상대적으로 이념적 중압감을 더 느꼈을 사대부 家의 아녀자를 통해 인간의 본능과 유교적 규범 사이의 통합될 수 없는 양면성을 보여주고 있다. 따라서 통합될 수 없는 두 요소를 강요하는 왕조의 권위(旌門)는 戱畵化 될 수밖에 없다. 작자는 비록 양자 사이에서 중립적인 태도를 취하고 있는 것처럼 보이지만, 실제로는 이 작품을 통해 지나치게 형식화된 유교 윤리의 폐단을 지적하고 그 허구성을 폭로하고 있는 것이다. 이 작품을 연암 박지원의 「虎叱」과 연관시켜 살펴보는 것도 좋을 듯하다.

글 ② 역시 지나치게 비현실적인 유교 윤리의 폐단을 지적한 우언이다. 작자는 근본적으로 유교적 윤리 규범에 충실한 인물이었지만 그러나 三年喪과 같이 지극히 비현실적인 문제에 대해서만큼은 과감한 폐지를 주장하고 있다. 그러나 삼년상의 폐지를 드러내놓고 주장하는 것은 자칫 國基를 흔드는 문제가 될 수 있으므로 작자는 상국 정광필의 일화를 통해 이를 우회적으로 제기하고 있다. 이야말로 우언의 장점을 십분 활용한 작품이라 할 수 있다. 학생들에게 다음과 같은 과제를 제시해 보자.

(a)글①에서 작자가 표면적으로 비판하는 대상은 누구인가?
(b)글①에서 작자가 근본적으로 비판하는 대상은 무엇인가?
(c)글①에서 〈열녀문〉이 상징하는 바는 무엇인가?
(d)글②에서 삼년상이 폐지되어야 하는 근본적 이유는 무엇인가?
(e)글②를 읽고 당시에 삼년상이 폐지되지 못한 이유를 조사해보자.
(f)윗 글과 같은 글쓰기 방식의 장점은 무엇인가?

病瘠而卒. 吾先君, 小祥之前, 不進菜果, 小祥之後, 因毁始進菜. 吾甥崔衙, 氣弱人也. 處母喪, 日以淡糜數合充腸, 滿數三月, 病毁不救. 以此觀之, 孰非孝子也, 抑因氣體强弱而生分也. 鄭相國光弼曰, 吾家不願孝子. 時人多以爲光弼語俚得罪聖賢, 是爲人子者, 不忍聞, 而爲父母者, 不可無此言. 余則目見, 崔甥之死 .爲子弟有是記."

5. 人間의 貪慾과 利己에 대한 警戒

① 서울에 한 식탐 많은 사람이 일이 있어 南陽의 섬에 가게 되었다. 본래
부터 남양에 석화 젓이 많이 난다는 소문을 들었던 터라 먹어보고 싶었다. 마
침 주인의 대나무통에 석화 젓이 가득 담겨있는 것을 보고 석화 젓은 가지와
함께 먹는 것이 마땅하다고 여기고 가지를 찾았으나 얻지 못했다. 그러던 차
에 마루 밑에 부러진 가지가 있어서 석화 젓과 함께 맛있게 먹었다.

조금 있다가, 주인 집 노인이 가래가 많아서 오랫동안 쿨럭이다 가래를 뱉
으려고 대나무 통을 찾으니 보이지 않았다. 또 그 집 어린아이가 痢疾을 앓아
肛門이 빠졌는데 그 어미가 가지를 부러뜨려 그것을 밀어 넣었으나 어디로 갔
는지 보이지 않았다. 대개 나그네는 노인의 가래가 석화 젓인 줄 알고, 항문
을 밀어 넣는 데 쓰는 가지에 얹어 먹어버린 것이다.

슬프다! 세상 사람들이 이익과 영달을 구하고 식탐에 빠져 구차하게 구
는 것이 어찌 대나무 통을 찾고, 마루 밑의 가지를 먹는 일과 다르겠는가.22)

② 호남에 한 豪放한 선비가 있어 그 뜻과 도량이 넓고 호탕하였다. 생계
또한 넉넉하여서 호남에 있는 전답은 파종에만도 수 백 석의 곡식이 들고 가
을에 거두어들이는 곡식은 거의 수 천 석에 이르렀다. 살림이 풍족하여 호남
의 갑부가 되었는데, 스스로 탄식하기를 "百石을 파종할 수 있는 땅이 호남의
여러 곳에 있기는 하나 山河와 丘陵이 그 사이에 많이 자리잡고 있어 집 앞에
활짝 펼쳐진 전답의 장관을 볼 수 없으니 나의 생업의 초라함이 가히 부끄럽
다"하고는 전답을 모두 팔아서 백만의 布段을 마련하였다.

海西의 황주와 봉산 사이에 갈대밭이 많아서 수 백 리에 이르는데 제방을
높이 쌓고 방축을 넓게 하여 벼논을 만들면 그 이득이 백 배 천 배에 이를 것
이라는 말을 듣고 호남의 舊業을 버리고 海西로 들어가서 바다를 접한 곳에
붉은 누각을 세우고 천 마리의 살찐 황소를 부려 개간하였다. 돌멩이를 쌓고

---

22) 앞의 책, 권3, 「衣食」,50쪽
　　"京中有一饞夫, 因事如南陽海嶼, 素聞南陽多石花醢, 欲嘗之, 見主人竹筒中有石花醢滿焉,
　　以爲石花醢與茄子相宜, 求茄子而不得, 見廡下有茄子半折, 取筒中石花醢,加諸茄子而食
　　之. 俄而, 主家老嗽多咳喘, 良久咳嗽欲唾而失竹筒. 又有小兒患痢脫肛門, 母以半折茄子推
　　以納之, 至是求之而失其處. 盖客以老嗽咳唾爲石花醢, 可諸納脫茄子食之矣. 吁, 世之求利
　　達貪饞苟食者, 其奚異夫探竹筒而食茄子也歟."

흙을 북돋아 높은 방죽을 만들었는데 그 둘레가 수 백 리에 이르렀다. 바야흐로 한여름이 되니 靑雲이 들판에 가득하고 푸른 벼 포기가 허공에 요동하여 한눈에 그 끝 간 데를 볼 수 없을 지경이었다.

그러다가 장마가 여러 달 계속되어 가을 물이 산을 에워싸고 언덕을 넘어 달려드니 성난 파도가 단번에 제방을 무너뜨리고 붉은 물줄기가 그 위로 솟구쳐 들어와 온 들판의 곡식이 한꺼번에 성난 파도에 잠겨버렸다. 그 호탕함이 마치 망망 대해와 같으니 주인이 角巾에 羽扇을 들고 朱欄에 의지한 채 눈을 부릅뜨고 쳐다보다가 이윽고 껄껄 웃으며 말하기를 "내 비록 敗家는 했어도 천하 제일의 물난리를 구경하였다."하였다.

슬프다. 대저 사람이 크게 이익을 구하는 것만 좋아하고 止足의 이치를 알지 못하여 마침내는 湖南의 累萬金 자산을 옮겨 모두 소금밭을 만들고 말았으니, 속담에 "달리는 사슴 보고 품안의 토끼 놓친다"고 한 것은 바로 이를 두고 이르는 말이다.23)

글 ①과 ②는 利益과 榮達을 위해서라면 수단과 방법을 가리지 않고 덤벼드는 인간의 탐욕을 풍자한 우언이다. 특히 글 ②는 거대한 자연계의 질서를 거역하는 인간들의 행위가 얼마나 부질없고 허망한 것인가를 역설했던 莊子 사상의 일면이 잘 형상화된 寓言으로, 작자 柳夢寅의 사상적 깊이와 함께 문학적 재능을 잘 보여주는 작품이라 할 수 있을 것이다. 이 글을 읽은 후 학생들에게 다음과 같은 과제를 수행하도록 해보자.

(a)지나친 탐욕을 경계한 속담이나 고사를 찾아 발표해 보자.

(b)우리 생활에서 〈知足〉의 태도가 필요한 이유를 생각해보고 지나친 욕심 때문에 일을 그르친 경험을 발표해 보자.

---

23) 앞의 책, 권4, 「慾心」, 43쪽

"湖南有豪士某氏子者, 志度軒豁生計亦不貲, 有水田在湖南者, 落種幾累百石, 秋獲殆數千石. 家富爲南中之甲, 自歎百石播種之地, 散在湖中者, 山河丘陵多間之, 不得見彌漫門戶之壯, 吾生事零瑣可愧. 盡賣之備百萬布段, 聞海西黃鳳之間, 多蘆田極目數百里, 可以高堤廣堰作稻地, 其利百千之. 於是棄南湖舊業, 入海西, 臨大洋起朱樓, 駢千頭肥犍以墾之, 輦石捧土築高塘周回數百里. 方盛夏, 靑雲滿野綠芒搖空, 一望不見涯涘, 及淫霖連月, 秋水懷山駕陵而至, 礌濤空一決大堤, 赤浪轢出其上, 一野秔稌盡入亂雲之層濤, 浩蕩與大海同波. 主人角巾羽扇, 徒倚朱欄, 盱衡而大笑曰, 吾今敗家矣, 觀漲則天下無雙. 吁, 夫人好大求益不知止足, 終使湖南鉅萬之資, 輸爲一斥鹽場, 諺曰, 見奔鹿, 失獲兎, 此之謂也."

ⓒ자연 환경의 파괴가 인류에게 미치는 악영향을 생각해 보고 그 대책을 발표해보자.

Ⅳ. 結 論

지금까지 유몽인의 『於于野譚』을 중심으로 〈우언〉을 활용한 독서 지도 방안을 간략히 논해보았다. 〈우언〉은 무엇보다도 편폭이 짧고 재미가 있으며, 교훈성이 강하기 때문에 학교 수업시간을 이용한 독서 지도에 가장 적합한 양식이라고 할 수 있다. 또 비록 짧은 글이기는 하지만 그 속에는 다양하면서도 깊이 있는 내용이 감춰져 있기 때문에 많은 학생들이 함께 참여하여 각자의 견해를 발표하고 토론하기에 적합하다.

다양한 영상매체의 출현과 오락매체의 발전으로 독서를 기피하는 경향이 점점 확산되고 있는 현실에서 무작정 독서만이 살길이라고 강요하는 것은 설득력이 없다. 이제부터라도 학교에서 보다 체계적으로 책읽기의 즐거움과 방법을 가르쳐 생활화되도록 만들어야 한다. 물론 입시공부에 전념해야할 학생들이 한가하게 독서할 시간이 어디 있느냐는 반박도 있을 수 있겠지만 글의 내용을 분석하고 표현을 익히며 추리하고 발표하는 일 또한 입시에 많은 도움이 된다는 사실을 잊어서는 안 되겠다. 일주일에 일이십 분이라도 규칙적이고 체계적인 독서 수업이 이루어진다면 학생들의 어휘력은 물론이고 사고력, 추리력, 발표력 등이 몰라보게 향상될 것이며 무엇보다도 독서에 대한 자신감과 흥미감으로 인해 성인이 되어서도 계속 책을 가까이 하게 될 것이다.

〈우언〉은 단지 옛 사람들이나 썼던 이미 그 생명력이 다한 갈래가 아니다. 그것은 기원전 3천년 경의 〈수메르(Sumer)〉시대부터 창작되어 고대의 신화가 존재의 뿌리를 잃어버린 현대에도 여전히 왕성한 창작이 이루어지고 있는 살아 있는 문학의 한 갈래이다. 또 그것은 시나 소설, 수필, 희곡 등의 다양한 갈래에서 보조적 수단으로 활용되기도 하는데 兎

死狗烹이나 刻舟求劍, 愚公移山, 守株待兎 등과 같이 우리가 익히 알고 있는 고사 성어는 그 자체가 하나의 완결된 〈우언〉이면서 동시에 일상적인 말하기에서부터 다양한 문학 작품의 창작에까지 적극 활용되고 있다. 따라서 학생들이 우언을 실제 말하기나 쓰기에 활용하도록 지도하는 일에서부터 실제 우언을 창작하도록 하는 일 또한 훌륭한 독서 지도의 한 방편이 될 것이다. 마지막으로 최근에 모 인터넷 사이트에서 발견한 우언 한 편을 소개하며 이 글을 마칠까 한다. 이 작품을 학생들에게 읽게 한 후 소감을 발표하게 했더니 비교적 진부한 주제임에도 불구하고 그 표현의 참신성에 박수를 아끼지 않았다. 이것이야말로 〈우언〉이 갖는 최고의 장점이 아니겠는가?

〈진정한 왕〉

붕새를 타고 구만리장공을 날던 오유선생이 무하유지향의 가죽나무 아래에서 쉬고 있을 때 남루한 차림의 한 사내가 비틀거리며 다가왔습니다. 피곤에 지친 그의 몸은 마른 나뭇가지처럼 연약해 보였으며 눈동자는 잔뜩 찌푸린 하늘처럼 흐려 있었습니다.

"어딜 그렇게 부지런히 가시는 게요?"

오유선생이 허리춤에 차고 있던 물병을 건네주자 나그네는 정신없이 물을 마신 후 바닥에 털썩 주저앉아 길게 한숨을 내쉬었습니다.

"소인은 본래 동승신주국의 왕으로 수백 인의 처첩을 거느리고 살면서 입에 닿는 것은 모두 산해진미요, 귀에 들리는 것은 하나같이 예상우의곡(霓裳羽衣曲) 뿐이었으나 하루아침에 총애하던 신하의 모반으로 내쫓김을 당하여 이렇게 초라한 신세가 되고 말았습니다. 이제 돌아가려 해도 갈 곳이 없고 광막한 세상에 집 한 칸 머무를 곳이 없으니 차라리 저 북망산으로 가 스스로 제 몸을 묻으려 하는 것입니다."

껄껄껄 한바탕 웃음을 터트린 오유선생이 천천히 나그네의 옷깃을 여며주며 말했습니다.

"그대는 아홉 개의 문으로 이루어진 성에서 이백 여섯 개의 산호 기둥으로 된 으리으리한 궁궐을 짓고 사는 왕이 아니십니까? 또한 육백 명이 넘는 처첩과 육십 조에 달하는 백성을 거느리고 있으면서도 이제 그것을 다 버리고 어디로 가겠다는 것이오."

나그네는 더 이상 대답할 기운도 없었습니다.

"지금 가진 것이라곤 보잘 것 없는 몸뚱이 하나뿐인데 내 어찌 그토록 화려한 궁궐과 수많은 백성을 거느릴 수 있단 말이오. 그렇다면 그 많은 신하와 백성들은 지금 다 어디 있습니까?"

오유선생이 갑자기 나그네의 등짝을 후려치며 말했습니다.

"당신의 이 몸뚱이가 바로 그것이오!"

문득 번갯불이 치듯 눈앞이 아득하더니 이윽고 정신을 수습할 때쯤 오유선생은 이미 구만리 창공으로 날아가 버린 후였습니다.

1-7차에 이르는 문학 영역 교육 과정 고찰

-고등학교를 중심으로-

손 영 애*

1. 머리말

교육 과정이 체계적으로 조직되어야 학교 교육을 체계적으로 이끌어 나갈 수 있다. 국어과 교육도 마찬가지로 국어과 교육 과정이 체계적으로 제시될 때 교육 과정의 실행이 체계적으로 이루어질 수 있다. 국어과 교육의 '성격, 목표, 내용, 방법, 평가'가 체계화되어 제시되면, 한 시간 한 시간의 수업도 목표가 분명하고, 어떻게 가르쳐야 할지가 분명해진다. 국어과 교육이 제대로 되기 위해서는 국어과의 성격, 국어과의 목표에서부터 매 시간 수업에 이르기까지 일관성 있는 맥이 흐르는 교육 과정이 필요하다. 마찬가지로 국어과의 한 부분을 차지하고 있는 '문학' 영역도 체계화되고 일관성 있는 교육 과정이 필요하다.

그동안 문학 영역과 관련된 논의는 주로 국어과 교육 과정에서의 '문학'의 위상에 관한 것이었다. 문학 영역이 국어과 교육(언어 사용 교육)과 대등한 입장에서 복합된 것으로 보는 입장, 문학 영역이 듣고 말하고 읽

* 인하대학교 국어교육과 교수

고 쓰는 활동을 위한 자료를 제공하는 것으로 보는 입장, 문학을 중심으로 한 국어과 교육을 생각하는 입장 등 문학의 위상에 대한 논의는 여러 가지로 나타난다. 본고는 국어과 교육 과정 안에서 문학 영역으로 한정시켜 보고자 한다. '문학 교육'은 넓게 자리매김을 할 수 있는 것이지만 제도 교육, 학교 교육, 국어 교과 안에서 이루어진 '문학' 교육으로 한정하고자 한다. 교육 과정을 통해서 제시된 문학 (영역)은 1—7차에 걸쳐 달리 나타난다. 1—3차 교육 과정에서는 독립된 영역으로 제시되지 못했고, 4차 교육 과정에선 문학이 독립된 영역으로 자리매김하였다. 5차—7차 교육 과정에선 독립된 영역으로서의 문학이 보다 확고한 자리매김을 위한 논의가 활발하다 하겠다.

　교육 과정 차원에서의 논의가 학문적인 것이라면 현장과 연관된 '문학'은 주로 '작품'에 관심을 갖고 문학사와 관련된 지식과 작품 분석에 치중하고 있는 실정이다. 교육 과정과 현장의 괴리는 해방 이후 계속되어 온 국어과 교육의 화두라 할 수 있다. 본고는 1—7차 국어과 교육 과정을 개정해 오면서 '문학' 영역이 국어과 내용 체계에서 어떤 위치를 점하는지 살펴보고, 교육 과정에 드러난 문학에 대한 관점을 살펴보기로 한다. 이러한 논의의 핵심은 국어과 교육이 보다 체계적으로 제대로 이루어지기 위한 것이다. 고등 학교 국어 과목을 통해 보통 교육이 끝난다. 선택 과목으로 주어지는 '문학' 과목은 국어 과목의 문학 영역이 보다 심화되어 나타난다. 초·중·고의 연계성을 보는 입장에서 고등학교 국어 과목 위주로 살펴보기로 한다.

2. 문학 영역 교육 과정 개관

1) 1-3차 문학 영역 교육 과정

1차(1955년 공포), 2차(1963년 공포), 3차(1973년 공포) 교육 과정은 국어과의 내용 체계를 말하기, 듣기, 읽기, 쓰기의 언어 활동 중심으로 조직하고 있다. 하지만 문학을 상당히 중시하고 있는 것을 알 수 있다.

1차, 2차 교육 과정에 기술된 고등학교 국어과 목표는 사회적 요구에 적합한 것, 개인적인 언어 생활의 기능을 쌓는 것, 중견 국민으로서 교양을 갖추는 것으로 되어 있는데, 중견 국민으로서의 교양을 갖추기 위해서 문학을 바르게 이해하고 감상해야 한다고 하였다. 그리고 현대 문학, 고전, 세계 문학, 영화와 연극을 이해, 감상하도록 제시하고 있다.

3차 교육 과정에서는 4개 항목으로 제시된 일반목표 중 첫째, 넷째 항목에서 문학을 강조함을 알 수 있다. 국어를 통하여 사고력, 판단력 및 창의력을 함양하고 풍부한 정서와 아름다운 꿈을 길러 원만하고 유능한 개인과 건실한 중견 국민으로 자라게 하고, 국어와 국어로 표현된 문화를 깊이 사랑하고, 이에 대한 이해를 넓게 하여 민족 문화 발전에 기여하게 한다고 제시하고 있다. '창의력, 풍부한 정서, 아름다운 꿈, 국어로 표현된 문화 사랑' 등의 표현에서 문학을 강조하고 함을 알 수 있다.

1차(1955년 공포), 2차(1963년 공포) 교육 과정에는 '목표'와 '내용'이 구분되어 있지 않지만 (1) 현대 문학의 이해와 감상 (2) 고전의 이해와 감상 (3) 세계 문학의 이해와 감상 (4) 영화와 연극의 이해와 감상(말하기, 듣기와 연결) (5) 양서를 선택할 수 있다. (6) 도서관을 적절하게 이용할 수 있다. (7) 촌가를 아끼어 독서를 즐기는 습관을 붙인다.'를 지도 내용으로 제시하고 있다. 지금 교육 과정(7차)과 비교해 볼 때 고전 문학, 세계 문학이 강조되어 있고, 문학 작품의 독서가 강조되어 있다.

1, 2차 교육 과정에서 '읽기' 영역의 한 부분(목표)으로서 '문학 학습의 목표', '고전 학습'을 제시하고 있다.

제 1차 고등 학교 국어 교육과정	제 2차 고등 학교 국어 교육과정
〈문학 학습의 목표〉	〈문학 학습의 목표〉
ㅇ 시, 소설, 수필, 희곡, 전기 등의 문학에 대한 지식과 이해를 가지고 이를 즐겨 읽는다. ㅇ 인생의 반영으로서의 문학 작품을 감상하는 힘을 기른다. ㅇ 촌가를 아끼어 독서를 즐기는 생활을 가지게 한다. ㅇ 문학 작품을 읽음으로써 인생에 대한 흥미를 느끼고 언어 생활에 적응하는 힘을 기른다. ㅇ 문학 작품을 읽음으로써 감정을 도야하고 삶의 즐거움을 느낀다. ㅇ 문학 작품에 나타나는 인물을 판단하고 비교하는 능력을 기른다. ㅇ 문학 작품을 읽고, 작가의 창작 의도를 알게 된다. ㅇ 문학 작품을 읽고, 작가의 사상 감정과 서로 통하다. ㅇ 수식적인 말을 감상하게 된다. ㅇ 개성적인 문체의 다름을 인식하게 된다.(2차-12)	(1) 한국 문학의 발전의 대강과 저명한 작가 및 작품에 대하여 알도록 한다. (2) 한국 문학의 여러 가지 형식과 그 특색에 대하여 알도록 한다. (3) 한국 문학 발전에 영향을 준, 온갖 요인(사회적, 경제적, 문화적, 문화사적)에 대하여 알도록 한다. (4) 동양 및 서양 작가의 뛰어난 작품에 대하여 대강 알도록 한다. (5) 한국 문학과 외국 문학과의 특징을 대강 알도록 한다. (6) 문장을 읽어, 주제와 요지를 파악하고, 또 인생과 사회 문제에 대하여 생각을 깊이 할 수 있도록 한다. (7) 여러 가지 문제를 알고, 각각 그 표현의 특색을 이해 감상할 수 있도록 한다. (8) 뛰어난 문장을 읽어 음미함으로써 언어에 대한 멋을 알고, 언어 생활에 적응시킬 수 있도록 한다. (9) 작품 속 인물의 성격, 심리, 사상, 또는 작자의 상상력 및 관찰력, 감상력, 사고력 등을 알고, 그것에 대하여 의견을 가질 수 있도록 한다. (10) 작품을 읽음으로써 인생에 대한 흥미를 느낄 수 있도록 한다. (11) 문학 작품을 읽음으로써 감정을 도야하고 삶의 즐거움을 느낄 수 있도록 한다. (12) 개성적인 문제의 다름을 인식할 수 있도록 한다. (13) 좋은 작품과 그렇지 못한 작품을 구별할 수 있도록 한다. (14) 주인공의 온갖 성격을 해석하고 분석할 수 있도록 한다. (15) 문학 작품을 통해 받은 자극으로 하여금 바람직한 공상을 할 수 있도록 한다. (16) 문학에 대한 필요한 견문과 지식을 도서관이나 참고서, 사전 등에서 찾아 낼 수 있도록 한다. (17) 현대 작가를 평가할 수 있도록 한다.

	(18) 인생의 반영으로서의 문학 작품을 감상하는 힘을 기를 수 있도록 한다. (19) 작품을 통하여 온갖 가치 있는 경험과 뛰어난 개성에 접할 수 있도록 한다. (20) 작품을 통하여 인간성과 미에 대한 감수성을 높이게 한다. (21) 온갖 형식의 작품을 그 특색에 따라 이해하고, 감상하고, 비평하도록 한다. (22) 좋은 작품을 실은 잡지를 자발적으로 읽도록 한다. (23) 많은 작자의 사고 방법과 사상에 접하여 스스로 사고하는 습관을 지니도록 한다. (24) 정서를 풍부히 하고, 높이기 위하여 뛰어난 작품을 읽도록 한다.
〈고전 학습〉	〈고전 학습〉
○ 대표적인 작품을 읽혀 고전을 이해하고 감상하게 한다. ○ 고전을 읽고, 선인의 인생관, 세계관, 자연관 및 그 시대의 풍습, 사회 제도 등을 이해한다. ○ 고전을 내용적으로 검토하여, 사상, 정취, 신앙, 기지(機智), 해학 등에 대하여 연구한다. ○ 고전을 시대적으로 구분하고, 작가별로 연구하여 그 특질을 이해한다. (국문학사) ○ 국문학 연대표를 작성하여 이를 정리하여 본다. ○ 현대 문학에 계승된 고전 문학의 전통을 연구하고 이해할 수 있도록 한다. (2차-3) ○ 국어학사를 다루어 문자 언어의 변천을 이해한다. ○ 고어 문법과 현대어 문법을 비교 연구한다. ○ 방언, 속담, 민요, 민담, 전설 등을 채집하여 연구하도록 한다. (2차-9) ○ 한문학이 우리문학에 끼친 영향을 알도록 한다. (2차—2)	(1) 고문 독해에 도움이 되는 문법, 국어의 특징, 변천, 문학사의 개략을 읽도록 한다. (2) 한문학이 우리 문학에 끼친 영향을 알도록 한다. (3) 현대 문학에 계승된 고전 문학의 전통을 연구하고 이해할 수 있도록 한다. (4) 고문의 중요한 어귀의 뜻과 용법에 대하여 알도록 한다. (5) 문맥 단락을 생각하여 주제, 요지, 대의를 바르게 파악할 수 있도록 한다. (6) 기초적이고 대표적인 근세 이후의 작품을 중심으로 하여, 고전의 이해와 감상에 힘쓰도록 한다. (7) 고문 독해에 필요한 사전, 참고서, 도표 등 각종 참고서를 이용할 수 있도록 한다. (8) 고문을 읽고 선인의 사상 감정을 이해하고, 사물에 대하여 보는 힘, 느끼는 힘, 생각하는 힘을 높일 수 있도록 한다. (9) 방언, 속담, 민요, 민담, 전설 등을 채집하여 연구하도록 한다. (10) 고문을 좋아하고, 국어에 대한 애정을 기르고, 언어 감각을 닦도록 한다.

위의 내용을 볼 때 고등학교 국어 과목에서는 문학 독서가 많이 강조되어 있고 국문학사와 관계있는 지식을 강조하고 있다. 교육 과정에서

가르쳐야 할 내용으로 문학 영역의 내용을 세밀하게 제시하고 있으나, 현장의 고등학교 국어과 교육이 지식 중심으로 흘러갈 수 있음을 교육 과정을 통해서도 알 수 있다. 박인기(2002) 지적대로 학문 내용으로서의 문학을 문학 교육의 내용으로 보려는 일반적 인식이 1970년대까지 지배적이었기 때문에 교육 과정에 제시된 문학 영역의 내용이 지식 위주임은 당연하다고 하겠다. .

3차 교육 과정은 '지도 사항과 주요 형식/제재 선정의 기준'으로 '내용'을 제시하고 있는데, 문학과 관련 있는 내용이 읽기, 쓰기의 지도 사항, 주요 형식 등으로 분산되어 있다. '지도 사항'의 내용은 추상적인 진술로 제시되어 있고(○효과적인 낭독법, ○암시된 내용의 이해, ○극 체험 등) '주요 형식'에서는 '여러 가지 형식의 문학 작품'을 읽고 쓰도록 하고 있다. 그리고 '제재 선정의 기준'에 문학에 관한 내용으로 '(가) 국문학의 여러 형식의 개요 및 주요 작품, (나) 국문학사 개요, (다) 세계 문학 개요'가 제시되어 있다. 1차, 2차에 비하여 교육 과정이 체제를 갖추어서 문학 영역을 어디서 어떻게 제시할 것인지가 명료하다. 문학이 4차 이후의 교육 과정처럼 독립된 영역으로 제시되어 있는 건 아니지만 '제재 선정의 기준'을 통해 문학을 통해서 무엇을 지도해야 하는지 명료하게 제시하고 있다. 국어 시간을 통해서 1차, 2차와 마찬가지로 지식을 중시하고 있고(국문학사 지식 강조), 많은 문학 작품을 읽을 것을 강조하고 있다. 이 시기의 고3 학생은 걸어 다니는 국문학 사전이라 할 정도로 많은 지식이 제공되었다.

1차–3차 시기에는 문학 영역이 독립되어 있지는 않았지만, 실제 현장의 국어 수업은 지식이 강조된 문학 교육이 이루어져 왔다. 이 시기의 교과서는 신헌재(2004)의 지적대로 교훈주의 일변도의 문학 교육, 한철우(2004)의 지적대로 가치관 중심의 문학 교육을 기획 운영했다고 볼 수 있다.

2) 4차--7차 문학 영역 교육 과정

(1) 기본 방향

1981년에 개정 고시된 4차 교육 과정은 국어과의 특성 명료화, 학습 내용의 적정화를 기본 방향으로 삼고 세부적으로는 언어 기능의 신장 강화, 문학 교육의 강화, 언어 교육의 체계화, 작문 교육의 강화, 가치관 교육의 내면화를 개정의 기본 방향으로 삼았다. 이러한 방향은 문학 관련 내용과 언어 관련 내용이 독립된 영역으로 제시된 것에서 단적으로 드러난다. 따라서 국어과 교육 과정의 내용 체계가 '표현·이해, 언어, 문학'으로 삼분 체계로 제시되었다. 그리고 현대 문학, 고전 문학, 작문, 문법을 선택 과목으로 제시했다.

1987-1988년에 개정 고시된 5차 국어과 교육 과정은 언어 사용 기능을 국어과 교육의 궁극적인 목표로 하여 기능 교과, 도구 교과로서의 국어과 교육의 성격을 부각시켰다. 이러한 의도는 '말하기, 듣기, 읽기, 쓰기, 언어, 문학'으로 내용을 체계화시키는 것으로 드러났다. 그리고 선택 과목은 4차 시기에 현대 문학, 고전 문학으로 제시되었던 것을 '문학' 과목으로 통합해서 '문학, 작문, 문법'으로 되었다.

1992년에 개정 고시된 6차 교육 과정 개정의 특징은 공통 필수 과목 수의 축소와 단위 수의 하향 조정, 그리고 선택 과목의 확충을 들 수 있다. 그리고 교육 과정의 체제가 변화되었다. 체제가 '성격/목표/내용-내용 체계, 학년별 내용/방법/평가'로 바뀌면서, 학년별 목표의 제시가 없어지고, 내용 체계가 제시되었다.

국어과는 도구 교과적 성격을 강조하고, 교육에 있어서의 다양성 추구라는 시대적 요구를 고려하여 공통 필수 과목으로 '국어'를, 과정별 필수 선택 과목 또는 과정별 선택 과목으로 '화법, 독서, 작문, 문법, 문학'을 설정하였다. 국어 과목은 5차와 마찬가지로 '말하기, 듣기, 읽기, 쓰기, 언어, 문학'으로 내용을 체계화했다. 국어 과목의 내용 체계(말하기, 듣기, 읽기, 쓰기, 언어, 문학)와 국어 과목의 심화 과정인 선택 과목(화법, 독서, 작문, 문법, 문학)이 6차에 들어와서 비로소 체계화되어 되었다.

1997년에 개정 고시된 7차 교육 과정은 국민 공통 기본 교육 과정과 고등학교 선택 중심 교육 과정으로 구성되었다. 국민 공통 기본 교육 과정이 적용되는 것은 1—10학년, 선택 중심의 교육 과정이 적용되는 것은 11—12학년이다. 국어 교과도 이에 따라 상당한 체제의 변화를 겪었다. 학교급 목표 대신 1—10학년의 국어과 성격, 목표를 제시하였고, 학년 수준의 목표가 제시되지 않고, 각 학년별로 '내용'과 '수준별 학습 활동의 예'를 제시하였다.

학습자 중심의 교육과 창의적 한국인의 육성을 내세우고, 국어 교과의 성격, 목표 체계 및 내용 선정 준거, 방법 및 평가 지침의 실제적 유용성을 고려하였다. 지금까지의 국어 교과의 성격에 문화 교과라는 면을 부각시켰다. 국어 과목의 내용 체계를 '듣기, 말하기, 읽기, 쓰기, 국어 지식, 문학'으로 내세우고, 선택 과목을 심화 선택 과목과 일반 선택 과목으로 나누어, 전자로 '화법, 독서, 작문, 문법, 문학'을, 후자로 '국어 생활'을 두었다.

(2) 목표

4차(1981년 고시), 5차(1988년 고시), 6차(1992년 고시)까지의 교육 과정에서는 목표 체계가 동일한데, 전문과 '언어 사용 기능, 언어, 문학'의 3개항의 목표를 제시하고 있다. 학교급별 목표에서의 문학 영역 목표와 국어 과목에서의 문학 영역 목표는 살펴보면 다음과 같다.

제 4차 교육 과정	제 5차 교육 과정	제 6차 교육 과정
교과 목표:	교과 목표:	교과 목표:
중학교의 교육 성과를 발전시키고, 국어의 발전과 민족 문화 창조에 이바지하려는 뜻을 세우게 한다. 3) 문학에 관한 체계적인 지식을 습득시키고, 문학 감상력과 상상력을 기르며, 인간의 내면 세계를 이해하게 한다.	국어 생활을 정확하고 효과적으로 하며, 언어와 국어에 관한 체계적인 지식을 갖추고, 문학을 이해하며, 국어의 발전과 민족의 언어 문화 창조에 이바지하게 한다. 3) 문학 작품을 통하여 문학에 관한 체계적인 지식을 갖추고 창조적인 체험을 함으로써 미적 감수성을 기르며, 인간의 삶을 총체적으로 이해하게 한다.	국어 생활을 정확하고 효과적으로 하며, 언어와 국어에 관한 체계적인 지식을 갖추고, 문학을 이해하며, 국어의 발전과 민족의 언어 문화 창조에 이바지하게 한다. 3) 문학 작품을 통하여 문학에 관한 체계적인 지식을 갖추고 창조적인 체험을 함으로써 미적 감수성을 기르며, 인간의 삶을 총체적으로 이해하게 한다.
국어 과목 목표:	국어 과목 목표:	국어 과목 목표:
문학이 문화 유산임을 알고, 문학에 관한 체계적인 지식을 가지고 작품의 가치를 평가하며, 인간의 내면 세계를 이해하게 한다.	문학에 관한 일반적인 지식을 바탕으로 작품을 바르게 이해, 감상하며, 인간의 삶을 총체적으로 이해하게 한다.	문학에 관한 일반적인 지식을 바탕으로 작품을 바르게 이해, 감상하며, 인간의 삶을 총체적으로 이해하게 한다.

4차—6차 문학 영역의 교육 과정에서는은 전문(前文)에서 문학 이해와 민족의 (언어) 문화 창조에 이바지한다는 상위 목표 아래, 문학에 관한 지식(개념적인 지식)을 바탕으로 문학 작품을 감상(절차적 지식)하고, 그런 활동을 토대로 삶에 대하여 폭넓은 이해(상상력, 내면 세계, 총체적인 삶)를 목표로 하고 있다. 이런 세 가지 면(개념적인 지식, 절차적인 지식, 정의적 영역)을 균형있게 학습시키는 것이 문학 영역의 목표로 제시되어 있다.

7차 교육 과정(1997년 고시)은 목표 체계를 달리 하였다. 국어과의 내용 체계(언어 사용 기능-듣기, 말하기, 읽기, 쓰기- 국어 지식, 문학)를 각 영역별로 목표를 제시한 것이 아니라, 인지적 영역(개념적, 절차적 지식)과 정의적 영역에 속하는 것을 각각 목표로 제시하였다.

<table>
<tr><td>

7차 교육 과정

목표:

　언어 활동과 언어와 <u>문학의 본질을 총체적으로 이해하고</u>, 언어 활동의 맥락과 목적과 대상과 내용을 종합적으로 고려하면서 국어를 정확하고 효과적으로 사용하며, <u>국어 문화를 바르게 이해하고</u>, 국어의 발전과 민족의 <u>언어 문화</u> 창달에 이바지할 수 있는 능력과 태도를 기른다.

　가. 언어 활동과 언어와 <u>문학에 대한 기본적인 지식을 익혀</u>, 이를 다양한 국어 사용 상황에서 활용하는 능력을 기른다.

　나. 정확하고 효과적인 국어 사용의 원리와 작용 양상을 익혀, <u>다양한 유형의 국어 자료를 비판적으로 이해하고 사상과 정서를 창의적으로 표현하는 능력을 기른다.</u>

　다. 국어 세계에 흥미를 가지고 언어 현상을 계속적으로 탐구하며, <u>국어의 발전과 국어 문화 창조에 이바지하려는 태도를 기른다.</u>

</td></tr>
</table>

　7차 교육 과정도 문학에 대한 지식, 이 지식의 활용, 국어 문화 창조에 이바지하려는 태도를 문학 영역의 목표로 제시하고 있다. 지금까지의 국어 교과의 성격에 '문화 교과'라는 성격이 첨가되었는데 이런 문화 교과라는 면은 목표를 보더라도 '문학' 영역과 밀접한 관계를 가지고 있다. '문화'라는 측면은 3차 교육 과정 때도 목표에 분명히 제시하고 있다. 4차—7차 교육 과정의 문학 영역 목표는 텍스트 관점이나 학습자 관점을 전혀 무시한 것은 아니지만 주로 사회 문화적 관점을 취하고 있다.

　4차—7차 문학 영역의 목표는 문학에 대한 지식을 갖추고, 문학 작품의 감상하고, 문학 작품을 통하여 상상력을 기르고, 인간의 내면 세계와 총체적인 삶을 폭넓게 이해할 수 있는 사람을 기르고자 하였다. 문학 영역의 목표는 4차—7차에 이르기까지 달라졌다고 할 수 없다. 문학 영역의 교수·학습이 제대로 안 되었다면 '목표' 때문이라고 할 수 없을 것이다. 이런 목표를 달성하기 위해 무엇을 어떻게 가르칠 것인지가 중요한 과제가 될 것이다.

(3) 내용

6차, 7차에 들어와선 '내용 체계'가 제시됨으로써 목표와 학년별 지도 내용 사이에 한 단계를 더 설정하여 학습 내용의 구체화가 이루어졌다. 즉, '목표→내용 체계→학년별 내용'을 제시하고 있다. 이 내용 체계는 지금까지(1차-5차) 교육 과정의 문학 영역에서 무엇을 가르쳐 왔나를 살펴보는 것을 시작으로 범주화하는 작업을 거쳐 이루어졌다고 할 수 있다. 이런 이유로 6차, 7차의 문학 영역의 내용 체계부터 살펴보면 다음과 같다.

	내　　　　　　　　　용		
6차	1. 문학의 본질 1) 문학의 특성 2) 문학의 기능 3) 한국 문학의 특질	2. 문학 작품의 이해 1) 작품과의 친화 2) 작품 구성 요소의 기능 및 관계 3) 작품의 미적 구조 4) 작품 세계의 창조적 수용 5) 인간과 세계의 이해	3. 문학 작품 감상의 실제 1) 시 감상 2) 소설 감상 3) 희곡 감상 4) 수필 감상 5) 문학 작품을 효과적으로 이해하고 감상하는 태도 및 습관
7차	o 문학의 본질 -문학의 특성 -문학의 갈래 -한국 문학의 특질 -한국 문학의 사적 전개	o 문학의 수용과 창작 -작품의 미적 구조 -작품의 창조적 재구성 -작품에 반영된 사회·문화적 양상 -문학의 창작	o 문학에 대한 태도 -동기 -흥미 -습관 -가치
	o 작품의 수용과 창작의 실제 -시 -소설 -희곡 -수필		

6차와 7차의 차이점은 6차에서 '태도' 영역이, '실제'의 한 하위 범주로 제시되어 있던 것을, 7차에 와선 '태도' 부분이 하나의 범주로 독립되었다는 점, '창작' 부분이 내용 체계에 명시됨으로 해서 국어 수업에서 체계적으로 '창작'을 가르치게 된 점을 꼽을 수 있다. 6차, 7차의 내용 체계를 기준으로 4차—7차 교육 과정에서 '문학' 영역의 내용을 살펴보면 다

음과 같다.

4차—7차 교육 과정에서 '문학' 영역의 '내용'을 제시한 것은 다음과
같다.

<table>
<tr><td colspan="1" align="center">제 4차 교육 과정</td></tr>
</table>

1) 소설 속의 모든 요소들이 주제를 향하여 통일되어 있음을 알고, 거기 동원된 삽화나 사
  건들이 논리적 일관성을 유지하고 있는지 판단하며, 사건의 필연성과 우연성의 효과를 안
  다.
2) 인물의 성격이 단순한가 복잡한가, 개성적인가 전형적인가, 성격의 변화가 있는가 없는가
  를 파악한다.
3) 소설의 역사적, 사상적 배경을 작품을 통하여 파악한다.
4) 시점에 따라 소설의 진술 방식을 구별한다.
5) 공연 예술의 대본으로서의 희곡과, 영상 예술의 대본으로서의 시나리오가 지닌 차이를
  안다.
6) 어떤 사실이나 생각에 대한 여러 인물들의 의견과 태도가 다름에 따라 어떤 말을 하는지
  에 흥미를 느낀다.
7) 소리와 뜻의 어울림을 파악함으로써 시의 음악성과 암시성을 이해한다.
8) 시 작품에서 서정적 목소리의 주인을 파악하여 작품을 감상한다.
9) 문학적 산문과 실용적 산문과의 차이를 파악한다.
10) 한 인간의 내적 자아와 외적 자아 사이의 갈등 관계를 주제로 한 작품에 흥미를 느낀
  다.
11) 문학 작품에 대한 비평에 흥미를 느낀다.
12) 한국의 대표적인 고전 및 현대 작품을 읽고 이해한다.*
13) 한국 문학의 발달 과정과 세계 문학의 대체적인 흐름을 안다.*

4차 교육 과정의 문학 영역의 내용 부분을 살펴보면 장르 중심으로
내용을 구성하고 있다. 1)—4)는 소설, 5)—6)은 희곡·시나리오,
7)—8)은 시, 9)—10)은 수필에 관한 내용이다. 11)은 태도, 12)—13)
은 본질에 해당되는 내용이다. 4차 문학 영역의 내용 기술은 단원 목표
로 그대로 가지고 와서 쓰일 수 있을 만큼 상세하다. 국민 학교, 중학교
도 장르 중심으로 내용을 기술하고 있는데, 이 시기의 문학 영역 교육 과
정에는 신비평 이론이 도입되었고, 교과서도 장르 중심으로 단원을 구성
하고 있어 문학 영역의 내용 부분은 교육 과정이 그대로 교과서로 반영

되고 있다. 이 시기의 문학 교육을 텍스트 중심의 관점을 강하게 내세우고 있다. 이 때의 신비평은 오늘까지도 문학 교육에 유효한 이론이 되고 있다.

4차 교육 과정이 학문 중심 교육 과정을 표방하면서 문학 영역도 신비평 이론의 절대적인 영향을 받았다. 박인기(2002)의 지적대로 이 시기의 문학 교육은 문학 연구의 객관적 실증의 과학주의가 지닌 구조의 엄밀성에 크게 영향을 받아 교과서 단원 구성에 있어서도 탈이념적 성향을 보여주고 작품을 선정하는 데 있어서도 영향을 주었다.

4차의 1)—10) 항목은 '문학의 작품의 이해'(6차), '문학의 수용과 창작'(7차)이란 범주에 속한다고 할 수 있지만, 내용 체계의 하위 범주에 있어서 4차는 많은 차이점을 보여준다. 내용 체계만 보아도 4차는 6, 7차와 교육 과정에 접근하는 방식이 다름을 알 수 있다.

제 5차 교육 과정	제 6차 교육 과정	제 7차 교육 과정
1) 문학의 본질과 한국 문학의 특질을 파악한다.* 2) 한국의 고전 및 대표적인 현대 작품을 읽고 감상한다. 3) 문학 작품을 이루는 기본 요소들을 고려하면서 작품을 바르게 이해하고 감상한다. 4) 여러 유형의 문학 작품의 특성을 이해한다. 5) 문학 작품에 대한 비평을 읽고, 작품 감상력을 기른다. 6) 문학과 언어, 인생, 사회, 문화와의 관계를 이해한다.	〈문학의 본질〉 1) 문학의 일반적 특성을 안다.* 2) 문학의 일반적 기능을 안다.* 3) 문학의 본질과 한국 문학의 특질을 안다.* 〈문학 작품의 이해와 감상〉 4) 여러 문학 작품의 유형상의 특성을 알고, 여러 유형의 문학 작품을 이해하고 감상한다. 5) 여러 유형의 문학 작품을 읽고, 작품 창작 동기를 토론한다. 6) 작가와 작품과 독자의 관계에 대하여 알고, 능동적으로 작품을 이해하고 감상한다.	1) 문학의 기능을 안다.* 2) 작품의 구성 요소와 그 기능을 이해한다. 3) 문학의 갈래에 따른 작품의 미적 가치를 파악한다. 4) 작가, 작품, 독자의 관계를 알고 이를 작품 수용에 능동적으로 활용한다. 5) 작품에 나타난 사회 문화적 상황을 파악하고 이를 작품 수용에 능동적으로 활용한다. 6) 자신의 생각이나 느낌을 문학적으로 표현한다.# 7) 한국문학의 전통을 창조적으로 계승 발전시키려는 태도를 지닌다.*

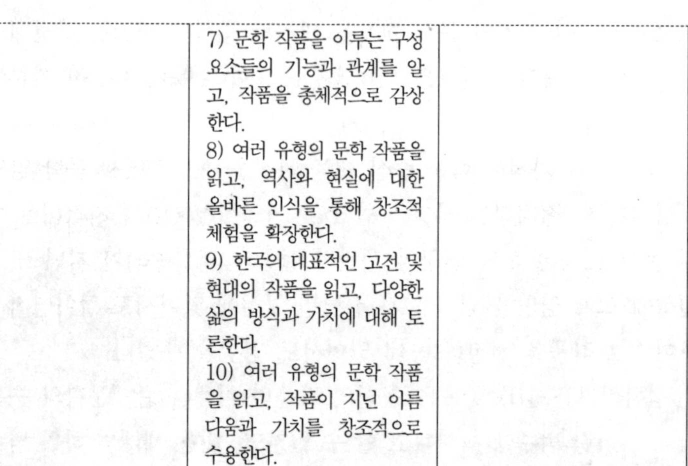

	7) 문학 작품을 이루는 구성 요소들의 기능과 관계를 알고, 작품을 총체적으로 감상한다. 8) 여러 유형의 문학 작품을 읽고, 역사와 현실에 대한 올바른 인식을 통해 창조적 체험을 확장한다. 9) 한국의 대표적인 고전 및 현대의 작품을 읽고, 다양한 삶의 방식과 가치에 대해 토론한다. 10) 여러 유형의 문학 작품을 읽고, 작품이 지닌 아름다움과 가치를 창조적으로 수용한다.	

　　문학 영역은 시, 소설, 희곡 등의 구체적인 작품을 통하여 지도하지만, 5차—7차 문학 영역의 교육 과정은 시를 통해서 이 목표를 지도하라는 식으로 접근하지 않는다. 문학의 속성 중심으로 접근하고 있다. 내용 기술이 어느 정도 포괄적으로 제시되어 교과서의 단원 목표에서는 교육 과정 내용 항목에 대하여 상세화가 요구된다. 6차, 7차 문학 영역 교육 과정은 제시되어 있는 내용 체계를 따르고 있다. 6차는 〈문학의 본질〉(1–3번), 〈문학 작품의 이해와 감상〉(4–10번), 마지막 항목은 태도에 관한 것으로 분명히 나누고 있다. 7차는 (1)번 항목이 〈문학의 본질〉에 관한 것, 7)번 항목이 〈태도〉에 관한 것이다. 2)–6)번은 〈문학 작품의 수용 및 창작〉에 해당하는 것이다.

　　5차 초·중학교 문학 영역의 경우, 내용을 장르 중심으로 제시하고 있지만 고등학교의 경우는 초·중학교와는 달리 제시되어 있다. 5차의 문학 영역은 기본적으로 신비평을 받아들이고 있지만 5차부터 문학 사회학의 패러다임의 영향을 받고 있음을 알 수 있다. 문학 영역의 교육 과정에서는 분명하게 드러나지 않지만 교육 과정에서 교과서로 넘어가는 과정, 수업 현장으로 넘어가는 과정에서 문학 작품을 두고 가치중립적인 태도를 취하는 것에 대해 비판을 받았다.[1] 6차, 7차에 들어오면서 수용 미학, 독자반응이론 등이 가세하면서 문학 영역의 교육 과정의 내용에도 이런 이론 등이 나타나고 있다. 그러면서 신비평 이론이 여전히 유효한 자리를 매김하고 있다.

문학 교육을 위해 어떤 방법으로 문학 영역의 내용을 제시할 것인가를 생각해 볼 때, 4차와 5차—7차 중에서 어떤 방식으로 '내용'을 제시하는 것이 나은 방법이라고 할 수는 없다. 교육 과정과 교육 과정 해설서에서 교과서가 나오기까지 추상적인 진술 방식이 더 적절할 수도 있고, 현재 교육 과정의 진술보다 보다 구체화한 진술이 적합할 수도 있다. 장르 중심의 내용을 제시한 4차의 '문학' 영역은 소설, 희곡, 시, 수필 등으로 상당히 구체적으로 내용 항목을 제시하고 있다. 4차에서는 장르별로 구체적인 목표를 제시하고 있는 것에 반해, 5차—7차의 경우는 '3) 문학 작품을 이루는 기본 요소들을 고려하면서 작품을 바르게 이해하고 감상한다(5차), 7) 문학 작품을 이루는 구성 요소들의 기능과 관계를 알고, 작품을 총체적으로 감상한다(6차). 2) 작품의 구성 요소와 그 기능을 이해한다(7차).'는 항목에서 여러 가지를 포괄하고 있다. 교육 과정의 내용 영역의 구체화(교과서)와 현장의 여건이 어울려져야, 교육 과정의 실행이 비로소 시작되는 것이다. 그런 의미에서 '문학' 영역을 어떻게 제시할 것인지가 중요한 문제이다.

교육 과정에 제시된 '목표'는 구체적인 '내용'을 통하여 구현된다. 문학을 즐기며 감상하고 바람직한 태도를 길러주고자 하는 목표가 포괄적인 '내용'으로 제시되어 있다. 교육 과정에 제시된 '내용'을 통해, 내용을 더 구체화하여 교과서의 단원 목표를 구성하고, 단원 목표에 알맞은 제재를 선정하고, 한 시간 한 시간의 현장 수업을 통해 문학 영역의 교육 과정이 실행된다. 그 중 가장 추상적인 단계인 교육 과정이 체계화되어야 한 시간 한 시간 현장의 수업이 물 흐르듯이 바르게 될 수 있는 것이

---

1) 박인기(2002), 문학 교육의 변천과 전망, 21세기 국어교육학의 현황과 과제, 한국문화사, P. 65.

다.

3. 교육 과정에 드러난 문학에 대한 관점

국어과 교육을 어떻게 보는가와 문학 영역을 어떻게 보는가는 밀접한 관련이 있다. 문학 영역이 국어과 교육 안에 속하면서 국어과의 흐름과 무관하지 않기 때문이다. 1차—3차 시기는 교육 과정에 드러난 국어과 교육은 언어 사용을 중시했지만 가치관을 중시하고 독서를 강조하고, 국문학사 지식을 강조하고 있다. 특정한 관점을 취하기에는 당시의 국어교육학의 수준이, 문학교육학의 수준이 미흡했던 것 같다. 현장의 고등학교의 국어과 교육, 문학 교육은 국어학, 국문학의 교육에서 크게 벗어나지 못했다.

4차 시기는 학문 중심 교육 과정을 표방했었고 문학 영역도 신비평 이론을 받아들였다. 특정 관점을 받아들여 그것에 준한 교육을 하고자 했다는 데 의의가 있다고 하겠다. 4차 시기의 신비평 이론은 지금까지 현장에서 유효하게 받아들여지고 있다. 5차, 6차, 7차 교육 과정은 특정 문학 이론을 표방하지 않았다. 수용 미학, 독자 반응 이론, 텍스트성 이론 등 좀더 영향을 끼친 이론이 있을 수 있지만 교육 과정 내용 안에 여러 가지 이론이 자리잡고 있다. 김상욱(2003)은 7차 교육 과정의 문학 영역에 대하여 문학 이론 백화점이라고 평하고 있다. 구조론, 반영론, 창조론, 효용론 등이 상호 연관되지 않고 분리되어 있으며 독립하여 거론되는 것이 문제라고 말하고 있다. 이것은 7차에 국한된 지적은 아니다. 5차, 6차도 마찬가지이다.

한철우(1996)가 정리한 〈문학교육관에 따른 문학 교육과정의 내용체계〉를 살펴보면, 어떤 관점으로 문학 영역의 교육이 이루어져 왔는지 알 수 있다.2)

구 분	텍스트 관점	학습자 관점	사회문화적 관점
문학 교육의 목표	개별 텍스트에 내재된 보편적 규칙 구조의 발견과 해석	작품에 대한 다양하고 창의적인 해석	문학적 문화의 고양 상상력의 발달 삶의 총체적 체험 민족정서의 이해 습득
텍스트관	자율적이고 자족적인 구조체	심미적 체험을 위한 도구/작가 개인의 세계관	공동체 이데올로기의 반영물
독자관 (학생관)	의미 수용자	적극적이고 목적지향적인 해석자	독자 공동체의 사회화된 구성원
이론적 배경/방법론	행동주의 심리학 미국의 신비평 러시아 형식주의 프랑스 구조주의	인지심리학 수용미학 독자반응이론	후기구조주의
교육 내용 구성의 원리	훌륭한 작품이 가지고 있는 보편적 규칙 및 구조를 장르별, 문학적 장치의 요소별로 배열—플롯, 인물, 배경/운율, 심상 등	학습자의 인지적 정의적 발달 수준과 학습 내용(작품)의 수준을 고려하여 연계화, 위계화	주체적이고 비판적으로 작품을 감상하고 해석할 수 있는 학습 환경의 제공(교육의 내용보다 환경이 중시)
교수 학습 방법	훌륭한 독자인 교사에 의하여 지식과 감상 방법의 전수 전달	개별 독자에 의한 작품의 해석과 감상 그리고 의미의 도출	주체적인 작품 감상을 통한 탈정전화
분석 단위	텍스트 자체	작가와 독자의 의미 구성 행위	작품이 생산되고 수용되는 공동체

　　4차—7차에 걸친 문학 영역의 목표는 추상적이고 포괄적으로 제시되어 있는데, 위에서 제시한 문학교육관에 따르면 사회문화적 관점을 취하고 있음을 알 수 있다. 교과서를 통해 문학 작품과 접할 때는 텍스트 관점, 학습자 관점, 사회문화적 관점이 고루 반영되고 있는데, 4차는 텍스트 관점을 강하게 반영되고, 5차, 6차, 7차는 학습자 관점, 사회문화적

---

2) 서울대학교 국어교육연구소에서 '문학 영역 교육 과정 내용의 체계화 연구'라는 주제로 개최한 학술대회에서 '정구향(1996), 텍스트 중심의 문학교육과정 내용체계, 정재찬(1996), 사회문화적 맥락 중심의 문학교육과정 내용체계, 김중신(1996), 학습자 중심의 문학교육과정 내용체계'에 대한 토론문

관점이 점차로 강하게 반영되고 있음을 알 수 있다. 어떤 관점 하에 교육 과정을 구성하는 것이 좋은가는 무의미한 이야기다. 김중신(1996)이 지적한 대로 생산론적 관점, 수용론적 관점, 반영론적 관점, 형식론적 관점 등 제반 관점이 상호 연계되고 체계화되는 것이 중요하다.

교육 과정이 어떤 관점을 주로 받아들였느냐 하는 것도 중요하지만 교과서로 구체화되고 매 시간의 수업으로 실행될 때 교육 과정과 현장 사이의 괴리를 좁혀 나가는 것이 필요하다.

4. 결 론

어느 교과의 목표 및 내용은 외부로부터 주어지는 것이 아니라 그 교과의 교육에 관여하는 사람들에 의해 결정될 성질의 것이다. 국어과 교육은 해방 이후 7차례에 걸친 교육 과정의 제·개정을 거쳐 오면서 많은 변모를 겪었다. 언어 사용 기능의 신장을 국어과의 핵심적인 목표로 내세우면서 국어 사용 기능, 국어 사용 능력 등의 용어를 바꾸면서 국어 교과의 체계를 정교하게 다듬어 왔다. 그런 변천에는 이론적인 탐구가 있어 가능했다.

1차, 2차, 3차 시기는 문학 영역을 어떻게 지도할 것인지 교육 과정에 제시된 바가 없다. 3차 시기는 '제재 선정의 기준'을 통해 우리 문학에 대한 이해를 높이기 위한 제재를 제시하고 있으며, 4차, 5차 시기는 '지도 및 평가상의 유의점', 6차, 7차 시기는 '방법', '평가'를 통하여 문학 영역을 어떻게 지도하고 평가할 것인가를 제시하고 있다. 문학을 바르게 이해하고 감상하며 상상력을 기르도록 하며, 이해하고 감상하는 능력을 위주로 평가하도록 밝히고 있다. 이런 지도 및 평가상의 유의점은 교육 과정에서 제시한 내용을 지도하는 데 지침이 된다. 1차부터 7차에 이르기까지 교육 과정은 이렇게 큰 테두리를 정해 놓고 있지만 목표와 내용이 지도와 평가에 밀접하게 연관되어 있지 못하다. 그리고 이런 모습은 현장의 국어과 교육과 교육 과정의 괴리로 드러난다. 문학 영역의 교육도 마찬가지로 교육 과정을 통해 받아들인 이론들이 덜 익은 채로 현장에서 다양한 모습으로 드러나고 있다. 같은 교육 과정, 교과서로 문학 교육을 시행하고 있는 교사도 좋은 의미든 나쁜 의미든 다양한 결과를 산출하고 있다. 그래도 1차-7차에 이르는 문학 영역의 교육 과정은 많은 변화가 있었고, 그에 힘입어 현장도 많이 변했다고 할 것이다. 다양한 관점에 의해 학년급에 따라, 학년에 따라, 개개인에 따른 문학 영역의 교육이 이루어지기를 기대한다.

▣ 참고문헌

구인환, 교육과정과 창작교육, 창작교육 어떻게 할 것인가, 푸른사상, 2001.
구인환 외, 文學 敎授·學習 方法論, 삼지원, 1998.
김상욱, 문학 교육의 길 찾기, 나라말, 2003
김중신, 학습자 중심의 문학교육과정 내용 체계, 문학 영역 교육과정 내용의 체계화 연구, 서울
　　　대학교 국어교육연구소, 1996.
박인기, 문학 교육의 변천 과정과 전망, 21세기 국어교육학의 현황과 전망, 한국문화사, 2002.
손영애, 국어과 교육의 이론과 실제, 박이정, 2004.
심영택, 국어 교육관의 양상(樣相) 연구, 국어 표현·이해 교육, 집문당, 2000.
신헌재, 학습자 중심의 초등문학교육방법, 박이정, 2004.
정구향, 텍스트 중심의 문학교육과정 내용 체계, 문학 영역 교육과정 내용의 체계화 연구, 서울
　　　대학교 국어교육연구소, 1996.
정재찬, 사회문화적 맥락 중심의 문학교육과정 내용체계, 문학 영역 교육과정 내용의 체계화
　　　연구, 서울대학교 국어교육연구소, 1996.
한철우, 『문학교육과정의 내용체계』에 대한 토론문, 문학 영역 교육과정 내용의 체계화 연구,
　　　서울대학교 국어교육연구소, 1996.
한철우, 국어교육 50년, 한 지붕 세 가족의 삶과 갈등, 학교 교육 50년 반성과 전망, 한국교원
　　　대학교, 2004.

고등학교 문학교과서에 실린
高麗俗謠의 語形分析

朴 德 裕*

1. 서 론

제7차 문학교과서에 수록된 문학 작품 중 고려속요를 중심으로 정확한 해석을 보이고자 한다. 이에 국어학적 語形分析을 통한 해석을 보이겠지만, 일부 문학적 해석으로 이해되어야 하는 부분과 상충되는 면이 없지 않을 것이다.

고려시대에는 주로 漢文學이 발달되어 신라시대 鄕歌가 위축됨에 따라 새로운 국문학 형태를 찾지 못한 과도기적 摸索의 문학이 등장하게 된 것이 高麗歌謠이다. 이는 한문 중심의 문자표기인 景幾體歌와 순수 국어로 구전되던 俗謠가 중심을 이루었다. 이 중 高麗俗謠는 주로 평민층에 의해 불려진 노래로 '長歌' 또는 '俗歌'라고도 한다. 이는 신라의 시가를 계승한 것이지만, 민요에서 형성된 것으로 추측된다. 고려시대에 口傳되다가 조선에 와서 文字로 정착된 고려속요는 유학자들에 의해 淫

* 인하대학교 국어교육과 교수

詞, 男女相悅之詞, 또는 詞俚不載라 하여 많은 작품이 없어지고 그 일부만이 문헌에 전한다.

俗謠를 전하는 문헌으로 〈樂學軌範〉, 〈樂章歌詞〉, 〈時用鄕樂譜〉가 있다. 〈樂學軌範〉은 조선 成宗 때 왕명에 의하여 成 俔, 柳子光, 申末平 등이 편찬한 樂書로, '정과정', '동동', '정읍사' 그리고 경기체가인 '한림별곡'이 실려 전한다. 〈樂章歌詞〉는 중종–명종대에 간행된 것으로 추정되며, '國朝詞章'이라고도 한다. 여기에 실린 노래는 '청산별곡', '서경별곡', '쌍화점', '정석가', '사모곡', '이상곡', '가시리', '만전춘' 등이다. 〈時用鄕樂譜〉는 정확한 편찬자와 편찬 연대를 알 수 없으나 △이 쓰인 것으로 보아 〈樂章歌詞〉보다 앞서 편찬된 것으로 볼 수 있다. 여기에 실린 노래는 '상저가', '유구곡', '사모곡', '가시리' 등이다. 이 중 문학교과서에 실린 작품을 보이면 아래와 같다.

문학 (상, 하)	출판사	저자	작품명	문학 (상, 하)	출판사	저자	작품명
상	두산	우한용 외	정읍사	하	블랙박스	한계전 외	가시리
상	디딤돌	김윤식 외	정읍사	하	디딤돌	김윤식 외	가시리
상	한국교육	김병국 외	정읍사	하	교학사	구인환 외	가시리
하	중앙교육	조남현 외	정읍사	상	금성사	박경신 외	가시리
하	천재교육	홍신선 외	정읍사	하	민중서림	김창원 외	서경별곡
상	상문연구	강황구 외	가시리	하	두산	우한용 외	서경별곡
하	한국교육	김병국 외	가시리	하	천재교육	홍신선 외	정석가
상	천재교육	홍신선 외	가시리	하	금성사	박경신 외	동동
				하	문원각	한철우 외	청산별곡

2. 작품 내용 분석

2.1. 井邑詞

작자는 행상인의 아내로 百濟時代의 노래이다. '後腔全'의 곡조명으로 보면 문제가 되지 않지만, '後腔'을 곡조명으로 보아 '全州' 시장으로 해석한다면 신라 경덕왕 이후 구 백제지방에서 유래하던 노래를 개작한 것으로 본다. 왜냐하면 高麗史 券七十一에 "井邑 全州屬縣 縣人爲行商久不至 其妻登山石以望之 恐其夫夜行犯害 托泥水之汚以歌之 世傳有登岾 望夫石 云"로 기록되고 있어 이를 뒷받침하고 있기 때문이다.

〈井邑詞〉의 형식은 3연 6구의 서정시로 주제는 행상나간 남편의 안전을 기원하고 있다. 우선 후렴구와 비연시 형식으로 고려가요와 유사하다. 그리고 후렴구를 제외하면 시조형식과 유사하여 시조의 원형으로 보기도 한다. 현전하는 유일한 백제가요로 이 노래와 주제가 비슷한 것으로는 〈치술령곡〉(신라), 〈선운산가〉(백제) 등이 있다. 출전은 〈樂學軌範〉이다.[1]

문학교교과서에 수록된 〈정읍사〉의 시어 및 시구와 그 풀이를 보이면 〈표 1〉과 같다.

〈표 1〉 정읍사

출판사 / 상, 하	시어 및 시구	풀이	비고
중앙교육 / 하	져재 녀러신고요 즌디롤 어느이다 내 가논 디	시장에 가 계신가요 진 곳[泥水]을, 험한 곳을 어느 곳에나, 어느 것이나 내(나의 남편)가 가는 곳에	
한국교육미디어 / 상	져재 녀러신고요 즌디롤	시장에 가 계신가요 밤길에 해를	

---

1) 우리 古樂譜에서는 한 곡조가 대개 三大節로 나누어져 있다. 前大節을 前腔, 中大節을 中腔, 後大節을 後腔이라 한다. 後腔에는 본래 附葉 등이 있는데 이 노래에는 부엽이 없는 후강만으로 되어 있다. 또한 後腔全에서 全을 떼어 가사로 보아 '全 저자' 곧 '전주시장'으로 보는 견해도 있다

	져재 녀러신고요 즌디롤 어느이다	저자에, 시장에 가 계신가요 진 곳을 , 위험한 곳을 어느 곳에나, 어느 것이나	
디딤돌 / 상			
천재교육 / 하	져재 녀러신고요 즌디롤 어느이다 내 가논 디	시장에 다니고[行] 있는가요 진 데를 어느 곳에다, 어느 것이나, 어느 누구에다 내 가는 곳에, 내 임 가는 곳, 내 살아가는 곳, 내가 가는 데	
두산 / 상	져재 녀러신고요 즌디롤 어느이다 내 가논 디	저자에, 시장에 가셨는가요, 가 계신가요 진 곳을, 위험한 곳을 어느 곳에나, 어느 것이나 모두	

〈語形分析〉

* 井邑 : 전라북도에 있는 고을로 옛날에는 完山州
  (지금의 全州 : 770년경 개명)에 속했던 縣이었음
* 져재 : 저자(시장)(에)
* 녀러신고요 : 녀(行)+러(활음소)+시+ㄴ고요(의문형)〉가 계신가요?
* 즌디 : 즐(형)+은(관)+디(의존명사)〉진 곳(위험한 곳)
* 어느이다 : 어느이(대명사)+다〉어디다가
  어느이다 : 어느(관)+이(의존명사)〉어느 것이나
* 내 가논 디
  : ① 나+ㅣ(주격/관형격)+가+ᄂ+오(선어말어미)+ㄴ(관)+ᄃ(의존명
    사)+ㅣ〉내가 가는 곳이/ 나의 임이 가는 곳이
  : ② 나(1인칭)+ㅣ+가+ᄂ+오(선어말어미)+ㄴ(관)+디(설명형어미)
    : 내가 가는데(1인칭인 경우에 설명형어미(디) 앞에 선어말어미
    (오)가 들어감)2)

---

2) 선어말어미 오/우(揷入母音) : 형태 및 위치는 '오/우(요/유)', '용언의 어간+오/우(요/
유)+어미'로 話者의 강한 意圖를 표시한다. 이에 대하여는 아직 완전한 해결을 보지 못한

2.2. 가시리

형식은 4연 2구의 분절체로 3음보와 3·3·2의 음수율을 규칙적으로 나타낸 것으로 주제는 이별의 정한이며, 특징으로는 고려가요의 〈서경별곡〉, 민요의 〈아리랑〉, 황진이 시조 〈어져 내 일이야〉, 김소월의 〈진달래꽃〉과 접맥된다. 또한, 서정적 자아가 임에 대해 취한 태도는 '애원과 호소'로 배경설화인 〈禮成江曲〉과 연계된다.

'기·승·전·결'의 4단 구성으로 반복과 점층(애원과 호소-극한상황-체념(哀而不悲)-이별의 정한(작가의 심정 반영))을 잘 나타낸 작품이다. 후렴구는 궁중속악으로 쓰이면서 들어갔으나, 태평성대의 의미로 보면 노래내용과 다르다. 이는 여인의 슬픈 장면과 평화를 구가하는 시대적 상황의 아이러니라 할 수 있다. 고려가요 중 '이별의 정한'을 노래한 작품 중 가장 뛰어나며, 민족의 전통적 정한의 정서를 함축성 있는 시어를 이용해 노래했다. 출전은 〈樂章歌詞〉에 '가시리'로, 〈時用鄕樂譜〉에는 1연만 수록되고 그 제목을 곡조명인 歸乎曲으로 전한다.3)

문학교교과서에 수록된 〈가시리〉의 시어 및 시구와 그 풀이를 보이면

사항이지만 우아한 어감을 표시하는 것이라고도 한다. 이에 반드시 취하는 경우를 살펴보면 'ㅁ'(명사형)앞〈머굼, 훌륨, 쉬움〉, '디'(설명형, 방임형)앞〈무로디(問), 솔보디(白), 너교디(念)〉, '려'(의도형)앞〈율모려(移), 주규려(殺), 敎호려〉 등을 들 수 있다. 그리고 붙이는 형식으로 '오'와 '우'는 모음조화 규칙에 따름〈주굼, 자봄〉, 'ㅣ'후행 모음 (ㅐ,ㅚ,ㅣ, ㅐ,ㅟ,ㅓ 등) 뒤에서는 '요/유'로 나타남〈가시요디, 여희유니〉, 'ㅏ,ㅓ,ㅗ,ㅜ' 뒤에서는 모음충돌 회피로 zero로 나타남〈감, 옴〉, 'ㆍ, ㅡ' 뒤에 올 때는 어간의 'ㆍ, ㅡ'를 탈락시킴〈토니(ㅌ + 오 + 니), 더움(더으 + 우 + ㅁ)〉, '더(회상)+삽입모음 -〉 다', '시(존칭) + 오/우 -〉 샤〈ᄒᆞ샤디 ᄒᆞ샴〉, '겨시(在) + 오/우 -〉 겨샤〈겨샤디, 겨샴〉을 들 수 있다.
3) '禮成江曲 前篇'은 '가시리'와 유사한 작품이지만 차이점은 '가시리'가 여성적 자아라면, 본 작품은 남성적 자아라는 점이다. 옛날 고려 때 賀頭綱이라는 중국 상인이 예성강에 이르러 아름다운 부인을 보고 탐내어 그 여자의 남편과 바둑내기를 하였다. 처음에는 지던 하두강이 마지막에 부인을 걸고 내기를 하자 거뜬히 이겨서 배에 싣고 떠날 때, 그 부인의 남편이 후회하면서 부른 노래가 예성강곡 전편이다. 배가 바다 한 가운데 이르러 맴을 돌고 나가지 못하자, 점쟁이에게 점을 쳤더니 이 배 안에 절개가 곧은 부인이 타서 그러니 그 부인을 돌려보내지 않으면 큰 화를 입을 것이라고 일러, 하두강은 하는 수 없이 배를 돌려 그 부인을 돌려 보냈는데 이 때 부른 노래가 '예성강 후편'이다. 〈高麗史 樂志〉

〈표 2〉와 같다.

<표 2> 가시리

출판사 / 상, 하	시어 및 시구	풀이	비고
금성 / 상	날러는 잡스와 두어리마ᄂᆞ는 선ᄒᆞ면 셜온님	날랑은, 나더러는, 나는 붙잡아 둘 것이지마는, 두겠습니다마는 서운하면, 서낙하면 서러운 임	
한국교육미디어 / 하	잡스와 선ᄒᆞ면	붙잡아 임의 노여움을 살지 모르는	
디딤돌 / 하	날러는 잡스와 두어리마ᄂᆞ는 선ᄒᆞ면 셜온님	나더러는, 나는 잡아 두겠습니다마는 서운하면, 서낙하면(너무 귀찮게 하면) 서러운	
블랙박스 / 하	선ᄒᆞ면 셜온님	서운하면 설운 님, 서러운 님	
천재교육 / 상	잡스와 두어리마ᄂᆞ는 선ᄒᆞ면 셜온님	붙잡아 두겠습니다마는 서운하면 서러운 님	
상문연구 / 상	보내ᅀᆞᆸ노니	보내오니	△ 사용
교학사 / 하	잡스와 두어리마ᄂᆞ는 선ᄒᆞ면	붙잡아 두고싶지마는 서운하면, 마음이 토라지면	

〈語形分析〉

* 날러는 : 나(대) + 르(조음소) + 러(악률에 맞추기 위한 무의미한 조음소,
　　　　　　3음소) + 는(보조사)〉나는, 나더러는

예) 녀러신고요 〈井邑詞〉
* 잡스와 : 잡＋습＋아〉잡스봐〉잡스와〉잡사와〉잡아＝붙잡아
* 두어리마ᄂᆞᆫ : 두＋어(조음소)＋ㄹ(관)＋이(의존명)＋마ᄂᆞᆫ(방임형)〉
　　　　　　　둘 것이지마는
* 선ᄒᆞ면 : 선ᄒᆞ(서운하다, 서낙하다)＋면(구속)〉서운하면
* 서낙ᄒᆞ(귀찮게 하면 정이 떨어지다)＋면(구속)〉귀찮게 해서 싫증이 나면
* 선ᄒᆞ다 : ① 서운하다(음수율)
　　　　　② 너무 지나쳐서 싫증이 나다   예)선웃음, 선머슴
* 셜온 : 셟(형)＋은(관)〉셜본〉셜운〉셜온〉서러운(강화현상)

2.3. 西京別曲

형태는 3연 4구(제3연은 6구)의 형식으로 기본 음수율은 3·3·3조이
다. 주제는 이별의 슬픔으로 작품배경은 대동강변이다. 세종 때 궁중의
宗廟樂으로 불려지다가 성종 때 '男女相悅之詞'라 하여 논의된 작품이다.
둘째연은 '정석가'의 여섯째연과 내용이 같으며, 이제현의 『익재난고』〈소
악부〉에서는 제2연을 칠언절구의 한시로 번역했는데 〈가시리〉와 주제는
같으나, 시적화자의 감정이 더 직접적이다.

　내용상으로 우선, 모든 것을 버리고서라도 끝까지 임을 따르겠다는
하소연과 어쩔 수 없는 이별을 받아들이면서도 '믿음'을 버리지 않겠다는
다짐, 그리고 강만 건너면 다른 여인과 사귀게 될 것이라는 염려와 질투
심으로 이루어진 원망으로 구성되었다. 출전은 〈樂章歌詞〉이며, 〈時用鄕
樂譜〉에는 첫째 구절과 후렴구만 전한다.

　문학교교과서에 수록된 〈서경별곡〉의 시어 및 시구와 그 풀이를 보이
면 〈표 3〉과 같다.

<표 3> 서경별곡

출판사 / 상, 하	시어 및 사구	풀이	비고
민중서림 / 하	닷곤디 고외마른 여히므론 괴시란디 우러곰 좃니노이다 녀신들 노흔다 럼난디 연즌다 것고리이다	닦은 곳, 중수(重修)한 곳 사랑하지마는 이별하기보다는 사랑하신다면 울면서 좃아가겠습니다 살아간들 놓았느냐 발정한지 없었느냐, 태웠느냐 꺾을 것입니다	
두산 / 하	닷곤디 고외마른 여히므론 괴시란디 우러곰 좃니노이다 녀신들 노흔다 럼난디 연즌다 것고리이다	닦은, 중수(重修)한 사랑하지마는 이별하기보다는 사랑하신다면 울면서 따라가겠습니다 살아간들 놓았느냐 도리에 벗어난 행위를 하는지 태웠느냐 꺾을 것입니다	-아- 사용

〈語形分析〉

* 닷곤 디 : 닭(닦다, 重修하다=改修하다)+오+ㄴ(관)+디(의존)〉닦은 곳
* 고요ㅣ마른 : 고이(괴다)+오+이마른(이다마른)〉사랑하지마는 * '괴요마
　　　　　　 른'의 오기
* 여히므론 : 여히(이별하다)+ㅁ(명사형)+으론(비교격)〉이별하기보다는
* 괴시란디 : 괴+시(존칭)+란디(구속)〉사랑하신다면
* 우러곰 : 울+어(부사)+곰(강세접미사)〉울면서
* 좃니노이다 : 좃(좇다)+니(行)+노이다(존칭서술, ㄴ+오+이다)〉따라

가겠습니다
* 녀신돌 : 녀(가다, 살아가다)+시(비존칭)+ㄴ+둘〉살아간들
* 너븐 디 : 넙+은+디(의존명, 티〉디)〉넓은 줄
* 노혼다 : 놓+ㅇ+ㄴ다(의문)〉놓았느냐?
* 가시 : 갓(妻)+이(주격)〉아내가(뱃사공의 아내)
　　예) 妻는 가시라 〈月印釋譜〉
* 럼난 디 : 럼나+ㄴ(관)+디(의존명)〉정욕이 난 줄
　　예) 情欲잇 이른 마ᅀᆞ미 즐거버ᅀᅡ ᄒᆞᄂᆞ니 나ᄂᆞᆫ 어제 시르미 기퍼
　　넘난 ᄆᆞᅀᆞ미 업수니 〈月印千江之曲〉
* 연즌다 : 엱(없다)+으+ㄴ다(의문)〉없었느냐?
* 것고리이다 : 겪+오+리(미래)+이다(존칭서술)〉꺾겠습니다

2.4. 鄭石歌

　　鄭石歌는 전 6연의 분절체로 '서사-본사-결사'의 3단 구성을 이루며 음수율은 3·3·4조로 각연 6구 형식으로 이루어졌다. 주제는 임과의 변함없는 사랑으로 열거, 반복, 과장, 반어, 역설을 사용하여 주제를 강조하였으며 불가능함을 전제로 주제를 역설적으로 표현하였다. 특히 제6연은 '서경별곡'의 제2연과 같은 내용의 가사로 이루어졌다. 출전은 〈樂章歌詞〉에 전편이, 〈時用鄕樂譜〉에 제1연이 실려서 전한다.4)

　　문학교교과서에 수록된 〈정석가〉의 시어 및 시구와 그 풀이를 보이면 〈표 4〉과 같다.

---

4) 노래명인 '鄭石'은 노래의 첫머리에 나오는 '딩아 돌하'에서 '딩'과 '돌'의 借字로 보인다. 이 '딩'과 '돌'은 악기의 이름으로 생각되므로 '鄭石'은 그 악기를 의인화한 것으로 본다. 그리고 이 작품은 유한한 인간으로서 영원히 임과 함께 살기를 바라는 소망으로 역설적으로 표현하였다. 소재로 '모래밭과 밤나무', '소와 풀 뜯는 것'으로 농민의 생활을, '연꽃'은 불교생활을, '텰릭'은 평범한 일상생활을 반영하였다.

<표 4> 정석가

출판사 / 상, 하	시어 및 시구	풀이	비고
천재교육 / 하	딩아, 돌하	딩돌아,정석(鉦(징)-)鄭+磬(경쇠-)石)아	
	계샹이다	계십니다〈시용향악보에는 겨샤이다〉	
	노니ᄋ와지이다	놀고 싶습니다	
	여희ᄋ와지이다	여의고(이별하고) 싶습니다	
	삼동(三同)	세 묶음이	
	퓌거시아	피시어야, 피어야	
	몰아	재단하여	
	디여다가	지어다가	

〈語形分析〉

* 딩 : 징(鉦, 구개음화)＋아(호격)
* 돌(磬, 돌로 만든 악기, 또는 石)ㅎ＋아
* 鄭(우리음은 정, 중국음은 정)
* 계샹이다 : 계＋시＋아(선어말)＋이다 *시용향악보에는 '겨샤이다'
* 노니ᄋ와지이다 : 놀＋니＋ᅀᅳᆸ＋아＋지(보조형)＋이다〉노니ᅀᅳᇦ〉노니ᅀᅳ와
  〉노니ᄋ와〉노닐고 싶습니다.
* 여희ᄋ와지이다〉여희ᅀᅳᆸ아지이다〉여희ᅀᅳᇦ지이다(이별하고 싶습니다)
* 三同이 : 세묶음이 * 三冬
* 퓌거시아 : 퓌(동)＋거＋시＋아〉피어야
* 몰아 : ᄆᆞᄅ(裁)＋아 * ᄆᆞᄅ다(ᄅ변칙)
* 디여다가 : 디(주조하다)＋여다가(나열형)〉주조하여다가

2.5. 動動

전 13연으로 된 월령체(달거리 노래)로 이러한 달거리 형식의 가사에
는 농가월령가, 청상요, 관등가, 사친가, 달풀이 등이 있다. 주제는 계절
의 변화에 따라 일어나는 임에 대한 연모의 정으로 송축과 애련이다. 달
이 바뀜에 따라 일어나는 임에 대한 그리움, 원망, 한탄, 고독감이 잘 표

현되어 나타난다. 또한 민요풍으로 시어의 구사가 뛰어나며 현실적으로 맺어질 수 없는 사랑의 비극성을 내포한 서정시이다. 그리고 궁중에서 '處容戱' 속에 '動動舞'가 포함되었으나 '男女相悅之詞'라 하여 조선 중종 때 폐기되었다.

이 노래는 가장 오래된 月令體로 계절의 변화에 따라 임을 그리는 情과 고독한 삶을 노래하여 민속연구의 귀중한 자료가 되고, 슬픔과 원한을 찬미로 승화시킨 작품이다. 출전은 〈樂學軌範〉이다.5)

문학교교과서에 수록된 〈동동〉의 시어 및 시구와 그 풀이를 보이면 〈표 5〉과 같다.

〈표 5〉 동동

출판사 / 상, 하	시어 및 시구	풀이	비고
금성 / 하	곰비예 림비예 호눌 즈싀샷다 달욋고지여 브롤 즈슬 좃니노이다	뒤에 앞에 하는 것을 모습이시로다 진달래꽃이여 부러워할 모습을 따르겠습니다	
금성 / 하	니믈 혼디 녀가져 새셔 가만ᄒ애라 슬훌ᄉ라온뎌	임과 함께 살아가고 싶어 초가가 고요하구나 슬픈 일이로다	
금성 / 하	니믈 혼디 녀가져 새셔 가만ᄒ애라 슬훌ᄉ라온뎌	임과 함께 살아가고 싶어 초가가 고요하구나 슬픈 일이로다	

---

5) 〈참고〉 月令歌는 한해 동안의 기후의 변화나 儀式 및 농가 행사 등을 달의 순서에 따라 읊은 월령체의 노래이다. 이 중 '動動'은 조선조에 牙拍과 함께 연주되었으며, 儺禮 뒤의 處容戱에는 動動舞가 포함되었다. 특히 서사 부분은 德과 福을 임(임금)께 바치는 송축의 내용으로 본문의 내용과는 전혀 관련이 없는 것이다. 이는 궁중악으로 채택되면서 인위적으로 가사를 만든 것으로 본다.

〈語形分析〉

* 곰비예 : 곰(後, 신령)＋비(腹, 杯)〉뒤＋예(처소격)
* 받(바치다, 받(受))＋줍＋고〉바치고
* 림(前, 님, 임금)＋비〉앞
* ① 뒤에 앞에(전후 계속해서)
  ② 신령님께 임금께
  ③ 곰뷔님뷔 : 자주자주, 계속해서
      예) 날은 느져가고 어셔 내라 곰븨님븨 지촉ᄒ고 〈계축일기〉
* 호ᄂᆞᆯ : ᄒ＋오(선어말)＋ㄴ(명사형)＋ᄋᆞᆯ〉한 것을
* 즈싀샷다 : 즛(명)＋이(서술격)＋샷다(존칭감탄형)〉즈시〉즈싀＋샷다(감)
  즛〔容貌〕 / 늧〔顔面〕 / 얼굴〔形體〕
* 둘욋고지여 : 둘욋곶(명)＋이여(감탄사)
  진달래꽃, 달래꽃, 달 아래 핀 욋꽃, 달 아래 핀 오얏꽃
* 브롤 : 블(동)＋오(선어말)＋ㄹ(관)〉부러워할
  블(동) : 부러워하다 / 부럽다(전성형용)〉블(동)＋업다(접미)
* 좃니노이다 : 좃(좇-8종성법)〔從〕＋니〔行〕＋노이다(존칭서술)〉좇아갑니다
* 니믈 : 님＋을(동반격)〉님과
* 고어에서는 ᄒ디 앞에서 '과' 대신에 '을'이나 '은'을 사용함
      예) 넉시라도 님은 ᄒ디 녀져라 아으 〈鄭瓜亭〉
          넉시라도 니믈 ᄒ디 녀닛 景 너기다니 〈滿殿春〉
* ᄒ디 : ᄒ(같은, 한)＋디(곳)〉함께, 한데
* 녀가져 : 녀(生)＋가(往)＋져(의도형)〉살아가고자
* 오ᄂᆞᆯ낤 : 오ᄂᆞᆯ＋날＋ㅅ(주격촉음)〉오늘날이(본래는 오ᄂᆞᆲ＋날＋ㅅ)
    예) 오ᄂᆞᆲ날 世尊이 〈月印釋譜〉
        오ᄂᆞᆲ날(금일) 〈內訓〉
        오ᄂᆞᆲ날 〈龍飛御天歌〉
* 새셔 : ① 새(茅)＋셔(椽)〉초가집
    예) 새지븨〔茅屋〕 〈杜詩諺解〉 셔연(椽) 〈訓蒙字會〉
        ② 歲序가 晚ᄒ애라〉세월(금년)이 늦어가는구나
* 가만ᄒ(형)＋애라(감)〉조용하구나
* 슬홀사려온뎌 : 슳(형)＋올(관)＋ㅅ(의존명)＋라오(비교)＋ㄴ뎌(감)
                〉슬픔보다 더하구나, 퍽 슬프구나

예) 널라와 시름 한 나도 〈靑山別曲〉

* 고우닐 : 곱+온(관)+이(의존)+ㄹ(목)〉고운 이를
* 곱온〉고ᄫᆞᆫ〉고온〉고운
* 스싀옴 : ① 스싀(부, 스스로)+곰(접, ㄱ탈락)〉스스로
         ② 스치(思)의 오기+곰(강세접)〉생각하고 생각하며
* 盤잇 : 반(소반)+이(처소격)+ㅅ(관형격)〉소반에의, 소반에 있는
* 드러 얼이노니 : ① 얼(嫁, 시집가다)+이(피동)+노니(설명)〉시집보내
              지니
              ② 들어 어우르다(어우르게 하다)

2.6. 靑山別曲

고려속요인 청산별곡은 8연의 연시로 후렴구를 제외하면 각 연은 4구로 3음보와 3·3·2조의 음수율의 형식으로 구성되었다. 1연에서 5연까지는 '靑山'으로, 6연에서 8연까지는 '바다'로 이상향의 세계를 제시한 대칭구조로 'a a b a' 형을 이룬다.

주제는 생의 비애와 고독(內憂外患의 괴로움으로부터 벗어나고자 함)이며, 성격은 체념적이며 은둔적으로 지배적 정서는 비애감이다. 그러나 후렴구는 울림소리의 반복으로 낙천적이라 할 수 있다. 특징은 문학성(창작성)이 뛰어나며 고려인들의 생활관(현실도피적 인생관)이 가장 잘 나타난 작품으로 당시 시대상황의 어려움과 모순을 잘 나타낸 작품이다. 또한, 체념적(은둔적) 애조를 풍자와 낙천적으로 승화시켰으며, 후렴구(명랑, 경쾌, 낙천성)의 음악성이 뛰어나다. 출전은 〈악장가사〉이며, 〈시용향악보〉에는 곡조와 함께 1연만 기록되어 전한다.

이 작품은 생활에 찌들고 현실을 직관하는 작자가 그러한 현실을 비관, 풍자, 비판함으로써 당시 사회를 고발하고 있는 작품으로 보는 것이 좋다.6)

---

6) 이 노래는 哀憐을 중심으로 당시 사회적 배경과 현실인식이 체념적으로 나타난 작품으로 외로운 처지와 허무한 생의 비애를 읊고 있다. 그러나 애달픈 가운데서도 諧謔이 있고, 憂愁의 일면에 낙천적이고도 명랑한 基調가 있어 퍽 柔軟한 情調가 감돈다. 또한 그 詩語의

　문학교교과서에 수록된 〈청산별곡〉의 시어 및 시구와 그 풀이를 보이면 〈표 6〉과 같다.

<표 6> 청산별곡

출판사 / 상, 하	시어 및 시구	풀이	비고
문원각 / 하	살어리랏다 우러라 가던새 본다 디내와숀뎌 드로라 에정지 가다니 잡스와니 내 엇디 하리잇고	살겠노라, 살리로다, 살았으면 좋았을 것을 우는구나, 울어라 날아가던 새, 갈던 사래(이랑) 외딴 부엌이나 마당	

〈語形分析〉

* 살어리랏다 : 살+어(활음소)+리+랏다(감탄형) 〉 살겠도다
* 우러라 : 울+어라(감탄형) * 명령형으로 보기도 함
* 가던 새 : ① 날아가던 새 ② 갈던 사래(갈던 사이)(이랑)
* 본다 : 보+ㄴ다(과거의문)〉보았느냐?
　　　　예) 빈예 <u>연즌다</u> (西京別曲)〉 배에 얹었느냐?
* 현재서술형 : ᄂ다〉ㄴ다(조선중기)
　　　　예) 님이신가 반기니 눈믈이 절로 <u>난다</u>(思美人曲)
* 디내와숀뎌 : 디내(경과)+오(동)+아(아+잇〉앳)앗, 과거시제)+숀뎌
　　　　　　(방임형)〉지내왔지만 * '디내왯숀뎌'의 오기로 봄
　　　　예) 仁者 <u>왯다</u> 드르시고〈釋譜詳節〉
* 드로라 : 듣+오라(감탄)〉듣는구나

이미지에 있어서 관용적인 것이 없고, 구문에 있어서 동적이면서 논리성을 일관하고 있으며 고도한 상징성마저 지니고 있는 점에서 완전무결한 한 편의 창작시로도 보고 있다. 또한, 이 작품은 생활에 찌들고 현실을 직관하는 작자가 그러한 현실을 비관, 풍자, 비판함으로써 당시 사회를 고발하고 있는 작품이다.

* 에경지 : ① 에(접두사)＋경지(부엌)〉외딴 부엌
          ② 예경지
          ③ 에(감탄사)＋淨地(속세의 때가 묻지 않은 맑고 깨끗한 곳)
* 가다니 : 가＋다(1인칭의 회상)＋니(설명형)〉내가 가더니
* 줍ᄉ와니〉줍＋ᄉ습＋아니(설명형)〉잡ᄉ바니〉잡ᄉ와니〉잡으오니 *1인칭(나)
  과 겸양의 결합이 어색함
* 내 : 나(대명)＋ㅣ(주격)
* 엇디ᄒ리잇고 : 엇디ᄒ(동)＋리＋잇고(상대높임의문형)〉어찌하겠습니까?

3. 결 론

지금까지 제7차 문학교과서에 수록된 작품 중 고려속요(정읍사, 가시
리, 서경별곡, 정석가, 동동, 청산별곡)에 대해 가급적 정확한 해석을 보이고
자 각 작품마다 시어와 시구의 내용을 어법적으로 분석 고찰하였다. 일
부 시구에 대해서는 어느 한 방향의 분석보다는 다양한 형태 분석을 보
임으로써 문맥적 해석에 의존하기도 했다. 그러다보니 어법적 해석이 문
맥적 해석과는 일치하지 않는 어색한 곳도 있게 되었다. 이는 고려속요
가 구비전승 되다가 訓民正音 창제 이후 문자로 기록되면서 표기상의 문
제를 가져올 수도 있다고 판단된다. 가급적 고려속요의 문헌(樂學軌範, 樂
章歌詞, 時用鄕樂譜 등)에 수록된 원문 그대로 분석 고찰하였다.

◙ **참고문헌**

강황구 외, 문학(상), 상문연구사, 2002.
구인환 외, 문학(하), 교학사, 2002.
김병국 외, 문학(상, 하), 한국교육미디어, 2002.
김윤식 외, 문학(상, 하), 디딤돌, 2002.
김창원 외, 문학(하), 민중서림, 2002.
박경신 외, 문학(상, 하), 금성출판사, 2002.
우한용 외, 문학(상, 하), 두산, 2002.
조남현 외, 문학(하), 중앙교육진흥연구소, 2002.
한철우 외, 문학(하), 문원각, 2002.
홍신선 외, 문학(상, 하), 천재교육, 2002.
고영근·남기심, 중세어자료 강해, 집문당, 1997.
국사편찬위원회, 한국사 16, 17, 18, 19, 20, 1994.
金亨奎, 古歌謠註釋, 一潮閣, 1982.
朴德裕, 中世國語講解, 한국문화사, 1999.
朴炳采, 高麗歌謠의 語釋硏究, 宣明文化社, 1964.
박영규, 고려왕조실록, 들녘, 1996.
朴晙圭, “高麗俗樂 31篇에 대하여”, 高麗歌謠硏究, 정음사, 1979.
徐首生, 高麗歌謠硏究, 경북대논문집 5집, 1962.
安秉禧, “여요 二題”, 한글 127호, 1960.
梁柱東, 高麗箋註, 乙酉文化社, 1947.
李聖周, 高麗歌謠의 硏究, 세종대 박사논문, 1988.
李壬壽, 麗歌硏究, 형설출판사, 1988.
정병욱, “악기의 구음으로 본 별곡의 여음구”, 증보판 한국고전시가론, 신구문화사, 2000.
中國語大辭典編纂室 編, 中韓辭典, 高大民族文化硏究所, 1989.
최용수, 고려가요연구, 계명문화사, 1993.

7차 고등학교 국어교과서에 나타난 제재 선정의 적합성 연구

강 미 영*

1. 서 론

오늘날 학교에서 가르치고 배워야 할 교육 내용은 교육과정에 의해 결정되고 통제된다. 그런데 실제 학교에서는 교육과정 자체를 가르치고 배우는 것이 아니라 교육과정을 구체화, 체계화시킨 교과서로 교수·학습을 한다. 교과서에는 해당 교과의 교육과정에서 정한 교육의 이념과 목적이 들어가게 되며 교과의 교육 목표를 구현하기 위한 교육 내용과 방법이 구체화 되어있다. 그리하여 교사는 교과서를 주된 교재로 삼아 가르치고, 학생들도 또한 교과서를 주된 학습 자료로 하여 배운다. 이처럼 교과서는 교육과정의 구체적 반영물이며, 교사와 학습자의 교수·학습에 핵심 교재로 작용함으로써 교육과정과 교사, 학습자를 매개하는 구실을 한다.

본고에서는 7차 교육과정에 의해 새롭게 개편된 고등학교 국어교과

* 인하대학교 강사

서를 분석 검토하여 교육과정 내용이 교과서에 충실히 반영되었는지를 고찰해 보고, 그 과정에서 발견되는 문제점 및 수업현장에서 적용될 때 예상되는 문제점들을 생각해 보도록 하겠다. 이를 중심으로 국어교과서의 개선 방향과 효율적 활용 방안을 생각하여 국어 교육 발전에 도움이 되고자 함이 본 연구의 목적이다.

2. 7차 고등학교 국어교과서 제재 분석

2장에서는 각 단원의 학습 목표와 학습 목표와 관련된 교육과정 내용을 중심으로 제재글의 적합성을 살펴보았다. 학습 목표와 교육과정 내용을 중심으로 제재글을 살펴본 결과, 제재글 구성은 교육과정에 따라 비교적 충실하게 이루어졌음을 확인할 수 있었다. 본고에서는 제재글 구성이 학습 목표와 교육과정 내용을 성취하기에 부적절하다고 생각되는 국어(상)에서는 1·3·7단원과 국어(하)에서는 5·7단원을 중심으로 살펴보도록 하겠다.

1) 7차 고등학교 국어교과서 (상) 분석

1. 읽기의 즐거움과 보람

고등학교 교사용 지도서에 제시된 1단원의 학습 목표와 각 학습 목표와 관련된 교육 과정 내용을 살펴보면 다음과 같다.

●적절한 배경 지식과 방법을 활용하면서 읽는 태도를 지닌다.
글을 읽을 때 적절한 배경 지식을 활용하면서 목적에 맞는 적절한 정보를 얻었는지 평가해 보고 부족한 부분을 보완할 수 있어야 한다. 그리고 글의 종류와 목적에 따라 적절한 읽기 전략을 활용할 수 있어야 한다.
읽기(6) 읽기 활동을 적절히 조절하면서 읽는 태도를 지닌다.

● **문학 작품이 주는 즐거움과 보람을 안다.**
　문학 감상을 통해 학습자들은 인간다운 삶의 모습을 발견하게 되며 개인과 사회, 인간과 자연, 인간과 삶의 문제로 확장하여 공동체적 가치를 깨달을 수 있다. 이러한 과정에서 문학 작품을 읽는 즐거움과 보람을 학습하게 한다.
　문학(1) 문학의 기능을 안다.

　1단원에서는 '(1) 황소개구리와 우리말'을 통해 적절한 배경 지식과 방법을 활용하면서 읽고, '(2) 그 여자네 집'을 통해 문학 작품이 주는 즐거움과 보람을 파악하도록 구성되어 있다.
　이에 대하여 필자는 '황소 개구리와 우리말' 단원은 '글 전개 방식'을 가르치는데 보다 효과적인 단원이라고 생각한다. 이 글에서는 황소개구리를 무분별하게 도입하여 토종 개구리가 사라져 가고 있는 현실을 통해, 영어를 무분별하게 사용함으로써 우리말의 위기를 초래할 수 있는 상황을 유추(비유)적으로 파악하고 있고, 구체적인 사례들을 통해 일반화된 결론을 이끌어 내고 있기 때문이다.
　'(2) 그 여자네 집' 또한 문학 영역의 내용 가운데 '5. 작품에 드러난 사회·문화적 상황을 파악하고, 이를 작품 수용에 능동적으로 활용한다'와 관련된 학습 목표를 설정하는 것이 바람직하다고 생각한다. 이 작품에서 중심 인물인 만득이와 곱단이의 사랑 이야기가 끝내 비극적으로 마무리되는 것은 그 당시의 역사적 현실과 밀접하게 관련되어 있다. 일제의 강제 점령, 전쟁과 분단이라는 한국 현대사의 비극이 만득, 곱단, 순애의 개인적인 고통에 짙게 배어 있다. 특히 박완서의 소설 '그 여자네 집'에는 김용택의 시 '그 여자네 집'이 삽입되어 시가 지니는 정서와 분위기, 이미지를 감상할 수 있어 일석이조(一石二鳥)의 효과를 기대할 수 있는 단원이라 생각한다.

3. 다양한 표현과 이해

고등학교 교사용 지도서에 제시된 3단원의 학습 목표와 각 학습 목표와 관련된 교육 과정 내용을 살펴보면 다음과 같다.

● **장면에 따라 다양한 표현 방식이 사용됨을 안다.**

우리는 일상 생활에서 단순히 언어적 요소만으로 의사 소통하지는 않는다. 상대방, 시간 및 공간적 배경, 맥락 등이 각각 다른 특정 장면에 따라 다양한 방식으로 의사를 표현한다. 이런 점을 고려하여 장면의 개념과 장면에 따른 다양한 표현 방식을 학습하게 된다.

국어지식(5) 장면에 따른 표현 방식을 안다.

● **언어 외적 표현[1]과 언어에 부수되는 표현[2]이 듣기에서 중요한 역할을 함을 안다.**

몸짓 언어를 뜻하는 언어 외적 표현과 일정한 억양이나 음조 등의 준(반)언어(paralanguage)를 뜻하는 언어에 부수되는 표현을 이해하면 상대방의 몸짓과 자세가 의미하는 것이 무엇인지, 음성 언어에 수반되는 준(반)언어적 특질들을 듣기 과정에서 어떻게 해석해야 하는지에 대해 깊이 통찰할 수 있다.

듣기(1) 반언어적 표현과 비언어적 표현이 듣기에서 중요한 역할을 함을 안다.

● **언어 외적 표현과 언어에 부수되는 표현이 말하기에서 중요한 역할을 함을 안다.**

사람들은 정보 전달을 위해서 우선적으로 음조나 억양, 강세 등이 부가된 음성 언어를 사용하고, 동작 언어는 음성 언어를 대체하거나 보완하기 위하여 사용한다. 이런 점을 고려하여 언어 외적 표현(비언어적 표현)과 언어에 부수되는 표현(반언어적 표현)을 효과적으로 구사하는 말하기에 대해 학습한다.

말하기(1) 반언어적 표현과 비언어적 표현이 말하기에서 중요한 역할을 함을 안다.

---

1) 언어 외적 표현 : 직접적으로 언어와 관련된 것은 아니지만 얼굴 표정, 몸 동작, 의상 등을 통해 의미를 나타내는 것
2) 언어에 부수되는 표현 : 어조, 음색, 속도, 고저, 장단, 강약 등을 통해 전달하고자 하는 의미를 좀더 분명하게 나타내는 것

3단원에서는 '(1) 봄봄'이라는 단편 소설을 통해 언어 이외의 의사 표현 수단에 대해 공부하고, '(2) 봉산 탈춤'이라는 민속극 대본을 읽으면서 장면에 따라 말의 효과를 높이는 다양한 표현 방식에 대해 학습하도록 되어 있다.

김유정의 소설 '봄봄'은 사건의 진행이 시간적인 순서에만 따르지 않고 부분적으로 과거와 현재가 바뀜으로써 장인님과 나 사이의 갈등을 긴장감 있게 고조시켰다가 갑작스런 역전에 의해 화해로 결말을 유도하고 있다. 이 점에서 '봄봄'은 작품 전체의 사건 전개가 유기적으로 잘 짜여진 단편 소설 구성의 뛰어난 본보기라고 할 수 있다. 그리고 이 작품 안에는 오늘 우리의 일상 생활에서는 찾아보기 어려운 토속적인 말들이 쓰이고 있다. 작품에 드러나는 이러한 토속어들은 작중 인물들의 해학적인 형태를 그리는 데 절묘한 기능을 맡고 있다. 그리고 1인칭 주인공 시점을 택한 이 작품은 그 시점으로 말미암아 독자들의 흥미를 돋우도록 마련되어 있다. 이처럼 소설 '봄봄'은 7차 국어교과서에서 제시한 '언어 외적 표현과 언어에 부수되는 표현'을 가르치기보다는 소설 내적 비평에 해당하는 구성상의 특징이나 표현상의 특징, 그리고 등장인물의 성격이나 갈등 구조를 학습하는 데 더 효과적인 제재라고 할 수 있겠다.

'(2) 봉산탈춤'은 익살과 풍자가 가득한 이 작품은 근대로의 전환기에 처한 민중들의 진취적인 의식과 탈춤의 민중 예술적 성격을 전형적으로 보여 준다. '(2) 봉산 탈춤'은 앞서 학습한 언어 외적 표현 방식과 언어에 부수되는 표현 방식을 활용하여 작품을 읽고 감상할 수 있는 제재글이다. 하지만 필자가 생각건대 '봉산탈춤'은 작품 안에서 풍자되는 대상의 면모를 파악한다든가 서양 연극과 대비하여 우리 전통 민속극이 지닌 특성을 파악하는 점에 중점을 두고 교수·학습해야 한다. 하지만 7차 교과서의 '학습활동'에는 풍자의 대상이라든가 탈춤 공연의 특성 등의 중점 사항(필자의 생각)에 대한 언급이 전혀 없다.

언어 외적 표현, 언어에 부수되는 표현, 장면의 개념, 장면에 따른 다양한 표현 방식을 학습하기 위해서 '봄봄'과 '봉산탈춤'과 같은 제재를 선정하기보다는 실제로 언어 생활에 적용할 수 있는 지시나 지칭, 추론, 함의, 함축, 공손 등을 학습하는 것이 학생들의 언어 사용 능력을 신장시키는데 도움이 될 것이다.

7. 생각하는 힘

고등학교 교사용 지도서에 제시된 7단원의 학습 목표와 각 학습 목표와 관련된 교육 과정 내용을 살펴보면 다음과 같다.

● 말하거나 글을 쓸 때, 상황에 적절한 내용이 중요함을 안다.

자신의 생각과 느낌을 효과적으로 표현하기 위해서 정확한 상황 분석이 필요함을 알고 표현하고자 하는 목적과 주제가 상황에 적절한지 판단할 수 있어야 한다.

말하기(2) 상황의 변화에 따라 내용을 적절하게 생성하여 말한다.

쓰기(2) 상황에 따라 내용을 적절하게 생성하여 글을 쓴다.

● 내용을 생성하는 다양한 방법을 안다.

대상과 목적에 대한 상황 분석이 이루어지고 나면 말할 주제와 관련된 문제를 발견하여 해결하고 자료를 수집하는 방법을 통해 내용을 생성하도록 지도한다.

말하기(2) 상황의 변화에 따라 내용을 적절하게 생성하여 말한다.

쓰기(2) 상황에 따라 내용을 적절하게 생성하여 글을 쓴다.

● 상황에 따라 적절한 내용을 생성하여 말하거나 글을 쓸 수 있다.

말하기나 글쓰기는 청자(예상 독자), 주제와 목적에 따라 내용을 생성하는 방법이 달라질 수 있음을 알고, 적절하고 참신한 예시로 말하기와 글쓰기의 능력을 배양시킬 수 있도록 지도한다.

말하기(2) 상황의 변화에 따라 내용을 적절하게 생성하여 말한다.

쓰기(2) 상황에 따라 내용을 적절하게 생성하여 글을 쓴다.

'7. 생각하는 힘'은 '(1) 장마'를 통해 말을 하거나 글을 쓸 때 상황을 파악하는 것이 왜 중요한지 그리고 상황을 파악하기 위해 어떤 점을 고려해야 하는지에 대하여 알아 보고, '(2) 기미독립선언서'를 통해 상황과 목적에 따른 내용 생성 방법을 학습하도록 구성된 단원이다.

'(1) 장마'는 이데올로기에 의해 희생당해야 했던 두 집안의 화해 과정을 어린 아이의 눈을 통해 보여 주면서, 전쟁과 분단의 비극을 무속 신앙(샤머니즘)적 전통과 결합시킨 작품이다. 효과적으로 말하거나 쓰기 활동을 하기 위해서는 시간이나 장소, 듣는 이의 처지 등을 고려해야 해야 하는데 '장마'는 말을 하거나 글을 쓸 때 상황의 중요함을 가르치기에 적절하지 않다. 오히려 시점, 서술 방식, 시간적 배경인 '장마'의 의미 등을 알아 보고, 작품에 반영된 민족 현실에 대하여 살펴보는 것이 중점이 되어야 할 것이다. 따라서 '(1) 장마'는 교육과정 내용 가운데 '문학 (2) 작품의 구성 요소와 그 기능을 이해한다'와 '문학 (5) 작품에 드러난 사회·문화적 상황을 파악하고, 이를 작품 수용에 능동적으로 활용한다'와 관련된 학습 목표를 성취하는 제재글로 활용하는 것이 바람직하다.

필자는 '(2) 기미독립선언서(己未獨立宣言書)'를 통해 학습 목표에서 제시하고 있는 "상황과 목적에 따른 내용 생성 방법을 알고, 이를 통해 말을 하거나 글을 쓸 수" 있을지 강한 의문이 든다. 적절하고 가치 있는 내용을 생성하기 위해서는 자료·현상·사건 등을 조사·관찰·답사를 하기도 하고, 사색과 궁리를 통해 내용을 생성해 내기도 하는 등 많은 준비 과정을 거쳐야 한다. 실제 교수·학습 과정에서 대부분이 한자어로 쓰여진 '기미독립선언서'를 학습 목표에서 제시한 것처럼 진행시켜 나가기에는 많은 어려움이 있다.

2) 7차 고등학교 국어교과서 (하) 분석

5. 감동을 주는 언어

고등학교 교사용 지도서에 제시된 5단원의 학습 목표와 각 학습 목표와 관련된 교육 과정 내용을 살펴보면 다음과 같다.

● **문학 작품의 아름다움을 파악하는 능력과 태도를 기른다.**

문학 작품을 예술로서 파악하는 능력과 태도를 기르는 것을 말한다. 지금까지 문학 작품을 기능이나, 구조, 작품 세계, 작가·작품·독자의 관계 등을 중심으로 학습했는데, 예술로서의 문학의 본질을 파악하고, 그것을 삶을 아름답고 가치 있게 하는 데 활용할 수 능력과 태도를 기르도록 하는 것이 목표이다.

문학(3) 문학의 갈래에 따른 작품의 미적 가치를 파악한다.

● **상황에 따라 적절하고 가치 있는 내용을 생성하는 능력과 태도를 기른다.**

가치 있는 내용의 생성은 쓰기의 가장 중요한 과정이다. 그 쓰기가 단순한 자기 표현이든 사회적으로 중요한 의제에 대한 참여이든 독자가 읽어서 공감하거나 새로이 얻는 바가 있어야 하는 것이다. 이것은 가치 있는 내용에서 가능한 것이다. 자신이 속한 집단이나 공동체 전체가 처한 구체적인 상황과 관련하여 가치 있는 내용을 생성하고 그것을 글로 쓰는 일은 교양을 갖춘 사람이라면 해야 할 일이다. 그러기 위해서는 그러한 상황에 대해 관심을 가지고, 나름대로 상황을 분석하고, 나아가 자신의 지식이나 일반적인 원리에 비추어 이해하고 판단하는 활동을 꾸준히 하는 습관과 태도를 가져야 한다.

쓰기(2) 상황에 따라 내용을 적절하게 생성하여 글을 쓴다.

5단원에서는 '(1) 관동별곡'을 통하여 문학의 아름다움의 범주와 가치가 무엇인지 알아보고, '(2) 간디의 물레'를 통하여 상황에 따라 적절하고 가치 있는 내용을 생성하는 방법을 이해하고 이를 활용하여 주어진 상황에 적절하고 가치 있는 내용을 생성해 보는 활동을 하도록 학습 목표와 교육과정 내용이 제시되어 있다. 필자가 생각하기에 5단원을 통하여 교과서와 교사용 지도서에 제시된 학습 목표와 교육과정 내용을 성취하기에는 많은 어려움이 있다. 우선 '(1) 관동별곡'은 학생들에게 익숙지 않은 생경한 한자어가 많기 때문에 내용을 파악하기에 어렵고, 우리가 일상에서 느끼는 우아, 골계, 숭고, 비장 등의 미의식이 잘 표현되어 있지도 않다. '(1) 관동별곡'은 전체적으로 자연의 조화를 본받는 태도를 취하고 있으므로 우아미가 주류를 이루고 있다고 할 수 있겠으나 골계미와 숭고미, 비장미는 거의 드러나지 않는다. 따라서 이 작품을 통하여 미의식을 파악하기는 어렵다. 실제 평가에서는 기본적인 어휘 해석을 바탕으로 문맥적인 의미 또는 함축적인 의미를 파악하는 문제가 출제되고 있으며, 시적 화자의 여정과 견문에 따른 심리와 태도를 파악하는 문제가 대부분을 차지하고 있다. 그리고 시적 화자의 심리적 갈등과 갈등의 해결 방식에 관한 문제도 자주 출제되고 있다. 평가에서 중점을 이루는 사항을 살펴보더라도 '(1) 관동별곡'은 교과서에서 제시한 학습 목표와 관련이 적다는 사실을 알 수 있다.

'(2) 간디의 물레'는 영화 '간디'의 한 장면, 물레를 돌리는 간디의 모습에 대한 치밀한 분석을 통해 현대 문명이 처한 모순된 상황의 본질을 탐색하는 과정을 잘 보여주는 문명 비평문으로, 상황 분석과 유추를 통한 글의 전개 방식을 잘 보여 주고 있다(필자의 생각). 필자는 이 글을 학습 목표에서 제시하고 있는 쓰기 활동으로 활용하기보다는 읽기 활동 단원으로 활용하는 것이 바람직하다고 생각한다. 교육과정 내용의 읽기 영역 가운데 '(4) 표현의 효과에 대하여 평가하며 글을 읽는다'와 관련된 단원 학습 목표를 설정하고, 학생들에게 간디 사상을 간디 당시의 인도의 상황에 기초하여 오늘날의 상황에 적용하게끔 유도하는 것이 교수·학습의 능률을 높이는 하나의 방안이 될 듯하다. '(2) 간디의 물레'를 학습한 후에 상황을 분석하고 유추를 통하여 한 편의 글을 쓰는 학교는 없을 것이다.

7. 전통과 창조

고등학교 교사용 지도서에 제시된 7단원의 학습 목표와 각 학습 목표와 관련된 교육 과정 내용을 살펴보면 다음과 같다.

● **우리 문화의 전통을 창조적으로 계승, 발전시키는 능력과 태도를 기른다.**

전통 계승의 태도는 지식의 습득에서 길러지는 것이라기보다는 생활 속의 체험에서 길러지는 것이다. 따라서 학습자들로 하여금 생활 속에서 전통을 발견하고 체험할 수 있도록 하는 것이 중요하다.

문학(7) 한국 문학의 전통을 창조적으로 계승 발전시키려는 태도를 지닌다.

● **전통의 창조적 계승을 위해 창의적으로 표현하는 태도를 기른다.**

전통이 단순히 과거의 유물이 아니라 오늘날과 이어져 있는 과거의 문화 양식이라는 것을 학습자들이 이해하도록 하기 위해서는, 전통의 창의적 성격을 이해하고 그것을 실제 활동으로 구현할 수 있어야 한다. 창의적 글쓰기는 이러한 관점에서 소중한 교육 활동이다.

쓰기(7) 창의적으로 글을 쓰려는 태도를 지닌다.

문학(7) 한국 문학의 전통을 창조적으로 계승, 발전시키려는 태도를 기른다.

● **전통을 창조적으로 계승함으로써 국어를 발전시키려는 태도를 기른다.**

국어의 발전은 국어로 표현되는 제반 문화적 현상들의 발전과 밀접한 관계를 가진다. 그러므로 전통 계승의 일환으로 수행되는 창의적 글쓰기 활동을 통해 국어를 발전시키려는 태도까지도 함양할 수 있게 한다.

쓰기(7) 창의적으로 글을 쓰려는 태도를 지닌다.

국어지식(8) 국어를 발전시키려는 태도를 지닌다.

문학(7) 한국 문학의 전통을 창조적으로 계승, 발전시키려는 태도를 기른다.

'7. 전통과 창조' 단원에서는 '(1) 춘향전'과 '(2) 건축과 동양 정신'을 읽으면서 그 속에 담겨 있는 우리 문화의 전통을 확인하고, 전통의 창조적 계승을 위한 방법을 활용하여 창의적으로 표현하는 활동을 하도록 되어 있다. 신분의 차이를 초월한 사랑이야기와 건축 사상으로서의 네거티비즘에서 우리의 전통을 확인하는 것은 쉬운 일이다. 하지만 7단원의 제재글을 통하여 '쓰기(7) 창의적으로 글을 쓰려는 태도를 지닌다'와 '국어지식(8) 국어를 발전시키려는 태도를 기른다'를 기를 수 있을지는 의구심이 든다. 단원의 학습 목표로 '전통의 창조적 계승을 위해 창의적으로 표현하는 태도를 기르는 것'과 '전통을 창조적으로 계승함으로써 국어를 발전시키려는 태도는 기르는 것'을 제시한 것은 지나친 욕심이다. 7단원에 실린 제재글과 단원의 학습 목표, 그리고 교육과정 내용은 대체로 잘 연관된다고 할 수 있다. 지나치게 확대된 활동 위주의 학습 목표와 교육과정 내용을 삭제한다면 말이다.

지금까지 살펴본 바를 표로 제시하면 다음과 같다.

<표1> 국어 상

	소단원명	학습 목표	관련 교육과정 내용	비고
① 읽기의 즐거움과 보람	(1) 황소개구리와 우리말	● 적절한 배경 지식과 방법을 활용하면서 읽는 태도를 지닌다.	읽기(6) 읽기 활동을 적절히 조절하면서 읽는 태도를 지닌다.	글 전개 방식을 가르치는 것이 바람직하다(유추, 구체적 사례 통한 일반화).
	(2) 그 여자네 집	● 문학 작품이 주는 즐거움과 보람을 안다.	문학(1) 문학의 기능을 안다.	문학(3)과 문학(5)를 함께 학습할 수 있다.
③ 다양한 표현과 이해	(1) 봄봄	● 언어 외적 표현과 언어에 부수되는 표현이 듣기에서 중요한 역할을 함을 안다. ● 언어 외적 표현과 언어에 부수되는 표현이 말하기에서 중요한 역할을 함을 안다.	듣기(1) 반언어적 표현과 비언어적 표현이 듣기에서 중요한 역할을 함을 안다. 말하기(1) 반언어적 표현과 비언어적 표현이 말하기에서 중요한 역할을 함을 안다.	문학(2)를 학습하는 것이 바람직하다.
	(2) 봉산탈춤	● 장면에 따라 다양한 표현 방식이 사용됨을 안다.	국어지식(5) 장면에 따른 표현 방식을 안다.	문학(3), (5), (7)을 학습하는 것이 바람직하다.
⑦ 생각하는 힘	(1) 장마	● 말하거나 글을 쓸 때, 상황에 적절한 내용이 중요함을 안다.	말하기(2) 상황의 변화에 따라 내용을 적절하게 생성하여 말한다. 쓰기(2) 상황에 따라 내용을 적절하게 생성하여 글을 쓴다.	문학(2)를 학습하는 것이 바람직하다.
	(2) 기미독립선언서	● 내용을 생성하는 다양한 방법을 안다. ● 상황에 따라 적절한 내용을 생성하여 말하거나 글을 쓸 수 있다.	말하기(2) 상황의 변화에 따라 내용을 적절하게 생성하여 말한다. 쓰기(2) 상황에 따라 내용을 적절하게 생성하여 글을 쓴다. 말하기(2) 상황의 변화에 따라 내용을 적절하게 생성하여 말한다. 쓰기(2) 상황에 따라 내용을 적절하게 생성하여 글을 쓴다.	학습 목표와 관련 교육과정 내용을 학습하는 데 '기미독립선언서'는 적절한 제재글이라고 할 수 없다.

< 표2 > 국어 하

	소단원명	학습 목표	관련 교육과정 내용	비고
5 감동을 주는 언어	(1) 관동별곡	● 문학 작품의 아름다움을 파악하는 능력과 태도를 기른다.	문학(3) 문학의 갈래에 따른 작품의 미적 가치를 파악한다.	문학(2)와 문학(7)를 학습하는 것이 바람직하다.
	(2) 간디의 물레	● 상황에 따라 적절하고 가치 있는 내용을 생성하는 능력과 태도를 기른다.	쓰기(2) 상황에 따라 내용을 적절하게 생성하여 글을 쓴다.	읽기(4)를 학습하는 것이 바람직하다.
7 전통과 창조	(1) 춘향전	● 우리 문화의 전통을 창조적으로 계승, 발전시키는 능력과 태도를 기른다.	문학(7) 한국 문학의 전통을 창조적으로 계승 발전시키려는 태도를 지닌다.	학습 목표와 제재글, 그리고 관련 교육과정 내용이 적절하게 제시되어 있다.
	(2) 건축과 동양정신	● 전통의 창조적 계승을 위해 창의적으로 표현하는 태도를 기른다. ● 전통을 창조적으로 계승함으로써 국어를 발전시키려는 태도를 기른다.	쓰기(7) 창의적으로 글을 쓰려는 태도를 지닌다. 문학(7) 한국 문학의 전통을 창조적으로 계승, 발전시키려는 태도를 기른다. 국어지식(8) 국어를 발전시키려는 태도를 지닌다.	

3. 결 론

지금까지 7차 교육과정에 의해 새롭게 개편된 고등학교 국어교과서를 분석·검토해 보았다. 7차 고등학교 교과서를 검토하는 과정에서 발견되는 문제점에 대하여 살펴보면 다음과 같다.

우선 학습 목표와 교육과정 내용을 중심으로 제재글을 살펴본 결과, 대체로 교육과정에 따라 비교적 충실하게 제재글이 구성되어 있음을 확인할 수 있었다. 하지만 국어(상)의 1·3·7단원과 국어(하)의 5단원은 제재글 구성이 학습 목표와 교육과정 내용을 성취하기에 부적절하였다.

국어(상)의 1단원에서는 '(1) 황소개구리와 우리말'을 통해 적절한 배경 지식과 방법을 활용하면서 읽고, '(2) 그 여자네 집'을 통해 문학 작품이 주는 즐거움과 보람을 파악하도록 구성되어 있다. 이에 대하여 필자는 '황소 개구리와 우리말' 단원은 '글 전개 방식'을 가르치는데 보다 효과적이고, '그 여자네 집' 단원은 '작품에 드러난 사회·문화적 상황을 파악하고, 이를 작품 수용에 능동적으로 활용한다'와 관련된 학습 목표를 설정하는 것이 바람직하다고 생각한다.

국어(상)의 3단원에서는 '(1) 봄봄'이라는 단편 소설을 통해 언어 이외의 의사 표현 수단에 대해 공부하고, '(2) 봉산 탈춤'이라는 민속극 대본을 읽으면서 장면에 따라 말의 효과를 높이는 다양한 표현 방식에 대해 학습하도록 되어 있다. 이에 대하여 필자는 '봄봄' 단원은 '작품의 구성 요소와 그 기능'을 가르치는 것이 보다 효과적이고, '봉산 탈춤' 단원은 '문학의 갈래에 따른 작품의 미적 가치를 파악한다'와 '작품에 드러난 사회·문화적 상황을 고려하여 작품을 능동적으로 수용한다'와 관련된 학습 목표를 설정하는 것이 바람직하다고 생각한다.

국어(상)의 7단원에서는 '(1) 장마'를 통해 말을 하거나 글을 쓸 때 상황을 파악하는 것이 왜 중요한지 그리고 상황을 파악하기 위해 어떤 점을 고려해야 하는지에 대하여 알아 보고, '(2) 기미독립선언서'를 통해 상황과 목적에 따른 내용 생성 방법을 학습하도록 구성된 단원이다. 이

에 대하여 필자는 '장마' 단원은 '작품의 구성 요소와 그 기능을 이해한다'
와 '작품에 드러난 사회·문화적 상황을 파악하고, 이를 작품 수용에 능
동적으로 활용한다'와 관련된 학습 목표를 성취하는 제재글로 활용하는
것이 바람직하다고 생각한다. 그리고 '기미독립선언서' 단원은 '작품에 드
러난 사회·문화적 상황을 파악하고, 이를 작품 수용에 능동적으로 활용
한다'를 학습하는 것이 바람직하다고 생각한다.

국어(하)의 5단원에서는 '(1) 관동별곡'을 통하여 문학의 아름다움의
범주와 가치가 무엇인지 알아보고, '(2) 간디의 물레'를 통하여 상황에
따라 적절하고 가치 있는 내용을 생성하는 방법을 이해하고 이를 활용하
여 주어진 상황에 적절하고 가치 있는 내용을 생성해 보는 활동을 하도
록 학습 목표와 교육과정 내용이 제시되어 있다. 이에 대하여 필자는 '관
동별곡' 단원은 '작품의 구성 요소와 그 기능을 이해한다'와 '한국 문학의
전통을 창조적으로 계승, 발전시키려는 태도를 지닌다'를 학습 목표로 설
정하여 가르치는 것이 보다 효과적이고, '간디의 물레' 단원은 '표현상의
특징을 알아보며 글을 읽고, 그 효과를 평가하며 글을 읽는다'를 가르치
는 것이 바람직하다고 생각한다.

이와 같은 문제를 해결하기 위하여 이제 국어과에서도 다양한 교재
개발이 필요하다. 타 교과에서는 하나의 교과 아래 다양한 교과서를 지
향하는 교육과정을 특색으로 내세운다. 이는 국정 교과서처럼 국가가 교
과서를 통제하는 것이 아니라 검인정을 통해 국가가 보증하는 질 높은
교과서를 여러 출판사로 하여금 내놓도록 하고, 이들 교과서를 자율경쟁
의 원리에 맡겨 교육의 질을 높이겠다는 의도로 풀이된다. 이 때 교과서
를 개발하는 사람들은 교육 목표와 내용 체계, 교수·학습 방법 및 구조
화, 교육 평가라는 차원에서 현실성 있는 교과서를 개발해야 할 것이며,
아울러 교과서의 외형적 조건도 교육 현장에 맞는 교과서로 제작되어야
할 것으로 생각된다.

7차 고등학교 국어교과서에서 발견되는 또 다른 문제점은 국어(하)
의 7단원에서 확인할 수 있듯이 학습 목표와 관련 있는 내용을 묶어 통

합적으로 제시하고 있다는 점이다. '7. 전통과 창조' 단원에서는 '(1) 춘향전'과 '(2) 건축과 동양 정신'을 읽으면서 그 속에 담겨 있는 우리 문화의 전통을 확인하고, 전통의 창조적 계승을 위한 방법을 활용하여 창의적으로 표현하는 활동을 하도록 되어 있다. 7단원에 실린 제재글은 단원의 학습 목표, 그리고 교육과정 내용과 대체로 잘 연관된다고 할 수 있다. 하지만 7단원의 제재글을 통하여 '창의적으로 글을 쓰려는 태도를 지닌다'와 '국어를 발전시키려는 태도를 기른다'를 기를 수 있을지는 의구심이 든다. 7차 고등학교 국어교과서 각 단원은 '알아두기' 항목을 통하여 개념적·방법적 지식을 습득하고, 이를 말하기나 쓰기 활동을 통해 실현하도록 구성되어 있다. 이는 학생들이 직접 참여하는 구체적인 언어 사용 활동을 강조한 것이다. 학생들은 제재글을 읽으며 논지 전개에 따른 표현 방법을 습득한 이후에 이를 말하기나 쓰기 활동을 하여야 한다. 이는 학생들의 직접적인 참여를 유도하고, 활동을 하도록 한다는 점에서 바람직하다고 할 수 있으나 한정된 교과 분량과 한정된 수업 시수를 고려해 본다면 실제 학교 현장에서 실행되기가 어렵다. 결국, 7차 고등학교 국어교과서에는 이전 교과서에 비하여 말하기나 듣기, 쓰기 활동을 유도하는 '~해 보자'는 문장은 많아 졌지만, 실제 활동은 '말하기·듣기', '쓰기' 영역이 독립되어 제시되었던 6차 국어교과서에 비하여 현저하게 줄었다고 할 수 있다.

앞서 새로 개정된 7차 고등학교 국어교과서를 분석하고, 나름대로 문제점을 파악하고 제시해 보았다. 교과서를 접하면서 가장 고민에 빠졌던 문제는 현장 경험과 이론 사이의 괴리감이다. 하지만 본인의 부족한 능력으로 현장과 이론의 괴리감을 좁힐 수 있는 효율적인 대안을 제시하는데 많은 어려움을 느낀다. 그럼에도 불구하고 필자가 바라는 국어교과서의 모습을 제시하고 다음 연구자들이 이를 보완하여 좀더 나은 모습의 국어교과서를 만들기를 바란다.

▣ 참고문헌

교육부, 고등학교 교육과정, 교육부, 1998.

노명완, 국어교육론, 한샘, 1998.

노명완·박영목·권경안, 국어과 교육론, 갑을출판사, 1988.

박영목·윤희원·한철우, 국어과 교수·학습 방법의 탐구, 교학사, 1995.

박영목·한철우·윤희원, 국어교육학원론, 교학사, 1996.

서울 대학교 국어 교육 연구소, 고등학교 국어 (상), (주) 두산, 2002.

서울 대학교 국어 교육 연구소, 고등학교 국어 (하), (주) 두산, 2002.

이귀윤, 교육과정 연구, 교육과학사, 1997.

이대기, 국어과 교육 잘하기, 대교출판사, 1998.

이삼형 외, 국어교육학, 소명출판, 2000.

이용주, 국어교육의 반성과 개혁, 서울대학교 출판부, 1996.

정상균·김영욱·한형구, 국어교육이란 무엇인가, 혜안출판사, 2001.

허재영, 국어과 교육의 탐색, 박이정, 2001.

학습자 중심의 '시 교육 방법' 연구

홍 지 선*

Ⅰ. 연구 목적 및 방법

1. 연구 목적

시는 인간 정신 활동의 한 정수를 이루며 인류 역사와 함께 발전해 왔다. 동양과 서양을 막론하고 시는 인문적 전통의 중심부에 자리잡고 있었으며, 오랫동안 인문 교육의 대상이자 그 훈련의 방편이 되어왔다.[1] 따라서 시에 관한 능력은 지식인 또는 교양인을 재는 척도가 되었고, 시 텍스트는 언어와 예술뿐 아니라 사고와 인성 교육에서도 중요한 자료가 되었다.[2]

그러나 이러한 중요성에도 불구하고, 오늘날 우리의 삶과 시는 너무나 많은 거리를 두고 있다. 교사나 학습자의 대부분이 시 교육은 필요하

---

* 인하대학교 박사과정

[1] 유종호, 『시란 무엇인가』(민음사, 1996), 11쪽.
[2] 김창원, 「중핵 텍스트에 대한 다중 접근을 통한 시교육 방법」, 『국어교육학연구12』(국어교육학회 2001), 179~180쪽.

다고 생각하지만, 실제 생활에서 시를 가까이 하지 않는 경향이 두드러지며, 학습자들은 시를 어렵게 느끼고 있고, 교사 역시 시를 가르치기 어려운 단원으로 꼽고 있다.3) 물론 시를 가르치기 어렵다고 느끼는 것은 시 자체가 '잠재적 의미역'으로서 해석의 다양성을 지니는 이유도 있겠으나, 시를 학교 현장에서 '어떻게' 가르쳐야 하는가에 대한 교수·학습 방법이 제대로 마련되어 있지 못한 이유가 클 것이다.

문학 교육은 학습자의 상상력을 세련시키고, 학습자가 삶을 총체적으로 체험할 수 있도록 하며, 학습자의 문학적 문화를 고양시킨다는 데 의의4)가 있다. 문학 교육의 한 부분인 시 교육 역시 감수성이 예민한 청소년기의 학생들에게 심미적 상상력을 길러주고, 건전한 심성을 계발하며, 바람직한 인생관을 형성시켜 줄 수 있다는 점에서 매우 중요하다고 할 수 있다.

따라서 시 교육은 '교사-텍스트' 중심이 아닌 학습자 중심으로 이루어져야 하고, 학습자가 시 내용 파악을 통하여 시를 주체적으로 감상할 수 있도록, 이를 통해 학습자들은 문학적 감수성과 상상력을 길러 궁극적으로는 바람직한 인생관을 형성하여 자아를 실현할 수 있도록 교수·학습 방법도 개선되어야 할 것이다.

이에 본 연구는 시의 교수·학습 상황에서 학습자들이 주체가 되어 시를 능동적으로 감상할 수 있도록 하는 것을 목적으로 한다. 그리고 학습자 중심의 시 교육을 실천할 수 있는 방법으로 협동학습을 제안하고자 한다.

협동학습은 구성원들의 상호 작용을 통해 이루어지는 교수·학습 방법으로, 교사가 아닌 학습자가 중심이 되는 수업 방식이다. 학습자들은 협동학습을 통하여 개인이 혼자 과제를 수행해야 하는 부담에서 벗어날 수 있고, 시의 내용을 파악하고 감상하는 과정에서 작품에 접근하는 눈

---

3) 이에 관한 논의는 김창원, 『시교육과 텍스트 해석』(서울대학교출판부, 1998), 3쪽을 참조.

4) 구인환 외, 『문학교육론』(삼지원, 2003), 73~107쪽.
   박영목 외, 『국어교육학 원론』(교학사, 1998), 343~347쪽.

이 사람마다 매우 다양한 차이를 가지고 있음을 배울 수 있으며, 다양한 간접 경험을 통해 자기 성장을 도울 수 있을 것이다. 서로 다른 견해와 경험을 가진 구성원들이 서로 협력하여 시를 학습한다면, 시를 주체적으로 감상하는 것이 어렵게만 느껴지지는 않을 것이다.

2. 연구 방법

본 연구는 학교 현장에서 이루어지고 있는 '교사-텍스트' 중심의 시 교육은 학습자들의 시 감상 능력을 신장시킬 수 없다는 문제 의식에서 출발하여 시의 교수·학습 상황에서 학습자들이 주체가 되어 시를 능동적으로 감상할 수 있도록 하는 데 목적을 둔다. 이를 위하여 학습자 중심의 시 교육을 실천할 수 있는 방법으로 협동학습을 제안하고 다음의 두 가지 가설을 설정하였다.

첫째, 협동학습을 통한 학습자 중심의 시 교수·학습을 수행한 학습자들은 시에 대한 흥미도가 향상될 것이다.

둘째, 협동학습을 통한 학습자 중심의 시 교수·학습을 수행한 학습자들은 시에 대한 이해력과 감상력이 향상될 것이다.

본 연구의 Ⅱ장에서는 이론적 배경으로 학습자 중심 문학교육이 무엇인지 살펴보고, 이를 실천할 수 있는 협동학습에 대하여 살펴볼 것이다. Ⅲ장에서는 협동학습을 통한 시 교수·학습 모형을 구안, Ⅳ장에서는 중학교 1학년 학생들에게 실제로 적용하고 그 결과를 분석하여, Ⅴ장에서는 협동학습을 통한 학습자 중심 시 교육의 가능성을 모색해 보고자 한다.

Ⅱ. 이론적 배경

1. 학습자 중심 문학 교육

학습자 중심 교육이란 각 학습자들이 스스로 자기 자신의 학습 활동과 자료를 선택하여 이를 가지고 학습할 순서를 결정하고(개별성), 모든 학습 활동에 학습자가 중심이 되어 학습자들끼리 서로 가르칠 수 있는 상황이 마련되어(상호작용성), 학습 내용간에 유기적 관련을 맺으며 통합적으로 운영되는 교육과정을 말한다.[5]

학습은 학생들이 하는 것이지, 학생들에게 행해지는 것이 아니다. 하지만 지금까지의 교수·학습 상황에서는 교수의 주체는 교사이며 학생은 학습자로서 교수의 대상이라는 인식이 지배적이었다. 기존의 문학 교육 역시 행동주의 심리학을 바탕으로 한 객관적 패러다임의 영향으로 인해 지식의 제공이나 올바른 의미 찾기에 열중한 나머지 학생들의 참여와 능동적인 의미 구성 활동이 제대로 이루어지지 못하는 문제점을 안고 있었다.

그러나 1970년대에 후반 독자 중심의 '수용미학'과 '독자반응이론'이 유입되면서 이들 문학 이론[6]의 영향으로 자연스럽게 '학습자 중심'의 문학 교육 방안이 논의되기 시작하였고, 90년대 후반부터는 독일의 '구성주의 문예학'이 소개되면서 소위 구성주의적 동향을 바탕으로 한 학습자 중심의 문학 교육에 대한 논의가 시작되었다.[7] 이와 함께 7차 교육 과정의 큰 틀과 맞물려 현행 문학 교육은 '학습자 중심의 문학 교육'을 표방하고 있는 것이다.

협동학습은 학습자들이 소집단을 구성하여 학습하되, 각 개인은 책무성을 지니고, 학습자들은 서로 상호 의존하여 공동의 학습 목표 달성을 목표로 하는 학습 구조이다. 따라서 협동학습은 학습자 중심의 문학 교육을 실천할 수 있는 중요한 교수·학습 방법의 하나이다.

본 연구에서는 학습자 중심 교육을 실천할 수 있는 협동학습에 대하

---

5) 신헌재 외, 『국어과 협동학습 방안』(박이정, 2003), 15쪽, 재인용.
6) 문학 요소 중 텍스트의 수용자인 독자에 관심을 둔 수용미학과 독자 반응 이론은 '수용이론' 또는 '독자반응이론'이라는 말로 혼용하여 사용되고 있다.
7) 이상구, 구성주의적 학습자 중심 문학교육의 원리와 방법」, 『한국문학교육학회 제28회 학술대회 자료집』(한국문학교육학회, 2002), 8쪽.

여 살펴보고, 실제로 협동학습을 통한 학습자 중심의 시 교수·학습 방
법을 모색해 보고자 한다.

2. 협동학습의 개념 및 특성[8]

협동은 공동의 목적을 달성하기 위해서 함께 일하는 것을 말한다. 협
동하는 상황에서 개인들은 자신과 모든 다른 구성원들에게 유익한 결과
를 추구하게 된다. 이것을 교수·학습 방법에 적용한 것이 바로 협동학
습이다.

협동학습은 학생들이 자신과 서로의 학습을 극대화하기 위해서 함께
노력하는 소집단을 활용하는 교수·학습 방법이다. 즉, 소집단 구성원들
이 공동의 학습 목표를 가지고 그 목표를 달성하기 위해서 역할을 분담
하고 개별적인 책무성을 가지고 다른 구성원들과 도움을 주고받아 집단
구성원 모두에게 유익한 결과를 얻고자 하는 학습 전략이다.

단체 운동경기에서 각 팀의 선수들이 전략을 짜고 서로 도움을 주고
받으면서 노력하는 것과 같이 협동학습에서 학습자들은 여러 명이 모둠
을 이루어 서로 도움을 주고받으며 공부를 하게 된다. 운동 경기에서 팀
의 목표가 상대팀을 이기는 것에 있는 것처럼 협동학습은 구성원들이 힘
을 합해 학습하는 동안 원만한 인간관계를 형성해서 모든 구성원들이 학
습 내용을 잘 이해하고 잘 기억하도록 하여 모두가 학습에 성공하는 것
을 목표로 한다. 단체 운동에서 팀이 이기느냐 지느냐에 따라 개인의 성
공과 실패가 결정되듯이 협동학습에서도 자기가 속한 모둠이 성공하면
개인도 성공하게 되지만 모둠의 목표가 달성되지 못하면 개인도 실패하
게 된다.

따라서, 협동학습은 오직 한 명이나 소수의 학습자들만이 얻을 수 있

---

8) 협동학습에 관한 논의는 ① 신헌재 외, 앞의 책, 20~31쪽, ② 징문성, 앞의 책, 39~50
　　쪽, ③ Johnson, D. W, R. Johnson, E. Holubec,『학생들과 함께 하는 협동 학습』
　　(백의, 2001), 24~28쪽을 참조하여 정리하였음.

는 'A'학점 같은 학문적인 목적을 달성하기 위해서 서로 경쟁하는 학습 상황이나, 다른 학습자와는 아무런 관련도 없이 학습 목적을 달성하기 위해서 개별적으로 학습하는 상황과는 대조를 이루고 있다.

이러한 협동학습이 이루어지기 위해서는 다음 몇 가지 기본적인 요소들이 반드시 포함되어야 한다.

첫째, 긍정적인 상호의존성을 촉진시켜야 한다. 집단 구성원들은 각각의 구성원들의 노력이 그 개인에게 뿐만 아니라 모든 집단 구성원들에게 이익이 된다는 사실을 깨달아야 한다. 그러한 긍정적인 상호의존성이 있을 때 학생들은 자신의 성공뿐만 아니라 타인의 성공을 위해서도 헌신하게 된다. 그러므로 긍정적인 상호의존성은 협동학습의 핵심적인 요소라고 할 수 있다.

둘째, 학생들간의 면 대 면 상호 작용이 있어야 한다. 학생들은 자원을 공유하고 서로 도와주고 격려·지원해 주며 서로의 학습 노력을 칭찬해 줌으로써 서로의 성공을 장려하는 실질적인 학습을 함께 할 필요가 있다. 서로간의 직접 대면 학습을 촉진시켜 줌으로써 구성원들은 자신들의 상호 목표뿐만 아니라 구성원 각자에게도 개인적으로 헌신하게 된다.

셋째, 긍정적인 사회적 작용 행위나 태도가 필요하다. 집단 구성원들은 효율적인 리더십을 제공하고, 결정을 내리며, 신뢰를 형성하고, 의사 소통하며, 갈등을 관리하기 위한 방법과 그렇게 하도록 동기화 하는 방법을 알고 있어야만 한다. 협동과 갈등이 서로 연관되어 있기 때문에, 갈등을 건설적으로 해결하는 절차와 기능은 학습 집단의 장기적인 성공에 있어 특히 중요하다.

넷째, 개인적 책무성이 필요하다. 전통적인 소집단 학습에서는 집단의 학습 결과에 개인적으로 책임을 지지 않으며, 잘 하는 한 두 명의 노력에 편승한다. 그러므로 개인의 책무가 분명하게 설정되지 않는다면 협동학습의 정체성을 확보하기는 어렵다. 개인의 책무성은 개인의 책임을 명확히 드러나도록 구조화될 때 살아난다. 이를 위해 개인의 수행을 평가하거나, 학습자간의 상호 평가, 자기 평가를 이용할 수 도 있다. 협동학습 집단의 목표는 각각의 구성원들을 더 강한 개인으로 만드는 것이다. 즉 협동 학습을 통하여 함께 배운 후에 학생들은 개별적으로도 더 잘 수행할 수 있게 되어야 한다.

다섯째, 이질 집단으로 구성하여야 한다. 3~5명 정도로 소집단을 구성하되, 학습 능력의 수준이나 윤리적 배경, 사회 문화적 수준이나 성별, 그리고 학업 능력의 수준에 따라서 이질적으로 구성하는 것이 좋다. 과제를 해결할 때 동일한 경험이나 생각을 가진 사람들이 모여 있는 것보다 다양한 경험이나 입장을 가진 사람들이 모여있는 것이 유리하기 때문이다.

3. 시 교육과 협동학습

시는 텍스트에 접근하는 관점에 따라서, 어느 정도 한정되고 안정적인 의미를 가지고 있어서 그것을 정확하게 해석하는 일이 가능하다는 확정성 경향 이론과, 텍스트의 의미란 독자의 해석 과정을 거쳐서 비로소 결정되는 것으로서 독자마다 각기 다른 해석 결과를 낳기 때문에 일정한 합의에 이르기는 어려우며, 결과적으로 작품의 의미도 한정할 수 없다는 불확정성 경향이론[9]으로 나뉜다. 불확정성 경향이론으로 대표되는 수용 이론과 해체주의가 확산되면서 문학 텍스트에 안정적인 의미는 없다는 것이 일반적인 견해로 용인되어 왔다.

과거의 시 교육이 확정성 경향 이론에 근거를 두고 이미 확정되어 있는 해석을 교사가 일방적으로 학습자들에게 전달하는 교육이었다면, 지금의 학습자 중심의 시 교육은 학습자가 텍스트에 어떻게 반응하고, 어떻게 해석하느냐에 따라 여러 가지 해석이 가능하다는 불확정성 경향 이론에 근거를 두고 있다고 하겠다.

그러나 이런 불확정성 경향 이론을 따르게 되면, 시 텍스트의 의미란 독자의 해석 과정을 거쳐서 결정되는 것이기 때문에, 시는 가르칠 수 있

---

9) 확정성 경향이론과 불확정성 경향 이론에 대해서는 김창원, 앞의 책, 32쪽 참조.

는 대상이 아니다. 시를 가르친다는 것은 의미가 없어지게 된다. 즉, 문학교육의 존립은 위협을 받게 되는 것이다.

따라서 문학 교육에서는 작품의 자율성을 해치지 않는 범위에서 확정성 경향의 이론 틀을 원용하여 시 텍스트의 안정적 의미를 구성해내는 방법을 모색할 필요가 있다.

시 텍스트의 의미는 명시적으로 현존하는 것이 아니라 '잠재적 의미역' 즉, '의미의 구름'으로 존재하며, 독자는 그 구름 속으로 들어가 가능성으로서의 의미론적 실체를 보는 것이다. 즉, 시 텍스트에는 확률론적으로 '실현가능성이 높은' 의미가 있고 '실현 가능성이 낮은' 의미가 있으며, '거의 실현 가능성이 없는' 의미도 있다. 하나의 텍스트가 환기하는 의미는 그 텍스트의 모든 잠재적 의미의 총계이나, 그 의미역의 경계는 매우 불분명하다. 그 점에서 시 교육은 학습 독자가 잠재적 의미역의 범위를 넓히고 실현 가능성이 높은 의미를 찾는 책략과 격률을 능숙하게 다룰 수 있도록 하는 데 목표를 둔다고 할 수 있다.[10]

학습 독자가 잠재적 의미역의 범위를 넓히고, 실현 가능성이 높은 의미를 찾는 책략과 격률을 기르는데 효과적인 학습 방법이 협동학습이다. 즉, 학습자들은 협동학습을 통해서 서로가 찾은 의미에 대해 토의하고 질문을 하고 여러 가지 해석들을 절충하는 기회를 얻게 된다.

따라서, 시 교육에서 학습자들은 개인의 인지적 작용과 사회 구성원 간의 상호 작용을 통해서 시 텍스트의 의미를 새롭게 구성해 나가는 학습의 주체가 되고, 교사는 학생들이 시 텍스트의 의미를 능동적으로 구성할 수 있도록 안내하고 도와주는 역할을 해야 할 것이다.

III. 협동학습을 통한 학습자 중심의
시 교수·학습 모형

---

10) 김창원, 위의 책, 31~34쪽 참조.

시와 관련된 기존의 여러 가지 교수·학습 모형을 검토한 결과 학습자가 중심이 되는 교수·학습이 이루어져야 하되 그것을 이끌어 주는 교사의 역할이 매우 중요함을, 또한 학교 현장을 고려한 모형이 필요함을 인식하였다. 앞의 모형들을 참고로 하여, 학습자 중심의 교수·학습이 가능하도록 시 교수·학습 모형을 제안하면 다음과 같다.11)

<그림III-1> 협동학습을 통한 학습자 중심의 시 교수·학습 모형

표면적 접근 단계

학습자가 텍스트에 대한 첫인상을 느끼는 단계
■ 제목을 보고 자유롭게 생각하기 (스키마 자극)
■ 시 맛보기 (낭송 테이프 감상 및 낭송활동)
■ 가락 느끼기 (시의 운율 파악)

심층적 해석 단계

학습자가 텍스트의 의미를 파악하는 단계
■ 장면 상상하기 (시의 이미지를 그림으로 표현하기)
■ 시를 산문화 하기 (시의 행과 연을 메우기)
■ 토의 과제 해결하기 (시의 내용과 맥락 파악하기)

---

11) 기존 시 학습 모형에 대한 고찰은 홍지선, 「학습자 중심의 '시 교육 방법' 연구─협동학습을 중심으로」(인하대 석사논문, 2004), 23~29쪽 참조.

종합적 감상 단계

학습자가 텍스트의 첫인상과 텍스트의 의미를 종합하여 감상하는 단계

- ■ 감상문 쓰기
- ■ 시의 화자에게 편지 쓰기
- ■ 모둠별, 개인별 모방시 쓰기
- ■ 토의 과제를 중심으로 작품에 대하여 정리하기

내면화 단계

학습자가 텍스트에 대한 이해를 확장시키는 단계

- ■ 모둠별 낭송 테잎 만들기
- ■ 상호텍스트적 대체시 감상하기
- ■ 시 창작하기

1. 표면적 접근 단계

1) 제목을 보고 자유롭게 생각하기

학습 동기 유발을 위한 표면적 접근 단계에 해당된다. 시의 제목은 대체로 텍스트의 제재이거나 시적 상황과 관련된 것이다. 따라서 학습자

들은 제목이 연상시키는 것을 떠올려 보고, 떠올린 내용을 학습자 상호 간에 이야기하면서 시의 내용과 관련된 스키마를 동원시킬 수 있을 것이다.12)

이 활동은 학습자들이 자유로운 상상력을 발휘할 수 있도록 시의 원문을 대하기 전에 실시하도록 한다.13) 원문을 대하고 나면 학습자들의 상상력이 제한되어, 시의 내용에서 자유롭지 못하게 된다.14)

이 활동은 소집단 별로, 여백 가운데에 시의 제목을 두고 가지치기의 방식을 통해 자유롭게 생각을 펼쳐나가도록 한다. 그리고 시를 감상한 후 시의 내용이나 감상과 관련 있는 것에 동그라미로 표시하게 하여 자신들의 처음 생각과 감상 후의 생각을 비교해 볼 수 있도록 한다.

2) 시 맛보기

낭독은 시에 직접적으로 접근하는 가장 빠른 길이다. 시를 낭독하는 동안 학습자는 시의 분위기와 리듬을 파악할 수 있고 시어의 구체성을 체득할 수 있게 된다. 시의 낭독은 문자 언어를 단지 음성 언어로 전환하는 것이 아니라 낭독 자체가 작품에 대한 구두 차원의 해석이라는 점에 의의가 있다.15)

감정을 살려 시를 낭송하면서, 학습자들은 시를 맛보게 된다. 이 때 교사는 교수·학습의 장을 낭송하기에 적당하게 마련하여 준다. 낭송에 어울리는 음악을 준비할 수도 있고, 낭송 테이프를 들려줄 수도 있다. 낭송 테이프의 경우는 학생들이 제작한 테이프를 활용할 수도 있다.

교사는 학생들에게 시 낭송은 특정한 사람만이 하는 것이라는 인식에서 벗어나 시 낭송이 시를 즐기는 한 방법임을, 그리고 시 이해와 감상의 중요한 방법임을 인식시켜 줄 필요가 있다.

---

12) 강현재, 「시교육의 수용론적 방법 연구」(서울대 석사논문, 1991), 36쪽.

13) 김주향, 「시 교육 방법 연구—상상력 계발을 중심으로」(서울대 석사논문, 1991), 17쪽.

14) 이를 위해 본 연구에서는 교과서 없이 학습지만을 가지고 수업을 진행하였으며, 학습지를 배부할 때에도 이를 고려하여 순차적으로 배부하였다.

15) 구인환 외, 앞의 책, 295쪽.

3) 가락 느끼기

시어의 가장 큰 특징 중의 하나가 '운율'이다. 운율을 다른 말로 '말의 가락'이라고도 하는데, 시와 산문을 구별짓는 요소이기도 하다. 운율은 단순히 시의 형식과 질서를 만들어 주는 것 이상으로, 내용과 연결되어 의미를 전달하고 부각시키는 효과를 주는 기능을 하기도 한다.16)

따라서, 시를 맛본 후 시의 가락을 느껴보는 활동을 하게 한다. 어떤 요소가 시의 가락을 느끼게 하는지, 모둠 구성원간의 토의를 통하여 찾아 나가도록 한다.

2. 심층적 해석 단계

4) 장면 상상하기(시의 이미지를 그림으로 표현하기)

이 단계에서 학습자는 표면적 접근을 통해 전체적으로 시를 접한 후, 심층적 해석 단계로 들어서게 된다. 시를 깊이 있게 해석하기 위한 첫 단계로, 시를 맛본 후 떠오른 이미지를 그림으로 표현해 보게 하는 활동을 하게 된다.

시어의 중요한 특징 중의 하나가 바로 이미지이다. 이미지는 시 속의 풍경들을 보다 생생하게 전하는 데 특별한 역할을 맡고 있는데, 시를 보다 구체화, 감각화, 시각화 시켜준다.17) 우리는 시를 통하여, 여러 가지 이미지를 떠올릴 수 있게 되는데, 시의 이미지를 그림으로 표현해 보는 활동을 통해서 학생들은 시를 좀더 구체적으로 느낄 수 있게 된다.

시의 이미지를 그림으로 표현해 보는 활동은 한 장의 그림으로 표현할 수도 있고, 여러 장의 그림으로 표현할 수도 있다. 이 과정에서 학습자들은 집단 구성원들이 어떤 이미지가 떠오르는지 서로의 의견을 교환하고, 그 이미지를 어떻게 표현할 것인지를 협의하여 표현하도록 한다.

---

16) 이순녀,「비평문 쓰기를 통한 시 교수 학습 방법 연구」(교원대 석사논문, 2003), 46쪽.
17) 이순녀, 위의 논문, 52쪽.

여러 장의 그림으로 표현하는 경우에는 집단 구성원간의 협의를 거쳐, 집단 구성원 개인이 각각 맡은 부분의 그림을 그리도록 한다. 그림 아래에 그림으로 표현한 내용을 간단하게 적어보아 다음 단계에서 시를 산문화 하는 데 활용하도록 한다.

이 단계에서는 학습자들이 그림을 잘 그리고 못 그리는 것에 부담을 주지 않도록 한다. 다만 그 그림의 내용을 학습자들이 다시 언어로 번역하는 과정을 교사는 주의 깊게 파악하여, 학습자들의 작품 수용 양상과 효과를 살펴보는 데 초점을 두도록 한다.[18]

5) 시를 산문화 하기

시의 장면을 상상하여 그림을 그리게 한 것을 토대로 하여, 시를 산문화 해 보도록 한다. 이 활동은 행과 연 사이의 빈 공간의 의미를 파악할 수 있도록 하기 때문에 학습자들이 시를 이해하는 데 도움이 될 수 있다.

시를 산문화 하는 과정에서의 요령은 다음과 같다.[19]

첫째, 가능한 한 축어적으로 시를 읽어야 한다. 둘째, 행과 연의 순서에 따라 시를 풀이한다. 셋째, 시를 연 단위로 감상한다. 넷째, 시어나 시구의 정황을 상상하여 구체적으로 풀어쓴다. 다섯째, 연과 연 사이의 비약을 메운다. 여섯째, 비유의 심상을 풀이하는 대목에서 창의적 상상력이 최대한 발휘되기를 기대한다.

6) 소그룹 토의 학습을 통한 시의 이해

앞 단계에서 시의 의미를 구체적으로 느낀 후, 교사는 학습자들에게 토의할 주제를 제공하게 된다. 학습자들은 주어진 주제를 집단 구성원간의 토의를 거쳐서 해결해 나가게 되는데, 이 과정을 통해서 학습자들은

---

18) 최현섭 외, 앞의 책, 471쪽.
19) 김주향, 앞의 논문, 24~25쪽.

시 내용의 흐름과 짜임새를 이해하여 시를 좀더 쉽게 이해하고 감상할 수 있게 된다.

이 때 교사가 학생들에게 제공하는 질문의 내용들은 학습 목표를 달성할 수 있고, 시에 대한 이해를 도울 수 있는 것들로 구성한다.

3. 종합적 감상 단계

7) 시에 대한 느낌을 적어보기(감상문 쓰기)

지금까지의 활동을 통해 이해한 시의 내용을 바탕으로 하여, 자유롭게 시에 대한 느낌이나 감상을 적어 보게 한다. 이 때 교사는 학생들에게 길게 써야 한다는 부담감을 주지 않도록 해야 한다.

각자 시에 대한 감상문을 쓴 후, 모둠 구성원들끼리 시에 대한 서로의 느낌을 나누면서, 같은 작품이지만 수용자에 따라 다르게 받아들여지고 다르게 해석될 수 있음을 스스로 느끼게 한다.

8) 화자에게 편지 쓰기

시적 화자의 태도에 따라 시의 의미가 달라지기[20] 때문에 시적 화자에게 편지를 써 보는 활동은 시를 종합적으로 이해하고 감상할 수 있는 좋은 방법이 된다. 시 속의 화자에게 편지를 쓰는 활동을 통해서 학습자들은 작품 속에 감정을 이입할 수 있게 된다. 그러면서 시의 내용을 적극적으로 파악할 수 있게 되며, 시적 화자가 처해있는 상황과 처지를 이해할 수 있게 된다. 또한 이 활동을 통해서 학습자들은 시적 화자와 자신들의 생활공간을 연결하여 사고할 수 있게 되어 자신의 삶을 되돌아보는 계기도 마련하여 준다.

9) 모방시 쓰기

---

20) 구인환 외, 앞의 책, 296쪽.

모방시를 쓰는 활동을 통해서 학습자들은 시를 창작해야한다는 어려움과 부담감에서 벗어날 수 있고, 시를 쓰는 것에 대한 즐거움을 느낄 수도 있다. 또한 시를 모방하는 활동은 학습자들이 시의 운율이나 시의 표현법을 익히는 데 매우 효과적이다. 따라서 모방시를 쓰는 활동은 창작시를 쓰는 활동에 기초를 마련하여 준다.

모방시를 쓰는 활동은 모둠 모방시 쓰기와 개인 모방시 쓰기로 나누어 실시할 수 있다. 여럿이 함께 모방하는 시를 쓰는 활동은 다양한 의견을 제시하고 조율하는 과정을 통하여 혼자서 과제를 수행해야 한다는 부담에서 많이 벗어날 수 있게 해 준다. 또한 이러한 과정을 통하여 학습자들은 개인 모방시를 쓰는 경우에도 별 어려움 없이 시를 지을 수 있다.

10) 교사의 정리

지금까지 모둠 활동을 통해서 학습한 내용을 교사와 학습자가 함께 정리해 보는 단계이다. 이 때, 정리의 주된 내용은 소집단 단위로 토의하여 해결하도록 주어진 과제가 된다. 소집단별로 의견을 제시하게 하고 마지막으로 그것을 중심으로 하여 교사는 시 전체의 내용을 정리하게 되는데, 이 때 교사의 일방적인 전달이 되지 않도록 주의해야 한다.

4. 내면화 단계

11) 시 이해의 확대

시를 내면화하는 방법에는 여러 가지가 있을 수 있다. 같은 주제를 다루고 있는 시를 찾아 감상하거나 같은 작가의 다른 작품을 찾아 감상해 보는 활동 등 상호텍스트적 대체시를 감상해 보는 활동, 시 낭송 테이프를 만들어 보는 활동, 시를 창작해 보는 활동 등 상황을 고려하여 선택적으로 제시하도록 한다.

IV. 협동학습을 통한 학습자 중심의
시 교수·학습의 실제

1. 연구 대상 및 기간

본 연구에서는 연구자가 재직하고 있는 경기도 안산시 소재 중학교 1학년 남학생 23명, 여학생 21명의 총 44명을 연구 대상으로 선정하였다.

그리고 본 연구는 2002년 9월부터 2003년 10월까지 총13개월에 걸쳐 연구를 진행하였다. 2002년 9월부터 2003년 8월까지의 문헌 연구를 토대로 하여, 2003년 7월부터 8월까지 모둠을 구성하고 협동학습에 대한 준비를 하였다. 그리고 2003년 9월 1일부터 9월 3일까지 학습자의 시에 대한 흥미도와 시 감상 능력에 대한 기초검사를 실시한 후, 9월 15일부터 9월 27일까지 2주 동안 국어 시간을 이용하여 총 10차시를 협동학습을 통한 교수·학습 활동을 하였다. 그리고 9월 29일부터 9월 30일까지 학습자의 시에 대한 흥미도와 시 감상 능력, 교수·학습 방법에 대한 사후 검사를 실시하였다.

2. 연구 설계 및 절차

본 연구는 협동학습을 통한 시 교수·학습 방법에 대한 효과를 검증하기 위하여, 실험 연구를 설계를 하였다.

이미 구성되어 있는 정적 집단을 활용, 단일 집단으로 구성하여 단일 집단 사전·사후 검사를 설계하였다. 그리고 프로그램 적용 후의 효과 검증 자료를 얻기 위하여 사전·사후 검사로, 시 흥미도에 대한 설문 조사와 시 감상문 쓰기 검사를 실시하였고, 교수·학습 방법에 대한 학습자들의 반응 검사를 사후에 실시하였다.

앞에서 제시한 연구 설계에 따라서 연구 절차는 모둠 예비 구성과 협동학습 익히기의 사전 준비 단계, 시 흥미도와 시 감상 능력 검사의 사전 검사 단계, 협동학습을 통한 학습자 중심 시 교수·학습 과정안을 투입한 프로그램 적용 단계, 프로그램 투입 후 학습자의 시 흥미도와 시 감상 능력, 교수·학습 방법에 대한 학습자의 반응 검사의 사후 검사 단계의 총 4단계로 설정하였다.

3. 검사 도구

1) 시 흥미도 사전·사후 검사

본 연구에서는 협동학습을 통한 학습자 중심 시 교육 방법이 시에 대한 학습자들의 흥미도에 어떤 영향을 미치는지 알아보기 위하여, 연구 집단을 대상으로 하여 시 흥미도에 대한 사전·사후 검사를 실시하였다. 검사는 설문지의 형식으로 이루어졌고, 설문지는 총 15문항으로 구성하였다. 문항에 따라 5점부터 1점까지 부여하여, 총점을 산출하였다. 점수가 높을수록 시에 대한 흥미도가 높음을, 점수가 낮을수록 시에 대한 흥미도가 낮음을 나타낼 것이다.

2) 시 감상문 쓰기 사전·사후 검사

시 감상문 쓰기 검사는 협동학습을 통한 학습자 중심 시 교육 방법이 학습자들의 시 감상 능력에 어떤 영향을 미치는지를 알아보기 위하여 연구집단에게 사전과 사후로 나누어 실시하였다. 사전 검사와 사후 검사는 2학년 1학기 국어 교과서에 제시된 한하운의 「보리피리」를 대상으로 실시하였다.[21]

---

21) 교육인적자원부, 『중학교 국어과 교사용 지도서 국어·생활 국어 1-2』(대한교과서, 2002), 204~205쪽 참조.

3) 교수·학습 방법에 대한 학습자의 반응 검사

본 협동학습을 통한 학습자 중심 시 교수·학습 방법에 대한 학습자들의 반응을 알아보기 위하여, 연구 집단의 학습자들에게 본 교수·학습 방법에 대한 설문지로 사후 검사를 실시하였다. 설문지는 총10개의 문항으로 구성하였다. 1번부터 9번까지의 문항은 문항에 따라 5점부터 1점까지 부여하여, 각 문항 당 평균을 산출하여 제시하였다. 따라서 3점을 기준으로 하여 평균점이 3점 이상이면 교수·학습 방법에 대한 긍정적 평가로, 3점 이하이면 부정적 평가로 판정할 수 있다. 그리고 마지막 문항은 본 교수·학습 방법에 대한 의견이나 소감을 자유롭게 쓰도록 하였다.

4. 교수·학습 과정

시 제재의 선정은 7차 교육과정에 따른 1학년 2학기 국어 교과서 4단원(시의 세계)으로 하였다. 선정한 시 제재를, 연구자 나름대로 재구성하여 학생들에게 학습지로 제작하여 배부하였다. 그리고 시 제재 한 편당 2차시로 계획하였다.

모둠 구성시 하나의 모둠은 5~6명으로 구성하였고, 남녀의 비율은 50:50을 원칙으로 하였다. 모둠 구성은 1학기 국어 성적을 바탕으로 하여, 이질적인 집단으로 구성하였다. 협동학습은 모둠 구성원이 함께 완성해 가는 학습 형태이기 때문에 모둠 구성원의 협동이 무엇보다도 중요하다. 따라서 모둠 구성원으로서 공동체 의식을 가지고 협동하려는 마음을 심어주기 위하여, 모둠별로 모둠명을 짓게 하고 모둠원 각자에게 역할을 부여하였다. 그리고 모둠원의 역할에 따라 이름표를 달도록 하였다.22) 또한 모둠 구성 후 모둠의 사회적 기능을 훈련하기 위하여, 언어

---

22) 모둠원의 역할은 이끔이, 기록이, 지킴이, 꼼꼼이, 점검이의 다섯 가지로 연구자가 제시해 주었다. 모둠원이 6명인 경우에는 칭찬이를 추가하였다. 그리고, 명찰 뒤에는 역할에 맞게 역할행동을 2가지 정도 제시하여 주었다.

전달하기, 지시대로 그리기, 사각형 맞춤놀이 등의 활동을 하였다.[23]

그리고 앞에 Ⅲ에서 제시한 협동학습을 통한 학습자 중심의 시 교수·학습 모형에 따라 다음과 같이 총 10차시의 교수·학습의 계획을 세웠다.

<표 Ⅲ-7> 차시별 교수·학습 계획

단원명	차시	활동 내용
단원의 길잡이	1/10	• 시어의 특징 이해하기 • 시의 현실 파악하기 - 직접 교수법을 이용하여 기본 개념 익히기
(1) 봉선화 (김상옥)	2/10	• 제목을 보고 자유롭게 생각하기 • 시 맛보기 - 학생들이 낭송한 테잎으로 시 감상 - 모둠원끼리 돌아가면서 시 낭송 • 가락 느끼기 - 모둠별로 어떤 점이 시의 가락을 느끼게 해주는지 파악해 보게 함 • 장면 상상하기 - 모둠별로 시의 내용을 그림으로 표현하기
	3/10	• 토의 과제 해결하기 • 시를 산문화하기 - 앞의 활동들을 토대로 하여, 개인별로 시의 내용을 산문화 해 보기 - 모둠별로 모둠원끼리 함께 읽어보도록 하고, 느낀 점 얘기하기 • 내용 정리하기 - 교사와 학생이 함께 토의 과제를 중심으로 작품을 정리
(2) 돌담에 속삭이는 햇발 (김영랑)	4/10	• 제목을 보고 자유롭게 생각하기 • 시 맛보기 • 가락 느끼기 • 장면 상상하기
	5/10	• 토의 과제 해결하기 • 시를 읽고 감상문 써 보기 - 모둠원끼리 돌려읽고, 느낀 점 얘기하기 • 내용 정리하기

---

23) 정문성, 앞의 책, 106~111쪽 참조.

(3)
어떤
마을
(도종환)
	6/10	• 제목을 보고 자유롭게 생각하기
		• 시 맛보기
		• 가락 느끼기
		• 장면 상하기
		  - 어떤 심상을 느꼈는지 모둠별로 토의 한 후 그림으로
		    표현해 보게 함

(3)
어떤
마을
(도종환)
	7/10	• 토의 과제 해결하기
		• 개인별로 감상문 쓰기
		• 모둠별로 모방시 쓰기
		  - 모둠원이 토의를 거쳐 하나의 모방시를 쓰되, 'OO가
		    OO는지 OO이 OO하다'의 형식을 취할 것
		• 작품 정리하기

(4) 우리가 눈발 이라면 (안도현)	8/10	• 제목을 보고 자유롭게 생각하기 • 시 맛보기 • 가락 느끼기 • 장면을 상상하여, 모둠별로 시의 내용을 산문화해 보기
	9/10	• 토의 과제 해결하기 • 화자에게 편지 쓰기 • 개인별로 모방시 쓰기 - 우리가 ~ 라면...의 형식을 취할 것 • 작품 정리하기

단원의
마무리
	10/10	• 시 창작 해보기
		  - 개인별로 시를 창작하되 소재는 자유로 하고, 후에 시
		    화로 제작함
		• 모둠별로 시 낭송 테잎 제작 계획 세우기
		  - 실제 제작은 과제로 제시
		• 형성평가 실시

5. 연구 결과 및 해석[24)]

1) 시에 대한 흥미도

협동학습을 통한 학습자 중심의 시 교수·학습 방법이 학습자들의 시
에 대한 흥미도에 미치는 영향을 알아보기 위하여 동일한 검사 도구를

---

24) 사전·사후 검사의 통계처리는 SPSS-WIN 10.0 프로그램을 이용하였다.

이용하여 프로그램 투입 전과 프로그램 투입 후에 설문지를 통한 검사를 실시하였다. 흥미도에 대한 검사는 5등급의 동간 척도를 사용하여, T검정을 하였다.

시에 대한 흥미도의 전체 평균을 살펴보면, 사전 검사에서는 32.75로 나타났고 사후 검사에서는 38.02로 사전 검사보다 5.27이 높게 나타났다. t통계량이 -8.739이고 그에 해당하는 유의확률 p가 .000으로 유의수준 .05보다 작기 때문에 사전 검사와 사후 검사의 차이는 통계적으로 유의하다고 볼 수 있다. 따라서 협동학습을 통한 학습자 중심의 시 교수·학습을 적용한 결과 학습자들의 시에 대한 흥미도가 향상되었음을 알 수 있었다.

<표IV-1> 시에 대한 흥미도 T검정 결과

	평균	사례수	표준편차	평균의 표준오차	대응차		
					t	자유도	유의확률
사전 검사	32.7500	44	11.47115	1.72934	-8.739	43	.000
사후 검사	38.0227	44	11.08422	1.67101			

2) 시 감상 능력

협동학습을 통한 학습자 중심의 시 교수·학습 방법이 학습자들의 시 감상 능력에 미치는 영향을 알아보기 위하여, 감상문 쓰기를 사전과 사후로 나누어 실시하였다.

감상문은 양적인 측면과 질적인 측면으로 나누어 살펴보았고, 질적인 측면의 평가요소로는 크게 수용적 감상과 창조적 감상으로 나누어 각각 5점부터 1점까지 부여하여 총점을 계산하여 T검정을 하였다.

<표IV-2> 시 감상 능력 사전·사후 검사 결과 (양적 측면)

구 분			연구집단	
감상문의 양	사전검사	200자 이상	5명 (11.63%)	122.90자
		100자 이상-200자 미만	15명 (34.88%)	
		100자 미만	23명 (53.49%)	
	사후검사	200자 이상	18명 (40.91%)	168.18자
		100자 이상-200자 미만	16명 (36.36%)	
		100자 미만	10명 (22.73%)	

연구집단의 사전·사후 감상문을 비교해 보았을 때 가장 두드러진 특징은 감상문의 양이다. 연구집단의 프로그램 적용 후 검사한 감상문의 양(168.18)은 프로그램 적용 전 검사한 감상문의 양(122.90)보다 45.28자가 더 많았다. 사전 검사에서 100자 미만의 감상문을 쓴 학생이 전체의 53.49%로 나타났지만, 사후 검사에서는 22.73%로 30.76%나 감소하였다. 또한 200자 이상의 감상문을 쓴 학생도 사전 검사에서는 11.63%에 불과하였으나, 사후 검사에서는 40.91%로 29.28%가 증가한 것으로 나타났다.

물론, 감상문의 길이가 감상문의 깊이와 정비례한다고 보는 것은 무리가 있기 때문에 감상문의 양만으로 학습자들의 시에 대한 감상 능력을 평가할 수는 없다. 그러나 감상문을 길게 쓴 다는 것은 학습자가 시에 대하여 쓸거리가 그만큼 많다는 것을 의미한다고 볼 수 있다. 시에 대하여 쓸거리가 많아진 것은 학습자들이 시에 대하여 사고하는 양이 늘어났기 때문이다. 학습자가 시를 감상하는 데 있어서 자신감 갖게 되었고, 시를 여러 측면에서 다양한 시선으로 바라볼 수 있으며, 시의 빈 공간에서 풍부한 의미를 찾아낼 수 있는 것으로 행간에서 풍부한 의미를 찾을 수 있는 것으로 보여지기 때문이다.[25]

---

25) 진선희, 「아동의 주체적 반응 활동 조장을 통한 시 감상 능력 신장」(국어 교육 분과 연구 보고서, 1998), 77쪽.

<표Ⅳ-3> 시 감상 능력(질적 측면) T검정 결과

	평균	사례수	표준편차	평균의 표준오차	대응차		
					t	자유도	유의확율
사전 검사	4.1364	44	1.17317	.17686	-2.134	43	.039
사후 검사	4.7727	44	1.81548	.27369			

감상문의 총점을 살펴보았을 때 사전 검사에서는 10점 만점에 4.1364, 사후 검사에서는 4.7727로 나타나 사전 검사보다 사후 검사에서 0.6364이 높게 나타났다. t통계량이 -2.134이고 그에 해당하는 유의확률 p가 .039로 유의수준 .05보다 작기 때문에 사전·사후 검사의 차이는 통계적으로 유의한 것으로 나타났다. 따라서 협동학습을 통한 학습자 중심의 시 교수·학습을 수행한 학습자들은 그 전보다 시 감상 능력이 향상되었다고 볼 수 있다. 다만, 사전·사후의 평가 점수가 비교적 낮은 것은 학습자들의 시 감상 능력이 전반적으로 낮기 때문인 것으로 판단된다.

<표Ⅳ-4> 시 감상 능력 (수용적 감상) T검정 결과

	평균	사례수	표준편차	평균의 표준오차	대응차		
					t	자유도	유의확율
사전 검사	2.7273	44	.94902	.14307	-.106	43	.916
사후 검사	2.7500	44	1.20319	.18139			

수용적 감상의 경우 사전 검사에서는 5점 만점에 2.72점, 사후 검사에서는 2.75점으로 나타났다. 사전·사후 검사에서의 차이는 0.227로 거의 차이가 나지 않았는데, t통계량이 -.106이고 그에 해당하는 유의확률 p가 .916으로 유의수준 .05보다 크기 때문에 통계적으로 사전·사후 검사의 차이는 유의하지 않다고 볼 수 있다. 따라서 협동학습을 통한 학습자 중심의 시 교수·학습 방법이 학습자들의 수용적 감상 능력에는 영

향을 미치지 않는 것으로 나타났다.

<표IV-5> 시 감상 능력 (창조적 감상) T검정 결과

	평균	사례수	표준편차	평균의 표준오차	대응차		
					t	자유도	유의확율
사전 검사	1.4091	44	.62201	.09377	-3.917	43	.000
사후 검사	2.0227	44	.97620	.14717			

　　창조적 감상의 경우 사전 검사에서는 5점 만점에 1.4091점, 사후 검사에서는 2.0227점으로 나타났다. 사전 사후 검사에서의 차이는 0.6136으로 나타났는데, t통계량이 -3.917이고 그에 해당하는 유의확률 p가 .000으로 유의수준 .05보다 작으므로 통계적으로 사전·사후 검사의 차이는 유의하다고 볼 수 있다. 따라서 협동학습을 통한 학습자 중심의 시 교수·학습을 수행한 학습자들은 창조적 감상 능력이 신장되었음을 알 수 있었다.

　　사전 검사의 감상문에서는 창조적 감상이 거의 나타나지 않고, 수용적 감상이 대부분을 차지했다. 사후 검사의 감상문에서도 수용적 감상이 창조적 감상보다 많은 부분을 차지하긴 했지만, 사전 감상문에 비해서는 학생들의 창조적 감상이 증가하는 경향을 보였다. 이는 〈표IV-2〉에서 보이는 사후 감상문의 양적 증가와 관련이 있는 것으로 볼 수 있다.

　　사전 감상문에서 학습자들은 시의 형식적 요소 파악에 주력하고, 시를 읽고 떠오른 단편적인 것들을 나열하는데 그쳐, 시의 내용을 자신의 경험이나 자신의 세계로 확장하여 표현하지는 못하였다. 그러나 사후 감상문에서는 시의 단순한 문맥적 해석보다는 시의 내용을 자기의 일상 생활과 연관지어 평가하려는 경향이 사전 감상문보다 좀더 강하게 나타났고, 시와 자신의 경험이나 느낌을 보다 유기적이고도 긴장감 있게 융화시켜 감상문을 써 나가는 경향을 보였다.

　　결론적으로 협동학습을 통한 학습자 중심의 시 교수·학습 방법을 수행한 학습자들은 교사 중심의 강의식 교수·학습 방법을 수행했을 때보다 시에 대한 감상 능력이 향상되었다고 볼 수 있다.

그러나 감상 능력을 수용적 감상과 창조적 감상으로 나누어 살펴보았을 때, 수용적 감상 능력은 향상되지 않고 창조적 감상 능력만 향상된 것으로 나타났다. 그러므로 시 감상 능력의 향상은 창조적 감상 능력의 향상에 기인한 것으로 볼 수 있다.

3) 교수·학습 방법에 대한 학습자들의 반응

협동학습을 통한 학습자 중심의 시 교수·학습 방법에 대한 학습자들의 반응을 알아보기 위하여, 연구집단의 학습자들에게 본 교수·학습 방법에 대한 설문지로 사후 검사를 실시하였다. 설문지는 총10개의 문항으로 구성하였다. 1번부터 9번까지의 문항은 문항에 따라 5점부터 1점까지 부여하여, 각 문항 당 평균을 산출하여 제시하였다. 따라서 3점을 기준으로 하여 평균점이 3점 이상이면 교수·학습 방법에 대한 긍정적 평가로, 3점 미만이면 부정적 평가로 판정할 수 있다. 그리고 마지막 문항은 본 교수·학습 방법에 대한 의견이나 소감을 자유롭게 서술하도록 하였다. 반응 결과는 다음과 같다.

<표IV-6> 교수·학습 방법에 대한 반응 검사 결과

번호	문항 내용	사례수	평균
1	이번 시 수업은 학생들이 모두 함께 협동하여 이루어졌다.	44	3.59
2	이번 시 수업은 시에 대한 거부감을 해소시켜 주었다.	44	3.66
3	이번 시 수업은 시를 감상하는 데 자신감을 갖게 해 주었다.	44	3.70
4	이번 시 수업은 시를 이해하고 감상하는 능력을 키워주었다.	44	3.59
5	이번 시 수업은 시를 창작하는 데 자신감을 갖게 해 주었다.	44	3.09
6	이번 시 수업은 시를 창작하는 능력을 키워주었다.	44	3.11
7	이번 시 수업은 학생들의 활동 중심으로 이루어졌다.	44	4.21
8	이번 시 수업은 흥미가 있었다.	44	3.74
9	앞으로도 이와 같은 방법으로 시를 공부했으면 좋겠다.	44	3.87

위의 결과에 따르면, 본 교수·학습 활동은 교사 중심이 아닌 학습자 중심으로 이루어졌으며(4.21), 교수·학습 과정에서 학습자들은 대체적으로 협동하여 학습한 것(3.59)으로 나타났다. 그리고 본 교수·학습은 학습자들에게 시에 대한 거부감을 해소시켜 주고(3.66), 시 학습에 흥미를 갖게 하여(3.74), 학습자들은 앞으로도 이와 같은 방법으로 시 학습을 하고 싶다는 반응(3.84)을 나타내었다. 또한 학습자들은 본 교수·학습을 통하여 시를 감상하는 데 자신감을 갖게 되었고(3.70), 시를 감상하는 능력이 신장되었다(3.59)고 생각하는 것으로 나타났다. 그러나 시를 창작하는 데 자신감을 갖게 되었다는 의견은 3.09로, 시를 창작하는 능력이 신장되었다는 의견은 3.11로 나타나 본 교수·학습 방법이 학습자들의 시 창작 능력의 신장보다는 시 감상 능력의 신장에 더 큰 영향을 미친 것으로 나타났다.

3점을 기준으로 하여 9개의 항목 모두가 3점보다 높게 나타나 대체적으로 학습자들은 협동학습을 통한 학습자 중심의 시 교수·학습 방법에 대해 긍정적인 반응을 보였다. 특히 이번 시 수업은 학습자들에게 시 수업에 대한 흥미를 갖게 하는 데 효과적인 것으로 나타났다. 그 전의 교사 중심의 강의식 수업이 딱딱하고 지루했다면, 협동학습을 통한 학습자 중심의 시 수업을 하는 동안 즐거웠고 계속 그런 수업을 했으면 하는 반응이 많았다. 또한 여러 가지 활동을 하면서 여러 사람과 의견을 나누는 과정들이 시를 이해하는 데 도움을 준다고 하였다.

반면에 부정적인 반응들도 있었다. 부정적인 반응 중 가장 많은 비중을 차지하는 것은 협동이 잘 되지 않는다는 것이었다. 협동학습이 성공하기 위해서는 소집단 구성원들 사이에 긍정적 상호의존성이 수반되어야 하며, 개별적 책무성이 필요하다. 즉 협동이 잘 되지 않고, 모둠원 간의 분쟁이 있었다는 것은 협동학습이 실패했음을 의미한다고 볼 수 있다. 따라서 협동학습에 실패한 모둠의 학습자들은 대체로 부정적인 반응을 보였으며, 자신들이 원하는 사람과 소집단을 구성하는 것을 원하는 것으로 나타났다.

V. 결 론

본 연구는 학교 현장에서 이루어지고 있는 '교사-텍스트' 중심의 시 교육은 학습자들의 시 감상 능력을 신장시킬 수 없다는 문제 의식에서 출발하였다. 이에 본 연구는 시의 교수·학습 상황에서 학습자들이 주체가 되어 시를 능동적으로 감상할 수 있도록 하는 데 목적을 두었다. 이를 위하여 본 연구에서는 협동학습을 통한 학습자 중심의 시 교육 방법을 구안하여 현장에서 실험하고 그 실험 결과를 검증함으로써 학습자 중심의 시 교육 방법을 제안하고자 하였다.

이에 따라 본 연구에서는 4단계의 학습자 중심의 시 교수·학습 모형을 제시하였다. 1단계인 표면적 접근 단계는 학습자가 텍스트에 대한 첫인상을 느끼는 단계로 이 단계에서 학습자는 텍스트의 겉에 드러난 의미를 파악하게 된다. 텍스트의 첫인상에 대한 반응을 형성하는 단계로, 즉각적인 반응들을 중심으로 텍스트를 이해하게 된다.

2단계인 심층적 해석 단계에서 학습자들은 텍스트의 표면적 접근을 거쳐서 텍스트 겉에 드러나지 않은 깊은 속뜻을 해석하고 이해하게 된다. 시의 산문화 과정을 통해 시를 축어적으로 읽으며, 시 텍스트에는 드러나지 않은 행간의 의미를 파악하게 된다. 또한 소집단 토의 활동을 통해 작품의 의미를 파악해 내고, 여러 가지 의미 중 실현 가능성이 높은 의미를 찾아내어 작품을 감상하는 기초를 마련하게 된다.

3단계인 종합적 감상 단계에서 학습자들은 표면적 접근 단계와 심층적 해석 단계를 거치는 동안 얻게 된 시에 대한 이해를 바탕으로 하여 시를 종합적으로 감상하게 된다. 학습자들은 여러 가지 감상 활동을 통해서 같은 시 텍스트라도 수용자에 따라 여러 가지 다양한 감상이 나올 수 있음을 인식하게 된다. 다양한 감상 활동 후에는 학습자와 교사가 문답 형식을 통해 소집단의 토의 내용을 중심으로 학습한 시 텍스트에 대하여 정리하는 시간을 갖는다.

마지막으로 4단계인 내면화 단계에서 학습자들은 소집단별로 시 낭송 테이프를 만들어 보는 활동, 상호텍스트성을 지닌 다른 시들을 찾아 감상하는 활동, 자신이 직접 시를 창작하는 활동 등을 하게 되는데, 이를 통해서 시를 즐길 수 있는 잠재적인 학습 독자로 성장할 수 있는 밑바탕을 마련하게 된다.

이러한 협동학습을 통한 학습자 중심의 교수·학습 방법을 본 연구자가 재직하고 있는 중학교에서 실제 적용하여 보았다. 이미 구성되어 있는 정적 집단을 활용하여 단일집단 사전·사후 검사를 설계하였다. 그리고 프로그램 적용 전과 프로그램 적용 후의 학습자들의 시에 대한 흥미도와 시 감상 능력을 분석하여 비교해 보았고, 본 교수·학습 방법에 대한 학습자들의 반응 검사를 사후에 실시하였다.

본 연구의 결과 분석 및 해석을 통하여 얻어진 결론은 다음과 같다.

첫째, 협동학습을 통한 학습자 중심의 시 교수·학습을 수행한 후 학습자들의 시에 대한 흥미도가 향상되었다.

둘째, 협동학습을 통한 학습자 중심의 시 교수·학습을 수행한 후 학습자들은 시를 감상하는 능력이 향상되었다.

즉, 협동학습을 통한 학습자 중심의 시 교수·학습 방법은 학습자들에게 시 학습에 대한 긍정적 태도를 형성하여 주었고, 이는 시의 감상 능력을 향상시키는 결과를 얻게 하였다.

본 연구에서는 연구집단의 사전·사후 검사를 통하여 협동학습을 통한 학습자 중심의 시 교수·학습 방법이 학습자들의 시 감상 능력을 향상시키는 데 유용한 방법임을 확인하였다.

그러나 본 연구에서는 연구자와 학습자 모두 협동학습에 능통하지는 못했기 때문에 교수·학습 과정에서 시행착오도 많았고, 또 협동학습에 성공하지 못하는 소집단도 있었다. 따라서 협동학습을 통한 학습자 중심의 시 교수·학습이 이루어지기 위해서는 교사와 학습자 모두 협동학습에 대해 능통해야 할 것이다. 이것은 단 시간 내에 이루어지는 것이 아니므로, 시 교수·학습 뿐 아니라 다른 영역의 교수·학습에서도, 시행착오를 겪더라도 꾸준히 인내심을 갖고 노력하면서 학습해야 할 것이다.

▣ 참고문헌

1. 단행본

구인환 외, 『문학교육론』, 삼지원, 2001.
김대행 외, 『문학교육원론』, 서울대학교출판부, 2002.
김창원, 『시교육과 텍스트 해석』, 서울대학교출판부, 1998.
박영목 외, 『국어교육학 원론』, 교학사, 1996.
박인기, 『문학교육과정의 구조와 이론』, 서울대학교출판부, 1996.
신헌재 외, 『국어과 협동학습 방안』, 박이정, 2003.
신헌재·이재승, 『학습자 중심의 국어교육』, 박이정, 2001.
유종호, 『시란 무엇인가』, 민음사, 1996.
윤영천, 『서정적 진실과 시의 힘』, 창작과비평사, 2002.
이종성, 『교육연구의 설계와 자료분석』, 교학연구사, 1999.
정문성, 『협동학습의 이해와 실천』, 교육과학사, 2003.
최현섭 외, 『국어교육학개론』, 삼지원, 2002.
Arthur Asa Berger(김기애 옮김), 『문화비평 : 주요 개념의 이해』, 한신문화사, 2000.
Johnson, D. W, R. Johnson, & E. Holubec(추병완 옮김), 『학생들과 함께 하는 협동 학
　　　습』, 백의, 2001.
Martin Gray, A Dictionary of Literary Terms, Longman New York Press, 1992.
R. Webster(라종혁 옮김), 『문학이론 연구 입문』, 동인, 1999.

2. 논 문

강경순, 「창의적 사고를 통한 시 교육 지도 방법 연구」, 한국어교육 제18호, 2002.
강현재, 「시교육의 수용론적 방법 연구」, 서울대 석사논문, 1991.
경규진, 「반응 중심 문학교육의 방법 연구」, 서울대 박사논문, 1993.
김경희, 「협동학습을 통한 시쓰기 지도 방안 연구」, 교원대 석사논문, 1998.
김정희, 「시텍스트 수용 능력 평가 연구」, 서울대 석사논문, 1999.
김주향, 「시 교육 방법 연구—상상력 계발을 중심으로」, 서울대 석사논문, 1991.
김창원, 「중핵 텍스트에 대한 다중 접근을 통한 시교육 방법」, 『국어교육학연구12』, 국어교육
　　　학회, 2001.
김홍이, 「초등학교 학습자 중심 시 감상학습 방법 연구」, 교원대 석사논문, 2000.
문영희, 「시 교육의 수용론적 방법 연구」, 교원대 석사논문, 2001.

박안수, 「모둠별 토의학습을 통한 시감상 능력의 향상—중학교 1학년 학생을 중심으로」, 『제1
        회 참교육실천보고대회 연구보고서』, 전국교직원노동조합, 2001.
손갑식, 「문학 협동학습 양상 연구」, 교원대 석사논문, 2001.
염창권, 「시 교육에서 단계적 독서의 실제」, 『한국어문교육』, 교원대 한국어문교육연구소,
        1995.
오택환, 「활동철을 이용한 국어과 수행평가 방법 연구—고등학교 '시 읽기'를 중심으로」, 교원대
        석사논문, 2001.
윤미영, 「수용론적 시 감상 지도 연구」, 교원대 석사논문, 1999.
윤재열, 「문학 교육 방법론 연구—고등학교 시 교육을 중심으로」, 아주대 석사논문, 2001.
이미자, 「학습자 중심의 시교육 개선방안 연구」, 인하대 석사논문, 2003.
이상구, 「학습자 중심 문학 교육 방안 연구」, 교원대 박사논문, 1998.
이상구, 「구성주의적 학습자 중심 문학교육의 원리와 방법」, 『한국문학교육학회 제28회 학술자
        료집』, 한국문학교육학회, 2002.
이순녀, 「비평문 쓰기를 통한 시 교수 학습 방법 연구」, 교원대 석사논문, 2003.
장성욱, 「협동학습을 통한 시 교수 학습 방법 연구—읽기와 쓰기의 통합 활동을 중심으로」, 교원
        대 석사논문, 2000.
정종석, 「토의 학습을 통한 시 감상 지도 연구」, 조선대 석사논문, 2000.
정지영, 「협동학습을 통한 시 교수 학습 방법 연구」, 서울교대 석사논문, 1999.
전혜옥, 「매체를 활용한 시 교수 학습 방법 연구」, 교원대 석사논문, 2002.
조영미, 「협동학습을 통한 심상적 접근이 시 표현력 신장에 미치는 효과」, 교원대 석사논문,
        2001.
진선희, 「아동의 주체적 반응 활동 조장을 통한 시 감상 능력 신장」, 국어 교육 분과 연구 보고
        서, 1998.
채형렬, 「교사와 학생의 의사소통을 통한 시 교육 연구」, 『전남국어교육 제8집』, 전남중등국어
        교육연구회, 2001.

저 | 자 | 소 | 개

김용성 / 인하대학교 국어국문학과 교수
최원식 / 인하대학교 문과대학 동양어문학부 한국어문학전공 교수
신춘자 / 성결대학교 명예교수
김영택 / 목원대학교 교수 · 문학평론가
신승희 / 가천길대학교 문예창작과 교수
김명인 / 인하대학교 강사
황규수 / 인하대학교 강사
최종순 / 목원대학교 강사
이정애 / 인하대학교 박사과정
김명임 / 인하대학교 강사
권용선 / 인하대학교 강사
박은영 / 인하대학교 교육대학원 졸업, 인천예술고등학교 교사
김 영 / 인하대학교 국어교육과 교수
김석회 / 인하대학교 국어교육과 교수
서영숙 / 인하대학교 국어교육과 겸임교수
이영태 / 인하대학교 강사
이영수 / 인하대학교 강사
간호윤 / 인하대학교 강사
고양숙 / 인하대학교 교육대학원 졸업, 인천여자고등학교 교사
오석균 / 인하대학교 강사
이종헌 / 인하대학교 교육대학원 졸업, 정석항공고등학교 교사
손영애 / 인하대학교 국어교육과 교수
박덕유 / 인하대학교 국어교육과 교수
강미영 / 인하대학교 강사
홍지선 / 인하대학교 박사과정

한국문학연구의 현단계

인 쇄 2005년 2월 24일
발 행 2005년 3월 2일
저 자 김용성 · 김영 씨 지음
펴낸이 이대현
편 집 이태곤 안현진 권분옥 박윤정 김보라
펴낸곳 도서출판 **역락** / 서울 성동구 성수2가3동 301-80
        (주)지시코 별관 3층(우133-835)
전 화 3409-2058(대표) 3409-2060(편집부) FAX 3409-2059
이메일 yk3888@kornet.net / youkrack@hanmail.net
홈페이지 www.youkrack.com
등 록 1999년 4월 19일 제2-2803호

정가 29,000원

ISBN 89-5556-357-4-93810

* 잘못된 책은 교환해 드립니다.